LA CASE DE L'ONCLE TOM

HARRIET BEECHER STOWE

La Case
de l'oncle Tom

Traduction de Louis Enault

PRÉFACE DE MICHEL MOHRT
de l'Académie française

**COMMENTAIRES ET NOTES
DE JEAN BESSIÈRE**

LE LIVRE DE POCHE

Jean Bessière est professeur de littérature comparée à l'Université d'Amiens. Il a publié des études sur les relations littéraires franco-américaines, *Littérature et Déracinement*, en collaboration avec A. Karatson (P.U.L.), *F.S. Fitzgerald, La Vocation de l'échec* (Larousse), *Sociodynamique culturelle et Création romanesque* (Lettres Modernes) et des travaux de théorie littéraire — fiction et roman (Centre d'Etudes du Roman, P.U.F.).

PRÉFACE

« L'INSTITUTION spéciale » : c'est par cet euphémisme que
la société américaine désignait l'esclavage des Noirs, dans
quinze des États de l'Union. Cet esclavage que le Sud
considérait comme vital pour son économie et qui consti-
tuait une grande partie de sa richesse, était pour le Nord
une tache sur l'écusson national, une flétrissure. Son
maintien était devenu paradoxal à une époque où un
esprit de réforme et de contestation se répandait en
Europe (les révolutions de 1830 et de 1848, le réveil des
nationalités), esprit qui avait touché l'Amérique. En
ce sens, l'anti-esclavagisme s'insérait dans les grandes
lignes de l'humanitarisme du siècle, l'émancipation des
femmes, la lutte contre l'alcoolisme, la création de
communautés utopiques imprégnées de religiosité et de
socialisme — dont les Quakers, décrits par Harriet
Beecher-Stowe, sont un exemple.

Quand fut publié *La Case de l'oncle Tom* en 1852, le
roman connut un prodigieux succès (300 000 exemplaires
vendus en un an) : c'est qu'il paraissait à son heure. Il était
porté par l'esprit du temps, par toute une littérature anti-
esclavagiste, les poèmes de Whittier, des romans médio-
cres remplis d'histoires de tortures, de séquestrations,
de criées d'esclaves, de familles séparées...

De 1814 à 1861, l'histoire intérieure des États-Unis
n'est qu'une suite de compromis et de concessions, qu'il

n'est pas question d'étudier en détail, destinés à empêcher le Sud de faire sécession et à prévenir — notamment dans les territoires nouveaux : Kansas, Nebraska, Californie, récemment ajoutés à l'Union — l'extension de l'esclavage. Des hommes politiques des deux bords — Calhoun, Douglas qui était « pour les Blancs dans tous les conflits entre Blancs et Noirs et pour les Noirs dans tous les conflits entre nègres et crocodiles », Henry Clay, Lincoln lui-même — s'étaient efforcés, à grand renfort de citations de la Bible, rhétorique toujours en usage, de trouver une solution acceptable aux deux partis.

Il y avait eu des révoltes sanglantes — celles de Nat Turner dont William Styron a tiré un roman ; celle de John Brown, prédicant à demi fou qui se croyait l'instrument de la vengeance divine. Le compromis de Henry Clay, en 1850, qui plaidait pour la sagesse, parut acceptable : il recelait, à la vérité, une clause inadmissible aux yeux des anti-esclavagistes : le droit de poursuite des esclaves fugitifs.

Ce fut cette loi qui révolta Harriet Beecher-Stowe, fille, femme, sœur et mère de pasteurs méthodistes et lui fit prendre la plume. L'un des épisodes majeurs du roman est, en effet, la fuite et la poursuite d'Élisa et de son enfant, et de Georges, son mari.

L'esclavage fut-il la raison principale de la guerre civile ? On connaît le mot qu'aurait prononcé Lincoln, en recevant l'auteur de *La Case de l'oncle Tom* : « Voici la petite femme qui a commencé une grande guerre. » A la vérité, les causes de la guerre sont multiples. Edmund Wilson reconnaît que le Nord avait besoin de la lutte anti-esclavagiste pour mobiliser son armée : l'un des buts poursuivis était aussi d'avoir sa part à la richesse du Sud. La croisade n'était pas exempte d'hypocrisie. Deux types de civilisation s'opposaient entre lesquels aucun compromis n'était possible : le Sud, rural, agricole, hostile aux banques, société aristocratique figée, basée sur l'honneur ; le Nord, industriel, urbain, favorable aux banques et aux immigrations venues d'Europe, société démocratique fondée sur la justice et la vertu. Le Nord et le Sud, selon l'expression d'André Maurois, étaient deux «blocs de passions et de loyalismes contradictoires bien plus encore que d'intérêts». La sécession de 1861 était devenue inévitable. *La Case de l'oncle Tom*, par son immense succès, précipita l'échéance.

Si l'on accepte les naïvetés, les invraisemblances, la perpétuelle intervention de l'auteur dans le récit, le ton moralisateur des commentaires et, ce qui est peut-être plus insupportable encore, la lourdeur de certains traits d'ironie et d'humour, il faut reconnaître au roman un mouvement entraînant, des scènes bien venues, un art certain à mener de front plusieurs intrigues et à maintenir en éveil l'attention du lecteur. Il ne faut pas oublier que nous sommes encore à l'aube du roman ; que l'intervention de l'auteur dans le récit — Balzac ne s'en prive pas — est admise. Ne pas oublier non plus qu'il s'agit d'un *feuilleton*, publié de juin 1851 à avril 1852, dans un journal anti-esclavagiste, et qui obéit à la loi du genre : mélange du tragique et du comique (l'excellente scène de la poursuite des chevaux que n'aurait pas désavouée Faulkner) ; disparitions ; évasions ; poursuites ; reconnaissances... On peut prendre à le lire aujourd'hui le plaisir que l'on prend à suivre à la télévision un feuilleton comme *Dynastie*. Contrairement à certains critiques qui trouvent le livre mal construit, je loue au contraire l'habileté de la romancière à mêler plusieurs intrigues et surtout le don qu'elle a de *faire voir* les milieux où elle nous entraîne. On n'oublie pas la maison des Saint-Clare à La Nouvelle-Orléans, ni celle des Quakers dans l'Ohio. Les lieux, les visages, les vêtements (certain couplet sur les chapeaux aurait enchanté Balzac), les odeurs sont bien décrits. Si on a le goût de l'imaginaire, et à condition de sauter quelques sermons moralisateurs, il me paraît difficile de ne pas se laisser prendre à la plupart des aventures des héros : le combat des fugitifs contre les chasseurs d'esclaves, par exemple ; ou la fuite simulée, puis réelle, de Cassy et d'Emmeline de chez leur bourreau Legree.

La question que se posait Brunetière de savoir si *La Case de l'oncle Tom* relève de la littérature est superflue : le livre relève d'une certaine littérature feuilletonesque, comme le mélodrame où Margot a pleuré relève du théâtre. Il y a plusieurs demeures dans la maison du Père, pour employer le langage biblique cher au vieux Tom (Tom que l'on n'imagine que vieux, le crâne couvert d'une toison de laine blanche, alors qu'il est encore jeune et vigoureux).

Que la romancière ait eu pour but de brosser un « panorama de l'esclavage » (Cyrille Arnavon) paraît évident. C'est pourquoi le reproche qu'on lui fit d'avoir outragé les femmes du Sud et donné de la civilisation des planteurs une image caricaturale dut lui paraître infondée. Les personnages sont-ils « complexes et finement bâtis », comme les voit Kenneth Allsop ? Quelques-uns d'entre eux — ni Tom, ni Saint-Clare, ni Legree assurément — ne sont pas *tout d'une pièce*, je l'admets. Mais leur « complexité » est toute relative. Ce n'est pas parce que Mrs. Shelby s'apitoie sur le sort de Tom qu'elle contredit vraiment à l'image du maître irresponsable et insouciant. Car elle le laisse vendre et se borne à récriminer. Quant à son mari qui accueille avec tendresse le fils d'Élisa, quand il lui donne une grappe de raisin, il la lance à la volée et « sifflant comme on appelle un chien », ajoute : « Tiens, c'est pour toi ! Attrape ! »

C'est ainsi que parlent les meilleurs propriétaires d'esclaves. Et quand Saint-Clare dit à Tom qu'il est prêt à l'affranchir et que le bon Tom lui répond : « Je ne partirai pas, tant que mon maître aura besoin de moi », Saint-Clare ne peut s'empêcher de s'écrier : « Quel brave garçon. Tu es aussi bon que bête. » Nous ne sommes pas loin de penser de même. C'est donc d'une façon assez abusive que la romancière, dans sa *Conclusion*, prétend avoir rendu justice à la noblesse, à la générosité qui, «dans bien des cas», caractérisent les habitants du Sud. Il se peut qu'elle l'ait vraiment cru, mais sa passion anti-esclavagiste a été la plus forte.

Il lui aura été épargné — encore n'est-ce pas sûr, car elle est morte âgée — de voir son personnage principal, Tom, le bon Tom, devenir le symbole de la lâcheté, de la flagornerie, de l'obséquiosité des Noirs envers leurs maîtres, image exécrée par les gens de couleur. «Faire le Tom» est devenu une expression insultante, le symbole même de la servilité.

Pour Kenneth Allsop, ce sont les *Tom shows*, tirés de l'œuvre, spectacles grotesques jouant sur la sensibilité et l'effroi des spectateurs, avec le mélange d'horreurs — fouets, chiens altérés de sang... — et de scènes édifiantes, qui sont responsables de la dégradation de la figure du héros en cet être rampant, moralisateur et bénisseur. Allsop voit bien plutôt en Tom un «Christ noir» dont le destin est de sauver l'âme de ceux qui le martyrisent. Le roman serait ainsi une parabole de la réversibilité des mérites, dogme de la foi chrétienne dont Bernanos a fait le thème profond de son œuvre. La soudaine conversion des bourreaux de Tom qui, après l'avoir torturé, se mettent à laver ses plaies et à fondre en larmes, touchés par le repentir, vient à l'appui de cette interprétation du personnage. Ce que l'on sait de l'auteur, du milieu où elle a vécu, donne à penser que cette idée du rachat par la souffrance est bien celle qu'elle entendait illustrer. Mais le poids du réalisme est si fort, si mélo dramatiques les intrigues entrecroisées que l'aspect mythique du roman disparaît.

On ne peut pas ne pas faire le rapprochement avec certaines œuvres de Faulkner, comme *L'Intrus* qui met en scène un Noir sur le point d'être lynché par des Blancs (la scène se passe de nos jours) et qui semble accepter son martyre. Quelle différence entre le pauvre Tom et Lucas Beauchamp dont la noblesse, le mépris qu'il porte à ses bourreaux, le refus qu'il met à se disculper forcent l'admiration ! Faussement accusé du meurtre d'une Blanche, il attend dans sa prison tandis que la foule, au-dehors, réclame qu'on lui livre l'assassin présumé. Son attitude, celle de la foule, sont significatives : pas d'excitation ni de crise d'hystérie. Victime et bourreaux sont conscients de jouer leur rôle dans une cérémonie sacrificielle. Il faut que Lucas Beauchamp ait été menacé de lynchage pour que les habitants de Jefferson s'écrient : «Nous allions tuer un juste.» On ne lynchera plus personne à Jefferson.

Comme l'oncle Tom, Lucas Beauchamp fait figure d'un Christ de douleur. Mais la signification métaphysique de la fable, au lieu d'être noyée dans une phraséologie larmoyante, est haussée par Faulkner à la valeur du mythe. «L'injustice de l'homme envers l'homme ne peut être abolie en une nuit par la police», dit Faulkner. On mesure le progrès moral accompli depuis l'époque de Harriet Beecher-Stowe : l'injustice est reconnue. Mais la solution proposée pour la faire cesser est celle-là même que préconisaient les modérés avant la guerre civile : laisser faire le temps. Le décret de Lincoln (qui avait avant tout pour but de préserver l'intégrité de l'Union) a aboli l'esclavage mais n'a pas fait disparaître le problème posé par l'intégration de gens de couleur dans une civilisation créée par des Blancs. Dans la mesure où le problème peut être résolu, il l'est aujourd'hui aux États-Unis où les Noirs jouissent des droits civiques, accèdent à de hautes fonctions administratives (de grandes villes ont des maires de couleur), ont à leur disposition écoles et universités, se mêlent aux Blancs dans les lieux publics. Il reste qu'un Noir demeure noir et un Blanc, blanc. Les ultras de la lutte pour les droits des Noirs (d'ailleurs en perte de vitesse, sinon discrédités), les «Black Panthers» et autres vont plus loin : ils veulent que les Blancs admirent les Noirs (*Black is beautiful*). Non seulement, comme le Georges dè

La Case de l'oncle Tom (et il faut ici admirer la prescience qu'avait la romancière de certaines attitudes irréductibles), ils regrettent, s'ils en ont, d'avoir du sang blanc. Mais ils veulent affirmer la supériorité du Noir.

Dans cette ligne, on peut remarquer la place que donnent les grands magazines de mode aux mannequins et modèles noirs. Il est d'ailleurs notable que ceux-ci ne présentent plus les signes les plus visibles de la négritude : nez épaté, lèvres épaisses, chevelure crépue. Subsiste seulement la couleur de la peau — un bronzage un peu poussé.

Et ceci ramène à *La Case de l'oncle Tom*. En effet, les nègres sur lesquels on nous apitoie le plus ; ceux qui montrent du courage et se conduisent en héros, Élisa, Georges, sont, l'une, une quarteronne, l'autre, un mulâtre. Et l'auteur prend soin de préciser la finesse de leurs traits, comme s'il espérait pouvoir mieux éveiller l'intérêt de ses lecteurs yankees — lesquels, on le voit par Miss Olympia, montraient quelque répulsion à embrasser une négresse. Petite hypocrisie supplémentaire. Seul le pauvre Tom est un Noir intégral, aussi n'a-t-il droit qu'à notre pitié.

Que l'abolition de l'esclavage ait retardé la solution du problème de l'intégration, c'est l'opinion de plusieurs historiens et sociologues et c'était l'opinion de Faulkner. Sans me risquer à juger la situation dramatique créée par l'apartheid en Afrique du Sud, je me bornerai à constater que la déclaration du président Botha reproduit exactement la position de Faulkner face au problème noir : ce problème nous concerne nous et nous seuls ; c'est à nous de le résoudre et seul le temps, l'évolution des mentalités et des situations permettront de le faire.

Cette évolution, Faulkner la croit possible par le sacrifice de quelques-uns — les «justes» que cherchait en vain Jehovah pour épargner les cités coupables. Et c'est à la race noire que le grand écrivain du Sud assigne ce rôle de rédemption par la souffrance. Après avoir raconté en quelques mots le sort des Noirs qui ont vécu au service de la famille Compson (dans *Le Bruit et la Fureur*), Luster, la vieille Dilsey — Faulkner trace ces simples mots : *they endured* : ils ont souffert. Ils ont souffert, *enduré* : c'est-à-dire qu'ils ont *duré*. C'est le temps qui est le vainqueur.

Dans un autre grand roman du Sud que j'ai cité, William Styron campe un personnage de révolté, Nat Turner, qui est l'antithèse de Tom — ou plutôt, car il est lui aussi nourri de la Bible qu'il cite à tout bout de champ, il est un Tom qui aurait pris la tête d'une révolte d'esclaves où cinquante-cinq Blancs furent sauvagement assassinés. Dans sa prison, Nat Turner réfléchit : «[...] j'étais porté à croire [...] qu'en face d'une telle adversité (celle de la condition d'humiliés et d'offensés de ses frèrcs de couleur), ce doit être la foi chrétienne du nègre, sa compréhension d'une espèce de droiture, *au cœur même de la souffrance*[1] et sa volonté d'être patient, endurant dans la certitude de la vie éternelle qui l'éloignait de toute idée de suicide. »

Ces lignes sonnent à l'unisson de certaines déclarations de l'oncle Tom. Avec ses moyens réduits, son esthétique de feuilletoniste, Harriet Beecher-Stowe a compris comme les grands romanciers du Sud, et avant eux, que la grandeur de la race noire était dans son aptitude à la souffrance ; elle a compris comme eux la valeur du sacrifice d'un pauvre Noir.

MICHEL MOHRT
de l'Académie française.

---

1. C'est moi qui souligne.

CHAPITRE PREMIER

Où le lecteur fait connaissance avec un homme vraiment humain

VERS le soir d'une froide journée de février, deux gentlemen étaient assis devant une bouteille vide, dans une salle à manger confortablement meublée de la ville de P..., dans le Kentucky. Pas de domestiques autour d'eux : les sièges étaient fort rapprochés, et les deux gentlemen semblaient discuter quelque question d'un vif intérêt.

C'est par politesse que nous avons employé jusqu'ici le mot de *gentlemen*. Un de ces deux hommes, quand on l'examinait avec attention, ne paraissait pas mériter cette qualification : il n'avait vraiment pas la mine d'un gentleman. Il était court et épais ; ses traits étaient grossiers et communs ; son air à la fois prétentieux et insolent révélait l'homme d'une condition inférieure voulant se pousser dans le monde et faire sa route en jouant des coudes. Il avait une mise exagérée : gilet brillant et de toutes couleurs, cravate bleue semée de points jaunes, et nœud pimpant, tout à fait en harmonie avec l'aspect du personnage. Ses mains, courtes et larges, étaient surabondamment ornées d'anneaux. Il portait une massive chaîne de montre en or, avec une grappe de breloques gigantesques ; il avait l'habitude, dans l'ardeur de la conversation, de les faire sonner et retentir avec des marques de vive satisfaction. Sa conversation était un défi audacieux jeté sans cesse à la grammaire de Muray; il avait soin de temps en temps de la munir de termes assez profanes, que notre vif désir d'être exact ne nous permet cependant point de rapporter.

Son compagnon, M. Shelby, avait au contraire toute l'apparence d'un gentleman. La scène se passait chez lui; l'arrangement et la tenue de la maison indiquaient une condition aisée et même opulente. Ainsi que nous l'avons déjà dit, la discussion était vive entre ces deux hommes.

« Voilà comme j'entends arranger l'affaire, disait M. Shelby.

— De cette façon-là je ne puis pas, monsieur Shelby, je ne puis pas! reprenait l'autre, en élevant un verre de vin entre ses yeux et la lumière.

— Cependant, Haley, Tom est un rare sujet; sur ma parole, il vaudrait cette somme par toute la terre : un homme rangé, honnête, capable, et qui fait marcher ma ferme comme une horloge.

— Honnête! vous voulez dire autant qu'un nègre peut l'être, reprit Haley, en se servant un verre d'eau-de-vie.

— Non, je veux dire réellement honnête, rangé, sensible et pieux. Il doit sa religion à une mission ambulante, qui passait il y a quatre ans par ici; je crois sa religion vraie. Je lui ai confié depuis tout ce que j'ai, argent, maison, chevaux; je le laisse aller et venir dans le pays; toujours et partout je l'ai trouvé exact et fidèle.

— Il y a des gens, fit Haley avec un geste naïf, qui ne croient pas que les nègres soient véritablement religieux; pour moi, je le crois : dans un des derniers lots que j'ai eus à Orléans, je suis tombé sur un individu — une bonne rencontre — si doux, si paisible! c'était un plaisir de l'entendre prier. Il m'a rapporté une somme assez ronde... Je l'achetai bon marché d'un homme qui était obligé de vendre; j'ai réalisé avec lui six cents dollars. Oui, j'estime que la religion est une bonne chose dans un nègre, quand l'article n'est pas falsifié...

— Eh bien, reprit l'autre, Tom est vraiment l'article non falsifié. Dernièrement je l'ai envoyé à Cincinnati, seul, pour faire mes affaires et me rapporter cinq cents dollars. "Tom, lui dis-je, j'ai confiance en vous, parce que vous êtes chrétien... Je sais que vous ne me volerez pas." Tom revint ; j'en étais sûr... Quelques misérables lui dirent : "Tom ! pourquoi ne fuis-tu pas ?... Va au Canada ! — Ah ! je ne puis pas, répondit-il... Mon maître a eu confiance en moi !" — On m'a redit ça ! Je suis fâché de me séparer de Tom, je dois l'avouer... Allons ! ce sera la balance de notre compte, Haley... Ce sera cela... si vous avez un peu de conscience.

— J'ai autant de conscience qu'un homme d'affaires puisse en avoir pour jurer dessus, dit le marchand en manière de plaisanterie, et je suis prêt à faire tout ce qui est raisonnable pour obliger mes amis... mais les temps sont durs, vraiment trop durs. »

Le marchand poussa quelques soupirs de componction... et se versa une nouvelle rasade d'eau-de-vie.

« Eh bien, Haley, quelles sont vos dernières conditions ? dit M. Shelby après un moment de pénible silence.

— N'avez-vous pas quelque chose, fille ou garçon, à me donner par-dessus le marché, avec Tom ?

— Eh mais, personne dont je puisse me passer ; à dire vrai, quand je vends, il faut qu'une dure nécessité m'y pousse. Je n'aime pas à me séparer de mes travailleurs : c'est un fait. »

A ce moment la porte s'ouvrit, et un enfant quarteron[1], de quatre ou cinq ans, entra dans la salle. Il était remarquablement beau et d'une physionomie charmante. Sa chevelure noire, fine comme un duvet de soie, pendait en boucles brillantes autour d'un visage arrondi et tout creusé de fossettes ; deux grands yeux noirs, pleins de douceur et de feu, dardaient le regard à travers de longs cils épais. Il regarda curieusement dans l'appartement. Il portait une belle robe de tartan jaune et écarlate, faite avec soin et ajustée de façon à mettre en saillie tous les

15

caractères particuliers de sa beauté de mulâtre ; ajoutez à cela un air d'assurance comique, mêlée de grâce familière, qui montrait assez que c'était là le favori très gâté de son maître.

« Viens çà, maître Corbeau ! dit M. Shelby en sifflant ; et il lui jeta une grappe de raisin... Allons ! attrape. »

L'enfant bondit de toute la vigueur de ses petits membres et saisit sa proie.

Le maître riait.

« Viens ici, Jim ! »

L'enfant s'approcha... Le maître caressa sa tête bouclée et lui tapota le menton.

« Maintenant, Jim, montre à ce gentleman comme tu sais danser et chanter... » L'enfant commença une de ces chansons grotesques et sauvages, assez communes chez les nègres. Sa voix était claire et d'un timbre sonore. Il accompagnait son chant de mouvements vraiment comiques, de ses mains, de ses pieds, de tout son corps. Tous ces mouvements se mesuraient exactement au rythme de la chanson.

« Bravo ! dit Haley en lui jetant un quartier d'orange...

— Maintenant, Jim, marche comme le vieux père Cudjoex, quand il a son rhumatisme. »

A l'instant les membres flexibles de l'enfant se déjetèrent et se déformèrent. Une bosse s'éleva entre ses épaules, et, le bâton de son maître à la main, mimant la vieillesse douloureuse sur son visage d'enfant, il boita par la chambre, en trébuchant de droite à gauche comme un octogénaire.

Les deux hommes riaient aux éclats.

« A présent, Jim, dit le maître, montre-nous comment le vieux Eldec Bobbens chante à l'église. »

L'enfant allongea démesurément sa face ronde, et, avec une imperturbable gravité, commença une psalmodie nasillarde.

« Hourra ! bravo ! quel gaillard ! fit Haley... Marché conclu... parole donnée. Il appuya la main sur l'épaule

de Shelby... Je prends ce garçon et tout est dit...
Ne suis-je pas arrangeant... hein ? »

A ce moment, la porte fut doucement poussée, et une jeune esclave quarteronne d'à peu près vingt-cinq ans entra dans l'appartement. Il suffisait d'un regard jeté d'elle à l'enfant pour voir que c'était bien là le fils et la mère.

C'était le même œil, noir et brillant, un œil aux longs cils. C'était la même abondance de cheveux noirs et soyeux... On voyait courir le sang sous sa peau brune, qui prit une teinte plus foncée quand elle aperçut le regard de l'étranger fixé sur elle avec une sorte d'admiration hardie, qui ne prenait pas même la peine de se cacher. Sa mise, d'une irréprochable propreté, laissait ressortir toute la beauté de sa taille élégante. Elle avait la main délicate ; ses pieds étroits et ses fines chevilles ne pouvaient échapper à l'investigation rapide du marchand, habitué à parcourir d'un seul regard tous les attraits d'une femme.

« Qu'est-ce donc, Élisa ?... dit le maître, voyant qu'elle s'arrêtait et le regardait avec une sorte d'hésitation.

— Pardon, monsieur, je venais chercher Henri... »

L'enfant s'élança vers elle en montrant le butin qu'il avait rassemblé dans un pan de sa robe.

« Eh bien, alors, emmenez-le », dit M. Shelby. Elle sortit rapidement en l'emportant sur son bras.

« Par Jupiter ! s'écria le marchand, voilà un bel article ! vous pourrez avec cette fille faire votre fortune à Orléans quand vous voudrez ! J'ai vu compter des *mille* pour des filles qui n'étaient pas plus belles...

— Je n'ai pas besoin de faire ma fortune avec elle », reprit sèchement M. Shelby ; et, pour changer le cours de la conversation, il fit sauter le bouchon d'une nouvelle bouteille, sur le mérite de laquelle il demanda l'avis de son compagnon.

« Excellent ! première qualité ! fit le marchand ; puis se retournant, et lui frappant familièrement l'épaule, il ajouta : Voyons ! combien la fille ?... qu'en voulez-vous ? que dois-je en dire ?

— Monsieur Haley, elle n'est point à vendre ; ma femme ne voudrait pas s'en séparer pour son pesant d'or.

— Hé ! hé ! les femmes n'ont que cela à dire parce qu'elles ne savent pas compter ! mais faites-leur voir combien de montres, de plumes et de bijoux elles pourront acheter avec le pesant d'or de quelqu'un, et elles changeront bientôt d'avis... je vous en réponds.

— Je vous répète, Haley, qu'il ne faut point parler de cela ; je dis non, et c'est non ! reprit Shelby d'un ton ferme.

— Alors vous me donnerez l'enfant, dit le marchand ; vous conviendrez, je pense, que je le mérite bien...

— Eh ! que pouvez-vous faire de l'enfant ? dit Shelby.

— Eh mais, j'ai un ami qui s'occupe de cette branche de commerce. Il a besoin de beaux enfants qu'il achète pour les revendre. Ce sont des articles de fantaisie : les riches y mettent le prix. Dans les grandes maisons, on veut un beau garçon pour ouvrir la porte, pour servir, pour attendre. Ils rapportent une bonne somme. Ce petit diable, musicien et comédien, fera tout à fait l'affaire.

— J'aimerais mieux ne pas le vendre, dit M. Shelby tout pensif. Le fait est, monsieur, que je suis un homme humain : je n'aime pas séparer un enfant de sa mère, monsieur.

— En vérité ! Oui... le cri de la nature... je vous comprends : il y a des moments où les femmes sont très fâcheuses... j'ai toujours détesté leurs cris, leurs lamentations... c'est tout à fait déplaisant... mais je m'y prends généralement de manière à les éviter, monsieur : faites disparaître la fille un jour... ou une semaine, et l'affaire se fera tranquillement. Ce sera fini avant qu'elle revienne... Votre femme peut lui donner des boucles d'oreilles, une robe neuve ou quelque autre bagatelle pour en avoir raison.

— Que Dieu vous écoute donc !

— Ces créatures ne sont pas comme la chair blanche, vous savez bien ; on leur remonte le moral en les dirigeant bien. On dit maintenant, continua Halcy en prenant un air candide et un ton confidentiel, que ce genre de commerce endurcit le cœur ; mais je n'ai jamais trouvé cela. Le fait est que je ne voudrais pas faire ce que font certaines gens. J'en ai vu qui arrachaient violemment un enfant des bras de sa mère pour le vendre... elle cependant, la pauvre femme, criait comme une folle... C'est là un bien mauvais système... il détériore la marchandise, et parfois la rend complètement impropre à son usage... J'ai connu jadis, à La Nouvelle-Orléans, une fille véritablement belle, qui fut complètement perdue par suite de tels traitements... L'individu qui l'achetait n'avait que faire de son enfant... Quand son sang était un peu excité, c'était une vraie femme de race : elle tenait son enfant dans ses bras... elle marchait... elle parlait... c'était terrible à voir ! Rien que d'y penser, cela me fait courir le sang tout froid dans les veines. Ils lui arrachèrent donc son enfant et la garrottèrent... Elle devint folle furieuse et mourut dans la semaine... Perte nette de mille dollars, et cela par manque de prudence... et voilà ! Il vaut toujours mieux être humain, monsieur ; c'est ce que m'apprend mon expérience. »

Le marchand se renversa dans son fauteuil et croisa ses bras avec tous les signes d'une vertu inébranlable, se considérant sans doute comme un second Villeberforce... Le sujet intéressait au plus haut degré l'honorable gentleman ; car, pendant que M. Shelby, tout pensif, enlevait la peau d'une orange, Halcy reprit avec une modestie convenable, mais comme s'il eût été poussé par la force de la vérité :

« Je ne pense pas qu'un homme doive se louer lui-même ; mais je le dis, parce que c'est la vérité... je crois que je passe pour avoir les plus beaux troupeaux de nègres qu'on ait amenés ici... du moins on le dit... Ils sont en bon état, gras, bien-portants, et j'en perds aussi peu que quelque négociant que ce soit. Je le dois à ma manière d'agir, monsieur. L'humanité, monsieur, je puis le dire, est la base de ma conduite ! »

M. Shelby ne savait que répondre ; aussi dit-il :

« En vérité !

— Maintenant, monsieur, je l'avoue, on s'est moqué de mes idées, on en a ri, elles ne sont pas populaires... elles ne sont pas répandues... mais je m'y suis cramponné... et grâce à elles j'ai réalisé... oui, monsieur... elles ont bien payé leur passage... je puis le dire. »

Et le marchand se mit à rire de sa plaisanterie.

Il y avait quelque chose de si piquant et de si original dans ces démonstrations d'humanité, que M. Shelby lui-même ne put s'empêcher de rire... Peut-être riez-vous aussi, cher lecteur ; mais vous savez que l'humanité revêt d'étranges et nouvelles formes, et qu'il n'y aura pas de fin aux stupidités de la race humaine... en paroles et en actions.

Le rire de M. Shelby encouragea le marchand à continuer.

« C'est étrange, en vérité ; mais je n'ai pas pu fourrer cela dans la tête des gens. Il y avait, voyez-vous, Tom Loker, mon ancien associé chez les Natchez : c'était un habile garçon ; seulement, avec les nègres, ce Tom était un vrai diable. Il fallait que chez lui ce fût un principe, car je n'ai pas connu un plus tendre cœur parmi ceux qui mangent le pain du Bon Dieu. J'avais l'habitude de lui dire : "Eh bien, Tom, quand ces filles sont tristes et qu'elles pleurent, quelle est donc cette façon de leur donner des coups de poing ou de les frapper sur la tête ? C'est ridicule, et cela ne fait jamais bien. Leurs cris ne font pas de mal, lui disais-je encore : c'est la nature ! et, si la nature n'est pas satisfaite d'un côté, elle le sera de l'autre. De plus, Tom, lui disais-je encore, vous détériorez ces filles ; elles tombent malades et quelquefois deviennent laides, particulièrement les jaunes : c'est le diable pour les faire revenir... Ne pouvez-vous donc les amadouer... leur parler doucement? Comptez là-dessus, Tom! un peu d'humanité fait plus de profit que vos brutalités et vos coups de poing; on en recueille la récompense. Comptez-y, Tom!" Tom ne put parvenir à gagner cela sur lui; il me gâta tant de marchandise que je fus obligé de rompre avec lui, quoique ce fût un bien bon cœur et une main habile en affaires.

— Et vous pensez que votre système est préférable à celui de Tom? dit M. Shelby.

— Oui, monsieur, je puis le dire. Toutes les fois que cela m'est possible, j'évite les désagréments. Si je veux vendre un enfant, j'éloigne la mère, et, vous le savez : loin des yeux, loin du cœur. Quand c'est fait, quand il n'y a plus moyen, elles en prennent leur parti. Ce n'est pas comme les Blancs, qui sont élevés dans la pensée de garder leurs enfants, leur femme et tout. Un nègre qui a été dressé convenablement ne s'attend à rien de pareil, et tout devient ainsi très facile.

— Je crains, dit M. Shelby, que les miens n'aient point été élevés convenablement.

— Cela se peut. Vous autres, gens du Kentucky, vous gâtez vos nègres, vous les traitez bien. Ce n'est pas de la véritable tendresse, après tout. Voilà un Noir! eh bien, il est fait pour rouler dans le monde, pour être vendu à Tom, à Dick, et Dieu sait à qui! Il n'est pas bon de lui donner des idées, des espérances, pour qu'il se trouve ensuite exposé à des misères, à des duretés qui lui sembleront plus pénibles... J'ose dire qu'il vaudrait mieux pour vos nègres d'être traités comme ceux de toutes les plantations. Vous savez, monsieur Shelby, que chaque homme pense toujours avoir raison; je pense donc que j'agis comme il faut agir avec les nègres.

— On est fort heureux d'être content de soi, dit M. Shelby en haussant les épaules et sans chercher à déguiser une impression très défavorable.

— Eh bien, reprit Haley, après que tous deux eurent

pendant un instant silencieusement épluché leurs noix... eh bien, que dites-vous ?

— Je vais y réfléchir et en parler avec ma femme, dit M. Shelby. Cependant, Haley, si vous voulez que cette affaire soit menée avec la discrétion dont vous parlez, ne laissez rien transpirer dans le voisinage ; le bruit s'en répandrait parmi les miens, et je vous déclare qu'il ne serait pas facile alors de les calmer.

— Motus ! je vous le promets ! mais en même temps je vous déclare que je suis diablement pressé et qu'il faut que je sache le plus tôt possible sur quoi je puis compter. »

Il se leva et mit son pardessus.

« Faites-moi demander ce soir, entre six et sept heures, dit M. Shelby, et vous aurez ma réponse. »

Le marchand salua et sortit.

« Dire que je ne puis pas le jeter du haut en bas de l'escalier ! pensa M. Shelby quand il vit la porte bien fermée. Quelle impudente effronterie !... Il connaît ses avantages. Ah ! si on m'eût dit qu'un jour j'aurais été obligé de vendre Tom à un de ces damnés marchands, j'aurais répondu : "Votre serviteur est-il un chien pour en agir ainsi ?..." Et maintenant cela doit être... je le vois... Et l'enfant d'Élisa ! Je vais avoir maille à partir avec ma femme à ce sujet-là... et pour Tom aussi... Oh ! les dettes ! les dettes ! Le drôle sait ses avantages... il en profite. »

C'est peut-être dans l'État de Kentucky que l'esclavage se montre sous sa forme la plus douce. La prédominance générale de l'agriculture, paisible et régulière, ne donne pas lieu à ces fiévreuses ardeurs du travail forcé que la nécessité des affaires impose aux contrées du Sud ; dans le Kentucky, la condition de l'esclave est plus en harmonie avec ce que réclament la santé et la raison. Le maître, content d'un profit modéré, n'est pas poussé à ces exigences impitoyables qui forcent la main à cette faible nature humaine partout où l'espoir d'un gain rapide est jeté dans la balance sans autre contrepoids que l'intérêt du faible et de l'opprimé.

Oui, si l'on parcourt certaines habitations du Kentucky, si l'on voit l'indulgence humaine de certains maîtres, l'affection sincère de quelques esclaves, on peut être tenté de se reporter par ses rêves aux poétiques légendes des mœurs patriarcales ; mais toute la scène est dominée par une ombre gigantesque et terrible, l'ombre de la loi ! Tant que la loi considérera les esclaves comme des choses appartenant à un maître, tant que la ruine, l'imprudence ou le malheur d'un possesseur bienveillant pourra contraindre ces infortunés à échanger une vie abritée sous l'indulgence et la protection contre une misère et un travail sans espérance, il n'y aura rien de beau, rien d'avouable dans l'administration la mieux réglée de l'esclavage.

M. Shelby était une bonne pâte d'homme, une facile et tendre nature, porté à l'indulgence envers tous ceux qui l'entouraient. Il ne négligeait rien de ce qui pouvait contribuer à la santé et au bien-être des nègres en sa possession. Mais il s'était jeté dans des spéculations aveugles... il était engagé pour des sommes considérables. Ses billets étaient entre les mains de Haley... Voilà qui explique la conversation précédemment rapportée.

Élisa, en approchant de la porte, en avait assez entendu pour comprendre qu'un marchand faisait des offres pour quelque esclave.

Elle aurait bien voulu rester à la porte pour écouter davantage ; mais au même instant sa maîtresse l'appela : il fallut bien partir.

Elle crut cependant comprendre qu'il s'agissait de son enfant... Pouvait-elle s'y tromper ?... Son cœur se gonfla et battit bien fort. Elle serra involontairement l'enfant contre elle d'une si vive étreinte, que le pauvre petit se retourna tout étonné pour regarder sa mère.

« Élisa ! mais qu'avez-vous aujourd'hui, ma fille ? » dit la maîtresse en voyant Élisa prendre un objet pour l'autre, renverser la table à ouvrage et lui présenter une camisole de nuit au lieu d'une robe de soie qu'elle lui demandait.

Élisa s'arrêta tout d'un coup.

« Oh ! madame, dit-elle en levant les yeux au ciel ; puis, fondant en larmes, elle se laissa tomber sur une chaise et sanglota.

— Eh bien, Élisa, mon enfant... mais qu'avez-vous donc ?

— Oh ! madame, madame ! il y avait un marchand qui parlait dans la salle avec monsieur ; je l'ai entendu !

— Eh bien, folle ! quand cela serait ?

— Ah ! madame, croyez-vous que monsieur voudrait vendre mon Henri ? »

Et la pauvre créature se rejeta de nouveau sur la chaise avec des sanglots convulsifs.

« Eh non ! sotte créature ; vous savez bien que votre maître ne fait pas d'affaires avec les marchands du Sud, et qu'il n'a pas l'habitude de vendre ses esclaves tant qu'ils se conduisent bien... Et puis, folle que vous êtes, qui voudrait donc acheter votre Henri, et pour quoi faire ? pensez-vous que l'univers ait pour lui les mêmes yeux que vous ? Allons, sèche tes larmes, accroche ma robe et coiffe-moi... tu sais, ces belles tresses par-derrière, comme on t'a montré l'autre jour... et n'écoute plus jamais aux portes.

— Non, madame..., mais vous, vous ne consentirez pas à... à ce que...

— Quelle folie... ! eh non, je ne consentirais pas... Pourquoi revenir là-dessus ? j'aimerais autant voir vendre un de mes enfants, à moi ! Mais, en vérité, Elisa, vous devenez un peu bien orgueilleuse aussi de ce petit bonhomme... On ne peut pas mettre le nez dans la maison que vous ne pensiez que ce soit pour l'acheter. »

Rassurée par le ton même de sa maîtresse, Élisa l'habilla prestement, et finit par rire de ses propres craintes.

Mme Shelby était une femme supérieure, comme sentiment et comme intelligence ; à cette grandeur d'âme naturelle, à cette élévation d'esprit, qui souvent est le caractère distinctif des femmes du Kentucky, elle joignait des principes d'une haute moralité et des sentiments religieux qui la guidaient, avec autant de fermeté que d'habileté, dans toutes les circonstances pratiques de sa vie. Son mari, qui ne faisait profession d'aucune religion plus particulièrement, avait la plus grande déférence pour la religion de sa femme. Il tenait à son opinion ; il lui laissait donner librement carrière à sa bienveillance dans tout ce qui regardait l'amélioration, l'instruction et le bien-être des esclaves ; quant à lui, il ne s'en mêlait pas directement. Sans croire très fermement à la réversibilité des mérites des saints, il laissait assez voir qu'à son avis sa femme était bonne et vertueuse pour deux, et qu'il espérait gagner le Ciel avec le surplus de ses vertus : ceci le dispensait de toute prétention personnelle.

Après sa conversation avec le marchand, il eut comme un poids sur l'esprit : il fallait faire connaître ses projets à sa femme... il prévoyait l'opposition et la résistance...

Mme Shelby, ignorant complètement les embarras de son mari et le sachant très bon au fond, avait été sincèrement incrédule devant les craintes d'Élisa : elle ne s'en occupa même plus. Elle se préparait à une visite pour le soir : le reste lui sortit complètement de la tête.

CHAPITRE II

La mère

ÉLEVÉE depuis l'enfance par sa maîtresse, Élisa avait toujours été traitée en favorite que l'on gâte un peu.

Ceux qui ont voyagé dans l'Amérique du Sud ont pu remarquer l'élégance raffinée, la douceur de voix et de manières qui semblent être le don particulier de certaines mulâtresses. Ces grâces naturelles des quarteronnes sont souvent unies à une beauté vraiment éblouissante, et presque toujours rehaussées par des agréments personnels. Élisa telle que nous l'avons peinte n'est point un tableau de fantaisie : c'est un portrait ; nous avons vu l'original dans le Kentucky. Défendue par l'affection protectrice de sa maîtresse, Élisa avait atteint la jeunesse sans être exposée à ces tentations qui font de la beauté un héritage si fatal à l'esclave. Elle avait été mariée à un jeune homme de sa condition, habile et beau, vivant sur une possession voisine. Il s'appelait Georges Harris.

Ce jeune homme avait été loué par son maître pour travailler dans une fabrique de sacs. Son adresse et son savoir lui avaient valu la première place. Il avait inventé une machine à tiller le chanvre. Eu égard à l'éducation et à la position sociale de l'inventeur, on peut dire qu'il avait déployé autant de génie mécanique que Whitney dans sa machine à coton.

Georges était bien de sa personne et d'aimables manières ; c'était le favori de toute la fabrique. Cependant, comme cet esclave, aux yeux de la loi, n'était pas un homme, mais une chose, toutes ces qualités supérieures étaient soumises au contrôle tyrannique d'un maître vulgaire, aux idées étroites. Le bruit de l'invention alla jusqu'à lui : il se rendit à la fabrique pour voir ce qu'avait fait cette chose intelligente ; il fut reçu avec enthousiasme par le directeur, qui le félicita d'avoir un esclave d'un tel mérite.

Georges lui fit les honneurs de la fabrique, lui montra sa machine, et, un peu exalté par les éloges, parla si bien, se montra si grand, parut si beau, que son maître commença d'éprouver le sentiment pénible de son infériorité. Quel besoin avait donc son esclave de parcourir le pays, d'inventer des machines et de lever la tête parmi les gentlemen ? Il fallait y mettre ordre..., il fallait le ramener chez lui, le mettre à creuser et à bêcher la terre... on verrait alors s'il serait aussi superbe ! Le fabricant et tous les ouvriers furent donc grandement étonnés d'entendre cet homme demander le compte de Georges, qu'il voulait, disait-il, reprendre immédiatement.

« Mais, monsieur Harris, disait le fabricant, n'est-ce point une résolution bien soudaine ?

— Qu'importe ? n'est-il pas à moi ?

— Nous consentirons volontiers à élever le prix.

— Ceci n'est pas une raison : je n'ai pas besoin de louer mes ouvriers quand cela ne me plaît pas.

— Mais, monsieur, il semble tout particulièrement propre aux fonctions...

— Possible. Je gagerais bien qu'il n'a jamais été aussi propre aux travaux que je lui ai confiés...

— Et puis, dit assez maladroitement un des ouvriers, songez à la machine qu'il a inventée...

— Ah ! oui, une machine pour épargner la peine, n'est-ce pas ? C'est cela qu'il a inventé, je gage. Il n'y a qu'un nègre pour inventer cela. Ne sont-ils point eux-mêmes des machines ?... Non, il partira. »

Georges était resté comme anéanti en entendant son

arrêt ainsi prononcé par une autorité qu'il savait irrésistible. Il croisa les bras et se mordit les lèvres ; mais
la colère brûlait son sein comme un volcan, faisant couler
dans ses veines des torrents de laves enflammées ; sa respiration était brève, et ses grands yeux noirs avaient l'éclat
des charbons ardents. Il eût sans doute éclaté dans
quelque emportement fatal, si l'excellent directeur ne lui
eût dit à voix basse en lui touchant le bras :

« Cédez, Georges ; allez avec lui maintenant : nous
tâcherons de vous reprendre. »

Le tyran remarqua ce chuchotement ; il en comprit le
sens, quoiqu'il n'en pût entendre les paroles, et il ne s'en
affermit que davantage dans sa résolution de conserver
tout pouvoir sur sa victime.

Georges fut ramené à l'habitation et employé aux plus
grossiers travaux de la ferme. Il put sans doute s'abstenir
de toute parole irrespectueuse ; mais l'œil rempli d'éclairs,
mais le front sombre et troublé, n'est-ce point là un
langage aussi, un langage auquel on ne saurait imposer
silence ? Signe trop visible qu'on ne peut faire de l'homme
une chose !

C'était pendant l'heureuse période de son travail à la
fabrique que Georges avait vu Élisa et qu'il l'avait épousée :
pendant cette période, jouissant de la confiance et de
la faveur de son chef, il avait pleine liberté d'aller et de
venir à sa guise. Ce mariage avait reçu la haute approbation de Mme Shelby, qui, comme toutes les femmes, aimait
assez s'occuper de mariage : elle était heureuse de marier
sa belle favorite avec un homme de sa classe, qui lui
convenait d'ailleurs de toute façon. Ils furent donc unis
dans le grand salon de Mme Shelby, qui voulut elle-même
orner de fleurs d'oranger les beaux cheveux de la fiancée
et la parer du voile nuptial. Jamais ce voile ne couvrit une
tête plus charmante. Rien ne manqua : ni les gants blancs,
ni les gâteaux, ni le vin ; on accourait pour louer la beauté
de la jeune fille et la grâce et la libéralité de sa maîtresse.

Pendant une ou deux années, Élisa vit son mari assez

fréquemment ; rien n'interrompit leur bonheur que la perte de deux enfants en bas âge, auxquels elle était passionnément attachée : elle mit une telle vivacité dans sa douleur qu'elle s'attira les douces remontrances de sa maîtresse, qui voulait, avec une sollicitude toute maternelle, contenir ses sentiments naturellement passionnés dans les limites de la raison et de la religion.

Cependant, après la naissance du petit Henri, elle s'était peu à peu calmée et apaisée ; tous ces liens saignants de l'affection, tous ces nerfs frémissants s'enlacèrent à cette petite vie et retrouvèrent leur puissance et leur force. Élisa fut donc une heureuse femme jusqu'au jour où son mari fut violemment arraché de la fabrique et ramené sous le joug de fer de son possesseur légal.

Le manufacturier, fidèle à sa parole, alla rendre visite à M. Harris, une semaine ou deux après le départ de Georges. Il espérait que le feu de la colère serait éteint... Il ne négligea rien pour obtenir qu'on lui rendît l'esclave.

« Ne prenez pas la peine de m'en parler davantage, répondit Harris d'un ton brusque et irrité ; je sais ce que j'ai à faire, monsieur.

— Je ne prétends pas vous influencer en rien, monsieur ; je croyais seulement que vous auriez pu penser qu'il était de votre intérêt de me rendre cet homme aux conditions...

— Je comprends, monsieur... J'ai surpris l'autre jour vos menées et vos chuchotements ; mais on ne m'en impose pas de cette façon-là, monsieur !... Nous sommes dans un pays libre, monsieur ; l'homme est à moi, j'en fais ce que je veux : voilà ! »

Ainsi s'évanouit la dernière espérance de Georges... Il n'a plus maintenant devant lui qu'une vie de travail et de misère, rendue plus amère encore par toutes les taquineries mesquines et toutes les vexations à coups d'épingle d'une tyrannie inventive.

Un jurisconsulte humain disait un jour : « Vous ne pouvez faire pis à un homme que de le pendre. » Il se trompait : on peut lui faire pis !

CHAPITRE III

Époux et père

MADAME Shelby était partie. Élisa se tenait sous la véranda. Triste, elle suivait de l'œil la voiture qui s'éloignait. Une main se posa sur son épaule. Elle se retourna et un brillant sourire illumina son visage.

« Georges, est-ce vous ? vous m'avez fait peur ! Oh ! je suis si heureuse de vous voir ! Madame est absente pour toute la soirée. Venez dans ma petite chambre ; nous avons du temps devant nous. »

En disant ces mots, elle l'attira vers une jolie petite pièce ouvrant sur le vestibule, où elle se tenait ordinairement, occupée à coudre, et à portée de la voix de sa maîtresse.

« Oh ! je suis bien heureuse... Mais pourquoi ne souris-tu pas ? Regarde Henri : comme il grandit !... » Cependant l'enfant jetait sur son père des regards furtifs à travers les boucles de ses cheveux épars, et se cramponnait aux jupes de sa mère.

« N'est-il pas beau ? dit Élisa en relevant les longues boucles et en l'embrassant.

— Je voudrais qu'il ne fût jamais né, dit Georges amèrement : je voudrais n'être jamais né moi-même. »

Surprise et effrayée, Élisa s'assit, appuya sa tête sur l'épaule de son mari et fondit en larmes.

Mais lui, d'une voix bien tendre : « C'est mal à moi, Élisa, de vous faire souffrir ainsi, pauvre créature ; oh !

c'est bien mal! Pourquoi m'avez-vous connu?... vous auriez pu être heureuse!

— Georges, Georges! pouvez-vous parler ainsi? Quelle si terrible chose vous est donc arrivée? Qu'est-ce qu'il se passe? Nous avons pourtant été heureux jusqu'ici.

— Oui, chère, nous avons été heureux! » dit Georges. Alors, prenant l'enfant sur ses genoux, il regarda fixement ses yeux noirs et fiers, et passa ses mains dans les longues boucles flottantes.

« C'est votre portrait, Lizy! et vous êtes la plus belle femme que j'aie jamais vue et la meilleure que j'aie désiré voir... et cependant je voudrais que nous ne nous fussions jamais vus!

— O Georges! comment pouvez-vous?...

— Oui, Élisa, tout est misère, misère, misère! Ma vie est misérable comme celle du ver de terre... La vie, la vie me dévore. Je suis un pauvre esclave, perdu, abandonné... Je vous entraîne dans ma chute... voilà tout! Pourquoi essayons-nous de faire quelque chose, d'apprendre quelque chose, d'être quelque chose? A quoi bon la vie?... Je voudrais être mort!

— Oh! maintenant, mon cher Georges, voilà qui est vraiment mal... Je sais combien vous avez été affligé de perdre votre place dans la fabrique... Je sais que vous avez un maître bien dur... Mais, je vous en prie, prenez patience... peut-être que...

— Patience! s'écria-t-il en l'interrompant... N'ai-je pas eu de la patience? ai-je dit un seul mot quand il est venu et qu'il m'a enlevé, sans motif, de cette maison, où tous étaient bons pour moi? Je lui abandonnais tout le profit de mon travail, et tous disaient que je travaillais bien.

Oh! cela est affreux, dit Élisa... mais après tout il est votre maître, vous savez.

— Mon maître! Eh! qui l'a fait mon maître? c'est à quoi je pense... Je suis un homme aussi bien que lui; et je vaux mieux que lui! Je connais mieux le travail que lui, et les affaires mieux que lui. Je lis mieux que lui, j'écris mieux, et j'ai appris tout moi-même sans lui en devoir de gré... J'ai appris malgré lui ; et maintenant quel droit a-t-il de faire de moi une bête de somme, de m'arracher à un travail que je fais bien, que je fais mieux que lui, pour me faire faire la besogne d'une brute ? Je sais ce qu'il veut... il veut m'abattre, m'humilier... c'est pour cela qu'il m'emploie aux œuvres les plus basses et les plus pénibles.

— O Georges ! Georges ! vous m'effrayez. Je ne vous ai jamais entendu parler ainsi ; j'ai peur que vous ne fassiez quelque chose de terrible... Je comprends ce que vous éprouvez ; mais prenez garde, Georges, pour l'amour de moi et pour Henri !

— J'ai été prudent et j'ai été patient, mais de jour en jour le mal empire ; la chair et le sang ne peuvent en supporter davantage. Chaque occasion qu'il peut saisir de me tourmenter et de m'insulter... il la saisit. Je croyais qu'il me serait possible de bien travailler, et de vivre en paix, et d'avoir un peu de temps pour lire et m'instruire en dehors des heures de travail... Non ! plus je puis porter, plus il me charge !... il affirme que, bien que je ne dise rien, il voit que j'ai le diable au corps, et qu'il veut le faire sortir... Eh bien, oui, un de ces jours ce diable sortira, mais d'une façon qui ne lui plaira pas, ou je serais bien trompé...

— O cher ! que ferons-nous ? dit Élisa tout en pleurs.

— Pas plus tard qu'hier, dit Georges, j'étais occupé à charger des pierres sur une charrette, le jeune maître, M. Tom, était là, faisant claquer son fouet si près du cheval qu'il effrayait la pauvre bête. Je le priai de cesser aussi poliment que je pus, il n'en fit rien : je renouvelai ma demande ; il se tourna vers moi et se mit à me frapper moi-même. Je lui saisis la main ; il poussa des cris perçants, me donna des coups de pied et courut à son père, à qui il dit que je le battais. Celui-ci devint furieux, dit qu'il voulait m'apprendre à connaître mon maître, il m'attacha à un arbre, coupa des baguettes, et dit au jeune monsieur qu'il pouvait me frapper jusqu'à ce qu'il fût fatigué. Il le fit... Et moi, je ne l'en ferais pas ressouvenir un jour ! »

Le front de l'esclave s'assombrit. Une flamme passa dans ses yeux ; sa femme trembla...

« Qui a fait cet homme mon maître ? murmurait-il encore ; voilà ce que je veux savoir !

— Mais, dit Élisa tristement, j'ai toujours cru que je devais obéir à mon maître et à ma maîtresse pour être chrétienne.

— Vous pouvez avoir raison en ce qui vous concerne : ils vous ont élevée comme leur enfant, nourrie, habillée, bien traitée, instruite ; cela leur donne des droits. Mais moi, coups de pied, coups de poing, insultes et jurons... abandon parfois... c'était mon meilleur lot... voilà ce que je leur dois ! J'ai payé mon entretien au centuple... mais je ne veux plus souffrir... non ! je ne veux plus... » Et il ferma le poing, en fronçant le sourcil d'un air terrible.

Elisa tremblait et se taisait ; elle n'avait jamais vu son mari dans un tel état, et toutes ses théories de douce persuasion pliaient comme un roseau dans l'orage de ces passions.

« Vous savez, reprit Georges, ce petit chien, Carlo, que vous m'avez donné ? C'était toute ma joie : la nuit, il dormait avec moi, le jour, il me suivait partout : il me regardait avec tendresse, comme s'il eût compris ce que je souffrais... L'autre jour, je le nourrissais de quelques restes, ramassés pour lui à la porte de la cuisine. Le maître nous vit et dit que je nourrissais un chien à ses dépens... qu'il ne pouvait souffrir que chaque nègre eût ainsi un chien, et il m'ordonna de lui attacher une pierre au cou et de le jeter dans l'étang.

— O Georges ! vous ne l'avez pas fait !

— Moi ? non ! mais lui l'a fait ! Lui et Tom assommèrent à coups de pierre la pauvre bête qui se noyait... Carlo me regardait tristement, s'étonnant que je ne vinsse pas le sauver... J'eus le fouet pour n'avoir pas obéi... Qu'importe ? mon maître saura que je ne suis pas de ceux que le fouet assouplit... Mon jour viendra... qu'on y prenne garde !

— Oh ! que feras-tu ? Georges, ne fais rien de mal... si seulement tu crois en Dieu, et que tu essaies de faire le bien... il te sauvera.

— Je ne suis pas chrétien comme vous, Élisa ; mon cœur est plein d'amertume, je ne peux avoir confiance en Dieu... Pourquoi permet-il que les choses aillent ainsi ?

— Georges, il faut croire : ma maîtresse dit que, si les choses semblent tourner contre nous, nous devons penser que Dieu cependant fait tout pour notre bien.

— C'est aisé à dire à des gens qui sont assis sur des sofas et voiturés dans leurs équipages. Qu'ils soient à ma place, et je gage qu'ils changeront de discours... Oh ! je voudrais être bon... mais mon cœur brûle, rien ne peut l'éteindre... Vous-même vous ne pourriez pas... si je disais tout... car vous ne savez pas encore toute la vérité !

— Que peut-il y avoir encore ?

— Écoutez ! dernièrement le maître a dit qu'il avait eu grand tort de me laisser marier hors de sa maison ; qu'il déteste M. Shelby et les siens, parce qu'ils sont orgueilleux et qu'ils portent la tête plus haut que lui. Il dit que vous me donnez des idées d'orgueil, qu'il ne me laissera plus venir ici, mais que je prendrai une autre femme et m'établirai chez lui. Il se contenta d'abord d'insinuer et de murmurer cela tout bas ; mais hier il me dit que j'aurais à prendre Mina dans ma cabane, ou qu'il me vendrait de l'autre côté de la rivière.

— Cependant, vous êtes marié avec moi par le ministre, aussi bien que si vous eussiez été un Blanc, dit Élisa tout naïvement.

— Eh ! ne savez-vous pas qu'une esclave ne peut pas être mariée ? Il n'y a pas de loi là-dessus dans ce pays. Je ne puis vous garder comme femme s'il veut que nous nous séparions... et voilà pourquoi je voudrais ne vous avoir jamais vue ! voilà pourquoi je voudrais ne pas être né... Ce serait meilleur pour tous deux, meilleur pour ce pauvre enfant qu'attend un pareil sort...

— Oh ! notre maître à nous est si bon !

— Oui, mais qui sait ? il peut mourir, et l'enfant peut être vendu on ne sait à qui. A quoi lui sert d'être si beau, si vif, si brillant ? Je vous le dis, Élisa, un glaive vous percera l'âme pour chaque grâce ou chaque qualité de votre enfant... Il vaudra trop pour qu'on vous le laisse... »

Ces paroles mordaient cruellement le cœur d'Élisa. Le fantôme du marchand d'esclaves passa devant ses yeux... Comme si elle eût reçu le coup de la mort, elle pâlit, le souffle lui manqua... Elle jeta un coup d'œil vers le vestibule où l'enfant s'était retiré pendant cette grave et triste conversation. Le bambin, cependant, superbe comme un triomphateur, se promenait à cheval... sur la canne de M. Shelby. Élisa aurait bien voulu confier ses craintes à son mari, mais elle n'osa.

« Non, pensa-t-elle, son fardeau est déjà assez lourd... pauvre cher homme ! Non, je ne lui dirai rien... Et puis, ce n'est pas vrai... ma maîtresse ne m'a jamais trompée !

— Allons, Élisa, mon enfant, dit le mari tristement, du courage et adieu ! je m'en vais...

— T'en aller ! t'en aller ! et où vas-tu, Georges ?

— Au Canada, dit-il en maîtrisant son émotion. Et quand je serai là, je vous achèterai... c'est le dernier espoir qui nous reste. Vous avez un bon maître, il ne refusera pas de vous vendre... je vous achèterai, vous et l'enfant... Oui, si Dieu m'aide, je ferai cela.

— Oh ! malheur ! Et si vous étiez pris ?

— Je ne serai pas pris, Élisa, je mourrai auparavant... je serai libre ou mort.

— Vous ne vous tuerez pas vous-même ?

— Ce n'est pas nécessaire... ils me tueront assez vite... Mais ils ne me livreront pas vivant aux marchands du Sud.

— Georges, pour l'amour de moi, soyez prudent ! Ne faites rien de mal... Ne portez les mains ni sur vous ni sur autrui ! Vous êtes bien tenté... oh ! bien trop ! Mais résistez... Soyez prudent, attentif... et priez Dieu de venir à votre aide...

— Oui, oui, Élisa ; mais écoutez mon plan. Mon maître s'est mis dans la tête de m'envoyer de ce côté avec une note pour M. Symner, qui demeure à un mille plus loin. Il s'attend que je viendrai ici pour conter mes peines. Il se réjouit de penser que j'apporterai quelque ennui chez les Shelby. Cependant je m'en retourne tout résigné, comme si c'était chose terminée. J'ai quelques préparatifs à faire. On m'aidera, et dans huit jours je serai au nombre de ceux qui manquent à l'appel. Priez pour moi, Élisa ; peut-être le bon Dieu vous écoutera-t-il, vous !

— Oh ! priez vous-même, Georges, et confiez-vous à lui, et alors vous ne ferez rien de mal.

— Allons ! adieu », dit Georges en prenant les mains d'Élisa et en fixant ses yeux sur ceux de la jeune femme...

Ils se tinrent un moment silencieux, puis il y eut les dernières paroles, les sanglots et les larmes amères... Ce sont là des adieux comme en savent faire ceux dont l'espérance du revoir est suspendue à un fil léger comme la trame de l'araignée...

Le mari et la femme se séparèrent.

CHAPITRE IV

Une soirée dans la case de l'oncle Tom

La case de l'oncle Tom était une petite construction faite de troncs d'arbres, attenant à la *maison*, comme le nègre appelle par excellence l'habitation de son maître. Devant la case, un morceau de jardin, où, chaque été, les framboises, les fraises et d'autres fruits, mêlés aux légumes, prospéraient sous l'effort d'une culture soigneuse. Toute la façade était couverte par un large bégonia écarlate et un rosier multiflore : leurs rameaux confondus, se nouant et s'enlaçant, laissaient à peine entrevoir çà et là quelques traces des grossiers matériaux du petit édifice. La famille brillante et variée des plantes annuelles, les chrysanthèmes, les pétunias, trouvaient aussi une petite place pour étaler leurs splendeurs, qui faisaient les délices et l'orgueil de la tante Chloé.

Cependant entrons dans la case.

Le souper des maîtres était terminé, et la tante Chloé, premier cordon-bleu de l'habitation, après en avoir surveillé les dispositions, laissant aux officiers de bouche d'un ordre inférieur le soin de nettoyer les plats, allait dans son petit domaine préparer le souper de son vieux mari. C'est bien elle qu'on a pu voir auprès du feu, suivant d'un œil inquiet la friture qui chante dans la poêle, ou soulevant d'une main légère le couvercle des casseroles, d'où s'échappe un fumet qui annonce quelque chose de bon. Sa figure est noire, ronde et brillante ; on dirait qu'elle a été frottée de blanc d'œuf comme sa théière étincelante. Sa face dodue rayonne d'aise et de contentement sous le turban coquet. On y découvre cette nuance de satisfaction intime qui convient à la première cuisinière du voisinage. Telle était la réputation justement méritée de la tante Chloé.

Pour une cuisinière, c'était une cuisinière... et jusqu'au fond de l'âme ! Pas un poulet, pas un dindon, pas un canard de la basse-cour qui ne devînt grave en la voyant s'approcher ; elle les faisait réfléchir à leurs fins dernières. Elle-même réfléchissait sans cesse au moyen de les rôtir, de les farcir ou de les bouillir ; ce qui était bien propre à inspirer une certaine terreur à des volailles intelligentes. Ses gâteaux, qu'elle variait à l'infini, restaient un impénétrable mystère pour ceux qui n'étaient pas versés comme elle dans les arcanes de la pratique ; dans son honnête orgueil, elle riait à se donner un point de côté, quand elle racontait les inutiles efforts de ses rivales pour atteindre cette hauteur.

L'arrivée d'une nombreuse compagnie à l'habitation, l'arrangement d'un dîner ou d'un souper de gala, surexcitaient les facultés de son esprit. Rien n'était plus agréable à sa vue qu'une rangée de malles sous le vestibule ; elle prévoyait, avec les arrivants, l'occasion de nouveaux efforts et de nouveaux triomphes.

A ce moment de notre récit, la tante Chloé inspectait sa tourtière. Abandonnons-la à cette intéressante occupation, et achevons la peinture du cottage.

Le lit était dans un coin, recouvert d'une courtepointe blanche comme neige ; à côté du lit, un morceau de tapis assez large : c'était là que se tenait habituellement la tante Chloé. Le tapis, le lit et toute cette partie de l'habitation étaient l'objet de la plus haute considération. On les protégeait contre les dévastations et le maraudage des jeunes drôles. Ce coin était le salon de la case. Dans l'autre coin, il y avait également un lit, mais à moindre prétention ; celui-là, il était évident que l'on s'en servait.

Le dessus de la cheminée était décoré d'images enluminées, dont le sujet était emprunté à l'Écriture sainte, et d'un portrait du général Washington, dessiné et colorié de façon à causer quelque étonnement au héros, s'il se fût jamais rencontré avec son image.

Dans ce coin, sur un banc grossier, deux enfants à tête de laine, aux yeux noirs et brillants, aux joues rebondies et luisantes, étaient occupés à surveiller les premières tentatives de marche d'un nourrisson... Ces tentatives se bornaient du reste à se dresser sur les pieds, à se balancer un moment d'une jambe sur l'autre, puis à tomber. Chaque chute était accueillie par des applaudissements : on eût dit quelque miracle accompli.

Une table, dont les membres n'étaient pas complètement exempts de rhumatismes, était dressée devant le feu et couverte d'une nappe. On voyait déjà les verres et la vaisselle, d'un modèle assez recherché. On reconnaissait tous les symptômes qui signalent l'approche d'un festin.

A cette table était assis l'oncle Tom, le plus vaillant travailleur de M. Shelby. Tom étant le héros de notre histoire, nous devons le daguerréotyper pour nos lecteurs. C'était un homme puissant et bien bâti : large poitrine, membres vigoureux, teint d'ébène luisant ; un visage dont tous les traits, purement africains, étaient caractérisés par une expression de bon sens grave et recueilli, uni à la tendresse et à la bonté. Il y avait dans tout son air de la dignité et du respect de soi-même, mêlé à je ne sais quelle simplicité humble et confiante.

Il était alors très laborieusement occupé : une ardoise était placée devant lui, et il s'efforçait, avec un soin plein de lenteur, de tracer quelques lettres. Il était surveillé dans cette opération par le jeune monsieur Georges, vif et pétulant garçon de treize ans, qui s'élevait en ce moment à toute la dignité de sa position d'instituteur :

« Pas de ce côté, père Tom, pas de ce côté, s'écria-t-il vivement en voyant que l'oncle Tom faisait tourner à droite la queue d'un *g* ; cela fait un *q*, vous voyez bien !

— En vérité ! » dit l'oncle Tom en regardant avec un air de respect et d'admiration les *q* et les *g* sans nombre que son jeune instituteur semait sur l'ardoise pour son édification.

Il prit alors le crayon dans ses gros doigts pesants et recommença patiemment.

« Comme ces Blancs font tout bien ! dit la tante Chloé en s'arrêtant, la fourchette en l'air et un morceau de lard au bout ; elle regarda M. Georges avec orgueil. Il sait écrire déjà ! et lire aussi ! et chaque soir, il veut bien venir nous donner des leçons... Que c'est bon à lui !

— Mais, tante Chloé, dit Georges, voilà que je meurs de faim... Est-ce que cette galette que je vois dans le poêlon n'est pas à peu près cuite ?

— Bientôt, monsieur Georges, dit Chloé en soulevant le couvercle... bientôt. Oh ! le brun magnifique ! Elle est vraiment d'un brun superbe ! Ah ! il n'y a que moi pour cela. Madame permit l'autre jour à Sally d'essayer... pour apprendre, disait-elle. Ah ! madame, lui disais-je, ça me fend le cœur de voir ainsi gâter les bonnes choses. Le gâteau ne monta que d'un côté... et plus ferme que ma savate... Ah ! fi ! »

Et après cette dernière expression de mépris pour la maladresse de Sally, la tante Chloé enleva le couvercle et servit un gâteau parfaitement réussi, dont aucun praticien de la ville n'eût eu certes à rougir. Cette opération délicate une fois menée à bien, Chloé s'occupa activement de la partie la plus substantielle du souper.

« Allons, Pierre, Moïse, décampez, négrillons ! Et vous aussi, Polly. Maman donnera de temps en temps quelque chose à sa petite... Vous, monsieur Georges, laissez maintenant vos livres, et mettez-vous à table avec mon vieil homme... En moins de rien vous êtes servi.

— Ils voulaient me retenir à souper à la maison ; mais je savais bien ce qui m'attendait ici, tante Chloé.

— Aussi vous êtes venu, mon cœur ! dit la tante Chloé en mettant le gâteau fumant sur l'assiette de Georges...

Vous savez que la vieille Chloé vous garde les meilleurs morceaux ! Oh ! il n'y a que vous pour tout comprendre, allez ! »

En disant ces mots, la vieille Chloé donna à Georges une chiquenaude sur le bras, et revint en toute hâte à son gril.

On mangea les saucisses fumantes.

Quand l'activité fut un peu calmée par ce premier mets : « Maintenant, au gâteau ! » dit Georges.

Et il brandit un énorme couteau sur l'objet en question.

« Oh ! ciel ! monsieur Georges, dit Chloé vivement en lui saisissant le bras, pas avec ce grand et lourd couteau ; laissez-le bien vite, vous écraseriez le gâteau. J'ai là un vieux petit couteau très fin, que je garde depuis longtemps pour cette occasion... Allez maintenant... voyez ! léger comme une plume. A présent, mangez... rien ne vous arrête.

— Thomas Lincoln prétend, dit Georges la bouche pleine, que sa Jenny est meilleure cuisinière que vous.

— Lincoln ne sait ce qu'il dit, reprit Chloé avec un souverain mépris... Il ne faut pas comparer les Lincoln aux Shelby... ils ont leur petit mérite pour les choses ordinaires ; mais s'il s'agit d'avoir un peu de... style !... plus rien !... Mettre M. Lincoln à côté de M. Shelby !... Oh ! Dieu ! et Mme Lincoln, peut-elle figurer dans un salon à côté de ma maîtresse... si belle, si brillante ? Allons ! ne me parlez plus de ces Lincoln. » Et Chloé hocha la tête comme une femme qui a la conscience de ce qu'elle sait.

« Cependant, reprit Georges, je vous ai entendue dire que Jenny était une excellente cuisinière.

— Oui, je l'ai dit, et je puis le répéter... bonne, mais vulgaire, commune... propre à faire la cuisine de tous les jours ; mais l'*extra*, monsieur, l'*extra* !... elle n'y atteint pas... Elle fait bien une galette de maïs... et c'est tout... Je sais qu'elle s'essaie aux pâtés... mais la croûte... elle manque les croûtes ! Elle n'arrivera jamais à cette pâtisserie molle et fondante qui s'élève et se gonfle comme un

soufflet... non, jamais ! Quand Miss Mary se maria...
Jenny me montra les gâteaux de mariage... Jenny et moi
nous sommes bonnes amies, vous savez : je ne dis rien...
Mais allez, monsieur Georges, je ne fermerais pas l'œil
d'une semaine si j'avais fait des pâtés pareils... Ce n'était
rien qui vaille...

— Je suis sûr, reprit Georges, que Jenny les trouvait
fort beaux.

— Eh ! sans doute, elle les montrait comme une innocente. Vous voyez, c'est bien cela ! Jenny ne sait pas !
C'est une famille de rien... Elle ne peut pas savoir, cette
fille ; ce n'est pas sa faute. Ah ! monsieur Georges, vous
ignorez la moitié des avantages et privilèges de votre
famille. »

Ici Chloé soupira et roula des yeux attendris.

« Je suis sûr, Chloé, que je comprends tous mes privilèges. Quant au pudding et au gâteau, demandez à Lincoln si je ne le raille pas à chaque fois que je le rencontre. »

Chloé se renversa dans sa chaise : l'esprit de son jeune
maître excita en elle des accès de gaieté retentissante. Elle
rit, elle rit jusqu'à ce que les larmes couvrissent ses joues
noires et brillantes... Cependant elle pinçait le jeune
homme, et lui donnait même quelques coups de poing, en
disant qu'il était son bourreau et qu'il la tuerait un de
ces jours ; et, entre chacune de ces prédictions funèbres,
les éclats de rire sonores recommençaient de plus belle.
Georges commença à croire qu'il avait trop d'esprit... que
c'était un danger, et qu'il devait prendre garde à ce que ses
conversations fussent moins meurtrières.

« Ah ! vous avez dit cela à Tom ? reprit-elle ; quel jeune
homme vous ferez ! Ah ! vous avez raillé Lincoln ? Ah !
Seigneur Dieu ! monsieur Georges, vous feriez rire un
fantôme !

— Oui, lui disais-je, oui, Tom, vous devriez voir les
pâtés de Chloé... voilà les vrais pâtés.

— Eh bien, non, il ne faut pas ! dit Chloé ; car l'idée de
la malheureuse condition de Tom Lincoln fit une sou-

daine et vive impression sur son cœur bienveillant. Vous devriez plutôt l'inviter à venir dîner ici de temps en temps, monsieur Georges, ajouta-t-elle ; ce serait tout à fait bien de votre part. Vous savez, monsieur Georges, qu'il ne faut se croire au-dessus de personne à cause de ses privilèges... Nos privilèges, voyez-vous, nous les avons reçus... il faut toujours se rappeler cela. »

Et Chloé redevint tout à fait sérieuse.

« Eh bien, je prierai Tom de venir dîner la semaine prochaine, et vous ferez de votre mieux, mère Chloé ; il sera stupéfait, ce brave Tom !... Il faudra le faire manger pour quinze jours...

— C'est cela ! c'est cela ! s'écria Chloé toute ravie... Vous verrez ! Seigneur Dieu ! pensez à quelques-uns de nos dîners... Vous rappelez-vous ce pâté de volaille, quand vous reçûtes le général Knox ? Moi et madame, nous nous disputâmes pour la croûte. Je ne sais ce qu'ont parfois les dames ; mais c'est au moment où vous avez la plus lourde responsabilité sur la tête qu'elles viennent se mêler de vos affaires. Madame voulait me montrer comment je devais m'y prendre. A la fin, je me fâchai presque... je lui dis : "Madame, regardez vos belles mains blanches et vos longs doigts, et toutes ces bagues étince-lantes comme nos lis blancs avec leurs perles de rosée... Regardez maintenant mes larges mains noires... ne voyez-vous pas que Dieu a voulu nous créer, moi, pour faire la croûte du pâté, vous, pour rester dans votre salon ?..." Oui, monsieur Georges, j'étais sur le point de me fâcher...

— Et que dit ma mère ?

— Elle fixa sur moi ses grands yeux, ses beaux grands yeux, et elle dit : "Bien, mère Chloé, je crois que vous avez raison..." Et elle rentra dans le salon. Elle aurait dû me donner un coup de poing sur la tête, pour mon insolence. Mais chacun à sa place... je ne puis rien faire quand il y a des dames dans la cuisine.

— Dans ce dîner, vous vous surpassâtes, chacun le dit... je me le rappelle.

— N'est-ce pas ?... Moi, j'étais dans la salle à manger... je vis le général passer trois fois son assiette pour retourner au pâté... Il disait : "Vous avez là, madame Shelby, une cuisinière vraiment distinguée..." Dieu ! je me sentais gonfler d'orgueil ! Le général sait quelle cuisinière je suis, reprit Chloé en se rengorgeant... un bien bel homme, le général ; il descend d'une des premières familles de l'ancienne Virginie... il s'y connaît aussi bien que moi, le général. Voyez-vous, monsieur Georges, il y a plusieurs points à noter dans un pâté... tout le monde ne s'en doute pas... mais le général le sait, lui, je m'en suis aperçue aux remarques qu'il a faites... il connaît le pâté ! »

Cependant, M. Georges en était arrivé à ce point où un enfant même peut en venir (dans des circonstances exceptionnelles), de ne pouvoir avaler un morceau de plus. Il eut alors le temps de regarder toutes ces têtes de laine et tous ces yeux brillants qui le contemplaient d'un air famélique, d'un angle à l'autre de l'appartement.

« Ici, Pierre, ici, Moïse ! Et il coupa de larges morceaux qu'il leur jeta. Vous en voulez, n'est-ce pas ? Allons ! Chloé, donnez-leur des gâteaux. »

Georges et Tom se placèrent sur un siège confortable, au coin de la cheminée, tandis que Chloé, après avoir fait encore une pile de galettes, prit le *baby*[1] sur ses genoux, le faisant manger, mangeant elle-même, et distribuant les morceaux à Pierre et à Moïse, qui dévoraient en se roulant sous la table, criant, se pinçant et tirant les pieds de leur petite sœur.

« Plus loin ! disait la mère en allongeant de temps en temps un coup de pied sous la table en manière d'avertissement, quand le mouvement devenait trop importun... Ne pouvez-vous pas vous tenir décemment, quand les Blancs viennent vous voir ? Allez-vous finir ? Non ! eh bien, je vais faire sauter un bouton quand M. Georges sera parti ! »

Quelle était la véritable portée de cette menace, c'est ce qu'il serait difficile de déterminer... Il est certain que sa terrible obscurité ne produisit que peu d'impression sur les jeunes pécheurs à qui on l'adressait.

« Ils se sont tellement chatouillés, dit Tom, que maintenant ils ne peuvent plus se tenir tranquilles. »

A ce moment, les enfants sortirent de dessous la table, et, les mains et le visage pleins de mélasse, commencèrent à embrasser vigoureusement la petite fille.

« Voulez-vous bien vous en aller ? dit la mère, en repoussant les têtes crépues... Comme vous voici faits !... Cela ne partira jamais ! Courez vous laver à la fontaine. » Et à ses exhortations elle ajouta une tape qui retentit formidablement, mais qui n'excita autre chose que le rire des enfants qui tombèrent l'un sur l'autre en sortant, avec des éclats de rire joyeux et frais.

« A-t-on jamais vu d'aussi méchants garnements ? » dit Chloé avec une certaine satisfaction maternelle. Elle atteignit une vieille serviette destinée à cet effet ; elle prit un peu d'eau dans une théière fêlée, et débarbouilla les mains et le visage du baby. Elle les frotta jusqu'à les faire reluire, puis elle mit l'enfant sur les genoux de Tom, et fit disparaître les traces du souper. Cependant le marmot tirait le nez, égratignait le visage de Tom et passait dans les cheveux de son père ses petites mains potelées. Ce dernier exercice semblait surtout lui causer une joie particulière.

« N'est-ce point là un bijou d'enfant ? » dit Tom en l'écartant un peu de lui pour mieux la voir ; et se levant, il l'assit sur sa large épaule et commença de gesticuler et de danser avec elle, tandis que Georges secouait autour d'elle son mouchoir de poche, et que Moïse et Peter cabriolaient comme de jeunes ours. Chloé déclara enfin que tout ce bruit lui fendait la tête ; mais, comme cette plainte énergique se faisait entendre plusieurs fois par jour dans la case, elle ne réprima point la gaieté pétulante de nos amis : les jeux, les danses et les cris continuèrent, jusqu'à ce que chacun tombât d'épuisement.

« J'espère à présent que vous en avez assez, dit la mère, qui venait de tirer des matelas d'un coffre grossier.

Allons ! Moïse, Pierre, fourrez-vous là-dedans ! Voici l'heure du meeting.

— Nous ne voulons pas nous coucher, mère, nous voulons être du meeting ; c'est si curieux ! Nous aimons cela, nous !

— Allons ! mère Chloé, accordez-leur cela. Qu'ils soient du meeting ! » dit Georges en repoussant les lits grossiers.

Chloé, ayant ainsi sauvé les apparences, fut enchantée de la tournure que prenait la chose.

« Au fait, dit-elle, cela pourra leur faire quelque bien. »

Toute la maison se forma en comité pour faire les dispositions et préparatifs du meeting.

« Comment aurons-nous des chaises ? dit Chloé... Je n'en sais rien, pour mon compte !... » Comme depuis longtemps le *meeting* se tenait chaque semaine chez l'oncle Tom, sans plus de chaises que ce jour-là, il y avait lieu d'espérer que l'on placerait tout le monde.

« Le vieux père Pierre a brisé les deux pieds de cette vieille chaise la semaine dernière, murmura Moïse.

— Je crois plutôt que c'est toi, dit Chloé ; je reconnais là un de tes tours.

— Ah bah ! reprit l'enfant, elle se tiendra bien... si on l'appuie contre la muraille.

— Il ne faudra pas asseoir dedans le vieux Pierre, parce qu'il se balance toujours en chantant... l'autre soir, il a failli tomber tout de son long dans la chambre...

— Eh ! mon bon Dieu ! il faut le mettre dessus, dit Moïse ; et quand il commencera : "Venez, saints et pécheurs, écoutez-moi" pouf ! il tombera. »

Moïse imita les intonations nasales du bonhomme, et, pour *illustrer* la catastrophe qu'il racontait, il se laissa tomber sur le plancher.

« Conduisez-vous donc décemment si vous pouvez, dit Chloé. N'avez-vous pas de honte ? »

M. Georges prit part à la gaieté du délinquant, et déclara qu'il était un véritable farceur.

L'admonition maternelle perdit ainsi tout son effet. «Eh bien, bonhomme! dit Chloé à son mari, il faut disposer vos barils.

— Les barils de maman sont comme ceux de la veuve, dont M. Georges nous lisait l'autre jour l'histoire dans le gros livre... ils ne *manquent* jamais.

— Si! la semaine dernière un d'eux défonça, et tous tombèrent au milieu de leurs chants... Te souviens-tu?»

Pendant cet aparté de Moïse et de Peter, deux barils vides furent roulés dans la case, et calés avec des pierres de chaque côté. On mit des planches en travers, puis on compléta les préparatifs en renversant des baquets et en rangeant les chaises boiteuses.

«Monsieur Georges est un si bon lecteur, que je suis sûre qu'il voudra bien rester et lire pour nous, dit Chloé... ce serait si intéressant!»

Georges consentit avec joie : un enfant est toujours disposé à faire ce qui lui donne un peu d'importance.

La chambre fut bientôt remplie d'une compagnie bigarrée, depuis la vieille tête grise du patriarche de quatre-vingts ans jusqu'au jeune garçon et à la jeune fille de quinze. On échangea d'abord quelques innocents commérages sur différents sujets... «Où la mère Sally avait-elle eu son nouveau mouchoir rouge?... Madame allait donner à Lisa sa robe de mousseline à pois... Monsieur devait acheter un cheval de trois ans, qui allait ajouter à la gloire de la maison...» Quelques-uns des fidèles appartenaient à des habitations du voisinage, et on leur permettait de se réunir chez Tom; ils apportaient leur quote-part de cancans sur ce qui se faisait ou se disait dans l'habitation : c'était le même *libre échange* que dans les cercles d'un monde plus élevé.

Au bout d'un instant les chants commencèrent, à la satisfaction très évidente des assistants. Le désagrément des intonations nasales ne pouvait détruire complètement l'effet de ces voix naturellement belles, chantant cette musique à la fois ardente et sauvage... Les paroles étaient les hymnes ordinaires et bien connues que l'on entend dans tous les temples, ou bien elles étaient empruntées aux missions ambulantes, et elles avaient je ne sais quel caractère étrange où l'on pressentait l'infini.

Le chœur d'un de ces psaumes était chanté avec autant d'énergie que d'onction :

> Il faut tomber sur le champ de bataille !
> Il faut tomber sur le champ de bataille !
> Gloire, gloire à mon âme !

Un autre refrain favori fut souvent répété :

> Oui, je vais à la gloire... Oh ! suivez-moi ! Déjà
> L'ange, du haut des cieux, me fait signe et m'appelle.
> Je vois la cité d'or et la porte éternelle !

Il y en avait beaucoup d'autres encore qui faisaient sans cesse allusion aux rives du Jourdain, aux champs de Chanaan et à la nouvelle Jérusalem. L'esprit du nègre, impressionnable et mobile, s'attache toujours aux hymnes qui lui présentent de saisissantes images... Tout en chantant, les uns riaient, les autres pleuraient, quelques-uns frappaient dans leurs mains ou bien ils se les serraient les uns aux autres, comme s'ils eussent heureusement atteint l'autre rive du fleuve.

Diverses exhortations, des exemples que l'on rapportait, alternaient avec des chants. Une vieille femme à tête grise, qui ne travaillait plus depuis bien longtemps, mais que l'on révérait comme la chronique du temps passé, se leva et s'appuyant sur son bâton :

« Bien, mes enfants, dit-elle, bien ! Je suis heureuse de vous voir et de vous entendre une fois de plus... Je ne sais pas quand j'irai à la gloire... Mais je suis prête, mes enfants, mon petit paquet est fait, j'ai mis mon chapeau : j'attends que la voiture passe et m'emporte chez moi. Il me semble, la nuit, que j'entends le bruit des roues et que je regarde à la porte... Et maintenant, mes enfants, soyez toujours prêts aussi... je vous le dis à tous ! »

Et frappant fortement la terre de son bâton :

« C'est une grande chose, cette gloire, dit-elle, une grande chose, enfants ! Et vous ne faites rien pour elle... c'est étonnant ! »

La vieille femme se rassit : ses larmes coulèrent par torrents, elle paraissait hors d'elle-même... Toute l'assistance répétait :

> O Chanaan ! terre de Chanaan !
> Nous irons tous vers Chanan !...

Georges, à la demande générale, lut les derniers chapitres de la *Révélation*[1]. Il fut souvent interrompu par ces exclamations : « Oh ! Dieu ! écoutez cela ! pensez à cela !... cela arrivera, n'en doutez pas ! »

Georges, qui avait beaucoup de facilité et que sa mère avait soigneusement instruit de sa religion, se sentant l'objet de l'attention générale, y mettait du sien de temps en temps, avec une gravité et un sérieux louables. Il était admiré par les jeunes et béni par les vieux. On répétait de tous côtés qu'un ministre ne pourrait pas mieux faire, et que c'était réellement merveilleux.

Pour tout ce qui touchait à la religion, Tom, dans le voisinage, passait pour une sorte de patriarche. Le côté moral dominait en lui : il avait en même temps plus de largeur et d'élévation d'esprit qu'on n'en rencontre parmi ses compagnons ; il était l'objet d'un grand respect : il était parmi eux comme un ministre. Le style simple, cordial, sincère de ses exhortations, aurait édifié des personnes d'une plus haute éducation. Mais c'était dans la prière qu'il excellait. Rien ne pouvait surpasser la simplicité touchante, l'entraînement juvénile de cette prière, enrichie du langage de l'Écriture, qu'il s'était en quelque sorte assimilée et qui tombait de ses lèvres sans qu'il en eût conscience. « Il priait juste ! » disait un vieux nègre dans son pieux langage, et sa prière avait toujours un tel effet sur les sentiments de l'assistance, qu'elle courait souvent le risque d'être étouffée sous les répons abondants qui s'échappaient de toutes parts autour de lui.

Pendant que cette scène se passait dans la case de l'esclave, il s'en passait une bien différente dans la maison du maître.

Le marchand et M. Shelby étaient assis l'un devant l'autre dans la salle à manger, auprès d'une table couverte de papier et de tout ce qu'il faut pour écrire. M. Shelby était occupé à compter des liasses de billets. Quand ils furent comptés, il les passa au marchand, qui les compta également.

«C'est bien, dit celui-ci; il n'y a plus maintenant qu'à signer. »

M. Shelby prit vivement les billets de vente et signa, comme un homme pressé de finir une besogne ennuyeuse; puis il tendit au marchand l'acte signé et de l'argent. Haley tira d'une vieille valise un parchemin qu'il présenta à M. Shelby après l'avoir un moment examiné. Celui-ci s'en empara avec un empressement qu'il ne put dissimuler.

«Maintenant, voilà qui est fait, dit Haley en se levant.

— *C'est fait !* reprit Shelby d'un air rêveur; et, tirant de sa poitrine un long soupir, il répéta encore : *C'est fait !*

— Vous n'en paraissez pas bien ravi, à ce qu'il me semble, dit le marchand.

— Haley, répondit M. Shelby, j'espère que vous vous souviendrez que vous m'avez promis sur l'honneur de ne pas vendre Tom sans savoir entre quelles mains il ira.

— Eh mais, c'est justement ce que vous avez fait vous-même, dit le marchand.

— Vous savez quelle nécessité m'a contraint !

— Mais elle pourrait m'obliger aussi, *moi*, reprit Haley. Cependant je ferai de mon mieux pour donner une bonne place à Tom. Quant à le maltraiter moi-même, vous n'avez rien à craindre de ce côté-là. Si je remercie Dieu de quelque chose, c'est de ne m'avoir pas fait cruel. »

Le marchand avait trop bien expliqué tout d'abord comment il entendait l'*humanité* pour rassurer beaucoup M. Shelby par ses protestations. Mais, comme dans les circonstances actuelles il ne pouvait rien exiger de plus, il le laissa partir sans observation, et il alluma un cigare pour se distraire.

CHAPITRE V

Où l'on voit les sentiments de la marchandise humaine quand elle change de propriétaire

M. et Mme Shelby s'étaient retirés dans leur appartement pour la nuit.

Le mari s'était étendu dans un fauteuil confortable : il parcourait quelques lettres arrivées par la poste de l'après-dîner ; la femme était debout devant son miroir, déroulant les boucles et dénouant les tresses de ses cheveux, élégant ouvrage d'Élisa. Mme Shelby, remarquant la pâleur et l'œil hagard d'Élisa, l'avait dispensée de son service pour ce soir là ; l'occupation du moment lui rappela la conversation du matin, et se tournant vers son mari, elle lui dit avec assez d'insouciance :

« A propos, Arthur, quel est donc cet homme assez mal élevé que vous avez fait asseoir à notre table aujourd'hui ?

— Il s'appelle Haley, dit Shelby en se retournant sur son siège comme un homme mal à l'aise ; et il tint ses yeux fixés sur la lettre.

— Haley ! quel est-il, et qui peut l'attirer ici, dites-moi ?

— Mon Dieu ! c'est un homme avec qui j'ai fait quelques affaires, la dernière fois que je suis allé aux Natchez, dit M. Shelby.

— Bah ! il s'est cru autorisé par là à venir s'installer chez nous et à nous demander à dîner ?

— Mais non ; c'est moi qui l'avais invité. J'ai quelques intérêts avec lui.

— C'est un marchand d'esclaves ? poursuivit Mme Shelby, qui observait un certain embarras dans les façons de son mari.

— Eh ! ma chère, qui a pu vous mettre cela dans la tête ? dit celui-ci en levant les yeux.

— Rien ! seulement, dans l'après-dîner, Élisa est venue ici, émue, bouleversée, tout en larmes ; elle m'a dit que vous étiez en conférence avec un marchand d'esclaves, et qu'elle l'avait entendu vous faire des offres pour son enfant !... Oh ! la sotte créature !

— Ah ! elle vous a dit cela ? » reprit M. Shelby ; et il reprit sa lettre, qu'il sembla lire avec la plus grande attention, tout en la tenant à l'envers. Il faut que cela éclate, se dit-il en lui-même ; aussi bien maintenant que plus tard !

« J'ai dit à Élisa, reprit Mme Shelby, tout en continuant d'arranger ses cheveux, qu'elle était vraiment bien folle de s'affliger ainsi, que vous ne traitiez jamais avec des gens de cette sorte... et puis, que je savais que vous ne voulez vendre aucun de vos esclaves... et ce pauvre enfant moins que tout autre.

— Bien ! Émilie ; c'est ainsi que j'ai toujours dit et pensé. Mais aujourd'hui... mes affaires sont dans un tel état... que je ne puis... il faudra que j'en vende quelques-uns...

— A ce misérable ! lui vendre... vous ! Oh ! c'est impossible ! vous ne parlez pas sérieusement !...

— J'ai le regret de vous dire que je suis sérieux... j'ai consenti à vendre Tom.

— Quoi ! notre Tom... cette bonne et fidèle créature, votre fidèle esclave depuis son enfance... Oh ! monsieur Shelby ! Et vous lui aviez promis sa liberté... vous et moi nous lui en avons parlé maintes fois... Ah ! maintenant, je puis tout croire... je puis croire maintenant que vous vendez le petit Henri... l'unique enfant de notre pauvre Élisa... »

Mme Shelby prononça ces mots d'un ton qui tenait le milieu entre la douleur et l'indignation.

« Eh bien, puisqu'il faut que vous sachiez tout... cela est. J'ai consenti à vendre Tom et Henri... Je ne sais pas pourquoi on me regarde comme un monstre parce que je fais ce que tout le monde fait tous les jours.

— Mais pourquoi ceux-là entre tous ?... Oui ! si vraiment vous deviez vendre, pourquoi choisir ceux-là ?...

— Parce qu'ils me rapporteront les plus grosses sommes. Voilà pourquoi je ne pouvais en choisir d'autres, si vous en venez là. L'individu m'a offert un bon prix d'Élisa... si cela vous convient mieux !

— Le misérable ! s'écria Mme Shelby.

— Je n'ai pas voulu l'écouter un moment... non ! à cause de vous, je n'ai pas voulu l'écouter. Sachez-m'en quelque gré.

— Mon ami, dit Mme Shelby en se remettant, pardonnez-moi. J'ai été vive. Vous m'avez surprise. Je n'étais pas préparée à cela. Mais certainement vous me permettrez d'intercéder pour ces pauvres créatures. Tom est un nègre ; mais c'est un noble cœur, et un homme fidèle. Je suis sûre, monsieur Shelby, qu'au besoin il donnerait sa vie pour vous...

— Oui, j'ose le dire... Mais que voulez-vous ? il le faut !

— Pourquoi ne pas faire un sacrifice d'argent ? Allez ! j'en supporterai ma part bien volontiers. Oh ! monsieur Shelby ! j'ai essayé... je me suis efforcée, comme une femme chrétienne, d'accomplir mon devoir envers ces pauvres créatures, si simples, si malheureuses. J'en ai eu soin... je les ai instruites, je les ai veillées. Il y a des années que je connais leurs modestes joies et leurs humbles soucis... Comment pourrai-je élever ma tête au milieu d'eux, si pour un misérable gain nous vendons ce digne et excellent Tom ? si nous lui arrachons en un instant ce que nous lui avons appris à aimer et à respecter ?... Oui ! je leur ai appris les devoirs de la famille, de père et d'enfant, de mari et de femme : comment supporter la pensée de leur montrer maintenant qu'il n'y a pas de liens, de relations, si sacrées qu'elles soient, que nous ne soyons prêts à briser pour de l'argent ? J'ai souvent parlé avec Élisa de son enfant et de ses devoirs envers lui comme mère chrétienne. Je lui ai dit qu'elle devait le surveiller, prier pour lui, l'élever en chrétien... et maintenant... que puis-je dire, si vous le lui arrachez pour le vendre, corps et âme, à un profane, à un homme sans principes ?... et cela pour épargner un peu d'argent ! Et je lui ai dit qu'une âme valait mieux que toutes les richesses du monde... Pourra-t-elle me croire en voyant vendre son enfant ? Le vendre, hélas ! pour la ruine de son corps et de son âme.

— Je suis bien fâché, Émilie, que vous le preniez si vivement. Oui, en vérité ; je respecte vos sentiments, quoique je ne puisse pas prétendre les partager entièrement. Mais, je vous le dis maintenant solennellement, tout est inutile... c'est le seul moyen de me sauver... Je ne voulais pas vous le dire, Émilie... mais voyez-vous, s'il faut parler net... ou vendre ces deux-là, ou vendre tout ! Ils doivent partir, ou tous partiront ! Haley possède une hypothèque sur moi... si je ne la purge pas avec lui, elle emportera tout... J'ai économisé, j'ai gratté sur tout, j'ai emprunté, j'ai tout fait, excepté mendier... et je n'ai pu arriver à la balance de mon compte sans le prix de ces deux-là... J'ai dû les abandonner. Haley avait un caprice pour l'enfant, il a voulu terminer l'affaire de cette façon et non d'une autre... j'étais en son pouvoir ; j'ai dû obéir... Eussiez-vous mieux aimé les voir tous vendus ? »

On eût dit que Mme Shelby venait de recevoir le coup mortel. Elle resta un instant immobile, puis se retourna vers la table, mit sa tête dans ses mains et poussa comme un gémissement.

« C'est la malédiction de Dieu sur l'esclavage... Amère, amère et maudite chose ! Malédiction sur le maître ! malédiction sur l'esclave !... J'étais folle de penser que je pouvais faire quelque chose de bon avec ce mal mortel... c'est un péché que d'avoir un esclave avec des lois comme les nôtres. Je l'ai toujours pensé ; je le pensais quand j'étais jeune fille, je le pense encore plus depuis l'église[1]. Mais j'avais aussi pensé à dorer l'esclavage ; j'espérais, à force de soins et de bonté, faire aux miens l'esclavage plus doux que la liberté même... folle que j'étais !

— Ma femme, vous devenez tout à fait abolitionniste... mais tout à fait.

— Abolitionniste ! s'ils savaient tout ce que je sais sur l'esclavage, ils pourraient parler. Nous n'avons pas besoin d'eux pour nous instruire. Vous savez que je n'ai jamais pensé que l'esclavage fût un droit ; je n'ai jamais eu volontairement d'esclaves.

— Vous différez en cela de beaucoup de gens pieux, dit M. Shelby ; vous vous rappelez le sermon de M. B... l'autre dimanche.

— Je n'ai pas besoin d'écouter de tels sermons, et je désire n'entendre plus jamais M. B... dans notre église. Les ministres ne peuvent pas empêcher le mal ; ils ne peuvent pas le guérir beaucoup plus que nous-mêmes. Mais le justifier ! cela m'a toujours paru une monstruosité, et je suis sûre que vous-même vous n'êtes point édifié de ce sermon.

— Mon Dieu ! j'avoue que parfois ces ministres poussent les choses plus loin que nous ne le ferions nous-mêmes, nous autres, pauvres pécheurs... Nous, qui vivons dans le monde, nous sommes bien forcés, dans bien des cas, de franchir les strictes limites du juste ; mais nous n'aimons pas que les femmes et les prêtres nous imitent, et même nous dépassent, dans tout ce qui regarde les mœurs ou la charité. C'est un fait. Maintenant, ma chère, j'espère que vous voyez la nécessité de la chose et que vous conviendrez que j'ai agi aussi bien que les circonstances me le permettaient.

— Oui, oui, sans doute, dit Mme Shelby en tournant sa montre en or entre ses doigts fiévreux et distraits. Je n'ai aucun bijou de prix, ajouta-t-elle d'un air pensif ; mais cette montre ne vaut-elle pas quelque chose ?... Elle a coûté cher... Pour sauver l'enfant d'Élisa, je sacrifierais tout ce que j'ai.

— Je suis désolé, Émilie, vraiment désolé que cela vous tienne si fort au cœur... mais cela ne servirait à rien. La chose est faite. Les billets de vente sont signés. Ils sont entre les mains de Haley. Rendez grâce à Dieu que le mal ne soit pas pire. Haley pouvait nous ruiner tous, et le voilà désarmé... Si vous connaissiez comme moi quel homme c'est... vous verriez que nous l'avons échappé belle.

— Il est donc bien dur ?

— Eh ! mon Dieu ! ce n'est pas précisément un homme cruel, mais c'est un homme de sac et de valise, un homme qui ne vit que pour le trafic et le lucre ; froid, inflexible, inexorable comme la mort et le tombeau. Il vendrait sa propre mère, s'il en trouvait bon prix... sans pour cela souhaiter aucun mal à la pauvre vieille.

— Et c'est ce misérable qui achète le bon, le fidèle Tom et l'enfant d'Élisa !

— Oui, ma chère. Le fait est que cela m'est bien pénible... Je ne veux pas y penser. Haley viendra demain matin pour faire ses dispositions et prendre possession. Je vais donner ordre que mon cheval soit prêt de très bonne heure ; je sortirai. Je ne pourrais pas voir Tom, non je ne pourrais pas. Vous devriez arranger une promenade quelque part et emmener Élisa. Il ne faut pas que cela se passe devant elle.

— Non, non, s'écria Mme Shelby ; je ne veux en aucune façon être aide ou complice de ces cruautés ; j'irai voir ce vieux Tom ; je l'assisterai dans son malheur ; ils verront du moins que leur maîtresse souffre avec eux et pour eux. Quant à Élisa, je n'ose pas y penser. Que Dieu nous pardonne ! Mais qu'avons-nous fait pour en être réduits à cette cruelle nécessité ? »

Cette conversation était écoutée par une personne dont M. et Mme Shelby étaient loin de soupçonner la présence.

Entre le vestibule et leur appartement il y avait un vaste

cabinet. Élisa, l'âme troublée, la tête en feu, avait songé à ce cabinet ; elle s'y était cachée, et, l'oreille à la fente de la porte, elle n'avait pas perdu un seul mot de l'entretien.

Quand les deux voix se furent éteintes dans le silence, elle se retira d'un pied furtif, pâle, frémissante, les traits contractés, les lèvres serrées... Elle ne ressemblait plus en rien à la douce et timide créature qu'elle avait été jusque-là. Elle se glissa avec précaution dans le corridor, s'arrêta un moment à la porte de sa maîtresse, leva les mains, comme pour un silencieux appel à Dieu, puis tourna sur elle-même et rentra dans sa chambre. C'était un appartement calme et coquet, au même étage que celui de sa maîtresse. Voici la fenêtre, égayée, pleine de soleil, où elle s'asseyait pour coudre en chantant ; voici l'étagère pour ses livres ; voici, tout près d'eux, mille petits objets de fantaisie ; voici les présents des fêtes de Noël et la modeste garde-robe, suspendue dans le cabinet ou rangée dans les tiroirs... En un mot, c'était là sa demeure, et, après tout, une demeure où elle avait été bien heureuse ! Sur le lit était couché l'enfant endormi. Ses longues boucles tombaient négligemment autour de son visage insoucieux encore, de sa bouche rose entrouverte ; ses petites mains potelées étaient jetées sur la couverture, et sur toute sa face un sourire se répandait, comme un rayon de soleil.

« Pauvre enfant ! pauvre être ! dit Élisa. Ils t'ont vendu, mais ta mère te sauvera ! »

Pas une larme ne tomba sur l'oreiller : dans de telles angoisses, le cœur n'a pas de larmes à donner... Il ne verse que du sang, saignant lui-même, silencieux et solitaire !

Élisa prit un crayon, un morceau de papier, et elle écrivit en toute hâte :

« Ah ! madame ! chère madame ! ne me prenez pas pour une ingrate ; ne pensez pas de mal de moi... d'aucune sorte. J'ai entendu ce que vous avez dit cette nuit, vous et monsieur. Je vous quitte pour sauver mon enfant. Vous ne me blâmerez pas. Dieu vous bénisse et vous récompense pour votre bonté. »

Elle plia rapidement sa lettre et y mit l'adresse ; elle alla ensuite vers un tiroir, fit un petit paquet de hardes pour son enfant et l'attacha solidement autour d'elle avec un mouchoir ; puis, car une mère pense à tout, même dans les angoisses de cet instant, elle eut soin de joindre au paquet un ou deux de ses jouets favoris ; elle réserva un perroquet enluminé de vives couleurs pour le distraire quand il faudrait l'éveiller. Elle eut assez de peine à faire lever le petit dormeur ; enfin, après quelques efforts, il secoua le sommeil et se mit à jouer avec son oiseau pendant que sa mère mettait son châle et son chapeau.

« Mère, où allons-nous ? » dit-il en la voyant s'approcher du lit avec sa petite veste et sa petite casquette.

Sa mère l'attira contre elle et lui regarda dans les yeux avec tant d'expression, qu'il devina tout d'un coup qu'il se préparait quelque chose d'extraordinaire.

« Chut ! Henri ; il ne faut pas parler si haut, ou l'on nous entendra. Un méchant homme allait venir pour prendre le petit Henri à sa maman et l'emmener bien loin, dans un endroit où il fait noir ;... mais maman ne veut pas le quitter, Henri. Elle va mettre la veste et le chapeau à son petit garçon et s'échapper avec lui pour que le méchant homme ne puisse pas le prendre. »

En disant ces mots elle attachait et boutonnait l'habit de l'enfant, et le prenant dans ses bras, elle lui murmura à l'oreille : « Sois bien sage ! » et ouvrant la porte de sa chambre, qui donnait sur le vestibule, elle sortit sans bruit.

C'était une nuit étincelante, froide, étoilée ; la mère jeta le châle sur son enfant qui, parfaitement calme, quoique sous l'empire d'une vague terreur, se suspendit à son cou. Le vieux Bruno, grand chien de Terre-Neuve, qui dormait au bout de la véranda, se leva à son approche avec un sourd grognement. Elle l'appela doucement par son nom, et l'animal, qui avait joué cent fois avec elle, remua la queue, déjà disposé à la suivre, tout en se demandant, dans sa simple cervelle de chien, ce que pouvait signifier cette indiscrète promenade de minuit. La chose lui paraissait inconvenante; il sentit ses idées se troubler; il ne savait plus quel parti prendre. La jeune femme passa, le chien s'arrêta; il regardait alternativement la maison et l'esclave. Enfin, comme rassuré par quelque réflexion intime, il s'élança sur les traces de la fugitive.

Au bout de quelques minutes, on arriva à la case de l'oncle Tom. Élisa frappa légèrement aux carreaux.

La prière et le chant des hymnes s'étaient prolongés assez avant dans la nuit. Tom, après le départ de la compagnie, s'était accordé à lui-même quelques solos supplémentaires, de sorte qu'à une heure du matin, ni lui ni sa digne moitié n'avaient encore fermé l'œil.

«Bon Dieu! qui est là? dit Chloé en se levant d'un bond; et elle tira le rideau. Sur ma vie, mais c'est Lisette! Vite, habillez-vous, notre homme. Tom! Le vieux Bruno aussi est là; il gratte à la porte... Mais qu'est-ce donc? Allons, je vais ouvrir.»

L'action suivit de près la parole, et la porte s'ouvrit. La lumière du flambeau, que Tom avait rallumé en toute hâte, tomba sur le visage bouleversé et sur les yeux effarés d'Élisa.

«Dieu vous bénisse, Lisa! Vous faites peur à voir... Êtes-vous malade?... Que vous est-il arrivé?

— Je m'enfuis, père Tom, je m'enfuis, mère Chloé, ... emportant mon fils;... monsieur l'a vendu.

— Vendu!... répétèrent-ils comme deux échos; et ils élevèrent leurs mains en signe de détresse.

— Oui, vendu, lui! reprit Élisa d'une voix ferme. Cette nuit, je m'étais glissée dans le cabinet de ma maîtresse; j'ai entendu monsieur dire à madame qu'il avait vendu mon Henri... et vous aussi, Tom! vendus tous deux à un marchand d'esclaves... Monsieur va sortir ce matin, et l'homme doit venir aujourd'hui même pour prendre livraison de sa marchandise.»

Cependant Tom restait toujours debout, les mains tendues et l'œil dilaté, comme dans un rêve. Lentement, graduellement, comme s'il eût commencé à comprendre, il s'affaissa, plutôt qu'il ne s'assit, dans sa vieille chaise, et laissa tomber sa tête sur ses genoux.

« Que le Bon Dieu ait pitié de nous, dit Chloé. Ah ! je ne puis pas croire que cela soit vrai ! Mais qu'a-t-il fait pour que le maître le vende ?

— Ce n'est pas cela,... il n'a rien fait,... et monsieur ne voulait pas le vendre. Madame,... oh ! elle est toujours bonne ; je l'ai entendue prier et supplier pour nous ; mais il lui disait que tout était inutile, qu'il était *dans la dette* de cet homme, que cet homme avait pouvoir sur lui,... et que s'il ne s'acquittait pas maintenant, il finirait par être obligé de vendre plus tard l'habitation et les gens,... et de partir lui-même. Oui, je lui ai entendu dire qu'il était obligé de vendre ces deux-là ou de vendre tous les autres... L'homme est impitoyable... Monsieur disait qu'il était bien fâché ; mais madame ! Oh ! si vous l'aviez entendue ! Si ce n'est pas une chrétienne et un ange, c'est qu'il n'y en a pas !... Je suis une misérable de la quitter ainsi, mais je n'y pouvais pas tenir ;... elle-même disait qu'une âme valait plus que le monde. Eh bien, cet enfant a une âme ; si je le laisse enlever, que deviendra cette âme ? Ce que je fais doit être bien... Si ce n'est pas bien, que le Seigneur me pardonne, car je ne peux pas ne pas le faire.

— Eh bien, pauvre vieux homme, dit Chloé, pourquoi ne t'en vas-tu pas aussi ? Veux-tu attendre qu'on te porte de l'autre côté de la rivière, où l'on fait mourir les nègres de fatigue et de faim ? J'aimerais mieux mourir mille fois que d'aller là, moi ! Allons, il est temps... partez avec Lisa... Vous avez une passe pour aller et venir en tout temps... Allons, remuez-vous ; je fais votre paquet. »

Tom releva lentement la tête, regarda autour de lui tristement, mais avec calme, puis il dit :

« Non, je ne partirai point ; qu'Élisa parte ! elle fait bien. Ce n'est pas moi qui dirai le contraire. La nature veut qu'elle parte. Mais vous avez entendu ce qu'elle a dit : je dois être vendu, ou tout ici, choses et gens, va être ruiné. Je pense que je puis supporter cela autant que qui que ce soit... Et quelque chose comme un soupir et un sanglot souleva sa vaste poitrine, qui tressaillit convulsivement... Le maître, ajouta-t-il, m'a toujours trouvé à ma place,... il m'y trouvera toujours... Je n'ai jamais manqué à ma foi, je ne me suis jamais servi de la passe contrairement à ma parole : je ne commencerai point : il vaut mieux que je parte seul que de causer la perte de la maison et la vente de tous. Le maître ne doit pas être blâmé, Chloé, il prendra soin de vous et de ces pauvres... »

A ces mots, il se tourna vers le lit grossier où l'on voyait paraître les petites têtes crépues, et ses sanglots éclatèrent... Il s'appuya sur le dossier de sa chaise et se couvrit le visage de ses larges mains. Des sanglots profonds, bruyants, impétueux, ébranlèrent jusqu'au siège, et de grandes larmes, glissant entre ses doigts, tombèrent sur le sol. Lecteur ! telles seraient les larmes que vous verseriez sur le cercueil de votre premier-né ! telles étaient, madame, les larmes que vous avez répandues en entendant les cris de votre enfant qui mourait ! Lecteur, vous êtes un homme, et lui aussi était un homme ! Madame, vous portez de la soie et des bijoux ; mais, dans ces grandes détresses de la vie, dans ces terribles épreuves, nous n'avons pour nous tous qu'une même douleur !

. . . .

« Et puis, dit Élisa qui se tenait toujours auprès de la porte, j'ai vu mon mari cet après-midi... Je ne me doutais pas alors de ce qui allait arriver. Ils l'ont poussé à bout, et il m'a dit aujourd'hui qu'il avait aussi l'intention de s'enfuir. Tâchez de lui donner de mes nouvelles ; dites-lui comment et pourquoi je suis partie ; dites-lui que je vais essayer de gagner le Canada ; portez-lui tout mon amour, et si je ne le revois pas, dites-lui... »

Elle se retourna vers la muraille, leur déroba un instant son visage, puis elle reprit d'une voix brève :

« Dites-lui d'être aussi bon qu'il pourra, pour que nous nous retrouvions au Ciel !... Appelez Bruno, fermez la porte sur lui; pauvre bête! il ne faut pas qu'il me suive!»

Il y eut encore quelques dernières paroles, quelques larmes, quelques adieux bien simples, mêlés de bénédictions; puis, soulevant dans ses bras son enfant étonné et effrayé, elle disparut silencieusement.

CHAPITRE VI

Découverte

APRÈS leur longue discussion, M. et Mme Shelby ne s'endormirent pas tout d'abord. Aussi le lendemain se réveillèrent-ils plus tard que de coutume.

« Je ne sais pas ce qui retient Élisa ce matin », dit Mme Shelby, après avoir sonné plusieurs fois inutilement.

M. Shelby, debout devant sa glace, repassait son rasoir. La porte s'ouvrit, et un jeune mulâtre entra avec l'eau pour la barbe.

« André, dit Mme Shelby, frappez donc à la porte d'Élisa et dites-lui que je l'ai sonnée trois fois. Pauvre créature ! » ajouta-t-elle tout bas en soupirant.

André revint bientôt, l'œil effaré.

« Dieu ! madame, les tiroirs de Lisa sont tout ouverts. Ses affaires sont jetées partout... je crois qu'elle est partie. »

La vérité passa comme un éclair devant les yeux des deux époux. M. Shelby s'écria :

« Elle a eu des soupçons... et elle s'est enfuie.

— Dieu soit loué ! dit Mme Shelby de son côté. Oui, je le crois.

— Madame, ce que vous dites là n'a pas de sens : si elle est partie, ce sera vraiment fâcheux pour moi. Haley a vu que j'hésitais à lui vendre cet enfant ; il pourra penser que j'ai été complice de la fuite... cela touche mon honneur. »

M. Shelby quitta la chambre en toute hâte.

Depuis un quart d'heure, c'était, dans la maison, un va-et-vient continuel, un bruit de portes s'ouvrant et se fermant, et un pêle-mêle de visages de toutes nuances et de toutes couleurs.

Une seule personne eût pu donner quelques éclaircissements, et cette personne se taisait : c'était la cuisinière en chef, Chloé. Silencieuse, un nuage de tristesse couvrant sa face naguère encore si joyeuse, elle préparait les gâteaux du déjeuner, comme si elle n'eût rien vu, rien entendu de ce qui se passait autour d'elle.

Bientôt une douzaine de jeunes drôles, noirs comme des corbeaux, se rangèrent sur les marches du perron, chacun voulant être le premier à saluer le maître étranger avec la nouvelle de sa déconvenue.

«Il en perdra la tête, je gage, disait André.

— Je suis sûr qu'il va jurer, reprenait Jean le Noir.

— Oui, il jure, faisait à son tour Mandy Tête-de-laine. Je l'ai entendu hier à dîner ; j'ai entendu tout, je m'étais fourré dans le cabinet où madame met la vaisselle... j'ai entendu !»

Amanda, qui jamais de sa vie n'avait compris un mot à une conversation, se donna un petit air d'intelligence supérieure, en marchant fièrement au milieu de ses compagnons. Amanda n'oubliait de dire qu'une seule chose, c'est que blottie dans ce cabinet, au milieu de la vaisselle, elle n'avait fait qu'y dormir.

Haley apparut enfin botté, éperonné... de tout côté, on lui jeta au nez la mauvaise nouvelle.

Les jeunes drôles ne furent pas désappointés dans leur attente : il jura avec une abondance et une facilité de paroles qui les réjouissaient fort ; ils avaient soin cependant de se baisser et de se reculer de façon à être toujours hors de la portée de son fouet. Ils roulèrent bientôt les uns sur les autres, avec d'immenses éclats de rire, se débattant sur le gazon flétri de la cour, gesticulant, criant et hurlant.

«Oh ! les petits démons ! si je les tenais, murmura Haley entre ses dents.

— Mais vous ne les tenez pas, dit André avec un geste de triomphe accompagné d'indescriptibles grimaces, après toutefois que le marchand eut tourné le dos, et qu'il ne lui fut plus possible de l'entendre.

— Eh bien, Shelby, voilà qui est assez extraordinaire, dit Haley en entrant brusquement dans le salon ; il paraît que la fille a décampé avec son petit.

— Monsieur Haley... madame Shelby est ici, dit celui-ci avec dignité.

— Pardon, madame, dit Haley en saluant légèrement et d'un air renfrogné, mais je répète ce que je disais tout à l'heure : on fait courir un singulier bruit !... Est-ce vrai, monsieur ?

— Monsieur, répondit Shelby, si vous voulez conférer avec moi, gardez un peu la tenue d'un gentleman. André, prenez le chapeau et le fouet de M. Haley... Asseyez-vous, monsieur... Oui, monsieur, j'ai le regret de vous dire que cette jeune femme, qui a entendu ou soupçonné ce qui l'intéressait... a enlevé son fils et est partie la nuit dernière.

— J'espérais, je l'avoue, qu'on agirait loyalement avec moi dans cette affaire, reprit Haley.

— Quoi ! monsieur, dit Shelby en s'approchant vivement de lui, que dois-je entendre par là ?... A celui qui met mon honneur en question, je n'ai qu'une réponse à faire. »

A ces mots, le trafiquant devint beaucoup plus humble, et baissant de ton :

« Il est pourtant bien dur, murmura-t-il, pour un homme qui vient de faire un bon marché, de se voir berné de cette façon.

— Monsieur, dit Shelby, si je ne comprenais pas que vous avez quelque sujet de désappointement, je n'aurais pas toléré la grossièreté de votre entrée dans mon salon ce matin, et j'ajoute, puisque l'explication semble nécessaire, que je ne tolérerai pas la plus légère insinuation de votre part : on ne suspecte pas ma loyauté, monsieur ! Je me crois cependant obligé à vous donner aide et protection. Prenez mes gens et mes chevaux, et tâchez de retrouver ce qui est à vous. En un mot, Haley, continua-t-il en quittant tout d'un coup ce ton de dignité froide pour revenir à sa franche cordialité, ce que vous avez de mieux à faire, c'est de reprendre votre belle humeur... et de déjeuner... Nous aviserons après. »

Mme Shelby se leva, et dit que ses occupations ne lui permettaient pas d'assister au déjeuner ; et, chargeant une digne mulâtresse de préparer le café et de servir les deux hommes, elle quitta l'appartement.

« La vieille dame n'aime pas démesurément votre servi-teur, dit Haley, faisant un laborieux effort pour paraître très familier.

— Je ne suis pas habitué à entendre parler si familiè-rement de ma femme, dit Shelby assez sèchement.

— Pardon ; mais ce n'était qu'une plaisanterie, vous le savez bien.

— Les plaisanteries sont plus ou moins agréables, dit Shelby.

— Il est diablement libre maintenant que ces papiers sont signés, murmura le marchand ; comme il est devenu grand depuis hier ! »

Jamais la chute d'un premier ministre, après une intrigue de cour, ne produisit une plus violente tempête d'émotions que la nouvelle de ce qui venait d'arriver à l'oncle Tom. On ne parlait pas d'autre chose. Dans la case comme aux champs, on discutait les résultats probables de l'événement. La fuite d'Élisa, étant le premier exemple d'un événement de cette nature chez M. Shelby, augmen-tait l'agitation et le trouble de tous.

Le noir Samuel (on l'appelait noir parce que son teint était de trois nuances plus foncé que celui des autres fils de la côte d'ébène), le noir Samuel déroulait en lui-même toutes les phases de l'affaire : il en étudiait la portée, il en calculait l'influence sur son propre bien-être, avec une puissance d'intuition et une netteté de regard qui eussent fait honneur à un politique blanc de Washington.

« C'est un mauvais vent que celui qui ne souffle nulle

part, se dit Samuel sentencieusement. Un mauvais vent !
c'est un fait ! » Il rehaussa son pantalon qui menaçait de
tomber, remplaçant adroitement par un petit clou un
bouton nécessaire... et absent. Cet effort de génie mécanique sembla le ravir.

« Oui, c'est un mauvais vent que celui qui ne souffle
nulle part, répéta-t-il encore. Maintenant, voilà Tom
bas... cela va faire monter un nègre à sa place. Et pourquoi pas moi, ce nègre ? Pourquoi pas Sam ? C'est une
idée ! Comme Tom ! à cheval ! Aller à cheval ! partout,
dans la campagne... belles bottes cirées... bottes noires !...
Une passe dans ma poche... Moi, grand monsieur ! Pourquoi pas ? Oui, pourquoi pas Sam ? Je voudrais bien
savoir la raison !...

— Ohé, Samuel ! ohé, Sam ! m'sieu a besoin de vous
pour seller Bell et Jerry, dit André en interrompant
le soliloque de Samuel.

— Ah ! et pour quoi faire, petit ?

— Bah ! vous ne savez donc pas que Lisa a décampé
avec son petit...

— Tu veux en remontrer à ton grand-père, dit Samuel
avec un mépris superbe... Je savais cela bien avant toi.
Ce nègre n'est pas si sot qu'on pense.

— Bien ; mais m'sieu veut qu'on apprête à l'instant
Jerry et Bell. Vous et moi nous allons accompagner
m'sieu Haley et tâcher de la reprendre.

— Bon ! voilà donc une occasion, dit Samuel ; c'est
maintenant Sam qui a la confiance ! c'est moi, le nègre !
Vous allez voir si je ne la reprends pas... Ah ! on va voir ce
que Sam est capable de faire !

— Eh mais, Samuel, vous feriez mieux d'y regarder à
deux fois ; madame ne veut pas qu'on la reprenne ; ainsi,
gare à vous !

— Oh ! fit Samuel, ouvrant de grands yeux, comment
sais-tu cela ?

— Moi-même, ce matin, en allant porter l'eau pour la
barbe dans la chambre de monsieur, je l'ai entendue ; elle

m'a envoyé voir pourquoi Lisa ne venait pas l'habiller, et, quand je lui ai dit qu'elle était partie, elle a dit : "Dieu soit béni !" et monsieur a été comme fou ; et il lui a répondu : "Vous ne savez pas ce que vous dites !" Mais elle le ramènera, allez ! je sais bien comment cela se passe... il vaut mieux être du côté de madame ; c'est moi qui vous le dis ! »

Le noir Samuel gratta sa tête crépue, qui ne renfermait pas sans doute une profonde sagesse, mais qui contenait beaucoup de cette chose particulière qu'on souhaite aux hommes politiques de tous les pays et sous tous les régimes, et qui consiste à savoir de quel côté le pain est beurré... Samuel se mit donc à réfléchir, en remontant encore une fois son pantalon : c'était le procédé dont il se servait habituellement pour faciliter les opérations de son cerveau.

« Il ne faut jamais dire jamais dans ce monde », murmura-t-il enfin.

Le mot *ce* fut prononcé avec toute l'emphase d'un philosophe, comme si Samuel eût véritablement connu beaucoup d'autres mondes, et que cette conclusion fût le résultat de ses comparaisons.

« J'aurais pourtant cru, fit-il d'un air pensif, que madame aurait mis toute la maison sur pied pour reprendre Lisa.

— Eh oui ! elle aurait, répondit l'enfant ; mais ne pouvez-vous voir à travers une échelle, vieux nègre noir ? Madame ne veut pas que ce M. Haley emmène l'enfant de Lisa... Voilà la chose !

— High ! fit Samuel avec une intonation impossible à noter pour les oreilles qui ne l'ont pas entendue chez les nègres.

— Et maintenant, j'espère que vous irez vite chercher les chevaux. Ne perdez pas de temps. Madame vous a déjà demandé, et voilà que vous restez à jaser. »

Samuel se hâta en effet ; il revint bientôt en triomphateur, ramenant au galop Bell et Jerry. Il sauta à terre pendant qu'ils couraient encore, et les aligna le long du mur, comme on fait dans un tournoi. Le cheval de Haley, qui était un jeune poulain ombrageux, rua, hennit et secoua son licou.

« Oh ! oh ! dit Samuel... Farouche ! Vous êtes farouche !... et son noir visage brilla d'un éclair de malice... Je vais bien vous faire tenir en place ! »

Un large frêne ombrageait la cour : de petites faînes, triangulaires et tranchantes jonchaient le sol. Samuel en prit une, s'approcha du poulain, le flatta, le gratta, comme s'il eût voulu l'adoucir et le calmer ; et, sous prétexte d'ajuster la selle, il glissa fort adroitement en dessous la petite faîne, de telle façon que le moindre poids posé sur la selle dût exciter la sensibilité nerveuse de l'animal, sans laisser la moindre trace de blessure ou d'égratignure.

« Là ! dit-il en roulant ses gros yeux et faisant une grimace, nous verrons s'il ne sera pas tranquille maintenant... »

Au même instant, Mme Shelby apparut sur le balcon, et lui fit un signe. Samuel s'approcha, déterminé à lui faire sa cour, comme un solliciteur, au moment d'une vacance à Washington ou au palais de Saint-James.

« Pourquoi avez-vous tant tardé, Samuel ? J'avais envoyé André pour vous hâter.

— Dieu vous bénisse, madame ! on ne pouvait pas prendre les chevaux en une minute : ils ont couru, Dieu sait où, jusqu'au bout de la prairie.

— Samuel, je vous ai dit bien souvent de ne pas tant répéter *Dieu vous bénisse ! Dieu sait !* et autres phrases où vous mettez le nom de Dieu... ce n'est pas bien !

— Dieu vous bénisse, madame ! Je ne l'oublierai pas... je ne recommencerai point.

— Eh mais, Samuel, vous avez déjà recommencé !

— Est-ce que ?... vraiment... Ô Dieu ! Je ne voulais pourtant pas.

— Il faut faire attention, Samuel.

— Donnez-moi le temps de me reconnaître, madame... vous verrez... je ferai attention.

— Allons, c'est bien. Maintenant, Samuel, vous allez accompagner M. Haley, pour lui montrer le chemin... pour l'aider... Ayez bien soin des chevaux, Samuel ; vous savez que la semaine passée Jerry était un peu boiteux... Ne les faites point marcher trop vite. »

Mme Shelby prononça ces derniers mots à voix basse et avec une certaine intonation.

« Pour cela, rapportez-vous-en à ce nègre, dit Samuel, en tournant deux yeux pleins de commentaires... Dieu sait ! Ah ! je ne voulais pas le dire, reprit-il avec un tel luxe de démonstrations craintives, qu'en dépit d'elle-même sa maîtresse ne put s'empêcher de rire. Oui, madame, j'aurai soin des chevaux.

— Maintenant, André, dit Samuel en retournant à son poste sous le hêtre, je ne serais pas du tout surpris quand le cheval du monsieur se mettrait à danser un peu au moment où il montera en selle. Vous savez, André, les bêtes ont quelquefois de ces idées-là ; et, en guise d'avertissement, il donna à son camarade un coup de poing dans les côtes.

— High ! fit André avec le signe d'un homme qui a compris tout à coup.

— Vous le voyez, André, madame veut gagner du temps.

— Cela est visible, même pour l'observateur le plus ordinaire... Elle aura ce qu'elle veut, je m'en charge ! On peut lâcher les chevaux pour qu'ils paissent tous ensemble auprès de nous et jusqu'au bois ; je ne pense pas que cela fâche monsieur. »

André fit une grimace.

« Vous voyez, André, vous voyez, dit Samuel ; s'il arrivait quelque chose au cheval de M. Haley, nous quitterions nos montures et nous irions à lui pour le secourir. Oui, nous lui porterions secours ; oh ! oui. »

Samuel et André branlèrent leurs têtes noires d'une

épaule à l'autre et se livrèrent à un rire inextinguible, dont ils tempéraient toutefois les éclats ; puis ils firent claquer leurs doigts, et trépignèrent avec une sorte de ravissement.

Haley apparut sur le perron. Quelques tasses d'excellent café l'avaient un peu adouci. Il était d'assez bonne humeur : il s'avança en souriant et en causant ; les deux nègres saisirent certaines feuilles de palmier, qu'ils avaient l'habitude d'appeler leurs chapeaux, et s'élancèrent vers les chevaux pour être prêts « à aider le m'sicu ».

Les feuilles du chapeau de Samuel n'avaient plus, sur les bords, aucune prétention possible à la tresse. Elles retombaient de tous côtés, éparses et roides ; ce qui lui donnait un air de révolte et d'indépendance superbe. On eût dit un chef de tribu.

Les bords de la coiffure d'André avaient complètement disparu ; mais un ingénieux coup de poing l'avait arrangée en couronne sur sa tête. Il en paraissait fort charmé et semblait dire : « Qui prétend donc que je n'ai pas de chapeau ? »

« Bien, mes enfants. Maintenant, du vif ! nous n'avons pas de temps à perdre.

— Pas une minute, m'sieu », dit Samuel en lui tendant les rênes et en tenant l'étrier, pendant qu'André détachait les deux autres chevaux.

Au moment où Haley toucha la selle, le fougueux animal bondit du sol, par un élan soudain, et jeta son maître à quelques pas de là sur le gazon sec et doux, qui amortit la chute.

Samuel s'élança aux rênes avec un geste frénétique, mais il ne réussit qu'à fourrer son bizarre chapeau de palmier dans les yeux de l'animal : la vue de cet étrange objet ne pouvait guère contribuer à calmer ses nerfs ; aussi il échappa violemment des mains de Samuel renversé, fit entendre deux ou trois hennissements de mépris et, après quelques ruades vigoureusement détachées, s'élança au bout de la prairie, suivi bientôt de Bell et de Jerry, qu'André n'avait pas manqué de lâcher, hâtant encore leur fuite par ses terribles exclamations.

Il s'ensuivit une indescriptible scène de désordre. Andy et Sam criaient et couraient ; les chiens aboyaient ; Mike, Moïse, Amanda et Fanny, et tous les autres petits échantillons de la race nègre qui se trouvaient dans l'habitation, s'élancèrent dans toutes les directions, poussant des hurlements, frappant dans leurs mains et se démenant avec la plus fâcheuse bonne volonté et le zèle le plus compromettant du monde.

Le cheval de Haley, vif et plein d'ardeur, parut entrer dans l'intention des auteurs de cette petite scène avec le plus grand plaisir. Il avait pour carrière une prairie d'un quart de lieue, descendant de chaque côté vers un petit bois : il se laissait donc volontiers approcher ; quand il se voyait à portée de la main, il repartait avec une ruade et un hennissement, comme une méchante bête qu'il était, puis il s'enfonçait bien loin dans quelque allée du bois. Samuel n'avait garde de l'arrêter avant le moment qu'il jugerait convenable. Il se donnait une peine vraiment héroïque. Pareil au glaive de Richard Cœur-de-Lion, qui brillait toujours au front de la bataille et au plus épais de la mêlée, le chapeau de palmier de Samuel se montrait toujours là où il y avait le plus petit danger de reprendre le cheval. Il n'en criait pas moins à pleins poumons : « Là ! ici ! prenez ! prenez-le ! » de telle façon cependant qu'il augmentait à chaque fois le désordre et la confusion.

Haley courait aussi à droite et à gauche, maudissant, jurant et frappant du pied. M. Shelby, du haut de son perron, essayait en vain de donner des ordres. Mme Shelby suivait la scène de la fenêtre de sa chambre, riant et s'étonnant... quoiqu'au fond elle se doutât bien de quelque chose.

Enfin, vers deux heures, Samuel apparut, triomphant, monté sur Jerry, tenant en main la bride du cheval de Haley, ruisselant de sueur, mais l'œil ardent, les naseaux dilatés et laissant voir que son ardeur et sa fougue n'étaient pas encore domptées.

« Il est pris ! s'écria-t-il fièrement ; sans moi ils en eussent été pour leur peine : ils n'auraient jamais pu !

— Sans vous ! grommela Haley d'un ton bourru, sans vous tout cela ne serait pas arrivé !

— Dieu vous bénisse ! répondit Samuel d'un air contrit... moi qui me suis mis en nage pour votre service !

— Oui, dit Haley, vous m'avez fait perdre trois heures par votre bêtise ! Maintenant, partons, et trêve de sottises !

— Ah ! monsieur, s'écria piteusement Samuel, vous voulez donc nous tuer net, bêtes et gens ! nous n'en pouvons mais, et les chevaux sont sur les dents... M'sieu restera bien jusqu'après dîner... Il faut que le cheval de m'sieu soit bouchonné ; voyez dans quel état il s'est mis... Jerry boite... et puis, je ne pense pas que madame veuille vous laisser partir ainsi. Dieu vous bénisse, monsieur ! nous n'avons rien à perdre pour attendre. Lisa n'a jamais été une bonne marcheuse. »

Mme Shelby, que cette conversation divertissait fort, descendit du perron pour y prendre part. Elle s'avança vers Haley, exprima très poliment ses regrets de l'accident, l'engagea instamment à dîner à l'habitation, assurant qu'on allait immédiatement servir.

Haley, tout bien considéré, se détermina donc à rester, et prit d'assez mauvaise grâce le chemin du salon. Sam, roulant les yeux avec une expression que nous ne saurions décrire, conduisit gravement les chevaux à l'écurie.

« L'avez-vous vu, André ? l'avez-vous vu ? s'écria-t-il, dès qu'il fut hors de la voix et qu'il eut attaché ses chevaux. O Dieu ! si ce n'était pas aussi amusant qu'au meeting de le voir danser, trépigner et jurer après nous... l'avez-vous entendu ?... Jure, vieux drôle ! me disais-je à moi-même ; jure ! Tu veux ton cheval ! Attends que je l'attrape !... Dieu ! André, il me semble que je le vois encore ! » Et les deux nègres, s'appuyant contre le mur, s'en donnèrent à cœur joie.

« Il avait l'air d'un fou, quand je lui ai ramené son cheval. Dieu ! je crois qu'il m'aurait tué s'il eût osé, et moi j'étais là comme un pauvre innocent.

— Oui, je vous ai vu... Vous êtes un vieux rusé, Sam.

— Je le soupçonne, reprit modestement Samuel... Et madame, l'avez-vous vue à sa fenêtre, comme elle riait ?

— J'en suis sûr ; mais j'étais en train de courir, je n'ai rien vu...

— Remarquez, dit Samuel tout en lavant le poney, remarquez, André, comme j'ai l'habitude de l'observation ; c'est bien important dans la vie, André ! Cultivez l'observation pendant que vous êtes jeune. Levez donc le pied de derrière. Voyez-vous, l'observation, c'est ce qui fait la différence entre un nègre et un nègre. N'ai-je pas vu de quel côté soufflait le vent, ce matin ? N'ai-je pas compris ce que madame voulait, quoiqu'elle ne le dît pas ?... C'est de l'observation, André ! Je pense que vous appellerez cela une faculté ! Les facultés diffèrent suivant les natures ; mais l'éducation y est aussi pour beaucoup, André !

— Je crois, répondit celui-ci, que si je n'avais pas aidé votre observation ce matin, vous n'auriez pas vu si clair.

— André, vous êtes un enfant qui promettez beaucoup ; cela ne fait pas un doute. J'ai bonne opinion de vous, et je n'ai pas honte de vous emprunter une idée. Il ne faut mépriser personne, André. Les plus malins peuvent quelquefois se tromper. Mais rentrons... Je gage qu'aujourd'hui madame nous donnera quelque bon morceau. »

CHAPITRE VII

Les angoisses d'une mère

JAMAIS une créature humaine ne se sentit plus malheureuse et plus abandonnée qu'Élisa, au moment où elle
s'éloigna de la case de l'oncle Tom. Les souffrances et les
dangers de son mari, le danger de son enfant, tout cela se
mêlait dans son âme avec le sentiment confus et douloureux de tous les périls qu'elle-même allait courir en
quittant cette maison, la seule qu'elle eût jamais connue,
en quittant une maîtresse qu'elle avait toujours aimée et
respectée. N'allait-elle pas quitter aussi tous ces objets
familiers qui nous attachent, le lieu où elle avait grandi,
les arbres dont l'ombre avait abrité ses jeux, les bosquets
où elle s'était promenée, le soir des jours heureux, à côté
de son jeune époux ? Tous ces objets, qu'elle apercevait à
la lueur froide et brillante des étoiles, semblaient prendre
une voix pour lui adresser des reproches et lui demander
où elle pourrait aller en les quittant.

Mais, plus puissant que tout le reste, l'amour maternel
la rendait folle de terreur en lui faisant pressentir l'approche de quelque danger terrible. L'enfant était assez grand
pour marcher à côté d'elle ; dans toute autre circonstance,
elle se fût contentée de le conduire par la main : mais alors
la seule pensée de ne plus le serrer dans ses bras la faisait
tressaillir ; et, tout en hâtant sa marche, elle le pressait
contre sa poitrine avec une étreinte convulsive.

La terre gelée craquait sous ses pas : elle tremblait au

bruit ; le frôlement d'une feuille, une ombre balancée lui faisaient refluer le sang au cœur et précipitaient sa marche. Elle s'étonnait de la force qu'elle trouvait en elle. Son enfant lui semblait léger comme une plume. Chaque terreur nouvelle augmentait encore cette force surnaturelle qui l'emportait. Souvent quelque prière s'élançait de ses lèvres pâles et montait jusqu'à l'ami qui est là-haut : « Seigneur, sauvez-moi ! mon Dieu, ayez pitié de moi ! »

O mère qui me lisez, si c'était votre Henri à vous qu'on dût vous enlever demain matin, si vous eussiez vu l'homme, le brutal marchand, si vous eussiez appris que l'acte de vente est signé et remis... si vous n'aviez plus que de minuit au matin pour vous sauver... et le sauver... quelle serait la rapidité de votre fuite, combien de milles pourriez-vous faire dans ces quelques heures... le cher fardeau à votre sein, sa petite tête endormie sur votre épaule, ses deux petits bras confiants noués autour de votre cou ?

Car l'enfant dormait.

D'abord, l'effroi, l'étrangeté des circonstances le tinrent éveillé ; mais la mère réprimait si énergiquement chaque parole, chaque souffle, l'assurant que, s'il voulait seulement être tranquille, elle le sauverait, qu'il se serra paisiblement contre elle en lui disant seulement, quand il sentait venir le sommeil :

« Mère, faut-il que je reste éveillé ? dites, faut-il ?

— Non, cher ange, dors si tu veux.

— Mais, si je dors, tu ne vas pas me laisser, mère !

— Oh ! Dieu ! te laisser ! non, va ! » Et sa joue devint plus pâle, et plus brillant le rayon de ses yeux noirs...

« Vous êtes sûre, mais bien sûre ?

— Oui, bien sûre ! » reprit la mère d'une voix qui l'effraya elle-même, car elle lui sembla venir d'un esprit intérieur qui n'était point elle.

L'enfant laissa tomber sa tête fatiguée et s'endormit... Le contact de ces petits bras chauds, cette respiration qui passait sur son cou, donnaient aux mouvements de la mère comme une ardeur enflammée. Chaque tressaillement de l'enfant endormi faisait passer dans ses membres comme un courant électrique. Sublime domination de l'esprit sur le corps, qui rend insensibles les chairs et les nerfs, et qui trempe les muscles comme de l'acier, pour que la faiblesse devienne de la force ! Les limites de la ferme, le bosquet, le bois, tout cela passait comme des fantômes... Et elle marchait, marchait toujours, sans s'arrêter, sans reprendre haleine... Les premières lueurs du jour la trouvèrent sur le grand chemin, à plusieurs milles de l'habitation.

Souvent, avec sa maîtresse, elle était allée visiter quelques amis dans le voisinage jusqu'au village de T., tout près de l'Ohio : elle connaissait parfaitement ce chemin. Mais aller plus loin, passer le fleuve, c'était pour elle le commencement de l'inconnu. Elle ne pouvait plus désormais espérer qu'en Dieu.

Quand les chevaux et les voitures commencèrent à circuler sur la grande route, elle comprit, avec cette intuition rapide que nous avons toujours dans nos moments d'excitation morale, et qui semble une sorte d'inspiration, elle comprit que sa marche égarée et sa physionomie inquiète allaient attirer sur elle l'attention soupçonneuse des passants. Elle posa donc l'enfant à terre, répara sa toilette, ajusta sa coiffure, et mesura sa marche de façon à sauver du moins les apparences. Elle avait fait provision de pommes et de gâteaux. Les pommes lui servirent à hâter la marche de l'enfant ; elle les faisait rouler à quelques pas devant lui : l'enfant courait après de toutes ses forces. Cette ruse, souvent répétée, lui fit gagner quelques milles.

Ils arrivèrent bientôt près d'un épais taillis, qu'un ruisseau limpide traversait avec un frais murmure. L'enfant avait faim et soif : il commençait à se plaindre. Tous deux franchirent la haie. Ils s'assirent derrière un quartier de rocher qui les dérobait à la vue ; elle le fit déjeuner. L'enfant remarqua en pleurant qu'elle ne mangeait pas : il lui passa un bras autour du cou et voulut lui glisser un morceau de gâteau dans la bouche...

« Il m'étoufferait ! pensa-t-elle... Non, Henri, non, cher ange, maman ne peut pas manger que tu ne sois sauvé... Il faut aller... encore, encore, jusqu'à ce que nous ayons atteint la rivière. »

Et elle se précipita sur la route... puis elle reprit une marche régulière et calme.

Elle avait dépassé de plusieurs milles les endroits où elle était personnellement connue. Si le hasard voulait qu'elle rencontrât quelque connaissance, elle se disait que la bonté très notoire de la famille écarterait bien loin toute idée d'évasion. Et puis, elle était si blanche qu'il fallait un œil attentif et exercé pour reconnaître le sang mêlé ; son enfant était aussi blanc qu'elle ; c'était une chance de plus de passer inaperçue.

Elle s'arrêta vers midi dans une jolie ferme pour s'y reposer et commander le dîner. Avec la distance le danger diminuait ; ses nerfs se détendaient, et elle éprouvait à la fois de la fatigue et de la faim.

La fermière, déjà sur l'âge, bonne et un peu commère, fut enchantée d'avoir à qui parler, et elle accepta sans examen la fable d'Élisa, qui allait, disait-elle, à quelque distance, passer une semaine chez une amie... « Puissé-je dire vrai ! » ajoutait-elle tout bas.

Une heure avant le coucher du soleil, elle arriva au village de T., sur les bords de l'Ohio, fatiguée, le corps malade, mais l'âme vaillante. Son premier regard fut pour la rivière, qui, pareille au Jourdain de la Bible, la séparait du Chanaan de la liberté.

On était au commencement du printemps ; la rivière, gonflée et mugissante, charriait des monceaux de glace avec ses eaux tumultueuses. Grâce à la forme particulière du rivage, qui, dans cette partie du Kentucky, s'avance comme un promontoire au milieu des eaux, d'énormes quantités de glace avaient été retenues au passage. Elles s'entassaient en piles énormes qui formaient comme un radeau irrégulier et gigantesque, interrompant la communication des deux rives.

Élisa demeura un instant en contemplation devant cet affligeant spectacle... « Le bac ne marche plus ! » pensa-t-elle... et elle courut à une petite auberge pour y demander quelques renseignements.

L'hôtesse, occupée à ses fritures et à ses ragoûts pour le repas du soir, s'arrêta, fourchette en main, en entendant la voix douce et plaintive d'Élisa.

« Qu'est-ce donc ?

— Y a-t-il un bac ou un bateau pour passer le monde qui va à B... ?

— Non vraiment. Les bateaux ne marchent plus. »

La douleur et l'abattement d'Élisa frappèrent cette femme.

« Vous auriez, lui demanda-t-elle avec intérêt, besoin de passer de l'autre côté de l'eau ?... Quelqu'un de malade ?... Vous semblez inquiète.

— J'ai un enfant en danger, je ne le sais que d'hier soir ; je suis venue tout d'une traite dans l'espoir de trouver le bac.

— C'est bien malheureux, dit la femme qui sentit s'éveiller toutes ses sympathies maternelles... Je suis vraiment fâchée pour vous. Salomon ! » cria t elle par la fenêtre, en dirigeant sa voix du côté d'une petite hutte noire.

Un individu aux mains sales, et portant tablier de cuir, parut sur le seuil.

« Dites-moi, Salomon, cet homme ne va-t-il point passer l'eau cette nuit ?

— Il dit qu'il va essayer, si cela est possible. »

Alors l'hôtesse, se retournant vers Élisa :

« Un homme va venir avec des marchandises pour passer cette nuit. Il soupera ici. Ce que vous avez de mieux à faire, c'est de vous asseoir et de l'attendre. Quel joli enfant ! » ajouta-t-elle en lui offrant un gâteau.

Mais l'enfant, tout épuisé par la route, pleurait de fatigue.

« Pauvre petit, dit Élisa, il n'est pas accoutumé à marcher... je l'ai trop pressé !

— Faites-le entrer dans cette chambre », dit l'hôtesse en ouvrant un petit cabinet où il y avait un lit confortable. Élisa y plaça le pauvre enfant et tint ses petites mains dans les siennes jusqu'à ce qu'il fût endormi. Pour elle, il n'y avait plus de repos. La pensée de ses persécuteurs, comme un feu dévorant, brûlait la moelle de ses os. Elle jetait des regards pleins de larmes sur les flots gonflés et terribles qui coulaient entre elle et la liberté.

Mais quittons l'infortunée pour un instant, et voyons ce que deviennent ceux qui la poursuivent.

Mme Shelby avait dit, il est vrai, que le dîner serait immédiatement servi ; on vit bientôt, ce qui s'est vu souvent, qu'il faut être deux pour faire un marché. Quoique les ordres eussent été donnés en présence d'Haley et transmis à la mère Chloé par au moins une demi-douzaine d'alertes messagers, cette haute dignitaire, pour toute réponse, grommela quelques mots inintelligibles, en hochant sa vieille tête, et elle continua son opération avec une lenteur inaccoutumée.

Toute la maison semblait instinctivement deviner que madame n'était en aucune façon affligée de ce retard : on ne saurait croire combien d'accidents retardèrent le cours ordinaire des choses. Un marmiton maladroit renversa la sauce : il fallut refaire la sauce. Chloé y mit un soin désespérant et une précision compassée ; elle répondait à toutes les exhortations « qu'elle ne se permettrait pas de servir une sauce tournée pour plaire à des gens qui voulaient rattraper quelqu'un ». Un enfant tomba avec l'eau qu'il portait : il fallut retourner à la fontaine. Un autre renversa le beurre. De temps en temps on arrivait, en ricanant, dire à la cuisine que M. Haley paraissait très mal à son aise, qu'il ne pouvait rester sur son siège, et qu'il allait en trépignant de la fenêtre à la porte.

«C'est bien fait ! disait Chloé avec indignation. Il sera encore plus mal à l'aise un de ces jours, s'il n'amende pas ses voies. Son maître l'enverra chercher, et alors... il verra...

— Il ira en enfer, c'est sûr, dit le petit Jean.

— Il le mérite bien, dit Chloé d'un air revêche. Il a brisé bien des cœurs... Je vous le dis à tous, reprit-elle en élevant sa fourchette, comme M. Georges l'a lu dans la *Révélation*, les âmes crient au pied de l'autel, elles crient au Seigneur et demandent vengeance... et un jour le Seigneur les entendra. Oui, il les entendra ! »

Chloé était si fort respectée dans la maison, que tous l'écoutèrent bouche béante. Le dîner se trouvait servi ; tous les esclaves eurent donc le temps de venir jaser avec elle et de prêter l'oreille à ses remarques.

«Il rôtira toute l'éternité, c'est sûr ; hein ! rôtira-t-il ? disait André.

— Je voudrais bien le voir, reprenait le petit Jean.

— Enfants ! » dit une voix qui les fit tous tressaillir.

C'était l'oncle Tom qui, du seuil, écoutait cette conversation.

«Enfants ! J'ai peur que vous ne sachiez pas ce que vous dites là. *Toujours* est un mot terrible, enfants ; rien que d'y penser, il effraie ! *Toujours !* il ne faut souhaiter cela à aucune créature humaine.

— Nous ne souhaitons cela qu'à ceux qui perdent les âmes, dit André... à ceux-là, on ne peut s'en empêcher... ils sont si affreusement méchants !

— La nature elle-même, la bonne nature ne crie-t-elle point contre eux ? dit Chloé. Est-ce qu'ils n'arrachent pas l'enfant qu'on allaite au sein de sa mère... pour le vendre ?... Et les petits enfants qui pleurent et qui s'attachent à nos vêtements, est-ce qu'ils ne les arrachent point aussi de nos bras... pour les vendre ? Ne séparent-ils point la femme du mari ? continua-t-elle en pleurant... et n'est-ce pas les tuer tous deux ? Et cependant, que ressentent-ils ? quelle pitié ? est-ce que cela les empêche de boire, de fumer et de prendre toutes leurs aises ? Si le diable ne les emporte pas, à quoi donc le diable est-il bon ? » Et couvrant son visage de son tablier, Chloé laissa éclater ses sanglots.

Mais alors Tom, à son tour :

« Priez pour ceux qui vous persécutent, dit le *bon livre* !

— Prier pour eux ! c'est trop fort... je ne puis pas !...

— Oui, Chloé, c'est plus fort que la nature, mais la grâce du Seigneur est plus forte aussi que la nature !... Et d'ailleurs, songez dans quel état se trouve l'âme des pauvres créatures qui commettent de telles actions... Remerciez Dieu de n'être pas comme elles, Chloé. Pour moi, j'aimerais mieux être vendu dix mille fois que d'avoir le même compte à rendre que ce pauvre homme !

— Et moi aussi, dit Jean ; il ne faudra pas la reprendre, Andy. »

André haussa les épaules et sifflota entre ses dents, en signe d'acquiescement.

« Je suis bien aise, reprit Tom, que monsieur ne soit pas sorti ce matin, comme il le voulait. Cela me faisait plus de mal que de me voir vendu. C'était bien naturel à lui, mais bien pénible pour moi, qui le connais depuis l'enfance ; j'ai vu monsieur et je commence à être réconcilié avec la volonté de Dieu. Monsieur ne pouvait se tirer d'affaire sans cela. Il a bien fait. Mais j'ai peur que les choses n'aillent encore plus mal, moi absent. On ne s'attendra pas à voir monsieur rôder et surveiller partout, comme je faisais. Les enfants ont bonne volonté... mais c'est si léger... voilà ce qui m'effraie ! »

La sonnette retentit, et Tom fut appelé au parloir.

« Tom, lui dit Shelby avec bonté, je dois vous avertir que j'ai un dédit de dix mille dollars avec monsieur, si vous ne vous trouvez point à l'endroit qu'il vous désignera. Il va maintenant à ses autres affaires ; vous avez votre journée à vous. Allez où vous voudrez, mon garçon.

— Merci, monsieur dit Tom.

— Ne l'oubliez pas, ajouta le trafiquant, si vous jouez

le tour à votre maître, j'exigerai tout le dédit. S'il m'en croyait, il ne se fierait jamais à vous autres nègres ; vous glissez comme des anguilles.

— Monsieur, dit Tom en se tenant tout droit devant Shelby, j'avais huit ans quand la vieille maîtresse vous mit dans mes bras ; vous n'aviez pas un an : "Tom, ce sera ton maître, me dit-elle : aie bien soin de lui !" Et maintenant, monsieur, je vous le demande, ai-je jamais manqué à mon devoir ? Vous ai-je jamais été infidèle... surtout depuis que je suis chrétien ? »

M. Shelby fut comme oppressé ; les larmes lui vinrent aux yeux.

« Mon brave garçon, Dieu sait que vous ne dites que la vérité... et, si je le pouvais, je ne vous vendrais pas... pour un monde.

— Vrai comme je suis chrétienne, dit à son tour Mme Shelby, vous serez racheté aussitôt que nous le pourrons. Monsieur Haley, rappelez-vous à qui vous l'aurez vendu, et faites-le-moi savoir.

— Pour cela, certainement, dit Haley. Si vous le désirez, je puis vous le ramener dans un an.

— Je vous le rachèterai bon prix.

— Fort bien, dit le marchand. Je vends, j'achète : pourvu que je fasse une bonne affaire, c'est tout ce que je demande, vous comprenez... »

M. et Mme Shelby se sentaient humiliés et abaissés par l'impudente familiarité du marchand ; mais tous deux sentaient aussi l'impérieuse nécessité de maîtriser leurs sentiments : plus il se montrait dur et avare, plus Mme Shelby craignait de le voir reprendre Élisa et son enfant. Elle cherchait donc à le retenir par toutes sortes de ruses féminines ; c'étaient des mines, des sourires, des causeries presque intimes... tout, enfin, pour faire passer le temps insensiblement.

A deux heures, Samuel et André amenèrent les chevaux, qui semblaient plus frais et plus dispos que jamais, malgré leur escapade du matin.

Samuel avait puisé dans les inspirations du dîner un zèle et une ardeur nouvelle. Comme Haley s'approchait, il disait à André, avec une évidente allusion à ce qu'ils allaient faire, que tout était pour le mieux et qu'il n'y avait point à douter du succès.

«Sans doute votre maître a des chiens, dit Haley tout pensif, au moment où il allait monter à cheval.

— Des chiens, reprit Samuel, il y en a des tas ! Voilà d'abord Bruno ! c'est un fameux aboyeur ; et puis, chaque nègre a son chien d'une sorte ou de l'autre.

— Fi donc !»

Et Haley murmura je ne sais quels termes injurieux adressés à tous ces chiens.

«Il n'a donc pas, ajouta-t-il (non, il n'en a pas, je le vois bien) de chiens pour le nègre ?»

Samuel comprit parfaitement ce que le marchand voulait dire. Il n'en prit pas moins un air de simplicité désespérante.

«Nos chiens ont l'odorat très fin, dit-il ; je pense bien que c'est l'espèce dont vous voulez parler : mais ils manquent d'exercice ! ce sont de beaux chiens... Si vous voulez qu'on les lâche...» Il appela en sifflant l'énorme terre-neuve, qui vint joyeusement bondir autour d'eux.

«Va te faire pendre ! cria le marchand. Allons, en route !»

Samuel, en montant à cheval, trouva adroitement le moyen de chatouiller André, qui partit d'un éclat de rire, à la grande indignation de Haley, qui le menaça de son fouet.

«Vous m'étonnez, André ! dit Samuel avec une imperturbable gravité. Ce que nous faisons est sérieux, Andy ! vous ne devez pas en faire un jeu. Ce ne serait pas le moyen de servir monsieur.

— Décidément je veux aller droit à la rivière, dit Haley en arrivant aux dernières limites de la propriété. Je connais le chemin qu'ils prennent tous ; ils veulent passer...

— Certainement, dit Samuel, c'est une idée, cela !

M. Haley est tombé juste... Mais il y a deux routes pour aller à la rivière, la route de terre et la route de pierres. Laquelle voulez-vous prendre ? »

Andy regarda naïvement Samuel, surpris d'entendre cette nouveauté topographique ; mais il confirma immédiatement le dire de son camarade par des assertions réitérées.

« Moi, dit Samuel, j'aurais plutôt pensé que Lisa aurait pris la vieille route, parce qu'elle est moins fréquentée. »

Haley, quoiqu'il fût un assez malin oiseau et très soupçonneux de son naturel, se laissa néanmoins prendre à cette observation.

« Si vous n'êtes deux maudits menteurs... » fit-il en s'arrêtant un moment tout pensif.

Le ton perplexe et réfléchi avec lequel ces paroles furent prononcées parut amuser prodigieusement André. Il se renversa en arrière au point de tomber presque jusqu'à terre. Le visage de Samuel avait pris, au contraire, une expression de gravité dolente.

« Ma foi ! dit-il, m'sieu peut agir à sa guise ; il peut prendre le chemin droit si ça lui plaît. Pour nous, c'est tout un ; quand je réfléchis, je pense même que c'est le meilleur chemin... décidément...

— Elle aura suivi la route solitaire, dit Haley pensant tout haut, et sans tenir aucun compte de la remarque de Samuel.

— On ne sait pas, reprit Samuel ; les femmes sont si drôles ! elles ne font jamais rien comme on se l'imagine ; c'est presque toujours le contraire : la femme est naturellement contrariante. Si vous croyez qu'elle a pris une route, il est certain que c'est l'autre qu'il faut suivre pour la trouver. Mon opinion à moi est que Lisa a pris la vieille route : aussi je pense qu'il faut suivre la nouvelle. »

Ces observations profondes sur l'humeur féminine ne parurent pas disposer Haley en faveur de la route neuve ; il annonça résolument qu'il allait prendre l'ancienne, et il demanda à Samuel si on allait bientôt y arriver.

«Tout à l'heure, dit Samuel en clignant de l'œil qui regardait André, tout à l'heure !» Il ajouta gravement : «J'ai étudié la question ; je crois qu'il ne faut pas prendre cette route. Je ne l'ai jamais parcourue ; elle est d'une solitude désespérante, nous pourrions nous égarer... et dans ce cas, où aller ?... Dieu le sait !

— N'importe, dit Haley, je veux aller par cette route.

— Mais, j'y réfléchis, poursuivit Samuel, il me semble que j'ai entendu dire que cette route était tout encombrée de haies et d'échaliers. N'est-ce pas, Andy ?»

André n'était pas certain... il n'avait pas vu... il ne voulait pas se compromettre.

Haley, habitué à tenir la balance entre des mensonges plus ou moins pesants, crut qu'elle penchait cette fois du côté de la vieille route ; il s'imagina que c'était par mégarde que Samuel l'avait d'abord indiquée. Il attribua ses efforts confus pour l'en dissuader à un mensonge désespéré qui n'avait d'autre but que de sauver Élisa.

Quand donc Samuel eut montré la route, Haley s'y précipita vivement, suivi des deux nègres.

C'était vraiment une vieille route, qui avait conduit jadis à la rivière. Elle était abandonnée depuis de longues années pour un nouveau tracé. La route était libre à peu près pour une heure de marche ; après cela elle était coupée de haies et de métairies. Samuel le savait parfaitement bien ; mais elle était depuis si longtemps fermée, qu'André l'ignorait véritablement. Il trottait donc avec un air de soumission respectueuse, murmurant et criant de temps en temps que c'était bien raboteux et bien mauvais pour le pied de Jerry.

«Je vous préviens que je vous connais, drôles, dit Haley ; toutes vos roueries ne me feront pas quitter cette route... André, taisez-vous !

— M'sieu fera ce qu'il voudra », reprit humblement Samuel ; et en même temps il lança un coup d'œil plus significatif à André, dont la gaieté allait éclater bruyamment.

Samuel était d'une animation extrême; il vantait son excellente vue, il s'écriait de temps en temps : « Ah ! je vois un chapeau de femme sur la hauteur ! » Ou bien, appelant André : « N'est-ce point Lisa, là-bas, dans ce creux ? » Il choisissait pour ces exclamations les parties difficiles et rocailleuses de la route, où il était à peu près impossible de hâter le pas. Il tenait ainsi Haley dans une perpétuelle émotion.

Après une heure de marche, les trois voyageurs descendirent précipitamment dans une cour qui dépendait d'une vaste ferme. On ne rencontra personne; tout le monde était aux champs; mais comme la ferme barrait littéralement le chemin, il était évident qu'on ne pouvait aller plus loin dans cette direction.

« Eh ! que vous disais-je, monsieur ? fit Samuel avec un air d'innocence persécutée. Comment un étranger pourrait-il connaître le pays mieux que ceux-là qui sont nés et qui ont été élevés sur la place ?

— Gredins, dit Haley, vous le saviez bien !

— Mais je vous le disais, et vous ne vouliez pas le croire. Je disais à monsieur que tout était fermé et barré, et que je ne pensais pas que nous pussions passer. Andy m'a entendu. »

Cette assertion était trop incontestablement vraie pour qu'on pût y contredire. L'infortuné marchand fut donc obligé de dissimuler de son mieux. Il cacha sa colère, et tous trois firent volte-face et se dirigèrent vers la grande route.

Il résulta de tous ces retards une certaine avance pour Élisa. Il y avait trois quarts d'heure que son enfant était couché dans le cabinet de l'auberge, quand Haley et les deux esclaves y arrivèrent eux-mêmes.

Élisa était à la fenêtre; elle regardait dans une autre direction; l'œil perçant de Samuel l'eut bientôt découverte. Haley et André étaient à quelques pas en arrière. C'était un moment critique. Samuel eut soin qu'un coup de vent enlevât son chapeau. Il poussa un cri formidable et d'une façon toute particulière. Ce cri réveilla Élisa comme en sursaut. Elle se rejeta vivement en arrière.

Les trois voyageurs s'arrêtèrent en face de la porte d'entrée, tout près de cette fenêtre.

Pour Élisa, mille vies se concentraient dans cet instant suprême. Le cabinet avait une porte latérale qui s'ouvrait sur la rivière. Elle saisit son fils et franchit d'un bond quelques marches. Le marchand l'aperçut au moment où elle disparaissait derrière la rive. Il se jeta à bas de son cheval, appela à grands cris Samuel et André, et il se précipita après elle, comme le limier après le daim. Dans cet instant terrible, le pied d'Élisa touchait à peine le sol ; on l'eût crue portée sur la cime des flots. Ils arrivaient derrière elle... Alors, avec cette puissance nerveuse que Dieu ne donne qu'aux désespérés, poussant un cri sauvage, avec un bond ailé, elle s'élança du bord par-dessus le torrent mugissant et tomba sur le radeau de glace. C'était un saut désespéré, impossible, sinon au désespoir même et à la folie. Haley, Samuel et André poussèrent un cri et levèrent les mains au ciel.

L'énorme glaçon craqua et s'abîma sous son poids... mais elle ne s'y était point arrêtée une seconde. Cependant, poussant toujours ses cris sauvages, redoublant d'énergie avec le danger, elle sauta de glaçon en glaçon, glissant, se cramponnant, tombant, mais se relevant toujours ! Elle perd sa chaussure, ses bas sont arrachés de ses pieds ; son sang marque sa route ; mais elle ne voit rien, ne sent rien, jusqu'à ce qu'enfin... obscurément... comme dans un rêve, elle aperçoit l'autre rive, et un homme qui lui tend la main.

« Vous êtes une brave fille, qui que vous soyez », dit l'homme avec un serment.

Élisa reconnut le visage et la voix d'un homme qui occupait une ferme tout près de son ancienne demeure.

« Oh ! monsieur Symmer, sauvez-moi ! sauvez-moi ! cachez-moi ! disait-elle.

— Quoi? qu'est-ce? disait-il; n'êtes-vous point à M. Shelby?

— Mon enfant, cet enfant que voilà; il l'a vendu! et voilà son maître, dit-elle en montrant le rivage du Kentucky. Oh! M. Symmer! vous avez un petit enfant!

— Oui! j'en ai un... et il lui aida, avec rudesse, mais avec bonté, à gravir le bord; vous êtes une brave femme, répéta-t-il encore... et moi, j'aime le courage... partout où je le trouve!»

Quand ils furent au haut de la digue, l'homme s'arrêta: «Je serais heureux de faire quelque chose pour vous, dit-il; mais je n'ai pas où vous mettre. Ce que je puis faire de mieux, c'est de vous indiquer où vous devez aller; et il lui montra une grande maison blanche, qui se trouvait isolée dans la principale rue du village. Allez là; ce sont de bonnes gens. Il n'y a aucun danger... ils vous assisteront... ils sont accoutumés à ces sortes de choses.

— Dieu vous bénisse! dit vivement Élisa.

Ce n'est rien, reprit l'homme, ce n'est rien du tout; ce que je fais là ne compte pas.

— Bien sûr, monsieur, vous ne le direz à personne?

— Que le tonnerre!... Pour qui me prenez-vous, femme? Cependant, venez. Allons, tenez, vous êtes une femme de cœur... Vous méritez votre liberté, et vous l'aurez... si cela dépend de moi.»

Élisa reprit son enfant dans ses bras, et marcha d'un pas vif et ferme. Le fermier s'arrêta et la regarda.

«Shelby ne trouvera peut-être pas que ce soit là un acte de très bon voisinage; mais que faire? s'il attrape jamais une de mes femmes dans les mêmes circonstances, il sera le bienvenu à me rendre la pareille. Je ne pouvais pourtant pas voir cette pauvre créature courant, luttant, les chiens après elle, et essayant de se sauver... D'ailleurs, je ne suis pas chargé de chasser et de reprendre les esclaves des autres.»

Ainsi parlait ce pauvre habitant des bruyères du Kentucky, qui ne connaissait pas son droit constitutionnel, ce qui le poussait traîtreusement à se conduire en chrétien. S'il eût été plus éclairé, ce n'est pas ainsi qu'il eût agi.

Haley était comme foudroyé par ce spectacle. Quand Élisa eut disparu, il jeta sur les deux nègres un regard terne et inquisiteur.

« Voilà une belle affaire, dit Samuel.

— Il faut qu'elle ait sept diables dans le corps, reprit Haley... elle bondissait comme un chat sauvage.

— Mon Dieu ! dit Samuel, j'espère que monsieur nous excusera de ne pas l'avoir suivie. Nous ne nous sommes pas sentis de force à prendre cette route-là. » Et Samuel se livra à un accès de gros rire.

« Vous riez ! hurla le marchand.

— Dieu vous bénisse, m'sieu ! je ne puis pas m'en empêcher, dit Samuel, donnant libre cours à la joie longtemps contenue de son âme. Elle était si curieuse, sautant, bondissant, franchissant la glace !... Et seulement de l'entendre... pouf ! pan ! crac ! hop ! Dieu ! comme elle allait ! » Et Samuel et André rirent tant, que les larmes leur roulaient sur les joues.

« Je vais vous faire rire d'autre sorte », s'écria-t-il en brandissant son fouet sur leurs têtes.

Ils baissèrent le cou, s'élancèrent au haut de la berge avec des hourras, et se trouvèrent en selle avant qu'il fût remonté.

« Bonsoir, m'sieu, dit Samuel avec beaucoup de gravité ; j'ai grand-peur que madame ne soit inquiète de Jerry. M. Haley ne voudrait pas nous retenir plus longtemps. Madame ne serait pas contente que nous ayons fait passer la nuit à nos bêtes sur le pont de Lisa. » Et, après avoir donné un facétieux coup de poing dans les côtes d'André, il partit à toute vitesse, suivi de ce dernier. Peu à peu leurs joyeux éclats s'éteignirent dans le vent.

CHAPITRE VIII

Les chasseurs d'hommes

ÉLISA avait miraculeusement traversé le fleuve aux dernières lueurs du crépuscule. Les grises vapeurs du soir, s'élevant lentement des eaux, la dérobèrent bientôt aux yeux. Le courant grossi et les monceaux de glaces flottantes mettaient une infranchissable barrière entre elle et son persécuteur. Haley, fort désappointé, retourna à la petite auberge pour réfléchir sur le parti qu'il avait à prendre. L'hôtesse lui ouvrit la porte d'un petit salon dont le plancher était couvert d'un tapis déchiré. Quant au tapis de la table, il brillait de taches d'huile. Tout était mesquin et dépareillé : des chaises avec de hauts dossiers de bois ; des figurines de plâtre aux vives enluminures décoraient la cheminée. Un banc également en bois et d'une longueur désespérante s'étendait devant l'âtre. C'est là que Haley s'assit pour méditer sur l'instabilité des espérances et du bonheur des humains.

« Qu'avais-je besoin de ce marmot ? se demandait-il à lui-même. Me fourrer dans un tel guêpier ! Sot que je suis ! » Et Haley, pour retrouver un peu de calme, se récita des litanies d'imprécations contre lui-même. Nous reconnaissons volontiers qu'elles étaient assez bien méritées ; nous demandons seulement la permission de ne pas les rapporter ici.

Haley fut tiré de sa rêverie par la grosse voix discordante d'un homme qui venait de s'arrêter à la porte de l'auberge. Il courut à la fenêtre.

«Ciel et terre ! s'écria-t-il ; si ce n'est point là un tour de ce que les gens appellent la Providence ! Oui, en vérité... Tom Loker. »

Haley descendit en toute hâte.

Auprès du comptoir, dans un coin de la salle, un homme se tenait debout : teint bronzé, formes athlétiques, six pieds de haut, gros en proportion. Il était habillé d'une peau de buffle, le poil tourné en dehors, ce qui lui donnait un aspect sauvage et féroce, en complète harmonie avec l'air de son visage. Sur le front, sur la face, tous les traits, toutes les saillies qui indiquent la violence brutale et emportée, avaient pris le plus vaste développement.

Que nos lecteurs s'imaginent un bouledogue changé en homme, et se promenant en veste et en chapeau : ils auront une assez juste idée de Tom Loker. Il avait un compagnon de voyage qui, sous beaucoup de rapports, offrait avec lui le contraste le plus frappant. Il était petit et mince ; il avait dans les mouvements la souplesse doucereuse du chat ; ses yeux noirs et perçants semblaient toujours guetter la souris : tous ses traits anguleux visaient pourtant à la sympathie. On eût dit que son nez long et fin voulait pénétrer toute chose. Ses cheveux noirs, rares et lisses, descendaient fort bas sur son front. On devinait dans tous ses gestes une finesse cauteleuse. Le premier de ces deux hommes se versa un grand verre d'eau-de-vie et l'avala sans mot dire ; l'autre, debout sur la pointe des pieds, avançant la tête de tous côtés et flairant toutes les bouteilles, demanda avec circonspection, d'une voix maigre et chevrotante, un verre de liqueur de menthe. Quand on eut versé, il prit le verre, l'examina avec une attention complaisante, comme un homme content de ce qu'il a fait et qui vient de «frapper juste sur la tête du clou» ; il se disposa ensuite à savourer à petites gorgées.

«Pardieu ! je ne comptais pas sur tant de bonheur,

dit Haley en s'avançant; comment va, Loker?» Et il tendit la main au gros homme.

«Diable! qui vous amène ici?» telle fut la réponse polie de Loker.

Le chafouin, qui répondait au nom de Marks, s'arrêta au milieu d'une gorgée, avança la tête et jeta à notre nouvelle connaissance le regard subtil d'un chat qui suit le mouvement d'une feuille morte.

«Je dis, Tom, reprit Haley, que voilà tout ce qui pouvait m'arriver de plus heureux en ce monde. Je suis dans un embarras du diable et vous pouvez m'aider à en sortir.

— Ah! ah! très bien, murmura l'autre. On peut être sûr, quand vous vous réjouissez de voir les gens, que vous avez besoin d'eux. Qu'est-ce encore?

— Vous avez un ami, un associé, peut-être? dit Haley regardant Marks avec défiance.

— Oui, c'est Marks,... avec qui j'étais aux Natchez.

— Enchanté de faire votre connaissance, dit Marks en avançant sa longue main noire et maigre comme une patte de corbeau. Monsieur Haley, je crois?

— Lui-même, monsieur, dit Haley; et maintenant, messieurs, puisque nous avons le bonheur de nous rencontrer, il me semble que nous pouvons causer un peu d'affaires. Là, dans cette salle... Allons, vieux drôle, dit-il à l'homme du comptoir, de l'eau chaude, du sucre, des cigares et beaucoup d'*aff...*[1], et nous allons jaser.»

Les flambeaux furent allumés, le feu poussé jusqu'au degré convenable; nos dignes compagnons s'assirent autour d'une table garnie de tous les accessoires que nous venons d'énumérer.

Haley commença le récit pathétique de ses infortunes. Loker l'écouta bouche close, l'œil terne et morne, avec la plus profonde attention. Marks, qui préparait avec grand soin un verre de punch à son goût, s'interrompit plusieurs fois dans cette grave occupation, et vint mettre le bout de son nez jusque dans la figure d'Haley.

Il avait également suivi le récit avec un vif intérêt; la fin parut l'amuser beaucoup. Ses côtes et ses épaules s'abandonnaient à un mouvement significatif, quoique silencieux. Il pinçait ses lèvres fines avec tous les signes d'une grande jubilation intérieure.

« Ainsi vous voilà tout à fait dedans ?... Hé ! hé ! c'est très drôle !... Hé ! hé ! hé !

— Ces maudits enfants causent bien des embarras dans le commerce, reprit Haley d'un ton piteux.

— Si nous pouvions, dit Marks, avoir une race de femmes qui n'eussent pas souci de leurs petits, ce serait le plus grand progrès de la civilisation moderne. »

Et Marks accompagna sa plaisanterie d'un rire calme et presque sérieux.

« Vrai, dit Haley, je n'ai jamais rien pu comprendre à cela. Ces petits sont pour elles une source d'ennuis. On croirait qu'elles devraient être enchantées de s'en débarrasser... Eh bien, non ; plus le petit leur cause de mal, plus il n'est bon à rien, plus elles s'y attachent !

— Eh ! monsieur Haley, passez-moi donc l'eau chaude ! dit Marks... Oui, monsieur, continua-t-il, vous dites là ce que j'ai souvent pensé moi-même, ce que nous avons pensé tous. Jadis, quand j'étais dans les affaires, j'achetai une femme solide, bien tournée, fort habile ; elle avait un petit bonhomme malingre, souffreteux, bossu, contrefait. Je le donnai à un homme qui pensa pouvoir gagner dessus, parce qu'il ne lui coûtait rien ! Vous ne vous imaginerez jamais comment la mère prit cela ! Si vous l'eussiez vue, Dieu ! je crois vraiment qu'elle l'aimait mieux encore parce qu'il était malade et qu'il la tourmentait ! Elle se démenait, criait, pleurait, cherchait partout, comme si elle eût perdu tous ses amis. C'est vraiment étrange ! On ne connaîtra jamais les femmes !

— Pareille chose m'est arrivée, dit Haley. L'été dernier, au bas de la rivière Rouge, j'achetai une femme avec un enfant assez gentil : des yeux aussi brillants que les vôtres. Quand je vins à le regarder de plus près, je m'aperçus qu'il avait la cataracte. La cataracte, monsieur ! Bon !

vous voyez que je n'en pouvais tirer parti. Je ne dis rien, mais je l'échangeai contre un baril de whisky. Quand il s'agit de le prendre à la mère, ce fut une tigresse ! Nous étions encore à l'ancre : les nègres n'étaient point enchaînés ; elle grimpa comme une chatte sur une balle de coton, s'empara d'un couteau, et, je vous le jure, pendant une minute elle mit tout le monde en fuite. Elle vit bien que c'était une résistance inutile : alors elle se retourna et se précipita tête devant, elle et son enfant, dans le fleuve. Elle coula et ne reparut jamais.

— Bah ! fit Tom Loker, qui avait écouté toutes ces histoires avec un dédain qu'il ne songeait même pas à cacher ; vous ne vous y connaissez ni l'un ni l'autre. Mes négresses ne me jouent jamais de pareils tours, je vous en réponds bien !

— Vraiment ! et comment faites-vous ? dit Marks avec une grande vivacité.

— Comment je fais ?... Quand j'achète une femme, et qu'elle a un enfant que je dois vendre, je m'approche d'elle, je lui mets mon poing sous le nez et je lui dis : Regarde cela ! Si tu dis un mot... je t'aplatis la figure ! Je ne veux pas entendre un mot, le commencement d'un mot ! Je lui dis encore : Votre enfant est à moi et non à vous !... Vous n'avez plus à vous en occuper. Je vais peut-être le vendre... Tâchez de ne pas me jouer de vos tours... ou il vaudrait mieux pour vous n'être jamais née !... Voilà, messieurs, comme je leur parle : elles voient bien qu'avec moi ce n'est point un jeu. Je les rends muettes comme des poissons... Si l'une d'elles s'avise de crier, alors... »

Tom Loker frappa la table de son poing lourd. Ce fut le commentaire très explicite de sa phrase elliptique.

« Voilà ce que nous pouvons appeler de l'éloquence, dit Marks en poussant Haley du coude, et en recommençant son petit ricanement. Êtes-vous original, Tom ! Eh ! eh ! eh ! vous vous faites bien comprendre des têtes de laine, vous ! Les nègres savent toujours ce que vous voulez dire... Si vous n'êtes pas le diable, Tom, vous êtes son jumeau. J'en répondrais pour vous. »

Tom reçut le compliment avec une modestie convenable, et sa physionomie exprima toute l'affabilité
compatible «avec sa nature de chien», pour nous servir
des expressions poétiques de Jean Bunyan.

Haley, qui, toute la soirée, avait fait d'assez fréquentes
libations, sentit se développer considérablement toutes
ses facultés morales sous l'influence de l'eau-de-vie...
C'est, du reste, l'effet assez commun de l'ivresse sur les
hommes d'un caractère concentré et réfléchi.

«Eh bien, Tom, eh bien, oui ! vous êtes réellement trop
dur... Je vous l'ai toujours dit. Vous savez, Tom, nous
avions coutume de parler de cela, aux Natchez, et je vous
prouvais que nous réussissions aussi bien dans ce monde
en traitant les nègres doucement... et que nous avions une
chance de plus d'entrer dans le royaume de là-haut, quand
la poussière retourne à la poussière... et que le ciel est tout
ce qui nous reste.

— Boum ! fit Tom ; ne me rendez pas malade avec vos
bêtises... j'ai l'estomac un peu fatigué... » Et Tom avala
un demi-verre de mauvaise eau-de-vie.

Haley se renversa sur sa chaise, et il reprit avec des
gestes éloquents :

«Je dis, je dirai, j'ai toujours dit que j'entendais faire
mon commerce, *primo d'abord*, de manière à gagner de
l'argent autant que qui que ce soit. Mais le commerce
n'est pas tout, parce que nous avons une âme. Peu m'importe qui m'écoute. Malédiction ! Il faut que je fasse vite
mes affaires, car je crois à la religion, et, un de ces jours,
dès que j'aurai mon petit magot, bien comme il faut, je
m'occuperai de mon âme. A quoi bon être plus cruel qu'il
n'est utile ? Cela ne me semble pas d'ailleurs très
prudent...

— Vous occuper de votre âme ! fit Tom avec mépris...
Il faut y voir clair pour vous en trouver une ! Épargnez-
vous ce souci ! Le diable vous passerait à travers un crible,
qu'il ne vous en trouverait pas. Vous avez un peu plus de

soin, vous paraissez avoir un peu plus de sentiment ; c'est de la ruse et de l'hypocrisie... Vous voulez tromper le diable et sauver votre peau : je vois cela ! et la religion, que vous aurez plus tard, comme vous dites... qui s'y laissera prendre ? Vous faites un pacte avec le diable toute votre vie... et vous ne voulez pas payer à l'échéance... Chansons !

— Vous prenez mal la chose, Tom. Comment pouvez-vous plaisanter, quand ce que l'on vous en dit est dans votre intérêt ?

— Tais ton bec ! dit Tom brutalement. Je ne puis supporter davantage tous ces discours d'idiot. Cela me jugule. Après tout, quelle différence y a-t-il entre vous et moi ?

— Allons, allons, messieurs, ce n'est pas là la question, dit Marks : chacun voit les choses à sa manière. M. Haley est un très aimable homme, sans aucun doute ; il a sa conscience à lui, c'est un fait. Quant à vous, Tom, vous avez aussi votre manière d'agir, qui est excellente. Oui, excellente, mon cher Tom. Mais les querelles, vous le savez, n'aboutissent à rien. A l'œuvre donc, à l'œuvre ! Voyons, monsieur Haley, vous avez besoin de nous pour reprendre cette femme ?

— La femme ? non, elle ne m'est de rien. Elle est à Shelby. Je n'ai que l'enfant. J'ai eu la bêtise de vouloir acheter ce petit singe.

— Vous êtes toujours bête, lui cria brutalement Thomas Loker.

— Allons, Tom, pas de rebuffades aujourd'hui, dit Marks en passant sa langue sur ses lèvres. Vous voyez que M. Haley nous met sur la voie d'une bonne affaire, je le reconnais. Ainsi, soyez calme ; tout cela me regarde ; laissez-moi faire. Voyons, monsieur Haley, cette femme, comment est-elle ? quelle est-elle ?

— Eh bien, blanche et belle, bien élevée. J'en offrais huit cents ou mille dollars à Shelby.

— Blanche et belle, bien élevée ! » reprit Marks.

Ses yeux perçants, son nez, sa bouche, tout s'anima rien qu'à la pensée d'une bonne affaire.

« Attention, Loker ; voilà une belle perspective... Nous allons travailler ici pour notre compte. Nous les reprenons ; l'enfant, tout naturellement, revient à M. Haley ; nous autres, nous emmenons la mère à Orléans pour la vendre : n'est-ce pas superbe ? »

Tom, qui, pendant tout ce discours, était resté bouche béante, rapprocha soudainement ses mâchoires comme fait un dogue à qui l'on montre un morceau de viande. Il parut digérer lentement l'idée.

« Voyez-vous, dit Marks à Haley, en remuant son punch, voyez-vous, dans ce pays, nous avons toujours le moyen de bien nous entendre avec les tribunaux. Tom ne sait qu'agir au-dehors. Moi, quand il faut jurer, j'arrive en grande tenue, bottes vernies, toilette premier choix ; il semble que je suis là dans tout l'éclat de l'orgueil professionnel. Un jour, je suis M. Twickem de La Nouvelle-Orléans. Un autre jour, j'arrive à l'instant de ma plantation, sur la rivière des Perles, où je fais travailler sept cents nègres. Une autre fois, je suis un parent éloigné de Henri Clay ou de toute autre illustration du Kentucky. Chacun a ses talents. Tom est bon quand il faut se battre et assommer. C'est son caractère ; mais il ne sait pas mentir. Pour mon compte, s'il y a dans le pays un homme qui sache mieux que moi faire un serment sur quelqu'un ou sur quelque chose, et mieux imaginer les particularités et circonstances... je serais curieux de le voir. Je ne dis que cela. Je glisse comme un serpent à travers les difficultés. Je voudrais parfois que la justice y regardât de plus près ; cela serait plus amusant, vous comprenez ! »

Tom Loker, dont la pensée, comme les mouvements, avait toujours une certaine lenteur, interrompit Marks en laissant tomber sur la table son poing pesant, qui fit tout retentir.

« Cela sera ! dit-il.

— Dieu vous bénisse, Tom ! mais il n'y a pas besoin de

casser tous les verres; gardez votre poing pour la prochaine occasion.

— Mais, messieurs, n'aurai-je point ma part du profit? dit Haley.

— Et n'est-ce pas assez que nous vous rattrapions l'enfant? répondit Tom. Qu'est-ce qu'il vous faut donc?

— Mais, reprit Haley, puisque c'est moi qui vous fournis l'occasion, je mérite bien quelque chose. Dix pour cent sur les produits... la dépense payée?

— Ah! çà, dit Loker avec un épouvantable serment et en frappant la table de son poing pesant, est-ce que je ne vous connais pas, Daniel Haley? Croyez-vous m'enfoncer? Pensez-vous que Marks et moi nous ayons pris le métier de chasseurs d'esclaves pour obliger des gentlemen comme vous, sans profit pour nous? Non pas, certes! Nous aurons la femme à nous, et vous ne direz mot; ou nous aurons la mère et l'enfant. Vous nous avez montré le gibier, il nous appartient maintenant comme à vous. Si Shelby et vous avez l'intention de nous donner la chasse, voyez où sont les perdrix de l'an passé. Si vous les trouvez... elles ou nous... bravo!

— Eh bien, soit! c'est bien! reprit Haley tout tremblant, vous me reprendrez l'enfant pour prix de l'affaire. Vous avez toujours loyalement agi avec moi, Tom, toujours vous avez fidèlement tenu votre parole.

— Vous le savez, dit Tom, je ne donne dans aucune de vos sensibleries; mais je ne mentirais pas dans mes comptes avec le diable lui-même. Vous savez cela, Daniel Haley!

— Très bien, Tom, très bien! C'est ce que je disais moi-même. Si vous me dites que vous m'aurez l'enfant dans une semaine, quelque rendez-vous que vous vouliez me fixer... c'est bien, je ne demande rien de plus.

— Nous sommes loin de compte, dit Loker. Vous savez qu'aux Natchez, quand je travaillais pour vous, ce n'était pas gratis. Je sais tenir une anguille quand je l'ai prise. Vous allez avancer cinquante dollars, argent sur table, ou vous ne reverrez jamais l'enfant... je vous connais !

— Quoi ! lorsque je vous donne l'occasion de faire un bénéfice de mille à quinze cents dollars ! Ah ! Tom ! vous n'êtes pas raisonnable.

— Nous avons de la besogne assurée pour cinq semaines. Nous allons la quitter pour courir après votre marmot, et, si nous ne prenons pas la mère... les femmes, c'est le diable à prendre ! qui nous indemnisera, nous ? Est-ce vous ?

— J'en réponds.

— Non ! non ! argent bas. Si l'affaire se fait et qu'elle rapporte, je rends les cinquante dollars. Sinon, c'est pour payer notre peine. Hum ! Marks, n'est-ce pas cela ?

— Sans doute, sans doute, dit Marks d'un ton conciliant. Ce ne sont que des honoraires, vous voyez bien... hi ! hi ! hi ! Nous autres gens de loi, vous savez, nous sommes très bons, très accommodants, très conciliants. Vous savez. Tom vous conduira l'enfant où vous voudrez... n'est-ce pas, Tom ?

— Si je le trouve, dit Tom, je le conduirai à Cincinnati, et je le laisserai chez Grany Belcher, au débarcadère. »

Marks tira de sa poche un portefeuille tout gras ; il y prit un long papier, il s'assit, et, ses yeux perçants fixés sur le papier, il commença de lire entre ses dents : « Baines, comté de Shelby, le petit Jacques, trois cents dollars, mort ou vivant ; Édouard, Dick et Lucy, mari et femme, six cents dollars ; Rolly et ses deux enfants, six cents dollars sur sa tête... Voici que j'examine nos affaires pour voir si nous pouvons nous charger de celle-ci. Loker, dit-il après une pause, il faut mettre Adams et Springer aux trousses de tous ceux-ci ; il y a longtemps qu'ils sont enregistrés.

— Non, dit Loker, ils nous prendront trop cher.

— J'arrangerai cela. Il n'y a pas très longtemps qu'ils sont dans les affaires ; ils doivent travailler à bon marché. »

Marks continua sa lecture.

«Il y en a trois qui ne donneront pas grand-peine; il suffit de tirer dessus ou de jurer qu'on a tiré. Je ne crois pas qu'ils puissent demander beaucoup pour ceux-là. Mais à demain nos affaires. Voyons l'autre. Vous dites, monsieur Haley, que vous avez vu la fille débarquer?

— Certainement, je l'ai vue comme je vous vois.

— Et un homme l'aidait à gravir le bord escarpé?

— Oui.

— Très bien, dit Marks; elle a reçu asile : où? c'est la question. Eh bien, Tom, qu'en dites-vous?

— Il faut passer la rivière cette nuit, cela ne fait pas un doute.

— Mais il n'y a pas de bateau, dit Marks; le courant charrie la glace d'une terrible façon... N'y a-t-il point de danger, Tom?

— Ce n'est pas de cela qu'on doit s'inquiéter; il faut passer, répondit Tom d'un ton décidé.

— Diable! fit Marks qui se démenait dans la chambre. Soit!» ajouta-t-il.

Puis, allant jusqu'à la fenêtre :

«Mais, dit-il, la nuit est noire comme la gueule d'un loup... et puis, Tom...

— Allons donc! dites tout de suite que vous avez peur, Marks... Mais je ne puis reculer... il faut... Admettons que vous vous arrêtiez ici un jour ou deux, et qu'ainsi la femme arrive aux frontières du Sandusky avant vous...

— Je n'ai pas peur, dit Marks; seulement...

— Seulement quoi? reprit Tom.

— C'est pour le bateau. Vous voyez bien qu'il n'y a pas de bateau.

— L'aubergiste a dit qu'il en viendrait un ce soir, et qu'un homme allait passer la rivière. Tout ou rien! nous allons passer avec lui.

— Je suppose que vous avez de bons chiens, dit Haley.

— Première qualité. Mais à quoi bon? Vous n'avez rien d'elle à leur faire sentir!

— Si fait! dit Haley triomphant. Voilà son châle que, dans sa précipitation, elle a laissé sur le lit. Voilà aussi son chapeau.

— Quelle chance! dit Loker. En avant!

— Les chiens pourront l'endommager s'ils se jettent sans précaution sur elle, dit Haley.

— Ceci, répondit Marks, est bien une considération. Là-bas, à Mobile, nos chiens ont mis un esclave en pièces avant que nous ayons eu le temps de les retirer.

— Vous voyez! cela ne convient pas pour un article dont la beauté fait tout le prix, dit Haley.

— C'est vrai, dit Marks. De plus, si elle est entrée dans une maison, les chiens sont encore inutiles; ils ne servent que dans les plantations où se cachent les nègres errants qui n'ont pas trouvé d'asile.

— Allons, dit Loker, qui était descendu au comptoir pour demander quelques renseignements, le bateau est là. Ainsi, Marks... »

Le digne Marks jeta un regard de regret sur le confortable gîte qu'il abandonnait, puis il se leva lentement pour obéir. On échangea les derniers mots qui terminaient le marché; Haley donna d'assez mauvaise grâce cinquante dollars à Tom, et le digne trio se sépara.

Si quelques-uns de nos lecteurs civilisés et chrétiens nous blâment de les avoir introduits dans une telle compagnie, qu'ils veuillent bien s'efforcer de vaincre les préjugés de leur siècle.

La chasse aux nègres, qu'on nous permette de le rappeler, est en train de s'élever à la dignité d'une profession légale et patriotique. Si le vaste terrain qui s'étend entre le Mississippi et l'océan Pacifique devient le grand marché des corps et des âmes, si l'esclavage suit la progression rapide de toute chose en ce siècle, le chasseur et le marchand d'esclaves vont prendre rang parmi l'aristocratie américaine.

Pendant que cette scène se passait à la taverne, Samuel et André se félicitant mutuellement, regagnaient le logis.

Samuel était dans un état de surexcitation extraordinaire : il exprimait son allégresse par toutes sortes de hurlements et de cris sauvages, par les grimaces et les contorsions de toute sa personne. Quelquefois il s'asseyait à l'envers, le visage tourné vers la queue de son cheval, et puis, avec une culbute et une cabriole, il se remettait en selle ; prenant alors une contenance grave, il se mettait à prêcher en termes emphatiques, ou bien à faire le fou pour amuser André. Quelquefois, se battant les flancs à tour de bras, il éclatait en rires bruyants qui faisaient retentir l'écho des vieux bois. Malgré ces excentricités, il maintint les chevaux à leur plus vive allure, si bien que, entre onze heures et minuit, le bruit de leurs sabots résonna sur les petits cailloux de la cour, au pied du perron de Mme Shelby.

Mme Shelby vola à leur rencontre.

« Est-ce vous, Sam ? Eh bien ?

— M. Haley est resté à la taverne ; il est bien fatigué, madame.

— Mais Élisa, Samuel ?

— Ah ! elle a passé le Jourdain. Elle est, comme on dit, dans la terre de Chanaan.

— Quoi ! Samuel !... que voulez-vous dire ? s'écria Mme Shelby hors d'elle-même, près de se trouver mal en songeant à ce que ces mots-là pouvaient vouloir dire.

— Oui, madame, le Seigneur protège les siens. Lisa a passé l'Ohio miraculeusement, comme si le Seigneur l'eût enlevée dans un char de feu avec deux chevaux. »

En présence de sa maîtresse, la veine religieuse de Samuel ne tarissait jamais, et il faisait un riche emploi des figures et des images de l'Écriture.

« Venez ici, Samuel, dit M. Shelby, qui était arrivé à son tour sur le perron ; venez ici, et dites à votre maîtresse ce qu'elle veut savoir. Venez, venez, Émilie, dit-il à sa femme en passant un bras autour d'elle. Vous avez froid, vous tremblez, vous vous livrez beaucoup trop à vos impressions...

— Eh ! ne suis-je point une femme, une mère ? Ne sommes-nous point responsables devant Dieu de cette pauvre fille ? Seigneur, que ce péché ne nous soit point imputé !

— Mais quel péché, Émilie ? vous savez que nous étions obligés à faire ce que nous avons fait.

— Cependant je me sens coupable, dit Mme Shelby. Je ne puis pas raisonner là-dessus.

— Ici, Andy, ici nègre ; du vif ! s'écria Samuel ; conduis ces chevaux à l'écurie ; n'entends-tu pas que monsieur appelle ? »

Et Samuel, son chapeau de palmier à la main, apparut à la porte du salon.

« Maintenant, Sam, dites-nous clairement ce que vous savez, dit M. Shelby. Où est Élisa ?

— Eh bien, monsieur, je l'ai de mes yeux vue passer sur la glace flottante ; elle allait, que c'était une merveille ! Oui, ce n'est là rien moins qu'un miracle ! J'ai vu un homme lui tendre la main sur l'autre rive de l'Ohio, et puis elle a disparu dans le brouillard.

— Samuel... je crois que ce miracle est un peu de votre invention. Passer sur la glace flottante n'est pas chose si aisée, reprit M. Shelby.

— Sans doute, m'sieu ! personne n'aurait fait cela sans le secours de Dieu. Mais voici : c'était juste sur notre route. M. Haley, Andy et moi nous arrivons à une petite taverne près de la rivière. Je marchais un peu en tête (j'avais tant d'envie de reprendre Lisa, que je ne pouvais me modérer) ; j'arrive auprès de la fenêtre de la taverne. Je suis sûr que c'est elle, elle est en pleine vue, les deux autres sont sur mes talons. Bon ! je perds mon chapeau. Je pousse un hurlement à réveiller les morts... Peut-être Lisa entendit-elle ; mais, quand M. Haley arriva près de la porte, elle se rejeta vivement en arrière, et puis, comme je vous dis, elle s'échappa par une porte de côté et descendit jusqu'au bord de l'eau. M. Haley la vit et cria... Lui, moi et André, nous courûmes après. Elle alla jusqu'au fleuve. Il y avait, à partir du bord, un courant de dix pieds de large, et de l'autre côté, çà et là, comme de grandes îles, des monceaux de glace. Nous arrivons juste derrière elle, et je pensais en moi-même que nous allions la prendre, quand elle poussa un cri comme je n'en ai jamais entendu, et s'élança de l'autre côté du courant, sur la glace, et elle allait criant et sautant. La glace faisait crac, cric, psitt ! et elle, elle bondissait comme une biche. Dam ! ces sauts-là ne sont pas communs. Voilà mon opinion. »

Pendant le récit de Samuel, Mme Shelby demeura assise dans un profond silence, pâle à force d'émotion :

« Dieu soit loué ! elle n'est pas morte, s'écria-t-elle ; mais où est maintenant son pauvre enfant ?

— Le Seigneur y pourvoira, dit Samuel en tournant de l'œil dévotement. Comme je le disais, c'est sans doute la Providence qui fait tout, ainsi que madame nous l'a appris. Nous ne sommes que des instruments pour faire la volonté de Dieu. Sans moi, aujourd'hui Élisa eût été prise une douzaine de fois... N'est-ce pas moi, ce matin, qui ai lâché les chevaux et qui les ai fait courir jusqu'à l'heure du dîner ? Et ce soir, n'ai-je point égaré M. Halcy à cinq milles de sa route ? Autrement, il eût repris Lisa comme un chien prend un mouton. Ainsi nous sommes tous des providences !

— Je vous dispense, maître Sam, de jouer ici le rôle de ces providences-là ! je n'entends pas qu'on se conduise ainsi avec les gentlemen qui sont chez moi », dit M. Shelby avec autant de sévérité que les circonstances permettaient d'en montrer.

Il est aussi difficile de feindre la colère avec un nègre qu'avec un enfant. L'un et l'autre voient parfaitement le sentiment vrai à travers les dissimulations dont on l'entoure. Samuel ne fut en aucune façon découragé par ce ton sévère : cependant il prit un air de gravité dolente, et les deux coins de sa bouche s'abaissèrent en signe de profond repentir.

« Maître a raison, tout à fait raison ; c'est mal à moi,

je ne me défends pas ; maître et maîtresse ne peuvent pas encourager de telles choses, je le sens bien ; mais un pauvre nègre comme moi est parfois bien tenté de mal faire, surtout quand il voit agir comme M. Haley... M. Haley n'est pas un gentleman, et un individu élevé comme moi ne peut se retenir en voyant ces choses-là !

— C'est bien, Samuel ; puisque vous paraissez avoir maintenant le sentiment de vos erreurs, vous pouvez aller trouver la mère Chloé, elle vous donnera le reste du jambon de votre dîner. Andy et vous, vous devez avoir faim !

— Madame est bien trop bonne pour nous», dit Samuel en faisant vivement son salut ; et il sortit.

On s'apercevra, et nous l'avons déjà dit ailleurs, que maître Samuel avait un talent naturel qui eût pu le mener loin dans la carrière politique : c'était de voir dans toute chose le côté qui pouvait profiter à son honneur et à sa gloire. Ayant fait valoir au salon son humilité et sa piété, il enfonça son chapeau de palmier sur sa tête avec une sorte de crânerie et d'insouciance, et il se dirigea vers le royaume de la mère Chloé, dans l'intention de recueillir les suffrages de la cuisine.

«Je vais faire un discours à ces nègres, pensait Samuel ; il faut les frapper d'étonnement !»

Nous devons faire observer qu'une des plus grandes joies de Samuel avait toujours été d'accompagner son maître dans les réunions politiques de toute espèce. Caché dans les haies, perché sur les arbres, il suivait attentivement les orateurs, avec toutes les marques d'une vive satisfaction ; puis, redescendant parmi les frères de sa couleur qui se trouvaient dans les mêmes lieux, il les édifiait et les charmait par ses imitations burlesques, qu'il débitait avec un entrain et une gravité imperturbables. Souvent les Blancs se mêlaient au sombre auditoire ; ils écoutaient l'orateur en riant et en se regardant. Samuel voyait là un juste motif de s'adresser à lui-même ses propres félicitations.

Au fond, Samuel regardait l'éloquence comme sa véritable vocation, et il ne laissait jamais passer une occasion de déployer ses talents.

Entre Samuel et la tante Chloé il y avait, depuis longtemps, une certaine mésintelligence, ou plutôt une froideur marquée. Mais Samuel, ayant un projet sur le département des provisions comme base de ses opérations futures, résolut, dans la circonstance présente, de faire de la conciliation; il savait bien que, si les ordres de madame étaient toujours exécutés à la lettre, cependant il y aurait un immense profit pour lui à ce qu'on en suivît aussi l'esprit.

Il parut donc devant Chloé avec une expression touchante de soumission et de résignation, comme quelqu'un qui aurait cruellement souffert pour soulager un compagnon d'infortune. Il avait déjà pour lui l'approbation de madame, qui lui donnait droit à un *extra* de solide et de liquide, et semblait ainsi reconnaître implicitement ses mérites. Les choses marchèrent en conséquence.

Jamais électeur pauvre, simple, vertueux, ne fut l'objet des cajoleries et des attentions d'un candidat, comme la mère Chloé des tendresses et des flatteries de Samuel. L'enfant prodigue lui-même n'aurait pas été comblé de plus de marques de bonté maternelle. Il se trouva bientôt assis, choyé, glorieux, devant une large assiette d'étain, contenant, sous forme d'*olla podrida*, les débris de tout ce qui avait paru sur la table depuis deux ou trois jours. Excellents morceaux de jambon, fragments dorés de gâteaux, débris de pâtés de toutes les formes géométriques imaginables, ailes de poulet, cuisses et gésiers, apparaissaient dans un désordre pittoresque. Samuel, roi de tous ceux qui l'entouraient, était assis comme sur un trône, couronné de son chapeau de palmier joyeusement posé sur le côté. A sa droite était André, qu'il protégeait visiblement.

La cuisine était remplie de ses compagnons, qui étaient accourus de leurs cases respectives et qui l'entouraient, pour entendre le récit des exploits du jour.

Pour Samuel, c'était l'heure de la gloire.

L'histoire fut donc rehaussée de toutes sortes d'ornements et d'enluminures susceptibles d'en augmenter l'effet. Samuel, comme quelques-uns de nos dilettanti à la mode, ne permettait pas qu'une histoire perdît aucune de ses dorures en passant par ses mains.

Des éclats de rire saluaient le récit ; ils étaient répétés et indéfiniment prolongés par la petite population qui jonchait le sol ou qui perchait dans les angles de la cuisine. Au plus fort de cette gaieté, Samuel conservait cependant une inaltérable gravité ; de temps en temps seulement il roulait ses yeux, relevés tout à coup, et jetait à son auditoire des regards d'une inexprimable bouffonnerie : il ne descendait pas pour cela des hauteurs sentencieuses de son éloquence.

« Vous voyez, amis et compatriotes, disait Samuel en brandissant un pilon de dinde avec énergie, vous voyez maintenant ce que cet enfant, qui est moi, a fait seul pour la défense de tous, oui, de tous. Celui qui essaie de sauver un de vous, c'est comme s'il essayait de vous sauver tous ; le principe est le même. C'est clair ! Quand quelqu'un de ces marchands d'esclaves viendra flairer et rôder autour de nous, qu'il me rencontre sur sa route, je suis l'homme à qui il aura affaire. Oui, mes frères, je me lèverai pour vos droits, je défendrai vos droits jusqu'à mon dernier soupir.

— Pourquoi, alors, reprit André, disiez-vous ce matin, que vous alliez aider ce m'sieu à reprendre Lisa ? Il me semble que vos discours ne *cordent* pas ensemble !

— Je vous dirai maintenant, André, reprit Samuel avec une écrasante supériorité, je vous dirai : Ne parlez pas de ce que vous ignorez ! Les enfants comme vous, André, ont de bonnes intentions, mais ils ne doivent pas se permettre de *collationner* les grands principes d'action ! »

André parut tout à fait syncopé, surtout par le mot

un peu dur *collationner*, dont la plupart des membres de l'assemblée ne se rendaient pas un compte beaucoup plus exact que l'orateur lui-même.

Samuel reprit :

« C'était par conscience, André, que je voulais aller reprendre Lisa. Je croyais vraiment que c'était l'intention du maître... Mais, quand je compris que la maîtresse voulait le contraire, j'ai vu que la conscience était plus encore de son côté. Il faut être du côté de la maîtresse... Il y a plus à gagner. Ainsi, dans les deux cas, je restais fidèle à mes principes et attaché à ma conscience. Oui, les principes ! dit Samuel en imprimant un mouvement plein d'enthousiasme à un cou de poulet. Mais à quoi les principes servent-ils... S'ils ne sont pas persistants... je vous le demande à tous ?... Tenez ! André, vous pouvez prendre cet os, il y a encore quelque chose autour ! »

L'auditoire, bouche béante, était suspendu aux paroles de Samuel. L'orateur dut continuer.

« Ce sujet de la persistance, nègres, mes amis, dit Samuel de l'air d'un homme qui pénètre dans les profondeurs de l'abstraction, ce sujet est une chose qui n'a jamais été tirée au clair par personne ! Vous comprenez ! Quand un homme veut une chose un jour et une nuit, et que le lendemain, il en veut une autre, on voit tout naturellement dans ce cas qu'il n'est pas persistant !... Passe-moi ce morceau de gâteau, André... Pénétrons dans le sujet, reprit Samuel ! — Les gentlemen et le beau sexe de cet auditoire excuseront ma comparaison usitée et vulgaire. Écoutez ! Je veux monter au sommet d'une meule de foin. Bien ! je mets mon échelle d'un côté... Ça ne va pas ! alors, parce que je n'essaie pas de ce côté, mais que je porte mon échelle de l'autre, peut-on dire que je ne suis pas persistant ? Je suis persistant en ce sens que je veux toujours monter du côté où se trouve mon échelle... Est-ce clair ?

— Dieu sait qu'elle est la seule chose en quoi vous ayez été persistant », murmura tante Chloé, qui devenait un peu revêche. La gaieté de cette soirée lui semblait, selon la comparaison de l'Écriture, du vinaigre sur du nitre.

« Oui, sans doute, dit Samuel en se levant, plein de souper et de gloire, pour l'effort suprême de la péroraison, oui, amis et concitoyens, et vous, dames de l'autre sexe, j'ai des principes : c'est là mon orgueil ! je les ai conservés jusqu'ici, je les conserverai toujours... J'ai des principes et je m'attache à eux fortement. Tout ce que je pense devient principes ! Je marche dans mes principes ; peu m'importe s'ils me font brûler vivant ! je marcherai au bûcher !... Et maintenant, je dis : Je viens ici pour verser la dernière goutte de mon sang pour mes principes, pour mon pays, pour la défense des intérêts de la société !

— Bien ! bien ! dit Chloé ; mais qu'un de vos principes soit d'aller vous coucher cette nuit, et de ne pas nous faire tenir debout jusqu'au matin. Toute cette jeunesse, qui n'a pas besoin d'avoir le cerveau fêlé, va aller à la paille... et vite !

— Nègres ici présents, dit Samuel en agitant son chapeau de palmier avec une grande bénignité, je vous donne ma bénédiction. Allez vous coucher, et soyez tous bons enfants ! »

Après cette bénédiction pathétique, l'assemblée se dispersa.

CHAPITRE IX

Où l'on voit qu'un sénateur n'est qu'un homme

Les lueurs d'un feu joyeux se reflétaient sur le tapis et les tentures d'un beau salon, et brillaient sur le ventre resplendissant d'une théière et de ses tasses. M. Bird, le sénateur, tirait ses bottes et se préparait à mettre à ses pieds une paire de pantoufles neuves, que sa femme venait d'achever pour lui pendant la session du Sénat. Mme Bird, image vivante du bonheur, surveillait l'arrangement de la table, tout en adressant de temps en temps des admonestations à un certain nombre d'enfants turbulents, qui se livraient à tout le désordre et à toutes les malices qui font le tourment des mères depuis le déluge.

«Tom, laissez donc le bouton de la porte; là! voilà qui est bien! Mary, Mary! ne tirez pas la queue du chat... ce pauvre animal! Jean, il ne faut pas monter sur la table! non! vous dis-je.»

Puis enfin, trouvant le moyen de parler à son mari:

«Vous ne savez pas, mon ami, quel plaisir c'est pour nous de vous avoir ici ce soir.

— Oui, oui, reprit celui-ci; j'ai pensé que je pouvais venir passer la nuit et goûter un peu les douceurs du foyer... je suis horriblement fatigué... ma tête se fend...»

Mme Bird jeta les yeux sur une bouteille de camphre

qui se trouvait dans le cabinet entrouvert; elle parut se disposer à l'atteindre, mais le mari l'en empêcha.

« Oh! non, chère, pas de drogues! mais bien plutôt une tasse bien chaude de votre excellent thé et quelque chose à manger : voilà ce qu'il me faut; c'est une ennuyeuse besogne, la législature! »

Et le sénateur sourit, comme s'il se fût complu dans l'idée qu'il se sacrifiait à son pays.

« Eh bien, dit la femme quand la table fut à peu près mise et le thé préparé, qu'est-ce qu'on a fait au Sénat? »

C'était une chose tout à fait étrange de voir cette charmante petite Mme Bird se casser la tête des affaires du Sénat. Elle pensait avec beaucoup de raison que c'était assez pour elle de s'occuper de celles de sa maison. M. Bird ouvrit donc des yeux étonnés et dit :

« Mais nous n'avons rien fait d'important.

— Dites-moi! reprit-elle, est-il vrai qu'on ait fait passer une loi pour empêcher de donner à manger et à boire à ces pauvres gens de couleur qui viennent par ici?... J'ai entendu parler de cette loi, mais je ne pense pas qu'une assemblée chrétienne consente jamais à la voter.

— Quoi! Mary, allez-vous vous lancer dans la politique maintenant?

— Quelle folie! je ne donnerais pas, généralement parlant, un fétu de toute votre politique; mais j'estime qu'une pareille loi serait cruelle et antichrétienne. J'espère qu'elle n'a pas été votée.

— On a voté, ma chère, une loi qui défend d'assister les esclaves qui nous arrivent du Kentucky. Ces enragés abolitionnistes ont tant fait que nos frères du Kentucky sont très irrités, et il semble nécessaire et à la fois sage et chrétien que notre État fasse quelque chose pour les rassurer.

— Et quelle est cette loi? Elle ne vous défend pas, sans doute, d'abriter une nuit ces pauvres créatures?...

Le défend-elle ? Défend-elle de leur donner un bon repas, quelques vieux habits, et de les renvoyer tranquillement à leurs affaires ?

— Eh mais, ma chère, tout cela ce serait les assister et les aider, vous sentez bien. »

Mme Bird était une petite femme timide et rougissante, d'à peu près quatre pieds de haut, avec des yeux bleus, un teint de fleur de pêcher, et la plus jolie, la plus douce voix du monde ; quant au courage, une poule d'Inde d'une taille médiocre la mettait en fuite au premier gloussement. Un chien de garde de médiocre apparence la réduisait à merci, rien qu'en lui montrant les dents. Son mari et ses enfants étaient tout son univers ; elle les gouvernait par la douceur et la persuasion bien plus que par le raisonnement et l'autorité. Il n'y avait qu'une chose qui pût l'animer : tout ce qui ressemblait à de la cruauté la jetait dans une colère d'autant plus alarmante qu'elle faisait un contraste inexplicable avec la douceur habituelle de son caractère. Elle, qui était la plus indulgente et la plus tendre des mères, elle avait cependant infligé un très sévère châtiment à ses enfants, qu'elle avait surpris un jour ligués avec de mauvais garnements du voisinage pour assommer à coups de pierres un pauvre petit chat sans défense.

« J'en ai porté longtemps les marques, disait à ce sujet un des enfants. Ma mère vint à moi si furieuse, que je la crus folle. Je fus fouetté et envoyé au lit sans souper, avant même d'avoir eu le temps de savoir de quoi il s'agissait... puis j'entendis ma mère qui pleurait derrière la porte ; cela me fit encore plus de mal que tout le reste !... Je puis bien vous assurer, ajoutait-il, que depuis nous ne jetâmes plus de pierres aux chats. »

. . . .

Mme Bird se leva donc vivement, et l'incarnat sur les joues, ce qui lui donna une apparence de beauté extraordinaire, elle s'avança vers son mari, et d'un ton ferme :

« Maintenant, John, je voudrais savoir si vous pensez vraiment qu'une telle loi soit juste et chrétienne.

— Vous n'allez pas me faire fusiller, Mary, si je dis que oui.

— Je n'aurais pas cru cela de vous, John ; vous ne l'avez pas votée ?

— Mon Dieu si, ma belle politique.

— Vous devriez avoir honte, John ! ces pauvres créatures, sans toit, sans asile ! Oh ! la loi honteuse, sans entrailles, abominable !... Je la violerai dès que j'en aurai l'occasion... et j'espère que je l'aurai, cette occasion... Ah ! les choses en sont venues à un triste point, si une femme ne peut plus donner, sans crime, un souper chaud et un lit à ces pauvres malheureux mourant de faim, parce qu'ils sont esclaves, c'est-à-dire parce qu'ils ont été opprimés et torturés toute leur vie ! Pauvres êtres !

— Mais, chère Mary, écoutez-moi. Vos sentiments sont justes et humains, je vous aime parce que vous les avez. Mais, chère, il ne faut pas laisser aller nos sentiments sans notre jugement. Il ne s'agit pas ici de ce qu'on éprouve soi-même : de grands intérêts publics sont en question. Il y a une telle effervescence dans le peuple, que nous devons faire le sacrifice de nos propres sympathies.

— Écoutez, John ! je ne connais rien à votre politique, mais je sais lire ma Bible, et j'y vois que je dois nourrir ceux qui ont faim, vêtir ceux qui sont nus, consoler ceux qui pleurent ; et ma Bible, voyez-vous, je veux lui obéir !

— Mais dans le cas où votre action entraînerait un grand malheur public ?

— Obéir à Dieu n'entraîne jamais un grand malheur

public... je sais que cela ne peut pas être ! Le mieux, c'est toujours de faire ce qu'il commande.

— Écoutez-moi, Mary, et je vais vous donner un excellent argument pour vous prouver...

— Non, John ! vous pouvez parler toute la nuit, mais pas me convaincre ; et, je vous le demande, John, voudriez-vous chasser de votre toit une créature mourant de faim et de froid, parce que ce serait un esclave en fuite ? Le feriez-vous ? dites ! »

Maintenant, s'il faut dire vrai, notre sénateur avait le malheur d'être un homme d'une nature tendre et sensible ; rebuter une créature dans la peine n'avait jamais été son fait, et ce qui était plus fâcheux pour lui, en présence d'un pareil argument, c'est que sa femme le connaissait bien, et qu'elle livrait l'assaut à une place sans défense... Il avait donc recours à tous les moyens possibles de gagner du temps : il faisait des hum ! hum ! multipliés, il tirait son mouchoir, essuyait les verres de ses lunettes. Mme Bird, voyant que le territoire ennemi était à peu près découvert, n'en mettait que plus d'ardeur à pousser ses avantages.

« Je voudrais vous voir agir ainsi, John ; oui, je le voudrais ! Mettre une femme dehors, dans une tempête de neige, par exemple, ou bien la faire prendre et mettre en prison... Hein ! vous le feriez ?

— Ce serait sans doute un bien pénible devoir, dit M. Bird d'un ton mélancolique.

— Un devoir, John ! Ne vous servez pas de ce mot-là. Vous savez que ce n'est pas un devoir : cela ne peut pas être un devoir. Si les gens veulent empêcher les esclaves de s'enfuir, qu'ils les traitent bien : voilà ma doctrine ! Si j'avais des esclaves (j'espère bien n'en avoir jamais), je saurais bien les empêcher de fuir de chez moi et de chez vous, John ! Je vous le répète, on ne fuit pas quand on est heureux ; quand ils fuient, les pauvres êtres, ils ont assez souffert de froid, de faim, de peur, sans que chacun se mette encore contre eux ; aussi, loi ou non, je ne m'y soumettrai pas, moi, Dieu m'en garde !

— Mary, Mary, laissez-moi raisonner avec vous, ma chère.

— Je déteste de raisonner, John, principalement sur de pareils sujets. Vous autres politiques, vous tournez, vous tournez autour des choses les plus simples, et, dans la pratique, vous abandonnez vos théories. Je vous connais assez bien, John ! Vous ne croyez pas plus que moi que ce soit un droit, John, et vous agiriez comme moi, et même mieux. »

Au moment critique de la discussion, le vieux Cudjox, le noir factotum de la maison, montra sa tête ; il pria madame de vouloir bien passer à la cuisine. Notre sénateur, soulagé à temps, suivit de l'œil sa petite femme avec un capricieux mélange de plaisir et de contrariété, et, s'asseyant dans un fauteuil, il commença à lire ses papiers.

Un instant après, on entendit la voix de Mme Bird qui disait d'un ton vif et tout ému : « John ! John ! voulez-vous venir ici un moment ? »

M. Bird quitta ses papiers et se rendit dans la cuisine. Il fut saisi d'étonnement et de stupeur au spectacle qui se présenta devant lui. Une jeune femme amaigrie, dont les vêtements déchirés étaient roidis par le froid, un soulier perdu, un bas arraché du pied coupé et sanglant, était renversée sur deux chaises, dans une pâmoison mortelle... On reconnaissait sur son visage les signes distinctifs de la race méprisée, mais on devinait en même temps sa beauté triste et passionnée ; sa roideur de statue, son aspect glacé, immobile, où la mort se lisait, frappaient de stupeur tout d'abord.

M. Bird était là, la poitrine haletante, immobile, silencieux. Sa femme, leur unique domestique de couleur, et la mère Dina, s'occupaient activement à la faire revenir, tandis que le vieux Cudjox prenait l'enfant sur ses genoux, tirait ses souliers et ses bas, et réchauffait ses petits pieds.

« Pauvre femme ! si cela ne fait pas peine à voir ! dit la vieille Dina d'un ton compatissant. Je pense que c'est la chaleur qui l'aura fait trouver mal,... elle était assez bien en entrant... elle a demandé à se réchauffer une minute ; je lui ai demandé d'où elle venait, quand elle est tombée tout de son long. Elle n'a jamais fait de rude ouvrage, si j'en crois ses mains.

— Pauvre créature ! » dit Mme Bird d'une voix émue, quand la jeune femme, ouvrant ses grands yeux noirs, jeta autour d'elle ses regards errants et vagues... Une expression d'angoisse passa sur sa face, et elle s'écria : « Oh ! mon Henri ! l'ont-ils pris ? »

A ce cri, l'enfant s'élança des bras de Cudjox et courut à elle en levant ses petits bras.

« Oh ! le voilà ! le voilà ! »

Et, d'un air égaré, s'adressant à Mme Bird :

« Oh ! madame, protégez-le ! ne le laissez pas prendre !

— Non, pauvre femme ! personne ne vous fera de mal ici, dit Mme Bird, vous êtes en sûreté, ne craignez rien.

— Que Dieu vous récompense ! » dit l'esclave en couvrant son visage et en sanglotant.

Le petit enfant, la voyant pleurer, essaya de la presser dans ses bras.

Elle se calma enfin, grâce à tous ces soins délicats et féminins que personne ne savait mieux donner que Mme Bird. Un lit fut provisoirement dressé pour elle auprès du feu, et elle tomba bientôt dans un profond sommeil, tenant entre ses bras son enfant, qui ne semblait pas moins épuisé qu'elle. Elle n'avait pas voulu s'en séparer ; elle avait, au contraire, résisté, avec une sorte d'effroi nerveux, à tous les tendres efforts que l'on avait faits pour le lui ôter. Même dans le sommeil, son bras, passé autour de lui, le serrait d'une étreinte que rien n'eût pu dénouer, comme si elle eût voulu le défendre encore.

M. et Mme Bird rentrèrent au salon, et, si étrange que cela puisse sembler, on ne fit, ni d'un côté ni de l'autre, aucune allusion à la conversation précédente. Mme Bird s'occupa de son tricot, et le sénateur feignit de lire ses papiers; puis les mettant de côté :

« Je ne me doute pas, dit-il enfin, qui elle est ni ce qu'elle est.

— Quand elle sera réveillée et un peu remise, nous verrons, répondit Mme Bird.

— Dites-moi donc, chère, fit M. Bird, après une méditation silencieuse...

— Quoi ? mon ami...

— Ne pourrait-elle point porter une de vos robes, en l'allongeant un peu par le bas ? Il me semble qu'elle est plus grande que vous. »

Un imperceptible sourire passa sur le visage de Mme Bird, et elle répondit : « On verra !... »

Second silence. M. Bird le rompit encore.

« Dites-moi, chère amie !

— Oui. Qu'est-ce encore ?

— Vous savez, ce manteau de basin que vous gardez pour me jeter sur les épaules quand je fais ma sieste après dîner... vous pourriez aussi le lui donner; elle a besoin de vêtements. »

Au même instant Dina parut et dit que la femme était éveillée et qu'elle désirait voir madame.

M. et Mme Bird se rendirent à la cuisine avec les deux aînés de leurs enfants. La plus jeune progéniture avait été fort sagement mise au lit.

Élisa était assise sur l'âtre, auprès du feu; elle regardait fixement la flamme avec cette expression calme, indice d'un cœur brisé, bien différente de la turbulence sauvage que nous avons précédemment décrite.

« Vous pouvez me parler, dit Mme Bird d'un ton

plein de bonté. J'espère que vous vous trouvez mieux. Pauvre femme !»

Un soupir profond, un frémissement fut la seule réponse d'Élisa ; mais elle releva ses yeux noirs et les fixa sur Mme Bird avec une expression de si profonde tristesse et d'invocation si touchante, que cette tendre petite femme sentit que les larmes la gagnaient.

«Vous n'avez rien à craindre. Nous sommes tous vos amis ici, pauvre femme ! Dites-moi d'où vous venez et ce que vous voulez.

— Je viens du Kentucky.

— Quand ? reprit M. Bird, qui voulait diriger l'interrogatoire.

— Cette nuit.

— Comment êtes-vous venue ?

— J'ai passé sur la glace.

— Passé sur la glace ! répétèrent tous les assistants.

— Oui, reprit-elle lentement. Je l'ai fait, Dieu m'aidant. J'ai passé sur la glace, car ILS étaient derrière moi,... tout près, tout près... et il n'y avait pas d'autre chemin.

— Dieu ! madame, s'écria Cudjox, la glace est brisée en grands blocs, coulant ou tournoyant dans le fleuve.

— Je le sais, je le sais ! dit Élisa d'un air égaré. Je l'ai pourtant fait ;... je ne croyais pas le pouvoir. Je ne pensais pas arriver à l'autre bord... Mais qu'importe ? il fallait passer ou mourir. Dieu m'a aidée ! On ne sait pas à quel point il aide ceux qui essaient, ajouta-t-elle avec un éclair dans l'œil.

— Étiez-vous esclave ? dit M. Bird.

— Oui, monsieur, j'appartenais à un homme du Kentucky.

— Était-il cruel envers vous ?

— Non, monsieur, c'était un bon maître.

— Et votre maîtresse, était-elle dure ?

— Non, monsieur, non ! ma maîtresse a toujours été bonne pour moi.

— Qui donc a pu vous pousser à quitter une bonne maison ? à vous enfuir, et à travers de tels dangers ? »

L'esclave fixa sur Mme Bird un œil perçant et scrutateur ; elle vit qu'elle portait des vêtements de deuil.

« Madame, lui dit-elle brusquement, avez-vous jamais perdu un enfant ? »

La question était inattendue ; elle rouvrit une blessure saignante : il y avait un mois à peine qu'un enfant, le favori de la famille, avait été mis au tombeau.

Mme Bird se détourna et alla vers la fenêtre ; Mme Bird fondit en larmes, mais retrouvant bientôt la parole, elle lui dit :

« Pourquoi cette question ? Oui, j'ai perdu un petit enfant.

— Alors vous compatirez à ma peine. Moi j'en ai perdu deux, l'un après l'autre. Je les ai laissés dans la terre d'où je viens. Il ne me reste plus que celui-ci. Je n'ai pas dormi une nuit qu'il ne fût à mes côtés. C'était tout ce que j'avais au monde, ma consolation, mon orgueil, ma pensée du jour et de la nuit. Eh bien, madame, ils allaient me l'arracher pour le vendre, le vendre aux marchands du Sud, pour qu'il s'en allât tout seul, lui, pauvre enfant qui ne m'a jamais quittée de sa vie ! Je n'ai pas pu supporter cela, madame. Je savais bien que, si on l'emmenait, je ne serais plus capable de rien, et, quand j'ai su qu'il était vendu, que les papiers étaient signés, je l'ai pris et je suis partie pendant la nuit. Ils m'ont donné la chasse. Celui qui m'a acheté, et quelques-uns des esclaves du maître, ils me tenaient, je les entendais, je les sentais... j'ai sauté sur les glaces. Comment ai-je passé ? je ne le sais pas ; mais j'ai vu tout d'abord un homme qui m'aidait à gravir la rive. »

Elle ne pleurait ni ne sanglotait. Elle en était arrivée à ce point de douleur où la source des larmes est tarie ; mais, autour d'elle, chacun montrait à sa manière la sympathie de son cœur.

Les deux petits enfants, après avoir inutilement fouillé dans leur poche pour y chercher ce mouchoir que les enfants n'y trouvent jamais (les mères le savent bien!), finirent par se jeter sur les jupes de leur mère, pleurant et sanglotant, et s'essuyant le nez et les yeux avec sa belle robe. Mme Bird s'était complètement caché le visage dans son mouchoir, et la vieille Dina, dont les larmes coulaient par torrents sur son honnête visage de négresse, s'écriait : «Que Dieu ait pitié de nous!» On l'eût crue à quelque discours de mission. Le vieux Cudjox se frottait très fort les yeux sur ses manches, faisait force grimaces, et répondait sur le même ton avec la plus vive ferveur. Notre sénateur, en sa qualité d'homme d'État, ne pouvait pleurer comme un autre homme : il tourna le dos à la compagnie, alla regarder à la fenêtre, soufflant, essuyant ses lunettes, mais se mouchant assez souvent pour faire naître des soupçons, s'il se fût trouvé là quelqu'un assez maître de soi pour faire des observations critiques.

«Comment se fait-il que vous m'ayez dit que vous aviez un bon maître? fit-il en se retournant tout à coup, et en réprimant des sanglots qui lui montaient à la gorge.

— Je l'ai dit parce que cela est, reprit Élisa : il était bon; ma maîtresse était bonne aussi, mais ils ne pouvaient se suffire; ils devaient! Je ne pourrais pas bien expliquer tout cela; mais il y avait un homme qui les tenait et qui leur faisait faire sa volonté. J'entendis monsieur dire à madame que mon enfant était vendu. Madame pleurait et suppliait en ma faveur; mais il disait qu'il ne pouvait pas, et que les papiers étaient signés. C'est alors que je pris mon enfant et que j'abandonnai la maison pour m'enfuir. Je savais bien que je ne pourrais plus vivre, lui parti, car c'est là tout ce que je possède en ce monde.

— N'avez-vous pas de mari?

— Pardon! mais il appartient à un autre homme.

Son maître est très dur pour lui et ne veut pas lui permettre de venir me voir... Il devient de plus en plus cruel. Il le menace à chaque instant de l'envoyer dans le Sud pour l'y faire vendre... C'est bien comme si je ne devais jamais le revoir. »

Le ton tranquille avec lequel Élisa prononça ces mots eût pu faire croire à un observateur superficiel qu'elle était complètement insensible; mais on pouvait voir, en regardant ses grands yeux, que son désespoir n'était si calme qu'à force d'être profond.

« Et où comptez-vous aller, pauvre femme ? dit Mme Bird avec bonté.

— Au Canada, si je savais le chemin ! Est-ce bien loin, le Canada ? demanda-t-elle d'un air simple et confiant, en regardant Mme Bird.

— Pauvre créature ! fit celle-ci involontairement.

— Oui ! je crois que c'est bien loin, reprit vivement l'esclave.

— Bien plus loin que vous ne pensez, pauvre enfant. Mais nous allons essayer de faire quelque chose pour vous. Voyons, Dina, il faut lui faire un lit dans votre chambre, auprès de la cuisine. Je verrai, demain matin, quel parti prendre. Vous, cependant, ne craignez rien, pauvre femme. Mettez votre confiance en Dieu, il vous protégera. »

Mme Bird et son mari rentrèrent dans le salon. La femme s'assit auprès du feu, dans une petite chauffeuse à bascule. M. Bird allait et venait par la chambre, en murmurant : « Diable ! diable ! maudite besogne !... » Enfin, marchant droit à sa femme, il lui dit :

« Il faut, ma chère, qu'elle parte cette nuit même ! Le marchand sera sur ses traces demain de très bonne heure. S'il n'y avait que la femme, elle pourrait se tenir tranquille jusqu'à ce qu'il fût passé; mais une armée à pied et à cheval ne pourrait avoir raison du bambin, il mettra le nez à la porte ou à la fenêtre et fera tout découvrir, je vous en réponds : ce serait une belle affaire pour moi d'être pris ici même avec eux !... Non, il faut qu'ils partent cette nuit.

— Cette nuit ! Est-ce bien possible ? pour aller où ?

— Où ? je sais bien où », dit le sénateur en mettant ses bottes. Quand il eut un pied chaussé, le sénateur s'assit, l'autre botte à la main, étudiant attentivement les dessins du tapis. « Il faut que cela soit, dit-il, quoique... au diable ! » Il coula l'autre botte et retourna à la fenêtre.

Cette petite Mme Bird était une femme discrète, une femme à qui on n'avait pas entendu dire une fois en sa vie : « Je vous l'avais bien dit ! » Dans l'occasion présente, bien qu'elle se doutât de la tournure que prenait la méditation de son mari, elle s'abstint très prudemment de l'interrompre ; elle s'assit en silence, se préparant à entendre la résolution de son légitime seigneur, quand il voudrait bien la lui faire connaître.

« Vous savez, dit-il, il y a mon ancien client, Van Trompe, qui est venu du Kentucky, et qui a affranchi tous ses esclaves. Il s'est établi à sept milles d'ici, de l'autre côté du gué, où personne ne va à moins d'y avoir affaire. C'est une place qu'on ne trouve pas tout de suite. Elle y sera assez en sûreté. L'ennui, c'est que personne ne peut y conduire une voiture cette nuit ; personne que moi !

— Mais Cudjox est un excellent cocher.

— Sans doute ; mais voilà, il faut passer le gué deux fois. Le second passage est dangereux quand on ne le connaît pas comme moi. Je l'ai passé cent fois à cheval, et je sais juste où il faut tourner. Ainsi vous voyez, il n'y a pas d'autre moyen. Cudjox attellera les chevaux tranquillement vers minuit, et je l'emmènerai ; pour donner une couleur à la chose, il me conduira à la prochaine taverne, pour prendre la voiture de Colombus, qui passe dans trois ou quatre heures. On pensera que je n'ai pris la voiture que pour cela. J'y ai des affaires dont je m'occuperai demain matin. Je ne sais pas trop quelle figure je ferais après tout ce qui a été dit et fait par moi sur la question des esclaves ! N'importe !

— Allez, John, votre cœur est meilleur que votre tête, dit Mme Bird en posant sa petite main blanche sur la main de son mari. Est-ce que je vous aurais jamais aimé... si je ne vous avais pas connu mieux que vous ne vous connaissez vous-même ? »

Et la petite femme parut si jolie, ses yeux si brillants de larmes, que le sénateur pensa qu'il devait décidément être un habile homme pour avoir su inspirer à sa femme une admiration si passionnée. Qu'avait-il donc de mieux à faire que d'aller voir si on apprêtait la voiture ? Cependant, il s'arrêta à la porte, et, revenant sur ses pas, il dit avec un peu d'hésitation :

« Mary ! je ne sais ce que vous en penserez, mais il y a un tiroir plein des affaires... de... de... notre pauvre petit Henri... » Il tourna vivement sur ses talons et ferma la porte après lui.

La femme ouvrit la porte d'une petite chambre à coucher contiguë à la sienne, posa un flambeau sur le secrétaire, et tirant une clef d'une petite cachette, elle la mit d'un air pensif dans la serrure d'un tiroir... puis elle s'arrêta... Les deux enfants, qui l'avaient suivie pas à pas, s'arrêtèrent aussi, jetant sur elle des regards expressifs dans leur silence. O mère qui lisez ces pages, dites, n'y a-t-il jamais eu dans votre maison un tiroir, un cabinet... que vous ayez ouvert comme on rouvre un petit tombeau ? Heureuse, heureuse mère, si vous me répondez non !

Mme Bird ouvrit lentement le tiroir. Il y avait de petites robes de toutes formes et de tous modèles, des collections de tabliers et des piles de petits bas... Il y avait même de petits souliers. Ils avaient été portés ; ils étaient usés au talon... Le bout de ces petits souliers pointait à travers l'enveloppe de papier... Il y avait aussi des jouets familiers... le cheval, la charrette, la balle, la toupie. Chers petits souvenirs, recueillis avec bien des larmes et des brisements de cœur!

Elle s'assit auprès de ce tiroir, mit sa tête sur ses mains, et pleura! Les larmes coulaient à travers ses doigts et tombaient dans le tiroir! puis relevant tout à coup la tête... avec une précipitation nerveuse, elle choisit parmi ces objets les plus solides et les meilleurs, et elle en fit un paquet.

«Maman! dit un des enfants en lui touchant le bras..., est-ce que vous allez donner ces choses?...

— Mes enfants, dit-elle d'une voix émue et pénétrante, mes chers enfants, si votre pauvre petit Henri bien-aimé nous regarde du haut du Ciel, il sera bien heureux de nous voir agir ainsi! Allez! je n'aurais pas voulu donner ces objets à des heureux de ce monde; mais je les donne à une mère dont le cœur a été blessé plus encore que le mien; je les donne! Que Dieu donne avec eux ses bénédictions!»

Il y a dans ce monde des âmes bien choisies, dont les chagrins rejaillissent en joies pour les autres, dont les espérances terrestres, mises au tombeau avec des larmes, sont la semence d'où sort la fleur qui guérit, le baume qui console l'infortune et la douleur.

Telle était la jeune femme que nous voyons assise à côté de sa lampe, laissant couler lentement ses pleurs, tandis qu'elle se préparait à donner les doux souvenirs de l'enfant qu'elle avait perdu au pauvre enfant d'une autre, errante et poursuivie!

Au bout d'un instant, Mme Bird ouvrit une garde-robe, et, en tirant une ou deux robes simples, mais d'un bon user, et se plaçant à la table à ouvrage, l'aiguille, les ciseaux et le dé à la main, elle commença l'opération du rallongement dont son mari avait exprimé la nécessité. Elle travailla activement jusqu'à ce que la vieille horloge, placée dans un coin de la chambre, frappât les douze coups de minuit. Elle entendit alors le bruit sourd des roues s'arrêtant à la porte.

«Mary, dit M. Bird en entrant, son pardessus

à la main, allez l'éveiller ; il faut que nous partions ! »

Mme Bird se hâta de mettre dans une petite boîte les divers objets qu'elle avait rassemblés ; elle ferma la boîte, et pria son mari de la déposer dans la voiture. Elle courut éveiller l'étrangère. Bientôt, enveloppée d'un châle et d'un manteau, coiffée d'un chapeau de sa bienfaitrice, Élisa parut à la porte, son enfant entre les bras. « Montez ! montez ! » dit M. Bird. Mme Bird la poussa dans la voiture. Élisa s'appuya sur la portière et tendit sa main. Une main aussi belle et aussi blanche lui fut tendue en retour. Elle fixa son grand œil noir, plein d'émotion et de reconnaissance, sur le visage de Mme Bird. Elle parut vouloir parler. Elle essaya une ou deux fois : ses lèvres remuèrent, mais il n'en sortit aucun son. Elle leva au ciel un de ces regards que l'on n'oublie jamais, se renversa sur le siège et couvrit son visage. La voiture partit.

Quelle situation pour un sénateur patriote, qui toute la semaine a éperonné le zèle de la législature de son pays pour faire voter les résolutions les plus sévères contre les esclaves fugitifs, ceux qui les accueillent et ceux qui les assistent !

Notre législateur n'avait été dépassé par aucun de ses confrères à Washington dans ce genre d'éloquence qui a porté si haut la gloire de nos sénateurs. Avec quelle sublimité s'était-il assis, les mains dans ses poches, raillant la sentimentale faiblesse de ceux qui placent le bien-être de quelque misérable fugitif avant les grands intérêts de l'État !

Sur cette question-là, il était hardi comme un lion ; il était « puissamment convaincu », et il avait fait passer sa conviction dans l'âme de l'assemblée. Mais alors il ne connaissait d'un fugitif que les lettres qui écrivent ce nom, ou tout au plus la caricature, trouvée dans un journal, d'un homme qui passe avec sa canne et son paquet. Mais la magie toute-puissante d'un malheur réel et présent, un œil humain qui implore, une main humaine, pâle et tremblante, l'appel désespéré d'une agonie sans secours... voilà une épreuve qu'il n'avait jamais subie ; il n'avait jamais songé que l'esclave en fuite pût être une malheureuse mère, un enfant sans défense, comme celui qui portait maintenant la petite casquette — il l'avait reconnue — de son pauvre enfant mort !

Aussi, comme notre bon sénateur n'était ni de marbre ni d'acier, comme il était un *homme*, et un homme au noble cœur, son patriotisme se trouvait fort mal à l'aise. Et ne chantez pas trop haut victoire, ô vous, nos bons frères du Sud ; nous soupçonnons fort qu'à sa place beaucoup d'entre vous n'eussent pas fait mieux. Oui, nous le savons, dans le Kentucky et dans le Mississippi, il y a de nobles et généreux cœurs, à qui jamais on n'a fait en vain le récit d'une infortune. Ah ! frères, est-ce bien à vous d'attendre de nous ces services que votre bon et généreux cœur ne vous permettrait pas de nous rendre... si vous étiez à notre place ?

Quoi qu'il en soit, si M. Bird était un pécheur politique, il était maintenant en train d'expier ses fautes par les épreuves de son voyage nocturne. Il avait plu depuis longtemps, et cette belle et riche terre de l'Ohio, si prompte à se changer en boue, était toute détrempée par la pluie : c'était une route avec des rails à la mode du bon vieux temps.

« Mais quels rails, je vous prie ? nous demande un de ces voyageurs de l'Est, à qui ce mot de *rail* ne rappelle que des idées de douceur dans la locomotion et de célérité dans la marche.

— Apprenez donc, innocent ami de l'Est, que dans ces benoîtes régions de l'Ouest, où la boue atteint des profondeurs insondables et sublimes, les routes sont faites de grossières pièces de bois que l'on range transversalement côte à côte : on les recouvre de

terre, de gazon et de tout ce qu'on a sous la main...,
et les naturels du pays appellent cela une route et
se réjouissent fort de marcher dessus. Avec le temps,
la pluie qui tombe emporte l'herbe et le turf, promène
les bois çà et là, les sème partout, les disperse dans
un désordre pittoresque, ménageant çà et là des abîmes
de fange noire.

C'est par une route pareille que notre sénateur s'en
allait bronchant, se livrant à des réflexions interrompues
fréquemment par les accidents de la marche. Le char
allait de cahots en ornières. On pourrait écrire le
voyage en onomatopées : Boum ! pan ! han ! crac !
Le sénateur, la femme et l'enfant, sans cesse ballottés
d'un côté à l'autre, changeaient à chaque instant de
position respective. Au-dehors Cudjox apostrophait
les chevaux : on tire, on tourne ; on hale : le sénateur
perd patience. La voiture se relève, on marche. Les
deux roues de devant retombent dans une autre fon-
drière. Le sénateur, la femme et l'enfant sont jetés
sur le siège de devant.

Le chapeau du gentleman s'enfonce sur ses yeux
et presque sur son nez, sans la moindre cérémonie.
L'excellent homme se croit mort ; l'enfant pleure. Cudjox
adresse de nouveau la parole à ses chevaux, qui ruent,
se cabrent et courent sous le fouet qui claque. La voiture
se relève encore. Ce sont maintenant les roues de
derrière qui s'enfoncent. Le sénateur, la femme et
l'enfant sont replacés un peu trop vite sur le siège
de derrière. Les deux chapeaux sont enfoncés. Enfin,
le précipice est franchi, et les chevaux s'arrêtent...
essoufflés. Le sénateur retrouve son chapeau, la femme
redresse le sien et fait taire l'enfant. On se raffermit
contre les périls à venir.

Pendant quelque temps on en est quitte pour des
ballottements et des cahots, des aïe et des hue, et des
boum répétés. On commence à espérer que l'on s'en tirera
sans trop de misère. Enfin un saut carré met tout

le monde debout et rassied tout le monde avec une incroyable rapidité. La voiture s'arrête tout à fait; Cudjox apparaît à la portière.

« Pardon, monsieur, mais voilà un bien mauvais pas; je ne sais si nous nous en tirerons : je crois qu'il faudrait poser des rails. »

Le sénateur, désespéré, sort de la voiture. Il cherche un endroit solide où mettre le pied; il enfonce; il essaie de se retirer, perd l'équilibre et tombe tout de son long dans la boue. Il est repêché, dans le plus piteux état, par les soins de Cudjox.

Mais nous voulons épargner la sensibilité de nos lecteurs. Les voyageurs de l'Ouest, contraints sur le coup de minuit de poser des rails pour dégager leur voiture, auront pour notre infortuné héros une sympathie douloureuse et respectueuse; nous leur demandons une larme et nous passons outre.

La nuit était fort avancée quand l'équipage, enfin sorti du gué, s'arrêta devant la porte d'une vaste ferme. Il fallut assez de persistance pour réveiller les habitants. Enfin, le respectable propriétaire parut et ouvrit la porte. C'était un grand et robuste gaillard de six pieds et quelques pouces; il portait une blouse de chasse en flanelle rouge; ses cheveux, d'un jaune fade, présentaient l'aspect d'une forêt inculte. Une barbe, négligée depuis quelques jours, achevait de donner à ce digne homme un aspect qui ne prévenait pas complètement en sa faveur. Il resta quelques minutes, le flambeau à la main, contemplant les voyageurs avec un air de déconvenue le plus réjouissant du monde. Le sénateur eut beaucoup de peine à lui faire nettement comprendre ce dont il s'agissait.

Tandis qu'il fait de son mieux pour y parvenir, nous présenterons à nos lecteurs cette nouvelle connaissance.

L'honnête John Van Tromp était jadis un riche fermier et possesseur d'esclaves, dans le Kentucky, « n'ayant rien de l'ours que la peau », ayant au contraire reçu de la nature un grand cœur. Humain et généreux, il avait été longtemps le témoin désolé des tristes effets d'un système également funeste à l'oppresseur et à l'opprimé ; enfin, il n'y put tenir davantage ; ce cœur gonflé éclata : il prit son portefeuille, traversa l'Ohio, acheta une vaste propriété, affranchit ses esclaves, hommes, femmes et enfants, les emballa dans une voiture et les envoya coloniser sur sa terre. Quant à lui, il se dirigea vers la baie et se retira dans une ferme tranquille pour y jouir en paix de sa conscience.

« Voyons, dit nettement le sénateur, êtes-vous homme à donner asile à une pauvre femme et à un enfant que poursuivent les chasseurs d'esclaves ?

— Je crois que oui, dit l'honnête John avec une certaine emphase.

— Je le croyais aussi, dit le sénateur.

— S'ils viennent, dit le brave homme en développant sa grande taille athlétique, me voilà ! Et puis j'ai six fils, qui ont chacun six pieds de haut, et qui les attendent. Faites-leur bien mes compliments ; dites-leur de venir quand ils voudront, ajouta-t-il, cela nous est bien égal. »

Il passa ses doigts dans les touffes de cheveux qui couvraient sa tête comme un toit de chaume, et il partit d'un grand éclat de rire.

Tombant de fatigue, épuisée, à demi morte, Élisa se traîna jusqu'à la porte, tenant son enfant endormi dans ses bras. John, toujours brusque, lui approcha le flambeau du visage, et, faisant entendre un grognement plein de compassion émue, il ouvrit la porte d'une petite chambre à coucher qui donnait sur la vaste cuisine où ils se trouvaient. Il la fit entrer, alluma un autre flambeau qu'il posa sur la table, puis il lui dit :

« Maintenant, ma fille, vous n'avez plus rien à craindre. Arrive qui voudra ; je suis prêt à tout, dit-il en montrant deux ou trois carabines suspendues au-dessus du manteau de la cheminée. Ceux qui me connaissent savent bien qu'il ne serait pas sain de vouloir faire sortir quelqu'un de chez moi quand je ne veux pas. Et maintenant, mon enfant, dormez aussi tranquillement que si votre mère vous gardait. »

Il sortit du cabinet et ferma la porte.

« Elle est des plus jolies, dit-il au sénateur. Hélas ! souvent c'est leur beauté même qui les force de fuir, quand elles ont des sentiments d'honnêtes femmes. Allez, je sais ce qui en est ! »

Le sénateur raconta brièvement, en quelques mots, l'histoire d'Élisa.

« Oh !... Hélas !... Quoi ! il serait vrai !... Je suis bien aise de savoir cela. Poursuivie ! poursuivie pour avoir obéi au cri de la nature ! Pauvre femme ! Chassée comme un daim ! chassée pour avoir fait ce qu'aucune mère ne pourrait pas ne pas faire ! Oh ! ces choses-là me feraient blasphémer... »

Et John essuya ses yeux du revers de sa large main calleuse et brune.

« Eh bien, monsieur, je vous l'avoue, je suis resté des années sans aller à l'église, parce que les ministres disaient en chaire que la Bible autorisait l'esclavage... Je ne pouvais répondre à leur grec et à leur hébreu : aussi j'abandonnai tout, Bible et ministres. Je ne suis pas retourné à l'église, jusqu'à ce que j'aie trouvé un ministre qui fût contre l'esclavage, malgré le grec et le reste. Maintenant, j'y retourne. »

Tout en parlant de la sorte, John faisait sauter le bouchon d'une bouteille de cidre mousseux, dont il offrit un verre à son interlocuteur.

« Vous devriez rester ici jusqu'à demain matin, dit-il cordialement au sénateur ; je vais appeler la vieille, elle va vous préparer un lit en moins de rien.

— Mille grâces, mon cher ami ; mais je dois partir pour prendre cette nuit même la voiture de Colombus.

— S'il en est ainsi, je vais vous accompagner et vous montrer un chemin de traverse meilleur que la route que vous avez prise. Cette route est en effet bien mauvaise. »

John s'équipa, et, une lanterne à la main, conduisit son hôte par un chemin qui longeait sa maison. Le sénateur, en partant, lui mit dans la main une bank-note de dix dollars.

« Pour elle ! dit-il laconiquement.

— Bien ! » répondit John avec une égale concision. Ils se serrèrent la main et se quittèrent.

CHAPITRE X

Livraison de la marchandise

Un matin de février, morne et gris, éclairait les fenêtres de l'oncle Tom : les visages étaient bien tristes dans la case ; les visages reflétaient la tristesse des cœurs. La petite table était dressée devant le feu et couverte de la nappe à repasser. Une ou deux chemises grossières, mais propres, étaient étendues sur le dos d'une chaise, devant la cheminée ; une autre était déployée sur la table devant Chloé. Avec un soin minutieux, elle ouvrait et repassait chaque pli, et, de temps en temps, portait la main à son visage pour essuyer les larmes qui coulaient le long de ses joues.

Tom s'assit à côté d'elle, sa Bible ouverte sur ses genoux, sa tête appuyée dans sa main. Ni l'un ni l'autre ne parlait. Il était de bonne heure, et les enfants dormaient encore tous ensemble dans leur lit grossier.

Tom avait au plus haut point ce culte des affections domestiques, qui, pour son malheur, est un des signes distinctifs de cette race : il se leva et s'approcha solennellement du lit pour contempler ses enfants.

« C'est la dernière fois ! » dit-il.

Chloé ne répondit rien ; mais le fer marcha de long en large, passa et repassa sur la chemise, quoiqu'elle fût déjà aussi douce que pussent la rendre des mains de femme ; puis tout à coup, déposant son fer avec un geste désespéré, elle s'assit près de la table, et éleva la voix et pleura.

« Je sais, dit-elle, qu'il faut être résignée ; mais puis-je l'être, Seigneur ? Si je savais où vous allez, comment on vous traitera ! Madame dit bien qu'elle essaiera de vous racheter dans un an ou deux. Mais, hélas ! ceux qui descendent vers le sud ne remontent jamais ; ils les tuent ! Je sais bien comment on les traite dans les plantations.

— Ce sera là-bas le même Dieu qu'ici, Chloé.

— Soit, je le veux bien, dit Chloé ; mais Dieu parfois laisse accomplir de terribles choses... J'ai peur de ne pas trouver beaucoup de consolation de ce côté.

— Je suis dans les mains du Seigneur, dit Tom ; rien ne peut aller plus loin qu'il ne le permettra. Il permet cela ; je dois l'en remercier. C'est moi qui suis vendu et qui m'en vais, et non pas vous et les enfants. Ici vous êtes en sûreté. Ce qui doit arriver n'arrivera qu'à moi, et le Seigneur m'assistera. Oui, je sais qu'il m'assistera. »

Oh ! brave cœur, vrai cœur d'homme ! adoucissant ton propre chagrin pour consoler tes bien-aimés.

Tom avait peut-être la langue embarrassée ; sa voix rauque s'arrêtait dans son gosier : mais il parlait avec un courage qui ne se démentait jamais.

« Ne pensons qu'aux bienfaits du Ciel, ajouta-t-il en frissonnant, comme s'il éprouvait en effet le besoin d'y penser beaucoup.

— Des bienfaits ! dit Chloé... Je ne puis pas voir des bienfaits là-dedans ! Non, cela n'est pas juste ! non, cela ne devait pas être ! Le maître ne devait pas consentir à ce que vous fussiez le prix de ses dettes ! Vous lui aviez gagné deux fois plus. Il vous devait la liberté ; il aurait dû vous la donner depuis des années. Il est possible qu'il soit gêné, mais je sens que ce qu'il fait est mal. Rien ne peut m'ôter cela de l'esprit. Une créature aussi fidèle que vous... Toutes ses affaires, vous les faisiez ! Ah ! Il était plus pour vous que votre femme et vos enfants !... Vendre l'amour du cœur, le sang du cœur, pour se tirer de l'usurier... Dieu sera contre lui !

— Chloé, si vous m'aimez, ne parlez pas ainsi ; songez que peut-être nous ne nous reverrons jamais. Je dois vous le dire, c'est parler contre moi que de parler contre le maître : il a été placé dans mes bras quand il n'était encore qu'un enfant. Je devais faire beaucoup pour lui, c'est tout simple ; mais lui n'avait pas à s'occuper beaucoup du pauvre Tom : les maîtres sont accoutumés à ce que l'on fasse tout pour eux, et naturellement ils n'y pensent guère. On ne peut pas s'attendre à autre chose... mais il est bien meilleur que les autres, lui ! Qui donc a jamais été traité comme moi ? Non, il ne m'aurait pas laissé partir s'il eût pu faire autrement... j'en suis sûr !

— D'une manière comme de l'autre, il a toujours tort», dit Chloé, qui avait un sentiment instinctif du juste. C'était un des caractères prédominants de sa nature. «Je ne puis peut-être pas bien nettement dire en quoi... mais je sens qu'il a tort.

— Levez les yeux vers le maître qui est là-haut. Il est au-dessus de tous ! Il ne tombe pas un passereau sur la terre sans sa permission.

— Je le sais bien ; mais tout cela ne me console pas, dit Chloé... Mais à quoi bon parler ? Je vais tirer le gâteau du feu et vous servir un bon déjeuner. Qui sait quand vous en retrouverez un pareil ?»

Pour comprendre la souffrance des nègres vendus aux marchands du Sud, il faut se rappeler que toutes les affections instinctives de cette race sont d'une incroyable puissance. Ils s'attachent aux lieux qu'ils habitent.. ils n'ont pas l'audace entreprenante des aventures : ils ont toutes les affections domestiques. Ajoutez à cela les terreurs dont l'ignorance revêt toujours l'inconnu. Ajoutez qu'être vendu dans le Sud est une perspective placée depuis l'enfance devant les yeux du nègre comme le plus sévère des châtiments. Il y a moins de terreur pour eux dans la menace du fouet et de la torture que dans la menace d'être conduit de l'autre côté de la rivière.

Ces sentiments, nous les avons entendu nous-mêmes exprimer par eux ; nous savons quelle horreur ils laissent voir à cette seule pensée ; nous savons quelle terrible histoire, à l'heure des causeries intimes, ils racontent à propos de cette rivière, qui leur semble la limite

D'un pays inconnu dont on ne revient pas !

Un missionnaire, qui a vécu parmi les fugitifs du Canada, nous a confirmé dans cette opinion. Beaucoup de nègres lui ont avoué qu'ils avaient fui des maîtres comparativement bons, et que, dans presque tous les cas, ils avaient bravé les périls de la fuite sous l'influence du désespoir où les jetait la seule pensée d'être vendus dans le Sud, destin souvent suspendu sur leurs têtes ou celles de leurs maris, de leurs femmes, de leurs enfants... Cette seule pensée trempe dans l'héroïsme du courage les Africains, naturellement patients, timides et peu aventureux ; elle les conduit à braver la faim, la soif, le froid, la fatigue, les périls du désert, et les châtiments plus terribles encore qui punissent la fuite !

. . . .

Le modeste repas du matin fumait sur la table de Tom. Mme Shelby avait ce jour-là dispensé Chloé de tout service à l'habitation. La pauvre créature avait mis tout son courage à préparer ce déjeuner d'adieu. Elle avait tué et accommodé ses meilleurs poulets ; le gâteau était juste au goût de Tom ; elle avait également atteint certaine bouteille mystérieuse, et des conserves qui ne voyaient le jour que dans les grandes occasions.

« Dieu ! nous allons avoir un fameux déjeuner ! » dit à son frère le petit Moïse ; et au même instant il attrapa un morceau de poulet.

Chloé lui envoya un bon coup de poing sur l'oreille.

« Voyez-vous cela ! dit-elle ; se jeter comme un vorace

sur le dernier déjeuner que son pauvre père fera dans la maison !

— Ah ! Chloé ! fit Tom d'une voix douce.

— Eh bien, quoi ! je n'ai pas pu m'en empêcher, dit Chloé en se cachant le visage dans son tablier... Je suis si malheureuse que cela me fait mal agir ! »

Les enfants se tinrent tranquilles, regardant alternativement leur père et leur mère, tandis que le baby, s'attachant aux robes de Chloé, faisait entendre ses petits cris impérieux et volontaires.

« Voyons, dit Chloé essuyant ses yeux et prenant le baby dans ses bras, voyons, c'est fini ; mangez quelque chose, Tom, c'est mon meilleur poulet, et vous, enfants, vous allez en avoir aussi, pauvres chéris ! Maman a été bien méchante pour vous ! »

Les enfants n'eurent pas besoin d'une seconde invitation. Ils accoururent autour de la table avec le plus louable empressement... Ils firent bien ; car autrement ils couraient le grand risque de se voir un peu négligés.

« Maintenant, dit Chloé, quittant vivement la table, je vais m'occuper de votre paquet. Peut-être ne vous le laissera-t-il pas emporter ; je connais leurs façons. Voyons ! dans ce coin la flanelle pour votre rhumatisme. Ménagez-la ; vous n'aurez plus personne pour vous en préparer d'autre ! Voilà vos vieilles chemises ; voici les neuves. J'ai reprisé vos bas hier la nuit, j'y ai mis des talons... Ah ! qui les raccommodera maintenant ? »

Ici Chloé appuya sa tête sur la petite malle et sanglota...

« Et dire que personne au monde ne s'occupera plus de toi, continua-t-elle, bien-portant ou malade !... Ah ! je sens que c'est fini ! je ne serai plus jamais bonne maintenant. »

Les enfants, après avoir dévoré tout ce qui se trouvait sur la table, commencèrent à réfléchir sur ce qui se passait autour d'eux. Voyant leur mère pleurer et leur père tout triste, ils commencèrent à soupirer et à se frotter les yeux. L'oncle Tom prit sur ses genoux la petite fille, qui se livrait à son divertissement favori, égratignant le visage et tirant les cheveux du vieux nègre, et de temps en temps se livrant à des accès de gaieté retentissante, qui semblaient être le résultat de ses réflexions intimes.

« Ris donc, ris, pauvre créature, s'écria Chloé ; ton tour viendra aussi à toi : tu vivras pour voir ton mari vendu et peut-être pour être vendue toi-même ! et tes frères que voilà, ils seront vendus aussi, sans doute, dès qu'ils vaudront un peu d'argent... N'est-ce pas ainsi que l'on nous traite, nous autres nègres ? »

A ce moment un des enfants s'écria :

« Voilà madame qui vient !

— Pourquoi vient-elle ? Elle n'a rien de bon à faire ici », s'écria la pauvre Chloé.

Mme Shelby entra. Chloé lui avança une chaise d'un air maussade et rechigné. Mme Shelby ne parut rien remarquer. Elle était pâle et semblait inquiète.

« Tom, dit-elle, je viens pour... »

Tout à coup elle s'arrêta, regarda le groupe silencieux, s'assit, mit un mouchoir sur son visage, et ses sanglots éclatèrent.

« Ah ! madame, dit Chloé, ne... ne... » Et elle-même éclata... et pendant un instant tous pleurèrent... et dans ces larmes qu'ils versaient ensemble, elle riche, eux pauvres, s'adoucirent tout à coup le désespoir et la douleur amère qui brûle le cœur de l'opprimé. Oh ! vous qui visitez les malheureux, si vous saviez combien tout ce que l'on peut acheter avec votre or, donné d'un air froid, avec un visage qui se détourne, ne vaut pas une douce et bonne larme versée dans un moment de sympathie véritable !

« Mon pauvre Tom, dit Mme Shelby, présentement, je ne puis vous être utile. Si je vous donne de l'argent, on vous le prendra. Mais je vous jure solennellement devant Dieu que je ne vous perdrai pas de vue, et qu'aussitôt que je le pourrai, je vous ferai venir ici ; jusque-là, ayez confiance en Dieu ! »

Les enfants s'écrièrent :

« Voici M. Haley qui vient ! »

Son brutal coup de pied ouvrit la porte. Haley resta debout, de fort mauvaise humeur, fatigué de la course de la nuit et irrité du peu de succès de sa chasse.

« Ici, nègre ! Êtes-vous prêt ?... Madame, votre serviteur. » Et il tira son chapeau en apercevant Mme Shelby.

Chloé ferma et ficela la boîte ; elle regarda le marchand d'un air irrité. Ses larmes semblaient se changer en étincelles.

Tom se leva avec calme pour suivre son nouveau maître ; il chargea la pesante boîte sur ses épaules. La femme prit la petite fille dans ses bras, pour accompagner son mari jusqu'à la voiture. Les enfants suivirent en pleurant.

Mme Shelby alla droit au marchand et le retint un moment ; elle lui parlait avec une extrême animation. Cependant toute la famille s'avançait vers la voiture, qui était attelée et près de la porte. Les esclaves jeunes et vieux se pressaient tout autour, pour dire adieu à leur vieux compagnon. Tom était regardé par tous comme le chef des esclaves et comme leur instituteur religieux. Son départ excitait de vifs et sympathiques regrets, surtout parmi les femmes.

« Eh ! Chloé, vous supportez cela mieux que moi ! dit l'une d'elles, qui fondait en larmes, en voyant le calme sombre de Chloé, debout auprès de la charrette.

— J'ai rentré mes larmes, dit-elle en jetant un regard farouche sur le marchand. Je ne veux pas pleurer devant ce gueux-là !

— Montez ! » dit Haley à Tom, en traversant la foule des esclaves qui le regardaient, le front soucieux.

Tom monta.

Alors, tirant de dessous le siège une pesante paire

de fers, Haley les lui attacha autour des chevilles.

Un murmure étouffé d'indignation courut dans la foule, et Mme Shelby s'écria du perron :

« Je vous assure, monsieur Haley, que c'est une précaution bien inutile.

— Je n'en sais rien, madame : j'ai perdu ici même un esclave de cinq cents dollars ; je ne veux pas courir de nouveaux risques.

— Que peut-elle donc attendre de lui ? » dit la pauvre Chloé d'une voix indignée. Les deux enfants, qui semblaient maintenant comprendre le sort de leur père, se suspendirent à la robe de Chloé, criant, pleurant et gémissant.

« Je regrette, dit Tom, que M. Georges se trouve absent. »

Georges était en effet chez un de ses amis, dans une plantation du voisinage ; il ignorait le malheur de Tom.

« Vous exprimerez toute mon affection à M. Georges », reprit-il d'un ton pénétré.

Haley fouetta le cheval ; après avoir jeté un long et dernier regard sur la maison, Tom partit.

M. Shelby était absent.

Il avait vendu Tom sous la pression de la plus dure nécessité, et pour sortir des mains d'un homme qu'il redoutait. Sa première impression, quand l'acte fut accompli, fut comme un sentiment de délivrance. Les supplications de sa femme réveillèrent ses regrets à moitié endormis. Le désintéressement de Tom rendait son chagrin plus cuisant encore. C'est en vain qu'il se répétait à lui-même qu'il avait le droit d'agir ainsi, que tout le monde le ferait, sans même avoir comme lui l'excuse de la nécessité... Il ne pouvait se convaincre, et, pour ne pas être témoin des dernières et tristes scènes de la séparation, il était parti le matin même, espérant que tout serait fini avant son retour.

Tom et Haley roulaient dans un tourbillon de poussière. Tous les objets familiers à l'esclave passaient comme des fantômes. Les limites de la propriété furent bientôt franchies; on se trouva sur le chemin public.

Au bout d'un mille environ, Haley s'arrêta devant la boutique d'un maréchal, et il entra pour faire faire quelques changements à une paire de menottes.

«Elles sont trop petites pour sa taille, dit Haley en montrant les fers et en regardant Tom.

— Comment! c'est le Tom à Shelby!... Il ne l'a pas vendu, toujours!

— Mais si, il l'a vendu, reprit Haley.

— C'est impossible!... Quoi! lui? Qui l'aurait cru? Eh bien, alors, vous n'avez pas besoin de l'enchaîner ainsi. C'est la meilleure, la plus fidèle créature...

— Oui, oui, dit Haley; mais ce sont les bons qui veulent s'enfuir, précisément. Les brutes se laissent mener où l'on veut... Pourvu qu'ils aient à manger, ils ne s'inquiètent pas du reste. Mais les esclaves intelligents haïssent le changement comme le péché. Il n'y a qu'un moyen, c'est de les enchaîner. Si on leur laisse des jambes, ils s'en servent; comptez là-dessus.

— Mais, dit le forgeron, tout pensif au milieu de son travail, les nègres du Kentucky n'aiment pas les plantations du Sud : il paraît qu'ils y meurent assez vite.

— Mais oui, dit Haley : le climat y est pour beaucoup; il y a aussi bien d'autres choses! enfin ça donne assez de mouvement au marché!

— Eh bien, reprit le marchand, on ne peut pas s'empêcher de penser que c'est un bien grand malheur de voir aller là un aussi honnête, un aussi brave garçon que ce pauvre Tom.

— Mais il a de la chance : j'ai promis de le bien traiter. Je vais le placer comme domestique dans quelque bonne et ancienne famille, et là, s'il peut échapper à la fièvre et au climat, il aura un sort aussi heureux qu'un nègre puisse le désirer.

— Mais il laisse derrière lui sa femme et ses enfants, je pense bien.

— Oui, mais il en prendra une autre. Dieu sait qu'il y a assez de femmes partout ! »

Pendant toute cette conversation, Tom était tristement assis dans la charrette, à la porte de la maison. Tout à coup, il entendit le bruit sec, vif et court d'un sabot de cheval. Avant qu'il fût revenu de sa surprise, Georges, son jeune maître, s'élança dans la voiture, lui jeta vivement ses bras autour du cou en poussant un grand cri :

« C'est une infamie ! disait-il, oui, une infamie ! Qu'ils disent ce qu'ils voudront. Si j'étais un homme, cela ne serait pas ; non, cela ne serait pas ! reprit-il avec une indignation contenue.

— Ah ! monsieur Georges, vous me faites du bien, disait Tom... J'étais si malheureux de partir sans vous voir !... Vous me faites vraiment du bien, je vous jure. »

Tom remua un peu le pied. Le regard de Georges tomba sur ses fers.

« Quelle honte ! dit-il en levant les mains au Ciel. Je vais assommer ce vieux coquin : oui, en vérité !

— Non, monsieur Georges, non ; il ne faut même pas parler si haut... cela ne m'avancerait à rien de le mettre en colère contre moi.

— Eh bien, non ! par égard pour vous, Tom, je me contiens... mais, hélas ! rien que d'y penser ! Oui, c'est une honte ! Ils ne m'ont rien fait dire, pas un mot, et sans Thomas Lincoln je n'en aurais rien su... Ah ! je les ai joliment arrangés à la maison, tous ! oui, tous !

— J'ai peur que vous n'ayez eu tort, monsieur Georges... oui, vous avez eu tort !

— Je n'ai pas pu m'en empêcher ; je dis que c'est une honte ! Mais, tenez, père Tom, ajouta-t-il en tournant le dos à la boutique et en prenant un air mystérieux, je vous ai apporté mon dollar.

— Oh ! je ne puis pas le prendre, monsieur Georges, c'est tout à fait impossible, dit Tom avec émotion.

— Vous allez le prendre, dit Georges. Regardez ! Chloé m'a dit de faire un trou au milieu, d'y passer une corde, et de vous le pendre autour du cou. Vous le cacherez sous vos vêtements, pour que ce gueux-là ne vous le prenne point. Tenez, Tom, je vais l'assommer... cela va me soulager.

— Oh ! non, ne le faites pas ; cela ne me soulagerait pas, moi !

— Allons ! soit ! dit Georges en attachant le dollar autour du cou de Tom. Boutonnez maintenant votre habit par-dessus, conservez-le, et, chaque fois que vous le regarderez, souvenez-vous que j'irai vous chercher un jour là-bas, et que je vous ramènerai. Je l'ai dit à la mère Chloé, je lui ai dit de ne rien craindre. Je vais m'en occuper, et mon père, jusqu'à ce qu'il le fasse, je vais le tourmenter !

— Oh ! monsieur Georges, ne parlez pas ainsi de votre père !

— Mon Dieu ! Tom, je n'ai pas de mauvaises intentions...

— Et maintenant, monsieur Georges, dit Tom, il faut que vous soyez un bon jeune homme. N'oubliez pas combien de cœurs s'appuient sur vous. Ne tombez pas dans les folies de la jeunesse ; obéissez à votre mère : n'allez pas croire que vous soyez trop grand pour cela. Dites-vous bien, monsieur Georges, qu'il y a une foule de choses heureuses que Dieu peut nous donner deux fois, mais qu'il ne nous donne qu'une mère... D'ailleurs, monsieur Georges, vous ne rencontrerez jamais une femme comme elle, dussiez-vous vivre cent ans. Restez près d'elle, et maintenant que vous allez grandir, devenez son appui. Vous ferez cela, mon cher enfant ; n'est-ce pas que vous le ferez ?

— Oui, père Tom, je vous le promets, dit Georges d'un ton sérieux.

— Prenez bien garde à vos paroles, monsieur Georges !... les enfants, quand ils arrivent à votre âge, deviennent parfois volontaires ; c'est la nature qui veut cela. Mais les enfants bien élevés, comme vous, ne manquent jamais de respect à leurs parents. — Je ne vous offense pas, monsieur Georges ?

— Non, vraiment, père Tom ! vous ne m'avez jamais donné que de bons conseils.

— Dam ! je suis plus vieux que vous, vous savez », dit l'oncle Tom en caressant de sa large et forte main la belle tête bouclée de l'enfant. Puis, lui parlant d'une voix douce et tendre comme une voix de femme :

« Je comprends, lui dit-il, toutes vos obligations. Oh ! monsieur Georges, vous avez tout pour vous : éducation, lecture, écriture, rang, privilège ! Vous deviendrez un bon et brave homme. Tout le monde dans l'habitation, votre père, votre mère, tous seront fiers de vous. Soyez un bon maître comme votre père, un bon chrétien comme votre mère, et souvenez-vous de votre Créateur pendant les jours de votre jeunesse, monsieur Georges.

— Oui, je serai vraiment bon, père Tom, c'est moi qui vous le dis. Je vais devenir de première qualité. Mais ne vous découragez pas ! Je vous ferai revenir. Comme je le disais à la mère Chloé ce matin, je ferai rebâtir votre case du haut en bas. Vous aurez un grand parloir, avec un tapis, dès que je serai grand. Oh ! vous aurez encore de beaux jours. »

Haley sortit de la maison, les menottes à la main.

« Songez, monsieur, dit Georges d'un air de haute supériorité, que j'instruirai ma famille de la façon dont vous traitez Tom.

— Bien le bonjour ! répondit Haley.

— Je pensais que vous auriez eu honte, reprit l'enfant, de passer votre vie à trafiquer des hommes et des femmes et à les enchaîner comme des bêtes... C'est un vil métier !

— Tant que vos illustres parents en achèteront, reprit

Haley, je pourrai bien en vendre... C'est à peu près la même chose !...

— Quand je serai un homme, reprit Georges, je ne ferai ni l'un ni l'autre. J'ai honte à présent d'être du Kentucky ! Autrefois, j'en étais fier ! » Il se dressa sur ses étriers et promena les yeux tout autour de lui, comme pour juger de l'effet de ses paroles sur l'État du Kentucky.

« Allons, père Tom ! adieu... et du courage !

— Adieu ! monsieur Georges, adieu ! dit Tom, le regardant avec une tendresse mêlée d'admiration. Que Dieu vous bénisse !... Le Kentucky n'en a guère qui vous vaillent ! » s'écria-t-il avec un élan du cœur.

Georges partit... Tom regardait toujours : le bruit du cheval s'éteignit enfin dans le silence ; Tom n'entendit plus, ne vit plus rien qui lui rappelât la maison Shelby... Mais il y avait toujours comme une petite place chaude sur sa poitrine. C'était celle où les mains du jeune homme avaient attaché le dollar... Tom le serra contre son cœur.

« Maintenant, Tom, écoutez-moi, dit Haley en montant dans la voiture, où il jeta les menottes. Je veux vous bien traiter, comme je traite toujours mes nègres... Je veux vous le dire en commençant : soyez bien avec moi, je serai bien avec vous. Je ne suis pas dur avec mes nègres, moi ! je suis aussi bon que possible. Soyez bien tranquille ; ne me jouez pas de tours comme font les nègres. Avec moi ce serait inutile ; je les connais tous. Mais si on est tranquille, et qu'on ne cherche point à s'en aller, on a du bon temps. Sinon, c'est la faute des gens, ce n'est pas la mienne ! »

L'exhortation était au moins inutile, s'adressant à un homme qui a une lourde paire de fers aux pieds. Tom répondit qu'il n'avait pas l'intention de s'enfuir.

C'était l'habitude d'Haley, après ces achats, de procéder par des insinuations de cette nature ; il voulait inspirer un peu de confiance et de gaieté à sa marchandise, afin d'éviter les scènes désagréables.

Nous prendrons ici congé de l'oncle Tom, pour suivre les aventures des autres personnages de notre histoire.

CHAPITRE XI

VERS le soir d'une brumeuse journée, un voyageur descendit à la porte d'une petite auberge de campagne, au village de N., dans le Kentucky. Il trouva, dans la salle commune, une compagnie assez mêlée ; l'inclémence du temps contraignait tous ces voyageurs à chercher un abri ; c'était la mise en scène ordinaire de ces sortes de réunions. Des habitants du Kentucky, grands, forts, osseux, vêtus de blouses de chasse, et couvrant de leurs vastes membres une superficie considérable, s'étendaient tout de leur long, avec la nonchalance particulière à leur race ; des carnassières, des poires à poudre, des chiens de chasse et de petits nègres se roulaient pêle-mêle dans les angles. A chaque coin du foyer était assis un homme aux longues jambes, sa chaise à demi renversée, son chapeau sur la tête, et les talons de ses bottes souillées de boue sur le manteau de la cheminée. Nous devons avertir nos lecteurs que c'est la position préférée de ceux qui fréquentent les tavernes de l'Ouest. Cette attitude favorise chez eux l'exercice de la pensée.

Comme la plupart de ses compatriotes, l'hôte, qui se tenait derrière son comptoir, était grand, de mine joviale ; ses membres étaient souples ; sa tête, couverte de cheveux abondants, était surmontée d'un très haut chapeau.

A vrai dire, chacun, dans l'appartement, portait cet emblème caractéristique de la souveraineté de l'homme.

Qu'il fût de paille ou de palmier, de castor épais ou de soie brillante, le chapeau révélait chez tous l'indépendance républicaine. Le chapeau, c'est l'homme. Les uns le portaient crânement sur le côté : c'étaient les hommes de joyeuse humeur, les sans-gêne et les malins. Les autres l'enfonçaient jusque sur leur nez : c'étaient les indomptables et les tapageurs, qui portent ainsi leurs chapeaux, parce que c'est ainsi qu'ils veulent le porter. D'autres, au contraire, l'avaient renversé en arrière, hommes vifs et alertes qui veulent tout voir. Les autres, vrais sans-soucis, le placent de toutes sortes de façons.

Les chapeaux eussent mérité une étude de Shakespeare lui-même.

Des nègres, fort à l'aise dans leurs larges pantalons et fort à l'étroit dans leurs chemises, circulaient de tous côtés, sans autre but que de prouver leur désir d'employer tous les objets de la création au service de leur maître et de ses hôtes. Ajoutez à ce tableau un beau feu, vif, pétillant, qui flambait de la façon la plus réjouissante du monde dans une vaste et large cheminée. La porte et les fenêtres étaient ouvertes ; les rideaux de calicot flottaient et se gonflaient sous de grosses bouffées d'air humide et froid. Vous avez maintenant une idée des agréments d'une taverne du Kentucky.

Les habitants du Kentucky, à l'heure où nous écrivons, sont une preuve vivante à l'appui de la doctrine qui enseigne la transmission des instincts et des particularités distinctives des races.

Leurs pères étaient de grands chasseurs, vivant dans les bois, dormant sous le ciel, avec les étoiles pour flambeaux. Leurs descendants regardent la maison comme une tente, ont toujours le chapeau sur la tête, s'étendent partout, mettent le talon de leurs bottes sur le manteau des cheminées, comme leurs pères faisaient sur le tronc des arbres, tiennent les fenêtres et les portes ouvertes, hiver comme été, afin d'avoir assez d'air pour leurs vastes poumons, appellent tout le monde "étranger" avec une *nonchalante bonhomie*[1], et sont, du reste, les plus francs, les plus faciles et les plus gais de tous les hommes.

Telle était la réunion dans laquelle pénétra notre voyageur. C'était un petit homme trapu, mis avec soin : toute l'apparence d'une bonne et franche nature, avec une certaine pointe d'originalité. Il accordait la plus grande attention à sa valise et à son parapluie ; il entra, les portant lui-même à la main, et résistant avec opiniâtreté à toutes les offres de service des domestiques qui voulaient lui venir en aide. Il parcourut la salle d'un regard circulaire, où perçait une certaine inquiétude, et, se retirant vers le coin le plus chaud de l'appartement, il plaça ces objets sous sa chaise, s'assit enfin, et regarda avec anxiété le digne personnage dont les talons ornaient l'autre bout de la cheminée et qui crachait à droite et à gauche avec une force et une énergie bien capables d'effrayer un bourgeois minutieux et dont les nerfs sont trop susceptibles.

«Vous allez bien, *étranger* ? dit le gentleman sans façon au nouvel arrivant ; et il lança dans sa direction une gorgée de jus de tabac.

— Bien, je vous remercie, répliqua celui-ci, qui recula, non sans effroi, devant l'honneur qui le menaçait.

— Quelles nouvelles ? reprit l'autre en tirant de sa poche une carotte de tabac et un grand couteau de chasse.

— Aucune que je sache, répondit l'étranger.

— Vous chiquez ? dit le premier interlocuteur ; et il présenta au vieux gentleman un morceau de tabac d'un air tout à fait fraternel.

— Non, merci ! cela me fait mal, dit le petit homme en repoussant le tabac.

— Ah ! vous n'en usez pas ! » fit-il familièrement ; et il fourra le morceau dans sa bouche.

Le vieux petit gentleman se reculait vivement chaque fois que son frère aux longues côtes crachait dans sa direction. Celui-ci, s'en apercevant, se détourna obliquement, et, dirigeant son artillerie d'un autre côté, il commença de battre en brèche un des landiers avec un déploiement de génie militaire suffisant pour prendre une ville.

« Qu'est-ce que cela ? s'écria le vieux gentleman en voyant une partie de l'assemblée se former en groupe autour d'une affiche.

— Un nègre en fuite », telle fut la réponse laconique d'un des lecteurs.

M. Wilson, tel était le nom du vieux gentleman, M. Wilson se leva, et, après avoir soigneusement rangé sa valise et son parapluie, il tira ses lunettes, les fixa sur son nez, et, cette opération une fois achevée, il lut ce qui suit :

« S'est enfui de la maison du soussigné l'esclave mulâtre Georges, taille de six pieds, teint presque blanc, cheveux bruns bouclés, très intelligent ; parle bien, sait lire et écrire ; il essaiera probablement de se faire passer pour un Blanc ; il a de profondes cicatrices sur le dos et sur les épaules ; la main droite a été marquée au feu de la lettre H.

« Quatre cents dollars à qui le ramènera vivant. La même somme sur preuve justificative qu'il a été tué. »

Le vieux gentleman lut d'un bout à l'autre l'avertissement comme s'il l'eût étudié.

Le vétéran aux longues jambes, qui avait fait le siège des chenets ramassa son ennuyeuse longueur, et cambrant sa vaste taille, s'avança jusqu'à l'affiche et lança très résolument contre elle une gorgée de tabac.

« Voilà le cas que j'en fais ! » dit-il.

Et il se rassit.

« Qu'est-ce à dire, étranger ? demanda l'hôte.

— Je ferais la même chose à l'auteur s'il était ici, répondit l'homme aux longues jambes en reprenant son ancienne occupation, qui consistait à couper du tabac. Un homme qui possède un esclave de cette valeur et qui ne le traite pas mieux mérite de le perdre... Des affiches comme celle-là sont une honte pour le Kentucky... Voilà mon opinion, si quelqu'un veut la savoir.

— C'est assez clair, fit l'aubergiste en portant sur son livre la note du dégât.

— J'ai mon troupeau d'esclaves, monsieur, poursuivit l'homme aux longues jambes en reprenant son attaque contre les chenets, et je leur dis toujours : Garçons, décampez, fuyez, partez quand il vous plaira, je ne m'aviserai jamais de courir après vous... Et voilà comme je les garde ! Persuadez-leur qu'ils sont libres de s'en aller quand ils voudront, cela leur en ôte l'envie. Bien plus, j'ai leurs papiers d'affranchissement tout prêts au cas où ils voudraient partir ; ils le savent, et, je vous le dis, étranger, il n'y a pas dans mes parages un homme qui tire meilleur parti que moi de ses nègres. Mes esclaves sont allés maintes fois à Cincinnati avec des poulains pour cinq cents dollars, ils m'ont rapporté l'argent bien exactement, et je le comprends. Traitez-les comme des chiens, ils agiront comme des chiens ; traitez-les comme des hommes, ils agiront comme des hommes. »

Et l'honnête maquignon, dans l'ardeur de ses démonstrations, pour donner plus d'éclat aux sentiments moraux qu'il exprimait, les accompagna d'un véritable feu d'artifice dirigé vers l'âtre.

« Je crois, mon ami, que vous avez raison, dit M. Wilson, et l'esclave dont on donne ici le signalement est un individu remarquable : il n'y a point à s'y tromper ; il a travaillé pour moi une demi-douzaine d'années dans ma fabrique de sacs ; c'était mon meilleur ouvrier ; c'est de plus un homme très ingénieux ; il a inventé une machine pour tiller le chanvre : c'est une excellente chose. On s'en sert dans diverses fabriques. Son maître en possède le brevet.

— Oui, dit le maquignon, il le possède, je vous en réponds, et il gagne de l'argent avec aussi ; et il a marqué avec le feu la main droite de l'esclave ! Si j'ai un peu de chance, je le marquerai à son tour, je vous en réponds, et il portera la marque quelque temps.

— Ces esclaves intelligents causent toujours des ennuis et des embarras, dit un homme de mauvaise mine, qui se tenait de l'autre côté de la salle ; c'est ce qui fait qu'on est obligé de les tenir sévèrement et de les marquer. S'ils se conduisaient bien, cela n'arriverait pas.

— C'est-à-dire, riposta sèchement le maquignon, que Dieu en a fait des hommes, et que vous vous efforcez d'en faire des bêtes.

— Les nègres distingués n'offrent aucun avantage à leur maître, reprit l'autre, bien retranché qu'il était contre le mépris de son adversaire dans sa stupide et grossière ignorance. A quoi bon le talent des esclaves puisqu'on ne peut s'en servir soi-même ? Ils ne l'emploient qu'à vous éclipser. J'ai eu un ou deux de ces individus. Je les ai fait vendre de l'autre côté de la rivière. Je savais bien que je les aurais perdus tôt ou tard...

— Il vaudrait mieux les tuer, pour vous rassurer tout à fait ; au moins leurs âmes seraient libres ! »

Ici la conversation fut interrompue par l'arrivée dans l'auberge d'un petit bogucy à un seul cheval. Il avait une très jolie apparence ; un homme comme il faut, bien mis, était assis sur le siège avec un domestique de couleur qui conduisait.

Toute la compagnie l'examina avec l'intérêt qu'une réunion d'oisifs, retenus au logis par un temps pluvieux, accorde toujours à un nouvel arrivant. Il était très grand, brun, une complexion espagnole, de beaux yeux noirs expressifs ; des cheveux bouclés, également noirs, mais d'un noir sans reflet ; son nez aquilin, irréprochable, ses lèvres fines et minces, l'admirable contour de ses membres bien proportionnés, frappèrent toute l'assistance. On pensa que ce devait être un personnage de très haut rang. Il entra, salua avec une aisance parfaite, indiqua d'un geste à son domestique où il devait poser ses malles, et alla au comptoir, à pas lents, et le chapeau à la main ; il se fit inscrire sous le nom d'Henri Butler, d'Oaklands, comté de Shelby; il se retourna, examina l'affiche et la lut de l'air le plus indifférent du monde.

« Dites-moi, Jim, fit-il à son domestique, il me semble que nous avons rencontré un garçon qui ressemblait à cela, tout près de Barnan, n'est-ce pas?

— Oui, monsieur, dit Jim; seulement je n'ai pas vérifié pour la main.

— Ma foi, je n'ai pas pris garde non plus », dit l'étranger en bâillant d'un air ennuyé.

Il retourna vers l'aubergiste et le pria de lui faire donner un appartement séparé; il avait à écrire sur-le-champ.

L'aubergiste fit preuve du plus obséquieux empressement; une troupe de nègres, vieux et jeunes, mâles et femelles, petits et grands, se leva de tous les coins, avec le bruit d'une couvée de perdrix; ils se mirent à fureter, bouleverser, renverser partout, se marchant sur les talons, et tombant les uns sur les autres, dans l'excès de leur zèle à préparer la chambre de M'ssieu; lui cependant prit une chaise, s'assit au milieu de la compagnie et entama la conversation avec son voisin.

Le manufacturier, M. Wilson, n'avait cessé de regarder l'étranger; c'était une curiosité avide, troublée, mal à l'aise... Il s'imaginait reconnaître Butler, l'avoir rencontré quelque part; mais il ne pouvait préciser ses souvenirs. A chaque instant, quand l'étranger parlait, souriait, faisait un mouvement, il fixait les yeux sur lui...; puis, soudain, les détournait, quand il rencontrait l'œil noir, brillant et calme de l'étranger. Enfin, tout à coup le souvenir vrai passa dans son esprit avec la rapidité de l'éclair; il se leva, et, d'un air de stupéfaction et de crainte, il s'avança vers Butler.

« M. Wilson, je pense, dit celui-ci du ton d'un homme qui reconnaît, et il lui tendit la main. Je vous demande mille pardons, je ne vous remettais pas tout d'abord... je vois que vous ne m'avez pas oublié : M. Butler, d'Oaklands.

« — Oui ! oui ! oui ! » dit Wilson, comme un homme qui parlerait dans un rêve.

Au même instant, un négrillon entra ; il annonça que la chambre de M'ssieu était prête.

« Jim ! veillez aux bagages ! fit négligemment le gentleman, et s'adressant à M. Wilson : Je serais heureux, lui dit-il, d'avoir avec vous quelques instants d'entretien, dans ma chambre, si vous le vouliez bien. »

M. Wilson le suivit d'un air égaré. Ils entrèrent dans une vaste chambre de l'étage supérieur où pétillait un bon feu. Les domestiques mettaient la dernière main aux arrangements intérieurs.

Quand tout fut terminé et que les gens se furent retirés, le jeune homme ferma résolument la porte, mit la clef dans sa poche, se retourna, croisa les bras sur sa poitrine et regarda en face et fixement M. Wilson.

« Georges !

— Oui, Georges, dit le jeune homme. Je suis, j'imagine, assez bien déguisé, reprit-il avec un sourire. Une décoction de noix vertes a donné à ma face blanche une assez belle nuance brune. J'ai teint mes cheveux en noir ; vous voyez que je ne suis plus du tout conforme au signalement !

— Ah ! Georges, c'est un jeu dangereux que vous jouez là ! je ne vous l'aurais pas conseillé.

— Aussi j'en prends la responsabilité », répondit Georges avec un fier sourire.

Nous ferons remarquer en passant que Georges, par son père, était un Blanc. Sa mère était une de ces infortunées que leur beauté désigne pour être les esclaves des passions de leurs maîtres, pauvres mères dont les enfants sont destinés à ne jamais connaître leur père ! Il devait à une des plus nobles familles du Kentucky les beaux traits d'un visage européen, et un caractère indomptable et superbe ; il devait à sa mère une certaine couleur, amplement rachetée par de magnifiques yeux noirs. Avec un léger changement dans cette teinte de la peau et dans la couleur des cheveux, c'était maintenant un véritable Espagnol. Comme la grâce des formes et l'élégance des manières lui avaient toujours été naturelles, il n'éprouvait aucun embarras à remplir le rôle audacieux qu'il avait choisi : celui d'un gentleman en voyage.

M. Wilson, bonne nature au fond, mais vieillard timide et minutieux, arpentait la chambre à grands pas, « roulant le chaos dans son âme », selon l'expression de John Bunyan, déjà cité, partagé entre le désir de venir au secours de Georges et le sentiment confus de l'ordre et de la loi qu'il fallait faire respecter. Tout en continuant sa promenade, il s'exprima donc en ces termes :

« Ainsi, Georges, vous êtes évadé, fuyant votre maître légitime. Je ne m'en étonne pas, Georges, mais je m'en afflige. Oui, Georges, décidément, je crois que je dois vous parler ainsi ; c'est mon devoir !

— De quoi êtes-vous affligé ? dit Georges d'un ton calme.

— Mais de vous voir, pour ainsi dire, en opposition avec les lois de votre pays !

— Mon pays ! dit Georges avec une expression à la fois violente et amère ; mon pays ! je n'en ai d'autre que la tombe ! plût à Dieu que j'y fusse déjà !

— Quoi ! Georges... Oh ! non ! non ! il ne faut pas ! Cette façon de parler est mauvaise, contraire à l'Écriture ! Georges, vous avez un mauvais maître, je le sais ; il se conduit mal. Je ne prétends pas le défendre ; mais vous savez que l'ange contraignit Agar à retourner chez Sara et à ployer sous sa main ; l'Apôtre a renvoyé Onésime à son maître !

— Ne me citez pas la Bible de cette façon-là, monsieur Wilson, reprit Georges avec des éclairs dans les yeux. Non, ne le faites pas. Ma femme est chrétienne ; je le serai moi-même si jamais j'arrive dans un lieu où je puisse l'être. Mais citer la Bible à un homme qui se trouve dans ma position... tenez, c'est le pousser à faire le contraire de ce qui s'y trouve. J'en appelle au Dieu tout-puissant, je lui soumets le cas, je lui demande si j'ai tort de vouloir être libre.

— Oui ! ces sentiments sont naturels, Georges, dit le bon vieillard en se mouchant... Ils sont naturels... Mais mon devoir n'est pas de vous encourager dans cette voie. Oui, mon cher enfant, je m'afflige pour vous... Vous êtes dans une très mauvaise condition, très mauvaise. Mais l'Apôtre a dit : Que chacun conserve la condition à laquelle il a été appelé... Nous devons nous soumettre aux volontés de la Providence... Ne le pensez-vous pas ? »

Georges était debout, la tête rejetée en arrière, les bras croisés sur sa large poitrine ; un sourire amer contractait ses lèvres.

« Je vous le demande, monsieur Wilson, si les Indiens vous emmenaient prisonnier, s'ils vous arrachaient à votre femme et à vos enfants, s'ils voulaient vous contraindre à moudre leur blé pendant toute votre vie, dites-moi un peu, penseriez-vous que c'est votre devoir de demeurer dans la condition à laquelle vous auriez été appelé ? Je serais plutôt porté à croire que vous regarderiez le premier cheval que vous pourriez attraper comme une indication plus certaine des volontés de la Providence ! N'est-ce point ? »

Le vieillard releva les yeux : c'était une nouvelle face de la question. Quoiqu'il ne fût pas un logicien très distingué, il avait du moins sur beaucoup d'autres raisonneurs cette immense supériorité que, là où il n'y avait rien à dire, il ne disait rien ! Il se contenta donc de passer à diverses reprises la main sur son parapluie dont il régularisa et rabattit les plis avec le plus grand soin. Il continua ensuite ses exhortations, tout en se bornant à des développements très généraux.

« Vous voyez, Georges, vous savez maintenant que j'ai toujours été votre ami. Tout ce que j'ai dit, je l'ai dit pour votre bien ; il me semble qu'à présent vous courez de terribles dangers. Vous ne pouvez espérer de les surmonter. Si vous êtes pris, vous serez plus malheureux que jamais! Vous serez accablé de mauvais traitements, à moitié tué et envoyé dans le Sud.

— Monsieur Wilson, je sais tout cela, dit Georges. Je cours la chance. »

Ici Georges entrouvrit son pardessus et montra un coutelas et deux pistolets à sa ceinture.

« Voilà! dit-il, je les attends... Je n'irai jamais dans le Sud. Si l'on en vient là, je saurai me conquérir au moins six pieds de sol libre... le premier et le dernier morceau de terre que j'aurai dans le Kentucky!

— Ah! Georges! vous voilà dans une terrible surexcitation d'esprit; c'est presque du désespoir. Vous me faites peur. Briser les lois de votre pays!

— Encore mon pays! Monsieur Wilson, vous avez un pays, vous, mais quel pays ai-je, moi, et ceux qui me ressemblent? fils de mères esclaves, quelles lois y a-t-il pour nous? Nous ne les faisons pas; nous ne les consentons pas; elles ne nous regardent point, elles font tout pour nous briser et nous abattre! N'ai-je pas entendu vos discours du 4 juillet[1]? Ne nous dites-vous pas une fois par an que les gouvernements ne tirent leur autorité que du consentement des sujets? Et quand on entend cela, ne peut-on point penser et comparer? »

L'esprit de M. Wilson pourrait être assez justement assimilé à une balle de coton, douce, moelleuse, embrouillée, sans résistance. Il plaignait Georges de tout son cœur; il comprenait vaguement, obscurément, les sentiments qui l'agitaient; mais il croyait qu'il était de son devoir de s'obstiner à lui adresser de bons discours.

« Georges, c'est mal! je dois vous le dire en ami. Vous ne devriez pas nourrir de telles pensées; elles sont mauvaises pour un homme de votre condition, très mauvaises! »

Et M. Wilson s'assit auprès de la table et se mit à mordre convulsivement le manche de son parapluie.

« Voyons, monsieur Wilson, dit Georges en s'approchant et s'asseyant résolument tout près de lui, front

156

contre front ; voyons, regardez-moi donc ! ne suis-je pas un homme comme vous ? Voyez mon visage, voyez mes mains, voyez mon corps... Et le jeune homme se leva fièrement... Eh bien, ne suis-je pas un homme... autant que qui que ce soit ? Monsieur Wilson ! écoutez ce que je vais vous dire : j'ai eu pour père un de vos messieurs du Kentucky ; il n'a même pas daigné s'occuper de moi... Il m'a laissé vendre... avec ses chiens et ses chevaux. J'ai vu ma mère et sept enfants à l'encan du shérif... devant ses yeux... un à un... ils ont été vendus à sept maîtres différents ; j'étais le plus jeune : elle vint et s'agenouilla devant le vieux maître qui m'achetait, le suppliant de l'acheter avec moi pour qu'elle pût avoir un de ses enfants ; il la repoussa du talon de sa lourde botte !... Je l'ai vu faire. Le dernier souvenir que j'aie gardé de ma mère, c'est le bruit de ses sanglots et de ses cris, quand on m'attacha au cou du cheval qui allait m'emporter loin d'elle !

— Et après ?

— Mon maître s'arrangea avec un des acheteurs, et il prit ma sœur aînée. Elle était pieuse et bonne, membre de l'Église des anabaptistes, et aussi belle que ma pauvre mère l'avait été ! elle était bien élevée et avait d'excellentes façons. Je fus d'abord heureux de la voir acheter ; c'était une amie que j'avais près de moi. Hélas ! je dus bientôt m'en affliger. Monsieur ! je suis resté à la porte pendant qu'on la fouettait ; il me semblait que chaque coup retombait à nu sur mon cœur. Et je ne pouvais rien... rien pour la secourir ! Et elle était fouettée, monsieur, pour avoir voulu vivre d'une vie chaste et chrétienne : vos lois ne donnent point aux filles esclaves le droit de vivre ainsi ! Enfin, je l'ai vue enchaîner avec la troupe d'un marchand de chair humaine, qui l'emmenait à La Nouvelle-Orléans, et cela... pour ce que je vous ai dit ! Depuis, je n'ai jamais entendu parler d'elle. Je grandis ; des années, de longues années passèrent ! Ni mère, ni père, ni sœur ! Pas une âme vivante qui se souciât de moi plus que d'un chien !... Rien que le fouet, les injures et la faim ! Oui, monsieur, j'ai eu si faim, que j'étais heureux de manger les os qu'ils jetaient à leurs chiens ! Et pourtant, quand j'étais petit enfant et que je passais à pleurer mes nuits sans sommeil, ce n'était pas le fouet, ce n'était pas la faim qui me faisaient pleurer... C'était ma mère et ma sœur ! Je pleurais parce que je n'avais point d'ami sur terre pour m'aimer. J'ignorais ce que pouvaient être la paix et le bonheur. Jusqu'au jour où j'entrai dans votre fabrique, on ne m'avait pas dit une bonne parole. Monsieur Wilson, vous m'avez doucement traité, vous m'avez encouragé à bien faire, à lire, à écrire, à faire quelque chose par moi-même. Dieu sait combien je vous en suis reconnaissant ! C'est à cette époque que j'ai rencontré ma femme. Vous l'avez vue. Vous savez combien elle est belle ! Quand j'ai senti qu'elle m'aimait, quand je l'ai épousée... je ne me suis plus cru au nombre des vivants : j'étais si heureux ! Elle est bonne autant qu'elle est belle ! Mais quoi ! voilà que mon maître vient... il m'arrache à mon travail, à mes amis, à tout ce que j'aime, et il me rejette dans la boue ! Et pourquoi ? parce que, dit-il, j'oublie qui je suis... Il veut m'apprendre que je ne suis qu'un esclave ! mais voilà qui est la fin de tout, et pire que tout ! Il se met entre ma femme et moi... Il veut que je l'abandonne et que j'en prenne une autre... et tout cela, vos lois lui permettent de le faire... en dépit de Dieu et des hommes ! Monsieur Wilson, prenez-y garde ! il n'y a pas une de ces choses qui ont brisé le cœur de ma mère, de ma sœur et de ma femme... il n'y a pas une de ces choses qui ne soit permise par vos lois. Chaque homme, dans le Kentucky, peut faire cela, et personne ne peut lui dire *non* ! Appelez-vous ces lois les lois de MON pays ? Monsieur, je n'ai pas plus de pays que je n'ai de père ! Mais j'en aurai un plus tard... tout ce que je demande à votre pays, à vous, c'est qu'il me laisse, c'est que je puisse en sortir tranquillement. Si j'arrive au Canada, où les lois m'assisteront et me protégeront, le Canada sera mon pays, et j'obéirai à ses lois; et si l'on veut m'arrêter, que l'on prenne garde! car je suis un désespéré! je combattrai pour ma liberté jusqu'au dernier soupir de ma poitrine! Vous dites que vos pères ont fait cela: s'ils ont eu raison, j'aurai raison aussi, moi!»

Georges parla tantôt assis près de la table, tantôt debout et parcourant la chambre à grands pas; il parla avec des larmes et des éclairs dans les yeux, et des gestes désespérés.

C'en était beaucoup trop pour le vieillard auquel il s'adressait; il tira de sa poche un grand mouchoir de soie jaune et s'essuya le visage.

«Que le diable emporte les maîtres! s'écria-t-il dans une explosion de colère. Malédiction sur eux!... Ah! est-ce que j'ai juré? Allons, Georges, en avant, en avant! mais soyez prudent, mon garçon! Ne tuez personne, Georges, à moins que... tenez, il vaudrait mieux ne pas tuer! oui, cela vaudrait mieux. Pour moi, je ne voudrais faire de mal à personne, vous savez. Où est votre femme, Georges? ajouta-t-il en se levant avec un mouvement nerveux, et en parcourant la chambre.

— Partie, monsieur, partie! emportant son enfant dans ses bras. Où? Dieu seul le sait! Elle a pour guide l'étoile du Nord! Quand nous retrouverons-nous?... Nous retrouverons-nous sur cette terre?... Personne ne pourrait le dire.

— Est-ce bien possible?... Vous me confondez! Cette famille était si bonne!

— Les bonnes familles contractent des dettes, et les lois de votre pays leur permettent d'arracher l'enfant du sein de sa mère pour payer la dette du maître! dit Georges avec amertume.

— Bien! bien! dit l'honnête vieillard en fouillant dans sa poche. Je ne veux pas discuter là-dessus, non, mordieu! je ne veux pas écouter mon jugement. Tenez, Georges, ajouta-t-il, en tirant de son portefeuille un paquet de billets.

— Non, cher et bon monsieur, dit Georges, vous avez fait beaucoup pour moi, et ceci pourrait vous jeter dans de grands ennuis. J'ai assez d'argent, je pense, pour aller jusqu'au bout de ma route...

— Je veux que vous acceptiez, Georges ; l'argent est partout d'un grand secours. On ne peut en avoir trop, pourvu qu'on l'emploie honnêtement. Prenez, mon enfant, prenez ! prenez !

— Eh bien, à une condition, dit Georges, c'est que je vous le rendrai un jour.

— Et maintenant, Georges, combien de temps comptez-vous voyager de la sorte ? Pas longtemps et pas loin, n'est-ce pas ?... C'est bien imaginé ; mais c'est trop audacieux. Et ce nègre, quel est-il ?

— Un fidèle : il a passé au Canada il y a plus d'un an, et puis, il a appris que son maître, furieux contre lui, torturait sa pauvre vieille mère... il revient pour la secourir, il épie l'occasion de l'enlever.

— A-t-il réussi ?

— Pas encore : il rôde autour de la place. Il va venir avec moi jusqu'à l'Ohio pour me remettre entre les mains des amis qui l'ont secouru ; puis il reviendra la chercher.

— C'est dangereux, bien dangereux », reprit le vieillard.

Georges releva la tête et sourit dédaigneusement.

Le vieillard le regarda de la tête aux pieds avec une sorte d'admiration naïve.

« Georges, lui dit-il, vous vous êtes singulièrement développé ; vous portez la tête, vous agissez, vous parlez comme un autre homme.

— C'est que je suis un homme libre, reprit Georges avec orgueil ; oui, monsieur, j'ai dit pour la dernière fois « Maître » à un autre homme. Je suis libre !

— Prenez garde ! vous n'êtes pas sauvé ; vous pouvez être pris.

— Si l'on en vient là... tous les hommes sont libres et égaux dans le tombeau, monsieur Wilson !

160

— En vérité, votre audace me confond, reprit Wilson. Venir ici, à la plus proche taverne !

— Mais, monsieur Wilson, c'est si hardi, et cette taverne est si proche, qu'ils n'y penseront jamais. On ira me chercher plus loin... et d'ailleurs, vous-même vous ne m'auriez pas reconnu. Le maître de Jim ne vit pas dans ce pays... Jim y est tout à fait étranger ; il est abandonné maintenant, on ne le cherche plus, et personne, je pense, ne me reconnaîtra au signalement de l'affiche. »

Georges tira son gant et montra la cicatrice d'une blessure récemment guérie.

« Ce sont les adieux de M. Harris, fit-il avec mépris. Il y a quinze jours, il lui prit fantaisie de me faire cette marque, parce que, disait-il, il pensait que je tâcherais de m'évader au premier moment. C'est particulier !... qu'en dites-vous ?... Et il remit son gant.

— Je déclare que mon sang se glace quand je pense à tout cela... Votre position, vos périls... oh !

— Mon sang, à moi, a été glacé dans mes veines pendant des années... il bouillonne maintenant ! Allons, cher monsieur, reprit-il après quelques instants de silence, j'ai vu que vous me reconnaissiez, et j'ai voulu causer un peu avec vous, pour que votre surprise ne me trahît pas. Mais adieu ! je pars demain matin de bonne heure, avant le jour. Demain soir, j'espère dormir en sécurité sur la rive de l'Ohio ! Je voyagerai de jour, descendrai aux meilleurs hôtels, et dînerai à la table commune, avec les maîtres de la terre ! Allons ! adieu, monsieur, si vous apprenez que je suis pris, vous saurez que je suis mort... Adieu ! »

Georges se tint droit et ferme comme un roc, et tendit la main avec la dignité d'un prince. Le bon petit vieillard la secoua cordialement, et, après avoir jeté autour de lui un regard timide, il prit son parapluie et sortit.

Georges demeura un instant pensif, attachant ses regards sur la porte qu'il fermait. Une pensée traversa son esprit : il s'élança vers la porte, et l'ouvrant :

« Monsieur Wilson, encore un mot ! »

M. Wilson rentra. Georges ferma la porte à clef comme auparavant, attacha un instant ses yeux irrésolus sur le parquet, puis enfin relevant la tête par un soudain effort :

« Monsieur Wilson, vous vous êtes conduit avec moi comme un chrétien. J'ai besoin de vous demander encore un acte de bonté chrétienne.

— Allez, Georges.

— Eh bien, monsieur, ce que vous disiez est vrai. Je cours un danger terrible ; que je meure... je ne connais pas en ce monde âme vivante qui seulement y prenne garde... » On entendait les palpitations de sa poitrine haletante ; il ajouta avec un pénible effort : « On me jettera là comme un chien, et, un jour après, personne n'y pensera... excepté ma pauvre femme ! pauvre âme ! elle se désolera et pleurera... Si vous voulicz bien essayer de lui faire passer cette petite épingle. C'est un présent de Noël qu'elle m'a fait. Chère, chère enfant ! Donnez-le-lui, et dites-lui que je l'ai aimée jusqu'à la fin... Voulez-vous, monsieur, voulez-vous ? reprit-il d'une voix émue.

— Oui, certes, pauvre jeune homme ! dit M. Wilson, les yeux humides et la voix tremblante.

— Dites-lui encore, reprit Georges, qu'elle aille au Canada, si elle peut, c'est là mon dernier vœu. Peu importe que sa maîtresse soit bonne, peu importe qu'elle soit attachée à cette maison ; l'esclavage finit toujours par la misère. Dites-lui de faire de notre enfant un homme libre... et alors il ne souffrira pas comme j'ai souffert. Dites-lui cela, monsieur Wilson, voulez-vous ?

— Oui, Georges, je le lui dirai... Mais j'ai la confiance que vous ne mourrez pas. Du courage ! vous êtes un brave garçon. Ayez confiance en Dieu, Georges. Je souhaite de tout mon cœur que vous arriviez au bout de... de... Oui, je le souhaite.

— Y a-t-il un Dieu, pour qu'on ait confiance en lui ? fit Georges avec tant d'amertume que la parole expira sur les lèvres du vieillard. Ah ! ce que j'ai vu dans ma vie me fait trop sentir qu'il ne peut pas y avoir de Dieu !

Vous ne savez pas, vous autres, chrétiens, ce que nous pensons de tout cela ! Il y a un Dieu pour vous, il n'y en a pas pour nous !

— Ah ! mon enfant, ne pensez pas ainsi, dit le vieillard avec des sanglots. Dieu existe... il existe ! Autour de lui, il y a des nuages et de l'obscurité, mais son trône est placé entre la justice et la vérité. Il y a un Dieu, Georges ; croyez en lui, confiez-vous en lui, et, j'en suis sûr, il vous assistera. Chaque chose sera mise à sa place, sinon en cette vie, au moins en l'autre ! »

La véritable piété, la bienveillance de ce simple vieillard semblaient le revêtir d'une sorte de dignité et donnaient à ses paroles une autorité souveraine. Georges, qui se promenait à grands pas dans la chambre, s'arrêta un instant tout pensif ; puis il lui dit tranquillement :

« Je vous remercie de me parler ainsi, mon ami ; j'y penserai. »

CHAPITRE XII

Un commerce permis par la loi

> Dans Rama, une voix fut entendue; il y eut
> des pleurs, des lamentations et une grande
> douleur. Rachel pleurait ses enfants et ne
> voulait pas être consolée.
>
> LA BIBLE

....
....

M. HALEY et Tom continuèrent leur route, absorbés l'un
et l'autre dans leurs réflexions. C'est une chose curieuse
que les réflexions de deux personnes assises l'une à côté
de l'autre. Elles sont sur le même siège : elles ont les
mêmes yeux, les mêmes oreilles, les mêmes mains, enfin
les mêmes organes, et ce sont les mêmes objets qui passent devant leurs yeux... Et cependant quelle profonde
différence dans leur pensée !

Voici, par exemple, M. Haley : eh bien, il songe à la
taille de Tom, à sa hauteur, à sa largeur, au prix qu'il en
aura, s'il parvient à le conserver gras et en bon état jusqu'au marché ; il se demande de combien de têtes il devra
composer son troupeau ; il suppute la valeur de certains
arrangements d'hommes, de femmes et d'enfants... puis
il réfléchit à son humanité ; il se dit que tant d'autres
mettent les fers aux pieds et aux mains de leurs nègres,
tandis que lui veut bien se contenter des fers aux pieds,
et laisser à Tom l'usage de ses mains... aussi longtemps

du moins qu'il se conduira bien... puis il soupire en pensant à l'ingratitude humaine, et il en arrive à se demander si Tom apprécie bien ses bontés... Il a été tellement trompé par des nègres, qu'il avait pourtant bien traités... il s'étonne de voir combien, malgré cela, il est cependant resté bon !

Quant à Tom, il réfléchit à quelques mots d'un gros vieux livre, qui lui trottent par la tête. « Nous n'avons point ici-bas de demeure permanente, mais nous en cherchons une pour la vie à venir. C'est pourquoi Dieu lui-même n'a pas honte d'être appelé NOTRE Dieu, car il nous a préparé lui-même une cité. » Ces paroles d'un vieux livre que consultent surtout les illettrés et les ignorants, ont eu, dans tous les temps, un étrange pouvoir sur l'esprit du pauvre et du simple ; elles soulèvent l'esprit des profondeurs de l'abîme, et là où il n'y avait que le sombre désespoir, elles réveillent, comme l'appel de la trompette, le courage, l'énergie et l'enthousiasme...

Haley tira plusieurs journaux de sa poche et se mit à lire les annonces avec une attention qui l'absorbait complètement. Il n'était pas positivement fort sur la lecture ; sa lecture à lui était une sorte de récitatif à demi-voix, comme s'il eût eu besoin du contrôle de ses oreilles, avant d'accepter le témoignage de ses yeux. Il voulait s'entendre. C'est ainsi qu'il récita lentement le paragraphe suivant :

VENTE PAR AUTORITÉ DE JUSTICE — NÈGRES

Conformément à l'arrêt de la cour, seront vendus le mardi 24 février, devant la porte du palais, en la ville de Washington, dans le Kentucky, les nègres dont les noms suivent :

Agar, âgée de 60 ans ;

John, âgé de 30 ans ;

Ben, âgé de 21 ans ;

Saül, âgé de 25 ans ;

Albert, âgé de 14 ans.

Ils seront vendus au bénéfice et pour le compte des créanciers et héritiers de la succession de Josse Blutchford, esquire.

Signé : SAMUEL MORRIS,
THOMAS PLENT, *syndics*.

« Il faudra que je voie cela, dit Haley s'adressant à Tom faute d'autre interlocuteur. Vous voyez, Tom, je vais avoir une belle troupe pour mettre avec vous... cela vous sera une société. Rien n'est agréable comme la bonne compagnie, vous savez. Nous allons donc d'abord et avant tout nous rendre directement à Washington. Là je vais vous faire enfermer dans la prison, pendant que je ferai mes affaires. »

Tom reçut cette agréable nouvelle avec une douceur parfaite, mais il se demandait simplement dans son cœur combien de ces malheureux avaient des femmes et des enfants ; il se demandait s'ils sentiraient autant que lui le chagrin de les quitter. Et puis, il faut bien l'avouer, ce naïf avertissement donné à Tom, qu'on allait le jeter en prison, n'était nullement de nature à faire impression sur un pauvre homme qui avait mis tout son orgueil à tenir une ligne de conduite irréprochable... Tom était un peu orgueilleux de son honnêteté ; il n'avait que cela dont il pût être fier... S'il eût appartenu aux classes élevées du monde, il n'eût pas été réduit à cette extrémité. La journée se passa, et, vers le soir, Haley et Tom se trouvèrent installés à Washington, celui-ci dans une prison, celui-là dans une taverne.

Le lendemain, vers onze heures, une foule très mêlée se pressait au pied de l'escalier du tribunal : ceux-ci fumaient, ceux-là chiquaient ; les uns crachaient, les autres parlaient, suivant les goûts respectifs des personnages.

On attendait l'ouverture des enchères. Les hommes et les femmes qu'on allait vendre formaient un groupe à part ; ils se parlaient entre eux à voix basse. La femme désignée sous le nom d'Agar était une véritable Africaine de tournure et de visage ; elle pouvait avoir soixante ans, mais elle en portait davantage : la maladie et les fatigues l'avaient vieillie avant l'âge. Elle était presque aveugle, et ses membres étaient perclus de rhumatismes. A côté d'elle se tenait le dernier de ses fils, Albert, petit, mais alerte et beau garçon de quatorze ans. C'était le dernier survivant d'une nombreuse famille que la malheureuse mère avait vu vendre pour les marchés du Sud. La pauvre vieille appuyait sur lui ses deux mains tremblantes, et jetait un regard inquiet et timide sur tous ceux qui s'approchaient pour l'examiner.

«Ne craignez rien, mère Agar, dit le plus vieux des nègres. J'en ai parlé à M. Thomas, et il espère pouvoir arranger cela de manière à vous vendre tous deux ensemble, dans un seul lot.

— Ils n'ont pas à dire que je ne puis plus travailler, fit la pauvre vieille en élevant ses mains tremblantes. Je puis faire la cuisine, écurer, frotter... Je mérite bien qu'on m'achète... Et puis, je serai vendue bon marché, dites-lui cela, vous», reprit-elle vivement.

Cependant Haley fendit la foule, arriva au vieux nègre, lui fit ouvrir la bouche, examina la mâchoire, frappa de petits coups sur les dents, le fit lever, se dresser, courber le dos, et accomplir diverses évolutions pour montrer ses muscles. Puis il passa au suivant et lui fit subir le même examen. Il alla enfin vers Albert, lui tâta le bras, étendit ses mains, regarda ses doigts et le fit sauter pour voir sa souplesse.

«Il ne peut pas être vendu sans moi, dit la vieille femme avec une énergie passionnée. Lui et moi nous ne faisons qu'un seul lot ; je suis encore très forte, m'sieu, je peux faire un tas d'ouvrage : comptez là-dessus.

— Dans une plantation ? dit Haley avec un coup d'œil de mépris. En voilà une histoire !» Puis, comme s'il eût suffisamment examiné, il se promena dans la cour, regardant à droite et à gauche, les mains dans ses poches, le cigare à la bouche, le chapeau sur l'oreille, prêt à agir.

« Qu'en pensez-vous ? dit un homme qui avait suivi de l'œil l'examen de Haley, comme pour se former une opinion d'après la sienne.

— Ma foi ! dit Haley en crachant, je vais pousser l'enfant.

— Ils veulent vendre l'enfant et la vieille mère ensemble.

— Je leur en souhaite ! Un tas de vieux os ! elle ne vaut pas le sel qu'elle mangerait.

— Vous n'en voudriez donc pas ?

— Il faudrait être fou pour en vouloir ; elle est à moitié aveugle, les membres perclus, et idiote.

Il y a des gens qui achètent ces vieilles femmes et qui en tirent plus de parti qu'on ne pense, dit l'interlocuteur de Haley en paraissant réfléchir.

— Cela ne me va pas, à moi, dit Haley, je n'en voudrais pas quand on me la donnerait. J'ai vu mon affaire...

— Ah ! c'est une pitié de ne pas l'acheter avec son fils ; elle lui semble si attachée ! Ils la donneront à bon compte, j'en suis sûr.

— Quand l'argent est perdu, c'est toujours trop cher ! Je vais acheter l'enfant pour les plantations. Je ne voudrais pas y emmener la mère. Non, encore un coup, quand on me la donnerait !

— Elle va être désespérée.

— Sans doute », dit froidement Haley.

La conversation se trouva interrompue par le bruit de la foule tumultueuse. Le commissaire priseur, petit homme trapu, à l'air affairé et important, se fraya un passage à l'aide de ses coudes. La pauvre vieille retint son souffle et s'attacha convulsivement à son fils.

« Tenez-vous auprès de votre mère, Albert ; ils nous vendront ensemble, dit-elle.

— Ah ! maman ! j'ai peur que non, dit l'enfant.

— Il le faut, ou je péris », dit la pauvre femme avec une grande véhémence.

Le commissaire commanda le silence, et, d'une voix de stentor, il annonça que la vente allait commencer.

La foule se recula un peu, et l'on commença. Les différents esclaves furent vendus à des prix qui montraient que les affaires allaient bien. Deux d'entre eux furent adjugés à Haley.

« Allons ! viens çà, petit, dit le commissaire en touchant l'enfant de son marteau ; debout, et montre comme tu es souple.

— Mettez-nous ensemble, s'il vous plaît, messieurs, dit la vieille femme en se serrant contre son fils.

— Au large ! répondit le commissaire d'un ton brutal, en lui faisant lâcher prise. Vous venez la dernière ! Allons ! noiraud, saute » ; et en même temps il poussa l'enfant vers l'estrade. Un profond sanglot se fit entendre derrière lui ; l'enfant s'arrêta et se retourna ; mais il n'avait pas de temps à lui... il dut marcher ; les larmes tombaient de ses grands yeux brillants.

Son beau visage, sa tournure gracieuse, ses membres souples excitèrent vivement les concurrents. Une douzaine d'enchères vinrent simultanément assaillir l'oreille du commissaire. L'enfant inquiet, effrayé, jetait les yeux de tous côtés en entendant ce bruit et cette lutte des enchères se disputant sa personne. Enfin, le marteau retomba. L'acquéreur était Haley. L'enfant fut poussé de l'estrade vers son nouveau maître. Il s'arrêta encore un instant pour regarder sa vieille mère, dont les membres tremblaient, et qui tendait vers lui ses mains émues.

« Achetez-moi aussi, m'sieu, disait-elle, pour l'amour de notre cher Seigneur, achetez-moi aussi. Je mourrai si vous ne m'achetez pas...

Vous mourriez bien davantage si je vous achetais, dit Haley. Non ! » Et il pirouetta sur ses talons.

L'enchère de la vieille ne fut pas longue... L'homme qui avait causé avec Haley, et qui ne semblait pas dépourvu de tout sentiment de pitié, l'acheta pour une misère.

La foule commença alors à se disperser.

Les pauvres victimes de la vente, qui avaient vécu ensemble pendant des années, se réunirent autour de la pauvre mère désolée, dont l'agonie était navrante.

« Ne pouvaient-ils pas m'en laisser un ? Le maître avait toujours dit qu'on m'en laisserait un, répétait-elle sans cesse avec une expression déchirante.

— Ayez confiance en Dieu, mère Agar, lui dit lentement le plus vieux des esclaves.

— Quel bien ça me fera-t-il ? dit-elle avec des sanglots amers.

— Ma mère ! ma mère ! ne parlez pas ainsi, faisait l'enfant... On dit que vous avez un bon maître.

— Que m'importe ! que m'importe ! Albert, mon enfant... mon dernier enfant ! Comment pourrai-je ?...

— Voyons ! enlevez-la... ne pouvez-vous pas, quelques-uns ? dit Haley sèchement ; ça ne lui fait que du mal, tout ça. »

Le vieux nègre, moitié force, moitié persuasion, dénoua l'étreinte convulsive, et, tout en la conduisant vers la charrette de son nouveau maître, la troupe des esclaves s'efforça de la consoler.

« Marchons », dit Haley en réunissant ses trois acquisitions. Il tira des menottes qu'il leur passa aux poignets. Il attacha ensuite les menottes à une longue chaîne, puis il les chassa devant lui jusqu'à la prison.

Quelques jours après, Haley et ses esclaves étaient rendus sains et saufs sur un des bateaux de l'Ohio. C'était le commencement de son troupeau : il devait l'augmenter pendant le trajet de divers articles du même genre que lui ou son agent avaient rassemblés sur les divers points du parcours.

La Belle-Rivière, brave et beau vaisseau (ni plus beau ni plus brave ne sillonna jamais les eaux d'un fleuve), *La Belle-Rivière* suivait gaiement le courant, sous un ciel splendide ; à l'avant flottait le pavillon américain aux bandes semées d'étoiles. Le pont était couvert de gentlemen et de femmes en grande toilette qui se promenaient paisiblement et jouissaient des charmes d'une belle journée. Tout était vie, fête, animation. Mais le troupeau de Haley, entassé dans la cale avec les autres marchandises, ne paraissait pas apprécier les charmes de sa position. Ils étaient assis en cercle et causaient entre eux à voix basse.

« Enfants ! cria Haley en arrivant brusquement, j'espère que le cœur va bien ! de la joie, de la belle humeur ! pas de mélancolie, voyez-vous ; de la gaieté ! Conduisez-vous bien, je me conduirai bien ! »

Les esclaves répondirent par leur invariable : « Oui, maître ! » C'est le mot de passe de cette pauvre Afrique. Mais nous devons avouer qu'ils ne paraissaient pas d'une gaieté parfaite : ils avaient tous certains petits préjugés à l'égard de leurs mères, de leurs femmes, de leurs enfants, qu'ils avaient vus pour la dernière fois, et, bien que la joie leur fût ordonnée par ceux-là mêmes qui les désolaient, la joie venait assez difficilement.

« J'avais une femme, dit l'article catalogué sous la désignation de « John, âgé de trente ans », qui posait ses mains enchaînées sur les genoux de Tom, j'avais une femme, je n'ai plus entendu parler d'elle !... Pauvre femme !

Où demeure-t-elle ? demanda Tom.

— Tout près d'ici, dans une taverne... Je voudrais la voir encore une fois en ce monde », ajouta-t-il.

Pauvre John ! c'était assez naturel ! Et, pendant qu'il parlait, les larmes tombaient de ses yeux, tout comme s'il eût été un Blanc ! Tom tira un long soupir de son cœur malade, et à son humble façon il essaya de le consoler.

Au-dessus de leur tête, dans la cabine, étaient assis des pères et des mères, maris et femmes, et, joyeux, sautillants, des enfants qui tournaient autour d'eux, comme autant de petits papillons.

C'était une scène de la vie heureuse, confortable et facile.

« Oh ! maman ! disait un enfant qui remontait de la cale, il y a un négrier à bord. Il y a cinq ou six esclaves en bas.

— Pauvres créatures ! dit la mère d'une voix qui tenait le milieu entre la colère et l'indignation.

— Qu'est-ce donc ? dit une autre femme.

— De pauvres esclaves au-dessous de nous, et ils ont des chaînes.

— Quelle honte pour notre pays qu'un tel spectacle !

— Oh ! il y a bien à dire pour et contre, disait une mère qui était assise et cousait à la porte de son salon particulier, tandis que son petit garçon et ses petites filles jouaient autour d'elle. J'ai voyagé dans le Sud, et je dois dire que je suis persuadée que les esclaves sont plus heureux que s'ils étaient libres.

— Oui, sous certains rapports, quelques-uns sont fort bien, je vous l'accorde, reprit la femme à laquelle cette remarque s'adressait. Mais ce qu'il y a de plus révoltant pour moi dans l'esclavage, c'est cet outrage aux sentiments et aux affections, c'est la séparation cruelle de ceux qui s'aiment.

— Oh ! certainement, c'est là une très mauvaise chose, reprit l'autre en soulevant une petite robe d'enfant qu'elle venait de terminer et en examinant l'effet de ses enjolivements ; mais du moins je pense que cela arrive bien rarement.

— Souvent, au contraire, reprit l'autre avec vivacité. J'ai vécu longtemps dans le Kentucky et dans la Virginie, et j'en ai vu assez pour briser un cœur. Supposez, madame, que vos deux enfants vous sont arrachés... et qu'on les vend !

— On ne peut pas juger d'après nos sentiments des

sentiments de cette classe, dit l'autre en atteignant quelque ouvrage de laine.

— Oh! vous ne connaissez rien d'eux pour parler ainsi! Moi, je suis née, j'ai été élevée parmi eux, et je sais qu'ils sentent aussi vivement, et même plus vivement que nous.

— En vérité!... et elle bâilla, regarda par la fenêtre de la cabine, puis enfin répéta en manière de conclusion ce qu'elle avait dit d'abord : Après tout, je pense qu'ils sont plus heureux que s'ils étaient libres.

— Indubitablement, l'intention de la Providence est que l'Africain soit esclave et réduit à la plus basse condition, dit un gentleman d'aspect grave, vêtu de noir comme un membre du clergé. Que Chanaan soit maudit et le serviteur des serviteurs! dit l'Écriture.

— Et moi je vous demande si c'est là ce que le texte signifie, dit un homme de haute taille qui se trouvait tout près.

— Indubitablement! Il a plu à la Providence, pour quelque impénétrable raison, de soumettre une race à l'esclavage depuis des siècles. Nous ne pouvons pas nous élever contre cela.

— Eh bien, soit. Allons de l'avant[1] et achetons des nègres, puisque c'est l'intention de la Providence... n'est-ce pas, monsieur?... Et celui qui parlait se retourna vers Haley, debout contre la porte, les mains dans ses poches, et fort attentif à cette conversation.

— Oui, continua l'homme à la grande taille, nous devons nous soumettre aux intentions de la Providence; les nègres doivent être vendus, traqués, opprimés. Ils sont faits pour cela... Voilà une manière de voir tout à fait rassurante, n'est-ce pas, étranger?... Et cette fois encore il s'adressa à notre ami Haley.

— Je n'ai jamais réfléchi là-dessus, répondit Haley, je n'en pourrais pas dire si long... Je n'ai pas d'instruction. J'ai pris le commerce pour gagner ma vie; si c'est mal, j'aurai soin de m'en repentir à temps, vous savez!

— Et maintenant vous avez soin de ne pas y penser, hein ? Voyez un peu ce que c'est pourtant que de connaître les Saintes Écritures. Si, comme ce brave gentleman, vous aviez seulement lu la Bible, vous n'auriez pas même eu besoin de songer à vous repentir... plus tard ; c'eût été une peine d'épargnée. Vous auriez seulement dit : Maudit soit... le nom m'échappe... et vous eussiez tranquillement continué vos petites affaires. »

Et l'homme à la longue taille, qui n'était autre que l'honnête maquignon que nous avons présenté au lecteur dans la taverne du Kentucky, s'assit et se mit à fumer. Un sourire ironique passait sur son visage long et sec.

Un grand jeune homme maigre, dont la physionomie exprimait à la fois la sensibilité et l'intelligence, se mêlant à la conversation :

« Tout ce que vous voulez que l'on vous fasse, dit-il, faites-le vous-même aux autres ; et il ajouta : Cela est aussi de l'Écriture, je pense, aussi bien que votre : Maudit soit Chanaan !

— Eh mais ! cela nous semble un texte assez clair, à nous autres pauvres diables », fit le maquignon ; et il se mit à fumer comme un volcan.

Le jeune homme s'arrêta un instant ; il semblait se demander s'il devait en dire davantage. Mais le bateau s'arrêta tout à coup, et la compagnie s'élança sur le pont pour voir en quel lieu l'on abordait.

« Ce sont des ministres ? » dit le maquignon à un de ses voisins.

Le voisin fit signe que oui.

Au moment même où le bateau s'arrêta, une négresse s'élança sur la planche de débarquement, fendit la foule, et bondit jusqu'à la cale des esclaves ; elle jeta ses bras autour du cou de cette marchandise désignée « John, âgé de trente ans », et fit entendre des plaintes déchirantes mêlées de sanglots et de larmes.

C'était le mari et la femme.

Mais à quoi bon raconter cette histoire, trop souvent

racontée, racontée chaque jour?... les liens du cœur déchirés et brisés! Oui, les faibles brisés et déchirés au profit et pour l'avantage des forts... Ces choses-là n'ont pas besoin d'être dites... car chaque instant de la vie les redit... et les redit aussi à l'oreille de CELUI qui n'est pas sourd, quoiqu'il demeure bien longtemps silencieux...

Le jeune homme qui avait plaidé la cause de l'humanité et de Dieu se tenait debout, les bras croisés et contemplant cette scène; il se retourna vers Haley, qui se tenait à ses côtés, et, d'une voix que l'émotion entrecoupait : «Mon ami! lui dit-il, comment osez-vous, comment pouvez-vous faire un tel commerce? Regardez ces pauvres créatures! Ah! je me réjouis d'aller rejoindre chez moi ma femme et mes enfants, et la même cloche qui donne le signal pour me réunir à eux va séparer pour toujours ce pauvre mari et cette pauvre femme... Songez-y bien! Dieu vous jugera là-dessus... »

Le marchand d'esclaves s'éloigna en silence.

Alors, le touchant du coude, le maquignon lui dit : «Il y a prêtres et prêtres, n'est-ce pas?... Ce n'est pas celui-là qui dirait : Maudit soit Chanaan! »

Haley fit entendre un grognement sourd.

«Et je ne l'en blâme pas, continua le maquignon... Mais puisse sa prédiction ne pas s'accomplir quand vous compterez avec le Seigneur, comme nous ferons tous! »

Haley s'en alla tout pensif vers l'autre bout du bateau.

«Si je gagne joliment sur mes deux ou trois prochaines troupes, se dit-il à lui-même, je me retire des affaires... ce n'est pas un commerce sûr! » Et tirant de sa poche un portefeuille, il se mit à faire ses comptes. Plus d'un a trouvé là comme Haley le moyen de calmer sa conscience inquiète.

Cependant, le vaisseau quitta la rive et fendit orgueilleusement les flots; et ce fut encore, comme avant, des scènes de gaieté charmante.

Les hommes causaient, mangeaient, lisaient, fumaient. Les femmes s'occupaient à coudre; les enfants jouaient à leurs pieds, et *La Belle-Rivière* poursuivait sa marche paisible.

Un jour, on stationna dans une petite ville du Kentucky. Haley descendit pour affaires.

Tom, à qui ses fers permettaient de marcher un peu, s'approcha du port et jeta un regard distrait sur les quais. Au bout d'un instant, il vit revenir Haley d'un pas rapide : il était accompagné d'une femme de couleur qui portait un enfant dans ses bras ; elle avait une mise fort décente. Un mulâtre la suivait avec une petite malle. Elle marchait gaiement, en causant avec l'homme qui portait la malle ; elle franchit la planche et entra dans le bateau.

La cloche sonna, la vapeur siffla, la machine mugit, et le bateau reprit sa course.

La femme s'avança à travers les boîtes et les colis, s'installa à l'avant du bateau, s'assit et se mit à jouer avec son enfant.

Haley, après deux ou trois tours, vint s'asseoir auprès d'elle et entama la conversation d'un ton assez indifférent.

Tom vit un nuage passer sur le front de la jeune femme ; elle répondit d'une voix brève et avec emportement :

« Je ne vous crois pas, oh ! je ne vous crois pas ! Vous voulez vous jouer de moi...

— Si vous ne me croyez pas, regardez, dit Haley ; et il tira un papier de sa poche. Voici l'acte de vente, et le nom de votre maître s'y trouve bien ; j'ai payé un bon prix, allez ! je puis le dire.

— Non ! je ne puis croire que mon maître m'ait trompée ainsi, dit la jeune femme, avec une agitation croissante.

— Vous pouvez le demander à tous ceux qui savent lire. Ici ! fit-il à un homme qui passait... Voulez-vous nous lire cela ?... Pouvez-vous ? Cette femme ne veut pas croire ce que je lui dis.

— Eh bien, c'est un acte de vente, signé John Fosdick,

vous livrant la fille Lucy et son enfant. C'est en règle, autant que je puis croire. »

Les exclamations passionnées de la jeune femme rassemblèrent la foule, et le marchand expliqua la cause de son agitation.

« Il me disait que j'allais à Louisville, me louer comme cuisinière dans la taverne où mon mari travaille. Mon maître me l'a dit de sa propre bouche... Je ne puis pas croire qu'il m'ait menti !

Mais il vous a vendue, ma pauvre femme ! il n'y a point à en douter, dit un homme à la physionomie bienveillante, qui venait d'examiner l'acte. Il l'a fait... c'est évident !

— Alors il est inutile d'en parler davantage », dit la femme se calmant tout à coup, et serrant plus étroitement son enfant dans ses bras. Elle s'assit sur sa boîte, se détourna, et regarda la rivière d'un air distrait.

« Elle en prend assez bien son parti, fit Haley ; elle se calme, à ce que je vois. »

La jeune femme semblait calme, en effet ; une tiède et douce brise d'été passa sur son front, comme un souffle ami. Douce brise, qui ne se demande pas si le front qu'elle rafraîchit est d'ivoire ou d'ébène ! Elle voyait briller sur les eaux, en longs sillons d'or, les derniers rayons du soleil couchant ; elle entendait des voix joyeuses, pleines de rire et de gaieté ; mais son cœur ne se relevait plus : on eût dit qu'il y avait une grosse pierre dessus !

Le baby se dressa contre elle, tapota ses joues avec ses petites mains, et se remuant, riant et criant, s'efforça de la tirer de sa stupeur... Elle le prit tout à coup et le serra convulsivement dans ses bras. Puis, lentement, une à une, elle laissa tomber ses larmes sur ce doux visage innocent et étonné... Puis elle retrouva encore une fois son calme, et s'occupa d'allaiter et de soigner l'enfant.

C'était un enfant de dix mois, mais plein de force et de promesses ; il était grand avec des beaux membres vigoureux ! La mère ne s'occupa plus que de lui, surveillant et contenant sa remuante activité.

« Voilà un beau garçon ! fit un homme qui s'arrêta tout à coup devant lui. Quel âge ?

— Dix mois et demi », répondit la mère.

L'homme siffla, l'enfant se retourna ; l'homme lui présenta alors un bâton de sucre candi, l'enfant le saisit avidement, et le mit où les enfants mettent tout, dans sa bouche.

« Le petit drôle ! il sait bien ce que c'est. » L'homme siffla encore et s'en alla, passa devant Haley, qui fumait assez gravement sur une pile de malles.

L'étranger tira une allumette et alluma son cigare.

« Une gentille sorte de femme que vous avez achetée là.

— Mais oui, assez, je m'en vante, fit Haley, en envoyant une bouffée de fumée.

— Pour le Sud ? »

Haley fit signe que oui et continua de fumer.

« Les plantations ?

— Oui ; je remplis une commande, et je crois que je pourrai la faire passer. On m'assure qu'elle est bonne cuisinière, on pourra s'en servir en cette qualité ou la mettre à éplucher du coton ; elle a les doigts à cela. Je l'ai examinée... en tout cas, elle est facile à vendre... » Et Haley reprit son cigare.

« Ils n'ont pas besoin du petit dans une plantation ?

— Je le vendrai à la première occasion, dit Haley en allumant un second cigare.

— Comptez-vous le vendre cher ? » Et l'homme monta aussi sur la pile de malles et s'assit à son aise auprès de Haley.

« Je ne sais pas trop... peut-être ; c'est un joli petit ! droit, gras, fort, des chairs dures comme brique.

— C'est vrai ; mais quel tracas et quelle dépense pour l'élever !

— Bah ! bah ! ça s'élève tout seul. On ne s'en occupe

pas plus que des petits chiens; dans un mois il courra tout seul.

— J'ai une bonne place pour les élever. Je pensais à vous le prendre. Notre cuisinière en a perdu un la semaine dernière, il s'est noyé dans la cuve pendant qu'elle étendait le linge; on ne ferait pas mal de lui donner celui-ci à élever à la place de l'autre. »

Haley et l'étranger continuèrent à fumer sans mot dire : ni l'un ni l'autre ne semblait vouloir aborder la question. Enfin, l'étranger reprit :

« Vous n'en voudriez pas demander plus de dix dollars, puisque aussi bien vous devez vous en débarrasser! »

Haley hocha la tête et cracha dédaigneusement.

« Impossible à ce prix-là... »

Et il continua de fumer.

« Eh bien, étranger, combien donc en voulez-vous?

— Ma foi! je peux bien l'élever moi-même ou le faire élever... On n'en voit pas souvent de cette beauté et de cette santé-là. Il vaudra cent dollars dans six mois d'ici. Si je le soigne, il en vaudra deux cents dans un an ou deux... Je ne le puis donner maintenant pour moins de cinquante.

— Étranger, c'est exorbitant.

— C'est comme cela, dit Haley, en secouant la tête.

— J'en offre trente, et pas un centime de plus!

— Je vais vous dire ce qu'il faut faire, reprit Haley en crachant de nouveau. Je partage la différence. Donnez-moi quarante-cinq dollars. C'est tout ce que je puis faire!

— Convenu.

— C'est marché fait! dit Haley. Où débarquez-vous?

— A Louisville.

— A Louisville! Parfaitement, nous y arriverons à la brune... le petit dormira... vous le prendrez sans bruit, sans le faire crier... J'aime que tout se fasse tranquillement. Je déteste le bruit et l'agitation. » Les banknotes passèrent de la poche de l'acquéreur dans celle du vendeur, et Haley reprit son cigare.

C'était une brillante et tranquille soirée... Le bateau s'arrêta au quai de Louisville.

La jeune femme était assise, son enfant dans ses bras ; elle gardait un paisible silence. Quand elle entendit le nom de la ville, elle plaça rapidement l'enfant dans une sorte de crèche qui se trouvait naturellement creusée entre les malles ; elle y avait auparavant soigneusement étendu son manteau. Puis elle s'élança rapidement du côté où l'on débarquait, espérant que, parmi les garçons d'hôtel qui se pressaient sur le port, elle apercevrait son mari. Elle se penchait en avant, son âme dans ses yeux, et s'efforçait, parmi toutes ces têtes, d'en retrouver une.

La foule passait entre elle et son enfant.

« Voilà le moment, dit Haley en prenant l'enfant endormi et en le remettant à l'étranger. Ne l'éveillez pas, ne le faites pas crier. Ce serait un tapage du diable avec la fille ! »

L'homme emporta sa proie avec précaution, et se perdit dans la foule.

Quand le bateau, grondant et mugissant, eut quitté la rive et repris sa course, la femme retourna à sa place. Elle y trouva Haley mais l'enfant n'y était plus.

« Quoi ! comment ! où ? s'écria-t-elle avec l'égarement de la surprise.

— Lucy, dit le marchand, votre enfant est parti... il fallait vous le dire tôt ou tard. Vous saviez que nous ne pouvions l'emmener dans le Sud. J'ai profité d'une occasion ; je l'ai placé dans une excellente famille, où il sera mieux élevé que vous n'auriez pu l'élever vous-même. »

Haley en était arrivé à ce point de perfection chrétienne et politique, que certains ministres et certains hommes d'État du Nord ne cessent de nous prêcher, et qui consiste à étouffer toute faiblesse et tout préjugé humain. Son cœur était ce que le vôtre et le mien deviendront sans doute un jour, grâce à cette culture

heureuse. Le regard sauvage de profonde angoisse et d'in-
curable désespoir que Lucy jeta sur Haley aurait troublé
un homme moins endurci : mais lui était fait à tout! Il
avait rencontré ce regard-là cent fois! Et vous aussi,
ami lecteur, vous pourrez vous faire à ces choses-là!

Pour Haley, cette suprême angoisse tourmentant un
sombre visage, cette respiration étouffée, ces mains qui
se crispaient... ce n'étaient que les incidents nécessaires
du commerce... Il se demandait si elle n'allait pas crier
et faire une scène tumultueuse sur le bateau ; car, pareil
en cela aux autres défenseurs de nos institutions, il ne
pouvait souffrir le désordre.

La femme ne cria pas.

Le coup avait frappé trop droit au cœur pour qu'elle
pût trouver des paroles et des larmes.

Elle s'assit comme frappée de vertige.

Ses mains retombèrent sans vie à ses côtés ; ses yeux
regardèrent sans voir ; le bruit, le tumulte bourdon-
naient à son oreille comme à travers le trouble d'un
songe... et elle était là, sans cris et sans pleurs pour
exprimer son désespoir.

Elle était calme!

Le marchand, qui était, après tout, aussi humain que
la plupart de nos hommes politiques, se préparait à lui
offrir toutes les consolations que pouvaient exiger les
circonstances.

«Je sais bien, Lucy, que c'est toujours dur dans le
premier moment ; mais une fille intelligente et raisonnable comme vous n'en fait rien paraître... Vous savez
que c'est nécessaire... on ne peut empêcher cela!

— Oh! monsieur... ne me dites pas cela... oh!
non!... »

Il continua :

«Vous êtes une fille de mérite, Lucy ; je veux bien
agir avec vous, vous trouver une bonne place, au bas de
la rivière... Vous aurez bientôt un autre mari... Une aussi
jolie femme que vous!

« — Ah ! monsieur ! si vous vouliez seulement ne pas me parler... » dit la femme.

Et il y avait dans sa voix une si poignante angoisse, que le marchand comprit bien qu'il était au-dessus de ses moyens, à lui, de consoler une telle douleur.

Il s'éloigna. Lucy cacha sa tête sous son manteau. Haley se promena de long en large, mais de temps en temps il s'arrêtait devant elle et la regardait.

« Elle prend cela mal, se disait-il à lui-même... et pourtant elle est tranquille. » Et voyant le manteau : « Qu'elle sue un peu !... ça la soulagera. »

Tom avait tout vu, tout compris ; pour lui, il y avait là quelque chose d'une indicible horreur. C'est que sa pauvre âme, simple, ignorante, une âme de nègre, n'avait pas appris à généraliser et à voir les choses de si haut !... Si seulement il avait été instruit par certains ministres de Jésus-Christ, il eût eu de plus saines idées. Il eût vu que ce n'était là qu'un incident journalier du commerce légal, un commerce qui est l'âme d'une institution à laquelle après tout on ne peut reprocher d'autres maux que les maux inséparables de toutes les relations de la vie sociale et domestique, comme dit si bien un théologien d'Amérique.

Mais Tom, pauvre et ignorant, dont la lecture s'était bornée au Nouveau Testament, ne pouvait se consoler et se fortifier par d'aussi hautes pensées, et son âme saignait en dedans à la vue des malheurs de cette CHOSE infortunée, qu'il voyait là étendue sur un tas de malles... comme une misérable plante flétrie ! que la loi constitutionnelle de l'Amérique classe froidement entre les paquets, les colis et les balles de marchandises au milieu desquels la voilà !

Tom s'approcha d'elle, il essaya de lui dire quelque chose.

Elle ne répondit que par un gémissement.

Mais lui, doucement, les larmes dans la voix et sur ses joues, il lui parla de ce cœur qui aime dans les cieux... de ce Jésus plein de pitié, de cette patrie éternelle... Mais l'angoisse avait fermé ses oreilles, et son cœur paralysé ne pouvait plus sentir.

La nuit vint, nuit calme, sereine, glorieuse, solennelle, brillante de ses innombrables étoiles, splendides regards des anges abaissés sur la terre, nuit étincelante et silencieuse ! Ah ! ce ciel est trop haut ! ni voix émue, ni douce parole, ni main amie n'en descendirent... L'un après l'autre, tous les bruits du travail et du plaisir s'éteignirent sur le bateau. On entendait distinctement le murmure du sillage que traçait la proue du vaisseau... Tom s'étendit sur un coffre... il entendait de temps en temps un cri ou un sanglot étouffé... « Que ferai-je, Seigneur !... O mon Dieu ! secourez-moi... » — Et ce bruit lui-même s'éteignit.

Vers minuit, Tom fut réveillé en sursaut... quelque chose de noir passa rapidement à côté de lui, il entendit la chute d'un corps dans l'eau.

Personne que lui n'entendit. Il releva la tête : la place de la femme était vide, il se leva et la chercha en vain. Le pauvre cœur était paisible maintenant ; et le fleuve coulait, calme, limpide et brillant, comme s'il ne l'eût pas englouti dans ses abîmes.

Patience ! patience ! vous dont la poitrine se gonfle d'indignation à de pareils récits. Pas un gémissement de l'angoisse, pas une larme de l'oppression ne seront oubliés par l'homme des douleurs, par le roi de gloire ! Lui, dans son sein patient et généreux, il porte les angoisses du monde ; comme lui, supportez avec patience et souffrez avec amour : car, aussi vrai qu'il est Dieu, le temps de la rédemption approche !

Haley s'éveilla de bonne heure et vint pour visiter sa marchandise humaine. Ce fut son tour d'avoir l'air inquiet et troublé.

« Où est donc cette fille ? » demanda-t-il à Tom.

Tom, qui connaissait le prix de la discrétion, ne crut pas devoir faire part de ses observations et de ses soupçons : il se contenta de répondre qu'il n'en savait rien.

« Il est impossible qu'elle soit débarquée cette nuit... j'étais éveillé et sur le *qui-vive* à toutes les stations... je ne confie ma surveillance à personne. »

Ces mots étaient adressés confidentiellement à Tom, dans le but de l'engager lui-même à des confidences.

Tom ne répondit rien.

Le marchand fouilla le bateau de la poupe à la proue, regardant parmi les boîtes, les barils, les ballots, les machines, et jusque dans les cheminées.

Ce fut en vain.

« Voyons, Tom, soyez franc... vous savez ce qu'il en est... Ne dites pas non ! je suis sûr que vous le savez ! J'ai vu la femme couchée ici à dix heures... je l'ai encore vue à minuit... et même entre une heure et deux... A quatre heures, elle n'y était plus. Vous dormiez tout à côté... vous voyez bien que vous savez ! vous ne pouvez pas le nier !

— Eh bien, monsieur, dit Tom... il s'est fait ce matin auprès de moi comme un bruit... j'ai été à demi réveillé... j'ai entendu comme un clapotement dans l'eau... Je me suis alors réveillé tout à fait... la femme n'y était plus. Voilà tout ce que je sais... »

Le marchand ne fut ni troublé ni étonné : comme nous l'avons dit précédemment, il était fait à certaines choses. La présence terrible de la mort n'avait point pour lui de mystérieuse impression. La mort ! il l'avait souvent rencontrée... c'était une circonstance de son commerce ; il s'était familiarisé avec elle ; il la regardait comme un douanier exigeant, qui entravait, fort mal à propos, ses opérations... il ne voyait dans Lucy qu'un colis. Il se disait qu'il avait vraiment bien du guignon, et que, si cela continuait, il ne tirerait pas un sou de sa cargaison. En un mot, il se regardait comme un homme très malheureux... mais il n'y avait pas de remède : la femme avait passé dans un pays qui ne rend jamais les fugitifs, fussent-ils réclamés par la glorieuse Union tout entière...

Le marchand, de fort mauvaise humeur, alla s'asseoir, tira son registre et inscrivit au chapitre des pertes le corps et l'âme qui venaient de partir !

Un grossier personnage, n'est-ce pas, ce marchand d'esclaves ! pas le moindre sentiment... C'est répugnant !

Mais aussi, comme ils sont mal considérés !... On les méprise... On ne les reçoit pas dans la bonne compagnie.

Soit ! mais qui fait le marchand ? Qui est le plus à blâmer ? l'homme intelligent, instruit, bien élevé, qui défend le système dont le marchand est l'inévitable résultat, ou le pauvre marchand lui-même ? C'est vous qui faites l'opinion publique complice de l'esclavage. C'est vous qui dépravez cet homme ; c'est vous qui le débauchez au point qu'il ne sent plus sa honte !... En quoi donc êtes-vous meilleur que lui ?

Est-ce parce que vous êtes instruit et lui ignorant ? parce que vous êtes au sommet et lui au bas de l'échelle sociale ? Est-ce parce que vous êtes le produit d'une civilisation raffinée, tandis qu'il n'est qu'un homme grossier ? parce que vous avez des talents et qu'il n'en a pas ?

Croyez-le, au jour du jugement, ces raisons-là seront pour lui et contre vous !

Après avoir offert ces échantillons du commerce légal, nous devons prier que l'on ne croie pas que les législateurs américains sont complètement dépourvus d'humanité... comme on serait tenté de le penser, en voyant les efforts que l'on fait chez nous pour protéger et perpétuer ce commerce.

Qui ne sait que nos grands hommes se surpassent eux-mêmes quand ils déclament contre la traite... chez les étrangers ? Nous avons une armée de Clarkson et de Wilberforce, vraiment fort édifiante à entendre ! Faire la traite en Afrique, c'est horrible...! c'est à n'y pas penser ! Mais la traite dans le Kentucky !... oh ! c'est une tout autre affaire !

CHAPITRE XIII

Chez les quakers

UNE scène heureuse et paisible se déroule maintenant devant nos yeux. Nous pénétrons dans une cuisine vaste et spacieuse ; les murs sont rehaussés de riches couleurs ; pas un atome de poussière sur les briques jaunes de l'aire, frottées et polies ; des piles de vaisselle d'étain brillant excitent l'appétit, en vous faisant songer à une foule de bonnes choses. Le noir fourneau reluit ; les chaises de bois, vieilles et massives, reluisent aussi. On aperçoit une petite chaise à bascule et qui se referme ; le coussin est rapiécé. Tout auprès il y en a une plus grande, une chaise antique et maternelle, dont les larges bras ouverts semblent vous convier doucement à goûter l'hospitalité de ses coussins de plumes. C'est là un véritable siège attrayant, confortable, et qui, pour les honnêtes et chères joies du foyer, vaut vraiment bien une douzaine de vos chaises de velours ou de brocatelle des salons à la mode.

Dans cette chaise, où elle se balance doucement, les yeux attachés sur son ouvrage, se trouve notre ancienne amie, la fugitive Élisa. Oui, elle est là, plus pâle et plus maigre que dans le Kentucky ; on devine sous ses longues paupières, on lit dans les plis de sa bouche une douleur à la fois calme et profonde. Il était facile de voir combien ce jeune cœur était devenu ferme et vaillant sous l'austère discipline du malheur. Elle relevait de temps en temps les yeux pour suivre les ébats du petit Henri, brillant et léger comme un papillon des tropiques. On découvrait chez elle une puissance de volonté, une inébranlable résolution inconnue à ses jeunes et heureuses années.

Auprès d'elle est une femme qui tient sur ses genoux un plat d'étain, dans lequel elle range soigneusement des pêches sèches. Elle peut avoir de cinquante-cinq à soixante ans, mais c'est un de ces visages que les années ne semblent toucher que pour les embellir. Sa cape de crêpe, blanche comme la neige, est exactement faite comme celle que portent les femmes des quakers; un mouchoir de simple mousseline blanche, croisé sur sa poitrine en longs plis paisibles, son châle, sa robe, tout révèle la communion à laquelle elle appartient. Son visage rond avait des couleurs roses, et ce doux et fin duvet qui rappelle la pêche déjà mûre. Ses cheveux, auxquels l'âge mêlait des fils d'argent, étaient rejetés en arrière et découvraient un front noble et élevé. Le temps n'y avait point tracé d'autre inscription que celle-ci : « Paix sur la terre aux hommes de bonne volonté ! » Ses grands yeux bruns étaient lumineux, pleins de sentiment et de loyauté. Il suffisait de la regarder en face pour sentir que l'on voyait jusqu'au fond d'un cœur sincère et bon. On a tant célébré, tant chanté la beauté des jeunes filles ! pourquoi donc ne louerait-on pas la beauté des vieilles femmes ? Si quelqu'un a besoin d'inspiration pour ce thème nouveau, qu'il regarde notre amie, la bonne Rachel Halliday, assise dans sa petite chaise à bascule. La chaise craquait et criait; peut-être avait-elle pris froid dans ses jeunes années, ses nerfs étaient peut-être agacés, ou bien encore c'était une tendance à l'asthme : mais à chacun de ses mouvements elle faisait entendre un grincement qui eût été vraiment intolérable dans toute autre chaise; cependant le vieux Siméon Halliday déclarait souvent que pour lui ce bruit était aussi agréable qu'une musique, et les enfants prétendaient qu'ils n'auraient voulu pour rien au monde être privés du plaisir d'entendre la chaise de leur mère... Pourquoi ? C'est que, depuis vingt ans et plus, des paroles aimantes, de douces morales, des tendresses maternelles, étaient descendues de cette chaise. Combien avait-elle guéri de cœurs et d'âmes malades ! Combien de difficultés résolues !... et tout cela avec quelques mots d'une femme aimante et bonne.

Que Dieu la bénisse !

«Eh bien, Élisa, tu comptes toujours passer au Canada ? dit-elle d'une voix douce en continuant de regarder ses pêches.

— Oui, madame, dit Élisa avec beaucoup de fermeté ; il faut que je parte ; je n'ose point rester ici.

— Et que feras-tu, une fois là-bas ? il faut y songer, ma fille ! »

Ma fille était un mot qui venait naturellement sur les lèvres de Rachel Halliday, parce que ses traits et sa physionomie rappelaient sans cesse la douce idée qu'on se fait d'une mère...

Les mains d'Élisa tremblèrent, et quelques larmes coulèrent sur son ouvrage... mais elle répondit avec fermeté : «Je ferai ce que je pourrai : j'espère que je trouverai quelque ouvrage.

— Tu sais que tu peux rester ici tant qu'il te plaira, dit Rachel.

— Oh ! merci ! fit Élisa, mais (elle regarda Henri) je ne puis pas dormir la nuit. Hier encore, je rêvais que je voyais *cet homme* entrer dans la cour... »

Et elle frissonna.

«Pauvre enfant ! dit Rachel en essuyant ses yeux ; mais il ne faut pas t'inquiéter ainsi : Dieu a voulu qu'aucun fugitif n'ait encore été arraché de notre village ; il faut bien espérer que l'on ne commencera pas par toi. »

La porte s'ouvrit, et une petite femme courte, ronde, une vraie pelote à épingles, se tint sur le seuil : rien n'égalait l'éclat de son visage en fleurs. Je ne puis la comparer qu'à une pomme mûre. Elle était vêtue comme Rachel : un gris sévère ; un fichu de mousseline couvrait sa poitrine rebondie.

« Ruth Stedman ! dit Rachel en s'avançant avec empressement vers elle ; comment vas-tu, Ruth ?... Et elle lui prit les deux mains.

— A merveille », dit Ruth en tirant son petit chapeau de quakeresse et l'époussetant avec son mouchoir ; et elle découvrit une petite tête ronde sur laquelle le petit chapeau allait et venait, avec des airs tapageurs, malgré tous les efforts de la main qui voulait le retenir. Certaines boucles de cheveux frisés s'échappaient aussi çà et là et voulaient incessamment être remises à leur place, qu'elles quittaient toujours. La nouvelle arrivante, qui pouvait avoir vingt-cinq ans, abandonna enfin le miroir devant lequel elle avait fait tous ces petits arrangements. Elle parut très contente d'elle-même.

Tout le monde l'eût été à sa place, car c'était une jolie petite femme, à l'air ouvert, à la figure rayonnante, et bien propre à réjouir le cœur d'un homme.

« Ruth, voici notre amie Élisa Harris, et le petit enfant dont je t'ai parlé.

— Je suis très heureuse de te voir, Élisa, très heureuse ! dit Ruth en lui serrant la main comme si Élisa eût été pour elle une vieille amie depuis longtemps attendue. Voilà ton cher petit garçon... je lui apporte un gâteau. »

Elle présenta à Henri un cœur en pâtisserie, que l'enfant accepta timidement en regardant Ruth à travers ses longues boucles flottantes.

« Où est ton baby ? dit Rachel.

— Oh ! il vient ; mais ta petite Mary s'en est emparée, et elle le conduit à la ferme pour le montrer aux enfants. »

Au même instant la porte s'ouvrit, et Mary, visage rose aux grands yeux bruns, le portrait de sa mère, entra dans la chambre avec le baby.

«Ah! ah! dit Rachel en prenant le marmot blanc et potelé dans ses bras, comme il est joli, et comme il vient!

— C'est vrai, c'est vrai», dit Ruth.

Et elle prit l'enfant et le débarrassa d'un pardessus de soie bleu et de divers châles et surtouts dont elle l'avait enveloppé ; et donnant une chiquenaude ici, un coup de main là, elle l'arrangea, l'ajusta, le bichonna, l'embrassa de tout son cœur, et le déposa sur le plancher pour qu'il pût reprendre ses idées.

Le baby était sans doute habitué à ces façons d'agir, car il fourra son doigt dans sa bouche et parut bientôt absorbé dans ses propres réflexions, tandis que la mère, s'asseyant enfin, prit un long bas chiné de blanc et de bleu, et se mit à tricoter avec ardeur.

«Mary, tu ferais bien de remplir la chaudière», dit Rachel d'une voix douce.

Mary alla au puits, revint bientôt et mit la chaudière sur le fourneau, où elle commença à fumer et à chanter sa chanson joyeuse et hospitalière. La même main, d'après les conseils de Rachel, mit les pêches sur le feu dans un grand plat d'étain.

Rachel prit alors un moule blanc comme la neige, attacha un tablier, et se mit à faire des gâteaux, après avoir dit à sa fille :

«Mary, tu ferais bien de dire à John d'apprêter un poulet.»

Mary obéit.

«Comment va Abigaïl Peters? dit Rachel, tout en faisant ses biscuits.

— Oh! beaucoup mieux, dit Ruth. J'y suis allée ce matin; j'ai fait le lit et arrangé la maison. La Hello y va cet après-midi et fera du pain et des pâtés pour quelques jours; et j'ai promis d'y retourner pour la garder ce soir.

— J'irai demain, dit Rachel, je laverai et raccommoderai le linge.

— Tu feras bien, dit Ruth ; j'ai appris, ajouta-t-elle, qu'Anna Stanwood est malade. John a veillé la nuit dernière. J'irai demain.

— Que John vienne prendre ses repas ici, dit Rachel, si tu dois rester toute la journée.

— Merci, Rachel ; nous. verrons demain... Mais voici Siméon. »

Siméon Halliday, grand, robuste, vêtu d'un pantalon et d'une veste de drap grossier, et coiffé d'un chapeau à larges bords, entra au même instant.

« Comment va, Ruth ? dit-il affectueusement ; et il tendit sa large paume à la petite main grassouillette. Et John ?

— Oh ! John va bien, ainsi que tous nos gens, répondit Ruth d'un ton joyeux.

— Quelles nouvelles, père ? dit Rachel en mettant ses gâteaux au four.

— Peters Stelbins m'a dit qu'ils seraient ici cette nuit avec des amis, dit Siméon d'une voix significative, tout en lavant ses mains à une jolie fontaine qui se trouvait dans un cabinet à côté.

— Vraiment ! dit Rachel d'un air pensif et en jetant un coup d'œil sur Élisa.

— Ne m'as-tu pas dit que tu te nommais Harris ? » demanda Siméon en rentrant.

Rachel regarda vivement son mari. Élisa, toute tremblante, répondit : « Oui. »

Ses craintes toujours exagérées lui firent croire que l'on avait sans doute placardé des affiches à son sujet.

« Mère ! dit Siméon du fond du cabinet.

— Que veux-tu, père ? dit Rachel en frottant ses mains enfarinées, et elle alla vers le cabinet.

— Le mari de cette enfant est dans la colonie, murmura Siméon ; il sera ici cette nuit...

— Et tu ne le dis pas, père ! fit Rachel le visage tout rayonnant.

— Il est ici, reprit Siméon ; Peters est allé là-bas hier avec la charrette ; il y a trouvé une vieille femme et deux hommes : l'un d'eux s'appelle Georges Harris. D'après ce qu'elle a dit de son histoire, je suis certain que c'est lui. C'est un beau et aimable garçon.

— Allons-nous le lui dire maintenant ? fit Siméon. Disons-le d'abord à Ruth. Ici, Ruth, viens ! »

Ruth laissa son tricot et accourut.

« Ruth, ton avis ! Le père dit que le mari d'Élisa est dans la dernière troupe, et qu'il sera ici cette nuit. »

La joie de la petite quakeresse éclata et coupa la phrase : elle bondit et frappa dans ses mains. Deux boucles frisées tombèrent sur le fichu blanc.

« Calme-toi, chérie, lui dit doucement Rachel, calme-toi, Ruth. Voyons ! faut-il lui apprendre maintenant ?

— Eh oui ! maintenant, à l'instant même ! Dieu ! Si c'était mon pauvre John !... dis-le-lui sur-le-champ !

— Ah ! tu ne songes qu'à ton prochain, Ruth ; c'est bien ! dit Siméon en la regardant avec attendrissement.

— Eh bien, mais n'est-ce pas pour cela que nous sommes faits ? Si je n'aimais pas John et le baby... je ne saurais compatir à ses chagrins à elle. Voyons, viens ! Parle-lui maintenant. »

Et elle posa ses mains persuasives sur le bras de Rachel.

« Emmenez-la dans la chambre ; je vais arranger le poulet pendant ce temps-là. »

Rachel entra dans la cuisine, où Élisa était en train de coudre, et, ouvrant la porte d'une petite chambre à coucher, elle lui dit doucement ;

« Viens, ma fille, viens ! j'ai des nouvelles à t'apprendre. »

Le sang monta au visage pâle d'Élisa. Elle se leva tout émue, saisie d'un tremblement nerveux, et jeta les yeux sur son fils.

« Non ! non ! dit la petite Ruth en se levant et en lui

prenant la main, non ! jamais !... Ne crains rien. Ce sont de bonnes nouvelles, Élisa... ne crains rien. Va, va ! » Et elle la poussa vers la porte qu'elle ferma après elle. Puis, revenant sur ses pas, elle prit le petit Henri et se mit à l'embrasser.

« Tu vas voir ton père, petit ! sais-tu cela ? ton père qui va venir ! » Et elle lui répétait toujours la même chose : l'enfant ébahi la regardait avec de grands yeux.

Cependant une autre scène se passait dans la chambre. Rachel attira Élisa vers elle et lui dit :

« Le Seigneur a eu pitié de toi, ma fille, il a tiré ton mari de la maison de servitude ! »

Un nuage de sang rose monta aux joues d'Élisa, puis il redescendit jusqu'à son cœur ; elle s'assit pâle et presque inanimée.

« Du courage, mon enfant, du courage ! ajouta-t-elle en posant ses mains sur la tête d'Élisa. Il est avec des amis ; ils l'amèneront ici... cette nuit.

— Cette nuit ! répétait Élisa ; cette nuit ! »

Les mots perdaient leur signification pour elle. Il y avait dans sa tête toute la confusion d'un rêve ; un nuage passait devant son esprit.

Quand elle revint à elle, elle se trouva sur un lit, enveloppée d'une couverture ; la petite Ruth, à ses côtés, lui frottait les mains avec du camphre. Elle ouvrit les yeux avec une langueur pleine de délices ; elle éprouvait le bonheur de celui qui a été longtemps chargé d'un lourd fardeau et qu'on en délivre.

Ses nerfs, toujours irrités depuis la première heure de sa fuite, se détendirent peu à peu. Un sentiment tout nouveau de repos et de sécurité descendit sur elle. Elle restait couchée, ses grands yeux noirs ouverts, et, comme dans un rêve paisible, elle suivait les mouvements de ceux qui l'entouraient. Elle voyait la porte de l'autre chambre ouverte, elle voyait la table du souper avec sa nappe blanche comme la neige. Elle entendait le murmure et la chanson de la théière, elle voyait Ruth trottant, menu, portant des gâteaux, des conserves, et s'arrêtant de temps en temps pour mettre une galette entre les mains d'Henri, ou pour caresser sa petite tête, ou pour enrouler les jolies boucles de l'enfant autour de ses doigts blancs. Elle voyait la taille majestueuse et l'air maternel de Rachel, qui venait de temps en temps auprès du lit pour relever et arranger les couvertures. Il lui semblait voir descendre de ses grands yeux bruns comme de brillants rayons de soleil. Elle vit le mari de Ruth qui entrait ; elle vit Ruth s'élancer vers lui, chuchoter tout bas, avec force gestes expressifs et montrant du doigt la chambre où elle était ; elle la vit s'asseoir à la table du thé, son baby entre les bras. Elle les vit tous à table, et le petit Henri dans sa grande chaise, tout près de Rachel, et comme à l'ombre de ses ailes. Et puis elle entendait le doux murmure de la causerie, et le cliquetis des cuillers et le choc des tasses et des assiettes... C'était le rêve du repos heureux ! Élisa s'endormit comme elle n'avait jamais dormi depuis cette terrible heure de minuit, où, prenant son enfant dans ses bras, elle s'était enfuie à la lueur glacée des étoiles.

Elle rêvait d'un beau pays, d'une terre de repos, de rivages verdoyants, d'îles charmantes et de belles eaux, étincelantes sous le soleil. Là, dans une maison où des voix amies lui disaient qu'elle était chez elle, elle voyait jouer son enfant, son enfant heureux et libre ; elle entendait les pas de son mari, elle devinait son approche, ses bras l'entouraient, les larmes de Georges tombaient sur son visage... et elle s'éveillait.

Ce n'était point un rêve.

Depuis longtemps la nuit était venue ; son enfant dormait paisiblement à ses côtés. Un flambeau jetait dans la chambre ses clartés douteuses, et Georges sanglotait au chevet de son lit.

Le lendemain fut une heureuse matinée pour la maison du quaker. La mère fut debout dès l'aube, et entourée de filles et de garçons que nous n'avons pas eu le temps de présenter hier à nos lecteurs, et qui maintenant obéissaient avec amour à son «Vous ferez bien», ou à son «Ne ferez-vous pas bien?» Elle s'occupait activement des préparatifs du déjeuner. Le déjeuner, dans cette luxuriante vallée d'Indiana, est chose compliquée et qui nécessite le concours de bien des mains. Eve n'eût pas suffi à cueillir toutes les roses du paradis.

John cependant courait à la fontaine ; Siméon le jeune passait au tamis la farine de maïs destinée aux gâteaux ; Mary était chargée de moudre le café ; Rachel était partout, faisant les gâteaux, apprêtant le poulet et répandant sur toute la scène comme un vrai rayon de soleil. Le zèle des jeunes servantes n'était pas toujours bien réglé, mais comme elle rétablissait vite le calme et la paix avec un «Allons! Allons!» ou un «Je ne voudrais pas!»

Les poètes ont chanté la ceinture de Vénus, qui fit tourner toutes les têtes du vieux monde. Pour notre compte, nous aimerions mieux la ceinture de Rachel Halliday, qui empêchait les têtes de tourner.

Elle serait plus appropriée que l'autre aux besoins des temps modernes, décidément.

Pendant que ces petits préparatifs allaient leur train, Siméon l'aîné, en manches de chemise, se livrait à une opération anti-patriarcale : il faisait sa barbe !

Tout allait si bien, si doucement, si harmonieusement dans la grande cuisine, que chacun semblait heureux de ce qu'il faisait ; il y avait une telle atmosphère d'affectueuse confiance, les couteaux et les fourchettes, en s'en allant sur la table, avaient les uns contre les autres des retentissements si mélodieux, le poulet et le jambon chantaient si fort dans la poêle, ils semblaient si heureux d'être frits de cette façon-là et non pas d'une autre, le petit Henri, Élisa et Georges, quand ils parurent, reçurent un accueil si cordial et si réjouissant, qu'ils crurent moins à une réalité qu'à un rêve.

Ils furent bientôt à table tous ensemble. Mary seule restait auprès du feu, faisant rôtir des tartines. On les servait à mesure qu'elles atteignaient cette belle nuance d'un brun doré, qui est le beau idéal des tartines.

Rachel, au milieu de sa table, n'avait jamais paru si véritablement, si complètement heureuse. Elle trouvait le moyen de se montrer maternelle et cordiale rien que dans sa manière de vous passer un plat de gâteaux ou de vous verser une tasse de thé. On eût dit qu'elle mettait une âme dans la nourriture et le breuvage qu'elle vous offrait.

C'était la première fois que Georges s'asseyait comme un égal à la table des Blancs; il éprouva d'abord un peu de contrainte et un certain embarras, qui se dissipèrent bientôt comme un brouillard devant le rayon matinal de cette bonté si pleine d'effusion.

C'était bien une maison : une maison! un intérieur! Georges n'avait jamais su ce que ce mot-là voulait dire. La croyance en Dieu, la confiance en sa providence, entourèrent pour la première fois son cœur d'un nuage doré d'espérance. Le doute sombre, misanthropique, athée et poignant, le désespoir amer, s'évanouirent devant la lumière de cet Évangile vivant, respirant sur des faces vivantes, prêché par des actes d'amour et de bon vouloir qui s'ignorent eux-mêmes, mais qui, pareils au verre d'eau donné au nom du Christ, ne perdront jamais leur récompense.

«Père, si l'on te découvrait encore? dit le jeune Siméon en étendant son beurre sur son gâteau.

— Je paierais l'amende, répondit tranquillement celui-ci.

— Mais s'ils te mettaient en prison?

— Ta mère et toi ne pourriez-vous faire marcher la ferme? dit Siméon en souriant.

— Maman peut faire tout, répondit l'enfant;... mais n'est-ce point une honte que de telles lois?

— Il ne faut pas mal parler de nos législateurs, Siméon, reprit le père avec autorité. Dieu nous a donné les biens terrestres pour que nous puissions faire justice et merci ; si les législateurs exigent de nous le prix de nos bonnes œuvres, donnons-le !

— Je hais ces propriétaires d'esclaves, dit l'enfant, qui dans ce moment-là n'était pas plus chrétien qu'un réformateur moderne.

— Tu m'étonnes, mon fils ! ce ne sont pas là les leçons de ta mère ; je ferais pour le maître de l'esclave ce que je fais pour l'esclave lui-même, s'il venait frapper à ma porte dans l'affliction. »

Siméon devint écarlate, mais la mère se contenta de sourire.

« Siméon est mon bon fils, dit-elle ; il grandira et il deviendra comme son père.

— Je pense, mon cher hôte, que vous n'êtes exposé à aucun ennui à cause de nous, dit Georges avec anxiété.

— Ne crains rien, Georges ; c'est pour cela que nous sommes au monde... Si nous n'étions pas des gens à supporter quelque chose pour la bonne cause, nous ne serions pas dignes de notre nom.

— Mais pour moi, dit Georges, je ne le souffrirai pas !

— Ne crains rien, ami Georges ; ce n'est pas pour toi, c'est pour Dieu et l'humanité, ce que nous en faisons... Reste ici tranquillement tout le jour. Cette nuit, à dix heures, Phinéas Fletcher vous conduira tous à la prochaine station. Les persécuteurs se hâtent après toi, nous ne voulons pas te retenir.

— Alors, pourquoi attendre ? dit Georges.

— Tu es ici en sûreté tout le jour. Dans notre colonie, tous sont fidèles et tous veillent. D'ailleurs il est plus sûr pour toi de voyager pendant la nuit. »

CHAPITRE XIV

Évangéline

> Une jeune étoile qui brillait sur la vie,
> trop douce image pour un tel miroir ! Un être
> charmant à peine formé ; un bouton de rose qui
> n'a pas encore déplié ses feuilles.

Le Mississippi ! Quelle baguette magique l'a ainsi changé,
depuis que Chateaubriand, dans sa prose poétique, le
décrivait comme le fleuve des solitudes vierges, des
déserts immenses, roulant parmi ces merveilles de la
nature, que l'on n'avait même pas rêvées ?

Il semble qu'en une heure ce fleuve de là poésie
et de l'imagination a été transporté dans les royaumes
d'une réalité non moins splendide. Quel autre fleuve
pareil dans ce monde porte ainsi jusqu'à l'Océan les
richesses et l'audace d'une autre nation pareille ? Terre
dont les produits embrassent le monde, touchant les deux
tropiques et les deux pôles ! Oui, ses flots mugissants,
tourbillonnants, écumeux, troublés, arrachant leurs rives,
sont bien l'image de cette marée turbulente d'affaires qui
se répand sur ses vagues avec la race la plus énergique et
la plus violente que le monde ait jamais vue. Ah ! pourquoi faut-il que le sein du Messachebé porte aussi ce
poids terrible, les larmes des opprimés... les soupirs des
malheureux... et les peines amères des cœurs pauvres,
cœurs ignorants qui s'adressent à un Dieu inconnu...
inconnu, invisible, silencieux ; mais qui, pourtant, sortira

un jour de son repos pour sauver tous les pauvres de la terre !

Les derniers rayons du soleil couchant tremblent sur la vaste étendue de ce fleuve, large comme une mer. Les cannes frémissantes, les grands cyprès noirs auxquels la mousse sombre suspend ses guirlandes de deuil, étincellent dans la lumière dorée.

Le steamer, pesamment chargé, continue sa marche.

Les balles de coton s'entassent en piles sur ses flancs, sur le pont, partout ! On dirait une gigantesque masse grise. Il nous faut un examen attentif pour découvrir notre humble ami Tom. Nous l'apercevons enfin à l'avant du navire, blotti entre les balles de coton.

Les recommandations de M. Shelby ont produit leur effet ; Haley, d'ailleurs, a pu juger lui-même de la douceur et de la tranquillité de ce caractère inoffensif ; Tom a déjà sa confiance : la confiance d'un homme comme Haley !

D'abord il l'avait étroitement surveillé pendant le jour, il n'avait laissé passer aucune nuit sans l'enchaîner... et puis, peu à peu, le calme, la résignation de Tom, l'avaient gagné : il se relâchait de sa surveillance, se contentait d'une sorte de parole d'honneur, et lui permettait d'aller et de venir à sa guise sur le bateau.

Toujours bon et obligeant, toujours prêt à rendre service aux travailleurs dans toute occasion, il avait conquis l'estime de tous en les aidant avec le même zèle et le même cœur que s'il eût travaillé dans une ferme du Kentucky.

Quand il voyait qu'il n'y avait plus rien à faire pour lui, il se retirait entre les balles de coton, dans quelque recoin de l'avant, et se mettait à étudier la Bible.

C'est dans cette occupation que nous le surprenons maintenant.

A cent et quelques milles avant La Nouvelle-Orléans, le niveau du fleuve est plus élevé que la contrée qu'il traverse, il roule sa masse énorme entre de puissantes digues de vingt pieds ; du haut du pont, comme du sommet de quelque tour flottante, le voyageur découvre tout le pays jusqu'à des distances presque infinies. Tom, en voyant se dérouler ainsi les plantations l'une après l'autre, avait pour ainsi dire sous les yeux la carte de l'existence qu'il allait mener.

Il voyait dans le lointain les esclaves au travail, il voyait leurs villages de huttes, rangées en longues files, loin des superbes maisons et du parc du maître ; et à mesure que se déroulait ce tableau vivant, son cœur retournait à la vieille ferme du Kentucky, cachée sous le feuillage de vieux hêtres ! Il revenait à la maison de Shelby, aux appartements vastes et frais, et à sa petite case à lui, toute festonnée de multiflores, toute parée de bignonies... Il croyait reconnaître le visage familier de son camarade, élevé avec lui depuis l'enfance ; il voyait sa femme occupée des apprêts du souper, il entendait le rire joyeux de ses enfants et le gazouillement du baby sur ses genoux... puis tout s'évanouit... Il ne vit plus que les cannes à sucre et les cyprès des plantations étincelantes ; il n'entendit plus que le craquement et le mugissement de la machine, qui ne lui disait, hélas ! que trop clairement, que toute cette phase de sa vie était disparue pour toujours.

Dans de pareilles circonstances, nous avons, nous, la lettre, cette joie amère ! nous écrivons à notre femme ; nous envoyons des messagers à nos enfants. Mais Tom ne pouvait pas écrire : pour lui la poste n'existait pas. Pas un seul ami, pas un signal qui pût jeter un pont sur l'abîme de la séparation !

Est-il étrange alors que quelques larmes tombent sur les pages de sa Bible, posée sur une balle de coton, pendant que d'un doigt patient il s'avance lentement d'un mot à l'autre mot, découvrant l'une après l'autre les promesses de Dieu et nos espérances !

Comme tous ceux qui ont appris tard, Tom lisait lentement. Par bonheur pour lui, le livre qu'il tenait était un de ceux qu'on peut lire lentement sans lui faire tort ; un livre dont les mots, comme des lingots d'or, ont besoin d'être pesés séparément, pour que l'esprit puisse en saisir l'inappréciable valeur !

Écoutons-le donc ! voyons comme il lit, s'arrêtant sur chaque mot et le prononçant tout haut :

« Que — votre — cœur — ne — se — trouble — point. — Dans — la — maison — de — mon — père — il y — a — plusieurs — demeures. — Je — vais — préparer — une — place — pour — vous. »

Cicéron, quand il ensevelit sa fille unique et adorée, eut autant de chagrin que Tom, pas plus ! l'un comme l'autre ne sont que des hommes ! Mais Cicéron ne put méditer d'aussi sublimes paroles d'espérance, il ne put tourner ses regards vers la future réunion ; et s'il eût eu une de ces paroles sous les yeux, il n'y aurait pas cru, il se serait mis en tête mille scrupules sur l'authenticité du manuscrit ou la fidélité de la traduction. Mais pour Tom, il y avait là tout ce qu'il lui fallait, une vérité si évidente et si divine, que la possibilité d'un doute n'entrait même pas dans son cerveau !

Il faut que cela soit vrai ; car, si cela n'était pas vrai, comment pourrait-il vivre ?

La Bible de Tom n'avait point d'annotations à la marge ni de commentaires dus à de savants glossateurs. Cependant elle était enrichie de certaines marques et de points de repère de l'invention de Tom, qui lui servaient beaucoup plus que de savantes expositions.

Il avait l'habitude de se faire lire la Bible par les enfants de son maître, et surtout par le jeune Georges ; et, pendant qu'on lisait, lui, avec une plume et de l'encre, faisait de grands et très visibles signes sur la page, aux endroits qui avaient charmé son oreille ou touché son cœur.

Sa Bible était ainsi annotée d'un bout à l'autre avec une incroyable variété et une inépuisable richesse de typographie.

En un moment, et sans se donner la peine d'épeler le mot à mot, il trouvait le passage favori. Aussi cette Bible, toute pleine de son existence passée, cette Bible qui lui rappelait la scène du foyer et de la famille, cette Bible était pour lui le dernier souvenir de cette vie, et le gage et l'espérance de l'autre !

Il y avait parmi les passagers un jeune gentleman, noble et riche, résidant à La Nouvelle-Orléans : il portait le nom de Saint-Clare.

Il avait avec lui sa fille, de cinq à six ans, sous la surveillance d'une femme qui semblait être de ses parentes.

Tom avait souvent remarqué cette petite fille : c'était un de ces enfants remuants et vifs, qu'il est aussi impossible de fixer en place qu'un rayon de soleil ou une brise d'été.

Quand on l'avait vue, on ne pouvait plus l'oublier.

C'était l'idéal de la beauté enfantine, sans les joues bouffies et la rondeur trop pleine qui la déparent souvent. On suivait en elle comme une ligne onduleuse ; c'était je ne sais quelle grâce aérienne ; elle faisait rêver aux êtres allégoriques et aux créations brillantes de la mythologie. Son visage était moins remarquable par la beauté parfaite des traits que par une expression de rêverie singulière et profonde. Ceux qui cherchaient l'idéal étaient frappés en la voyant ; les autres, le vulgaire grossier, se sentaient émus, sans trop savoir pourquoi. La forme de sa tête, l'élégance de son cou, son buste, avaient un caractère de noblesse singulière ; ses longs cheveux d'un brun doré, qui flottaient autour d'elle comme un nuage ; son œil d'un bleu sombre, profond, intelligent, réfléchi, ombragé d'un épais rideau de cils bruns, tout semblait la distinguer des autres enfants, et attirer et fixer les regards, quand elle se glissait entre les passagers, insaisissable et légère.

Gardez-vous de croire cependant que ce fût un enfant grave et morose.

Loin de là : un air d'innocence heureuse semblait flotter sur son visage, comme l'ombre d'un feuillage d'été. Elle était toujours en mouvement ; le sourire voltigeait sur sa bouche rose ; elle chantait, courait et dansait. Son père, et la femme qui devait la garder, étaient toujours à sa poursuite ; mais, quand ils croyaient l'avoir prise, elle échappait de leurs mains comme un nuage printanier. Et comme jamais, quoi qu'elle voulût faire, un mot de reproche ou de gronderie n'avait frappé ses oreilles, elle continuait sa course sur le bateau. Toujours vêtue de blanc, elle passait comme un fantôme sans se poser nulle part, sans s'arrêter jamais ; il n'y avait pas un coin qu'elle ne connût, un recoin qu'elle n'eût fouillé, soit en haut, soit en bas. Ses pieds légers la portaient partout, vision à la tête blonde et dorée, aux yeux profonds et bleus.

Parfois le mécanicien, relevant ses regards de son travail, apercevait ses grands yeux qui plongeaient dans les tumultueuses profondeurs de la fournaise : elle semblait pleine de crainte et de pitié pour lui, comme si elle l'eût vu dans quelque affreux danger. Tantôt c'était le timonier qui s'arrêtait, la roue à la main, et souriant, parce qu'il avait vu ce doux visage, beau comme la peinture, paraître et disparaître à la fenêtre de sa cabine. Mille fois de grosses voix rudes l'avaient bénie, et des visages sévères s'étaient amollis à son approche en des douceurs infinies ; quand elle s'avançait audacieusement jusqu'aux endroits dangereux, les mains calleuses et noircies se tendaient involontairement comme pour la sauver.

Tom, qui avait toute l'impressionnabilité de sa race, toujours attiré vers la simplicité et l'enfance, suivait des yeux cette petite créature avec un intérêt qui croissait de jour en jour. Il voyait en elle quelque chose de divin ; chaque fois qu'il apercevait cette tête blonde et ces yeux bleus entre deux balles de coton ou sur un monceau de colis, il lui semblait voir quelqu'un de ces anges dont parlait sa Bible.

Souvent elle passait triste et pensive à côté du troupeau d'hommes et de femmes enchaînés. Elle glissait au milieu d'eux et les regardait d'un air triste et compatissant; parfois de ses petites mains elle essayait de soulever leurs fers. Puis elle soupirait et s'enfuyait. Mais elle revenait bientôt les mains pleines de sucreries, de noix et d'oranges qu'elle leur distribuait joyeusement; puis elle s'en retournait bien vite.

Tom la regarda bien des fois avant de se hasarder à entamer avec elle les premières ouvertures. Mais il savait la manière d'apprivoiser et de captiver les enfants. Il se permit d'y mettre de l'habileté. Il savait faire de petits paniers avec des noyaux de cerises, tailler des figures grotesques dans la noix de cocotier; Pan lui-même ne l'eût pas égalé dans la fabrication des sifflets de toute nature et de toute dimension. Ses poches étaient pleines d'articles séducteurs, qu'il avait jadis façonnés pour les enfants de son maître, et dont il se servait maintenant avec choix et discernement pour se créer de nouvelles relations.

La petite se tenait sur la réserve; il était difficile de captiver son esprit mobile. Tout d'abord elle venait se percher sur quelque boîte, comme un oiseau des Canaries, dans le voisinage de Tom; elle acceptait timidement les petits objets que Tom lui présentait : enfin, on en arriva à la confiance presque intime.

«Comment s'appelle la petite demoiselle? fit Tom, quand il crut le moment favorable pour pousser sa pointe.

— Évangéline Saint-Clare, dit la petite. Mais papa, et tout le monde m'appelle Éva. Et vous, comment vous nommez-vous?

— Mon nom est Tom; mais les petits enfants avaient l'habitude de m'appeler l'oncle Tom, là-bas dans le Kentucky.

— Alors je vais vous appeler l'oncle Tom, dit Éva, parce que, voyez-vous, je vous aime bien. Ainsi, oncle Tom, où allez-vous ?

— Je ne sais pas, Miss Éva.

— Comment ! vous ne savez pas ?

— Non. On va me vendre à quelqu'un, mais je ne sais pas à qui.

— Papa pourrait bien vous acheter, dit Éva vivement, et, s'il vous achète, vous serez bien heureux. Je vais le lui demander aujourd'hui même.

— Merci, ma petite demoiselle. »

Le bateau s'arrêta pour prendre du bois à une petite station. Éva, entendant la voix de son père, s'élança vers lui. Tom se leva et alla offrir ses services aux travailleurs.

Éva et son père se tenaient près du parapet pour voir repartir le bateau. La roue fit deux ou trois évolutions : la pauvre enfant perdit l'équilibre et tomba par-dessus le bord... Le père, tout troublé, voulut plonger après elle : il fut retenu par quelques personnes qui avaient vu qu'un secours plus efficace allait lui être offert.

Tom était tout près d'elle au moment de l'accident, il la vit tomber ; il s'élança : bras puissant, large poitrine, ce n'était rien pour lui que de se tenir un instant à flot pour la saisir au moment où elle reparaîtrait à la surface.

Il la saisit en effet, et nageant avec elle le long du bateau, il la tendit à l'étreinte de cent mains qui se penchaient vers elle comme si elles eussent appartenu à un seul homme. Un moment après, son père la portait dans la cabine des dames, où, comme on pouvait bien s'y attendre, les femmes, rivalisant de zèle, employèrent tous les moyens possibles... pour l'empêcher de revenir à elle.

Le lendemain, vers le soir d'une journée accablante, le steamer approchait de La Nouvelle-Orléans. A bord, c'était un bruit, un tumulte étrange. Chacun retrouvait ses effets, les rassemblait et se préparait à descendre. Le vaguemestre, les femmes de chambre, frottaient, fourbissaient, polissaient pour faire leur bateau bien beau et le préparer à une grande et noble entrée.

Notre ami Tom était toujours assis à l'avant, les bras croisés sur sa poitrine, inquiet, et de temps en temps tournant les yeux vers un groupe qui se tenait de l'autre côté du bateau.

Dans ce groupe était la belle Évangéline, un peu plus pâle que la veille, mais ne portant du reste aucune trace de l'accident. Un homme encore jeune, gracieux, élégant, se tenait à côté d'elle, le coude négligemment appuyé sur une balle de coton. Un large portefeuille était ouvert devant lui.

Il suffisait d'un premier regard pour voir que ce jeune homme était le père d'Évangéline.

C'était la même coupe de visage, les mêmes yeux grands et bleus, la même chevelure d'un brun doré ; mais l'expression était complètement différente. L'œil clair, comme chez sa fille, également large et bleu, n'avait pourtant pas cette profondeur rêveuse et voilée. Tout cela était net, audacieux, brillant, mais c'était une lumière toute terrestre. La bouche aux fines ciselures avait de temps en temps une expression orgueilleuse et sarcastique. Un air de supériorité plein d'aisance donnait à ses mouvements une certaine fierté qui n'était pas sans grâce. Il écoutait négligemment, gaiement, avec une expression assez dédaigneuse, Haley qui lui détaillait avec une extrême volubilité toutes les qualités de l'article marchandé.

« En somme, dit-il quand Haley eut fini, toutes les qualités morales et chrétiennes reliées en maroquin noir ; eh bien, mon brave, quel est le dommage, comme vous dites dans le Kentucky ? Combien ? Ne le surfaites pas trop, voyons !

— Eh bien, dit Haley, si j'en demandais treize cents dollars, je ne ferais que rentrer dans mon débours, en vérité.

— Pauvre homme ! dit le jeune homme en fixant sur Haley son œil perçant et moqueur... Cependant, vous me le laisseriez à ce prix-là pour me faire plaisir.

— Oui ! la jeune demoiselle paraît y tenir... et c'est du reste bien naturel.

— Oui, en effet ; c'est là un appel fait à votre bien-veillance, mon cher... Et maintenant, comme charité chrétienne, et pour obliger une jeune demoiselle qui s'intéresse à lui tout particulièrement, quel bon marché pouvez-vous nous faire ?

— Mais regardez donc, disait le marchand. Voyez ces membres, cette large poitrine... Il est fort comme un cheval ! Regardez sa tête ! ce front élevé, qui indique un nègre intelligent... Il fera tout ce qu'on voudra ! j'ai remarqué ça. Un nègre de cette tournure et bâti comme lui vaut un bon prix, rien que pour son corps, et quand il serait stupide. Mais, si vous prenez garde à ses qualités intellectuelles, que je vous faisais observer tout à l'heure... ça fait monter le prix... il a un mérite extraordinaire pour les affaires... il faisait marcher à lui seul la ferme de son maître.

— Tant pis ! tant pis ! il en sait beaucoup trop, dit le jeune homme, gardant toujours sur ses lèvres le même sourire moqueur ; on n'en tirera aucun parti ! Ces nègres intelligents décampent toujours, volent les chevaux et vous font des tours du diable... Je crois que vous ferez bien de rabattre deux cents dollars pour sa trop grande intelligence.

— Ce serait peut-être juste, ça, dit Haley, sans son caractère ; mais je puis montrer les recommandations de son maître et d'autres personnes, pour prouver qu'il est vraiment pieux, plein de religion, humble... la meil-leure créature du monde. Dans l'endroit d'où il vient, on l'appelait le prédicateur, quoi !

— Eh ! mais je pourrai en faire un chapelain pour la famille, riposta le jeune homme assez sèchement. C'est une idée cela... Il y a très peu de religion parmi mes gens, à moi.

— Vous plaisantez !

— Comment savez-vous ces détails ?... Voyons ! le garantissez-vous comme prédicateur ? A-t-il été examiné par un concile ou un synode ? Montrez vos papiers ! »

Si le marchand d'esclaves n'avait pas compris, à certains clignements d'yeux de son interlocuteur, que toute cette discussion allait finir, après un détour, par lui apporter une bonne somme, il eût infailliblement perdu patience.

Il n'en fut rien. Il atteignit au contraire un sale portefeuille, l'ouvrit, le posa sur une balle de coton, et se mit à étudier soigneusement certain papier. Le jeune homme le contemplait toujours d'un air indifférent et froidement railleur.

« Papa, achetez-le, n'importe le prix, dit Évangéline en montant sur un colis et en passant ses petits bras autour du cou de son père. Je sais que vous avez assez d'argent..., je veux l'avoir.

— Et pour quoi faire, mignonne ? un joujou ? un cheval de bois ? quoi ? voyons !

— Je veux le rendre heureux.

— Eh bien, voilà une raison, et bien trouvée ! »
Au même instant, Haley tendit au jeune homme un certificat signé de M. Shelby. Celui-ci le prit de ses longs doigts et y jeta un œil distrait.

« Écriture comme il faut, dit-il ; et l'orthographe ! mais cette religion m'inquiète... » Ici l'expression mauvaise reparut dans ses yeux... « Le pays, dit-il, est presque ruiné par les gens pieux. Ce sont des gens pieux que nous avons comme candidats aux prochaines élections. Il y a tant de religion partout qu'on ne sait plus à qui se fier... Je ne sais pas le prix de la religion au marché : il y a longtemps que je n'ai lu les journaux pour voir à combien c'est coté... A combien de dollars estimez-vous la religion de votre Tom ?

— Vous plaisantez, dit Haley ; mais il y a cependant quelque raison dans ce que vous dites. Il faut distinguer ! Il y a des meetings, des sermons, des cantiques, par des

Blancs ou par des Noirs, ça sonne creux ! mais la piété de celui-ci est sincère et véritable. J'ai vu, parmi les Noirs, des sujets honnêtes, rangés, pieux, que le monde entier n'aurait pu induire à faire mal. Voyez dans cette lettre ce que l'ancien maître de Tom pense de lui.

— Maintenant, dit gravement le jeune homme en serrant son portefeuille, si vous pouvez réellement me garantir cette piété, la faire inscrire à mon compte dans le registre de là-haut, comme quelque chose qui m'appartienne, je me permets un extra. Combien ?

— Vous raillez toujours ! je ne peux garantir cela. Là-haut chacun a son registre.

— Il est assez dur, reprit le jeune homme, quand on met le prix pour avoir la religion d'un esclave, de ne pouvoir en trafiquer dans le pays où cette marchandise a le plus de cours... Enfin !... »

Et comme il avait fait, tout en parlant, un paquet de billets :

« Voyons ! mon vieux, comptez votre monnaie, dit-il au marchand en lui donnant le paquet.

— Très bien », dit Haley, dont le front rayonna d'aise. Et, tirant de sa poche un vieil encrier, il remplit l'acte de vente, qu'il passa au jeune homme.

« Si j'étais ainsi détaillé et inventorié, dit Saint-Clare, je me demande à combien je pourrais monter : tant pour la forme de ma tête, tant pour le front élevé, tant pour les mains, les bras, les jambes ; tant pour l'éducation, le savoir, le talent, l'humilité, la religion. Diable ! ce serait peu pour ces derniers articles, je crois. Mais, voyons, Éva ! venez. »

Et, la prenant par la main, il alla avec elle jusqu'au bout du bateau, et, mettant le bout de son doigt sous le menton de Tom, il lui dit d'un ton de bonne humeur :

« Voyez Tom, si votre nouveau maître vous convient ! »

Tom leva les yeux.

Il était impossible de voir cette jeune et belle figure de Saint-Clare sans éprouver un sentiment de plaisir.

Tom sentit les larmes lui venir aux yeux, et ce fut du fond du cœur qu'il s'écria :

« Maître, Dieu vous bénisse !

— C'est ce qu'il fera, j'espère bien. Quel est votre nom ? Tom, hein ? Vous pouvez aussi me demander le mien. Savez-vous conduire les chevaux, Tom ?

— Je suis habitué aux chevaux, dit Tom. Chez M. Shelby il y en avait des tas !

— Eh bien, je ferai de vous un cocher, à la condition que vous ne vous griserez qu'une fois la semaine, à moins que dans les grandes occasions... »

Tom parut surpris et blessé.

« Maître, je ne bois jamais.

— On m'a déjà fait ce conte ! Nous verrons bien... Tant mieux, en fait... Allons ! mon garçon, ne vous affectez pas, dit-il, en voyant que Tom paraissait encore soucieux de la recommandation. Je ne doute pas que vous ne vouliez bien faire.

— Oh ! je vous en réponds, maître !

— Et vous serez heureux, dit Évangéline, papa est très bon pour tout le monde ; seulement il aime un peu à se moquer des gens.

— Papa vous remercie bien de cet éloge », dit Saint-Clare en riant ; et, pirouettant sur ses talons, il se disposa à partir.

CHAPITRE XV

Le nouveau maître de Tom

Puisque notre héros mêle la trame de son humble vie à la destinée des grands, il faut bien que nous nous occupions aussi des grands.

Augustin Saint-Clare était fils d'un riche planteur de la Louisiane ; sa famille était originaire du Canada. De deux frères, assez semblables d'humeur et de tempérament, l'un s'était établi dans une ferme opulente du Vermont, l'autre était devenu un riche planteur de la Louisiane.

La mère d'Augustin était une protestante française dont la famille avait émigré à la Louisiane, à l'époque des premiers établissements, Augustin et un autre frère étaient les seuls enfants de leurs parents. Augustin, ayant reçu de sa mère une constitution extrêmement délicate, fut, d'après le conseil des médecins, envoyé dans le Vermont, chez son oncle, où il passa une grande partie de son enfance. On pensait que ce climat froid et salubre fortifierait sa santé.

Dès son enfance, Augustin se fit remarquer par une sensibilité extrême, qui tenait beaucoup plus de la douceur de la femme que de la rudesse habituelle de son sexe ; le temps recouvrit cette douceur d'une dure écorce ; il devint homme, et bien peu surent à quel point il gardait fraîche et vivante cette sensibilité dans son âme. C'était ce que l'on appelle un homme du premier mérite, mais il avait une préférence marquée pour l'esthétique et l'idéal : de là venait chez lui, comme chez tous ses pareils, une souveraine répugnance pour le commerce et le tracas des affaires. Presque au sortir du collège il avait éprouvé une passion romanesque. C'était bien la passion dans toute son effervescence, dans toute son intensité ; son heure était venue, cette heure qui ne vient qu'une fois. Son étoile s'était levée à l'horizon, cette étoile, hélas ! qui se lève si souvent en vain... et dont on ne se souvient que comme d'un songe ! Pour lui, aussi, l'étoile se leva vainement ! Il obtint l'amour d'une jeune fille aussi belle que distinguée : ils furent fiancés. Elle demeurait dans un des États du Nord. Lui dut retourner dans le midi pour régler les derniers arrangements de famille. Tout à coup ses lettres lui furent renvoyées par la poste, avec une courte note du tuteur de la jeune fille. La note disait qu'avant même qu'il ne l'eût reçue, sa fiancée serait la femme d'un autre.

Il crut qu'il en deviendrait fou ; puis, comme bien d'autres, il espéra pouvoir arracher de son cœur cette flèche mortelle. Trop fier pour prier, trop orgueilleux pour demander une explication, il se jeta dans le tourbillon du plaisir ; il devint bientôt le soupirant avoué de la reine du jour. Tout fut promptement réglé, et il épousa une jolie figure, deux beaux yeux noirs et cent mille dollars. Comme on dut le croire heureux !

Les mariés passèrent la lune de miel au milieu d'un cercle brillant d'amis, dans leur splendide villa, au bord du lac Pontchartrain. Un jour on apporta au jeune mari une lettre de cette écriture qu'il se rappelait si bien.

Elle lui fut remise en plein salon. La causerie était gaie, vive, étincelante de mots.

En reconnaissant l'écriture, il devint pâle comme la mort ; il se contint cependant et poussa jusqu'au bout un assaut d'esprit et d'enjouement où il avait une femme pour adversaire. Il sortit bientôt. Une fois seul dans sa chambre, il ouvrit cette lettre... désormais inutile, plus qu'inutile hélas ! C'était une lettre d'elle ; elle racontait longuement les persécutions de la famille de son tuteur ; on voulait lui faire épouser le fils de cet homme. On avait d'abord supprimé les lettres d'Augustin... elle avait longtemps continué d'écrire... puis étaient venus le chagrin et le doute. Au milieu de ces anxiétés poignantes elle était tombée malade. A la fin elle avait découvert le complot... La lettre racontait tout cela, elle finissait par des expressions de reconnaissance et d'espoir, et des protestations d'une éternelle affection, plus cruelles que la mort même pour l'infortuné jeune homme.

Il lui répondit immédiatement :

« J'ai reçu votre lettre, mais trop tard. J'ai cru ce qu'on m'a dit, j'ai désespéré. Je suis marié, tout est fini : l'oubli, voilà tout ce qui nous reste, à vous et à moi ! »

Ainsi se termina le roman et l'idéal dans la vie d'Augustin Saint-Clare. Il lui restait le positif ; le positif, c'est-à-dire la vase noire, nauséabonde et fétide, que le reflux nous laisse, tandis que là-bas étincelle la vague bleue, emportant ses flottilles de barques brillantes et ses voiles étendues, blanches ailes des vaisseaux, et les avirons aux cadences harmonieuses, et tout le gai murmure de ses eaux... Et puis tout cela disparaît, s'évanouit, tombe dans l'abîme, et il nous reste à nous rêveurs... la vase, le positif !

Au fait, dans un roman, on brise le cœur des gens, on les tue même, et tout est dit : la fable est intéressante, que vous faut-il de plus ? Mais, hélas ! dans la vie réelle, nous ne mourons pas dès que nous avons vu mourir pour nous ce qui nous faisait la vie brillante et radieuse ! Il nous reste l'ennui des nécessités. On boit, on mange, on s'habille, on se promène, on visite, on parle, on lit, on vend, on achète ! C'est ce qu'on appelle vulgairement la vie. On passe à travers cela... et cela restait à Augustin. Si du moins sa femme eût été vraiment une femme, elle aurait pu, une femme peut toujours, essayer de renouer cette trame d'une existence brisée, et mêler encore des fleurs au tissu reformé ;... mais Marie Saint-Clare ne pouvait même pas voir que la trame était rompue. Nous l'avons déjà dit, Mme Saint-Clare, c'était une belle figure, deux yeux magnifiques, et cent mille dollars. Rien de cela ne guérit une âme malade.

Quand on trouva Augustin étendu sur le sofa, la mort sur le visage, et qu'il eut prétexté une migraine, elle lui recommanda de respirer de la corne de cerf. Quand elle vit que la pâleur et la migraine persistaient pendant de longues semaines, elle se contenta de dire qu'elle n'eût jamais cru M. Saint-Clare aussi maladif... mais qu'il paraissait être très sujet aux maux de tête, et que c'était bien fâcheux pour elle, et qu'il paraissait singulier de la voir toujours seule après un mois de mariage.

Au fond de l'âme, Augustin se réjouit d'avoir épousé une compagne si peu clairvoyante. Mais, quand les fêtes et les visites de la lune de miel furent passées, il s'aperçut qu'une belle jeune femme qui, toute sa vie, avait été adulée et gâtée, pouvait être dans un ménage une maîtresse bien tyrannique. Marie n'avait jamais été très susceptible d'attachement. Elle manquait de sensibilité ; le peu qu'elle en avait se trouvait étouffé par un égoïsme sans bornes, un de ces égoïsmes misérables qui ne reconnaissent d'autres droits que leurs droits. Depuis son enfance, elle avait été entourée de serviteurs occupés à prévenir ses caprices... elle n'avait jamais songé, elle n'avait même pas soupçonné qu'ils pussent vouloir ou désirer autre chose.

Son père, dont elle était l'unique enfant, ne lui avait jamais rien refusé : avec lui le possible était toujours fait. Au moment de son entrée dans le monde, belle, accomplie, héritière, elle vit soupirer à ses pieds tous les hommes, éligibles ou non, de la ville qu'elle habitait. Elle ne douta pas un instant qu'Augustin ne fût très heureux de l'obtenir.

Il ne faut pas croire qu'une femme sans cœur soit un créancier commode dans l'échange de l'affection... Personne n'exige l'amour des autres plus impérieusement qu'une femme égoïste... Seulement, elle devient d'autant moins aimable qu'elle veut être plus aimée. Quand Saint-Clare commença à négliger ces galanteries et ces petits soins d'un homme qui fait sa cour, il se trouva en face d'une sultane qui n'était pas résignée à perdre son esclave. Il y eut abondance de larmes, il y eut des bouderies et de petites tempêtes; puis des mécontentements, des coups d'épingle et des accès de colère. Saint-Clare, dont la nature était bonne et indulgente, essaya d'apaiser sa femme par des présents et des flatteries. Quand Marie devint mère d'une belle petite fille, il sentit s'éveiller en lui quelque chose comme de la tendresse.

Saint-Clare avait eu pour mère une femme d'un caractère aussi pur qu'élevé; il donna à son enfant le nom de sa mère, heureux de penser que peut-être elle lui en rendrait aussi l'image. Sa femme en ressentit une violente jalousie. Le profond amour d'Augustin pour sa fille ne lui inspirait qu'un mécontentement soupçonneux. Tout ce qui était donné à la fille semblait être ravi à l'épouse. Depuis la naissance de cette enfant, sa santé déclina sensiblement. Une vie d'inaction constante, dans la torpeur de l'âme et du corps, l'influence d'un éternel ennui, jointe à la faiblesse ordinaire de cette période de la maternité, changèrent bientôt cette belle jeunesse florissante en une femme pâle, étiolée, maladive, dont le temps était partagé entre une foule de maux imaginaires, et qui se regardait comme la plus à plaindre et la plus infortunée des femmes.

C'étaient des lamentations sans fin. La migraine la confinait dans sa chambre au moins trois jours sur six; toute la direction du ménage fut donc abandonnée aux domestiques. Saint-Clare trouva son intérieur très peu confortable. Sa fille était extrêmement délicate, et il craignait qu'ainsi abandonnée sans surveillance et sans attention, sa santé, et même sa vie, ne fussent compromises par l'indifférence maternelle. Il l'emmena avec lui dans le Vermont, où il allait faire un voyage, et il engagea sa cousine, Miss Ophélia Saint-Clare, à revenir avec eux dans sa résidence du sud.

Ils étaient sur le bateau qui les ramenait quand nous les avons rencontrés.

Mais à présent que les dômes et les flèches de La Nouvelle-Orléans se dressent devant nos yeux, il est temps de présenter Miss Ophélia à nos lecteurs.

Tous ceux qui ont voyagé dans la Nouvelle-Angleterre se rappelleront avoir remarqué, dans quelque frais village, une vaste ferme avec sa cour de gazon toujours propre, ombragée par l'épais et lourd feuillage de l'érable à sucre. Ils se rappelleront l'ordre, la tranquillité et l'inaltérable repos de toute chose. Rien de perdu : tout à sa place; pas un barreau de travers dans une clôture, pas un brin de paille sur le tapis vert de la cour; les buissons de lilas montent sous les fenêtres. A l'intérieur, les appartements sont larges et propres; il n'y a rien à faire, rien à reprendre, tout est exactement à sa place et pour toujours, tout marche avec la même régularité ponctuelle que la vieille horloge placée dans un des coins du salon. Dans la pièce où se tient la famille se dresse la vieille et respectable bibliothèque aux portes vitrées. L'*Histoire* de Rollin, le *Paradis perdu* de Milton, le *Voyage du Pèlerin*, par Bunyan, sont rangés côte à côte dans un ordre majestueux, avec une multitude d'autres livres également solennels et respectables. Il n'y a point dans la maison d'autre servante que la maîtresse, en bonnet blanc, les lunettes sur le nez, qui, chaque après-midi, s'assied et coud au milieu de ses filles. L'ouvrage est fini si matin, qu'on ne se rappelle plus exactement l'heure ; mais, à quelque moment que vous veniez, tout est toujours fait... Sur l'aire de la vieille cuisine pas une tache, pas une souillure ; les chaises, les ustensiles du ménage semblent n'avoir jamais été dérangés, bien qu'on fasse là trois ou quatre repas par jour, bien qu'on lave et qu'on repasse là tout le linge de la famille, bien qu'on y fasse le beurre et le fromage, mais silencieusement et mystérieusement.

C'est dans une telle ferme, une telle maison, une telle famille, que Miss Ophélia avait passé quelque quarante-cinq ans d'une heureuse existence, quand son cousin vint la chercher pour visiter ses propriétés du sud. Ophélia était l'aînée d'une nombreuse famille ; pour le père et la mère, elle était toujours rangée parmi les enfants, et la proposition d'aller à La Nouvelle-Orléans fut quelque chose de bien grave aux yeux de la famille. Le père, à la tête grise, prit l'atlas de Morse dans la bibliothèque, mesura exactement la longitude et la latitude, puis il lut le Voyage de Flint dans le sud et dans l'ouest pour se familiariser avec le pays.

La bonne mère, tout inquiète, demanda si ce n'était point une bien méchante ville, et dit qu'elle n'hésitait pas à la comparer aux îles Sandwich, ou à tout autre pays occupé par des païens.

On sut chez le pasteur, chez le médecin et chez Miss Rabody, la marchande de modes, qu'Ophélia Saint-Clare parlait d'aller à Orléans avec son cousin. Ce sujet important fut bientôt la matière de toutes les conversations du village. Le pasteur, qui penchait fortement du côté des abolitionnistes, se demandait si un pareil voyage n'était point un encouragement donné aux possesseurs d'esclaves. Le docteur, au contraire, qui était tout à fait partisan de la colonisation, voulait que Miss Ophélia fît le voyage, pour montrer aux habitants de La Nouvelle-Orléans que leurs frères du nord, après tout, n'étaient pas si mal disposés contre eux.

Il pensait, lui, qu'il fallait encourager le sud !

Quand sa résolution fut annoncée dans le public, Miss Ophélia fut, pendant quinze jours, invitée chaque soir à prendre le thé chez les voisins et amis. Ses plans et projets furent examinés et discutés.

Miss Moseley, chargée de compléter la garde-robe de voyage, en acquit aux yeux de tous une notable importance. On admit généralement que l'esquire Saint-Clare avait compté cinquante dollars à Miss Ophélia, en lui disant d'acheter les plus beaux vêtements... On ajoutait que deux robes de soie et un chapeau lui avaient été expédiés de Boston... Quant à la question de convenance, elle divisait les esprits : les uns soutenaient qu'on pouvait bien se permettre une pareille dépense une fois dans sa vie ; les autres prétendaient au contraire qu'il eût mieux valu envoyer l'argent aux missionnaires ; tout le monde reconnaissait du reste que l'on n'avait jamais vu une plus riche ombrelle, et que, quelque opinion que l'on pût avoir de sa maîtresse, il fallait bien avouer que la robe de soie se tenait debout toute seule. Le mouchoir de poche excita d'incroyables rumeurs : on le disait garni de dentelles et brodé aux coins. Cette dernière assertion ne fut jamais vérifiée : c'est un point encore douteux aujourd'hui.

Miss Ophélia, telle que nous la voyons dans sa belle robe de voyage en toile brune, est grande, carrée, anguleuse. Sa face est maigre : toutes les lignes en sont aiguës. Elle serre les lèvres comme les personnes qui ont sur toutes choses des résolutions arrêtées. Ses yeux noirs et perçants étaient inquisiteurs, rusés, et furetaient partout, comme si elle eût sans cesse quelque chose à remettre en ordre.

Tous ses mouvements étaient secs, décidés, énergiques ; elle ne parlait pas beaucoup, mais tout ce qu'elle disait était juste : elle disait ce qu'elle voulait dire.

Comme habitude, c'était l'ordre, l'exactitude, la méthode incarnée. Elle était réglée comme une horloge, inexorable comme une locomotive. De plus, elle détestait tout ce qui ne lui ressemblait pas.

A ses yeux, le plus grand des péchés, le résumé de tous les maux, c'était la légèreté. L'ultimatum de son mépris, c'était le mot *inconséquent*, prononcé d'une certaine façon... Elle prodiguait ce terme à tout ce qui ne rentrait pas complètement dans le cercle inflexible qu'elle-même avait tracé. Elle avait un souverain dédain pour les gens qui ne faisaient rien, ou qui ne savaient pas ce qu'ils faisaient, ou qui ne le faisaient pas précisément de la façon voulue. Ce dédain, elle ne le témoignait pas toujours par ses paroles, mais souvent par une sorte de grimace et de roideur glaciale, comme si elle eût craint de s'abaisser jusqu'à la parole pour de tels sujets.

Sous le rapport intellectuel, c'était un esprit net, puissant, actif; elle avait lu l'histoire et les vieux classiques anglais. Renfermée dans de certaines limites, sa pensée était forte; ses doctrines religieuses étaient condensées en formules nettes, étiquetées et en petits paquets, elle en avait un compte, elle n'en élevait jamais le chiffre. Il en était de même quant à ses idées pratiques dans la vie ordinaire, quant à ses relations de voisinage ou d'amitié. Mais au-dessous et au-dessus de tout il y avait pour elle le sentiment du devoir : la conscience. Nulle part la conscience ne domine et n'absorbe comme chez les femmes de la Nouvelle-Angleterre; c'est pour elles le granit fondamental du globe, plongeant dans les entrailles de la terre et dominant la cime des montagnes[1].

Ophélia était l'esclave du devoir.

Prouvez-lui que le sentier du devoir, comme elle disait, suit telle ou telle direction, ni l'eau, ni le feu ne pourront l'en détourner. Pour le devoir elle se fût jetée dans un puits, elle eût marché devant la bouche des canons.

Mais ce sentiment du devoir était si dominateur, il comprenait tant de choses, il était si sévèrement minutieux, il faisait si peu de concessions à la fragilité humaine, que, malgré l'héroïsme de ses efforts, Miss Ophélia n'atteignait jamais son idéal ; et elle était comme accablée sous le fardeau de son insuffisance et de sa faiblesse.

Cette prédisposition jetait comme une teinte sombre sur son caractère religieux.

Comment Miss Ophélia pouvait-elle sympathiser avec Augustin Saint-Clare, gai, léger, inexact, sceptique, et, pour ainsi dire, marchant avec une liberté insolente et nonchalante sur tous les principes et sur toutes les opinions qu'elle respectait ?

Pour dire le vrai, elle l'aimait !

Quand il était enfant, c'était elle qui lui apprenait son catéchisme et qui l'entourait des soins du premier âge. Son cœur avait encore un côté chaud. Ce côté-là, Augustin l'avait pris. Il avait fait avec elle comme avec beaucoup de gens : il avait monopolisé. C'est ainsi qu'il lui avait persuadé que le sentier du devoir était dans la direction d'Orléans, et qu'elle devait venir avec lui pour veiller sur Éva et empêcher, dans sa maison, la ruine de toute chose. L'idée d'un intérieur dont personne ne s'occupait alla droit au cœur de Miss Ophélia... Elle aimait aussi la jeune Éva... Qui ne l'eût pas aimée, cette charmante petite fille ?... Et, quoiqu'elle regardât Augustin comme un païen, cependant, nous l'avons dit, elle l'aimait, elle riait de ses plaisanteries et poussait l'indulgence à son égard jusqu'à des limites fabuleuses.

Mais Miss Ophélia se fera elle-même suffisamment connaître dans la suite de cette histoire.

Nous la retrouvons maintenant dans la chambre, sur le bateau, au milieu d'une foule de sacs, de boîtes, de cartons, de parures, qu'elle attache, qu'elle serre, qu'elle lie en grande hâte et d'un air inquiet.

« Eh bien, Éva, avez-vous compté vos affaires ? Vous

n'y avez peut-être pas songé? Voilà comme sont les enfants! Il y a le sac de nuit en moquette mouchetée, et la petite boîte bleue avec votre beau chapeau, cela fait deux; la boîte en caoutchouc, ça fait trois; ma boîte à aiguilles, quatre; mon nécessaire, cinq; ma boîte à cols, six, et une toute petite malle de cuir, sept. Qu'avez-vous fait de votre ombrelle? donnez-la-moi, je vais mettre du papier autour, et l'attacher avec la mienne à mon parapluie. C'est cela!

— Mais, ma cousine, à quoi bon? nous n'allons qu'à la maison!

— Et la propreté, enfant! si l'on veut avoir quelque chose, il faut en avoir soin; et votre dé... l'avez-vous resserré?

— Je ne sais pas!

— Allons! je vais regarder dans votre boîte, moi... un dé, de la cire, deux cuillers, des ciseaux, un couteau, des aiguilles; c'est bien, mettez-les dedans! Que faisiez-vous, mon enfant, quand vous voyagiez seule avec votre papa? Vous deviez tout perdre!

— Mais oui, ma cousine, je perdais beaucoup de choses... mais, quand nous étions arrivés quelque part, papa en achetait d'autres.

— Ah! ma chère... quel système!

— Mais c'est très commode!

— C'est une impardonnable légèreté!

— Eh bien, cousine, qu'allez-vous faire maintenant? La malle est trop pleine... elle ne pourra plus se fermer.

— Elle doit se fermer! dit Ophélia d'un ton impérieux... Et elle pressa les objets et appuya sur le couvercle... il restait encore une petite fente béante.

— Montez dessus, Éva! dit résolument Miss Ophélia. Ce qui a été fait une fois peut l'être une seconde; il faut que cette malle soit fermée à clef... il n'y a pas à dire!»

Intimidée sans doute par tant de résolution, la malle céda. Le petit loquet entra dans la serrure et craqua. Miss Ophélia tourna la clef et la mit dans sa poche d'un air de triomphe.

« Maintenant, nous sommes prêtes. Où est votre papa ? Je pense qu'il est temps de faire sortir ces bagages. Regardez, Éva, si vous voyez votre papa.

— Oui ; le voici à l'autre bout de la cabine des hommes. Il cause et mange une orange.

— Il ne sait donc pas que nous voici arrivées. Courez le lui dire.

— Papa n'est jamais pressé, dit Éva ; et puis nous ne sommes pas encore au débarcadère. Regardez, cousine, voici notre maison au bout de cette rue. »

Cependant, le steamer, avec de lourds mugissements, comme un monstre gigantesque et fatigué, se préparait à frayer sa voie à travers les innombrables vaisseaux. Éva, toute joyeuse, montrait du doigt les tours, les dômes, les marchés qui lui faisaient reconnaître sa ville natale.

« Oui, oui, chère ! Très beau... très beau ! Mais, Dieu me pardonne ! le bateau s'arrête... où est votre père ? »

Ce fut alors une scène de tumulte comme il s'en passe toujours à l'arrivée des bateaux. Les garçons d'hôtel se précipitent sur vous. On va, on vient, les mères appellent leurs enfants, les hommes font leurs paquets, tout le monde se rue sur le plancher qui joint le bateau à la terre ferme.

Miss Ophélia s'assit résolument sur la malle qu'elle venait de vaincre, et aligna tout son régiment de sacs, de boîtes et de cartons, avec une symétrie toute militaire, se disposant à les défendre vigoureusement.

« Votre malle, madame...

— Vos bagages, madame...

— C'est à moi que ça revient, madame !

— Non ! c'est à moi ! »

Ophélia restait assise. Sa détermination éclatait sur son visage... Elle se tenait droite comme une aiguille fichée dans une planche, tenant d'une main son paquet de parapluies et d'ombrelles, et se défendant avec une énergie capable de mettre en fuite un cocher de fiacre...; et, s'adressant de temps en temps à Éva, elle lui demandait, d'un air profondément étonné, à quoi donc son père pouvait penser... «Il n'est pas tombé à l'eau, j'imagine... mais il faut qu'il lui soit arrivé quelque chose... Je commence à m'inquiéter!»

Au même moment, Augustin parut, avec sa démarche lente et insouciante... Il donna un quartier d'orange à Éva.

«Eh bien, cousine Vermont, je pense que vous êtes prête?

— Voilà une heure que je suis prête et que j'attends, dit Ophélia; je commençais à être inquiète de vous.

— Voici un habile garçon... dit Saint-Clare, en se tournant vers un commissionnaire. Allons, bien! la voiture nous attend, la foule s'est écoulée... On peut maintenant marcher doucement, sans être poussé et bousculé... Ici! ajouta-t-il en s'adressant à un cocher qui se tenait derrière lui, prenez ces bagages.

— Je vais l'accompagner pour le voir charger.

— Fi donc! cousine... et pourquoi cela?

— Du moins je vais porter ceci, cela, et ceci encore... dit Miss Ophélia en réunissant les trois boîtes à un petit sac de nuit!

— Ma chère Miss Vermont, vous ne pouvez décidément pas nous apporter ici les habitudes des Montagnes Vertes... Il faut adopter quelque chose des façons du Sud, et ne pas marcher dans la rue avec des paquets; on vous prendrait pour votre femme de chambre... Donnez tout à ce garçon... il le portera comme des œufs.»

Miss Ophélia jeta un regard désespéré à son cousin qui lui ravissait ainsi ses trésors. Elle se réjouit du moins de se voir placer à côté d'eux dans la voiture.

«Où est Tom? dit Éva.

— Sur le siège, ma mignonne; je veux lui donner

la place de cet ivrogne qui nous a versés... Je vais l'offrir à votre mère.

— Oh ! Tom fera un superbe cocher, dit Éva ; il ne boit jamais, j'en suis sûre ! »

La voiture s'arrêta devant la façade d'une ancienne maison, bâtie dans les styles mêlés de France et d'Espagne. On retrouve encore, à La Nouvelle-Orléans, quelques échantillons de ce type. L'équipage franchit un portail voûté et pénétra dans une cour entourée de bâtiments carrés : c'était une cour à la mauresque. L'intérieur de cette cour révélait un goût plein de recherche : de larges galeries couraient tout autour. Leurs piliers mauresques, leurs minces colonnes, les arabesques des ornements, tout ramenait l'esprit vers ce règne brillant de l'Orient dans l'Espagne romantique. Au milieu de la cour, une fontaine épanchait ses ondes argentées, qui tombaient en flocons d'écume dans un bassin de marbre bordé de larges plates-bandes de violettes ; dans l'eau de cette fontaine, transparente comme le cristal, s'ébattaient des myriades de poissons d'or et d'argent, qui étincelaient comme autant de bijoux vivants. On avait ménagé autour de la fontaine une promenade pavée de mosaïques, dispersées en mille dessins capricieux. Le gazon recommençait après, doux comme un tapis de velours vert. Le chemin des équipages longeait la galerie mauresque : deux grands orangers versaient leur ombre avec leurs parfums. On avait rangé en cercle au bord du gazon des vases de marbre sculptés qui contenaient les plus précieuses fleurs des tropiques ; d'immenses grenadiers aux feuilles lustrées, aux fleurs de feu, des jasmins d'Arabie aux feuilles sombres, aux étoiles d'argent, des géraniums, des rosiers luxuriants, ployant sous le faix de leur moisson de fleurs, des jasmins jaunes, des verveines, confondant leur éclat et leur parfum, tandis que çà et là un vieil aloès mystérieux, étrange, au milieu de son feuillage massif, semblait un enchanteur des temps passés, regardant du haut de sa grandeur immuable toute cette végétation passagère, qui vivait et mourait à ses pieds.

Les galeries qui entouraient la cour étaient garnies de rideaux en étoffes africaines, que l'on pouvait tendre à volonté pour se préserver des rayons du soleil. En un mot, c'était l'idéal d'un luxe romantique.

La voiture entra. Éva, dans une sorte d'exaltation extatique, semblait un oiseau prêt à s'élancer de sa cage.

« Oh! n'est-elle pas belle et charmante, ma maison, ma chère maison? dit-elle à Ophélia. N'est-elle pas vraiment belle?

— Oui, l'endroit est joli, dit Miss Ophélia en descendant; mais cela me semble, à moi, un peu antique et bien païen. »

Tom descendit et promena autour de lui un regard de satisfaction calme et paisible. Il faut se le rappeler, les nègres nous arrivent du pays le plus splendide et le plus magnifique qui soit au monde; ils gardent au fond de l'âme une véritable passion pour tout ce qui est beau, riche, éclatant et fantasque; ils s'abandonnent, sans le contrôle d'un goût sévère, à cette passion qui leur attire les sarcasmes et l'ironie de la race blanche, plus correcte et plus froide.

Saint-Clare, nature voluptueuse et poétique, sourit en entendant le jugement de Miss Ophélia, et, voyant l'admiration qui rayonnait sur la joue noire de Tom :

« Cela paraît vous convenir, mon garçon?

— Oui, monsieur, c'est bien comme cela est. »

Tout ceci se passa en un clin d'œil, pendant que les paquets étaient déchargés et le cocher payé. Une foule de serviteurs de tout âge, de toute taille, hommes, femmes, enfants, accoururent d'en haut, d'en bas, de partout, pour voir entrer le maître. En avant de tous les autres on apercevait un jeune mulâtre, dont la toilette se distinguait par toutes les exagérations de la mode. Il agitait, en se donnant des grâces, un mouchoir de batiste parfumé.

Ce personnage mit une grande vivacité à repousser jusqu'au fond du vestibule la troupe des domestiques.

« Arrière tous ! disait-il d'un ton d'autorité. Voulez-vous point importuner monsieur dès le premier moment de son retour ? »

Abasourdis par une aussi belle phrase et par l'air dont elle était dite, tous les esclaves reculèrent et se tinrent désormais à une distance respectueuse, à l'exception de deux robustes porteurs qui chargeaient les bagages.

Grâce aux dispositions de M. Adolphe, c'était le nom du personnage, quand Saint-Clare eut payé le cocher et qu'il se retourna, il n'aperçut plus que M. Adolphe lui-même, en veste de satin, chaîne d'or et pantalon blanc, qui saluait avec une grâce et une onction inexprimables.

« Ah ! c'est vous, Adolphe, dit le maître en lui tendant la main. Comment cela va-t-il, mon garçon ? »

Adolphe récita avec beaucoup de volubilité un discours improvisé... depuis quinze jours !

« Très bien, très bien, dit Saint-Clare avec son air insouciant et ironique. C'est bien dit, Adolphe ; mais voulez-vous veiller aux bagages ? Je reviens à nos gens dans une minute. »

Il conduisit Miss Ophélia dans un grand salon qui ouvrait sur le vestibule.

Cependant Éva, s'élançant à travers le portique et le salon, était entrée dans un petit boudoir qui s'ouvrait également sous le vestibule.

Une grande femme pâle, aux yeux noirs, se souleva à demi sur son lit de repos.

« Maman ! dit Éva avec une sorte d'ivresse en se jetant à son cou et l'embrassant mille fois.

— C'est assez, mon enfant, prenez garde, répondit la mère, vous allez me faire mal à la tête. » Et elle l'embrassa languissamment.

Saint-Clare entra, embrassa sa femme conformément aux règles de l'orthodoxie conjugale, puis il lui présenta sa cousine. Marie leva ses grands yeux sur la cousine et la regarda avec un certain air de curiosité ; elle l'accueillit du reste avec sa politesse languissante. Cependant la troupe des serviteurs se pressait à la porte. Parmi eux, ou plutôt en avant de tous les autres, on remarquait une mulâtresse d'une quarantaine d'années, qui se tenait là dans une attente joyeuse et tremblante.

« Ah ! voilà Mammy », dit Éva en traversant la chambre ; et, se jetant dans les bras de Mammy, elle l'embrassa avec la plus naïve effusion.

Mammy ne dit pas qu'elle lui faisait mal à la tête, mais elle la serra sur sa poitrine, riant et pleurant tout à la fois... On eût pu croire qu'elle ne jouissait pas précisément de toute sa raison... Enfin elle relâcha Éva, qui passait d'un esclave à l'autre, donnant la main à celui-ci, embrassant celle-là.

Miss Ophélia déclara depuis que tout cela lui avait fait assez mal au cœur.

« Ces enfants du Sud, dit-elle, font des choses que je ne ferais pas, moi !

— Que voulez-vous dire ? demanda Saint-Clare.

— Mais je suis bonne avec tout le monde, et je ne voudrais faire de mal à rien... Cependant embrasser...

— Des nègres... ah ! vous n'êtes pas accoutumée à cela, n'est-ce pas ?

— C'est vrai ! Comment peut-elle ?...»

Saint-Clare alla en riant dans le vestibule.

« Allons ! hé ! arrivez-vous ? Mammy, Jemmy, Polly, Suckey ! vous êtes contents de voir le maître...» Et il alla de l'un à l'autre leur serrant les mains... « Prenez garde aux enfants, ajouta-t-il en poussant du pied un petit moricaud qui marchait à quatre pattes sur le plancher. Si j'écrase quelqu'un, que l'on m'avertisse ! »

C'étaient de toutes parts des rires et des bénédictions. Saint-Clare leur distribua de petites pièces de monnaie.

« Et maintenant, filles et garçons, décampez ! » Et la noire et luisante assemblée disparut par une des portes du vestibule, suivie d'Éva, qui portait un large sac qu'elle avait rempli, pendant la route, de noix, de pommes, de sucre, de rubans, de dentelles et de jouets de toutes sortes.

Saint-Clare, en se retournant, aperçut Tom qui se tenait debout, tantôt sur un pied, tantôt sur l'autre, assez mal à son aise, tandis qu'Adolphe, négligemment appuyé contre une colonne, l'examinait à travers une lorgnette d'opéra, d'un air qu'eût pu envier un dandy à la mode.

« Eh bien, faquin ! dit Saint-Clare, est-ce ainsi que vous traitez votre compagnon ?... Il me semble, Adolphe, ajouta-t-il en mettant le doigt sur la veste de satin brodé, il me semble que ceci est ma veste...

— Oh ! monsieur, elle était toute tachée de vin, et un gentleman, dans la position de monsieur, n'eût pu la porter dans cet état ;... elle n'est bonne que pour un pauvre nègre comme moi ! »

Et Adolphe hocha la tête et passa ses doigts avec grâce dans ses cheveux parfumés.

« Allons ! passe pour cette fois, dit Saint-Clare. Voyons ! je vais montrer Tom à sa maîtresse ; vous le conduirez ensuite à la cuisine, et tâchez de ne pas prendre vos airs avec lui : sachez qu'il vaut deux freluquets comme vous.

— Monsieur plaisante toujours, dit Adolphe en riant... Je suis enchanté de voir monsieur de si belle humeur.

— Venez, Tom », dit Saint-Clare.

Tom entra dans le salon ; il regardait silencieusement

les tapis de velours et cette splendeur, qu'il n'avait pas rêvée, des glaces, des peintures, des tableaux, des statues, des rideaux ; et, semblable à la reine de Saba devant Salomon, «il n'y avait plus d'esprit en lui» ; il n'osait même pas marcher par terre.

«Vous voyez, Marie, dit Saint-Clare, que je vous amène enfin un cocher ; il est aussi sobre qu'il est noir, et vous conduira comme un corbillard si cela vous plaît : ouvrez les yeux et regardez-le... et dites maintenant que je ne pense pas à vous quand je suis parti !»

Marie ouvrit les yeux et les fixa sur Tom.

«Je suis sûre qu'il boira, dit-elle.

— Non ; on me l'a garanti comme une marchandise pieuse et sobre.

— Je souhaite qu'il tourne bien, mais je ne le crois pas trop !

— Adolphe ! faites descendre Tom... et rappelez-vous ce que je vous ai dit.»

Adolphe se retira en marchant fort élégamment ; Tom le suivit d'un pas pesant.

«C'est un vrai mastodonte ! dit Marie.

— Voyons, Marie, soyez gracieuse, dit Saint-Clare, en s'asseyant sur un tabouret auprès du sofa, dites quelque chose d'aimable à un pauvre mari...

— Vous êtes resté dehors quinze jours de plus que le temps convenu !

— C'est vrai, mais vous savez que je vous en ai dit la raison.

— Une lettre si courte et si froide !

— Ah ! chère, la malle partait... Ce devait être cela ou rien.

— C'est toujours ainsi, dit la femme, on trouve le moyen d'allonger le voyage et de raccourcir les lettres.

— Voyez, reprit Saint-Clare en tirant de sa poche

un élégant étui en velours et en l'ouvrant ; c'est un présent que je vous rapporte de New York, un daguerréotype, clair et net comme une gravure, et représentant Éva et son père, la main dans la main. »

Marie regarda le portrait d'un air mécontent.

« Qui vous a fait mettre dans une position si gauche ?

— Mon Dieu ! la pose est matière à discussion ; mais que trouvez-vous de la ressemblance ?

— Si vous ne tenez pas compte de mon opinion dans un cas, je ne pense point qu'elle vous importe dans un autre, dit la femme en refermant l'étui.

— Peste soit des femmes ! se dit Saint-Clare en lui-même ; et reprenant : Voyons ! Marie, que pensez-vous de la ressemblance ? Soyez raisonnable.

— C'est très mal à vous, Saint-Clare, d'insister ainsi pour me faire parler et regarder. Vous savez que j'ai eu la migraine toute la journée, et l'on fait tant de bruit depuis que vous êtes venu, que je suis à moitié morte...

— Vous êtes sujette à la migraine, madame ? fit Miss Ophélia en sortant des profondeurs d'un grand fauteuil où elle s'était tranquillement assise, faisant l'inventaire et l'estimation du mobilier de l'appartement.

— La migraine ! j'en souffre comme une martyre, dit Mme Saint-Clare.

— L'infusion de genévrier est excellente pour la migraine, dit Miss Ophélia. Telle est du moins l'opinion d'Augustine, femme de Dacon Abraham Perry, qui était une excellente garde-malade.

— Je ferai cueillir la première récolte qui mûrira dans notre jardin, au bord du lac, dit Saint-Clare ; et il sonna.

— Cousine, vous devez avoir besoin de vous

retirer dans votre appartement, après ce long voyage.

— Adolphe, dites à Mammy de venir. »

La mulâtresse qu'Éva avait si joyeusement embrassée entra, coiffée, par Éva elle-même, d'un turban rouge et jaune que l'enfant venait de lui donner.

« Mammy, dit Saint-Clare, je confie madame à vos soins. Elle est fatiguée et a besoin de repos. Conduisez-la à sa chambre, et que tout soit confortable. »

Mammy sortit, précédant Miss Ophélia.

CHAPITRE XVI

La maîtresse de Tom et ses opinions

« Maintenant, Marie, dit Saint-Clare, voici l'aurore de vos jours dorés. Je vous ai amené notre cousine de la Nouvelle-Angleterre, la femme pratique, qui va décharger vos épaules du poids des soucis, et vous donner le temps de redevenir jeune et belle. L'ennui de donner les clefs ne vous tourmentera plus. »

Cette remarque était faite à la table du déjeuner, quelques instants après l'arrivée de Miss Ophélia.

« Elle est la bienvenue, dit Marie en appuyant langoureusement sa tête sur sa main. Elle s'apercevra bientôt d'une chose, c'est qu'ici ce sont les maîtresses qui sont esclaves.

— Oh! oui, elle s'en apercevra, et de bien d'autres choses encore, dit Saint-Clare.

— On nous reproche de garder nos esclaves! dit Marie; comme si c'était pour notre avantage! Si nous ne consultions que cela, nous les renverrions tous d'un seul coup. »

Évangéline fixa sur le visage de sa mère ses grands yeux sérieux; elle ne semblait pas comprendre parfaitement cette réponse. Elle dit très simplement :

« Mais alors, maman, pourquoi les gardez-vous?

— Je ne sais... pour notre malheur... car ils font le malheur de ma vie. Ce sont eux, plus que tout le reste, qui sont cause de ma mauvaise santé... Les nôtres sont les plus mauvais que l'on puisse rencontrer.

— Marie, vous avez ce matin vos papillons noirs, dit Saint-Clare. Vous savez bien que cela n'est pas !... Mammy, par exemple, n'est-elle point le meilleur des êtres ?... Que feriez-vous sans elle ?

— Mammy est excellente, dit Mme Saint-Clare ; et pourtant comme tous les gens de couleur, elle est horriblement égoïste...

— Oh ! l'égoïsme est une terrible chose ! dit gravement Saint-Clare.

— Par exemple, reprit Marie, n'est-ce point de l'égoïsme, cela, d'avoir le sommeil si pesant ?... Elle sait que j'ai besoin de petites attentions, presque chaque heure, quand mes crises reviennent ; eh bien, il est très difficile de la réveiller. Ce sont mes efforts de la nuit dernière qui me rendent si faible ce matin.

— N'a-t-elle point veillé près de vous toutes ces dernières nuits, maman ?

— Qui vous a dit cela ? reprit aigrement Marie ; elle s'est donc plainte ?

— Elle ne s'est pas plainte ; elle m'a seulement dit combien vous avez eu de mauvaises nuits, et cela sans aucun répit.

— Pourquoi donc, dit Saint-Clare, ne faites-vous pas prendre sa place une nuit ou deux à Jane et à Rosa ? elle se reposerait !

— Comment pouvez-vous me proposer cela, Saint-Clare ? vous êtes vraiment bien irréfléchi ! Nerveuse comme je suis, le moindre souffle me tue ! une main étrangère autour de moi me jetterait dans des convulsions. Si Mammy avait pour moi l'intérêt qu'elle devrait avoir, elle veillerait plus aisément. J'ai entendu parler de gens qui avaient des serviteurs si dévoués... mais ce bonheur n'a jamais été pour moi ! » Et Marie poussa un soupir.

Miss Ophélia avait écouté ce discours avec une certaine dignité froide, serrant les lèvres comme une personne bien résolue à connaître son terrain avant de se hasarder.

« Sans doute Mammy a une sorte de bonté, dit Marie ; elle est douce et respectueuse, mais au fond du cœur elle est égoïste, elle ne cessera de regretter et de redemander son mari. Quand je me mariai, je l'amenai ici. Mon père garda son mari ; il est maréchal, et par conséquent très utile ; je pensai et je dis alors que, ne pouvant plus vivre ensemble, ils feraient bien de se regarder comme séparés tout à fait. J'aurais dû insister et marier Mammy à quelque autre. Je ne le fis point : je fus trop indulgente et trop faible. Je dis alors à Mammy qu'elle ne devait plus s'attendre à revoir son mari plus d'une ou deux fois en sa vie, parce que l'air du pays, chez mon père, ne convenait pas à ma santé, et que je ne pouvais pas y retourner ; je lui conseillai donc de prendre quelqu'un ici, mais non ! elle ne voulut pas... Mammy a parfois une sorte d'obstination dont les autres ne peuvent pas s'apercevoir comme moi.

— A-t-elle des enfants ? demanda Miss Ophélia.

— Oui, elle en a deux.

— Cette séparation doit lui être très pénible.

— Peut-être bien ; mais je ne pouvais les amener ici... c'étaient deux petits êtres malpropres, je n'aurais pu les souffrir. Et puis, ils lui prenaient tout son temps. Je pense au fond que Mammy a toujours été un peu attristée de tout cela ; elle ne veut prendre personne, et je crois que maintenant, bien qu'elle sache qu'elle m'est nécessaire, si elle le pouvait, elle retournerait dès demain vers son mari. Oui, je le crois... Les gens sont si égoïstes maintenant... même les meilleurs !

— Cela fait mal d'y penser », dit Saint-Clare d'un ton sec.

Miss Ophélia fixa sur lui un œil pénétrant ; elle vit toute l'irritation qu'il cherchait à contenir, elle vit le sourire sarcastique qui plissa ses lèvres.

« Mammy a toujours été ma favorite, reprit Mme Saint-Clare. Je voudrais pouvoir montrer sa garde-robe à vos domestiques du Nord : soies, mousselines et véritables batistes ! J'ai quelquefois passé des après-midi à lui arranger des chapeaux pour aller à des parties de plaisir. Elle a toujours été bien traitée, elle n'a pas reçu le fouet plus d'une ou deux fois dans sa vie. Elle a tous les jours du thé ou du café fort, avec du sucre blanc. C'est un abus ; mais c'est ainsi que Saint-Clare veut que l'on soit traité à l'office. Ils font tout ce qu'ils veulent. C'est notre faute si nos esclaves sont égoïstes ; ils se conduisent comme des enfants gâtés. Je l'ai tant répété à Saint-Clare que j'en suis fatiguée.

— Et moi aussi », dit Saint-Clare en prenant le journal du matin.

Éva, la belle Éva, avec cette expression de recueillement profond et mystique qui lui était particulière, s'avança doucement jusqu'à la chaise de sa mère, et lui passa ses petits bras autour du cou.

« Eh bien, Éva, qu'est-ce encore ?

— Maman, ne pourrais-je point vous veiller une nuit, seulement une nuit ?... Je suis sûre que je n'agacerais pas vos nerfs et que je ne dormirais pas... Je passe si souvent les nuits sans dormir !... je réfléchis...

— Quelle folie, enfant, quelle folie ! Vous êtes une étrange créature !

— Le permettez-vous maman ?... Je crois, ajouta-t-elle timidement, que Mammy n'est pas bien... Elle m'a dit que depuis quelque temps elle avait toujours mal à la tête.

— Oh ! c'est encore là une des bizarreries de Mammy... Mammy est comme tous les autres nègres : fait-elle du bruit pour un mal de tête ou un mal de doigt ! Il ne faut pas les encourager à cela : jamais ! Chez moi, c'est un principe, fit-elle en se retournant vers Miss Ophélia. Vous-même vous en sentirez bientôt la nécessité !... Si vous encouragez les esclaves à se plaindre ainsi pour rien, vous ne saurez bientôt plus auquel entendre. Moi, je ne me plains jamais... personne ne sait ce que je souffre.

Je pense que c'est un devoir de souffrir sans rien dire ; aussi c'est ce que je fais. »

A cette péroraison inattendue, les yeux ronds de Miss Ophélia exprimèrent un étonnement qu'elle ne put déguiser... Quant à Saint-Clare, il partit d'un immense éclat de rire.

« Saint-Clare rit toujours quand je fais la moindre allusion à mes maux !... dit Marie avec une voix de martyr agonisant. Je souhaite qu'il ne se le rappelle pas un jour !... »

Marie mit son mouchoir de poche sur ses yeux.

Il y eut un moment de pénible silence. Saint-Clare se leva, regarda à sa montre et dit qu'il avait à sortir. Éva s'élança après lui, Miss Ophélia et Mme Saint-Clare restèrent seules à table.

« Voilà comme est Saint-Clare, dit Marie en retirant son mouchoir, il ne comprend pas... il ne comprendra jamais ce que je souffre depuis des années... Il aurait raison, si j'étais jamais à me plaindre et à parler de moi... mais je me suis tue, je me suis résignée... résignée ! Et Saint-Clare à présent croit que je puis tout tolérer. »

Miss Ophélia ne savait pas trop ce qu'elle devait répondre.

Pendant qu'elle y réfléchissait, Marie essuyait ses larmes et lissait son plumage, comme ferait une colombe après la pluie. Puis elle commença avec Ophélia une conversation de ménage, concernant les porcelaines, les appartements, les provisions, toutes choses dont il était sous-entendu que Miss Ophélia prendrait la direction. Elle fit tant de recommandations, de réflexions et d'observations, qu'une tête moins systématique et moins bien organisée que celle de Miss Ophélia n'eût certes pu y résister.

« Maintenant, dit Marie, je crois que j'ai tout dit. La première fois que mes crises me reprendront, vous pourrez marcher sans me consulter. Seulement, ayez l'œil sur Éva, il faut la surveiller !

— Elle me semble une excellente enfant, dit Miss Ophélia, je n'ai jamais rien vu de meilleur qu'elle.

— Elle est bien étrange ! bien étrange ! fit la mère... Il y a en elle des choses vraiment extraordinaires... elle ne me ressemble en rien...» Et Marie soupira comme si elle eût exprimé là quelque douloureuse vérité...

«Je l'espère bien qu'elle ne lui ressemble pas ! » pensait de son côté Miss Ophélia.

«Éva a toujours aimé la compagnie des esclaves. Mon Dieu ! je sais bien que tous les enfants sont comme cela. Moi-même, je jouais avec les petits nègres de mon père... mais cela n'a jamais eu aucun effet sur moi. Mais Éva a parfois l'air de se mettre sur un pied d'égalité avec tous les gens qui l'approchent !... Je n'ai jamais pu l'en déshabituer. Je crois que Saint-Clare l'y encourage... Saint-Clare gâte tout sous son toit... excepté sa femme ! »

Miss Ophélia continua de garder le plus profond silence.

«Il n'y a pas deux manières d'être avec les esclaves, reprit Marie : il faut leur faire sentir leur infériorité et les mater solidement ! cela m'a toujours été naturellement facile depuis la plus tendre enfance... Mais Éva est capable à elle seule de gâter toute une maison. Que fera-t-elle quand elle tiendra une maison elle-même? Je déclare que je ne m'en doute pas. Je tiens à être bonne avec les esclaves... je le suis ; mais il faut leur faire sentir leur position... c'est ce qu'Éva ne fait pas... Impossible de lui mettre la moindre idée de cela dans la tête. Vous l'avez entendue offrir de me soigner la nuit pour que Mammy puisse dormir. C'est un échantillon de ce qu'elle ferait si elle était laissée à elle-même.

— Mais, dit brusquement Ophélia, vous pensez cependant que vos esclaves sont des hommes, et qu'il faut bien qu'ils se reposent quand ils sont fatigués !

— Certainement, certainement. Je veux qu'ils aient tout ce qui est juste, tout ce qui est convenable !... Mammy peut dormir dans un instant ou dans l'autre ;

il n'y a pas de difficulté à cela... Mais c'est bien la chose la plus dormeuse que j'aie jamais vue ! Assise, debout, à l'ouvrage, partout elle dort ! Il n'y a pas de danger qu'elle ne dorme pas assez, celle-là !... Voyez-vous, traiter les esclaves comme des fleurs exotiques ou des porcelaines de Chine, c'est vraiment ridicule, dit Marie, en plongeant dans les profondeurs d'un volumineux coussin, dont elle retira un élégant flacon de cristal.

— Vous voyez, dit-elle d'une voix mourante, douce comme la brise qui passe entre les jasmins d'Arabie, ou comme toute autre chose également éthérée ; vous voyez, cousine Ophélia, que je ne parle pas souvent de moi, ce n'est pas mon habitude... Je n'aime pas cela !... A vrai dire, je n'en ai pas la force. Mais il y a des points sur lesquels nous différons, Saint-Clare et moi. Saint-Clare ne m'a jamais comprise, jamais appréciée. Je crois que cela tient à l'état de ma santé. Saint-Clare a de bonnes intentions, je suis portée à le croire ; mais les hommes sont égoïstes : c'est dans leur constitution ; ils ne comprennent pas les femmes... Telle est du moins mon impression. »

Miss Ophélia, qui avait toute la prudence naturelle aux habitants de la Nouvelle-Angleterre et une horreur toute particulière des difficultés de famille, Miss Ophélia prévit le sort qui la menaçait ; elle se fit un visage impénétrable, et tirant un long bas qu'elle tenait en réserve contre les dangers de l'oisiveté, elle commença de tricoter avec une rare énergie, pinçant les lèvres d'un air qui semblait dire : « Vous voulez me faire parler, mais je n'ai pas besoin de me mêler de vos affaires. » Son visage exprimait autant de sympathie qu'un lion de pierre.

Marie n'y prit pas garde ; elle avait quelqu'un à qui parler. Elle sentait qu'elle devait parler ; cela lui suffisait. Elle respira de nouveau son flacon pour se redonner quelque force et poursuivit :

« Voyez-vous bien ? lorsque j'ai épousé Saint-Clare, je

lui ai apporté mon bien et mes esclaves ; j'ai donc le droit d'en user comme il me plaît... Saint-Clare a sa fortune et ses esclaves... qu'il les traite à sa guise. Mais les miens !... Il a sur beaucoup de choses des idées extravagantes... particulièrement sur la manière de traiter les esclaves. Il agit comme s'il les mettait avant moi et avant lui-même... Il leur laisse tout faire sans même lever le doigt ! Sur certaines choses, Saint-Clare est effrayant... il m'effraie moi-même... quoiqu'il paraisse, en général, avoir une assez bonne nature... Il a décidé que pas un coup, quoi qu'il arrive, ne serait donné dans la maison, à moins que de sa main ou de la mienne !... Il a dit cela de telle façon que je ne puis pas aller contre. Vous voyez où cela mène... On lui marcherait sur le corps, qu'il ne lèverait pas la main... Pour moi, vous comprenez quelle cruauté ce serait que de me demander un tel effort... Les esclaves sont de grands enfants !

— Je ne connais rien à tout cela, grâce au Ciel ! dit Miss Ophélia.

— Il se peut ; mais vous l'apprendrez, et vous l'apprendrez à vos dépens, si vous restez ici. Vous ne sauriez vous imaginer tout ce qu'il y a de stupide, d'ingrat, de provocant chez cette misérable espèce ! »

Marie retrouvait ses forces, comme par miracle, quand elle était sur ce chapitre ; elle ouvrit donc tout à fait les yeux et parut oublier sa langueur.

« Vous n'avez pas une idée des épreuves auxquelles ils soumettent les maîtresses de maison, chaque jour et à chaque heure !... Mais il est inutile de se plaindre à Saint-Clare ; il fait de si étranges réponses !... Il dit que c'est nous qui les avons faits ce qu'ils sont, et que nous devons les prendre ainsi ; il dit que leur faute vient de nous, et qu'alors il serait cruel de les punir ; il dit que nous ne ferions pas mieux à leur place... comme si on pouvait raisonner d'eux à nous !

— Mais, dit sèchement Ophélia, ne pensez-vous pas que Dieu les a faits du même sang que nous ?

— Non, certes, je ne le pense pas. Vous me la donnez bonne ! une race dégradée !...

— Ne pensez-vous pas qu'ils ont des âmes immortelles ? continua la cousine avec un ton d'indignation croissante.

— Je ne dis pas non, fit Marie en bâillant. Pour cela, personne n'en doute. Quant à ce qui est de comparer leurs âmes avec les nôtres, c'est impossible. Saint-Clare a bien prétendu que séparer Mammy de son mari, c'était la même chose que de me séparer de lui !... J'ai beau lui dire qu'il y a une différence, il ne peut pas la voir... C'est comme si on disait que Mammy aime ses petits souillons d'enfants comme j'aime Éva ! Pourtant Saint-Clare a prétendu froidement, sérieusement, que je devais, faible comme je suis, renvoyer Mammy et prendre quelque autre personne à sa place... C'était un peu trop fort... même pour moi ! Je ne fais pas souvent voir mes sentiments. J'ai pour principe de tout souffrir en silence... mais, cette fois-là, j'éclatai... Il n'y est pas revenu. Mais depuis j'ai compris, à certains regards et à certaines paroles, qu'il est toujours dans les mêmes idées ; et il est si obstiné, si provocant ! »

Miss Ophélia parut avoir peur de dire quelque chose ; elle précipita la marche des longues aiguilles avec une fureur qui eût signifié bien des choses, si Marie Saint-Clare eût pu comprendre...

« Vous voyez donc bien, continua-t-elle, quel gouvernement vous prenez... une maison sans règle, où les esclaves ont ce qu'ils veulent, font ce qu'ils veulent,... excepté quand j'ai la force... Je prends quelquefois mon nerf de bœuf, mais cela me tue ! Si seulement Saint-Clare voulait faire comme les autres !

— Quoi donc ?

— Eh mais, les envoyer à la *Calebasse*, ou en tout autre lieu où on les fouette. Il n'y a pas d'autre moyen... Si je n'étais pas si débile, je gouvernerais avec deux fois plus d'énergie que Saint-Clare.

— Comment donc fait-il ? Vous dites qu'il ne frappe jamais !

— Mon Dieu ! les hommes ont une manière de commander... Cela leur est plus facile ! Et puis, si vous regardez bien dans l'œil de Saint-Clare, il y a quelque chose d'étrange ! Cet œil, quand il parle sévèrement, a comme un éclair. Moi-même j'en ai peur, et les esclaves savent bien qu'il faut prendre garde à eux dans ces moments-là ! Je ne ferais pas tant, avec des tempêtes de coups, que Saint-Clare avec un clignement d'œil, quand il est ému ! On ne fait pas de bruit quand Saint-Clare est là. C'est pour cela qu'il n'a pas plus de pitié de moi !... Mais, quand vous aurez la direction, vous verrez qu'il n'y a pas moyen de s'en tirer sans sévérité... Ils sont si méchants, si trompeurs, si paresseux !

— Ah ! toujours la vieille chanson ! dit Saint-Clare en entrant tout à coup... Quel terrible compte ces misérables auront à rendre au jour du jugement, surtout pour leur paresse !... Vous voyez que, Marie et moi, nous ne leur en donnons pas l'exemple, dit-il en s'étendant tout de son long sur un canapé en face de sa femme.

— Vous êtes bien méchant, Saint-Clare !

— En vérité ? Je croyais pourtant bien dire, j'appuyais vos remarques... comme je fais toujours.

— Vous savez bien que cela n'est pas, Saint-Clare !

— Je me suis trompé alors... merci de me reprendre, ma chère !

— Ah ! vous voulez me provoquer maintenant !

— Voyons, Marie, il fait très chaud. Je viens d'avoir une longue querelle avec Adolphe ; il m'a fatigué... permettez-moi de me reposer sous votre doux sourire.

— Que s'est-il passé avec Adolphe ? l'impudence de ce drôle est devenue excessive, je ne puis plus la supporter. Ah ! je voudrais avoir à le commander quelque temps sans contrôle... je le materais bien.

— Ce que vous dites là, ma chère, est marqué au coin

de votre finesse et de votre bon sens ordinaire ; quant à Adolphe, voici le cas : il s'est si longtemps appliqué à imiter mes grâces et mes perfections, qu'il a fini par se prendre pour son maître... et j'ai été obligé de lui montrer à la fin sa méprise.

— Comment cela ?

— Eh bien, il a fallu lui faire comprendre que je voulais conserver quelques-uns de mes vêtements pour mon usage personnel... j'ai dû aussi mettre des bornes à son trop magnifique emploi de l'eau de Cologne. J'ai même poussé la cruauté jusqu'à le réduire à une seule douzaine de mes mouchoirs de batiste... Adolphe portait tout cela avec des fanfaronnades que j'ai dû également modérer par mes conseils paternels.

— Ah ! Saint-Clare, voilà une indulgence intolérable ! Quand apprendrez-vous donc comment on traite les esclaves ?

— Et, après tout, le beau malheur qu'un pauvre diable d'esclave veuille ressembler à son maître !... Si je l'ai assez mal élevé pour qu'il mette son bonheur dans l'eau de Cologne et les mouchoirs de batiste, pourquoi ne pas lui en donner ?

— Mais pourquoi ne l'avoir pas mieux élevé ? dit Ophélia avec une pointe d'audace.

— Cela fatigue. Oh ! cousine, cousine, la paresse perd plus d'âmes que vous n'en pouvez sauver. Sans la paresse, moi-même j'aurais été un ange. Je suis porté à croire que la paresse est ce que votre ancien docteur Botherem, du Vermont, appelait l'essence du mal moral.

— Je pense, reprit Ophélia, que vous autres possesseurs d'esclaves vous prenez une terrible responsabilité... je ne voudrais pas l'assumer sur moi pour mille mondes ! Vous devez élever vos esclaves, vous devez les traiter comme des créatures raisonnables, comme des âmes immortelles, dont vous aurez à rendre compte un jour au tribunal de Dieu ! Telle est mon opinion. »

Le zèle si longtemps contenu de Miss Ophélia éclatait enfin.

«Allons, allons! dit Saint-Clare en se levant, est-ce que vous nous connaissez?»

Et il se mit au piano et joua un air gai.

Saint-Clare était un véritable musicien. Sa touche était brillante et nette. Ses doigts voltigeaient sur le clavier avec la légèreté aérienne d'un oiseau. Il avait un jeu à la fois brillant et puissant; il passait d'un morceau à l'autre, comme un homme qui veut se mettre en verve; puis, abandonnant tout à coup la musique, il se leva et dit gaiement : «Ma foi! cousine, vous avez parlé d'or et bien fait votre devoir; je ne vous en estime que davantage. Je ne doute pas que vous ne nous ayez montré tout à l'heure un diamant de vérité... et de la plus belle eau; mais vous m'avez envoyé les rayons tellement en plein visage... que je n'en ai pas tout d'abord apprécié la valeur.

— Pour mon compte, dit Marie, je ne vois pas l'utilité de l'observation de ma cousine... S'il y a au monde des gens qui fassent plus que nous pour leurs esclaves... qu'on me les montre!... mais ils n'en profitent pas; au contraire, ils n'en deviennent que pires. Quant à ce qui est de leur parler, je leur ai parlé... à m'en fatiguer; je leur ai enseigné leurs devoirs, tout enfin! ils peuvent aller à l'église quand ils veulent... bien qu'ils ne puissent comprendre un mot du sermon!... Ainsi cela est assez inutile, comme vous voyez!... Mais ils y vont... Ils ont tous les moyens de s'améliorer, vous voyez. Mais, comme je vous le disais, c'est une race dégradée... Il n'y a pas de remède... Vous ne pouvez rien faire pour eux! Vous voyez, cousine Ophélia, j'ai essayé, et vous non... et je suis née, et j'ai été élevée au milieu d'eux... Je les connais!»

Ophélia pensa qu'elle en avait dit assez; elle ne répondit rien. Saint-Clare siffla un air.

«Saint-Clare, je vous prie de ne pas siffler : cela me fait mal à la tête!

— Je ne siffle plus ! Y a-t-il encore quelque chose que je puisse faire pour vous être agréable ?

— Si vous vouliez avoir un peu de sympathie !... Mais vous n'avez jamais éprouvé le moindre sentiment pour moi...

— Cher ange accusateur !

— Tenez, vous m'irritez de me parler de la sorte...

— Eh bien, comment faut-il que je vous parle ? Dites-moi la manière ; je ne demande qu'à savoir ! »

De joyeux éclats de rire, partis de la cour, pénétrèrent à travers les rideaux de soie. Saint-Clare alla au balcon, entrouvrit les rideaux et rit aussi.

« Qu'est-ce ? » dit Miss Ophélia en approchant.

Tom était assis dans la cour sur un petit siège de mousse : chacune de ses boutonnières était fleurie de jasmins du Cap ; Évangéline, heureuse et souriante, lui passait une guirlande de roses autour du cou. Quand ce fut fait, elle vint, riant toujours, se poser sur ses genoux, comme un oiseau familier.

« Ô Tom ! que vous avez une drôle de figure ainsi ! »

Tom, gardant toujours son calme et bienveillant sourire, semblait ravi lui-même autant que sa jeune maîtresse. Quand il vit Saint-Clare, il leva les yeux vers lui d'un air qui demanda grâce.

« Comment pouvez-vous la laisser faire ? dit Ophélia.

— Et pourquoi non ?

— Pourquoi ?... je ne sais... cela m'effraie !

— Vous savez qu'un enfant peut, sans danger, caresser un gros chien... même quand il est noir !... Et quand c'est une créature qui pense, qui raisonne, qui sent, qui est immortelle ? Vous frissonnez ! avouez-le, cousine. Je vous connais bien, vous autres Américains du Nord. Ce n'est pas pour nous vanter, mais l'habitude fait chez nous ce que le christianisme devrait faire. Elle tue les préjugés... C'est une observation que j'ai souvent faite dans mes voyages du Nord. Vous traitez les nègres comme des crapauds ou des serpents... mais vous vous indignez de leurs griefs ! Vous ne voulez pas qu'on les maltraite, mais vous ne voulez rien avoir à démêler avec eux ! Vous voudriez les renvoyer en Afrique pour ne plus les voir ni les sentir... et vous leur expédieriez un ou deux missionnaires pour les convertir... Est-ce bien cela, cousine ?

— Mon Dieu ! il y a bien un peu de cela, dit Ophélia toute pensive.

— Que seraient ces pauvres gens sans les enfants, dit Saint-Clare en s'appuyant au balcon et en regardant courir Évangéline qui entraînait Tom à sa suite. Le petit enfant est le seul vrai démocrate. Tenez, voici Éva ! pour elle Tom est un héros ! Ses histoires lui semblent merveilleuses, ses chansons, ses hymnes méthodistes la réjouissent plus qu'un opéra. Sa poche, pleine de colifichets, est pour elle une mine de Golconde, et lui c'est le plus étonnant des Toms qui aient jamais porté une peau noire. Oui, Éva, c'est une de ces roses de l'Éden, que le Seigneur a laissée tomber sur la terre pour les pauvres et les humbles... qui moissonnent d'ailleurs assez d'épines !

— En vérité, dit Miss Ophélia toute surprise, en vérité, cousin, on dirait, à vous entendre, un professeur !

— Un professeur ?

— Oui, un professeur de religion !

— Non, je ne professe pas... et qui pis est, j'ai peur de ne pas pratiquer.

— Qui vous fait parler ainsi ?

— Rien n'est plus aisé que de parler, dit Saint-Clare. Je crois que Shakespeare a fait dire à un de ses personnages : "Il me serait plus facile d'apprendre à vingt personnes ce qui serait bon à faire, que d'être moi-même une des vingt personnes qui pratiqueraient mes maximes !" Il n'y a rien de tel que la division du travail : mon fort à moi, c'est de parler ; le vôtre, cousine, c'est d'agir ! »

La position matérielle de Tom ne lui donnait aucun droit de se plaindre.

Une fantaisie de la petite Éva, ou plutôt la reconnaissance et la grâce aimante d'une noble nature, l'avaient poussée à prier M. Saint-Clare d'attacher l'esclave à son service spécial. Tom reçut donc l'ordre de tout quitter pour le service d'Éva, chaque fois qu'elle le réclamerait. Tom était ravi. Il était fort bien vêtu : la livrée était un des luxes de Saint-Clare... Pour Tom, le service des écuries était une sinécure. Il avait lui-même des esclaves sous ses ordres. Il se contentait d'une simple inspection. Marie Saint-Clare avait déclaré qu'elle ne tolérerait pas qu'il sentît le cheval quand il approcherait d'elle. Elle avait donc exigé qu'on ne lui imposât aucune corvée dont les conséquences pussent réagir sur son système nerveux, fort incapable, disait-elle, de subir de pareilles épreuves. Une odeur nauséabonde eût suffi pour mettre fin à toutes ses épreuves terrestres ! Tom, dans son habit de drap bien brossé, coiffé d'un chapeau de castor, chaussé de bottes luisantes, avec un col et des manchettes irréprochables, et sa face noire et bienveillante, semblait assez respectable pour occuper le siège épiscopal de Carthage, qu'obtinrent autrefois des gens de sa couleur.

Il habitait un charmant séjour, considération à laquelle sa race sensitive n'est jamais indifférente. Il jouissait avec un bonheur tranquille des oiseaux, des fleurs, des fontaines, des parfums, de la lumière même et de la beauté de la cour ; des rideaux de soie, des peintures, des lustres, des statuettes, des dorures, qui faisaient à ses yeux, des splendeurs du salon, un véritable palais d'Aladin.

Si l'Afrique doit jamais produire une race cultivée et civilisée — et le temps doit venir où l'Afrique tiendra son rang dans cette marche incessante du progrès humain — la vie s'éveillera là avec une splendeur et une magnificence inconnue à nos froides tribus de l'Ouest. Oui, dans cette terre mystique de l'or, des perles, des épices ardentes, des palmiers ondoyants, des fleurs

merveilleuses et de la fertilité sans bornes, l'art produira des formes nouvelles, et la magnificence saura
revêtir un éclat nouveau. La race nègre, qui ne sera
plus alors méprisée et foulée aux pieds, produira sans
doute la dernière et la plus superbe manifestation de la
vie humaine. Oui, dans leur douceur, dans leur humble
docilité de cœur, dans leur aptitude à se confier à un
esprit supérieur et à s'en remettre au pouvoir d'en haut;
dans la simplicité enfantine de leur affection, dans
leur oubli des injures reçues, ils réaliseront, dans sa
forme la plus élevée, la véritable vie chrétienne. Dieu
châtie ceux qu'il aime; il a choisi la pauvre Afrique,
dans cette fournaise de l'affliction, pour la placer au
premier rang en ce royaume suprême qu'il établira,
quand tout autre royaume aura été jugé... et détruit;
car les premiers seront les derniers, et les derniers seront
les premiers.

Étaient-ce là les idées qui préoccupaient Marie Saint-
Clare le matin de certain dimanche, quand elle se tenait
debout, magnifiquement parée, sur le perron de son
palais, fermant un bracelet de diamants sur son mince
poignet? Vraisemblablement c'était cela... ou quelque
chose d'équivalent, car Marie patronnait les bonnes
œuvres et elle allait en toilette superbe, diamants, soie,
dentelles, joyaux et tout enfin, elle allait à je ne sais
plus quelle église à la mode pour y être très pieuse.
Marie, c'était chez elle un principe, était très pieuse
tous les dimanches! Il fallait la voir sous son vestibule,
si élancée, si élégante, tellement aérienne et ondoyante
dans tous ses mouvements... c'était à peine si ses dentelles
l'enveloppaient comme un brouillard tissé! C'était une
gracieuse créature! ses pensées devaient lui ressembler.
Miss Ophélia était, à ses côtés, un vivant contraste.
Ce n'est pas qu'elle n'eût mis une aussi belle robe de
soie, un aussi beau châle, un aussi beau mouchoir;
mais elle était carrée, roide et anguleuse... elle avait
aussi son atmosphère à elle qui l'entourait, et si on ne

voyait pas cette atmosphère, on la devinait aussi bien que la grâce de sa belle voisine... Cette grâce, ce n'était pas du reste la grâce de Dieu, tant s'en faut !

« Où est Éva ? dit Marie.

— Elle s'est arrêtée dans l'escalier pour dire un mot à Mammy. »

Que disait donc Éva à Mammy ? Écoutez, lecteur, et vous l'entendrez, quoique Mme Saint-Clare ne l'entendît pas.

« Ma bonne Mammy, je sais que vous avez bien mal à la tête.

— Vous êtes bien bonne, Miss Éva ! Depuis quelque temps j'ai toujours mal à la tête... ça ne fait rien !...

— Oh ! cette sortie va vous faire du bien !... Et elle lui jeta les bras autour du cou... Tenez, Mammy, prenez mon flacon.

— Quoi ! cette belle chose en or, avec des diamants ? Dieu ! Miss, je ne puis.

— Et pourquoi ? Vous en avez besoin, et moi pas ; maman s'en sert toujours pour le mal de tête... Cela vous fera du bien. Allons ! vous allez le prendre pour me faire plaisir !

— Comme elle parle, cher trésor ! dit Mammy, pendant qu'Évangéline lui coulait le flacon dans la poitrine, l'embrassait et descendait quatre à quatre.

— Qui donc vous arrêtait ? fit la mère.

— Je donnais mon flacon à Mammy, pour qu'elle l'emportât à l'église.

— Comment ! Éva, votre flacon d'or ?... à Mammy ! dit Marie en frappant du pied. Quand saurez-vous donc ce qui est convenable ? vite, allez le reprendre ! »

Évangéline baissa les yeux, fit une petite mine piteuse et retourna lentement vers l'escalier.

« Allons, Marie, dit Saint-Clare, laissez cette enfant libre... qu'elle fasse comme il lui plaira.

— Ah ! Saint-Clare, comment voulez-vous qu'elle fasse son chemin dans le monde ? dit Marie.

— Dieu le sait ; mais elle fera son chemin dans le ciel beaucoup mieux que vous et moi.

— Ah ! papa, ne dites pas cela ; vous faites de la peine à maman, dit la petite fille en touchant doucement le coude de son père.

— Eh bien, cousin, êtes-vous prêt pour l'office ? dit Miss Ophélia en se tournant tout d'une pièce vers Saint-Clare.

— Je n'y vais pas. Merci bien.

— J'ai toujours désiré voir Saint-Clare aller à l'église, dit Marie, mais il n'a pas la moindre religion... c'est vraiment inconvenant !

— Je sais, dit Saint-Clare ; vous autres dames, vous allez à l'église pour apprendre à faire votre chemin dans le monde. Votre piété est un vernis. Si j'y allais, moi, je voudrais aller au temple de Mammy ; il y a là du moins de quoi tenir un homme éveillé !

— Quoi ! ces braillards de méthodistes !... fi ! l'horreur !

— Ah ! c'est autre chose que la mer morte de vos églises, ma chère Marie ! positivement ! C'est trop demander à un homme que de le conduire là. Voyons, Éva, est-ce que cela vous fait plaisir d'y aller ? Restez ici, nous allons jouer.

— Mais, papa, il vaut mieux que j'aille à l'église.

— Mais c'est mortellement ennuyeux !

— Oui, c'est un peu ennuyeux, dit Éva, et cela m'endort ; mais je fais tout ce que je peux pour me tenir éveillée.

— Que faites-vous pour cela ?

— Mais, vous savez bien, papa, fit-elle tout bas ; ma cousine dit que Dieu veut que nous y allions. C'est Dieu qui nous donne tout, vous savez... ce n'est pas trop de faire cela pour lui, si cela lui plaît. Je vous assure, après tout, que ce n'est pas trop ennuyeux.

— Chère et charmante petite âme ! dit Saint-Clare en l'embrassant, va ! et prie pour moi.

— Certainement, dit l'enfant, je n'y manque jamais... »
Et elle sauta dans la voiture à côté de sa mère.

Saint-Clare resta un instant sur le perron, lui envoyant des baisers avec les mains pendant que la voiture s'éloignait ; il sentit de grosses larmes dans ses yeux.

« O Évangéline, la bien nommée ! s'écria-t-il ; va ! tu es bien pour moi un évangile que Dieu m'a fait ! »

Il eut un moment d'émotion vraie, puis il se mit à fumer un cigare et à lire le *Picayune*[1], et il oublia son petit évangile... Que de gens font comme lui !

« Voyez-vous, Évangéline, disait la mère chemin faisant, il est toujours bien d'être bon avec les gens... mais il ne faut pas les traiter comme nos relations, comme les gens de notre classe ! Si Mammy était malade, vous ne la feriez pas mettre dans votre lit ?...

— Mais si, maman, dit Éva ; ce serait plus commode pour la soigner, et puis mon lit est meilleur que le sien ! »

Mme Saint-Clare fut désespérée du manque de sens moral que cette phrase révélait.

« Mais comment parvenir à me faire comprendre de cette enfant ? dit-elle.

— C'est impossible ! » dit Miss Ophélia d'un ton significatif.

Éva parut un moment déconcertée et toute chagrine ; mais, par bonheur, les enfants ne gardent pas longtemps la même impression : bientôt elle rit aux éclats des mille choses plus ou moins drolatiques et bizarres qu'elle apercevait à travers les vitres de la portière.

. . . .

« Eh bien, mesdames, dit Saint-Clare au dîner, quel était le programme de l'église aujourd'hui ?

— Oh ! le docteur G.... a fait un magnifique sermon, un de ces sermons que vous devriez entendre. Il exprimait toutes mes idées... exactement.

— Longs développements, alors ! le sujet est vaste.

— J'entends toutes mes idées sur la société. Il avait pris pour texte cette pensée : «Il a fait toutes choses belles dans leur saison.» Il a montré comment toutes les classes, toutes les distinctions sociales venaient de Dieu ; il a dit qu'il était convenable et juste qu'il y eût des petits et des grands ; que les uns étaient nés pour commander et les autres pour obéir. Il a si bien répondu à toutes les objections qu'on fait maintenant à l'esclavage ! Il a prouvé que la Bible était évidemment de notre côté... J'aurais seulement désiré que vous l'eussiez entendu !

— Grand merci ! ce que j'ai lu dans mon journal m'a fait autant de bien... et, de plus, j'ai fumé mon cigare... ce que je n'aurais pu faire à l'église !

— Mais, dit Miss Ophélia, est-ce que vous ne partagez pas ses opinions ?

— Qui ? moi ! Vous savez que je ne suis qu'un pauvre pécheur que la grâce n'a pas touché... Le côté religieux de ces choses-là me laisse tout à fait indifférent ! Si je voulais parler sur la question de l'esclavage, je dirais net et clair : Nous sommes pour l'esclavage, nous l'avons, nous le gardons ; c'est dans notre intérêt ! et cela nous convient ! et voilà tout ! sans ambages et sans maximes plus ou moins saintes. Je crois que tout le monde pourrait me comprendre.

— En vérité, Augustin, dit Mme Saint-Clare... je crois, moi, que vous ne respectez rien !... C'est révoltant de vous entendre parler ainsi !

— Révoltant, c'est le mot !... Mais pourquoi ne pas pousser plus loin les explications religieuses ? Pourquoi ne pas prouver qu'il est beau en sa saison de boire un coup de trop, de rester trop tard à jouer aux cartes, et de se livrer à une foule d'autres petites distractions que la Providence nous ménage... et qui sont assez en usage parmi les jeunes gens ?... Je serais enchanté d'entendre prouver que cela aussi est bien en sa saison !

— Enfin, dit brusquement Miss Ophélia, êtes-vous pour ou contre l'esclavage ?

— Dans votre Nouvelle-Angleterre, dit gaiement Saint-Clare, vous avez une affreuse logique ; si je réponds à cette question, vous allez m'en faire six autres, toujours de plus en plus difficiles... Je ne veux pas m'enferrer. Je passe ma vie à jeter des cailloux dans les vitres de mes voisins... Je me garde bien de faire mettre des vitres chez moi.

— Voilà comme il est ! dit Marie ; impossible de le saisir... et cela, parce qu'il n'a pas de religion...

— De la religion ! dit Saint-Clare d'un ton qui fit lever les yeux aux deux femmes, de la religion ! Est-ce que vous entendez au temple que vous appelez de la religion ? cette doctrine qui se ploie, qui s'assouplit, qui monte, qui descend, pour suivre dans ses caprices une société égoïste et mondaine ! Une religion ! cela qui est moins scrupuleux, moins généreux, moins juste, moins digne d'un homme que ma méchante et aveugle nature, à moi ! Non ! quand je veux voir de la religion, je regarde au-dessus et non pas au-dessous de moi !

— Alors vous ne croyez pas que la Bible justifie l'esclavage ? dit Ophélia.

— La Bible était le livre de ma mère, reprit Saint-Clare... elle a vécu et elle est morte avec ce livre... Il me serait triste de penser qu'il en fût ainsi !... C'est comme si on disait que ma mère buvait de l'eau-de-vie, chiquait du tabac et jurait... pour me prouver que j'ai raison d'en faire autant ! Non, je n'aurais pas plus raison pour cela, continua-t-il, et cela me priverait du bonheur de respecter ma mère !... Et c'est un bonheur, vous le savez, d'avoir dans ce monde quelque chose que l'on puisse respecter... Vous voyez donc bien, continua-t-il, en reprenant son ton léger, que ce qu'il faut, c'est que chaque chose soit à sa place. L'édifice social, en Europe et en Amérique, est quelquefois composé d'éléments qui supporteraient difficilement la critique d'un examen sévère... On ne vise pas au bien absolu... on se contente de ne pas faire plus mal que les autres. Maintenant, qu'on vienne me dire : L'esclavage nous est nécessaire, nous ne pouvons pas nous en passer, il nous le faut, ou nous sommes réduits à la mendicité! voilà qui est positif, net et clair, et honorable comme la vérité... Mais que l'on vienne, avec une mine allongée et hypocrite, me citer l'Écriture... non! non! voilà ce que je n'approuverai jamais!

— Vous n'avez pas de charité, dit Marie.

— Voyons, poursuivit Saint- Clare, mettons à présent que le prix du coton baisse de jour en jour et fasse des esclaves une propriété qui se donne sur le marché... ne pensez-vous pas que nous aurons aussitôt une tout autre explication de l'Écriture? Quels flots de lumière se répandront tout à coup dans l'Église!... Comme il sera démontré que la raison et la Bible veulent tout autre chose!

— En tout cas, dit Marie en s'appuyant nonchalamment sur son coussin, je suis enchantée d'être née du temps de l'esclavage, et je crois que c'est une bonne chose... Je sens que cela doit être, et, à coup sûr, je ne pourrais pas m'en passer.

— Et vous, mignonne, dit Saint- Clare à Éva, qui entrait une fleur à la main, quel est votre avis?

— Sur quoi, papa?

— Qu'aimez-vous mieux, vivre comme chez votre oncle de Vermont ou d'avoir une maison pleine d'esclaves comme ici?

— Oh! c'est notre manière qui est la meilleure, dit Éva.

— Pourquoi? dit Saint- Clare en lui touchant le front.

— Parce qu'elle nous donne plus de monde à aimer autour de nous, dit Éva en relevant ses yeux pleins d'expression.

— Ah ! voilà bien Éva, dit Marie, voilà bien une de ses sottes réponses.

— C'est mal, papa ? dit Évangéline en se mettant sur les genoux de son père.

— Oui, à la façon dont va ce monde, dit Saint- Clare ; mais où était donc ma petite fille pendant le dîner ?

— Dans la chambre de Tom à l'écouter chanter... La mère Dinah m'a apporté à manger...

— Écouter chanter Tom !... hein ?

— Oui ; il chante de si belles choses sur la Nouvelle-Jérusalem, sur les anges tout radieux, sur la terre de Chanaan...

— Voyons ! est-ce plus joli que l'Opéra ? dites-moi.

— Oh ! oui ; il m'apprendra tout cela.

— Ah ! des leçons de musique !

— Oui ; il chante pour moi... Je lui fais la lecture dans ma Bible, et il m'explique ce que cela veut dire !

— Sur ma parole, dit Marie en riant aux éclats, voilà la meilleure plaisanterie de la saison !

— Je gage, dit Saint- Clare, que Tom n'explique pas si mal l'Écriture. Cet esclave a le génie de la religion... J'avais besoin des chevaux de bonne heure ce matin... Je suis monté à sa chambre, au-dessus de l'écurie... Il faisait sa prière... Je n'ai rien entendu d'aussi touchant... Il m'y recommandait à Dieu avec un zèle tout apostolique.

— Il se doutait peut-être que vous l'écoutiez... Je connais ces tours-là.

— Alors il ne serait pas trop poli... car il disait au Bon Dieu son opinion de moi assez librement... Il trouvait que j'avais beaucoup de progrès à faire, et c'est pour ma conversion qu'il priait.

— Eh bien, songez-y ! fit Miss Ophélia.

— C'est aussi votre avis, je m'en doute bien, dit Saint-Clare... Eh ! nous verrons... n'est-ce pas, Éva ? »

CHAPITRE XVII

Comment se défend un homme libre

Nous retournons maintenant chez les quakers. Le soir approche, il y a un peu d'agitation au logis. Rachel Halliday va d'une place à l'autre ; elle met ses provisions à contribution pour fournir un petit viatique aux amis qui vont partir. Les ombres du soir s'allongent vers l'Orient ; à l'horizon le soleil rougissant s'arrête tout pensif et verse ses rayons calmes et dorés dans la petite chambre où sont assis l'un près de l'autre Georges et Élisa. Georges a l'enfant sur ses genoux, et dans sa main la main de sa femme. Ils paraissent sérieux et tristes, il y a sur leurs joues des traces de larmes.

« Oui, Élisa, disait Georges, je reconnais que tout ce que vous dites est vrai : vous valez bien des fois mieux que moi ! J'essaierai de faire comme vous voulez... J'essaierai d'avoir des sentiments dignes d'un homme libre, dignes d'un chrétien ! Le Dieu tout-puissant sait que j'ai voulu bien faire... que j'ai péniblement essayé de bien faire, quand tout était contre moi !... et maintenant, je vais oublier le passé... je vais rejeter loin de moi tout sentiment amer et dur... je vais lire ma Bible et apprendre à être bon.

— Quand nous scrons au Canada, je vous aiderai à vivre, reprit Élisa. Je sais faire des robes, repasser, blanchir le linge fin... A nous deux nous pouvons nous suffire.

— Oui, Élisa, tant que chacun de nous aura l'autre

et que tous deux nous aurons notre enfant. Oh ! Élisa, si ces gens savaient quel bonheur c'est pour un homme de sentir que sa femme et son enfant sont à lui !... Je me suis souvent étonné que des hommes qui pouvaient vraiment dire : « ma femme, mes enfants », eussent le cœur de penser et de vouloir autre chose. Nous n'avons que nos bras, et pourtant je me sens riche et fort... Il me semble que je ne pourrais rien demander de plus à Dieu... Oui, j'ai travaillé jour et nuit jusqu'à vingt et un ans, et je n'ai pas un sou vaillant... Je n'ai pas un toit de chaume pour abriter ma tête, pas un pouce de terre que je puisse dire mien... Mais qu'ils me laissent en paix, et je serai heureux et reconnaissant. Je travaillerai et j'enverrai aux Shelby le prix du rachat pour vous et pour l'enfant... Quant à mon ancien maître, il est payé au centuple ; je ne lui dois rien.

— Nous ne sommes pas encore hors de danger, dit Élisa ; nous ne sommes pas encore au Canada !

— C'est vrai ; mais il me semble que je respire déjà l'air libre, et que cela me rend fort ! »

A ce moment on entendit des voix à l'extérieur ; on frappa à la porte... Élisa l'ouvrit en tressaillant.

Siméon était là avec un autre quaker, qu'il introduisit et présenta sous le nom de Phinéas Fletcher. Phinéas était grand, maigre comme une perche, rouge de cheveux, avec une expression de visage pleine de finesse et de perspicacité ; il était loin d'avoir la physionomie calme, placide, détachée du monde, de Siméon Halliday. C'était au contraire un homme très éveillé, très au fait, et qui paraissait s'estimer d'autant plus qu'il savait ce dont il était capable... Tout cela du reste s'accordait mal, nous le reconnaissons, avec le chapeau à larges bords et la phraséologie de sa communion.

« Notre ami Phinéas, dit Siméon Halliday, a découvert quelque chose d'important pour toi et les tiens ; tu ferais bien de l'écouter.

— C'est vrai, dit Phinéas, et cela montre une fois de

plus qu'il est bon, dans certains endroits, de ne dormir que d'une oreille. La nuit dernière, je me suis arrêté dans une petite taverne solitaire, de l'autre côté de la route. Tu te rappelles, Siméon, cet endroit où, l'an passé, nous avons vendu des pommes à une grosse femme qui avait de longues boucles d'oreilles ?... J'étais fatigué de ma route ; je m'étendis, dans un coin, sur une pile de sacs, et je jetai une peau de bison sur moi... en attendant que mon lit fût prêt... Qu'est-ce que je fais ?... Je m'endors.

— Avec une oreille ouverte, Phinéas ? dit tranquillement Siméon.

— Non, de toutes mes oreilles, une heure ou deux ! J'étais très fatigué. Quand je revins un peu à moi, il y avait des hommes dans l'appartement, assis autour d'une table, buvant et causant... Comme j'avais entendu dire un mot des quakers, j'écoutai un peu. « Ainsi, disait l'un, ils sont chez les quakers, sans aucun doute ! » Ici, j'écoutai des deux oreilles. C'était de vous autres qu'ils parlaient. J'entendis tout leur plan. Georges devait être renvoyé à son maître, dans le Kentucky, pour qu'on en fît un exemple capable de terrifier à jamais les nègres qui veulent fuir ; deux d'entre eux devaient aller vendre Élisa à La Nouvelle-Orléans... ils espéraient en tirer seize à dix-huit cents dollars ; l'enfant devait être rendu à un marchand qui l'avait acheté ; Jim et sa mère seraient également renvoyés à leur maître, dans le Kentucky. Ils disaient que dans la ville voisine il y avait deux constables qu'ils emmenaient avec eux pour reprendre les fugitifs... que la jeune femme serait conduite devant le juge, et qu'un de ces individus, qui est petit et qui a la voix douce, jurerait qu'elle était à lui... Ils savaient du reste le chemin que nous allons suivre, et viendraient à sept ou huit à notre poursuite. Et maintenant que faut-il faire ? »

Pendant cette communication, le groupe gardait une attitude vraiment digne de la peinture. Rachel Halliday, qui venait de quitter ses gâteaux pour écouter les nouvelles, levait au ciel ses mains blanches de farine ; l'inquiétude se lisait sur son visage. Siméon réfléchissait profondément. Élisa entourait Georges de ses bras, et n'en pouvait détacher ses yeux. Georges serrait les poings, son œil lançait des éclairs... il avait le port et l'attitude d'un homme qui sait qu'on veut livrer son fils et vendre sa femme à l'encan... et cela sous la protection des lois d'une nation chrétienne !

« Georges, que ferons-nous ? dit Élisa d'une voix éteinte.

— Je sais ce que je ferai, dit Georges en rentrant dans la chambre à coucher, où il examina ses pistolets.

— Eh ! eh ! dit Phinéas à Siméon, en hochant la tête, tu vois comme cela va se passer.

— Je vois bien, dit Siméon ; je souhaite qu'on n'en vienne pas là.

— Je ne veux entraîner personne avec moi, dit Georges ; prêtez-moi seulement votre voiture, et indiquez-nous la route ; je vais conduire. Jim a la force d'un géant. Il est brave comme la mort et le désespoir, et moi aussi !

— Très bien, ami, dit Phinéas ; mais avec tout cela tu as encore besoin de quelque chose, de quelqu'un qui te conduise. Bats-toi, c'est ton affaire, parfaitement ; mais il y a dans cette route deux ou trois choses que tu ne connais pas.

— Mais je ne veux pas vous compromettre, dit Georges.

— Compromettre ! dit Phinéas avec une expression de malice et de ruse. En quoi me compromettre, s'il te plaît ?

— Phinéas est sage et habile, dit Siméon, tu peux t'en rapporter à lui, Georges. »

Et lui mettant la main sur l'épaule et regardant les pistolets :

« Ne fais pas trop vite usage de ceci ! Le jeune sang est chaud.

— Je n'attaquerai pas, répondit Georges. Tout ce que

je demande à ce pays, c'est qu'il me laisse... j'en veux sortir paisiblement. Mais... »

Il s'arrêta, son front s'obscurcit, et une expression terrible passa sur son visage.

« J'ai eu une sœur vendue sur le marché de La Nouvelle-Orléans... je sais pour quoi faire ! et je resterais paisible pendant qu'on m'enlèverait ma femme pour la vendre... alors que Dieu m'a donné des bras vaillants pour la défendre ! Non ! Dieu m'en garde ! avant de me laisser prendre ma femme et mon fils, je combattrai jusqu'au dernier soupir. Pouvez-vous me blâmer ?

— Aucun homme ne peut te blâmer ! la chair et le sang ne peuvent agir autrement... Malheur au monde à cause de ses péchés, mais malheur surtout à ceux par qui les péchés arrivent !

— Ne feriez-vous pas la même chose à ma place, monsieur ?

— Je désire n'être pas tenté, dit Siméon. La chair est faible.

— Je crois que ma chair serait assez ferme en pareil cas, dit Phinéas en étendant ses bras longs comme des ailes de moulin à vent. Je suis sûr, ami Georges, que le cas échéant, je pourrai te débarrasser d'un de ces individus.

— Ah ! s'il est jamais permis de résister au mal par la force, c'est maintenant, c'est à Georges que cela est permis !... Mais les pasteurs du peuple nous ont montré une voie meilleure ; ce n'est point par la colère de l'homme que la justice de Dieu opère ses œuvres. La justice de Dieu va au contraire contre nos instincts corrompus, et nul ne la reçoit que celui à qui elle a été donnée par le Ciel ; prions donc le Ciel de n'être point tentés.

— C'est ce que je fais, dit Phinéas... Mais si nous sommes trop tentés... qu'ils prennent garde à eux... Je ne dis que cela !

— On voit bien que tu n'es pas né parmi les quakers,

Phinéas... Chez toi le vieil homme reprend toujours le dessus. »

Pour dire vrai, Phinéas avait été longtemps un coureur de bois, intrépide chasseur, redoutable au gros gibier... Mais il s'était épris d'une belle quakeresse, et touché par ses charmes, il était entré dans sa communion ; mais, quoiqu'il en fût maintenant un digne et irréprochable membre, les plus fervents lui reprochaient encore un certain levain de l'ancien monde.

« L'ami Phinéas a toujours des façons à lui, dit Rachel en souriant ; mais après tout... nous savons que son cœur est bien placé !

— Ne faut-il point nous hâter ? dit Georges.

— Je me suis levé à quatre heures et je suis venu à toute vitesse, reprit Phinéas. S'ils ont suivi leur plan, j'ai sur eux deux ou trois heures d'avance... Il n'est pas prudent d'ailleurs de partir avant la chute du jour. Il y a dans le village trois ou quatre mauvais drôles qui pourraient nous inquiéter et nous retarder... Nous pourrons nous risquer dans deux heures. Je vais aller trouver l'ami Michaël Cross et le prier de nous suivre, sur son petit bidet, pour éclairer la route et nous avertir. Ce petit bidet-là va bien ; s'il y a quelque danger, Michaël nous préviendra. Je vais avertir Jim et la vieille femme de se tenir prêts et de voir aux chevaux. Nous avons des chances d'atteindre notre première station avant d'être attaqués. Du courage donc, ami Georges ! ce n'est pas la première passe difficile où je me trouve avec les tiens. »

Phinéas sortit et ferma la porte sur lui.

« Phinéas ne craint rien et fera tout pour toi, Georges, dit Siméon.

— Ce qui m'attriste, répondit Georges, c'est de vous faire courir à tous quelques périls.

— Tu nous feras plaisir, ami, de ne plus répéter ce mot-là. Ce que nous faisons, nous sommes obligés en conscience à le faire ; nous ne pouvons pas agir autrement. Et maintenant, mère, dit-il en se tournant vers

Rachel, hâte les préparatifs : il ne faut pas renvoyer nos amis à jeun. »

Pendant que Rachel et ses enfants achevaient les gâteaux de maïs et faisaient cuire le poulet et le jambon. Georges et sa femme étaient assis dans le petit salon, les bras entrelacés, songeant que, dans quelques heures, ils seraient peut-être séparés pour toujours.

« Élisa, lui disait Georges, les gens qui ont des amis, des maisons, des terres, de l'argent, ne peuvent s'aimer comme nous faisons, nous qui n'avons que nous-mêmes. Jusqu'à ce que je vous aie connue, Élisa, personne ne m'aima, que ma sœur et ma mère, ce pauvre cœur brisé !... Je me rappelle cette chère Émilie, le matin du jour où le marchand l'emmena. Elle vint à moi, dans le coin où je dormais... « Pauvre Georges, disait-elle, c'est « ta dernière amie qui s'en va ! qu'adviendra-t-il de toi, « pauvre enfant ? » Je me levai, je l'entourai de mes bras... je sanglotai... je pleurai... elle pleurait aussi, et ce furent les dernières paroles affectueuses que j'entendis... Deux ans se passèrent, et mon cœur se flétrit et se dessécha comme le sable... jusqu'à ce que je vous aie vue... Votre amour fut pour moi une résurrection... Vous me rappeliez d'entre les morts. Depuis, j'ai été un homme nouveau. Et, maintenant, sachez-le bien, Élisa, je vais peut-être verser la dernière goutte de mon sang... Mais ils ne vous arracheront point à moi... Pour vous prendre, il faudra passer sur mon cadavre.

— Oh ! que Dieu ait pitié de nous, dit Élisa. S'il voulait seulement nous permettre de sortir de ce pays... c'est tout ce que nous lui demandons.

— Dieu est-il de leur côté ? dit Georges, songeant moins à parler à sa femme qu'à épancher ses amères pensées. Voit-il tout ce qu'ils font ? comment permet-il que de telles choses arrivent ?... Ils disent que la Bible est pour eux ! C'est le pouvoir qui est pour eux. Ils sont riches, heureux ; ils sont membres des églises ; ils s'attendent à aller au Ciel. Ils ont tout ce qu'ils veulent dans ce monde, et d'autres chrétiens, pauvres, honnêtes et fidèles, aussi bons et meilleurs qu'eux, sont couchés dans la poussière, sous leurs pieds ! Ils les achètent, les vendent ! Ils trafiquent du sang de leur cœur, de leurs soupirs et de leurs larmes... et Dieu le permet !

— Ami Georges, dit Siméon du fond de la cuisine, écoute ce psaume, il te fera du bien. »

Georges approcha sa chaise de la porte, et Élisa, essuyant ses larmes, s'approcha aussi pour écouter ; et Siméon lut :

« Pour moi, mes pieds m'ont presque manqué, et j'ai failli tomber en marchant ;

« Parce que j'ai eu de vaines pensées, en voyant la prospérité des méchants.

« Ils ne participent point aux travaux et aux misères des autres hommes.

« C'est pourquoi l'orgueil les entoure comme une chaîne.

« La violence les couvre comme un vêtement.

« Leurs yeux sont remplis d'insolence, et ils ont plus que leur cœur ne peut désirer.

« Et ils sont corrompus, et ils tiennent de méchants discours au sujet de la servitude : leurs discours sont superbes !

« C'est pourquoi le peuple, se retournant et voyant la coupe pleine, se dit :

« Dieu voit-il ? Y a-t-il quelque savoir dans le Très-Haut ? »

— N'est-ce pas ainsi, ajouta Siméon, n'est-ce pas ainsi que Georges pense ?

— Oui, répondit Georges, j'aurais pu écrire cela moi-même.

— Écoute donc encore, reprit Siméon.

« Quand j'eus ces pensées, elles me furent amères. Mais j'entrai dans le sanctuaire de Dieu, et je compris.

« Seigneur ! tu les as placés dans des endroits glissants, tu les as précipités vers la destruction.

« Comme le rêve d'un homme qui s'éveille, ô Dieu ! en te réveillant tu briseras leur image !

« Cependant je suis continuellement avec toi, et tu m'as tenu par la main droite.

« Tu me guideras par tes conseils et tu me recevras dans ta gloire !

« Il est bon à moi de m'attacher à mon Dieu. J'ai mis mon espérance dans le Seigneur Dieu. »

Ces paroles de la sagesse divine, prononcées par la bouche amie du vieillard, passèrent, comme une musique sacrée, sur l'âme malade et irritée du jeune homme ; et, sur ses beaux traits, une expression de douceur soumise remplaça la haine farouche.

« Si ce monde était tout, Georges, reprit Siméon, tu pourrais en effet demander où est le Seigneur. Mais souvent ce sont ceux-là mêmes qui ont eu le moins ici-bas qu'il choisit pour les placer dans son royaume ! Mets ta confiance en lui, peu importe ce qui t'arrivera ici ; tout sera remis à sa place un jour. »

Si ces paroles eussent été prononcées par quelque orateur à son aise, indulgent pour lui-même, qui les eût laissées tomber de sa bouche comme des fleurs de rhétorique à l'usage des malheureux, elles n'auraient pas produit grand effet ; mais, venant d'un homme qui chaque jour, et avec un calme suprême, bravait l'amende et la prison pour la cause de Dieu et de l'homme, elles avaient un poids qui faisait tout céder. Les deux pauvres fugitifs sentaient le calme et la force pénétrer dans leur âme.

Rachel prit alors Élisa par la main et la conduisit à table. On frappa un petit coup à la porte : Ruth entra.

« J'ai couru, dit-elle, pour apporter à l'enfant ces trois petites paires de bas propres, chauds et en laine. Il fait si froid, tu sais, au Canada !... Toujours du courage, Élisa ! » dit-elle en se mettant à table auprès de la jeune femme, et lui serrant affectueusement la main.

Et elle glissa un gâteau entre les doigts d'Henri.

« Je lui en ai apporté d'autres, dit-elle en fouillant dans sa poche... Les enfants, tu sais, ça mange toujours !

— Oh ! dit Élisa, que vous êtes bonne !

— Voyons, Ruth, assieds-toi et soupe, dit Rachel.

— Impossible ! Imagine-toi, j'ai laissé John avec le baby... et des gâteaux au four... Si je m'arrête une minute, John va laisser brûler les gâteaux et donner à l'enfant tout ce qu'il y a de sucre à la maison. C'est son caractère, dit la petite quakeresse en riant. Ainsi, adieu Élisa ! adieu Georges ! que Dieu protège votre voyage !... »

Et elle disparut en sautillant.

Un moment après, une grande voiture couverte s'arrêta devant la porte. La nuit était claire et toute scintillante d'étoiles. Phinéas sauta vivement à bas de son siège pour faire placer les voyageurs. Georges sortit ; il tenait son enfant d'une main, sa femme de l'autre. Son pas était ferme, son visage plein de courage et de résignation. Rachel et Siméon venaient après lui.

« Descendez un peu, vous autres, dit Phinéas à ceux qui se trouvaient déjà dans la voiture, que j'arrange le fond pour les femmes et pour l'enfant.

— Voilà deux peaux de buffle, dit Rachel, mets-les sur le banc ; les cahots sont durs, la nuit. »

Jim descendit le premier et aida sa mère à descendre. Il en prenait le soin le plus touchant. La pauvre femme jetait partout des regards inquiets, comme si elle se fût attendue à voir à chaque instant arriver ses persécuteurs.

« Jim, vos pistolets ! dit Georges à voix basse. Et vous savez ce que nous ferons, si on nous attaque...

— Si je le sais ! dit Jim en montrant sa large poitrine et en respirant vaillamment... Ne craignez rien, je ne leur laisserai pas reprendre ma mère ! »

Pendant qu'il échangeait ces quelques mots, Élisa avait pris congé de sa bonne amie Rachel. Siméon la plaça dans la voiture, et elle s'y installa dans le fond avec son enfant. La vieille femme vint se placer à côté d'elle.

Georges et Jim se placèrent devant elle sur un banc grossier, et Phinéas sur le siège.

« Adieu, mes amis ! dit Siméon.

— Dieu vous bénisse ! » répondit-on.

Et la voiture partit en faisant craquer le sol gelé sous les roues.

Il n'y avait pas moyen de causer.

On roula à travers les chemins du bois à demi défriché ; on franchit de larges plaines, on gravit des collines, on descendit dans les vallées, et les heures passaient.

L'enfant s'endormit bientôt et tomba lourdement sur le sein de sa mère. La pauvre vieille négresse oublia ses craintes, et, vers le point du jour, Élisa elle-même ferma les yeux. Phinéas était le plus gai de la compagnie ; il sifflait, pour abréger la route, certains airs un peu profanes... pour un quaker.

Vers trois heures, l'oreille de Georges saisit le bruit vif et rapide d'un sabot de cheval ; il donna un coup de coude à Phinéas, qui arrêta pour écouter.

« Ce doit être Michaël ; je reconnais le galop de son bidet. »

Il se leva et regarda avec une certaine inquiétude.

Ils aperçurent, au sommet d'une colline assez éloignée, un homme qui venait vers eux à fond de train.

« C'est lui ! » dit Phinéas.

Georges et Jim sautèrent à bas avant de savoir trop ce qu'ils allaient faire ; ils se tournèrent silencieusement du côté où ils voyaient venir le messager attendu. Il avançait toujours ; une hauteur le déroba un instant, mais ils entendaient toujours l'allure précipitée : enfin on l'aperçut au sommet d'une éminence, et à portée de la voix.

« Oui ! c'est Michaël. Holà ! ici, par ici, Michaël !

— Phinéas ! est-ce toi ?

— Oui.

— Quelle nouvelle ? Viennent-ils ?

— Ils sont derrière moi, huit ou dix ! échauffés par l'eau-de-vie, jurant, écumant comme autant de loups. »

A peine avait-il parlé qu'une bouffée de vent apporta le bruit du galop de leurs chevaux.

« Remontez ! Vite, vite en voiture, dit Phinéas. Si vous voulez combattre, attendez que je vous choisisse l'endroit... »

Ils remontèrent. Phinéas lança les chevaux au galop. Michaël se tenait à côté d'eux. Les femmes entendaient... elles voyaient dans le lointain une troupe d'hommes, dont la silhouette brune se découpait sur les bandes roses du ciel matinal. Encore une colline franchie, et les ravisseurs allaient apercevoir la voiture, si reconnaissable à la blancheur de sa bâche... On entendit un cri de triomphe brutal... Élisa, prête à se trouver mal, serrait son enfant sur son cœur ; la vieille femme priait et soupirait ; Georges et Jim saisirent leurs pistolets d'une main convulsive.

Les ennemis gagnaient du terrain ; la voiture tourna brusquement et s'arrêta près d'un bloc de rochers escarpés, surplombants, dont la masse solitaire s'élevait au milieu d'un vaste terrain doux et uni. Cette pyramide isolée montait, gigantesque et sombre, dans le ciel brillant, et semblait promettre un abri inviolable. Phinéas connaissait parfaitement l'endroit ; il y était souvent venu dans ses courses de chasseur. C'était pour l'atteindre qu'il avait si vivement poussé ses chevaux.

« Nous y voilà, dit-il en arrêtant et en sautant à bas du siège... Allons ! tous, vite à terre, et grimpez avec moi dans ces rochers ! Michaël, mets ton cheval à la voiture et va chez Amariah ; ramène-le avec quelques-uns des siens pour dire un mot à ces drôles ! »

En un clin d'œil tout le monde fut descendu.

« Par ici, dit Phinéas, en attrapant le petit Henri ; par ici, prenez la femme ! et, si jamais vous avez su courir, courez maintenant ! »

L'exhortation était au moins inutile ; en moins de temps que nous ne saurions le dire, la haie fut franchie, la petite troupe s'élançait vers les rochers, tandis que

Michaël, suivant le conseil de Phinéas, s'éloignait rapidement.

« Avancez, dit Phinéas, au moment où, déjà plus près du rocher, ils distinguaient, aux lueurs mêlées de l'aube et des étoiles, la trace d'un sentier âpre, mais nettement marqué, qui conduisait au cœur du roc. Voilà une de nos cavernes de chasse... Venez ! »

Phinéas allait devant, bondissant comme une chèvre, de pic en pic, et portant l'enfant dans ses bras. Jim venait ensuite, chargé de sa vieille mère. Georges et Élisa fermaient la marche.

Les cavaliers arrivèrent à la haie, et descendirent en proférant des cris et des serments ; ils se préparaient à suivre les fugitifs. Après quelques minutes d'escalade, ceux-ci se trouvèrent au sommet du roc. Le sentier passait alors à travers un étroit défilé où l'on ne pouvait marcher qu'un de front. Tout à coup ils arrivèrent à une crevasse d'à peu près trois pieds de large et de trente pieds de profondeur, qui séparait en deux la masse des rochers ; précipice escarpé, perpendiculaire comme les murs d'un château fort. Phinéas franchit aisément la crevasse et déposa l'enfant sur un épais tapis de mousse blanche.

« Allons, allons, vous autres, sautez tous ! il y va de la vie... »

Et ils sautèrent, en effet, l'un après l'autre. Quelques fragments de rochers, formant comme un ouvrage avancé, les dérobaient au regard des assaillants.

« Bien ! nous voici tous », dit Phinéas, avançant la tête au-dessus de ce rempart naturel pour suivre le mouvement de l'ennemi.

L'ennemi s'était engagé dans les rochers.

« Qu'ils nous attrapent s'ils peuvent ; mais ils vont être obligés de marcher un à un entre ces rochers, à la portée de nos pistolets... Vous voyez bien, enfants !

— Oui, je vois bien, dit Georges ; mais, comme ceci nous est une affaire personnelle, laissez-nous seuls en courir le risque et seuls combattre.

« — Mon Dieu ! Georges, combats tout à ton aise, dit Phinéas en mâchant quelque feuille de mûrier sauvage, mais tu me laisseras bien le plaisir de regarder, j'imagine. Vois-les donc délibérer et lever la tête, comme des poules qui vont sauter sur le perchoir. Ne ferais-tu pas bien de leur dire un mot d'avertissement avant de les laisser monter ?... Dis-leur seulement qu'on va tirer dessus ! »

La troupe, que l'on pouvait maintenant très nettement distinguer, se composait de nos anciennes connaissances, Tom Loker et Marks, de deux constables et d'un renfort de chenapans, recrutés à la taverne pour quelques verres d'eau-de-vie.

« Eh bien, Tom, dit l'un d'eux, vos lapins sont joliment pris !...

— Oui, les voici là-haut... et voici le sentier... Il faut marcher... ils ne vont pas sauter du haut en bas, ils sont pris !

— Mais, Tom, ils peuvent tirer sur nous de derrière les rochers, et ce ne serait pas agréable du tout !

— Fi donc ! reprit Tom d'un air railleur, toujours penser à votre peau ! il n'y a pas de danger ; les nègres ont trop peur.

— Je ne vois pas pourquoi je ne penserais pas à ma peau, fit Marks, je n'en possède pas de meilleure... Quelquefois les nègres se battent comme des diables. »

En ce moment Georges apparut au sommet du rocher, et d'une voix calme et claire :

« Messieurs, dit-il, qui êtes-vous et que voulez-vous ?

— Nous venons reprendre un troupeau de nègres en fuite, dit Loker, Georges et Élisa Harris et leur fils, Jim Selden et une vieille femme. Nous avons avec nous des constables et un warrant[1] pour les prendre... et nous allons les prendre. Vous entendez ? Êtes-vous Georges Harris, appartenant à M. Harris, du comté de Shelby, dans le Kentucky ?

— Je suis Georges Harris. Un monsieur Harris, du Kentucky, dit que je suis à lui. Mais maintenant, je suis un homme libre, sur le sol libre de Dieu ! et je revendique comme miens ma femme et mon enfant. Jim et sa mère sont ici... Nous avons des armes pour nous défendre... et nous comptons nous défendre. Vous pouvez monter si vous voulez... mais le premier qui se montre à la portée de nos balles est un homme mort, et le second aussi, et le troisième, et ainsi de suite jusqu'au dernier.

— Allons, allons ! jeune homme, dit un personnage court et poussif qui s'avança en se mouchant, tous ces discours ne sont pas convenables dans votre bouche. Vous voyez que nous sommes des officiers de justice... nous avons la loi de notre côté, et le pouvoir, et tout ! Ce que vous avez de mieux à faire, voyez-vous, c'est de vous rendre paisiblement... aussi bien tôt ou tard il va falloir que vous en veniez là !

— Je sais bien que vous avez le pouvoir et la loi de votre côté, répondit Georges avec amertume... Vous voulez vous emparer de ma femme, pour la vendre à La Nouvelle-Orléans. Vous voulez étaler mon fils comme un veau dans le parc d'un marchand ! Vous voulez renvoyer la vieille mère de Jim à la bête brute qui la fouettait et qui la maltraitait, parce qu'elle ne pouvait pas maltraiter Jim lui-même. Moi et Jim, vous voulez nous rendre au fouet et à la torture... Vous voulez nous faire écraser sous le talon de ceux que vous appelez nos maîtres... et vos lois vous protègent... Eh bien, honte à vos lois et à vous ! Mais vous ne nous tenez pas encore ! Nous ne reconnaissons pas vos lois, nous ne reconnaissons pas votre pays. Nous sommes ici sous le ciel de Dieu, aussi libres que vous-mêmes ; et, par ce grand Dieu qui nous a faits, je vous le jure, nous allons combattre pour notre liberté jusqu'à la mort ! »

Pendant qu'il faisait cette déclaration d'indépendance, Georges se tenait debout, en pleine lumière, sur le rocher. Les rayons de l'aurore éclairaient son visage basané ; l'indignation suprême et le désespoir mettaient des flammes dans ses yeux, et en parlant, il élevait sa main vers le Ciel comme s'il en eût appelé de l'homme à la justice de Dieu.

Ah! si Georges eût été quelque jeune Hongrois défendant au milieu de ses montagnes la retraite des proscrits fuyant l'Autriche pour gagner l'Amérique... on eût appelé cela un sublime héroïsme! Mais, comme Georges n'était qu'un Africain, défendant une retraite des États-Unis au Canada, nous sommes trop bien élevés et trop patriotes pour voir là aucune espèce d'héroïsme.

Si quelques-uns de nos lecteurs y veulent en trouver malgré nous, que ce soit à leurs risques et périls! Oui, quand les Hongrois désespérés échappent aux autorités légitimes de leur pays, la presse et le gouvernement américains sonnent en leur faveur des fanfares de triomphe et leur souhaitent la bienvenue... Mais, quand les nègres fugitifs font la même chose, c'est... oui! qu'est-ce que c'est?

N'importe! Ce qu'il y a de certain, c'est que l'attitude, l'œil, la voix, tout l'orateur, enfin, réduisit au silence la troupe de Tom Loker. Il y a dans l'intrépidité et le courage quelque chose qui fascine un moment même la plus grossière nature. Marks fut le seul qui n'éprouva aucune émotion. Il arma résolument son pistolet, et, pendant l'instant de silence qui suivit le discours de Georges, il fit feu sur lui.

« Vous savez, dit-il en essuyant son pistolet sur sa manche, qu'on aura autant pour lui mort que vivant! »

Georges fit un bond en arrière. Élisa poussa un cri terrible. La balle avait passé dans les cheveux du mari et effleuré la joue de la femme; elle alla s'enfoncer dans un arbre.

« Ce n'est rien, Élisa, dit Georges vivement.

— Ce sont des gueux! dit Phinéas... Mais, au lieu de faire des discours, tu ferais mieux de te mettre à l'abri.

— Attention, Jim! dit Georges, voyez vos pistolets, gardons le passage; le premier homme qui se montre est à moi : vous prendrez le second... il ne faut pas perdre deux coups sur le même...

— Mais si vous ne touchez pas ?

— Je toucherai, fit Georges avec assurance.

— Il y a de l'étoffe dans cet homme-là », murmura Phinéas entre ses dents.

Cependant, après le coup de pistolet de Marks, les assaillants s'arrêtèrent irrésolus.

« Vous devez en avoir frappé un, dit-on à Marks, j'ai entendu un cri.

— Je vais en prendre un autre, moi, dit Tom. Je n'ai jamais eu peur des nègres ; je ne vais pas commencer aujourd'hui. Qui vient après moi ? » et il s'élança dans les rochers.

Georges entendit très distinctement toutes ces paroles. Il dirigea son pistolet vers le point du défilé où le premier homme allait paraître.

Un des plus courageux de la bande suivait Tom ; les autres venaient après ; les derniers poussaient même les premiers un peu plus vite que ceux-ci n'eussent voulu. Ils approchaient ; bientôt la forme massive de Tom apparut au bord de la crevasse.

Georges fit feu ; la balle pénétra dans le flanc ; mais Tom, avec le mugissement d'un taureau affolé, franchit l'espace béant et vint tomber sur la plate-forme du rocher.

« Ami, dit Phinéas, en se mettant tout à coup devant sa petite troupe et arrêtant Tom au bout de ses longs bras, on n'a pas du tout besoin de toi ici ! »

Loker tomba dans le précipice, roulant au milieu des arbres, des buissons, des pierres détachées, jusqu'à ce qu'il arrivât au fond, brisé et gémissant. La chute l'aurait tué, si elle n'eût été amortie par des branches qui le retinrent à demi ; mais elle n'en fut pas moins assez lourde.

« Miséricorde ! ce sont de vrais démons ! » fit Marks guidant la retraite à travers les rochers avec beaucoup plus d'empressement qu'il n'en avait mis à monter à l'assaut. Toute la bande le suivit précipitamment. Le gros constable courait à perdre haleine.

« Camarades, dit Marks, faites le tour et allez chercher Tom ; moi je vais prendre mon cheval et aller quérir du secours... »

Et, sans écouter les sarcasmes et les huées, Marks joignit l'action à la parole et détala.

« Quelle vermine ! dit un des hommes... On vient pour ses affaires, et il décampe.

— Voyons ! reprit un autre, allons chercher cet individu ; peu m'importe qu'il soit mort ou vivant ! »

Conduits par les gémissements de Tom, s'aidant des branches et des buissons, ils descendirent jusqu'au pied du précipice où le héros gisait étendu, soupirant et jurant tout à tour avec une égale véhémence.

« Vous criez bien fort, Tom, vous devez être moulu !

— Je ne sais pas. Soulevez-moi ! pouvez-vous ? Malédiction sur le quaker ! Sans lui j'en aurais jeté quelques-uns du haut en bas... pour voir si ça leur aurait plu ! »

On lui aida à se lever, on le prit par les épaules, et on le conduisit ainsi jusqu'aux chevaux.

« Si vous pouviez seulement me ramener à un mille d'ici, jusqu'à cette taverne ! Donnez-moi un mouchoir de poche, quelque chose... pour mettre sur cette plaie et arrêter le sang ! »

Georges regarda par-dessus les rochers, il vit qu'ils s'efforçaient de le mettre sur son cheval ; après deux ou trois efforts inutiles, il chancela et tomba lourdement sur le sol.

« J'espère qu'il n'est pas mort, dit Élisa, qui, avec ses compagnons, surveillait toute cette scène.

— Pourquoi non ? dit Phinéas ; il n'aurait que ce qu'il mérite !

— Mais après la mort vient le jugement ! dit Élisa.

— Oui ! dit la vieille femme, qui avait gémi et crié à la façon des méthodistes pendant toute l'affaire. Oui, c'est un bien mauvais cas pour l'âme du pauvre homme !

— Sur ma parole ! je crois qu'ils l'abandonnent »,
dit Phinéas.

C'était vrai. Après avoir réfléchi et s'être consultés
un instant, ils avaient repris les chevaux et s'étaient
retirés.

Quand ils eurent disparu, Phinéas commença à se
remuer un peu.

« Voyons, dit-il, il faut descendre et marcher. J'ai
dit à Michaël d'aller à la ferme, de nous ramener des
secours, et de revenir avec la voiture, mais je pense
que nous devons marcher un peu au-devant de lui.
Dieu veuille qu'il soit bientôt ici ! il est de bonne
heure. Nous ne tarderons pas à le rejoindre ; nous
ne sommes pas à plus de deux milles de notre station.
Si la route n'avait pas été si dure cette nuit, nous
aurions pu les éviter. »

En s'approchant de la haie, Phinéas aperçut la
voiture, qui revenait avec les amis.

« Bon ! s'écria-t-il joyeusement, voilà Michaël, Stéphen
et Amariah... Maintenant nous voici en sûreté, comme
si nous étions arrivés là-bas !

— Alors, arrêtons-nous un peu, dit Élisa, faisons
quelque chose pour ce pauvre homme qui gémit si fort...

— Ce ne serait faire que notre devoir de chrétien,
dit Georges ; prenons-le et emportons-le avec nous.

— Et nous le soignerons parmi les quakers, dit
Phinéas ; c'est bien, cela ! je ne m'y oppose certes
pas ! Voyons-le ! »

Et Phinéas qui, dans sa vie de chasseur et de
maraudeur, avait acquis certaine notion de la chirurgie
primitive, s'agenouilla auprès du blessé et commença
un examen attentif.

« Marks, dit Tom d'une voix faible... Est-ce vous,
Marks ?

— Non, ami, ce n'est pas lui, dit Phinéas ; il
s'inquiète bien plus de sa peau que de toi... Il y a
longtemps qu'il est parti !

« — Je crois que je suis perdu ! dit Tom... le maudit chien qui me laisse mourir seul !... Ma pauvre vieille mère m'a toujours dit que cela finirait ainsi.

— Oh ! là ! Écoutez cette pauvre créature : il appelle maman ! je ne puis m'empêcher d'en avoir pitié, dit la bonne négresse.

— Doucement ! dit Phinéas, sois tranquille, ne fais pas le méchant. Tu es perdu si je ne parviens pas à arrêter le sang. »

Et Phinéas s'occupa de tous ses petits arrangements chirurgicaux, assisté de toute la compagnie.

« C'est vous qui m'avez précipité, lui dit Tom d'une voix faible.

— Mais sans cela tu nous aurais précipités nous-mêmes, tu vois bien ! dit Phinéas en appliquant le bandage. Allons, allons, laisse-moi panser cela ; nous n'y entendons pas malice, nous autres ; nous te voulons du bien. Nous allons te mener dans une maison où l'on te gardera comme si c'était ta mère. »

Tom poussa un gémissement et ferma les yeux... Dans les hommes de cette espèce, le courage est tout à fait physique : il s'échappe avec le sang qui coule... Le géant faisait pitié dans son abandon...

Cependant Michaël était là avec la voiture : on tira les bancs, on doubla les peaux de buffle, on les plaça d'un seul côté, et quatre hommes, avec de grands efforts, placèrent Tom dans la voiture. Il s'évanouit entièrement. La vieille négresse, tout émue, s'assit au fond et mit la tête du blessé sur ses genoux ; Élisa, Georges et Jim se casèrent comme ils purent, et l'on repartit.

« Que pensez-vous de lui ! dit Georges à Phinéas auprès de qui il s'était assis sur le siège.

— Cela va bien ; les chairs seules sont atteintes, mais la chute a été rude ; il a beaucoup saigné, ça lui a retiré des forces et du courage. Il reviendra, et ceci lui apprendra peut-être une chose ou deux...

— Je suis heureux, dit Georges, de vous entendre parler ainsi. C'eût toujours été un poids pour moi d'avoir causé sa mort... même dans une si juste cause !

— Oui, dit Phinéas, tuer est une mauvaise chose, de quelque façon que ce soit... homme ou bête... Dans mon temps, j'ai été un grand chasseur... Un jour j'ai vu tomber un daim... il allait mourir. Il me regardait avec un œil !... on sentait que c'était mal de l'avoir tué ! Les créatures humaines, c'est encore pire, parce que, comme dit ta femme : « Après la mort, vient le jugement ! » Je ne trouve pas nos idées à nous trop sévères là-dessus.

— Que ferons-nous de ce pauvre diable ? dit Georges.

— Nous allons le conduire chez Amariah ! Il y a là la grand-maman Stéphens Dorcas, comme ils l'appellent ; c'est la meilleure garde-malade... En quinze jours elle le rétablira. »

Une heure après, nos voyageurs arrivaient dans une jolie ferme, où les attendait un excellent déjeuner. Tom fut déposé avec soin sur un lit plus propre et plus doux que ceux dont il se servait d'habitude. Sa blessure fut pansée et bandée : comme un enfant fatigué, il ouvrait et fermait languissamment ses yeux, et les reposait sur les rideaux blancs de ses fenêtres pendant que les joyeux amis glissaient devant lui dans sa chambre de malade.

CHAPITRE XVIII

Expériences et opinions de Miss Ophélia

NOTRE ami Tom, dans ses rêveries naïves, comparait sa position d'esclave heureux à celle de Joseph en Égypte. En effet, avec le temps, et à mesure qu'il se révélait de plus en plus à son maître, le parallèle devenait juste de plus en plus.

Saint-Clare était indolent de sa nature et n'avait aucun souci de l'argent. Jusque-là le marché et l'approvisionnement avaient été confiés aux soins d'Adolphe, aussi insouciant lui-même et aussi extravagant que son maître. Avec eux la dissipation et le gaspillage allaient leur train. Tom, en entrant chez Saint-Clare, accoutumé depuis des années à regarder la fortune de ses maîtres comme une chose livrée à sa garde, Tom voyait avec un malaise qu'il ne pouvait dissimuler toutes les dépenses de la maison, et, avec cette habileté dans l'emploi des insinuations détournées, que possèdent les gens de sa classe, il faisait parfois d'humbles remontrances.

Saint-Clare ne se servit d'abord de lui que par hasard ; mais, frappé de son merveilleux bon sens et de son intelligence des affaires, il se confia à lui de plus en plus, jusqu'à ce qu'il en fît une sorte d'intendant.

«Non! non! laissez faire Tom, disait-il un jour à Adolphe qui se plaignait de voir sortir le pouvoir de ses mains. Nous ne connaissons que les besoins, Tom connaît les prix !... Petit à petit on voit la fin de son argent, si on n'y prend pas garde. »

Investi de la confiance sans bornes d'un maître négligent, qui lui remettait des billets sans en regarder le chiffre, et qui recevait le change sans compter, Tom avait toutes les facilités et toutes les tentations de l'infidélité ; il lui fallait pour se sauver toute l'honnête simplicité de sa nature, raffermie encore par la foi chrétienne. Mais pour lui la confiance devenait un lien de plus, et une obligation nouvelle.

Avec Adolphe, tout le contraire était arrivé. Léger, indifférent, ne se sentant pas retenu par un maître qui trouvait l'indulgence plus facile que l'ordre, Adophe en était venu à confondre d'une si étrange façon le tien et le mien, vis-à-vis de son maître, que Saint-Clare lui-même commençait à s'en effrayer. Son bon sens l'avertissait qu'une telle conduite était à la fois injuste et dangereuse.

Il n'était pas assez fort pour en changer ; mais il portait ou il lui semblait porter en lui-même une sorte de remords chronique qui aboutissait finalement à une indulgence toujours grande. Il passait légèrement sur les fautes les plus graves, parce qu'il se disait que ses esclaves feraient mieux leur devoir si lui-même avait mieux fait le sien.

Tom avait pour son jeune et beau maître un singulier mélange de respect, de dévouement et de sollicitude paternelle. Il remarquait qu'il ne lisait jamais la Bible, qu'il n'allait point à l'église, qu'il plaisantait de tout, qu'il allait au théâtre, même le dimanche ! qu'il fréquentait les clubs, les soupers fins, qu'il buvait ! Tom remarquait cela comme tout le monde, et Tom avait la conviction que son maître n'était pas chrétien. Cette conviction, Tom n'aurait voulu l'avouer à personne ; mais elle était pour lui l'occasion et la cause de bien des peines, quand il était renfermé dans sa petite chambre.

Ce n'est pas que Tom ne sût exprimer sa pensée avec

une certaine habileté d'insinuation. Une nuit, Saint-Clare, après un festin, avec des convives choisis, rentrait au logis entre une ou deux heures, dans un état où il n'était que trop évident que la matière l'emportait sur l'esprit. Tom et Adolphe le mirent au lit. Le dernier était enchanté, il trouvait le tour excellent... il riait de tout son cœur de la naïve désolation de Tom, qui resta toute la nuit éveillé, priant pour son jeune maître.

« Pourquoi ne vous êtes-vous pas couché, Tom ? lui demandait le lendemain Saint-Clare, en pantoufles et en robe de chambre dans sa bibliothèque. Y a-t-il quelque chose qui vous inquiète ? ajouta-t-il, voyant que Tom attendait toujours. Il se rappelait qu'il lui avait donné des ordres et remis de l'argent.

— J'en ai peur, maître », dit Tom avec une mine grave.

Saint-Clare laissa tomber son journal, posa sa tasse de café et regarda Tom.

« Eh bien, Tom, qu'est-ce ? vous êtes solennel comme un tombeau !

— Oui ! je suis bien malheureux, maître ! J'avais toujours pensé que mon maître était bon pour tout le monde.

— Eh bien, est-ce que ?... Voyons, que vous faut-il ? Vous avez oublié quelque commission... Vous faites une préface !

— Mon maître a toujours été bien bon pour moi, je ne demande rien... ce n'est pas cela... Il n'y a qu'une chose en quoi mon maître n'est pas bon...

— Allons, que vous êtes-vous mis dans la tête ? Parlez ; voyons, expliquez-vous.

— La nuit dernière, entre une ou deux heures, je réfléchissais à cela... Je me disais : Le maître n'est pas bon pour lui-même. »

Tom dit ces mots en se retournant et en mettant la main sur le bouton de la porte.

Saint-Clare se sentit rougir, puis il se mit à rire.

« Ah ! c'est tout ? fit-il gaiement.

— Tout ! dit Tom en se retournant tout d'un coup et

en tombant sur ses genoux... O mon cher maître !... j'ai peur que vous ne veniez à perdre tout ! tout ! corps et âme. Le bon livre dit : "Le péché mord comme un serpent et pique comme une vipère !" »

La voix de Tom tremblait dans sa gorge, et les larmes ruisselaient le long de ses joues.

« Pauvre fou ! dit Saint-Clare, qui se sentait aussi des larmes dans les yeux. Relevez-vous, Tom, je ne mérite pas que l'on pleure pour moi. »

Mais Tom ne se retirait pas... il paraissait toujours supplier.

« Soit, Tom, je ne veux plus partager leurs folies. Non, sur l'honneur, je ne veux plus. Il y a longtemps que je les déteste, et que je me déteste moi-même à cause d'elles. Ainsi, Tom, séchez vos yeux et allez à vos affaires... Voyons, voyons, pas de bénédictions... je ne suis déjà pas si bon !... Et il mit doucement Tom à la porte de la bibliothèque... Je vous jure, Tom, que vous ne me reverrez jamais dans cet état ! »

Tom s'en alla, essuyant ses yeux et la joie dans l'âme.

« Je lui tiendrai parole », dit Saint-Clare en le voyant partir.

Et cette parole fut tenue.

Les grossièretés du sensualisme n'avaient jamais été la tentation dangereuse de Saint-Clare.

Mais qui donc pourra maintenant énumérer les tribulations de toutes sortes de notre amie Ophélia, chargée de gouverner une maison du Sud ?

Il y a une différence profonde entre les esclaves des divers établissements du Sud : cette différence tient toujours au caractère et au mérite de la maîtresse de maison.

Dans le Sud, aussi bien que dans le Nord, il y a des femmes qui ont à un haut degré la science de commander et l'art d'élever les esclaves. Avec une apparente facilité, sans déploiement de rigueur, elles se font obéir. Elles établissent l'ordre et l'harmonie entre les diverses capacités qu'elles gouvernent, corrigeant, par l'excès de l'une, l'insuffisance de l'autre, jusqu'à ce qu'elles rencontrent l'équilibre du système.

Telle était, par exemple, Mme Shelby.

Si de telles maîtresses de maison sont rares dans le Sud, c'est qu'à vrai dire elles sont rares dans le monde entier. On en trouve autant dans le Sud que partout ailleurs; et, quand elles s'y rencontrent, l'état social du pays leur donne l'occasion de déployer toute leur habileté.

Ni Marie Saint-Clare, ni sa mère avant elle, ne sauraient être rangées dans cette catégorie privilégiée.

Elle était indolente, sans esprit de conduite, sans résolution prise à l'avance. Elle avait des esclaves en qui se retrouvaient les mêmes défauts. Elle n'avait que trop fidèlement dépeint à Miss Ophélia l'état de sa maison; seulement elle n'en avait pas dit la cause.

Le premier jour de son administration, Miss Ophélia fut debout à quatre heures, et, après avoir fait le ménage de sa propre chambre, ce qu'elle faisait toujours depuis son arrivée chez Saint-Clare, au grand étonnement de sa femme de chambre, elle se mit en devoir de commencer une sévère inspection sur les armoires et cabinets dont elle avait les clefs.

L'office, la lingerie, la porcelaine, la cuisine, le cellier furent passés en revue ce jour-là. Que de mystères cachés furent découverts! On s'effraya, on s'alarma, on murmura contre les façons de ces dames du Nord.

La vieille Dinah, passée cordon-bleu, directrice générale au département de la cuisine, se mit en grande colère contre ces empiétements sur son pouvoir. Les barons féodaux, aux temps de la Grande Charte, n'éprouvèrent pas de plus vif ressentiment en présence des usurpations de la couronne.

Dinah était un caractère. Ce serait outrager sa mémoire que de ne pas donner d'elle une juste idée au lecteur. Elle était née cuisinière aussi bien que Chloé. Le talent de la cuisine est un mérite indigène dans la race africaine. Mais Chloé était dirigée, commandée; elle avait sa place dans une hiérarchie. Dinah était au contraire un génie primesautier, et, comme tous les génies en général, elle était passionnée, entêtée, sujette au caprice. Pareille en cela à une certaine catégorie de philosophes modernes, Dinah méprisait souverainement la logique et la raison ; elle s'en rapportait à l'intuition instinctive. L'instinct était pour elle une forteresse imprenable. Ni le talent, ni l'autorité, ni la raison ne pouvaient lui faire croire qu'il y eût au monde un système qui valût le sien, ou qu'elle dût modifier sa pratique dans les plus légers détails. Ce point avait été concédé par son ancienne maîtresse, et Miss Marie, comme elle appelait toujours Mme Saint-Clare, même après son mariage, avait mieux aimé se soumettre que de lutter. Ainsi Dinah avait un pouvoir absolu. Sa position était d'autant plus aisément conservée qu'elle était passée maîtresse en science diplomatique, unissant l'obséquiosité des manières à l'inflexibilité des principes.

Dinah avait l'art suprême des explications et des excuses. La cuisinière est infaillible ! Voilà un de ses axiomes. Ajoutons que, dans une maison du Sud, une cuisinière trouve toujours autour d'elle une foule de têtes et d'épaules sur lesquelles elle peut faire retomber ses péchés pour garder intacte sa pureté immaculée. Chaque erreur avait cinquante causes étrangères à Dinah ; chaque faute, cinquante coupables qu'elle punissait avec un zèle sans égal.

Mais, en dernière analyse, on n'avait presque jamais rien à lui reprocher... Elle se distinguait par les résultats. Elle suivait bien des routes sinueuses et détournées, mais elle arrivait ; elle ne tenait compte ni du temps ni du lieu... Sa cuisine était toujours dans un état assez propre à donner l'idée qu'une tempête était chargée d'y mettre tout en ordre ; elle avait pour chaque chose autant de places qu'il y a de jours à l'année... Mais laissez-la faire, ne la poussez pas trop, et vous allez avoir un repas... à satisfaire un épicurien...

C'était l'heure où commencent les préparatifs du dîner. Mère Dinah, qui avait besoin de réflexion et de repos, et qui, d'ailleurs, prenait toujours ses aises, était assise sur le plancher de sa cuisine, fumant un vieux culot de pipe auquel elle tenait beaucoup, et qu'elle allumait toujours, comme un encensoir, quand elle était à la recherche de l'inspiration. C'est ainsi que Dinah invoquait les muses domestiques.

Autour d'elle étaient assis les divers membres de cette florissante famille qui pullule dans les maisons du Sud. Ils écossaient les pois, pelaient les pommes de terre, ou arrachaient le fin duvet des volailles. Dinah, de temps en temps, interrompait sa méditation pour donner un coup de poing sur la tête de quelqu'un de ses jeunes aides, ou envoyer à quelque autre un avertissement au bout de sa cuillère à pudding. En un mot, Dinah faisait ployer toutes ces têtes laineuses sous un sceptre de fer. Elle pensait que tous ces nègres n'avaient d'autre destinée en ce monde que de lui épargner des pas, selon sa propre expression. Elle avait grandi dans cette opinion, et elle la poussait maintenant jusqu'à ses plus lointains développements.

Miss Ophélia, sa tournée faite dans le reste de la maison, arriva donc à la cuisine. Dinah avait appris de diverses sources la réforme qui se préparait ; elle était résolue à se tenir sur une ferme défensive, et bien déterminée à opposer à toute nouvelle mesure la force passive de l'inertie.

La cuisine était une vaste pièce, pavée de briques. Une large cheminée à l'ancienne mode en occupait tout un côté. Saint-Clare avait vainement essayé de la remplacer par un fourneau. Dinah n'avait pas voulu. Pas de pusséyste, pas de conservateur d'aucune école n'était plus inflexiblement attaché que Dinah aux abus qui avaient pour eux la sanction du temps.

La première fois que Saint-Clare revint du Nord, frappé de l'ordre et de la régularité qui régnait dans la cuisine de son oncle, il avait amplement garni la sienne de buffets, de vaisseliers et de tous les appareils imaginables qu'il croyait capables de venir en aide à Dinah dans ses efforts pour rétablir un peu de symétrie et d'arrangement. Ce fut comme s'il eût importé du Nord une pie ou un écureuil. Plus il y eut de buffets et de tiroirs, plus il y eut aussi de trous et de cachettes où Dinah put fourrer ses chiffons, ses peignes, ses vieux souliers, ses rubans, ses fleurs artificielles, et autres objets de fantaisie qui faisaient la joie de son âme.

Quand Miss Ophélia entra dans la cuisine, Dinah ne se leva pas ; elle continua de fumer avec une tranquillité sublime, suivant tous les mouvements de la vieille fille, obliquement et du coin de l'œil, bien qu'en apparence elle ne s'occupât qu'à surveiller les opérations de ses aides.

Miss Ophélia ouvrit un tiroir.

« Qu'est-ce qu'on met là-dedans ?

— Toute espèce de choses, *missis* ! » répondit la vieille Dinah.

La réponse paraissait juste : il y avait de tout dans le tiroir. Miss Ophélia en retira d'abord une superbe nappe damassée, toute tachée de sang, qui avait évidemment servi à envelopper de la viandre crue.

« Qu'est-ce cela, Dinah ? Vous n'enveloppez pas la viande dans le plus beau linge de table de votre maîtresse, j'imagine ?

— Oh ! Dieu ! non... Je n'avais plus de serviettes... j'ai pris celle-ci pour l'envoyer au blanchissage... Voilà pourquoi elle est là...

— Étourdie ! » dit Miss Ophélia en se parlant à elle-même, et elle continua à fureter dans le tiroir... Elle y trouva une râpe et deux ou trois noix de muscade, un livre de cantiques méthodistes, des madras déchirés, de la laine, un tricot, du tabac, une pipe, des pétards, deux sauciers dorés et de la pommade dedans, de vieux souliers fins, un morceau de flanelle très soigneusement piqué, renfermant de petits oignons blancs, des nappes damassées et de grosses serviettes, des aiguilles à tricoter, et des enveloppes déchirées d'où s'échappaient de ces herbes odoriférantes, à qui le soleil du Midi sait donner de si ardents parfums.

« Où mettez-vous vos muscades ? demanda Miss Ophélia, du ton d'une personne qui a prié Dieu de lui donner de la patience.

— Partout, missis ! Il y en a dans cette tasse fêlée... il y en a aussi dans cette armoire.

— Il y en a aussi dans la râpe, dit Miss Ophélia en les atteignant.

— Oui ! je les y ai mises ce matin. J'aime à avoir tout sous la main. Jack ! à vos affaires... pourquoi vous tenir là ? attendez... » Et elle brandit sa baguette vers le coupable.

« Qu'est cela ? fit Miss Ophélia, en atteignant le saucier plein de pommade.

— Oh ! c'est ma graisse, je l'ai mise là pour l'avoir sous la main...

— Ah ! c'est ainsi que vous employez les sauciers dorés !

— Dame ! j'étais si pressée... je l'aurais retirée un de ces jours...

— Voici du linge de table.

— Ah ! je l'avais mis là pour le faire laver... un de ces jours !

— Mais n'avez-vous point quelque place où mettre ce qui doit être lavé ?

— M. Saint-Clare dit qu'il a acheté un coffre pour cela, mais le couvercle est lourd à lever. Et puis je mets toute sorte de choses dessus, et j'y pétris ma pâte !

— Et pourquoi pas sur cette table faite exprès ?

— Hélas ! missis, elle est si pleine de vaisselle... et de choses et d'autres... qu'il n'y a plus de place...

— Vous devez laver votre vaisselle et l'ôter de là.

— Laver ma vaisselle ! s'écria Dinah en prenant les notes aiguës ; la colère lui faisait oublier la réserve habituelle de ses manières. Qu'est-ce que les dames connaissent à cela ? Je voudrais bien le savoir !... Quand m'sieu aurait-il son dîner, si je passais mon temps à nettoyer et à ranger les plats ? Jamais Miss Marie ne me parle de cela !

— Voici des oignons !

— Oui : c'est moi qui les ai mis là ; je ne me suis pas rappelé... c'était pour une étuvée ; je les ai oubliés dans cette vieille flanelle. »

Miss Ophélia souleva le papier aux herbes odoriférantes.

« Je voudrais bien que missis ne touchât pas à cela, dit Dinah d'un ton déjà plus décidé. J'aime à savoir où sont les choses quand j'en ai besoin.

— Mais vous voyez que le papier est déchiré.

— On prend plus aisément.

— Vous voyez que tout s'éparpille dans le tiroir.

— Sans doute... si missis ravage tout ainsi !... C'est missis qui a tout éparpillé... » Et Dinah tout émue s'approcha du tiroir. « Si missis voulait remonter au salon jusqu'à l'heure où je pourrai ranger... je vais remettre de l'ordre, mais je ne puis rien faire quand les dames sont là sur mes épaules... Voyons, Sam ! ne donnez donc pas le sucrier à cet enfant... je vais vous arranger !

— Dinah, je vais, moi, tout ranger dans la cuisine, dit Miss Ophélia ; et j'espère que vous maintiendrez l'ordre par la suite.

— Ah ! Ciel ! Miss Phélia, ce n'est pas aux dames à faire cela. Non, je n'ai jamais vu faire cela aux dames... ni à ma vieille maîtresse, ni à Miss Marie... non ! »

Et Dinah, indignée, marchait à grands pas, tandis que Miss Ophélia elle-même, de ses propres mains, rangeait, empilait, frottait, nettoyait, disposait, assortissait les objets, avec une rapidité dont Dinah était comme éblouie.

« Si c'est ainsi que font les dames du Nord, ce ne sont pas des dames, fit-elle à quelques-unes de ses satellites, quand Miss Ophélia ne put l'entendre. Je fais les choses aussi bien qu'une autre quand c'est l'heure de laver ; mais je ne veux pas que les dames se mêlent de mes affaires et les mettent à des places où je ne pourrai pas les retrouver. »

Pour être juste envers Dinah, il faut bien dire qu'à certaines périodes assez régulières elle éprouvait comme un besoin d'ordre intérieur et d'arrangement : c'était ce qu'elle appelait ses grands jours. Alors elle bouleversait le tiroir de fond en comble, vidait les buffets sur la table ou par terre, et la confusion était alors sept fois plus confuse ; puis elle allumait sa pipe pour surveiller à loisir ses opérations, se contentant de faire agir la jeune population, qui augmentait notamment le désordre et le trouble de toute chose. Tels étaient les grands jours de Dinah. Dinah s'imaginait qu'elle était l'ordre en personne, et que tout le dérangement venait des esclaves inférieurs. Quand donc les plats d'étain étaient bien récurés, la table blanche comme neige, et tout ce qui pouvait blesser la vue éloigné et caché, Dinah faisait un bout de toilette, mettait un tablier blanc, un turban de madras éclatant, puis elle faisait déguerpir tous nos jeunes drôles de la cuisine, pour tenir tout propre. Du reste, ce zèle périodique n'était pas sans inconvénients : Dinah concevait un tel amour pour l'étain écuré qu'elle ne voulait plus qu'on s'en servît sous aucun prétexte, jusqu'à ce que cette grande ardeur de propreté se fût naturellement refroidie.

En quelques jours, Miss Ophélia eut réformé toute la maison ; mais ses efforts dans tout ce qui réclamait la coopération des domestiques étaient pareils à ceux de Sisyphe ou des Danaïdes. Un jour, en désespoir de cause, elle en appela à Saint-Clare.

« Il est impossible de mettre aucun ordre parmi ces gens !

— C'est bien vrai.

— Je n'ai jamais vu tant d'étourderie, tant de gaspillage, tant de confusion !

— J'en conviens.

— Vous ne le prendriez pas si froidement, si vous étiez chargé de tenir la maison.

— Chère cousine, comprenez donc une fois pour toutes que, nous autres maîtres, nous sommes divisés en deux classes, les oppresseurs et les opprimés. Nous qui sommes bons et qui détestons d'être sévères, nous nous soumettons à une foule d'inconvénients. Puisque nous voulons entretenir une bande de sacripants dans nos maisons, il faut que nous en subissions les conséquences. Il est bien rare, et il faut pour cela un tact tout particulier, il est bien rare que l'on puisse obtenir l'ordre sans la sévérité. Je n'ai pas ce talent-là ; aussi voilà longtemps que je me résigne à laisser aller les choses comme elles vont. Je ne voudrais pas faire fouetter et déchirer ces pauvres diables... Ils le savent bien... et peut-être qu'ils en abusent.

— Mais n'avoir ni l'ordre, ni le temps, ni la place de rien ! c'est une étourderie sans pareille !

— Ma chère Vermont, vous autres gens du pôle Nord, vous faites du temps un cas vraiment ridicule. Qu'est-ce que le temps, je vous prie, pour un homme qui en a deux fois plus qu'il n'en peut employer ? Quant à l'ordre, à la régularité, lorsqu'on n'a rien à faire qu'à s'étendre sur un sofa, qu'importe que le déjeuner ou le dîner soit prêt une heure plus tôt ou une heure plus tard ? Dinah nous compose de vrais festins, potages, ragoûts, rôti, dessert, crème à la glace, et tout ! Elle crée tout cela du chaos et de l'antique nuit ! C'est sublime, voyez-vous ! mais que le Ciel nous bénisse si jamais nous nous avisons de descendre dans la cuisine et de voir les préparatifs... nous n'oserions plus goûter de rien ! Ma bonne cousine, épargnez-vous ce souci ; ce serait pire qu'une pénitence catholique[1], et tout aussi inutile. Vous y perdriez votre sérénité d'âme, et vous feriez perdre la tête à Dinah. Qu'elle aille son train.

— Mais, Augustin, vous ne savez pas en quel état j'ai trouvé les choses ?

— Vous croyez ! Est-ce que je ne sais pas que le rouleau à pâtisserie est sous son lit... la râpe dans sa poche avec son tabac ? qu'il y a soixante-cinq sucriers dans autant de trous différents... qu'elle essuie sa vaisselle un jour avec du linge de table, et le lendemain avec un morceau de sa vieille jupe ?... Mais la merveille, c'est qu'elle me fait des dîners superbes, et du café... quel café ! Il faut la juger comme les généraux et les hommes d'État... sur le succès !

— Mais le gaspillage ! la dépense !

— Soit ! enfermez tout, gardez la clef... Donnez au fur et à mesure, mais ne vous occupez pas des petits morceaux... c'est encore ce qu'il y a de mieux à faire.

— Eh bien, Augustin, cela m'inquiète... Je me demande quelquefois : Sont-ils réellement honnêtes ?... Croyez-vous qu'on puisse compter dessus ?...

Augustin rit aux éclats de la mine grave et inquiète de Miss Ophélia pendant qu'elle lui faisait cette question.

« Ah ! cousine, c'est vraiment trop fort ! c'est vraiment trop fort ! Honnêtes ! comme si on pouvait s'attendre à cela !... Et pourquoi le seraient-ils ? Qu'a-t-on fait pour qu'ils le fussent ?

— Pourquoi ne les instruisez-vous pas ?

— Les instruire ! tarare ! Quelle instruction voulez-vous que je leur donne ?... j'ai bien l'air d'un précepteur ! Quant à Marie, elle serait bien capable de tuer toute une plantation si on la laissait faire ; mais, à coup sûr, elle n'en convertirait pas un.

— N'y en a-t-il point quelques-uns d'honnêtes ?...

— Oui vraiment ; de temps en temps la nature s'amuse à en faire un, si simple, si naïf, si fidèle, que les plus détestables influences n'y peuvent rien ! Mais, voyez-vous, depuis le sein de leur mère les enfants de couleur comprennent qu'ils ne peuvent arriver que par des voies clandestines. Il n'y a que ce moyen-là, avec les parents, avec les maîtres et les enfants des maîtres, compagnons de leurs jeux ! La ruse, le mensonge, deviennent des habitudes nécessaires, inévitables. On ne peut attendre rien autre chose de l'esclave ; il ne faut même pas le punir pour cela. On le retient dans une sorte de demi-enfance qui l'empêche toujours de comprendre que le bien de son maître n'est pas à lui... s'il peut le prendre... Pour ma part, je ne vois pas comment les esclaves pourraient être probes... Un individu comme Tom me semble un miracle moral.

— Et qu'advient-il de leur âme ?

— Ma foi, ce ne sont pas mes affaires ! je n'en sais rien ; je ne m'occupe que de cette vie. On pense généralement que toute cette race est vouée au diable ici-bas, pour le plus grand avantage des Blancs... Peut-être cela change-t-il là-haut.

— C'est horrible, dit Ophélia. Ah ! maîtres d'esclaves, vous devriez avoir honte de vous-mêmes !

— Je ne sais trop ! nous sommes en bonne compagnie... Je suis la grande route. Voyez en haut et en bas, partout, c'est la même histoire. La classe inférieure est sacrifiée à l'autre, corps et âme. Il en est de même en Angleterre et partout ; et cependant toute la chrétienté se dresse contre nous et s'indigne, parce que nous faisons la même chose qu'elle, mais pas tout à fait de la même manière.

— Il n'en est pas ainsi dans le Vermont.

— Oui, j'en conviens, dans la Nouvelle-Angleterre et dans les États libres ; mais voici la cloche, mettons de côté nos préjugés respectifs, et allons dîner. »

Vers le soir, Miss Ophélia se trouvait dans la cuisine. Un des négrillons s'écria : « Voici venir la mère Prue, grommelant, comme toujours... »

Une femme de couleur, grande, osseuse, entra dans la cuisine, portant sur la tête un panier de biscottes et de petits pains chauds.

« Eh bien, Prue, vous voilà ! » dit la cuisinière.

Prue avait l'air maussade et la voix rauque.

Elle déposa son panier, s'accroupit par terre, mit ses coudes sur ses genoux, et dit :

« Je voudrais être morte.

— Pourquoi ? demanda Miss Ophélia.

— Je serais délivrée de ma misère, dit brusquement la femme sans relever les yeux.

— Pourquoi aussi vous grisez-vous?» dit une jolie femme de chambre quarteronne, faisant sonner en parlant ses boucles d'oreilles en corail.

Prue lui jeta un regard sombre et farouche.

«Vous y viendrez l'un de ces jours, lui dit-elle, et je serai bien aise de vous y voir. Alors vous serez heureuse de boire, comme je fais, pour oublier.

— Venez, Prue... que je voie vos biscottes, fit Dinah. Voilà missis qui va vous payer.»

Miss Ophélia en prit deux douzaines.

«Il doit y avoir des bons dans cette vieille cruche fêlée là-haut. Jack, grimpez et descendez-en.

— Des bons, et pour quoi faire? demanda Miss Ophélia.

— Oui; nous payons les bons à son maître, et elle nous donne du pain en échange.

— Et quand je reviens, dit Prue, mon maître compte les bons et l'argent, et, si le compte n'y est pas, il m'assomme de coups.

— Et vous le méritez bien, dit Jane, la jolie femme de chambre, si vous prenez son argent pour aller boire. C'est ce qu'elle fait, missis.

— Et ce que je ferai encore; je ne puis vivre autrement : boire et oublier!

— C'est très mal de voler l'argent de votre maître et de l'employer à vous abrutir.

— J'en conviens; mais je le ferai encore, je le ferai toujours! Je voudrais être morte et délivrée de tous mes maux!» Et lentement et péniblement la vieille femme se releva et remit le panier sur sa tête; mais, avant de sortir, elle regarda encore une fois la femme de chambre, qui jouait toujours avec ses pendants d'oreilles.

«Vous croyez que vous êtes bien belle, avec ces colifichets? vous remuez la tête et vous regardez le monde du haut en bas... Bien, bien! vous serez un jour une pauvre vieille créature comme moi, j'espère bien ; et vous verrez alors si vous ne voulez pas boire, boire, boire ! Gardez-vous bien, en attendant ! Hue !... » Et elle sortit en poussant un ricanement sauvage !

« L'ignoble bête ! dit Adolphe, qui venait chercher de l'eau pour la toilette de son maître. Si elle m'appartenait, elle serait encore plus battue qu'elle n'est.

— Ce ne serait guère possible, repartit Dinah : son dos est à jour ; c'est à ne plus pouvoir mettre de vêtements dessus.

— Je pense, moi, qu'on ne devrait pas permettre à d'aussi misérables créatures de venir dans des maisons comme il faut, dit Jane. Qu'en pensez-vous, monsieur Saint-Clare ? » fit-elle en s'adressant à Adolphe avec un air plein de coquetterie.

Nous devons faire observer ici qu'entre autres emprunts faits à son maître, Adolphe avait jugé à propos de lui prendre aussi son nom : dans les cercles de couleur de La Nouvelle-Orléans, on ne l'appelait jamais que M. Saint-Clare.

« Je suis tout à fait de votre avis, Miss Benoir. » Benoir était le nom de fille de Mme Saint-Clare. Jane était sa femme de chambre ; elle prenait son nom.

« Dites-moi, Miss Benoir, aurais-je le droit de vous demander si ces pendants d'oreilles sont destinés au bal de demain ?... Ils sont vraiment ravissants.

— J'admire, en vérité, jusqu'où va l'impudence des hommes d'aujourd'hui, fit Jane en remuant sa jolie tête et en faisant encore sonner ses pendants. Je ne danserai pas avec vous de toute la nuit, si vous vous permettez de m'adresser encore de telles questions.

— Ah ! vous ne serez pas assez cruelle ! Tenez, je meurs d'envie de savoir si vous mettez votre robe de tarlatane couleur d'œillet.

— Qu'est-ce ? fit Rosa, vive et piquante quarteronne qui descendait en ce moment.

— Ah ! M. Saint-Clare est si impertinent !

— Sur mon honneur ! dit Adolphe, j'en fais juge Miss Rosa...

— Oui, oui, je sais que c'est un fat, dit Miss Rosa en sautant sur un très petit pied et en regardant malicieusement Adolphe... Il trouve toujours le moyen de me mettre en colère contre lui.

— Ah ! mesdames, mesdames, vous allez me briser le cœur entre vous deux. Un de ces matins on me trouvera mort dans mon lit... et vous en serez cause !

— Entendez-vous, le monstre ! dirent les deux femmes en riant aux éclats.

— Allons, décampons ! s'écria Dinah ; je ne veux pas vous entendre dire toutes ces bêtises dans ma cuisine.

— La vieille Dinah grogne parce qu'elle ne vient pas au bal, fit Rosa.

— J'en ai bien besoin de vos bals de couleur, répéta la cuisinière ; vous vous efforcez de singer les Blancs, mais vous avez beau faire... vous n'êtes que des nègres comme moi !

— La mère Dinah met de la pommade à ses cheveux pour les faire tenir droits, dit Jane.

— Ce qui ne les empêche pas d'être toujours en laine, fit malicieusement Rosa, en secouant sa tête soyeuse et bouclée.

— Aux yeux de Dieu, la laine vaut les cheveux, fit Dinah. Je voudrais bien que missis nous dît qui vaut mieux de deux comme vous ou d'une comme moi ! Mais décampez, drôlesses, je ne veux pas de vous ici. »

La conversation fut interrompue de deux manières. On entendit Saint-Clare en haut de l'escalier : il demandait si Adolphe comptait rester toute la nuit avec son eau ; et Miss Ophélia, sortant de la salle à manger, disait :

« Eh bien, Jane, Rosa, pourquoi perdez-vous votre temps ici ? Rentrez, et à vos mousselines ! »

Cependant Tom, qui s'était trouvé dans la cuisine pendant la conversation avec la vieille Prue, la suivit jusque dans la rue ; il la vit s'en aller en poussant, par intervalles, un gémissement étouffé... Enfin, elle posa le panier sur le pas d'une porte et arrangea son vieux châle sur ses épaules.

«Je vais porter votre panier un bout de chemin, dit Tom, touché de compassion.

— Pourquoi? dit la vieille femme; je n'ai pas besoin que l'on m'aide.

— Vous semblez malade, émue, vous avez quelque chose.

— Je ne suis pas malade, répondit-elle brusquement.

— Oh! si je pouvais! fit Tom en la regardant avec émotion; je voudrais vous prier de renoncer à la boisson. Savez-vous que ce sera la ruine de votre corps et de votre âme?

— Je sais que je marche à l'enfer, répondit-elle d'une voix farouche; vous n'avez pas besoin de me le dire... Je suis une affreuse créature, je suis une méchante; je voudrais être en enfer. Je voudrais que cela fût déjà.»

Tom ne put s'empêcher de frissonner en entendant ces terribles paroles, prononcées avec la colère sombre du désespoir.

«Dieu ait pitié de vous, pauvre créature! n'avez-vous pas entendu parler de Jésus-Christ?

— Jésus-Christ!... Qu'est-ce que c'est?

— C'est le Seigneur!

— Je crois que j'ai entendu parler du Seigneur, du jugement, de l'enfer... Oui, j'en ai entendu parler!

— Mais personne ne vous a donc parlé du Seigneur Jésus, qui nous a aimés, nous autres pauvres pécheurs... et qui est mort pour nous?

— Je ne sais rien de tout cela, personne ne m'a jamais aimée depuis que mon pauvre homme est mort.

— Où avez-vous été élevée?

— Dans le Kentucky. Un homme m'avait prise pour élever des enfants qu'il vendait quand ils étaient grands. A la fin, il m'a vendue à un spéculateur, de qui mon maître d'aujourd'hui m'a achetée.

— Pourquoi avez-vous pris cette affreuse habitude de boire?

— Le besoin d'oublier ma misère! J'ai eu un enfant après être arrivée ici. J'espérais qu'on me le laisserait élever, parce que mon maître n'était pas un spéculateur. Ma maîtresse l'aimait bien d'abord... C'était le plus charmant petit être! Il ne criait jamais. Il était beau et gras. Mais ma maîtresse devint malade. Je la veillai. Je pris la fièvre... Mon lait me quitta. L'enfant n'avait plus que la peau et les os. Ma maîtresse ne voulut pas acheter de lait pour lui. Elle disait que je pouvais le nourrir de ce que les autres gens mangeaient... L'enfant criait et pleurait jour et nuit. Madame se mit en colère contre lui; elle disait qu'il était insupportable; qu'elle voudrait qu'il fût mort... Elle ajoutait qu'elle ne me le laisserait pas la nuit, parce qu'il m'empêchait de dormir, et qu'ensuite je n'étais plus bonne à rien. Elle me fit coucher dans sa chambre. Je dus écarter l'enfant, le mettre dans une sorte de petit grenier... et là, une nuit, il pleura... jusqu'à mourir. Et moi, je me suis mise à boire pour m'ôter ces cris de l'oreille... et je boirai!... oui, quand je devrais aller en enfer après! Mon maître me dit que j'irai un jour en enfer; et je lui réponds que j'y suis déjà.

— Ainsi, pauvre créature, personne ne vous a dit que Jésus-Christ vous a aimée et qu'il est mort pour vous? On ne vous a pas dit qu'il vous assistera, et que vous pourrez aller au Ciel, et trouver enfin le repos?

— Oui, je pense quelquefois à aller au Ciel... Est-ce que les Blancs n'y vont pas, hein?... Ils me prendraient encore! J'aime mieux l'enfer loin de mon maître et de ma maîtresse; oui, j'aime mieux ça!... »

Et poussant son gémissement accoutumé, elle remit le panier sur sa tête et s'éloigna lentement.

Tom, tout désolé, rentra au logis. Il rencontra la petite Éva dans la cour, les yeux brillants de plaisir et le front couronné de tubéreuses.

« Ah! Tom, vous voici... Je suis contente de vous

rencontrer. Papa dit que vous pouvez atteler les poneys et me promener dans ma petite voiture neuve... Et elle lui prit la main... Mais qu'avez-vous, Tom ? vous paraissez tout triste !

— C'est vrai, Miss Éva ! mais je vais préparer vos chevaux.

— Mais, dites-moi d'abord ce que vous avez, Tom. Je vous ai vu parler à cette pauvre vieille Prue. »

Tom, avec simplicité, mais avec émotion, raconta à la petite Évangéline toute l'histoire de la pauvre femme. Évangéline ne se récria pas, ne pleura pas, comme eussent fait d'autres enfants ; mais ses joues devinrent pâles, un nuage sombre passa sur ses yeux. Elle mit ses deux mains sur sa poitrine et poussa un profond soupir.

CHAPITRE XIX

Où l'on parle encore des expériences et des opinions de Miss Ophélia

«Tom, il est inutile de mettre les chevaux... je ne veux pas sortir, dit Évangéline.

— Pas sortir, Miss Éva?

— Non! Ces choses me sont tombées sur le cœur, Tom; ces choses me sont tombées sur le cœur, répéta-t-elle avec attendrissement; je ne veux pas sortir!»

Et elle rentra dans la maison.

A quelques jours de là, ce fut une autre femme qui vint à la place de Prue. Miss Ophélia était dans la cuisine.

«Eh bien, fit Dinah, qu'est devenue Prue?

— Prue ne viendra plus, dit la femme d'un air mystérieux.

— Pourquoi donc? Elle n'est pas morte?

— Nous ne savons pas trop! Elle est dans la cave...»

Et la femme jeta un coup d'œil sur Miss Ophélia.

Miss Ophélia prit les biscottes. Dinah suivit la femme jusqu'à la porte.

«Voyons, qu'a donc Prue?»

La femme semblait à la fois vouloir et ne vouloir pas parler. A la fin, tout bas et d'une voix mystérieuse:

«Eh bien, vous ne le direz à personne... Prue s'est encore enivrée... Ils l'ont fait descendre à la cave... Ils l'y ont laissée tout un jour, et je les ai entendus dire que les mouches s'y étaient mises et qu'elle était morte ! »

Dinah leva les mains au Ciel... et, en se retournant, elle aperçut auprès d'elle, pareille à un esprit, la jeune Évangéline. Ses grands yeux mystiques étaient comme dilatés par l'horreur de ce qu'elle venait d'entendre. Il n'y avait plus une goutte de sang sur ses lèvres ni sur ses joues.

« O Ciel ! Miss Éva qui s'évanouit... Devrions-nous lui laisser entendre de pareilles choses ?... son père en deviendra fou !

— Je ne m'évanouis pas, Dinah, reprit Évangéline d'une voix émue... et pourquoi n'entendrais-je pas cela ? La pauvre Prue l'a bien souffert... elle est plus malheureuse que moi !

— Mais, doux Seigneur ! ce n'est pas pour de douces et délicates petites filles comme vous que ces histoires-là sont faites... elles seraient capables de vous tuer... »

Évangéline soupira encore et monta l'escalier d'un pas triste et lent.

Ophélia, inquiète elle-même, demanda l'histoire de la vieille Prue. Dinah la lui raconta avec force détails. Tom ajouta les particularités qu'il avait apprises d'elle-même.

« C'est abominable, c'est horrible ! s'écria Miss Ophélia, en entrant dans la chambre où Saint-Clare lisait son journal.

— Quelle nouvelle iniquité ?

— Quoi ! ils ont fouetté la vieille Prue jusqu'à la mort ! »

Et Miss Ophélia raconta l'histoire, s'appesantissant sur les circonstances les plus navrantes.

« Je me doutais bien que cela finirait par arriver, dit Saint-Clare, en reprenant sa lecture.

— Ah ! vous vous en doutiez, et vous n'avez rien fait pour l'empêcher ? dit Miss Ophélia... N'avez-vous pas vos magistrats, quelqu'un enfin qui puisse intervenir dans de telles circonstances ?

— On pense généralement que l'intérêt de la propriété

doit suffire en telles matières. Si les gens veulent se ruiner, je ne sais qu'y faire. La pauvre créature était, je crois, voleuse et ivrogne ; on ne peut pas espérer beaucoup de sympathie en sa faveur !

— Tenez, Augustin, c'est affreux ! Ah ! voilà qui attirera sur vous la colère du Ciel.

— Ma chère cousine, ce n'est pas moi qui l'ai fait et je ne pouvais l'empêcher... Je l'aurais empêché si je l'avais pu. Que des misérables sans cœur, pleins de brutalité, agissent cruellement... que puis-je à cela ? Ils sont absolus, irresponsables... Ils n'ont aucun contrôle à subir. L'intervention serait inutile. Il n'y a pas de loi efficace en pareil cas. Ce que nous avons de mieux à faire, c'est de fermer les yeux et les oreilles et de laisser aller les choses !... Nous n'avons pas d'autre ressource.

— Laisser aller les choses ! fermer les yeux et les oreilles ! vous le pouvez ?

— Ma chère enfant, que voulez-vous ? Voici une classe tout entière avilie, sans éducation, insolente provocante... Elle est livrée entièrement, sans conditions, à des gens comme ceux qui font la majorité dans ce monde, à des gens qui n'ont à redouter aucun contrôle, et qui ne sont même pas assez éclairés pour connaître leurs véritables intérêts... C'est là le cas, soyez-en sûre, de plus de la moitié du genre humain ! Eh bien, dans une société ainsi organisée, que peut faire un homme dont les sentiments sont nobles et humains ?... Que peut-il ? sinon fermer les yeux et s'endurcir le cœur ! Je ne puis pas acheter tous les malheureux que je vois ; je ne puis pas me faire chevalier errant et redresser tous les torts dans une ville comme celle-ci. Tout ce que je puis faire, c'est d'essayer de ne pas marcher moi-même dans cette voie. »

Le beau visage de Saint-Clare s'assombrit un instant, il parut même accablé ; mais rappelant bientôt un gai sourire, il ajouta :

« Allons, cousine, ne restez pas là debout comme une

fée. Vous avez regardé à travers le trou du rideau, voilà tout ; ce n'est là qu'un échantillon de ce qui se passe dans le monde, d'une façon ou d'une autre. Si nous examinions tous les malheurs de cette vie, nous n'aurions plus de cœur à rien. C'est comme la cuisine de Dinah. »

Et, s'étendant sur un canapé, Saint-Clare reprit son journal.

Miss Ophélia s'assit, tira son tricot, prit une contenance sévère, et tricota, tricota, tricota ! Cependant le feu couvait en silence. Bientôt il éclata.

« Tenez, Augustin, vous pouvez peut-être prendre votre parti là-dessus. Moi, je ne le puis pas ! C'est abominable à vous de défendre un tel système. Voilà mon opinion !

— Comment ! fit Augustin en relevant la tête, encore !

— Oui ! je dis que c'est abominable, reprit-elle avec plus d'animation, de défendre un tel système !

— Le défendre ! moi ? qui a jamais dit que je le défendais ?

— Sans doute, vous le défendez, vous tous, habitants du Sud... Pourquoi avez-vous des esclaves ?

— Êtes-vous donc assez innocente et assez naïve pour penser que personne ne fait dans ce monde que ce qu'il croit bon ? Ne faites-vous, ou du moins n'avez-vous jamais fait de choses qui vous aient semblé mal ?

— Si cela m'est arrivé, je m'en suis repentie, je l'espère, dit Miss Ophélia en précipitant ses aiguilles.

— Et moi aussi, dit Saint-Clare en enlevant la peau d'une orange ; je me repens toujours.

— Pourquoi continuez-vous, alors ?

— N'avez-vous jamais continué à faire mal, même après vous être repentie, ma bonne cousine ?

— Seulement quand j'étais très fortement tentée...

— Eh ! mais, c'est que je suis fortement tenté, dit Saint-Clare ; voilà la difficulté.

— Moi, du moins, je prenais la résolution de ne plus recommencer et de rompre l'habitude.

— Voilà deux ans que je prends la résolution, dit Saint-Clare, et je ne puis me convertir. Vous parvenez, cousine, à vous débarrasser de tous vos péchés?

— Augustin, dit Ophélia d'un ton sérieux en déposant son ouvrage, je mérite que vous me reprochiez mes écarts, je reconnais que tout ce que vous dites est vrai... personne ne le sent plus vivement que moi! mais il me semble après tout qu'il y a quelque différence entre vous et moi. J'aimerais mieux me couper la main droite que de persévérer dans une conduite que je croirais mauvaise... Mais cependant mes actions sont si peu d'accord avec mes paroles, que je comprends bien que vous me blâmiez!

— Allons, cousine, dit Augustin, s'asseyant par terre à ses pieds et posant sa tête sur ses genoux, ne prenez pas un air si terriblement sérieux. Vous savez que je n'ai jamais été qu'un propre à rien, un rien qui vaille; j'aime à plaisanter un peu avec vous, et voilà tout... pour vous faire mettre un peu en colère; mais je pense que vous êtes bonne... Faire le malheur, le désespoir des gens, rien que d'y penser... cela me fatigue à mourir!

— Auguste, mon cher enfant, dit Ophélia en posant sa main sur le front du jeune homme... c'est là un bien grave sujet!

— Bien trop grave, dit-il, et je n'aime pas les sujets graves quand il fait chaud. Avec les moustiques et tout le reste, il est impossible d'atteindre à la sublimité de la morale...» Et se relevant tout à coup : «C'est une idée cela, dit-il, et une théorie! Je comprends maintenant pourquoi les nations du Nord ont toujours été plus vertueuses que celles du Midi. Je pénètre au cœur du sujet.

— Auguste, vous serez toujours un écervelé.

— En vérité? au fait, cela se peut bien! Mais je veux être sérieux au moins une fois; donnez-moi ce panier d'oranges. Vous allez *me récompenser avec des flacons et me réconforter avec des pommes,* si je fais cet effort.

Et maintenant, dit-il, en attirant à lui le panier, je commence. Si, par l'effet des événements humains, il arrive qu'il soit nécessaire à un individu de retenir en captivité deux ou trois douzaines de ses semblables, un coup d'œil jeté sur la société...

— Je ne vois pas que vous deveniez plus sérieux, dit Miss Ophélia.

— Attendez... j'arrive... vous allez voir... m'y voici... dit-il; et son beau visage prit tout à coup une expression sérieuse et passionnée. Sur la question de l'esclavage, il ne peut y avoir qu'une opinion. Les planteurs qui profitent de l'esclavage, les ministres qui veulent plaire aux planteurs, les politiques qui veulent gouverner, peuvent asservir le langage et assouplir l'éloquence de manière à étonner le monde ; ils peuvent torturer la nature et la Bible, et je ne sais quoi encore : mais ni eux ni le monde n'y croient davantage. L'esclavage vient du diable, voilà ! et c'est un assez bel échantillon de ce qu'il peut faire dans sa partie. »

Miss Ophélia laissa tomber son tricot et regarda Saint-Clare qui, sans doute, jouissant de son étonnement continua :

« Vous semblez soupirer ! Mais écoutez, que je vous parle net. Cette maudite institution, oui, maudite de Dieu et des hommes, quelle est-elle ? Dépouillez-la de ses ornements, soumettez-la à l'analyse... voyez-la au fond ! Quelle est-elle ? Quoi ! parce que mon frère noir est ignorant et faible, et que je suis instruit et fort, parce que je sais et que je puis, j'ai le droit de le dépouiller de ce qu'il a et de ne lui donner que ce qu'il plaît à mon caprice ! Ce qui est trop pénible, trop dur, trop dégoûtant pour moi, je vais dire au Noir de le faire ! Je n'aime pas à travailler, le Noir travaillera ! Le soleil me brûle, le Noir restera au soleil ! Le Noir gagnera de l'argent, et je le dépenserai ; le Noir s'enfoncera dans le marécage pour que je puisse marcher à pied sec ; le Noir fera ma volonté et pas la sienne, tous les jours de sa vie mortelle...

et il n'aura d'autre chance de gagner le Ciel que celle qu'il me plaira de lui donner. Voilà ce que c'est que l'esclavage. Je défie qui que ce soit sur terre de lire notre code noir et de dire qu'il est autre chose. On parle des abus de l'esclavage ; mensonge ! La chose elle-même est l'essence de l'abus. Et la seule raison pour laquelle la terre ne s'entrouvre pas sous lui, comme jadis sous Gomorrhe et Sodome, c'est que l'usage de l'esclavage est cent fois plus doux que l'esclavage même. Mais, par pitié et par honte, parce que nous sommes des hommes sortis du sein des femmes et non du ventre des bêtes, nous ne voulons pas, nous n'osons pas, nous ne daignons pas user du plein pouvoir que ces lois sauvages mettent en nos mains. Celui qui va le plus loin et qui fait le plus de mal ne va pas même jusqu'aux limites de la loi. »

Saint-Clare s'était levé, et, comme il lui arrivait toujours dans ses moments d'émotion, il marchait à grands pas. Son noble visage, empreint de la beauté classique des statues grecques, semblait brûler de toute l'ardeur de ses sentiments. Ses grands yeux bleus lançaient des éclairs, son geste avait une énergie puissante. Ophélia ne l'avait jamais vu ainsi. Elle gardait le plus profond silence.

« Je vous le déclare, dit-il en s'arrêtant tout à coup devant sa cousine — mais à quoi donc aboutissent paroles ou sentiments sur un tel sujet ? — je vous le déclare : je me suis dit bien des fois que, si ce pays devait s'abîmer dans les entrailles du monde, pour engloutir et dérober à la lumière toutes ces misères et tous ces malheurs, je consentirais volontiers à m'engloutir avec lui ! Quand j'ai voyagé sur nos bâtiments ou dans nos campagnes, quand j'ai vu tous ces individus stupides, brutaux, dégoûtants... à qui nos lois permettent de devenir les despotes d'autant d'hommes qu'ils en pourront acheter avec l'argent escroqué, volé, filouté... quand j'ai pensé qu'ils sont les maîtres des femmes, des enfants, des jeunes filles... ah! j'ai été sur le point de maudire mon pays... de maudire la race humaine!

— Augustin! Augustin! assez, assez! je n'en ai jamais entendu autant, même dans le Nord!

— Dans le Nord? dit Saint-Clare en changeant tout à coup d'expression et en reprenant son ton insouciant; fi donc! vous autres gens du Nord, vous avez le sang froid, vous êtes froids en tout ce que vous faites... vous ne savez même pas maudire!

— Mais la question est de...

— Oui, Ophélia, la question est une diable de question! la question est de savoir comment j'en suis arrivé à cet état de péché et de misère. Je vais tâcher de reprendre dans les bons vieux termes que vous m'avez enseignés autrefois. Le péché m'est venu par héritage. Mes esclaves étant à mon père, et qui plus est à ma mère, ils sont à moi maintenant, eux et leur postérité, qui a pris un assez large développement. Mon père vint de la Nouvelle-Angleterre : c'était un tout autre homme que le vôtre, un véritable vieux Romain, altier, énergique, noble esprit, mais volonté de fer. Votre père s'établit dans la Nouvelle-Angleterre, pour régner parmi les rochers et contraindre la nature à le nourrir. Le mien vint dans la Louisiane pour gouverner des hommes et des femmes, et les contraindre à travailler pour lui; ma mère...» Et Saint-Clare se leva et alla contempler un portrait suspendu à la muraille, sa vénération éclatait sur ses traits.

«Ma mère, elle était divine! Ne me regardez pas ainsi, Ophélia. Vous savez ce que je veux dire. Elle était sans doute d'une origine mortelle, mais je n'ai jamais vu en elle aucune trace de faiblesses ou d'erreurs mortelles. Tous ceux qui se souviennent d'elle, libres ou esclaves, amis, domestiques, parents, relations, tous disent la même chose. Que vous dirai-je, cousine? Longtemps, cette mère s'est tenue debout entre moi et l'incrédulité. Elle était à mes yeux l'incarnation du Nouveau Tes-

tament, la vérité vivante. O ma mère ! ma mère ! » Et
Saint-Clare joignit les mains dans une sorte de trans-
port ; puis, se calmant tout à coup, il revint auprès
d'Ophélia et s'assit sur une ottomane.

« Mon frère et moi, reprit-il, nous étions jumeaux.
On dit que les jumeaux doivent se ressembler. Mon
frère et moi formions un contraste parfait. Il avait
des yeux noirs et fiers, des cheveux de jais, le type
romain, le teint brun. Moi j'avais le teint blanc, les
yeux bleus, les cheveux d'un blond doré et le profil grec.
Il était actif et observateur ; j'étais rêveur et indolent. Il était généreux envers ses amis et ses égaux,
mais orgueilleux, dominateur, superbe avec ses inférieurs,
sans pitié pour tout ce qui tentait de lui résister. Nous
étions tous deux fidèles à notre parole : lui, par orgueil
et par courage ; moi, par suite d'une sorte d'idéal que
je m'étais fait. Nous nous aimions comme font les enfants,
tantôt plus, tantôt moins ; il était le favori de mon
père, j'étais celui de ma mère. Il y avait en moi, et
pour toute chose, une sensibilité maladive, une délicatesse d'impression que ni lui ni mon père ne s'avisèrent
jamais de comprendre, et qu'il ne leur aurait pas été possible de partager ; c'était, au contraire, ce qui me valait
les sympathies de ma mère. Quand nous nous querellions,
red et moi, et que mon père me regardait trop sévèrement, je montais à la chambre de ma mère et je m'asseyais
auprès d'elle... Oh ! je la vois encore : son front pâle,
son œil sérieux, profond et doux, sa robe blanche... elle
était toujours en blanc... C'est à elle que je pensais
dans mes lectures qui parlaient des saintes vêtues de
longs voiles blancs et brillants ; c'était une femme
d'un haut mérite, grande musicienne. Souvent elle s'asseyait à son orgue, jouant cette antique et majestueuse
musique, et chantant, plutôt avec une voix d'ange qu'avec
une voix de femme, les chants du culte catholique... Alors
je mettais ma tête sur ses genoux, je pleurais, je
rêvais... et j'éprouvais des émotions... Oh ! les pro-

fondes émotions... et qu'aucune langue ne saurait rendre !

« On ne discutait pas alors les questions de l'esclavage. Personne n'y voyait de mal.

« Mon père était une nature aristocratique. Peut-être, dans une existence antérieure à celle-ci, avait-il appartenu au cercle des esprits les plus hauts, et avait-il apporté sur cette terre l'orgueil de son antique rang : il était arrogant et superbe ; mon frère fut frappé à son image.

« Vous savez ce que c'est qu'un aristocrate. Ses sympathies s'arrêtent à une certaine classe sociale, dont il est ; passé cela, le genre humain n'existe plus pour lui. En Angleterre la limite est ici, en Amérique elle est là, chez les Birmans elle est ailleurs... Mais il y a toujours une limite, et les aristocrates ne la dépassent jamais... Ce qui, dans sa classe, serait un malheur, une calamité, une souveraine injustice, n'est plus ailleurs qu'un fait bien indifférent... Pour mon père, la ligne de démarcation était la couleur des gens. Avec ses égaux, il n'y eut jamais d'homme plus juste et plus généreux. Quant aux nègres de toutes les nuances, il ne les considérait que comme des animaux intermédiaires entre l'homme et la brute. Ses idées de justice et de générosité étaient en harmonie avec ce principe. Je suis bien persuadé que si on lui eût demandé à l'improviste et sans préparation : les nègres ont-ils des âmes ? il eût hésité et réfléchi avant de répondre : oui ! Du reste, mon père se préoccupait fort peu de métaphysique ; il n'avait aucun sentiment religieux, et ne voyait en Dieu que le chef des classes supérieures[1].

« Mon père faisait travailler cinq cents nègres ; c'était en affaires un homme minutieux, exigeant, dur. Tout chez lui devait être fait systématiquement, avec une précision et une exactitude que rien ne dérangeait.

« Maintenant, si vous réfléchissez que tout cela devait être fait par une bande de travailleurs paresseux, indolents, étourdis, et qui dans toute leur vie n'avaient jamais appris qu'à manger, vous comprendrez bien vite qu'il devait se passer dans nos plantations des choses horribles, épouvantables pour un enfant sensible comme moi. Ajoutez à cela que le gérant de la plantation, fils d'un renégat du Vermont (je vous en demande bien pardon, cousine), était un homme vigoureux et brutal, qui avait fait longtemps l'apprentissage de la dureté et pris tous ses degrés avant d'entrer dans la pratique. Ni ma mère ni moi ne pûmes jamais le souffrir; mais il avait pris un ascendant souverain sur mon père : c'était le tyran de la plantation.

« Je n'étais alors qu'un tout petit bonhomme, mais j'avais déjà, comme maintenant, l'amour de toutes les choses humaines, une sorte de passion pour l'étude de l'humanité ! sous quelque forme que l'humanité se révélât. Souvent on me trouvait dans la case de quelque nègre ou parmi les travailleurs des champs.

« J'étais le favori des nègres.

« C'était à mon oreille que se murmuraient toutes les plaintes; je les redisais à ma mère, et nous faisions à nous deux un petit comité pour le redressement des torts. Nous avons arrêté et réprimé bien des cruautés; nous nous étions déjà plus d'une fois réjouis du bien que nous avions su faire. Malheureusement, comme il arrive toujours, j'y mis trop de zèle. Stubbs se plaignit à mon père; il dit qu'il ne pouvait plus régir la propriété, et qu'il allait résigner ses fonctions. Mon père était un mari bon et facile; mais rien n'eût pu le faire renoncer à ce qu'il croyait nécessaire. Il se planta comme un roc entre nous et les esclaves qui travaillaient dans la campagne. Il dit à ma mère, avec une déférence pleine de respect mais d'un ton qui n'admettait pas de réplique, qu'elle serait la maîtresse absolue des esclaves occupés à l'intérieur, mais qu'elle ne devait pas intervenir dans ce qui se passait au-dehors. Il la révérait plus que tout au monde, mais il en eût dit autant à la vierge Marie, si elle eût voulu déranger son système !

« Quelquefois j'entendais ma mère raisonner avec lui, et s'efforcer de réveiller ses sympathies. Il écoutait les appels les plus pathétiques avec une politesse et une égalité d'âme vraiment décourageantes. "Tout se résume en un mot, disait-il, faut-il garder ou renvoyer Stubbs ? Stubbs est la ponctualité même ; il est honnête, il est capable, expérimenté... et humain... mon Dieu ! autant qu'on peut l'être. Nous ne pouvons pas espérer la perfection. Eh bien, si je le garde, je dois soutenir son administration..., toute son administration, quand bien même il y aurait çà et là des détails... exceptionnels... Tout gouvernement a ses indispensables rigueurs. Les règles générales sont quelquefois dures dans leurs applications particulières." Cette dernière phrase était pour mon père l'excuse de toutes les cruautés. Quand il avait dit cette phrase-là, il mettait les pieds sur le canapé, comme un homme qui vient de terminer une grande affaire, et il s'accordait une heure de sommeil, ou lisait un journal, suivant le cas.

« Mon père avait toutes les qualités de l'homme d'État. Il eût partagé la Pologne comme une orange, et opprimé l'Irlande tout comme un autre, avec l'impassibilité d'un système. Ma mère, désespérée, renonça à la tâche... On ne saura jamais, avant le dernier jour, ce qu'auront souffert ces natures délicates et généreuses jetées dans des abîmes d'injustice et de cruauté, dont seules elles voient la cruauté et l'injustice ! Il y a pour elles des siècles de poignantes douleurs dans ce monde sorti de l'enfer !... Que restait-il à ma mère... sinon d'élever ses enfants et de leur donner son âme ?... Mais, quoi qu'on dise de l'éducation, les enfants grandissent et restent ce que la nature les a faits. On ne change pas ! Dès le berceau, Alfred fut un aristocrate. En grandissant, il se développa aristocratiquement. Quant aux exhortations maternelles, autant en emporta le vent. Chez moi, au contraire, toutes ses paroles se gravaient profondément. Jamais elle ne contredisait formellement notre père, jamais elle ne sembla complètement différer d'avis avec lui ; mais, de toutes les forces de sa nature sympathique, ardente et généreuse, elle gravait en moi, comme avec du feu, l'idée ineffaçable du prix et de la dignité du dernier des hommes. Avec quel respect solennel je regardais son visage quand le soir, me montrant les étoiles, elle me disait : « Voyez, Auguste ; la plus humble, la plus obscure d'entre ces pauvres âmes de nos esclaves, après que ces étoiles se seront pour toujours éteintes, vivra aussi longtemps que Dieu lui-même ! "

« Elle avait quelques beaux et anciens tableaux, un entre autres : *Jésus guérissant un malade*. Ces tableaux nous causaient toujours une impression profonde... "Voyez, Auguste, me disait-elle encore, cet aveugle était un mendiant couvert de haillons... Aussi le Seigneur ne voulut-il pas le guérir de loin ; mais il le fit approcher, et il posa sa main sur lui. Rappelez-vous cela, mon enfant..." Ah ! si j'avais vécu sous la tutelle de ma mère !... elle aurait mis en moi je ne sais quel enthousiasme !... J'aurais été un saint, un réformateur, un martyr !... Mais, hélas ! hélas ! je la quittai à treize ans... et je ne la revis jamais ! »

Saint-Clare appuya sa tête dans sa main et se tut... Au bout d'un instant, il releva les yeux et continua :

« Voyons ! qu'est-ce au fond que la vertu humaine ?

« Une affaire de latitude et de longitude, une question de géographie et de tempérament ; la plus grosse part n'est qu'un accident. Ainsi, par exemple, voilà votre père... Il s'établit dans le Vermont, dans une ville où, par le fait, tout le monde est libre et égal... Il devient membre de l'Église régulière, il devient diacre, avec le temps il devient abolitionniste, et il nous regarde comme des païens, ou peu s'en faut. Et cependant, sous bien des rapports, ce n'est qu'une seconde édition de mon père ; c'est le même esprit puissant, hautain, dominateur. Vous savez fort bien qu'il y a dans votre village une foule de gens à qui vous ne persuaderez pas que l'esquire Saint-

Clare ne se mette beaucoup au-dessus d'eux. Le fait est que, bien qu'il vive à une époque démocratique et qu'il ait adopté les idées démocratiques..., au fond du cœur c'est un aristocrate autant que mon père, qui tenait sous ses lois cinq ou six cents esclaves. »

Miss Ophélia ne parut pas trouver fidèle ce tableau de son père... Elle déposa le tricot pour répondre ; Saint-Clare l'arrêta.

« Je sais ce que vous allez dire. Je ne prétends pas qu'ils soient égaux en fait : l'un d'eux fut placé dans des circonstances où tout luttait contre ses tendances naturelles ; chez l'autre, tout les secondait. Celui-ci devint un vieux démocrate, obstiné, fier et hautain ; celui-là, un vieux despote, fier, hautain, obstiné... et voilà ! Faites-les tous deux planteurs à la Louisiane, et ils se ressembleront comme deux balles fondues dans le même moule.

— Comme vous êtes un enfant peu respectueux ! dit Ophélia.

— Je ne veux pas lui manquer de respect, repartit Saint-Clare, mais vous savez que la vénération n'est pas mon fort... Je reviens à mon histoire.

« Mon père mourut, laissant à mon frère et à moi toute sa propriété à partager comme nous l'entendions. Il n'y avait pas sur la terre de Dieu une âme plus généreuse, un esprit plus noble qu'Alfred dans tous ses rapports avec des égaux. Toutes ces questions d'intérêt ne soulevèrent point entre nous le moindre nuage. Nous entreprîmes de faire valoir la plantation en commun. Alfred, qui, dans la vie active et la pratique des affaires, en valait deux comme moi, devint un planteur aussi enthousiaste qu'heureux.

« Deux années d'expérience me démontrèrent que je ne pouvais partager plus longtemps cette existence.

« Avoir un troupeau de sept cents esclaves que je ne pouvais connaître personnellement, pour lesquels je ne pouvais éprouver individuellement aucun intérêt ; esclaves que l'on vendait, que l'on achetait, que l'on nourrissait, que l'on menait comme autant de bêtes à cornes ; songer combien on s'inquiétait peu de leur refuser les moindres jouissances de la vie la plus grossière ; être obligé d'avoir des surveillants, des régisseurs ; être obligé d'employer le fouet comme moyen suprême de gouvernement : tout cela devint pour moi une insupportable torture !... Et, quand je venais à penser à tout le cas que ma mère faisait de ces pauvres âmes humaines..., je tremblais !

« C'est une absurdité que de parler du bonheur que peuvent goûter les esclaves. Je perds patience quand j'entends ces singulières apologies des hommes du Nord, qui essaient ainsi de pallier nos fautes ! Nous savons mieux ce qui en est. Osez me dire qu'un homme doit travailler toute sa vie, depuis l'aube jusqu'au soir, sous l'œil vigilant d'un maître, sans pouvoir manifester une fois une volonté irresponsable... courbé sous la même tâche, monotone et terrible, et cela pour deux paires de pantalons et une paire de souliers par an, avec tout juste assez de nourriture pour être en état de continuer sa tâche... oui, qu'un homme me dise qu'il est indifférent à une créature humaine de se voir traitée de cette façon... et cet homme, ce chien ! je l'achète et je le ferai travailler sans scrupule, lui !

— J'avais toujours supposé, dit Miss Ophélia, que vous autres vous approuviez tous l'esclavage, que vous pensiez qu'il était juste et conforme à l'Écriture.

— Non, nous n'en sommes pas encore réduits là, Alfred, qui est le despote le plus déterminé qu'on puisse voir, ne prétend pas à ce genre de défense. Non ; il se tient debout, ferme et fier, sur ce bon vieux et respectable terrain, le droit du plus fort. Il dit, et il a raison, que les planteurs américains font, à leur manière, ce que font l'aristocratie et la finance d'Angleterre. Pour ceux-là, les esclaves sont les basses classes... Et que font-ils ? ils se les approprient, corps et âme, chair et esprit, et les emploient à leurs besoins... Et il défend cette conduite par des arguments au moins spécieux : il dit qu'il ne peut point y avoir de haute civilisation sans l'esclavage des masses. Qu'on le nomme ou qu'on ne le nomme pas esclavage, peu importe ! il faut, dit-il, qu'il y ait une classe inférieure condamnée au travail physique, et réduite à la vie animale, et une classe élevée en qui résident la richesse et le loisir, une classe qui développe son intelligence, marche en tête du progrès et dirige le reste du monde. Ainsi raisonne-t-il, parce que, dit-il, il est né aristocrate... Moi, au contraire, je repousse ce système... parce que je suis né démocrate.

— Je n'admets pas la comparaison, dit Miss Ophélia ; car enfin le meilleur travailleur anglais n'est pas l'objet d'un trafic et d'un commerce, il n'est point arraché à sa famille et fouetté.

— Il est autant à la discrétion de celui qui l'emploie que s'il lui était réellement vendu. Le maître peut frapper l'esclave jusqu'à ce que mort s'ensuive... mais le capitaliste anglais peut affamer jusqu'à la mort ! Et, quant à la sécurité de la famille, je ne sais pas en vérité où elle est le plus menacée... Celui-ci voit vendre ses enfants ; celui-là les voit mourir de faim chez lui !

— Mais ce n'est point justifier l'esclavage que de prouver qu'il n'est pas pire que de très mauvaises choses.

— Je ne prétends pas le justifier. Je dis plus : je dis que notre esclavage est la plus audacieuse violation des droits humains. Acheter un homme comme un cheval, lui regarder à la dent, faire craquer ses jointures, le faire trotter et le payer ! avoir des spéculateurs, des éleveurs, des négociants, des courtiers du corps et de l'âme des hommes... oui, tout cela rend l'abus plus visible aux yeux du monde civilisé, bien qu'en réalité la chose soit à peu près la même en Angleterre et en Amérique : l'exploitation d'une classe par l'autre[1].

— Je n'avais jamais vu cette face de la question, dit Miss Ophélia.

— J'ai voyagé en Angleterre, j'ai recueilli de nombreux documents sur l'état des classes inférieures, et je ne pense pas que l'on puisse contredire Alfred, quand il dit que la position de ses esclaves est meilleure que celle d'une grande partie des ouvriers de l'Angleterre. Ne concluez pas de ce que je dis qu'Alfred soit un maître dur. Non, il ne l'est pas. Il est despote ; il est sans pitié contre l'insubordination ; il tuerait un homme comme un daim, si cet homme lui résistait ; mais, en général, il met son orgueil à ce que ses esclaves soient bien traités et bien nourris. Pendant que j'étais avec lui, j'insistai plusieurs fois pour qu'on s'occupât un peu de leur instruction. Par égard pour moi, il se procura un aumônier. Il les faisait catéchiser le dimanche... Je crois qu'au fond de l'âmc il s'imaginait que c'était à peu près comme s'il eût donné un aumônier à ses chevaux et à ses chiens !... Et le fait est qu'une âme qui, depuis l'heure de la naissance, a été soumise à toutes les influences qui avilissent et dégradent, livrée toute la semaine à des œuvres où la pensée n'est pas, ne saurait tirer grand avantage de quelques heures qu'on lui abandonne chaque dimanche. Les directeurs des écoles du dimanche parmi la population manufacturière de l'Angleterre pourraient peut-être nous dire que le résultat est le même ici et là. Cependant il y a parmi nous quelques exceptions frappantes, parce que le nègre est naturellement plus susceptible que le Blanc d'éprouver le sentiment religieux.

— Eh bien, dit Miss Ophélia, comment avez-vous abandonné votre plantation ?

— Nous marchâmes d'accord quelque temps ; puis Alfred s'aperçut que je n'étais pas un planteur. Il trouva mauvais, après avoir changé, réformé, amélioré pour me plaire, que je ne me tinsse point encore pour satisfait. Et, en vérité, c'était la chose elle-même que je haïssais. C'était la perpétration de cette brutalité, de cette ignorance et de cette misère ; c'était l'emploi de ces hommes et de ces femmes travaillant à gagner de l'argent pour moi ! Et puis, j'avais le tort d'intervenir sans cesse dans les détails : étant moi-même le plus paresseux des hommes, je n'étais que trop porté à sympathiser avec les paresseux de mon espèce.

« Quand de pauvres diables, indolents et étourdis, mettaient des pierres au fond de leurs balles de coton pour les rendre plus pesantes, ou remplissaient leurs sacs de poussière avec du coton par-dessus, il me semblait si bien qu'à leur place j'en aurais fait tout autant, que je ne pouvais pas consentir à leur laisser donner le fouet... Il n'y eut bientôt plus de discipline dans la plantation. J'en vins avec Alfred au point où j'en étais, quelques années auparavant, avec mon honoré père... Il me dit que j'avais une sentimentalité de femme, et que je ne ferais jamais d'affaires au moyen des esclaves. Il me conseilla de prendre la maison de banque et l'habitation de famille à Orléans... et de faire des vers... Il garderait, lui, la direction de la plantation. Nous nous séparâmes donc, et je vins ici.

— Pourquoi alors n'avez-vous pas affranchi vos esclaves ?

— Je n'en ai pas eu le courage. Les employer comme des instruments pour gagner de l'argent, je ne pouvais pas ! Les garder pour dépenser mon argent avec eux, cela me parut moins mal... Quelques-uns étaient des esclaves d'intérieur ; j'y étais fort attaché... Les plus jeunes étaient les enfants des plus vieux..., ils étaient tous enchantés de leur sort avec moi... »

Ici Saint-Clare se tut un moment et se mit à marcher tout pensif dans le salon.

« Il y eut, reprit-il bientôt, il y eut un temps dans ma vie où j'eus des projets et des espérances... je voulais alors faire quelque chose et non pas me laisser aller au flot et au courant ; j'eus comme le vague instinct de devenir un émancipateur, de laver ma patrie de cette tache et de cette honte... Tous les jeunes gens, j'imagine, ont de pareils accès de fièvre, au moins une fois.

— Mais alors... pourquoi ne l'avez-vous pas fait? pourquoi, après voir mis la main à la charrue, avoir ensuite regardé en arrière?

— Les choses ne tournèrent pas comme je m'y attendais, et j'eus, comme Salomon, le désespoir de la vie! Chez moi, comme chez lui, c'était peut-être la condition nécessaire de la sagesse... Mais enfin, pour une cause ou pour une autre, au lieu de prendre une place dans ce monde et de le régénérer, je devins un morceau de bois flottant, emporté et rapporté par chaque marée... Alfred m'attaque chaque fois que nous nous rencontrons, et il a facilement raison de moi. Sa vie est le résultat logique de ses principes, tandis qu'avec moi les principes sont d'un côté et la vie de l'autre.

— Hélas! mon cher cousin, comment pouvez-vous vous complaire?

— Me complaire! mais je la déteste, cette vie!... Où en étions-nous? Ah! vous parliez de l'affranchissement! Je ne crois pas que mes sentiments sur l'esclavage me soient particuliers. Je rencontre beaucoup d'hommes qui, au fond de l'âme, pensent absolument comme moi... La terre sanglote sous l'esclavage; et, si malheureux qu'il soit pour l'esclave, il est encore pire pour le maître... Il n'y a pas besoin de lunettes pour voir qu'une nombreuse classe dégradée, vicieuse, paresseuse, vivant au milieu de nous, est pour nous un grand mal... La finance et l'aristocratie anglaise ont du moins le bonheur de ne pas être mêlées à la classe qu'elles dégradent... Mais ici cette classe est dans nos propres maisons; elle se mêle à nos enfants, elle a sur eux plus d'influence que nous-mêmes; c'est une race à laquelle les enfants s'attachent, à laquelle ils voudront toujours s'assimiler. Si Évangéline n'était pas un ange plutôt qu'un enfant ordinaire, Évangéline serait perdue... Il vaudrait autant laisser courir la petite vérole parmi nous et croire que nos enfants ne l'attraperont pas, que de laisser avec eux cette ignorance et ces vices, sans en redouter la contagion.

Nos lois cependant s'opposent à toute mesure efficace d'éducation générale, et elles font bien. Instruisez une seule génération, et nous sommes ruinés de fond en comble... Si nous ne leur donnons pas la liberté, ils la prendront.

— Et quelle sera, selon vous, la fin de tout ceci?

— Je ne sais; ce qu'il y a de certain, c'est qu'aujourd'hui une colère sourde gronde à travers les masses dans le monde entier : je sens venir... ou demain, ou plus tard... un terrible *Dies iræ*... Les mêmes événements se préparent en Europe, en Angleterre du moins, et dans ce pays. Ma mère avait coutume de parler d'un millésime qui approchait et verrait le règne du Christ, et la liberté et le bonheur de tous les hommes. Quand j'étais enfant elle m'apprenait à prier pour l'avènement de ce règne. Quelquefois je songe que ce soupir, ce murmure, ce froissement que l'on entend maintenant parmi les ossements desséchés, prédit le prochain avènement de ce règne... Mais qui pourra vivre le jour où il apparaîtra?

— Augustin, il y a des moments où je crois que vous n'êtes pas loin du règne de Dieu, dit Ophélia, en attachant un regard inquiet sur son cousin.

— Merci, cousine, de votre bonne opinion... J'ai des hauts et des bas! En théorie, je touche aux portes du Ciel... S'agit-il de pratique, je suis dans la poussière de la terre... Mais on sonne pour le thé... Venez, cousine... J'espère maintenant que vous ne direz plus que je n'ai pas parlé sérieusement une fois en ma vie... »

A table, on fit allusion à la mort de Prue.

« Je crois bien, cousine, dit Mme Saint-Clare, que vous allez nous prendre tous pour des barbares.

— Je pense, répondit Ophélia, que c'est là une chose barbare; mais je ne pense pas que vous soyez tous des barbares.

— Il y a de ces nègres, dit Marie, dont il est vraiment impossible d'avoir raison; ils sont si méchants qu'ils ne doivent pas vivre... Je ne me sens pas la moindre compassion pour eux ! S'ils se conduisaient mieux, cela n'arriverait pas.

— Mais, maman, dit Éva, la pauvre créature était malheureuse : c'est ce qui la faisait boire !

— Ah bien, si c'est là une excuse ! Je suis malheureuse aussi, moi ! Très souvent je pense, ajouta-t-elle d'un air rêveur, que j'ai eu à subir de plus terribles épreuves que les siennes ! La misère des Noirs provient de leur méchanceté ; il y en a que les plus terribles sévérités du monde ne sauraient dompter... Je me rappelle que mon père eut jadis un homme qui était si paresseux, qu'il s'enfuit pour ne pas travailler ; il errait dans les savanes, volant et commettant toutes sortes de méfaits : cet homme fut pris et fouetté... Il recommença, on le fouetta encore ; cela ne servit de rien. A la fin il rampa encore jusqu'aux savanes, bien qu'il pût à peine marcher... il y mourut, et notez qu'il n'avait aucun motif d'agir ainsi, car chez mon père les nègres étaient toujours bien traités.

— Il m'est arrivé une fois, dit Saint-Clare, de soumettre un homme dont tous les maîtres et tous les surveillants avaient désespéré.

— Vous ! dit Marie... Ah ! je serais curieuse de savoir comment vous avez jamais pu faire pareille chose !

— C'était un Africain, un hercule, un géant. On sentait en lui je ne sais quel puissant instinct de liberté... Je n'ai jamais rencontré d'homme plus indomptable ; c'était un vrai lion d'Afrique. On l'appelait Scipion. On n'avait jamais pu rien en faire. Les surveillants, d'une plantation à l'autre, le vendaient et le revendaient. Enfin Alfred l'acheta, comptant pouvoir le réduire. Un jour, il assomma le surveillant et se sauva dans les savanes. Je visitai la plantation d'Alfred ; c'était après notre partage. Alfred était dans un état d'exaspération terrible. Je lui dis que c'était sa faute, et que je gageais bien de mater le rebelle. On convint que si je le prenais il serait à moi pour que je pusse expérimenter sur lui. Nous nous mîmes en chasse à six ou sept, avec des fusils et des chiens. Vous savez qu'on peut mettre autant d'enthousiasme à la chasse de l'homme qu'à celle du daim; tout cela est affaire d'habitude. Je me sentais moi-même un peu excité, quoique je ne me fusse posé que comme médiateur, au cas où il serait repris.

«Nous lançons nos chevaux. Les chiens aboient sur la piste. Nous le débusquons. Il courait et bondissait comme un chevreuil; il nous laissa longtemps en arrière. Enfin il se trouva arrêté par un épais fourré de cannes à sucre. Il se retourna pour nous faire face, et je dois dire qu'il combattit bravement les chiens; rien qu'avec ses poings il en assomma deux ou trois qu'il envoya rouler à droite et à gauche. Un coup de fusil l'abattit; il vint tomber tout sanglant à mes pieds. Le pauvre homme leva vers moi des yeux où il y avait à la fois du désespoir et du courage. Je rappelai les gens et les chiens, qui allaient se jeter sur lui, et je le revendiquai comme mon prisonnier : ce fut tout ce que je pus faire que de les empêcher de le fusiller dans l'ivresse du triomphe. Je tins au marché et je l'achetai d'Alfred. Je l'entrepris donc... Je l'avais rendu, au bout de quinze jours, aussi doux et aussi soumis qu'un agneau.

— Que lui fîtes-vous? s'écria Marie.

— Ce fut simple... Je le fis mettre dans ma chambre, je lui donnai un bon lit... je pansai ses blessures... je le veillai moi-même jusqu'à ce qu'il fût debout... puis je l'affranchis, et je lui dis qu'il pouvait s'en aller où il lui plairait...

— Et s'en alla-t-il? fit Miss Ophélia.

— Non; l'imbécile déchira le papier en deux et refusa de me quitter... Je n'ai jamais eu un serviteur plus dévoué.. fidèle et vrai comme l'acier!... Quelque temps après il se fit chrétien et devint doux comme un enfant... Il surveilla mon habitation sur le lac et s'acquitta de ce soin d'une façon irréprochable; le choléra l'a emporté... Je puis dire qu'il a donné sa vie pour moi... J'étais malade à la mort; c'était une vraie panique; tout le monde m'abandonnait. Scipion fit des efforts inouïs... et me rappela à la vie ; mais le pauvre homme fut pris lui-même ; on ne put le sauver... Je n'ai perdu personne que j'aie regretté davantage. »

Éva, pendant ce récit, s'était peu à peu rapprochée de son père, ses petites lèvres entrouvertes, ses yeux dilatés, et, sur son visage, toutes les marques d'un intérêt absorbant.

Quand Saint-Clare se tut, elle lui jeta les bras autour du cou, fondit en larmes et éclata en sanglots convulsifs.

« Éva, chère enfant... qu'est-ce donc ? dit Saint-Clare en voyant cette frêle créature toute tremblante d'émotion... Il ne faut plus rien dire de pareil devant elle... elle est si nerveuse !

— Papa, je ne suis pas nerveuse, dit Éva en se dominant avec une puissance de résolution singulière chez une aussi jeune enfant ; je ne suis pas nerveuse, mais ces choses-là me tombent dans le cœur !...

— Que voulez-vous dire, Éva ?

— Je ne saurais vous expliquer... Je pense bien des choses... Peut-être qu'un jour je vous les dirai.

— Pense, pense toujours, chère ! Seulement ne pleure pas et ne fais pas de peine à ton père. Regardez, voyez quelle jolie pêche j'ai cueillie pour vous ! »

Éva, souriant, prit la pêche ; mais on voyait toujours un petit frémissement nerveux au coin de ses lèvres.

« Venez voir les poissons rouges », dit Saint-Clare en la prenant par la main, et il l'emmena dans la cour. On entendit bientôt de joyeux éclats de rire ; Éva et Saint-Clare se jetaient des roses et se poursuivaient dans les allées.

Notre humble ami Tom court, je crois, grand risque de se trouver négligé au milieu des aventures de tous ces nobles personnages ; mais, si nos lecteurs veulent bien nous accompagner dans une petite chambre au-dessus des écuries, ils pourront se mettre bien vite au courant de ses affaires.

C'était une chambre décente; elle contenait un lit, une chaise, une petite table en bois grossier, sur laquelle on voyait la Bible de Tom et son livre de cantiques. Tom est maintenant assis à cette table, son ardoise devant lui, appliqué à quelque travail qui absorbe l'attention de sa pensée.

Les sentiments et le regret de la famille étaient devenus si puissants dans le cœur de Tom, qu'il avait demandé à Éva une feuille de papier à lettres, et, appelant à lui toute la science calligraphique qu'il devait aux soins de M. Georges, il avait pris la résolution audacieuse d'écrire une lettre; il en faisait d'abord le brouillon sur son ardoise. Tom était dans le plus grand embarras... Il avait oublié la forme de certaines lettres, et il ne se rappelait pas trop la valeur des autres... Pendant qu'il cherchait péniblement, Éva, légère comme un oiseau, vint se poser derrière sa chaise et regarda par-dessus son épaule.

« O père Tom! quelles drôles de choses vous faites là!

— J'essaie d'écrire à ma pauvre vieille femme, Miss Éva, et à mes petits enfants... » Tom passa sur ses yeux le revers de sa main... « Mais j'ai bien peur de ne pas pouvoir, ajouta-t-il.

— Je voudrais bien vous aider, Tom; j'ai un peu appris à écrire; l'année dernière je savais former toutes mes lettres, mais j'ai peur aussi d'avoir oublié... »

Éva rapprocha sa petite tête blonde de la grosse tête noire de Tom, et ils entamèrent à eux deux une discussion sérieuse; ils étaient aussi ignorants l'un que l'autre. Après beaucoup d'efforts, de réflexion et de tentatives, la chose commença à prendre un air d'écriture.

« Ah! père Tom! voilà qui est très beau, disait Éva en jetant des regards ravis sur leur ouvrage... Comme elle sera heureuse, votre femme!... et les petits enfants donc! Oh! que c'est mal de vous avoir enlevé à eux! Je demanderai à papa de vous renvoyer dans quelque temps.

— Mon ancienne maîtresse m'a dit qu'elle me rachèterait dès qu'elle le pourrait. J'espère qu'elle le fera. Le jeune monsieur Georges a dit qu'il viendrait me chercher... et il m'a donné ce dollar comme un gage. » Et Tom tira de sa poitrine le petit dollar...

« Oh ! alors il reviendra, c'est certain, dit Évangéline... J'en suis bien contente !

— Il faut que je leur écrive, vous voyez bien, pour leur faire savoir où je suis, et apprendre à la pauvre Chloé que je suis bien. Elle avait si peur pour moi, cette pauvre âme !

— Eh bien, Tom ! » fit Saint-Clare, arrivant au même moment à sa porte.

Tom et Éva se levèrent en même temps.

« Qu'est-ce ? fit Saint-Clare en s'approchant ct cn regardant l'ardoise...

— C'est une lettre, dit Tom... Est-ce que ce n'est pas bien ?

— Je ne voudrais vous décourager ni l'un ni l'autre... mais je crois, Tom, que vous feriez mieux de me prier de vous l'écrire... C'est ce que je vais faire en descendant de cheval...

— C'est très important qu'il écrive, reprit Éva, parce que, voyez-vous bien, père, sa maîtresse lui a dit qu'elle enverrait de l'argent pour le racheter. »

Saint-Clare pensa en lui-même que c'était probablement une de ces promesses téméraires, comme en font les maîtres bienveillants pour adoucir dans l'âme de l'esclave l'horreur qu'il a d'être vendu ; mais il se garda bien de faire tout haut le commentaire de sa pensée... il se contenta d'ordonner à Tom de seller les chevaux.

Dans la soirée, la lettre de Tom fut bien et dûment écrite et logée dans la boîte aux lettres.

Cependant Miss Ophélia persévérait dans sa ligne de conduite et poursuivait les réformes. Dans la maison, depuis Dinah jusqu'au plus mince moricaud, on s'accordait à dire qu'elle était très curieuse ; c'est le terme

dont se servent les esclaves du Sud pour donner à entendre que leurs maîtres ne leur conviennent point...

L'élite de la domesticité, Adolphe, Jane et Rosa,
assuraient que ce n'était point une dame, les dames ne
s'occupant pas ainsi de tout comme elle ; elle n'avait
pas *d'air*[1] ; ils s'étonnaient qu'elle pût être apparentée
aux Saint-Clare.

M. Saint-Clare, de son côté, déclarait qu'il était fati-
gant de voir Ophélia aussi occupée. L'activité d'Ophélia
était vraiment assez grande pour donner quelque prétexte
à la plainte. Elle cousait et rapiéçait depuis l'aube jusqu'à
la nuit, comme si elle eût été sous la tyrannie de quelques
pressantes nécessités... Le soir venu, elle repliait l'ouvrage... mais pour reprendre immédiatement le tricot...
et les aiguilles d'aller, d'aller, d'aller ! Oui, c'était vraiment
une fatigue de la voir.

CHAPITRE XX

Topsy

Un matin, pendant que Miss Ophélia vaquait aux soins du ménage, elle entendit la voix de Saint-Clare qui l'appelait du bas de l'escalier.

«Descendez, cousine, j'ai quelque chose à vous montrer.

— Qu'est-ce? fit Miss Ophélia en descendant sa couture à la main.

— Voyez!... c'est une acquisition que je viens de faire pour vous.» Et il fit avancer une petite négresse de huit à neuf ans.

C'était bien un des plus noirs visages de sa race... Ses yeux ronds avaient l'éclat des grains de verroterie; ils se tournaient avec une incessante mobilité vers tous les objets qui se trouvaient dans l'appartement. Sa bouche, à moitié ouverte par l'étonnement que lui causaient tant de merveilles, découvrait une étincelante rangée de dents blanches. Sa chevelure laineuse était divisée en petites tresses qui s'éparpillaient autour de sa tête. L'expression de sa physionomie était un étonnant mélange de finesse et de ruse, sur lesquelles s'étendait, comme un voile, une sorte de gravité solennelle et dolente... Elle n'avait pour tout vêtement qu'un vieux sac déchiré. Elle tenait ses mains obstinément croisées sur sa poitrine. Il y avait dans toute sa personne un je ne sais quoi de bizarre et de fantastique. Ce n'était point une femme : c'était une apparition. Miss Ophélia était déconcertée... elle lui trouvait un air païen. Enfin, se retournant vers Saint-Clare :

« Augustin, pourquoi avez-vous amené cela ici ?

— Eh mais, pour que vous puissiez l'instruire et l'élever comme il faut. J'ai pensé que c'était un assez joli petit échantillon de la race des corbeaux. Ici, Topsy ! ajouta-t-il, en sifflant comme un homme qui veut fixer l'attention d'un chien ; voyons ! chante-nous une de tes chansons et fais-nous voir une de tes danses. »

On vit briller dans ses yeux de verre une sorte de drôlerie malicieuse, et d'une voix claire et perçante elle chanta une vieille mélodie nègre ; elle accompagnait son chant d'un mouvement mesuré des mains et des pieds... elle frappait dans ses mains, elle bondissait, elle entrechoquait ses genoux : c'était un rythme étrange et sauvage... Elle faisait entendre aussi de temps en temps ces sons rauques et gutturaux qui distinguent la musique de sa race ; enfin, après deux ou trois cabrioles, elle poussa une note finale suraiguë, aussi étrangère aux gammes des mélodies humaines que le sifflet d'une locomotive, puis elle se laissa tomber sur le parquet, resta les mains jointes, et une expression de douceur et de solennité extatique reparut sur son visage... Mais il partait toujours du coin de son œil des regards furtifs et astucieux.

Miss Ophélia ne disait mot : elle était stupéfaite. Saint-Clare, comme un garçon malicieux qu'il était, semblait jouir de son étonnement, et, s'adressant à l'enfant :

« Topsy, voici votre nouvelle maîtresse. Je vais vous donner à elle. Faites attention à bien vous conduire.

— Oui, m'sieu, fit Topsy avec sa gravité solennelle, mais en clignant de l'œil d'un air assez méchant.

— Il faut être bonne, Topsy ; vous entendez ?

— Oh ! oui, m'sieu, reprit Topsy en joignant dévotement les mains.

— Voyons, Augustin, qu'est-ce que cela veut dire ?

reprit enfin Miss Ophélia ; votre maison est déjà pleine de ces petites pestes ; on ne peut pas faire un pas sans marcher dessus... Je me lève le matin, je trouve un négrillon endormi derrière la porte... ici c'est une tête noire qui se montre sous la table ; un autre est étendu sur le paillasson ; ils fourmillent, ils crient, ils grimpent... et vous avez besoin d'en amener encore !... mais pour quoi faire, bon Dieu ?

— Pour que vous l'instruisiez : ne vous l'ai-je pas déjà dit ? Vous prêchez toujours sur l'éducation, j'ai voulu vous donner une nature vierge... essayez-vous la main ; élevez-la comme elle doit être élevée.

— Je n'en ai pas besoin, je vous assure ; j'ai déjà plus à faire que je ne puis.

— Voilà comme vous êtes tous, vous autres chrétiens. Vous formez des associations, et vous envoyez quelque pauvre missionnaire passer sa vie parmi les païens. Mais qu'on me montre un seul de vous qui prenne avec lui un de ces malheureux et qui se donne la peine de le convertir ! Non ! quand on en arrive là... ils sont sales et désagréables, dit-on, c'est trop de soin... et ceci, et cela !

— Ah ! je ne voyais pas la chose sous ce point de vue-là, dit Miss Ophélia, se radoucissant déjà. Eh bien, ce sera presque une œuvre apostolique. » Et elle regarda plus favorablement l'enfant.

Saint-Clare avait touché juste. La conscience de Miss Ophélia était toujours en éveil. Elle ajouta pourtant :
« Il n'était peut-être pas nécessaire d'acheter... Il y en a dans la maison pour mon temps et ma peine.

— Allons ! soit, cousine, dit Saint-Clare en se retirant, je dois vous demander pardon de tous ces propos ; vous êtes si bonne qu'ils ne sauraient vous toucher. Voici le fait : cette petite appartenait à un couple d'ivrognes qui tiennent une misérable gargote... Je passe devant leur porte tous les jours ; j'étais fatigué de les entendre, celle-ci pleurer, les autres jurer après et la battre... elle paraissait espiègle et drôle... j'ai cru que l'on pouvait en tirer

quelque chose... je l'ai achetée pour vous l'offrir...
Essayez maintenant de lui donner une éducation ortho-
doxe, à la façon de la Nouvelle-Angleterre... nous verrons comment cela tournera... Je n'ai pas, moi, de dispositions pour l'enseignement, mais je serai enchanté
de vous voir essayer.

— Je ferai ce que je pourrai », dit Miss Ophélia. Et
elle s'approcha de son nouveau sujet, avec la précaution
que l'on prendrait vis-à-vis d'une araignée noire, pour
laquelle on aurait des intentions bienveillantes.

« Elle est affreusement sale et presque nue...

— Eh bien, faites-la descendre pour qu'on la nettoie
et qu'on l'habille... »

Miss Ophélia la conduisit vers les régions de la cuisine.

« Quel besoin d'une nouvelle négresse a donc Miss
Ophélia ? se demanda la cuisinière, en surveillant la nouvelle arrivée d'un air peu amical... On ne va pas, je
suppose, me la mettre de travers dans les jambes.

— Ah fi ! dirent Jane et Rosa avec un suprême dégoût,
qu'elle ne se montre pas sur notre passage... Si nous
savons pourquoi monsieur a voulu avoir encore un de
ces affreux nègres de plus !...

— Avez-vous fini ? s'écria la vieille Dinah, prenant
pour elle une partie de la remarque. Elle n'est pas plus
noire que vous, Miss Rosa. Vous avez l'air de vous croire
blanche ! Eh bien, vous n'êtes ni blanche, ni noire...
Il faudrait pourtant être l'une ou l'autre. »

Miss Ophélia vit bien que personne ne se souciait de
présider à l'opération du nettoyage et de l'habillement
de la nouvelle venue ; elle résolut donc d'y procéder
elle-même, avec l'assistance très peu aimable et très peu
gracieuse de Mlle Jane.

Il ne serait peut-être pas très convenable de faire devant
des natures délicates le récit détaillé de cette toilette
d'une enfant jusque-là négligée et maltraitée... Hélas !
dans ce monde, des multitudes d'êtres vivent dans un
état tel, que les nerfs de leurs semblables ne peuvent

en supporter la simple description. Miss Ophélia était une femme pratique, pleine de résolution et de fermeté ; elle brava tous les inconvénients, non pas, il est vrai, sans quelque répugnance... mais elle remplit la tâche. Ses principes ne pouvaient l'obliger à faire davantage. Quand elle découvrit, sur les épaules et sur le dos de l'enfant, de larges cicatrices et des callosités nombreuses, marques du système sous lequel on l'avait élevée, elle sentit en elle-même son cœur ému de compassion.

« Voyez-vous, disait Jane, en montrant les marques, est-ce que cela ne fait pas bien voir sa malice ? Nous aurons de belle besogne avec elle. Je hais ces vilains nègres... si dégoûtants, pouah ! je m'étonne que monsieur l'ait achetée. »

Topsy écoutait ces commentaires dont elle était l'objet avec son air dolent et sournois ; seulement ses yeux vifs et perçants se portaient à chaque instant sur les pendants d'oreilles de Jane. Quand elle fut complètement vêtue, et assez convenablement, quand enfin on lui eut coupé les cheveux, Miss Ophélia éprouva une certaine satisfaction, et dit qu'elle avait ainsi l'air plus chrétien qu'auparavant. Elle commença même à méditer quelque plan d'éducation.

Elle s'assit devant la jeune esclave et se mit à l'interroger.

« Quel âge avez-vous, Topsy ?

— Je sais pas, madame... » Et elle fit une grimace qui laissa voir toutes ses dents.

« Comment, vous ne savez pas votre âge ? personne ne vous l'a dit ? Quelle est votre mère ?

— Je n'en ai jamais eu, dit l'enfant avec une autre grimace.

— Jamais eu de mère ! que voulez-vous dire ? Où êtes-vous née ?

— Je ne suis jamais née », continua Topsy avec des grimaces tellement diaboliques que, si Miss Ophélia eût été nerveuse, elle eût pu se croire en face de quelque affreux petit gnome du pays des chimères. Mais Miss Ophélia n'était pas nerveuse du tout ; c'était une femme de bon sens, énergique et intrépide ; elle reprit donc avec un peu de sévérité :

« Ce n'est pas ainsi qu'il faut me répondre, mon enfant ; je ne plaisante pas avec vous : dites-moi où vous êtes née et ce qu'étaient votre père et votre mère.

— Je ne suis pas née, reprit l'enfant avec plus de fermeté, je n'ai eu ni père, ni mère, ni rien... J'ai été élevée par un spéculateur, avec une troupe d'autres... c'était la vieille mère Sue qui nous soignait. »

L'enfant était sincère : cela se voyait. Alors Jane, en ricanant :

« Voyez ces gueux de nègres... les spéculateurs les achètent bon marché quand ils sont petits, et les vendent cher quand ils sont grands.

— Combien de temps avez-vous vécu avec votre maître et votre maîtresse ?

— Je sais pas.

— Un an ? plus ? moins ?

— Sais pas.

— Voyez-vous ça ! reprit Jane, ces misérables nègres... ils ne peuvent pas répondre... Ça n'a pas l'idée du temps ; ils ne savent pas ce que c'est qu'une année... ils ne savent pas leur âge !

— Avez-vous entendu parler de Dieu, Topsy ? »

L'enfant parut étonnée et fit sa grimace habituelle.

« Savez-vous qui vous a créée ?

— Personne, j'crois » ; et elle se mit à rire.

L'idée parut la divertir fort. Elle redoubla ses clignements d'yeux et elle reprit :

« J'ai grandi ; personne n'm'a faite.

— Savez-vous coudre ? demanda Miss Ophélia, qui sentait la nécessité de faire des questions d'un ordre moins élevé.

— Non.

« — Que savez-vous faire ? que faisiez-vous pour vos maîtres ?

— Je sais tirer de l'eau, laver les plats, frotter les couteaux, servir le monde.

— Étaient-ils bons pour vous ?

— Je crois bien ! » fit-elle en jetant un regard défiant sur Miss Ophélia.

Miss Ophélia mit un terme à cet entretien peu encourageant. Saint-Clare était appuyé sur le dos de sa chaise.

« Eh bien, cousine, voilà un sol vierge... vous n'aurez rien à arracher ; semez-y vos idées. »

Les idées de Miss Ophélia sur l'éducation, de même que toutes ses autres idées, étaient nettement déterminées. C'étaient les idées qui prévalaient, il y a cent ans, dans la Nouvelle-Angleterre, et qui persistent encore dans certaines parties du pays à l'abri de la corruption (là où il n'y a pas de chemin de fer). Ces idées peuvent du reste s'exprimer en peu de mots. Apprendre aux enfants quand ils doivent parler, leur enseigner le catéchisme, la lecture, l'écriture, les fouetter quand ils mentent... Que ce système soit de beaucoup dépassé, aujourd'hui que l'on verse sur l'éducation des *torrents de lumière*, c'est possible, mais on n'en conviendra pas moins que nos grand-mères, avec ce régime dont tant de gens se souviennent, sont parvenues à élever des hommes et des femmes qui en valaient bien d'autres.

En tout cas, Miss Ophélia ne connaissait pas d'autre système, et elle s'empressait d'appliquer celui-ci à sa petite païenne.

Il y eut une déclaration des droits : Topsy fut considérée comme appartenant à Miss Ophélia. Celle-ci, voyant l'accueil peu gracieux que l'enfant recevait à l'office, résolut de borner à sa propre chambre la sphère de ses opérations. Avec un dévouement que quelques-unes de nos lectrices apprécieront, au lieu de se préparer de ses propres mains un lit confortable, de balayer elle-même et d'épousseter sa chambre, elle se condamna au martyre volontaire d'apprendre à Topsy comment on fait toutes ces choses. C'était rude! Si jamais nos lectrices en viennent là, elles comprendront le mérite de ce sacrifice.

Miss Ophélia fit donc venir Topsy dans sa chambre dès le premier matin, et elle commença solennellement à l'instruire dans l'art mystérieux de faire un lit. Voyez donc Topsy! Elle est décrassée; on l'a débarrassée de toutes ces petites queues tressées, qui faisaient jadis la joie de son cœur; elle a une robe propre; elle a un tablier bien empesé; elle se tient respectueusement devant Miss Ophélia avec un air solennel vraiment digne d'un enterrement.

« Je vais vous montrer, Topsy, comment un lit doit être fait. Je tiens beaucoup à mon lit. Vous devez donc attentivement remarquer ce que vous allez voir.

— Oui, m'ame, dit Topsy en soupirant profondément et avec une expression de tristesse lugubre.

— Regardez, Topsy, voici le haut bout du drap, voici l'envers, voici l'endroit. Vous vous rappellerez, n'est-ce pas?

Oui, madame, dit Topsy avec toutes les marques d'une profonde attention.

— Le drap de dessus, poursuivit Miss Ophélia, doit être rabattu de cette façon, il faut le border fortement sous les pieds, le côté le plus épais du côté des pieds.

Oui, madame. »

Ajoutons que, pendant que Miss Ophélia avait tourné le dos pour joindre l'exemple au précepte, la jeune élève était parvenue à s'emparer d'une paire de gants et d'un ruban qu'elle avait adroitement coulés dans ses manches. Les mains étaient revenues promptement se croiser sur la poitrine, dans la position la plus inoffensive.

« Voyons, Topsy, comment vous ferez », dit Miss Ophélia en retirant les couvertures. Et elle s'assit.

Topsy s'acquitta de sa tâche avec autant d'adresse que de gravité, à la complète satisfaction de Miss

Ophélia. Elle étira les draps, rabattit jusqu'au moindre pli, et montra un sérieux et une attention qui édifiaient son institutrice. Mais un mouvement malheureux fit passer un bout de ruban qui flotta hors de la manche et attira tout à coup l'attention de Miss Ophélia. Elle s'élança vers l'infortuné ruban.

« Qu'est-ce, vilaine ? méchante enfant, vous avez volé cela ! »

Le ruban tombait de la manche de Topsy ; elle ne fut cependant pas trop déconcertée... Elle le regarda avec un air d'innocence et de stupéfaction profonde.

« Quoi ! c'est le ruban de Miss Phélia, n'est-ce pas ? Comment a-t-il pu venir dans ma manche ?...

— Topsy, ne mentez pas, méchante créature ; vous l'avez volé.

— Missis ! je déclare pour cela que cela n'est pas. Je viens de le voir à cette minute même pour la première fois.

— Topsy, reprit Miss Ophélia, ne savez-vous pas que c'est très mal de mentir ?

— Je ne mens jamais, Miss Phélia, reprit Topsy avec toute la gravité de la vertu. C'est la vérité que je viens de vous dire, la pure vérité !

— Topsy, vous continuez de mentir... Je vais vous faire donner le fouet.

— Hélas ! missis, vous me ferez fouetter toute la journée, que je ne pourrai pas dire autre chose... reprit Topsy en bégayant... Je n'ai même pas vu ce ruban... Il faut qu'il se soit pris dans ma manche... Miss Phélia l'a sans doute laissé sur son lit... Voilà comme ça s'est fait. »

Ce mensonge évident indigna tellement Miss Ophélia qu'elle saisit l'enfant et la secoua.

« Ne me répétez pas cela ! »

Le choc fit tomber les gants de l'autre manche.

« Eh bien, allez-vous me dire encore que vous n'avez pas volé le ruban ? »

Topsy avoua qu'elle avait volé les gants, mais nia obstinément qu'elle eût pris le ruban.

« Eh bien, si vous confessez tout, vous n'allez pas avoir le fouet. »

Topsy fit des aveux complets, avec toutes les marques d'une contrition parfaite.

« Allons, parlez ! vous devez avoir pris autre chose encore depuis que vous êtes dans la maison... Je vous ai laissée courir hier toute la journée... dites-moi ce que vous avez fait, et vous n'aurez pas le fouet.

— Eh bien, missis, j'ai pris la chose rouge que Miss Éva porte autour du cou...

— Méchante créature ! et quoi encore ?

— J'ai pris les boucles d'oreilles de Rosa, vous savez, ses boucles rouges...

— Rapportez-moi cela tout à l'heure... tout cela, vous dis-je !

— Hélas ! m'ame, je peux pas... c'est brûlé !

— Brûlé ! quel mensonge !... Allons, tout de suite... ou le fouet ! »

Alors, avec des protestations retentissantes, des larmes et des sanglots, Topsy déclara que cela ne se pouvait pas, que c'était brûlé, tout brûlé...

« Et pourquoi avoir brûlé ?

— Parce que je suis méchante, oui, très méchante... Je ne puis pas m'en empêcher... »

Au même instant Éva entra fort innocemment dans la chambre, son collier rouge au cou.

« Éva, où avez-vous retrouvé votre collier ?

— Retrouvé ? mais je l'ai eu toute la journée...

— Hier ?

— Hier aussi, cousine ; et, ce qui est plus drôle, je l'ai eu toute la nuit... j'ai oublié de l'ôter en me couchant. »

Miss Ophélia parut fort étonnée... Elle le fut bien davantage encore ; car au même instant Rosa entra, portant sur sa tête un panier de linge frais repassé... Les pendants de corail tintaient à ses oreilles...

« Je ne sais vraiment pas quoi faire à cette enfant, dit Miss Ophélia désespérée... Topsy, pourquoi m'avez-vous dit que vous aviez pris ?...

— Missis m'avait dit d'avouer... je n'avais pas autre chose à avouer, dit Topsy en se frottant les yeux.

— Mais je ne voulais pas vous faire avouer des choses que vous n'avez pas faites... c'est encore mentir.

— Vraiment ! c'est encore mentir ? dit Topsy d'un air de parfaite innocence.

— Il n'y a pas un brin de vérité dans cette espèce, dit Rosa en regardant Topsy avec indignation... Si j'étais que de M. Saint-Clare, je la ferais fouetter jusqu'au sang... ça lui apprendrait.

— Non, non, Rosa, dit Évangéline d'un ton de commandement qu'elle savait prendre quelquefois... il ne faut pas parler ainsi... Je ne veux pas entendre parler ainsi.

— Ah ! Miss Éva, vous êtes trop bonne... Vous ne savez pas comment il faut agir avec les nègres... il n'y a pas d'autre moyen que de les rouer de coups... C'est moi qui vous le dis...

— Fi donc ! Rosa... c'est indigne, pas un mot de plus sur ce sujet... » Et l'œil de l'enfant lança des éclairs... et il y eut sur sa joue comme une nuance d'incarnat plus foncée.

Rosa fut subjuguée.

« Miss Éva a le sang de son père dans les veines... c'est évident, murmura-t-elle en sortant... elle soutient tout le monde... c'est tout comme son père ! »

Évangéline regardait Topsy.

Voici donc deux enfants qui représentent les deux pôles du monde social. Voici la blanche et noble enfant, aux cheveux d'or, à l'œil profond, au front intelligent et superbe, aux mouvements aristocratiques ; et tout près d'elle, rampante, noire, défiante, rusée, subtile et menteuse, une autre enfant. Oui, voilà bien deux types et deux races ; la race saxonne, produit de la civilisation, portée dans les entrailles des siècles, et qui a derrière elle et pour elle de longues années de commandement, d'éducation et de suprématie morale et matérielle, et la race africaine, cette fille des siècles opprimés, ce produit de l'asservissement, de l'ignorance, de la misère et du vice...

Peut-être que quelque chose de ces pensées traversait l'âme d'Éva. Mais les pensées des enfants ne sont que des pensées vagues, des instincts obscurs... Cependant ces instincts se remuaient sourdement dans le noble cœur de la jeune fille, sans qu'elle trouvât encore de mots pour les exprimer. Quand Miss Ophélia s'emporta en reproches violents contre la méchante conduite de Topsy, Éva parut triste et incertaine, puis elle dit d'une voix bien douce :

« Pauvre Topsy ! qu'avez-vous besoin de voler ? Vous savez qu'on va prendre bien soin de vous... J'aimerais bien mieux vous donner tout ce que j'ai que de vous voir voler... »

C'était la première parole de bonté que Topsy eût jamais entendue. La douceur de cette voix, le charme de ces façons, agirent étrangement sur ce cœur sauvage et indompté... et dans cet œil rond, perçant et vif, on vit briller quelque chose comme une larme. Puis on entendit un petit rire sec, et Topsy fit sa grimace habituelle. Non ! l'oreille qui n'a jamais entendu que des mots durs et cruels est nécessairement incrédule la première fois qu'elle entend la parole de cette céleste chose, la tendresse et la bonté ! Pour Topsy, ce que disait Évangéline était tout simplement drôle et incompréhensible. Elle n'y croyait pas !

Mais comment donc s'y prendre avec Topsy ? Miss Ophélia y perdait son latin. Son plan ne semblait guère applicable... Elle voulait avoir le temps d'y penser... et, pour avoir ce temps-là, elle enferma Topsy dans un cabinet noir. Elle croyait à l'influence morale des cabinets noirs sur les enfants !

« Je ne vois pas trop, dit-elle à Saint-Clare, comment

je pourrai élever cette enfant sans lui donner le fouet !

— Eh ! fouettez-la à cœur joie... Je vous donne plein pouvoir, faites à votre guise !

— Il faut toujours fouetter les enfants, dit Miss Ophélia, je n'ai jamais entendu dire qu'on pût les élever sans cela !

— C'est évident ! reprit Saint-Clare, riant en lui-même. Faites comme vous l'entendrez... Je vous ferai une simple observation. J'ai vu frapper cette enfant avec la pelle à feu ; je l'ai vue assommer à coups de pincettes... enfin, avec tout ce qui leur tombait sous la main... elle est faite à tout cela ; voyez-vous, il faudra que vous la fassiez fouetter bien vigoureusement pour que cela puisse avoir quelque effet.

- Que faire alors ?

— La question est grave... je désire que vous y répondiez vous-même. Que faut-il faire avec un être humain qui ne peut être gouverné que par le nerf de bœuf ? Cela arrive ; cela est même assez commun ici-bas !

— Je ne sais, mais je n'ai jamais vu d'enfant pareil !...

— On voit souvent parmi nous et des femmes et des hommes qui ne valent pas mieux. Que faire alors ?

— C'est ce que je ne saurais dire, reprit Miss Ophélia.

— Ni moi non plus, dit Saint-Clare. Les horribles cruautés, les sévices dont on remplit parfois les journaux, la mort de Prue, par exemple, quelle en est la cause ? On la trouve souvent dans la blâmable conduite des uns et des autres... Le maître devient de plus en plus cruel, l'esclave de plus en plus endurci. Il en est du fouet et des mauvais traitements comme du laudanum ; il faut doubler la dose quand la sensibilité diminue. J'ai vu cela bien vite quand je suis devenu possesseur d'esclaves... Je résolus de ne pas commencer, parce que je ne saurais pas où finir. Je voulus du moins sauver ma moralité, à moi... Aussi mes esclaves se conduisent comme des enfants gâtés... Je crois que cela vaut mieux pour eux et pour moi que de nous endurcir et de nous dégrader tous ensemble. Vous avez beaucoup parlé de notre responsabilité dans l'éducation, cousine... J'avais véritablement besoin de vous voir essayer avec une enfant qui n'est, après tout, qu'un échantillon de mille autres.

— C'est votre système qui fait de tels enfants, dit Miss Ophélia.

— J'en conviens, mais les voilà faits... ils existent... quel parti prendre maintenant ?

— Je ne puis pas vous remercier de l'expérience, mais je vois là un devoir ; je persévérerai, et je tâcherai de faire de mon mieux. »

Miss Ophélia se mit résolument à la tâche : elle eut du zèle, elle eut de l'énergie, elle fixa l'ordre et l'heure du travail ; elle entreprit de lui apprendre à lire et à coudre.

La lecture marcha assez bien. Topsy apprit ses lettres, que c'était une merveille... elle lut bientôt couramment... la couture offrit plus de difficultés. Souple comme un chat, remuante comme un singe, elle avait en horreur l'immobilité qu'exige ce genre de travail... elle brisait les aiguilles, les jetait par la fenêtre, ou les glissait dans les fentes du mur. Elle cassait ou emmêlait son fil, ou bien encore, d'un geste subtil et invisible, elle escamotait les bobines tout entières : elle avait la rapidité de doigts d'un prestidigitateur, et composait son visage avec une incroyable puissance. Miss Ophélia avait beau se dire que de tels accidents, si répétés, ne pouvaient arriver tout seuls, jamais, malgré la plus active surveillance, elle ne pouvait la trouver en défaut.

Topsy fut bientôt remarquée dans la maison ; elle avait d'inépuisables ressources ; elle mimait, singeait et grimaçait ; elle dansait, sautait, grimpait, pirouettait, sifflait et imitait tous les cris et toutes les intonations imaginables. Aux heures de récréation, elle avait invariablement à ses trousses tous les enfants de la maison, qui la suivaient, la bouche béante, admirant et étonnés. Miss Éva était elle-même comme éblouie de toute cette diablerie fantastique ; l'œil magique du serpent ne fascine-t-il point la colombe ? Miss Ophélia regrettait qu'Éva prît tant de goût à la société de Topsy ; elle priait Saint-Clare d'y mettre ordre.

« Ah bah ! laissez faire les enfants... Topsy ne lui fera que du bien.

— Une enfant si dépravée ! Ne craignez-vous point plutôt qu'elle ne lui enseigne le mal ?

— Non ! c'est impossible... avec une autre enfant... peut-être ! mais le mal glisse sur le cœur d'Éva comme la rosée sur une feuille, sans y pénétrer.

— Ce n'est jamais sûr. Je sais bien pour mon compte que je ne laisserais pas mes enfants jouer avec Topsy.

— Vos enfants, non, mais les miens, oui, reprit Saint-Clare... Si Éva eût pu être gâtée... ce scrait fait depuis longtemps. »

Topsy avait d'abord été dédaignée et méprisée par les autres esclaves.

Ils comprirent bientôt qu'il fallait revenir sur son compte. On s'aperçut que ceux dont elle avait à se plaindre recevaient un châtiment qui ne se faisait jamais attendre. C'était une paire de boucles d'oreilles, c'était quelque bijou favori qu'on ne retrouvait plus. C'était un objet de toilette tout gâté... ou bien on trébuchait par accident contre un baquet rempli d'eau bouillante... Ou bien encore une libation d'eau sale tombait comme un déluge sur des épaules en habit de gala... Ordonnait-on une enquête ? impossible de découvrir l'auteur du délit... Topsy était citée devant les grandes assises de la cuisine... Elle parvenait toujours à établir son innocence.

On n'avait pas le moindre doute, mais on n'avait pas non plus la moindre preuve, et Miss Ophélia était trop juste pour sévir sans preuves.

L'instant, d'ailleurs, était toujours si bien choisi qu'il n'était pas possible de découvrir le coupable. Avait-elle à se venger de Jane ou de Rosa, elle attendait le moment (ce moment-là arrivait toujours) où elles étaient en disgrâce auprès de leur maîtresse, peu disposée alors à favorablement accueillir leurs griefs. En un mot, Topsy fit bientôt comprendre à tout le monde qu'il fallait la laisser en repos. C'est ce que l'on fit.

Topsy avait la main habile et preste. Elle apprenait avec une étonnante vivacité tout ce qu'on voulait lui montrer. En quelques leçons elle sut faire la chambre de Miss Ophélia comme celle-ci voulait qu'elle fût faite, et, malgré ses exigences, Miss Ophélia ne pouvait la trouver en faute. Il était impossible de mieux tendre le drap, de mieux poser l'oreiller, de mieux balayer, épousseter, arranger, que ne faisait Topsy, quand elle le voulait; mais par malheur elle ne voulait pas souvent.

Si Miss Ophélia, après deux ou trois jours de surveillance attentive, s'imaginait que Topsy était maintenant tout à fait dans la bonne voie, et que, s'occupant d'autres choses, elle l'abandonnât à elle-même, Topsy, pendant une heure ou deux, faisait de la chambre un vrai chaos. Au lieu de faire le lit, elle enlevait les taies d'oreiller, et, passant sa tête laineuse entre les traversins, elle se couronnait d'un bizarre diadème de plumes, qui pointaient dans toutes les directions; elle grimpait au ciel du lit, et de là se suspendait la tête en bas; elle étendait les draps comme un tapis dans l'appartement, elle habillait le traversin avec la camisole de nuit de Miss Ophélia; et au milieu de tout cela elle chantait, sifflait, se regardait dans la glace, se faisait des grimaces : pour tout dire, un vrai diable!

Un jour, Miss Ophélia, par une négligence bien étrange chez une femme comme elle, avait oublié la clef sur son tiroir. En rentrant, elle trouva Topsy parée de son beau châle rouge en crêpe de Chine, qu'elle avait enroulé en turban autour de sa tête; elle marchait devant la glace avec des airs de reine de théâtre en répétition.

«Topsy, s'écria-t-elle à bout de patience, qui vous fait donc agir ainsi?

— Sais pas, m'ame! c'est peut-être parce que je suis bien méchante!

— Je ne sais pas, moi, ce que je ferai de vous, Topsy.

— Faut me fouetter, m'ame ! mon ancienne maîtresse me fouettait toujours ; j'ai besoin de ça pour travailler !

— Non, Topsy, je ne veux pas vous fouetter... vous pouvez très bien faire si vous voulez : pourquoi ne voulez-vous pas ?

— J'avais l'habitude d'être fouettée, m'ame ; je crois que c'est bon pour moi ! »

Miss Ophélia usait parfois de la recette ; Topsy ne manquait jamais d'entrer en convulsions... elle poussait des cris perçants, elle sanglotait, pleurait, gémissait... Une demi-heure après, perchée sur quelque saillie du balcon, entourée de la troupe des petits négrillons, elle témoignait le plus profond dédain pour tout ce qui s'était passé.

« Ah ! ah ! Miss Ophélia me donne le fouet... elle ne tuerait pas une mouche avec son fouet... Il fallait voir mon ancien maître comme il faisait voler la chair... il savait la manière, lui, mon ancien maître ! »

Topsy faisait parade de ses monstruosités ; elle les considérait comme une distinction flatteuse.

« Voyons, négrillons ! disait-elle à ses auditeurs, savez-vous que vous êtes tous pécheurs. Oui, vous l'êtes, tout le monde l'est ! Les Blancs aussi sont pécheurs ! C'est Miss Phélia qui l'a dit... Mais je crois que les nègres sont les plus gros pécheurs... Personne ne l'est plus que moi ! Je suis si méchante qu'on ne peut rien faire de moi ! Mon ancienne maîtresse jurait après moi la moitié du temps. Je crois que je suis la plus méchante créature du monde ! »

Et faisant une gambade, Topsy, vive et légère, s'élançait sur quelque grillage élevé, se pavanant dans ses malices.

Chaque dimanche, Miss Ophélia s'occupait activement de lui apprendre son catéchisme. Topsy avait, à un haut degré, la mémoire des mots, et elle récitait avec une volubilité qui enchantait son institutrice.

« Quel bien pensez-vous que cela lui fasse ? disait Saint- Clare.

— Mais cela a toujours fait du bien aux enfants... c'est ce qu'il faut leur apprendre, vous savez.

— Qu'ils comprennent ou non ?

— Oh ! les enfants ne comprennent jamais tout d'abord, mais ça leur vient en grandissant.

— Ça ne m'est pas encore venu, dit Saint- Clare, quoique je puisse dire que vous m'avez joliment fourré mes leçons dans la tête.

— Ah ! Augustin, vous aviez de grandes dispositions et vous me donniez de bien belles espérances !

Eh bien, est-ce que...

— Je voudrais que vous fussiez aussi bon aujourd'hui que vous l'étiez alors, Augustin.

— Je le voudrais bien aussi, cousine, allez ! Mais continuez... catéchisez Topsy ; peut-être en ferez-vous quelque chose ! »

Topsy qui, pendant cette conversation, s'était tenue les mains décemment croisées, immobile comme une statue de marbre noir, continua son récit sur un signe de Miss Ophélia.

« Nos premiers parents, à qui Dieu avait laissé la liberté, tombèrent bientôt de l'état dans lequel ils avaient été créés. »

A ce passage, Topsy cligna de l'œil et parut désirer une explication.

« Qu'est-ce, Topsy ? fit Miss Ophélia.

— Cet état, missis, était-ce l'État de Kentucky ?

— Quel état, Topsy ?

— L'état de nos premiers parents. Mon maître disait toujours que nous venions de l'État de Kentucky. »

Saint- Clare se mit à rire.

« Voyez, dit-il à Miss Ophélia ; vous lui donnez une explication, elle s'en fait une autre. Il y a là, reprit-il, toute une théorie d'émigration.

— Taisez-vous donc, Augustin... Que puis-je faire, si vous plaisantez ainsi ?

— D'honneur, je ne veux plus troubler la leçon », dit Saint- Clare. Il prit son journal et s'assit en silence. La récitation allait assez bien ; seulement, de temps en temps, quelque mot important se trouvait changé de place d'une façon assez bizarre... On avait beau faire, Topsy s'obstinait dans sa transposition ; et, malgré toutes ses promesses, Saint- Clare prenait un malin plaisir à ces méprises : il appelait Topsy et se faisait répéter le passage avec une joie diabolique, malgré les vertueuses remontrances de Miss Ophélia.

« Mais que voulez-vous que je fasse de cette enfant, si vous vous conduisez ainsi ?

— Allons, soit ! j'ai tort, je ne recommencerai plus... mais je trouve cela si amusant de voir ces petites jambes trébucher sur ces grands mots !

— Vous la faites persévérer dans ses torts...

— Que voulez-vous ? Un mot pour elle est aussi bon que l'autre.

— Vous voulez que j'en fasse quelque chose ? Eh bien, souvenez-vous qu'elle est une créature raisonnable... et prenez garde à l'influence que vous pouvez avoir sur elle...

— C'est juste... mais, comme dit Topsy : « Je suis si méchant ! »

Ainsi se poursuivit, pendant un an ou deux, l'éducation de Topsy. Miss Ophélia s'habitua de jour en jour à elle comme on s'habitue aux maladies chroniques, à la névralgie et à la migraine.

Saint- Clare s'en amusait comme on s'amuse d'un perroquet ou d'un chien d'arrêt. Quand les fautes de Topsy lui fermaient tout autre asile, elle venait se réfugier derrière sa chaise, et Saint- Clare trouvait toujours le moyen de faire sa paix ; elle trouvait, elle, le moyen de lui soutirer quelque monnaie pour acheter des noix ou du sucre candi qu'elle distribuait avec une inépuisable générosité aux autres enfants de la maison : car, pour être juste, nous devons dire que Topsy était libérale, et qu'elle avait le cœur très haut... Elle ne faisait de mal qu'à elle.

Et maintenant que la voilà introduite dans notre corps de ballet, elle y figurera, à son tour, avec nos autres personnages.

CHAPITRE XXI

Le Kentucky

PEUT-ÊTRE nos lecteurs voudront-ils bien jeter un coup d'œil en arrière, revenir vers la ferme du Kentucky, à la case du père Tom, et voir un peu ce qui se passe chez ceux que nous avons depuis si longtemps négligés.

C'est le soir, le soir d'un jour d'été... les portes et les fenêtres du grand salon sont ouvertes... on attend la brise qui rafraîchit : on la désire, on l'appelle. M. Shelby est assis dans une vaste pièce qui communique avec le salon, et qui s'étend sur toute la façade de la maison... il est à demi renversé sur une chaise, les pieds étendus sur une autre; il fume le cigare de l'après-dîner. Mme Shelby est assise à la porte de l'appartement, elle travaille à quelque belle couture. On voit qu'elle a quelque chose sur l'esprit et qu'elle cherche l'occasion et le moment favorable pour le dire.

« Savez-vous, dit-elle enfin, que Chloé a reçu une lettre de Tom ?

— Ah! vraiment? Il paraît qu'il a trouvé des amis là-bas... Comment va-t-il, ce pauvre vieux Tom?

— Il a été acheté par une excellente famille... Je crois qu'il est bien traité et qu'il n'a pas trop à faire.

— Ah! tant mieux! tant mieux! Cela me fait plaisir, dit très sincèrement M. Shelby; Tom va se trouver réconcilié avec les résidences du Sud... Il ne va plus songer à revenir ici, je pense bien.

— Au contraire, il demande très vivement si on aura bientôt assez d'argent pour le racheter.

— Cela, je n'en sais rien, dit M. Shelby. Quand les affaires commencent à tourner mal, on ne sait pas où cela s'arrête. C'est comme dans une savane, où l'on tombe d'un bourbier dans un autre. Emprunter de l'un pour payer l'autre, prendre à celui-ci pour rendre à celui-là... les échéances arrivent avant qu'on ait eu le temps de fumer un cigare et de se retourner. Ah! les factures! et les recouvrements!... la grêle!

— Mais il me semble, cher, qu'on pourrait éclairer au moins la position. Si vous vendiez les chevaux... une de vos fermes... pour payer partout.

— C'est ridicule, Émilie, ce que vous dites là! Tenez, vous êtes la plus charmante femme du Kentucky... mais vous êtes en cela comme toutes les femmes... vous n'entendez rien aux affaires...

— Ne pourriez-vous du moins m'initier un peu aux vôtres? me donner, par exemple, la note de ce que vous devez et de ce qu'on vous doit... J'essaierais, je verrais s'il m'est possible de vous aider à économiser...

— Ne me tourmentez pas... je ne puis vous dire exactement... je sais à peu près, mais on n'arrange pas les affaires comme Chloé arrange la croûte de ses pâtés... N'en parlons plus... je vous le répète, vous n'entendez pas les affaires...»

Et M. Shelby, ne sachant pas d'autre moyen de faire triompher ses idées, grossit sa voix. C'est un argument irrésistible dans la bouche d'un mari qui discute avec sa femme.

Mme Shelby se tut et soupira un peu : bien qu'elle ne fût qu'une femme, comme disait son mari, elle avait cependant une intelligence nette, claire et pratique, et une force de caractère supérieure à son mari; elle était beaucoup plus capable que M. Shelby ne se l'imaginait. Elle avait à cœur d'accomplir les promesses faites à Tom et à Chloé, et elle se désolait de voir les obstacles se multiplier autour d'elle.

« Ne croyez-vous pas que nous puissions en arriver là ? reprit-elle. Cette pauvre Chloé ! elle ne pense qu'à cela.

— J'en suis fâché. Nous avons fait là une promesse téméraire... Je ne suis maintenant sûr de rien ; mais ce qu'il y a de mieux à faire, c'est de prévenir Chloé... Elle s'y fera ! Tom, dans un an ou deux, aura une autre femme... et elle-même prendra quelqu'un.

— Monsieur Shelby, j'ai appris à mes gens que leur mariage est aussi sacré que le nôtre. Je ne donnerai jamais un pareil conseil à Chloé.

— Il est désolant, ma chère, que vous les ayez ainsi surchargés d'une morale bien au-dessus de leur position. C'est ce que j'ai toujours cru.

— Ce n'est que la morale de la Bible, monsieur.

— Soit ! n'en parlons plus, Émilie... Je n'ai rien à démêler avec vos idées religieuses... seulement, je persiste à penser qu'elles ne conviennent pas à des gens de cette condition.

— Oui ! vous avez raison... elles ne conviennent pas à cette condition... C'est pourquoi je hais cette condition... Je vous le déclare mon ami, je me regarde comme liée par les promesses que j'ai faites à ces malheureux... Si je ne puis avoir d'argent d'une autre façon... eh bien, je donnerai des leçons de musique. Je gagnerai assez... et je compléterai ainsi, à moi seule, la somme nécessaire.

— Je n'y consentirai jamais... Vous ne voudriez pas, Émilie, vous dégrader à ce point...

— Me dégrader ! dites-vous... Je serais plus dégradée par cela que par ma promesse violée ! Non certes !

— Allons ! vous êtes toujours héroïque et transcendantale, mais vous ferez bien d'y réfléchir avant d'entreprendre cet œuvre de don quichottisme... »

Cette conversation fut interrompue par l'apparition de la mère Chloé au bout de la véranda.

« Madame voudrait-elle voir ce lot de volailles[1] ? »

Mme Shelby s'approcha.

« Je me demandais si madame ne serait pas bien aise d'avoir un pâté de poulet.

— Mon Dieu ! cela m'est indifférent ; faites comme vous voudrez, mère Chloé. »

Chloé tenait les poulets d'un air distrait... Il était bien évident que ce n'était pas aux poulets qu'elle songeait. Enfin, avec ce petit rire sec et bref, particulier aux gens de race nègre quand ils s'apprêtent à faire une proposition douteuse :

« Mon Dieu ! fit-elle, pourquoi donc Monsieur et Madame s'occupent-ils tant de gagner de l'argent... quand ils ont le moyen dans la main ?... »

Chloé fit encore entendre un petit rire.

« Je ne vous comprends pas, fit Mme Shelby, devinant bien aux façons de Chloé qu'elle n'avait pas perdu un mot de la conversation qui venait d'avoir lieu entre elle et son mari ; je ne vous comprends pas !

— Eh mais, fit Chloé, les autres gens louent leurs nègres et gagnent de l'argent avec... Pourquoi garder à la maison tant de bouches qui mangent ?

— Eh bien, parlez, Chloé, lequel de nos esclaves nous proposez-vous de louer ?

— Proposer ! je ne propose rien, madame ! seulement, il y a Samuel qui disait qu'il y avait à Louisville des fabricants qui donneraient bien quatre dollars par semaine pour quelqu'un qui saurait faire les gâteaux et la pâtisserie... Oui, madame, quatre dollars !

— Eh bien, Chloé ?

— Mais, madame, je pense qu'il est bientôt temps que Sally fasse quelque chose. Sally a toujours été sous moi ; maintenant, elle en sait autant que moi, voyez-vous bien ! et, si madame voulait me laisser aller, je gagnerais de l'argent là-bas... pour les gâteaux et les pâtés, je ne crains pas un *chabricant*.

— Un fabricant, Chloé, un fabricant !

— Peut-être bien, madame ! les mots sont si *curieux*... je me trompe toujours.

— Ainsi, Chloé, vous consentiriez à quitter vos enfants ?

— Ils sont assez grands pour travailler, et Sally prendrait soin de la petite... C'est un bijou, la petite ! il n'y a rien à faire après elle...

— Louisville est bien loin d'ici.

— Oh Dieu ! ça ne me fait pas peur ! c'est au bas de la rivière..., pas loin de mon vieux mari, je pense ?... »

Cette dernière partie de la réponse fut faite d'un ton interrogatif, ses yeux attachés sur Mme Shelby.

« Hélas ! Chloé, c'est à plus de cent milles de distance ! »

Chloé fut comme abattue.

« N'importe, Chloé, reprit Mme Shelby, cela vous rapprochera toujours... et tout ce que vous gagnerez sera mis de côté pour le rachat de votre mari. »

Parfois un rayon éclatant argente un nuage obscur. C'est ainsi que tout à coup brilla la face noire de Chloé... Oui, elle rayonna !

« Oh ! si madame n'est pas trop bonne ! s'écria-t-elle. Je pensais bien à cela... Je n'ai besoin ni de souliers, ni d'habits, ni de rien ! je pourrais mettre tout de côté ! Combien y a-t-il de semaines dans l'année, madame ?

— Cinquante-deux, Chloé.

— Cinquante-deux ! à quatre dollars par semaine... combien cela fait-il ?

— Deux cent huit dollars par an.

— Ah ! vraiment ? fit Chloé d'un air ravi... Et combien me faudrait-il d'années pour...

— Quatre ou cinq ans... Mais vous n'attendrez pas cela..., j'ajouterai.

— Oh ! je ne voudrais pas que madame donnât des leçons... ni rien de pareil,... Monsieur a bien raison ! cela ne se peut pas... J'espère bien que personne de la famille n'en sera réduit là... tant que j'aurai des mains...

— Ne craignez rien, Chloé, reprit Mme Shelby en souriant, j'aurai soin de l'honneur de la famille... Mais quand comptez-vous partir ?

— Mais je ne comptais sur rien... Seulement Sam va descendre la rivière pour conduire des poulains... il dit qu'il m'emmènerait bien avec lui... J'ai mis mes affaires ensemble. Si madame voulait, je partirais demain matin avec Sam... Si madame voulait écrire ma passe et me donner une recommandation...

— Soit ! je vais m'en occuper... si M. Shelby ne s'y oppose pas. Il faut que je lui en parle. »

Mme Shelby rentra chez elle, et Chloé, ravie, courut à sa case pour faire ses préparatifs.

« Vous ne savez pas, monsieur Georges ? je pars demain pour Louisville, dit-elle au jeune homme qui entra dans la case, et la trouva occupée de mettre en ordre les petits effets du baby... Je fais le paquet de Suzette, j'arrange tout. Je pars, monsieur Georges, je pars... Quatre dollars la semaine... et madame les mettra de côté pour racheter mon vieil homme.

— Eh bien, en voilà une affaire... dit Georges. Et comment vous en allez-vous ?

— Demain matin, avec Sam. Et maintenant, monsieur Georges, vous allez vous asseoir là et écrire à mon pauvre homme... et lui dire tout... Vous voulez bien ?

— Certainement ! dit Georges. Le père Tom sera joliment content de recevoir de nos nouvelles... Je vais chercher de l'encre et du papier... Je vais lui parler des nouveaux poulains et de tout !

— Oui ! oui ! monsieur Georges, allez... Je vais vous avoir un morceau de poulet ou quelque autre chose... Vous ne souperez plus bien des fois avec votre pauvre mère Chloé ! »

CHAPITRE XXII

L'arbre se flétrit – La fleur se fane

La vie passe jour après jour ; ainsi s'écoulèrent deux années de l'existence de notre ami Tom. Il était séparé de tout ce que son cœur aimait ; il soupirait après tout ce qu'il avait laissé derrière lui, et cependant nous ne pouvons pas dire qu'il fût malheureux... La harpe des sentiments humains est ainsi tendue, que si un choc n'en brise pas à la fois toutes les cordes, il leur reste toujours quelques harmonies. Si nous jetons les yeux en arrière, vers les époques de nos épreuves et de nos malheurs, nous voyons que chaque heure, en passant, nous apporta ses douceurs et ses allégements, et que, si nous n'avons pas été complètement heureux, nous n'avons pas été non plus complètement malheureux...

Tom avait appris à se contenter de son sort, quel qu'il pût être. C'est la Bible qui lui avait enseigné cette doctrine ; elle lui semblait raisonnable et juste. Elle était en parfait accord avec la tendance de son âme pensive et réfléchie.

Comme nous l'avons déjà dit, Georges avait répondu exactement à sa lettre, et d'une belle et bonne écriture d'écolier que Tom pouvait lire, à ce qu'il disait, d'un bout de la chambre à l'autre. Cette lettre lui donnait de nombreux détails domestiques ; nos lecteurs les connaissent déjà. Elle annonçait que Chloé était en location à Louisville, où, par son habileté dans tout ce qui touchait aux pâtes fines, elle gagnait beaucoup d'argent... On disait à Tom que cet argent était destiné à son rachat. Moïse et Pierre travaillaient bien, et le baby trottait dans la maison, sous la surveillance de Sally en particulier, et de tout le monde en général.

La case de Tom était provisoirement fermée, mais Georges s'étendait, avec beaucoup d'éloquence et d'imagination, sur les embellissements et agrandissements qu'il y ferait au moment du retour de Tom.

Le reste de l'épitre contenait la liste des travaux scolaires de Georges. Chaque article avait reçu l'honneur d'une majuscule fleurie. Georges disait aussi le nom de quatre nouveaux poulains venus au monde depuis le départ de Tom. Georges ajoutait, à ce propos, que le père et la mère se portaient bien.

Le style de Georges était net et concis ; aux yeux de Tom cette lettre était la plus magnifique composition des temps modernes... Il ne se lassait jamais de la contempler... Il tint même conseil avec Éva pour savoir comment on pourrait l'encadrer, afin de l'accrocher dans sa chambre... Il ne fut arrêté que par la difficulté de trouver le moyen de faire voir à la fois les deux côtés de la page.

L'amitié de Tom et d'Éva grandissait à mesure que l'enfant grandissait elle-même... Il serait difficile de dire quelle place elle tenait dans l'âme douce et impressionnable du fidèle serviteur. Il aimait Éva comme quelque chose de fragile et de terrestre, mais il la vénérait aussi comme quelque chose de céleste et de divin. Il la contemplait comme un matelot italien contemple l'Enfant Jésus, avec un mélange de tendresse et de respect... Son plus grand bonheur, c'était de satisfaire les gracieuses fantaisies d'Éva et de contenter ces mille désirs enfantins qui assiègent les jeunes cœurs, mobiles et changeants comme les couleurs de l'arc-en-ciel. Allait-il au marché le matin, ce qu'il recherchait tout d'abord c'était l'étalage du fleuriste ; il voulait pour elle le plus beau bouquet, pour elle la plus belle pêche et la plus grosse orange.

Ce qui le charmait surtout, c'était d'apercevoir au retour cette jolie tête, dorée comme un rayon de soleil, l'attendant sur le seuil de la porte, toute prête à lui faire sa question ingénue : «Eh bien, père Tom, que m'apportez-vous aujourd'hui?»

L'affection d'Éva n'était pas moins zélée dans sa reconnaissance. Ce n'était qu'une enfant, mais elle avait le suprême talent de bien lire. Son oreille délicate et musicale, son imagination vive et poétique, un instinct sympathique qui lui révélait tout à coup le grand et le beau, la rendaient propre à faire de la Bible une lecture telle, que Tom n'en avait jamais entendu de pareille. Elle lut d'abord pour plaire à son humble ami, puis cette ardente nature, comme une jeune vigne jetant ses vrilles flexibles et souples, se suspendit bientôt à l'arbre majestueux du peuple juif. Éva s'éprit de ce livre parce qu'il la touchait et qu'il produisait en elle ces émotions profondes et obscures, si chères à l'imagination des enfants.

Ce qui lui plaisait surtout, c'était la révélation et les prophéties. Les images merveilleuses et mystiques et le langage ardent l'impressionnaient d'autant plus qu'elle les saisissait moins. La jeune enfant et le vieil enfant étaient toujours dans un merveilleux accord. Tout ce qu'ils savaient, c'est que le livre leur parlait d'une gloire qui leur serait révélée plus tard, de quelque chose de meilleur qui arriverait un jour et qui ferait la joie de leur âme, sans qu'ils comprissent pourtant comment cela se pourrait faire... Mais, s'il n'en est pas ainsi dans les sciences physiques, dans les sciences morales, du moins, il n'est pas besoin de comprendre pour profiter... L'âme, une étrangère timide, s'éveille entre deux éternités confuses : l'éternel passé, l'éternel avenir! La lumière ne brille autour d'elle que dans un bien étroit espace ; il faut donc qu'elle s'élance vers l'inconnu, et les voix mystérieuses, et les ombres mouvantes qui viennent à elle, se détachant de la colonne obscure de l'inspiration, trouvent toujours des échos et des réponses dans cette nature humaine, pleine d'attente... Les images mystiques sont comme autant de perles et de talismans couverts d'hiéroglyphes incompréhensibles, que l'on enferme dans son sein, en attendant le jour où l'on pourra les lire.

A cette époque de notre histoire, toute la maison de Saint-Clare est établie dans la villa du lac Pontchartrain. Les chaleurs de l'été ont chassé de la ville poudreuse et embrasée tous ceux qui peuvent la fuir et gagner les bords du lac, rafraîchis par les soupirs de la brise marine.

La villa de Saint-Clare était un cottage comme on en voit dans les Indes Orientales. Elle était entourée de légères galeries en bambous, et s'ouvrait de toutes parts sur des jardins et des parcs. Le grand salon dominait un jardin embaumé des fleurs des tropiques, et où se rencontraient les plus merveilleuses plantes. Des sentiers, qui se contournaient en spirales tortueuses, descendaient jusqu'au bord du lac, dont la nappe argentée miroitait sous les rayons du soleil, tableau changeant toujours, toujours charmant !

Maintenant le soleil se couche dans ses torrents d'or fluide, qui semblent inonder l'horizon d'un déluge de rayons et faire des eaux comme un autre ciel étincelant. Le lac était rayé de pourpre et d'or ; çà et là brillaient les blanches ailes des vaisseaux comme autant de fantômes qui passent ; l'œil des petites étoiles scintillait sous leur paupière d'or, pendant qu'elles se regardaient toutes tremblantes dans le miroir des eaux.

Évangéline et Tom étaient assis sur un siège de mousse, dans le jardin. C'était un dimanche soir. La Bible d'Éva était ouverte sur ses genoux. Elle lisait :

« Et je vis une mer de verre mêlée de feu. »

« Tom, dit-elle en s'interrompant tout à coup et en montrant le lac, c'est bien cela !

— Qu'est-ce, Miss Éva ?

— Vous ne voyez pas ? dit-elle ; là... Et elle indiquait du doigt les eaux de cristal qui, s'élevant et s'abaissant, réfléchissaient les rayons du ciel... Eh bien, Tom, vous le voyez, c'est la mer de verre mêlée de feu.

— C'est assez vrai, Miss Éva... Et Tom chanta :

> Si j'avais du matin l'aile de pourpre et d'or,
> J'irais de Chanaan voir la rive éternelle,
> Et les anges brillants guideraient mon essor
> Jérusalem, vers ta cité nouvelle !

— Où croyez-vous, père Tom, dit alors Miss Éva, que soit située la Jérusalem nouvelle ?

— Là-haut, dans les nuages, Miss Éva !

— Oh ! alors, dit Évangéline, je crois bien que je la vois. Regardez ces nuages-là, s'ils ne semblent pas de grandes portes de perles... Et voyez-vous, plus loin, mais bien plus loin, si ce n'est pas comme tout or ?... Tom, chantez quelque chose sur les anges brillants. »

Et Tom chanta ces paroles d'une hymne méthodiste bien connue.

> Des anges du Très-Haut je vois l'essaim heureux
> Qui s'enivre de gloire.
> Ils sont vêtus de rayons lumineux,
> Et portent dans leurs mains des palmes de victoire.

« Père Tom, je les ai vus ! » dit Éva.

Pour Tom cela ne faisait pas le moindre doute ; il ne s'étonna même pas de l'assertion d'Éva. Si Éva lui eût dit qu'elle était allée au Ciel... Tom aurait trouvé la chose fort probable.

« Ils viennent à moi quelquefois pendant mon sommeil, ces anges. »

Et les yeux d'Éva prirent une expression rêveuse, et elle murmura :

> Ils sont vêtus de rayons lumineux,
> Et portent dans leurs mains des palmes de victoire.

« Père Tom, dit-elle ensuite à l'esclave... je m'en vais là !...

— Là ! où, Miss Éva ? »

Évangéline se leva et étendit sa petite main vers le ciel... Le rayon du soir se jouait dans sa chevelure dorée ; il versait sur ses joues un éclat qui n'était point de cette terre... et ses yeux s'attachaient invinciblement vers le ciel !

« Oui, je m'en vais là, vers les esprits brillants !... Tom, j'irai avant peu ! »

Le pauvre vieux cœur fidèle ressentit comme un choc... et Tom se rappela combien de fois, depuis six mois, il avait remarqué que les petites mains d'Évangéline devenaient plus fines, et sa peau plus transparente, et sa respiration plus courte... Il se rappela, quand elle jouait et courait dans les jardins, combien elle était vite fatiguée et languissante. Il avait entendu Miss Ophélia parler d'une toux que les médicaments ne pouvaient guérir... Et maintenant encore les mains, les joues ardentes étaient comme brûlantes de fièvre... et cependant, la pensée qui se cachait derrière les paroles d'Éva ne s'était jamais présentée à son esprit !

A-t-il jamais existé un enfant comme Éva ? Oui, sans doute ; mais le nom de ces êtres charmants ne se retrouve que sur la pierre des tombeaux. Leur doux sourire, leurs yeux célestes, leurs paroles étranges sont maintenant parmi les trésors ensevelis des cœurs qui regrettent !... Dans combien de familles entendez-vous la légende de ces êtres, qui étaient toute grâce et toute bonté... et auprès de qui les vivants ne sont rien ! Le ciel n'a-t-il point une troupe d'anges destinés à séjourner quelque temps parmi nous pour attendrir le rude cœur des hommes ? Quand vous voyez dans l'œil cette lumière profonde, quand la jeune âme se révèle en des mots plus tendres et plus sages qu'on n'en trouve dans la bouche des enfants, n'espérez pas que vous garderez cette chère créature... le sceau du Ciel est déjà posé sur elle, et cette lumière de ses yeux, c'est la lumière de l'immortalité !

Et toi, Évangéline bien-aimée, belle étoile de la maison, tu disparais et tu t'effaces... et ceux-là mêmes l'ignorent qui t'aiment le mieux !

La conversation de Tom et d'Éva fut interrompue par un soudain appel de Miss Ophélia.

« Éva ! Éva ! comment, chère petite ! mais voilà la rosée qui tombe... il ne faut pas rester là ! »

Éva et Tom se hâtèrent de rentrer.

La vieille Miss Ophélia était excellente pour les malades. Elle était de la Nouvelle-Angleterre. Elle avait remarqué les premiers et terribles progrès de ce mal silencieux et perfide qui enlève par milliers les plus chers et les plus beaux, et, avant qu'une seule fibre de la vie soit brisée, semble les marquer irrévocablement pour la mort.

Elle avait observé cette petite toux sèche, cet incarnat trop vif de la joue ; et ni l'éclat des yeux ni la fiévreuse animation du visage n'avaient pu tromper sa vigilance.

Elle essaya de faire partager ses inquiétudes à Saint-Clare... Saint-Clare repoussa ses insinuations avec sa gaieté et son insouciance habituelles.

« Pas de mauvais augures, cousine, je les déteste ! Ne voyez-vous pas que c'est la croissance ? A ce moment-là, les enfants sont toujours plus faibles.

— Mais cette toux ?...

— Ce n'est rien, elle a peut-être attrapé un rhume...

— Hélas ! c'est ainsi que furent prises Élisa Jams, Hélène et Maria Sanders.

— Assez de discours funèbres !... Vous autres, vieilles gens, vous devenez si sages, qu'un enfant ne peut tousser ou éternuer sans que vous ne voyiez là le désespoir ou la mort... Je ne vous demande qu'une chose : surveillez bien Éva, préservez-la de l'air du soir, ne la laissez pas trop s'échauffer au jeu... et tout ira bien. »

Ainsi parla Saint-Clare.

Au fond de l'âme il se sentait inquiet. Il épiait Éva jour par jour, avec une anxiété fiévreuse... Il répétait trop souvent : «Éva est très bien,... cette toux n'est rien...» Il ne la quittait presque plus ; il l'emmenait plus souvent avec lui dans ses promenades à cheval... Chaque jour il rapportait quelque boisson fortifiante, quelque recette nouvelle ; non pas, ajoutait-il, que l'enfant en eût besoin ; mais cela ne pouvait pas lui faire de mal.

S'il faut le dire, ce qui jetait dans son cœur une angoisse plus profonde, c'était cette maturité précoce et toujours croissante de l'âme et des sentiments d'Éva... Elle gardait sans doute toutes les grâces charmantes de l'enfance ; mais parfois aussi, sans même en avoir conscience, elle laissait tomber des mots d'une telle portée et d'une si étrange profondeur, qu'on était forcé de les prendre pour une sorte de révélation. Dans ces moments-là, Saint-Clare éprouvait comme un malaise intérieur... un frisson passait sur lui... et il serrait sa fille dans ses bras, comme si cette douce étreinte eût pu la sauver... et il lui prenait des envies farouches de ne la plus quitter... de ne pas la laisser sortir de ses bras...

Cependant, le cœur et l'âme de l'enfant semblaient se fondre en paroles d'amour et de tendresse ; elle avait toujours été généreuse, mais, par une sorte d'impulsion instinctive. Il y avait maintenant en elle ce je ne sais quoi de touchant et de réfléchi qui révèle la femme. Elle aimait bien encore à jouer avec Topsy et 'es autres petits nègres ; mais elle paraissait plutôt regarder leurs jeux qu'y prendre part. Elle restait quelquefois une demi-heure à rire des tours et des malices de Topsy... puis tout à coup un nuage passait sur ses traits... il y avait dans ses yeux comme un brouillard... et ses pensées étaient bien loin, bien loin...

«Maman, dit-elle un jour à sa mère, pourquoi n'apprenons-nous pas à lire à nos esclaves?...

— Quelle question! On ne fait jamais cela.

— Pourquoi ne le fait-on pas?

— Parce que cela ne leur servirait pas. Cela ne les ferait pas mieux travailler... et ils n'ont été créés que pour travailler.

— Mais il faut qu'ils lisent la Bible, maman, pour apprendre à connaître la volonté de Dieu.

— Ils peuvent se la faire lire tant que cela leur est nécessaire.

— Il me semble, maman, que la Bible est faite pour que chacun se la lise à soi-même... On a souvent besoin de cette lecture quand personne n'est là pour la faire.

— Éva! vous êtes une enfant bien singulière!

— Miss Ophélia a bien appris à lire à Topsy!

— Oui, et vous voyez quel bien ça lui fait... Topsy est la plus méchante créature que j'aie jamais vue.

— Mais il y a cette pauvre Mammy... elle aime tant la Bible et serait si heureuse de pouvoir la lire! Que fera-t-elle quand je ne pourrai plus la lire pour elle?»

Mme Saint-Clare, tout occupée à fouiller dans ses tiroirs, répondit d'un ton distrait: «Oui, oui, sans doute; mais vous aurez bientôt autre chose à quoi penser... Vous ne pourrez pas lire la Bible à vos esclaves toute votre vie... non pas que ce ne soit une très bonne chose, que j'ai faite moi-même quand je me portais bien... mais, quand il faudra vous habiller, aller dans le monde, vous n'aurez pas le temps... Voyez, ajouta-t-elle, les bijoux que je vous donnerai quand vous sortirez... ce sont ceux que je portais à mon premier bal. Je puis vous dire, Éva, que je fis sensation.»

Éva prit le coffret, elle en tira un collier de diamants... Ses grands yeux pensifs s'arrêtèrent un instant sur lui... Mais ses pensées étaient ailleurs.

«Comme vous semblez rêveuse, mon enfant!

— Est-ce que cela vaut beaucoup d'argent, maman?

— Sans doute: votre père les a envoyé chercher en France... C'est presque une fortune.

— Je voudrais en avoir le prix pour en faire ce que je voudrai.

— Et qu'en voudriez-vous faire ?

— Acheter une ferme dans les États libres, y emmener tous nos esclaves, et leur donner des maîtres pour leur apprendre à lire et à écrire. »

Éva fut interrompue par les éclats de rire de sa mère.

« Tenir une pension... ah ! ah ! ah !... Vous leur apprendriez aussi à jouer du piano et à peindre sur velours ?

— Je leur apprendrais à lire la Bible... à lire et à écrire leurs lettres, dit Éva d'un ton calme et résolu... Je sais, maman, combien il leur est pénible d'ignorer ces choses... Demandez à Tom ! et à bien d'autres... Ils devraient savoir !

— Allons, c'est bien ! Vous n'êtes qu'une enfant... Vous ne connaissez rien à tout cela... Et puis, vous me faites mal à la tête... »

Mme Saint-Clare tenait toujours un mal de tête en réserve pour le cas où la conversation n'était pas de son goût.

Éva sortit.

A partir de ce moment, elle donna très assidûment des leçons de lecture à Mammy.

CHAPITRE XXIII

Henrique

Ce fut vers cette époque de notre histoire qu'Alfred, le frère de Saint-Clare, vint avec son fils, jeune garçon de douze ans, passer un jour ou deux dans la villa du lac Pontchartrain.

On ne pouvait rien voir de plus étrange et de plus beau que ces deux frères jumeaux l'un près de l'autre. La nature, au lieu de les faire ressemblants, avait comme pris à tâche de n'établir entre eux que des différences.

Ils avaient l'habitude de se promener ensemble, bras dessus bras dessous, dans les allées du jardin, et l'on pouvait seulement alors bien comparer Augustin, les yeux bleus, les cheveux blonds comme l'or, les traits vifs et toutes les formes ondoyantes et aériennes, et Alfred, l'œil noir, le profil romain et fier, les membres puissants et la tournure hardie. Ils n'étaient jamais d'accord et ne s'ennuyaient jamais d'être ensemble : le contraste même devenait un lien.

Le fils aîné d'Alfred, Henrique, avait l'œil noir et le maintien aristocratique de son père. A peine arrivé à la villa, il se sentit comme fasciné par les attractions spirituelles de sa cousine Évangéline.

Évangéline avait un petit poney favori, blanc comme la neige. Il était commode *comme un berceau* et aussi doux que sa petite maîtresse.

Tom conduisait ce poney derrière la véranda au moment même où un jeune mulâtre de treize à quatorze ans amenait à Henrique un petit cheval arabe, tout noir, qu'on avait fait venir à grands frais pour lui.

Henrique était fier, comme un enfant, de sa nouvelle acquisition. Au moment de prendre les rênes des mains de son jeune groom, il examina le cheval avec soin, et sa figure s'assombrit...

«Eh bien, Dodo, paresseux petit chien! vous n'avez pas étrillé mon cheval, ce matin?

— Pardon, m'sieu, fit Dodo d'un ton soumis... il faut qu'il ait ramassé cette poussière.

— Taisez-vous, canaille! dit Henrique en levant son fouet avec violence... Comment vous permettez-vous d'ouvrir la bouche?»

Le groom était un beau mulâtre aux yeux brillants, de la même taille qu'Henrique. Ses cheveux bouclés encadraient un front élevé et plein d'audace; il avait du sang des Blancs dans les veines... On put le voir au soudain éclat de sa joue et à l'étincelle de ses yeux quand il voulut répondre...

«M'sieu Henrique!»

A peine ouvrait-il la bouche qu'Henrique lui sangla le visage d'un coup de fouet, et, le saisissant par le bras, il le fit mettre à genoux et le battit à perdre haleine.

«Impudent chien! cela t'apprendra à me répliquer! Remmenez ce cheval et pansez-le avec soin... Je vous remettrai à votre place, moi!

— Mon jeune monsieur, dit Tom, je sais ce qu'il allait vous dire : le cheval s'est roulé par terre en sortant de l'écurie... il est si ardent!... c'est comme cela qu'il a attrapé toute cette poussière... j'assistais à son pansement...

— Vous, silence! jusqu'à ce qu'on vous interroge.»

Il tourna sur ses talons et fit quelques pas vers Éva, qui se tenait debout, en habit de cheval.

« Je regrette, cousine, que ce stupide drôle vous ait fait attendre... Veuillez vous asseoir... il va revenir à l'instant... Qu'avez-vous donc, cousine ? vous semblez triste !

— Comment avez-vous pu être si cruel et si méchant envers ce pauvre Dodo !

— Cruel ! méchant ! reprit l'enfant avec une surprise toute naïve. Qu'entendez-vous par là, chère Éva ?

— Je ne veux pas que vous m'appeliez chère Éva quand vous vous conduisez ainsi.

— Chère cousine, vous ne connaissez pas Dodo ! Il n'y a pas d'autre moyen d'en avoir raison ; il est si plein de mensonge et de détours !... il faut l'abattre tout d'abord, et ne pas lui laisser ouvrir la bouche... C'est ainsi que fait papa...

— Mais le père Tom dit que c'est un accident... et Tom ne dit jamais que ce qui est vrai.

— Alors, c'est un vieux nègre bien rare dans son espèce... Dodo va mentir dès qu'il va pouvoir parler.

— Vous le rendez fourbe par terreur, en le traitant ainsi...

— Allons, Éva, vous avez un caprice pour Dodo ; je vous préviens que je vais être jaloux...

— Mais vous venez de le battre, et il ne le méritait pas.

— Cela fera compensation avec une autre fois où il le méritera sans l'être. Avec Dodo les coups ne sont jamais perdus. C'est un diable ! Mais je ne le battrai plus devant vous, si cela vous fait de la peine. »

Éva n'était certes pas satisfaite ; mais elle comprit bien qu'il serait inutile de vouloir faire partager ses sentiments à son beau cousin.

Dodo apparut bientôt avec les chevaux.

« Allons, Dodo, vous avez bien fait cette fois, dit-il d'un air gracieux. Venez maintenant ici, et tenez le cheval de Miss Éva, tandis que je vais la mettre en selle. »

Dodo approcha, et se tint tout près du cheval d'Éva. Son visage était bouleversé, et on voyait à ses yeux qu'il avait pleuré.

Henri, très fier de ses façons aristocratiques, de son adresse et de sa courtoisie chevaleresque, eut bientôt mis en selle sa jolie cousine, puis, rassemblant les rênes, il les lui plaça dans la main.

Mais Éva se pencha de l'autre côté du cheval, du côté où se trouvait l'esclave...

«Vous êtes un brave garçon, Dodo, lui dit-elle, je vous remercie.»

Dodo, tout surpris, leva les yeux sur ce jeune et doux visage... il se sentait venir des larmes; le sang lui monta aux joues.

«Ici, Dodo!» s'écria Henrique d'une voix impérieuse.

Dodo s'élança et tint le cheval pendant que son maître montait.

«Tenez, voici de l'argent pour acheter du sucre candi.» Et il lui jeta un picaillon.

Les deux enfants s'éloignèrent.

Dodo les suivit des yeux: l'un d'eux lui avait donné de l'argent... l'autre lui avait donné... ce qu'il désirait bien davantage: une bonne parole dite avec bonté!

Il n'y avait que quelques mois que Dodo était séparé de sa mère. Son maître l'avait acheté dans un entrepôt d'esclaves à cause de sa belle figure. Il allait bien avec le beau poney! Il faisait ses débuts sous Henrique.

La scène avait eu pour témoin les deux frères Saint-Clare, qui se promenaient dans le jardin.

Augustin fut indigné; mais il se contenta de dire avec son ironie habituelle:

«J'espère, Alfred, que c'est là ce que nous pouvons appeler une éducation républicaine.

— Henrique est un vrai diable quand le sang lui bout, répondit Alfred avec une égale ironie.

— Eh mais, vous devez approuver cela, fit Augustin assez sèchement.

— Que j'approuve ou non, je ne saurais l'empêcher. Henrique est une vraie tempête. Voilà longtemps que nous l'avons abandonné, sa mère et moi. Mais ce Dodo est un drôle, et une volée de coups de fouet ne peut pas lui faire de mal.

— Non, sans doute. C'est pour lui apprendre la première ligne du catéchisme républicain : tous les hommes sont nés libres et égaux.

— Pouah ! c'est une de ces bêtises sentimentales que Jefferson a pêchées en France... Il faudrait retirer cela de la circulation, maintenant.

— C'est ce que je crois, répondit Saint-Clare d'un ton significatif.

— Nous voyons assez clairement, reprit Alfred, que tous les hommes ne sont pas nés libres ni égaux... tant s'en faut ! Pour ma part, je crois qu'il y a moitié de vrai dans cette facétie républicaine. Les gens riches, instruits, bien élevés, civilisés, en un mot, doivent avoir entre eux des droits égaux. Mais pas la canaille !

— Fort bien... si vous parvenez à maintenir la canaille dans cette opinion. Elle a eu son tour en France !

— Aussi faut-il la tenir à bas, continuellement et sans relâche... Et c'est ce que je ferai, dit Alfred en appuyant fortement son pied sur le sol comme s'il eût tenu quelqu'un sous lui.

— Quand on lâche, cela fait une fameuse glissade, reprit Augustin : à Saint-Domingue, par exemple !

— Nous y prendrons garde dans ce pays-ci : nous saurons bien nous opposer à toutes ces tentatives d'instruction, d'éducation que l'on fait maintenant. Il ne faut pas que les nègres soient instruits.

— Il n'est plus temps de parler ainsi... Ils reçoivent une éducation... seulement nous ne savons pas laquelle. Notre système actuel est brutal et barbare.

Nous brisons tous les liens humains, et avec des hommes nous faisons des bêtes... Qu'ils aient le dessus, et nous les retrouverons... ce que nous les aurons faits !

— Mais ils n'auront jamais le dessus !

— C'est juste ! dit Saint-Clare. Chauffez la machine sans lever la soupape, asseyez-vous dessus au contraire, vous verrez où nous aborderons.

— Eh oui, nous verrons. Je ne craindrai pas pour mon compte de m'asseoir sur la soupape, tant que la chaudière sera solide et que la machine fonctionnera bien.

— Les nobles de Louis XVI en pensèrent autant... et l'Autriche et Pie IX !... Et un beau matin vous vous rencontrerez tous en l'air... quand la chaudière sautera !

— *Dies declarabit* ! fit Alfred en riant.

— Eh bien, je vous dis, moi, reprit Augustin, que, s'il y a maintenant quelque prévision où l'on puisse retrouver des symptômes d'une irrécusable vérité, c'est la prévision du soulèvement des masses... c'est le triomphe des classes inférieures, qui deviendront les supérieures.

— Allons ! Augustin, c'est encore une de vos stupidités de républicain rouge. Tudieu ! quel clubiste ! Pour moi j'espère que je serai mort avant le millésime qui marquera l'avènement de vos mains sales !

— Sales ou non, ces mains-là vous gouverneront à leur tour... et vous aurez des législateurs comme vous aurez su vous les faire. La noblesse française a voulu avoir un peuple de sans-culottes, elle a eu à cœur joie un gouvernement de sans-culottes et Haïti...

— Ah ! de grâce, Augustin ! n'avons-nous pas déjà assez de ce misérable Haïti ? Les Haïtiens n'étaient pas des Anglo-Saxons... S'ils eussent été des Anglo-Saxons... les choses ne se seraient point passées ainsi !... Les Anglo-Saxons sont la race dominatrice du monde : cela est et cela sera !

— Oui ! mais savez-vous qu'il y a pas mal de sang anglo-saxon infusé dans les veines de nos esclaves ?... Il y en a beaucoup parmi eux à qui maintenant il ne reste de l'Afrique... que ce qu'il leur en faut pour embraser de ses ardeurs tropicales notre fermeté calme et prévoyante... Oui, si le tocsin de Saint-Domingue sonne l'heure fatale parmi nous, ce sera vraiment la race anglo-saxonne qui dirigera la révolte : les fils des hommes blancs, dont le sang charrie nos sentiments hautains dans leurs veines brûlantes, ne seront pas toujours vendus, achetés et livrés... Ils se lèveront... et ils soulèveront avec eux la race maternelle !

— Sottises, folies, que tout cela !

— C'est ce qu'on dit depuis longtemps, fit Augustin ; c'était ainsi du temps de Noé... et ce sera toujours ainsi... Ils mangeaient, ils buvaient ; ils plantaient, ils bâtissaient... et ils ne s'apercevaient pas que le flot montait pour les prendre.

— Allons ! vous auriez un vrai talent pour la propagande, fit Alfred en riant, mais ne craignez rien pour nous. Nos possessions sont assurées. Nous avons la force... » Et appuyant encore une fois son pied sur le sol, il ajouta : « Cette race est par terre... elle y restera ! Nous avons assez d'énergie pour ménager notre poudre.

— Oui ! des enfants élevés comme votre Henrique seront d'excellents gardiens pour vos magasins à poudre... Ils sont si calmes... ils se possèdent si bien ! Le proverbe dit pourtant : Ceux qui ne savent pas se gouverner ne savent pas gouverner les autres...

— Oui, il y a là une difficulté, dit Alfred tout pensif ; notre système embarrasse l'éducation des enfants... Il donne un trop libre cours aux passions, qui sont déjà si violentes sous ce climat. Henrique m'inquiète parfois... Il est généreux, il a le cœur chaud... mais quand il est excité, c'est une véritable fusée ! Je crois que je l'enverrai dans le Nord, où l'obéissance est plus en honneur, où il verra plus de ses égaux et moins de ses inférieurs.

— Si l'éducation des enfants est l'œuvre la plus importante de l'humanité, poursuivit Augustin, ce que vous avouez là est bien une preuve que notre système à nous est mauvais.

— Il a ses avantages et ses désavantages... Il nous donne des enfants mâles et courageux... Les vices de la race abjecte fortifient en nous les vertus contraires... Henrique a un sentiment plus vif de la vérité, depuis qu'il voit que la fourberie et le mensonge sont le lot ordinaire de l'esclavage.

— Voilà, dit Augustin, une façon chrétienne d'envisager les choses !

— Eh ! mon Dieu ! ni plus ni moins chrétienne que la plupart des choses de ce monde.

— C'est possible ! dit Saint-Clare.

— Enfin, Augustin, tout ce que nous disons là ne sert à rien, nous avons parcouru cette vieille route cinquante fois sans aboutir. Mais que diriez-vous d'une partie de trictrac ?

Les deux frères remontèrent sous la véranda, et s'assirent à une petite table de bambou, le casier devant eux. Pendant qu'ils rangeaient les pièces, Alfred dit :

« En vérité, Augustin, si je pensais comme vous, je ferais une chose...

— Ah ! ah ! je vous reconnais là, vous voulez toujours faire quelque chose... Eh bien, quoi ?

— Mais, élevez et instruisez vos esclaves... comme échantillon. »

Et Alfred sourit assez dédaigneusement.

« Me dire d'élever mes esclaves, quand ils sont écrasés sous la masse des abus sociaux ! Autant vaudrait placer sur eux le mont Etna et leur dire de se redresser ! Un homme ne peut rien contre la société... Pour que l'éducation fasse quelque chose, il faut que ce soit l'éducation de l'État... il faut du moins que l'État n'y mette point d'entraves!

— A vous le dé!» dit Alfred.

Et les deux frères jouèrent silencieusement jusqu'à ce qu'ils entendissent le bruit des chevaux qui rentraient.

«Voici venir les enfants, dit Augustin en se levant; voyez, frère, avez-vous jamais rien vu d'aussi beau?»

C'était vraiment une charmante chose que ces deux enfants. Henrique, avec sa tête hardie, ses boucles noires et lustrées, ses yeux brillants, son rire joyeux, se penchait vers sa belle cousine. Éva portait la toque bleue et un habit de cheval de la même couleur; l'exercice avait donné à ses joues un incarnat plus vif, et rendait vraiment étrange la transparence de son teint et ses cheveux dorés comme une auréole.

«Par le Ciel! quelle éblouissante beauté, dit Alfred... Elle fera un jour le désespoir de plus d'un cœur, je vous jure!

— Oui, le désespoir... Dieu sait que j'en ai peur», dit Saint-Clare d'une voix qui devint amère tout à coup.

Et il s'élança pour la recevoir comme elle descendait de cheval.

«Éva, chère âme! vous n'êtes pas trop fatiguée? dit-il en la serrant dans ses bras.

— Non, papa.»

Mais Saint-Clare sentait sa respiration courte et embarrassée... et il tremblait.

«Pourquoi courez-vous si vite, chère? Vous savez que cela n'est pas bon pour vous!

— Je trouve cela si amusant!... ça me plaît tant!... J'ai oublié...»

Saint-Clare l'emporta dans ses bras jusque sur le sofa et l'y déposa.

« Henrique ! vous devez avoir soin d'Éva, vous ne devez pas galoper si vite avec elle.

— J'en aurai soin », dit Henrique en s'asseyant auprès du sofa et en prenant la main d'Évangéline.

Éva se trouva mieux ; les deux frères reprirent leur jeu, et on laissa les enfants seuls.

« Savez-vous bien, Éva, que je suis tout triste que papa ne reste que deux jours ici ? Je vais être si longtemps sans vous voir ! Si j'étais avec vous, j'essaierais de devenir bon, de ne plus battre Dodo... Je n'ai pas l'intention de lui faire de mal... mais, vous savez, je suis si vif !... Je vous assure que je ne suis pas mauvais pour lui ! Je lui donne un picaillon de temps en temps... et vous voyez que je l'habille bien... En somme, Dodo est assez heureux.

— Vous trouveriez-vous heureux, s'il n'y avait autour de vous personne pour vous aimer ?

— Moi ? non, sans doute !

— Eh bien, vous avez pris Dodo à ceux qui l'aimaient... et maintenant il n'a plus d'affection auprès de lui... ce bien-là, vous ne pourrez pas le lui rendre.

— Eh ! mon Dieu non, je ne puis pas... je ne puis pas l'aimer, ni moi, ni personne ici !

— Pourquoi ne pouvez-vous pas ? dit Évangéline.

— Aimer Dodo !... Que voulez-vous dire, Éva ? Il me plaît assez... mais l'aimer ! Est-ce que vous aimez vos esclaves ?

— Sans doute.

— Quelle folie !

— La Bible ne dit-elle point qu'il faut aimer tout le monde ?

— Ah ! la Bible... elle dit sans doute beaucoup de choses... mais ces choses-là, vous savez... personne ne les fait ! personne, Éva ! »

Éva ne répondit rien... ses yeux étaient fixes et pleins de larmes et de rêveries.

« En tout cas, reprit-elle, aimez Dodo, par égard pour moi, mon cher cousin, et soyez bon pour lui !

— Pour vous, chère, j'aimerais tout au monde, car vous êtes bien la plus aimable créature que j'aie jamais vue. »

Henrique prononça ces mots avec une vivacité qui fit monter le sang à son beau visage. Éva reçut sa promesse avec une simplicité parfaite et sans aucune émotion.

« Je suis bien aise, mon cher Henrique, répondit-elle, que vous pensiez ainsi ; vous ne l'oublierez pas, j'espère. »

La cloche du dîner mit fin à l'entretien.

CHAPITRE XXIV

Sinistres présages

DEUX jours après cette petite scène, Alfred et Augustin se séparaient. Éva, que la compagnie de son jeune cousin avait un peu excitée, s'était livrée à des exercices au-dessus de ses forces ; elle commença à décliner rapidement. Saint-Clare songea donc à consulter. Il avait toujours reculé. Appeler un médecin, n'était-ce pas reconnaître la triste vérité ? Mais Éva ayant été assez mal pour garder deux jours la chambre, le médecin fut appelé.

Marie Saint-Clare n'avait pas remarqué ce déclin rapide de la force et de la santé de sa fille. Elle était absorbée par l'étude de deux ou trois maladies nouvelles, dont elle-même se croyait atteinte, mais elle ne croyait pas que personne pût souffrir autant qu'elle : c'était son premier article de foi. Elle repoussait avec une sorte d'indignation l'idée que quelqu'un pût être malade autour d'elle. Elle était toujours certaine que, pour les autres, c'était paresse ou manque d'énergie. « S'ils avaient eu, pensait-elle, tous les maux qui l'accablaient, ils auraient bientôt vu la différence ! »

Miss Ophélia avait plusieurs fois, mais toujours en vain, tenté d'éveiller ses craintes maternelles au sujet d'Éva.

« Je ne la trouve pas mal du tout, répondait-elle. Elle court... elle joue...

— Mais elle a une toux !

— Une toux ! Oh ! ne me parlez pas de la toux. Moi, j'ai toussé toute ma vie. A l'âge d'Éva, on me croyait minée par la consomption ; Mammy me veillait toutes les nuits... Oh ! la toux d'Éva n'est rien.

— Mais cette faiblesse... cette respiration courte...

— Oh ! j'ai eu cela pendant des années et des années. C'est nerveux, purement nerveux !

— Mais, la nuit, elle a des sueurs...

— J'en ai eu moi-même pendant dix ans... Souvent tous mes linges étaient trempés ; il n'y avait plus un fil de sec dans mes vêtements de nuit. Mammy était obligée d'étendre mes draps pour les faire sécher. Les sueurs d'Éva ne sont rien à côté de cela ! »

Miss Ophélia se tut pendant quelques jours.

Quand la maladie d'Éva devint trop visible, quand le médecin eut été appelé, Marie se jeta dans un autre extrême. Elle savait bien, disait-elle, elle en avait toujours eu le pressentiment, elle savait bien qu'elle était destinée à être la plus malheureuse des mères... Malade comme elle était, il lui faudrait voir son enfant unique et bien-aimée emportée avant elle. Et Marie tourmentait Mammy toutes les nuits, et le jour elle criait et se lamentait sur ce nouveau, sur cet affreux malheur.

« Ma chère Marie, ne parlez pas ainsi, disait Saint-Clare ; il ne faut point se désespérer tout de suite !

— Ah ! Saint-Clare, vous n'avez pas le cœur d'une mère ! vous ne pouvez pas comprendre... non, jamais vous ne me comprendrez !

— Mais, Marie, le mal n'est pas sans remède.

— Je ne saurais, Saint-Clare, partager votre indifférence ; si vous ne sentez rien quand votre pauvre enfant est dans un tel état... je ne suis pas comme vous ! c'est un coup trop fort pour moi, après ce que j'ai déjà souffert.

— Il est vrai, reprenait Saint-Clare, qu'Éva est bien délicate, je l'ai toujours remarqué ; elle a grandi si vite que la croissance l'a épuisée... elle est dans une période critique... Mais ce qui l'accable maintenant, ce sont les chaleurs de l'été, et puis elle s'est trop fatiguée avec son cousin... Le médecin dit qu'il y a bien de l'espoir encore.

— Allons! si vous pouvez ainsi voir les choses en beau, tant mieux! Il est heureux que tout le monde n'ait pas des délicatesses de sensitive... Je voudrais bien, pour mon compte, ne pas sentir comme je fais; cela n'aboutit qu'à me rendre complètement malheureuse! J'aimerais mieux avoir votre calme d'esprit. »

Tout le monde dans la maison souhaitait en effet ce calme à Marie, car elle faisait parade de son nouveau malheur et en profitait pour tourmenter tous ceux qui l'approchaient... Tout ce qu'on disait, tout ce qu'on faisait, tout ce qu'on ne faisait pas, lui démontrait, disait-elle, qu'elle était environnée de cœurs durs, d'êtres insensibles, qui ne prenaient aucun souci de ses tourments. La pauvre Éva l'entendait parfois, et elle pleurait de compassion pour les tristesses de sa mère, s'affligeant tout bas de la tourmenter ainsi.

Au bout d'une quinzaine de jours, il y eut une grande amélioration dans les symptômes. Il y eut une de ces trêves décevantes que ce mal inexorable accorde si souvent à ses victimes, pour se jouer de l'espérance sur le bord même du tombeau. Éva promène encore ses petits pas dans le jardin, elle court encore autour des galeries... Elle joue, elle rit... et son père, ivre de joie, dit à tout le monde qu'elle a retrouvé sa belle santé... Seuls le médecin et Miss Ophélia ne partagent point cette mortelle sécurité. Il y avait aussi un autre cœur qui ne s'y trompait pas, c'était le pauvre petit cœur d'Éva. Quelle voix vient donc parfois dire à l'âme, une voix si douce et si claire! que ses jours terrestres sont comptés?... Ah! c'est le secret instinct de la nature qui se sent défaillir, ou c'est l'élan enthousiaste de l'âme qui pressent l'approche de l'immortalité... Qu'importe? il y avait dans le cœur d'Éva une certitude calme, douce, prophétique, qu'elle était maintenant près du Ciel. Oui, calme comme un beau coucher de soleil ! Oui, douce comme la sérénité brillante d'un après-midi d'automne ! Et dans cette certitude même le jeune cœur trouvait un repos qui n'était troublé que par la pensée du chagrin de ceux qui l'aimaient si chèrement.

Pour elle, bien qu'entourée de si charmantes tendresses, et malgré les perspectives radieuses qu'ouvrait devant elle une vie que lui faisaient si belle et l'opulence et l'affection, elle n'avait aucun regret de mourir.

Dans ce livre qu'elle avait lu si souvent avec son vieil ami, elle avait vu, l'espoir dans le cœur, l'image de celui qui aima tant les petits enfants. Elle y avait tant pensé, elle l'avait regardé si souvent, que pour elle il avait cessé d'être une image et une peinture d'un passé lointain, mais il était devenu une réalité vivante, qui l'entourait à chaque instant ! L'amour de celui-là remplissait son cœur d'une tendresse surhumaine. C'était à lui, disait-elle, c'était à lui, c'était vers sa demeure qu'elle allait !

Et cependant elle éprouvait les angoisses d'une amère tendresse, quand elle songeait à tous ceux qu'elle allait laisser derrière elle, à son père surtout ! Sans peut-être s'en rendre compte bien distinctement, elle sentait pourtant qu'elle était plus dans ce cœur-là que dans tout autre. Elle aimait sa mère... elle était si aimante ! mais l'égoïsme de Mme Saint-Clare l'affligeait et l'embarrassait à la fois, car elle croyait bien fort que sa mère devait toujours avoir raison... Il y avait bien quelque chose qu'elle ne pouvait pas s'expliquer ; mais elle se disait : Après tout, c'est maman !... et elle l'aimait bien !

Elle regrettait aussi ces bons et fidèles esclaves pour lesquels elle était comme la lumière du jour, comme le rayon du soleil ! Les enfants ont rarement des idées générales... mais Éva n'était point un enfant ordinaire. Les maux de l'esclavage, dont elle avait été le témoin, étaient tombés un à un dans les profondeurs de cette âme pensive et réfléchie : elle avait le vague désir de faire quelque chose pour eux, de soulager et de sauver, non pas seulement les siens, mais tous ceux-là qui souffraient comme eux ; et il y avait comme un pénible contraste entre l'ardeur de ses désirs et la fragilité de sa frêle enveloppe.

« Père Tom, disait-elle un jour en lisant la Bible, je comprends bien pourquoi Jésus a voulu mourir pour nous...

— Pourquoi ? Miss Éva.

— Parce que je sens que je l'aurais voulu aussi.

— Comment ? expliquez-vous, Miss Éva... je ne comprends pas.

— Je ne saurais vous expliquer ; mais sur le bateau, vous vous rappelez ? quand je vis ces pauvres créatures... les unes avaient perdu leurs maris, les autres leurs mères... il y avait des mères aussi qui pleuraient leurs petits enfants... Plus tard, quand j'entendis l'histoire de Prue (n'était-ce pas terrible ?)... enfin bien d'autres fois encore, je sentis que je mourrais avec joie si ma mort pouvait mettre fin à toutes ces misères... Oui, je voudrais mourir pour eux », reprit-elle avec une profonde émotion, en posant sa petite main fine sur la main de Tom.

Tom la regardait avec vénération. Saint-Clare appela sa fille ; elle disparut. Tom la suivit encore du regard en essuyant ses yeux.

« Il est inutile de retenir ici Miss Éva, dit-il à Mammy qu'il rencontra un instant après ; le Seigneur lui a mis sa marque sur le front.

— Oui, oui, fit Mammy en élevant ses mains vers le Ciel, c'est ce que j'ai toujours dit. Elle n'a jamais ressemblé aux enfants qui doivent vivre ! Il y a toujours eu quelque chose de profond dans ses yeux. J'en ai bien souvent parlé à madame... Voilà que cela approche... nous le voyons bien tous... Pauvre petit agneau du Bon Dieu ! »

Évangéline vint en courant rejoindre son père seul sous la galerie. Le soleil descendait à l'horizon, et semait derrière elle comme des rayons de gloire. Elle était en robe blanche, ses cheveux blonds flottaient, ses joues étaient animées, et la fièvre, qui brûlait son sang, donnait à ses yeux un éclat surnaturel.

Saint-Clare l'avait appelée pour lui montrer une statuette qu'il venait de lui acheter. Mais son seul aspect le frappa d'une émotion aussi soudaine que pénible. Il y a un genre de beauté à la fois si parfaite et si fragile que nous ne pouvons en supporter la vue. Le pauvre père la serra tout à coup dans ses bras et oublia ce qu'il voulait lui dire.

« Éva chérie, vous êtes mieux depuis quelques jours... N'est-ce pas que vous êtes mieux ?

— Papa, dit Éva avec fermeté, il y a bien longtemps que j'ai quelque chose à vous dire. Je veux vous le dire maintenant, avant que je sois devenue trop faible. »

Saint-Clare se sentit trembler. Éva s'assit sur ses genoux, appuya sa petite tête sur sa poitrine et lui dit :

« Il est inutile, papa, de s'occuper de moi plus longtemps. Voici venir le moment où je vous quitterai... Je m'en vais pour ne plus revenir... »

Évangéline soupira.

« Ah ! comment, ma chère petite Éva, dit Saint-Clare d'une voix qu'il voulait rendre gaie et que l'émotion rendait tremblante, vous devenez nerveuse ? vous vous laissez abattre !... Il ne faut pas vous abandonner à ces sombres pensées... Voyez ! je vous ai acheté une petite statuette.

— Non, père, dit Éva en repoussant doucement l'objet, il ne faut pas vous y tromper... Je ne suis pas mieux, je le vois bien... Je vais partir avant peu... Je ne suis pas nerveuse, je ne me laisse pas abattre... Si ce n'était pour vous, père, et pour ceux qui m'aiment, je serais parfaitement heureuse... Il faut que je m'en aille... bien loin, bien loin !

— Mais qu'as-tu, chère, et qui donc a rendu ce pauvre petit cœur si triste ?... On te donne ici tout ce qui peut te rendre heureuse !

— J'aime mieux aller au Ciel : cependant, à cause de ceux que j'aime, je voudrais bien consentir à vivre encore. Il y a bien des choses ici qui m'attristent, qui me semblent terribles... J'aimerais mieux être là-haut... et pourtant je ne voudrais pas vous quitter... Tenez ! cela me brise le cœur.

— Eh bien, dites-moi ce qui vous attriste, Éva ! Dites-moi ce qui vous semble si terrible.

— Mon Dieu ! des choses qui se sont toujours faites... qui se font tous les jours... Tenez ! ce sont tous nos esclaves qui m'affligent... ils m'aiment bien, ils sont tous bons et tendres pour moi... je voudrais qu'ils fussent libres...

— Mais, chère petite, voyez !... est-ce qu'ils ne sont pas assez heureux chez nous ?...

— Oui, papa ; mais, s'il vous arrivait quelque chose, que deviendraient-ils ?... Il y a très peu d'hommes comme vous, papa... Mon oncle Alfred n'est pas comme vous, ni maman non plus... Pensez aux maîtres de la pauvre Prue... Oh ! quelles affreuses choses ! les gens font et peuvent faire !... » Elle frissonna.

« Ma chère enfant, vous êtes trop impressionnable... je regrette que l'on vous ait jamais conté de telles histoires.

— Eh bien, oui, père, c'est là ce qui me tourmente ! Vous voulez que je vive heureuse... que je n'aie ni peines ni souffrances... que je n'entende pas même une histoire triste... quand il y a de pauvres gens qui n'ont que des douleurs et du chagrin toute leur vie... Cela me semble égoïste !... Il faut que je connaisse ces douleurs... il faut que j'y compatisse... Tenez, père, ces choses-là tombent dans mon cœur et s'y enfoncent profondément... Cela me fait penser... penser ! Papa, est-ce qu'il n'y aurait vraiment pas du tout moyen de rendre la liberté à tous les esclaves ?

— C'est bien difficile à faire, mon enfant... L'esclavage est une bien mauvaise chose, au jugement de bien du monde, et moi-même je le condamne... Je désirerais de tout mon cœur qu'il n'y eût plus un seul esclave sur terre ; mais le moyen d'en arriver là, je ne le connais pas !

— Papa, vous êtes si bienveillant, si affectueux, si bon, vous savez si bien toucher en parlant ! Ne pouvez-vous point aller un peu dans les habitations... et essayer de persuader aux gens de faire... ce qu'il faut ? Quand je serai morte, père, vous penserez à moi... et, pour l'amour de moi, vous ferez cela... Je le ferais moi-même si je pouvais !

— Morte, Éva ?... Quand tu seras morte !... Oh ! ne me parle pas ainsi, enfant... N'es-tu pas tout ce que je possède au monde ?

— L'enfant de cette pauvre vieille Prue était aussi tout ce qu'elle possédait !... et elle l'a entendu pleurer sans pouvoir le secourir. Papa ! ces pauvres créatures aiment leurs enfants autant que vous m'aimez... Oh ! faites quelque chose pour elles ! Tenez, cette pauvre Mammy aime ses enfants... je l'ai vue pleurer en parlant d'eux ! Tom aime aussi ses enfants, dont il est séparé... Ah ! père, c'est terrible de voir ces choses-là tous les jours.

— Allons, allons, cher ange ! dit Saint-Clare d'une voix pleine de tendresse, ne vous affligez plus, ne parlez plus de mourir... Je vous promets de faire tout ce que vous voudrez.

— Eh bien, cher père ! promettez-moi que Tom aura sa liberté aussitôt que... » Elle s'arrêta ; puis, avec un peu d'hésitation : « Aussitôt que je serai partie.

— Oui, chère, je ferai tout ce que vous me demanderez.

— Cher père, ajouta-t-elle en mettant sa joue brûlante contre la joue de son père, combien je voudrais que nous pussions nous en aller ensemble !

— Et où donc, chère ?

— Dans la demeure de notre Sauveur... C'est le séjour de la paix... de la douceur et de l'amour... »

L'enfant en parlait naïvement comme d'un lieu dont elle serait revenue.

« Ne voulez-vous point y venir, père ? »

Saint-Clare la pressa contre sa poitrine, mais il ne répondit rien.

« Vous viendrez à moi », reprit l'enfant d'une voix calme, mais pleine d'assurance.

Elle prenait souvent cette voix-là sans même s'en douter.

« Oui, je vous suivrai, dit Saint-Clare... je ne vous oublierai pas... »

Cependant, le soir versait autour d'eux une ombre plus solennelle. Saint-Clare s'assit. Il ne parlait plus, mais il serrait contre son cœur cette forme frêle et charmante. Il ne voyait plus le regard profond, mais la voix venait encore à lui, pareille à la voix d'un esprit ; et alors, comme une sorte de vision du jugement dernier, il lui sembla revoir tout le passé de sa vie, qui se levait devant ses yeux. Il entendait les prières et les cantiques de sa mère ; il sentait de nouveau ses jeunes désirs et ses aspirations vers le bien ; et puis, entre ces moments bénis et l'heure présente, il y avait les années sceptiques et mondaines, ce que l'on appelle la vie comme il faut ! Ah ! nous pensons beaucoup, beaucoup dans un tel moment... Les réflexions et les sentiments se pressaient dans l'âme de Saint-Clare, mais il ne trouvait pas de paroles.

La nuit était venue... Il porta sa fille dans sa chambre, et, quand elle fut prête pour la nuit, il renvoya les femmes, et la prenant encore une fois dans ses bras, il la berça jusqu'à ce qu'elle se fût doucement endormie.

CHAPITRE XXV

La petite Évangéliste

C'ÉTAIT un après-midi de dimanche. Saint-Clare était étendu sur une chaise longue. Il fumait sous la véranda. Marie était couchée sur un sofa, contre la fenêtre du salon qui s'ouvrait sur la galerie. Elle était protégée contre les moustiques par un voile de gaze. Elle tenait, d'une main languissante, un livre de prières élégamment relié ; elle tenait ce livre parce que c'était dimanche, et elle s'imaginait qu'elle l'avait lu, bien qu'en réalité elle se fût contentée de faire quelques petits sommes, le livre à la main.

Miss Ophélia qui, après bien des recherches, avait découvert, à quelque distance, une réunion méthodiste, y était allée, conduite par Tom et accompagnée d'Éva.

« Je vous dis, Augustin, faisait Marie après avoir un instant rêvé, qu'il faut envoyer à la ville chercher mon docteur Posey. Je suis sûre que j'ai une maladie de cœur !

— Eh ! mon Dieu, ma chère, qu'avez-vous besoin de ce médecin ? Celui d'Éva me paraît fort capable !

— Je ne m'y fierais pas dans un cas grave... et tel est le mien, j'ose le dire... J'y ai songé ces deux ou trois dernières nuits... J'ai eu tant d'épreuves à subir... et j'ai une sensibilité si douloureuse !...

— Imaginations ! Marie ! Je ne crois pas à votre maladie de cœur...

— Oh ! je sais bien que vous n'y croyez pas ; je devais

m'attendre à cela !... Un rhume d'Éva vous inquiète...,
mais moi ! je suis bien le moindre de vos soucis...

— Mon Dieu ! ma chère, si vous y tenez, après tout,
à avoir une maladie de cœur... je soutiendrai, envers et
contre tous, que vous en avez une... seulement, je ne le
savais pas !...

— Je désire qu'un jour vous n'ayez pas à vous repentir
de vos railleries... mais, que vous le croyiez ou non, mes
inquiétudes pour Éva, la peine que je me suis donnée
pour cette chère enfant, ont développé le germe que je
porte en moi depuis longtemps. »

Il eût été assez difficile de dire quelles peines Marie
s'était données. C'est la réflexion que Saint-Clare se fit
à part lui en s'en allant fumer plus loin, comme un vrai
mari sans cœur, jusqu'à ce que la voiture revînt, ramenant
Miss Ophélia et sa nièce Éva, qui descendirent au pied
du perron.

Miss Ophélia, suivant son habitude, alla tout droit à
sa chambre pour ôter son châle et son chapeau. Éva alla
se poser sur les genoux de son père, pour lui raconter
ce qu'elle avait entendu à l'office.

Ils entendirent bientôt les retentissantes exclamations
de Miss Ophélia, dont la chambre s'ouvrait aussi sur la
véranda, Miss Ophélia adressait de violents reproches
à quelqu'un.

« Quel nouveau méfait Topsy a-t-elle donc commis ?
dit Saint-Clare... Tout ce bruit est à cause d'elle, je
le parierais ! »

Un instant après Miss Ophélia, toujours indignée,
parut, traînant la coupable après elle.

« Venez ici, disait-elle, je vais le dire à votre maître.

— Eh bien, qu'est-ce ? qu'y a-t-il encore ? demanda
Augustin.

— Il y a que je ne veux plus être tourmentée par
cette petite peste. Je ne puis la souffrir davantage. C'est
plus que la chair et le sang n'en peuvent supporter.
Figurez-vous ! je l'avais enfermée là-haut, et je lui avais

donné une hymne à étudier. Que fait-elle ? Elle épie l'endroit où je mets ma clef, elle va à ma commode, prend une garniture de chapeau et la taille en pièces pour faire des robes de poupées. Je n'ai de ma vie rien vu de pareil !

— Je vous disais bien, cousine, fit Marie, que vous vous apercevriez un jour qu'on ne peut élever ces créatures-là sans sévérité. S'il m'était permis, ajouta-t-elle en lançant un regard plein de reproches à son mari, s'il m'était permis d'agir comme je l'entends... j'enverrais cette créature à la correction... je la ferais fouetter... jusqu'à ce qu'elle ne pût tenir sur ses jambes...

— Je n'en doute pas le moins du monde, fit Saint-Clare. Que l'on me parle maintenant de la douce tutelle des femmes ! Je n'en ai pas vu une douzaine dans ma vie qui ne fussent disposées à vous faire assommer un cheval ou un esclave... pour peu qu'on les laissât faire.

— Toujours vos fades railleries, Saint-Clare ! Notre cousine est une femme de sens, et elle juge maintenant comme moi. »

Miss Ophélia était susceptible de l'indignation que peut éprouver, à ses heures, une sage et calme maîtresse de maison. Cette indignation avait été assez justement excitée par la conduite de Topsy, et, à sa place, beaucoup de nos lectrices eussent fait comme elle ; mais les paroles de Marie, qui allaient bien au-delà du but, la refroidirent singulièrement.

« Pour rien au monde, dit-elle, je ne saurais voir traiter cette enfant aussi cruellement. Mais je l'avoue, Augustin, je suis à bout de voie. Je lui ai donné leçons sur leçons... je l'ai sermonnée à m'en fatiguer... je l'ai même fouettée... punie de toutes les manières... et rien ! elle est aujourd'hui ce qu'elle était le premier jour.

— Allons, ici, petite guenon ! » fit Saint-Clare, appelant l'enfant à lui.

Topsy approcha. Ses yeux ronds et malins brillaient et clignotaient. On y voyait un mélange de crainte et d'espièglerie.

« Pourquoi vous conduire ainsi ? demanda Saint-Clare, que cette étrange physionomie intéressait toujours.

— C'est mon mauvais cœur, à ce que dit Miss Phélia, répondit Topsy d'un ton piteux.

— Ne savez-vous pas tout ce que Miss Ophélia a fait pour vous ? Elle assure qu'elle a fait tout ce qu'elle a pu imaginer...

— Las ! m'sieu, ma vieille maîtresse en disait autant aussi... Elle me fouettait un petit peu plus fort, elle m'arrachait les cheveux et me cognait la tête contre la porte... mais ça n'me faisait pas de bien ! Je crois que, si on m'avait arraché tous les cheveux brin à brin, ça n'm'aurait pas fait davantage !... J'suis si méchante ! Las ! m'sieu, vous savez, je n'suis qu'une négresse ! c'est comme cela que nous sommes, nous autres !

— Allons, je l'abandonne, fit Miss Ophélia, je ne puis pas avoir ce tracas plus longtemps.

— Voulez-vous me permettre une seule question ? dit Saint-Clare.

— Laquelle ?

— Si votre Évangile n'est pas assez fort pour convertir un de ces pauvres petits païens que vous avez là entre les mains, à vous toute seule, à quoi bon envoyer deux malheureux missionnaires parmi des milliers d'individus qui ne valent pas mieux que Topsy ? Topsy est un échantillon d'un million d'autres ! »

Miss Ophélia ne répondit rien ; mais Éva, qui était restée témoin silencieux de toute la scène, fit signe à Topsy de la suivre. Il y avait dans un coin de la galerie une petite pièce vitrée dont Saint-Clare se servait comme de salon de lecture. C'est là qu'Éva et Topsy se retirèrent.

« Que veut faire Éva ? dit Saint-Clare ; il faut que je voie. »

Et, s'avançant sur la pointe des pieds, il souleva le rideau de la porte vitrée et regarda, puis, mettant un doigt sur ses lèvres, il fit signe à Miss Ophélia de s'approcher tout doucement.

Les deux enfants étaient assises sur le plancher, le visage tourné du côté de la porte... Topsy avait son air d'insouciance et de malice habituelle. Mais, au contraire, Éva, en face d'elle, paraissait profondément émue ; il y avait des larmes dans ses grands yeux.

« Qu'est-ce qui vous rend si méchante, Topsy ? Pourquoi ne voulez-vous point essayer d'être bonne ? Est-ce que vous n'aimez personne, Topsy ?

— Je n'ai personne à aimer, dit Topsy. J'aime le sucre candi. Je n'aime pas autre chose.

— Mais vous aimez votre père et votre mère.

— Je n'en ai pas eu, vous savez... je vous l'ai déjà dit, Miss Éva.

— Oh ! c'est vrai, répondit Éva tristement. Mais n'avez-vous point un frère, une sœur, une tante !

— Non, non... ni rien, ni personne !

— Eh bien, si vous vouliez seulement essayer d'être bonne, vous pourriez...

— J'aurais beau faire, je ne serais jamais qu'une négresse ! dit Topsy. Ah ! si je pouvais me faire écorcher et devenir blanche, alors j'essaierais...

— Mais on peut vous aimer, bien que vous soyez noire, Topsy. Si vous étiez bonne, Miss Ophélia vous aimerait. »

Topsy fit entendre le ricanement brusque et court dont elle se servait habituellement pour exprimer son incrédulité.

« Vous ne croyez pas ? reprit Éva.

— Non, pas du tout : elle ne peut pas me supporter parce que je suis noire... elle aimerait mieux toucher un crapaud que de me toucher !... Personne ne peut aimer les nègres, et les nègres ne peuvent rien faire de bon... Qu'est-ce que cela me fait ?... » Et Topsy se mit à siffler !...

« O Topsy, pauvre enfant, je vous aime, moi ! fit Éva, dont le cœur éclata tout d'un coup ; et elle appuya sa petite main fine et blanche sur l'épaule de Topsy. Oui, je vous aime, reprit-elle, parce que vous n'avez ni père, ni mère, ni amis... parce que vous êtes une pauvre fille maltraitée... Je vous aime ! et je veux que vous soyez bonne... Tenez, Topsy, je suis bien malade, et je crois que je ne vivrai pas longtemps... Eh bien, cela me fait de la peine de vous voir méchante... je voudrais vous voir essayer d'être bonne par amour pour moi. Mon Dieu ! je n'ai que bien peu de temps à rester avec vous ! »

Et les larmes débordèrent des yeux perçants de la petite négresse et roulant lentement, une à une, elles tombèrent sur la petite main blanche d'Éva. Oui, dans cet instant, un éclair de la vraie foi, un rayon de la clarté céleste traversa les ténèbres de cette âme païenne ; elle posa sa tête entre ses genoux et pleura et sanglota. Cependant l'autre belle enfant, penchée sur elle, semblait l'ange brillant du Seigneur, qui s'incline pour relever le pécheur abattu.

« Pauvre Topsy ! reprit Éva, ne savez-vous pas que Jésus nous aime tous également ? il veut vous aimer aussi bien que moi... il vous aime comme je le fais, mais il vous aime plus parce qu'il est meilleur... il vous aidera à être bonne, et à la fin vous pourrez aller au Ciel et devenir un bel ange pour toujours, aussi bien que si vous aviez été blanche. Songez-y bien, Topsy, vous pouvez être un jour un de ces esprits tout brillants, comme il y en a dans les cantiques de Tom.

— O chère Miss Éva ! ô chère Miss Éva ! dit l'enfant, j'essaierai, j'essaierai !... Jusqu'ici tout cela m'avait été bien égal ! »

Saint-Clare laissa retomber le rideau.

« Elle me rappelle ma mère, dit-il à Miss Ophélia ; c'est bien ce qu'elle me disait : Si nous voulons rendre la vue aux aveugles, il faut faire comme le Christ faisait, les appeler à nous et mettre nos mains sur eux !

— J'ai toujours eu un préjugé contre les nègres, dit Miss Ophélia, je ne pouvais souffrir que cette petite me touchât ; mais je ne pensais point qu'elle s'en aperçût !

— N'espérez pas cacher cela aux enfants ! dit Saint-Clare ; comblez-les de faveurs et de bienfaits, vous n'exciterez pas en eux le moindre sentiment de gratitude, tant qu'ils devineront cette répugnance de votre cœur... c'est étrange, mais cela est.

— Je ne sais comment je pourrai me vaincre là-dessus, dit Miss Ophélia, ils me sont si désagréables... particulièrement cette petite... Comment vaincre ces sentiments ?

— Voyez Éva !

— Oh ! Éva ! elle est si aimante !... Après tout, elle fait comme le Christ... Ah ! je voudrais être comme elle : elle me fait ma leçon !

— Ce ne serait pas la première fois qu'un petit enfant aurait instruit un vieil écolier », répondit Saint-Clare.

CHAPITRE XXVI

La mort

> Non, jamais il ne faut pleurer la fleur cueillie
> Par la faux de la mort au matin de la vie.

LA chambre à coucher d'Éva était très grande ; comme toutes les autres, elle ouvrait sur la véranda. Cette chambre communiquait d'un côté avec l'appartement de ses parents, de l'autre avec celui de Miss Ophélia. Saint-Clare s'était donné cette joie du cœur et des yeux, de décorer l'appartement de façon à le mettre en harmonie avec la personne à qui il était destiné. Les fenêtres étaient tendues de mousseline blanche et rose. Le tapis, exécuté à Paris sur ses dessins, était encadré de feuilles et de boutons de roses. Au milieu, c'étaient des touffes de roses épanouies... Le bois du lit, les chaises, les fauteuils de bambou étaient travaillés en mille formes de la plus gracieuse fantaisie. Au-dessus du lit, sur une console d'albâtre, un ange, admirablement sculpté, déployait ses ailes et tendait une couronne de feuilles de myrte... De cette couronne descendaient sur le lit de légers rideaux de gaze rose rayée d'argent, protection indispensable du sommeil, sous ce climat livré aux moustiques. Les beaux sofas de bambou étaient garnis de coussins de damas rose, tandis que des figures posées sur le dossier laissaient tomber des tentures pareilles aux rideaux du lit. Au milieu de l'appartement, sur une petite table de bambou, on voyait un vase en marbre de Paros,

taillé en forme de lis entouré de ses blancs boutons :
son calice était toujours rempli de fleurs. C'était
sur cette table qu'Éva plaçait ses livres, ses petits
bijoux et son pupitre d'ivoire sculpté. Son père le
lui avait donné quand il vit qu'elle voulait sérieusement apprendre à écrire.

On avait mis sur la cheminée une statuette de Jésus
appelant à lui les petits enfants ; de chaque côté, des
vases de marbre. C'était la joie et l'orgueil de Tom
de les garnir de fleurs chaque matin. Il y avait aussi
dans la chambre deux ou trois beaux tableaux, représentant des enfants dans diverses attitudes. En un mot,
l'œil ne rencontrait partout que les images de l'enfance, de la beauté et de la paix ; et, quand les
yeux d'Éva s'entrouvraient au rayon matinal, ils ne
manquaient jamais de se reposer sur des objets qui lui
inspiraient de gracieuses et charmantes pensées.

La force trompeuse qui avait soutenu Éva pendant
quelque temps s'était évanouie, ses pas légers sous la
véranda ne se faisaient entendre qu'à des intervalles
de plus en plus éloignés... Mais on la voyait plus souvent étendue sur sa chaise longue, près de la fenêtre
ouverte, ses grands yeux profonds fixés sur le lac,
dont les eaux s'élèvent et s'abaissent tour à tour.

C'était au milieu de l'après-midi ; sa Bible, devant
elle, était à moitié ouverte... Ses doigts transparents
glissaient, inattentifs, entre les feuillets du livre... Elle
entendit la voix de sa mère monter sur les notes aiguës.

« Qu'est-ce encore ? un de vos méchants tours... Vous
avez ravagé mes fleurs ? hein ! »

Éva entendit le bruit d'un soufflet bien appliqué.

« Las ! m'ame ! c'était pour Miss Éva, dit une voix
qu'Éva reconnut pour être la voix de Topsy.

— Miss Éva ! voyez la belle excuse ! elle a bien
besoin de vos fleurs, méchante propre à rien ! »

Éva quitta le sofa et descendit dans la galerie.

« O maman ! je voudrais ces fleurs... donnez-les-moi ! je les voudrais !

— Comment ? votre chambre en est remplie.

— Je ne puis en avoir trop. Topsy, apportez-les-moi ! »

Topsy, qui s'était tenue, pendant cette scène, toute triste et la tête basse, s'approcha d'Éva et lui offrit ses fleurs... elle les lui offrit avec un regard timide et hésitant, qui était bien loin de ressembler à sa pétulance et à son effronterie ordinaires.

« Charmant bouquet ! » dit Éva en le contemplant. C'était plutôt un singulier bouquet. Il se composait d'un géranium pourpre et d'une rose blanche du Japon, avec ses feuilles lustrées. Topsy avait compté sur l'effet du contraste : cela se voyait de reste à l'arrangement du bouquet.

« Topsy, vous vous connaissez en bouquets, dit Éva, tenez, je n'ai rien dans ce vase... Je voudrais que chaque jour vous eussiez soin d'y mettre des fleurs... »

Topsy parut enchantée.

« Quelle folie ! dit Mme Saint-Clare... Qu'avez-vous besoin ?...

— Laissez, maman... Ah ! est-ce que vous aimeriez mieux qu'elle ne le fît pas ?... dites ! l'aimeriez-vous mieux ?

— Comme vous voudrez, chère, comme vous voudrez ! Topsy, vous entendez votre jeune maîtresse. Faites ! »

Topsy fit une courte révérence et baissa les yeux. Comme elle se retournait, Évangéline vit une larme qui roulait sur ses joues noires...

« Vous voyez, maman, je savais bien que Topsy voulait faire quelque chose pour moi.

— Folie ! elle ne veut que faire mal... Elle sait qu'il ne faut pas prendre les fleurs... elle les prend ! Voilà tout... mais, si cela vous plaît... soit !

— Maman, je crois que Topsy n'est plus ce qu'elle était... elle essaie d'être bonne fille maintenant...

— Elle essaiera longtemps avant de réussir, dit Marie avec un rire insouciant.

— Ah! mère! vous savez bien, cette pauvre Topsy! tout a toujours été contre elle!

— Pas depuis qu'elle est ici, je pense... Si elle n'a pas été prêchée, sermonnée... en un mot, tout ce qu'il a été possible de faire!... Et elle est aussi mauvaise... et elle le sera toujours!... On ne peut rien faire d'une pareille créature.

— Hélas! il y a tant de différence entre avoir été élevée comme moi, avec tant de personnes pour m'aimer, tant de choses pour me rendre bonne et heureuse... ou bien avoir été élevée comme elle jusqu'au jour où elle est entrée chez nous!

— Vraisemblablement, dit Marie en bâillant... Dieu! qu'il fait chaud!

— Dites-moi, maman, croyez-vous que Topsy pourrait devenir un ange comme nous, si elle était chrétienne?

— Topsy! quelle idée ridicule! il n'y a que vous pour avoir ces idées-là... Sans doute, elle le pourrait... quoique...

— Mais, maman, Dieu n'est-il pas son père comme le nôtre? Jésus n'est-il pas son sauveur?

— Cela peut bien être... je crois que Dieu a fait tout le monde... Où est mon flacon?

— Oh! c'est une pitié, une si grande pitié! dit Éva, se parlant à demi voix et promenant ses yeux sur le lac.

— Une pitié!... quoi?

— Eh bien,... qu'une créature qui pourra devenir un ange de lumière et habiter avec les anges tombe si bas, si bas, si bas... et qu'il n'y ait personne pour l'aider!... Oh!

— Nous ne pouvons pas! ce serait peine perdue, Éva! Je ne sais pas ce qu'on pourrait faire... Nous devons être reconnaissants pour nos avantages à nous.

— C'est à peine si je le puis, dit Éva ; je suis si triste quand je pense à tous ces infortunés !

— C'est étrange ce que vous me dites là... Moi, je sais que ma religion me rend très reconnaissante de mes avantages !

— Maman, dit Éva, je voudrais faire couper de mes cheveux... beaucoup.

— Pourquoi ?

— Maman, c'est pour en donner à mes amis, pendant que je puis les offrir moi-même : voulez-vous bien prier la cousine de venir et de les couper ? »

Marie appela Miss Ophélia, qui se trouvait dans l'autre pièce.

Quand elle entra, l'enfant se souleva à demi sur ses coussins... et secouant autour d'elle ses longues tresses d'or bruni, elle lui dit d'un ton enjoué :

« Venez, cousine, et tondez la brebis !

— Qu'est-ce ? dit Saint-Clare, qui entra tenant à la main des fruits qu'il était allé chercher pour elle.

— Papa, je priais ma cousine de couper un peu de mes cheveux... j'en ai trop, cela me fait mal à la tête... et puis je veux en donner... »

Miss Ophélia entra avec des ciseaux.

« Prenez garde ! dit Saint-Clare, ne les gâtez pas... coupez en dessous, où cela ne paraîtra pas : les boucles d'Éva sont mon orgueil.

— Oh ! papa ! dit Éva d'une voix triste.

— Oui, sans doute, reprit Saint-Clare... je veux qu'elles soient très belles pour l'époque où je vous conduirai à la plantation de votre oncle, voir le cousin Henrique...

— Je n'irai jamais, papa... je vais dans un meilleur pays... Oui père, c'est vrai ! vous voyez que je m'affaiblis de jour en jour...

— Pourquoi, Éva, voulez-vous me faire croire une chose si cruelle ?

— Mon Dieu ! parce que c'est vrai, papa ; et, si vous

le croyez maintenant, cela vous aidera... au moment... »

Saint-Clare se tut et regarda tristement ces belles et longues boucles, qui, séparées de la tête de l'enfant, reposaient sur ses genoux : elle les prenait, les regardait avec émotion, les enroulait autour de ses doigts amaigris... puis regardait son père...

« Voilà bien ce que j'avais prédit, dit Marie... C'est là ce qui minait ma santé... ce qui me conduisait lentement au tombeau... quoique personne n'y prît garde... Oui, je le voyais ! Saint-Clare... vous saurez bientôt si j'avais raison...

— Et cela vous consolera sans doute », dit Saint-Clare d'un ton plein de sécheresse et d'amertume...

Marie se renversa sur son sofa et se couvrit le visage avec son mouchoir de batiste...

L'œil limpide et bleu d'Évangéline allait de l'un à l'autre avec tristesse. C'était le regard calme, ce regard qui comprend, d'une âme dégagée de ses liens terrestres. Il était bien évident qu'elle voyait, sentait, qu'elle appréciait toute la différence qu'il y avait entre les deux.

Elle fit un signe de la main à son père. Il vint s'asseoir auprès d'elle.

« Père, mes forces s'en vont de jour en jour. Je sais que je vais m'en aller aussi... Il y a des choses que je dois dire et faire... Il le faut !... Et cependant vous ne voulez pas en entendre parler... On ne peut plus différer... Voulez-vous maintenant ?

— Mon enfant, je veux bien, dit Saint-Clare, cachant ses yeux d'une main et de l'autre prenant la main d'Éva.

— Je veux voir tout notre monde ensemble... J'ai quelque chose qu'il faut que je leur dise !

— Bien ! » dit Saint-Clare d'une voix sourde.

Miss Ophélia fit prévenir, et bientôt tous les esclaves arrivèrent.

Éva était renversée sur ses coussins ; ses cheveux

flottaient autour de son visage, ses joues empourprées offraient un pénible contraste avec la blancheur ordinaire de son teint et le contour amaigri de ses membres et de ses traits. Ses grands yeux pleins d'âme se fixaient avec une indicible expression sur chacun des assistants.

Les esclaves furent frappés d'une émotion soudaine. Ce beau visage, ces longues boucles de cheveux coupés et posés sur ses genoux... son père qui cachait ses yeux... sa mère qui sanglotait... tout cela remuait le cœur de cette race impressionnable et sensible... Quand ils entrèrent dans la chambre, ils se regardèrent entre eux, soupirèrent et baissèrent la tête... et il se fit un silence profond, un silence de mort...

La jeune fille se souleva, promenant sur tous ses longs regards attendris... Tous paraissaient profondément affligés et sous l'impression d'une attente pénible... Les femmes se cachaient la tête dans leur tablier.

« Je vous ai fait venir, mes amis, parce que je vous aime, dit Éva; oui, je vous aime tous, et j'ai quelque chose à vous dire dont il faudra vous souvenir... Je vais vous quitter; dans quelques jours, vous ne me verrez plus. »

Ici l'enfant fut interrompue par des sanglots, des gémissements, des lamentations, qui éclatèrent de toutes parts et qui couvrirent sa faible voix. Elle attendit un moment, et d'un ton qui fit taire les sanglots de tous, elle dit :

« Si vous m'aimez, il ne faut pas m'interrompre. Écoutez bien ce que je dis... c'est de vos âmes que je parle... Hélas ! beaucoup d'entre vous n'y pensent pas... vous ne pensez qu'à ce monde... Il faut vous rappeler qu'il y a un autre monde beaucoup plus beau, où est Jésus ! Je vais là, et vous pouvez y venir aussi. Ce monde-là est fait pour vous aussi bien que pour moi ; mais, si vous voulez y aller, il ne faut pas vivre d'une vie indifférente, paresseuse et sans pensée. Il faut être chrétiens... Souvenez-vous que chacun de vous peut devenir un ange... être un ange à jamais ! Si vous êtes chrétiens, Jésus vous assistera... Il faut le prier, il faut lire... »

Ici l'enfant s'arrêta, jeta sur les esclaves un regard de pitié, et d'une voix plus triste :

« Hélas ! pauvres gens, vous ne savez pas lire, dit-elle, pauvres âmes ! »

Elle cacha sa tête dans les coussins et sanglota.

Les gémissements de ceux qui l'écoutaient la rappelèrent à elle : tous les esclaves s'étaient mis à genoux...

« N'importe ! dit-elle en relevant son visage et en laissant voir un brillant sourire au milieu de ses larmes... j'ai prié pour vous et je sens que Jésus vous assistera, quand même vous ne sauriez pas lire... Faites de votre mieux... puis, chaque jour, demandez-lui de vous assister... faites-vous lire la Bible chaque fois que vous pourrez, et j'espère que je vous verrai tous au Ciel...

— Amen ! » murmurèrent discrètement Tom et Mammy, et quelques-uns des plus vieux esclaves, qui appartenaient à l'Église méthodiste.

Les autres pleuraient, la tête appuyée sur leurs genoux.

« Je sais, dit Éva, je sais que vous m'aimez tous !

— Oh ! oui... oui, oui ! tous ! Dieu vous bénisse ! » Telles étaient les réponses qui s'échappaient de toutes les lèvres.

« Oui, je sais bien ! il n'y en a pas un seul parmi vous qui n'ait toujours été bon pour moi. Je vais vous donner quelque chose qui, quand vous le regarderez, vous fera penser à moi... je vais vous donner à tous une boucle de mes cheveux. Oui, quand vous la regarderez, pensez que je vous aimais tous... que je suis partie au Ciel... et que j'espère vous y revoir ! »

Il est impossible de décrire une pareille scène, pleine de larmes et de gémissements. Ils se pressaient autour de la chère créature, ils recevaient de ses mains cette dernière marque d'amour... Ils s'agenouillaient, ils pleuraient, ils priaient, ils baisaient le bas de ses vêtements... et les plus anciens laissaient tomber, selon l'usage de leur race enthousiaste, des paroles de tendresse, des bénédictions et des prières...

Miss Ophélia, qui connaissait l'effet de cette scène sur la petite malade, les faisait successivement sortir dès qu'ils avaient reçu leur présent.

Il ne resta bientôt plus que Tom et Mammy.

«Tenez, père Tom, dit Éva, en voici une belle pour vous! Oh! je suis bien heureuse, père Tom, de penser que je vous reverrai dans le Ciel... Et vous, Mammy, chère, bonne et tendre Mammy, lui dit-elle en jetant affectueusement ses bras autour du cou de la vieille nourrice, je sais bien que vous aussi vous irez au Ciel!

— Oh! Miss Éva, comment pourrai-je vivre sans vous? dit la fidèle créature. Vous partez, il n'y aura plus rien ici!» Et Mammy s'abandonna à toute l'effusion de sa douleur.

Miss Ophélia poussa doucement dehors Tom et Mammy. Elle crut qu'ils étaient tous partis... Elle se retourna et aperçut Topsy.

«D'où sortez-vous? lui dit-elle brusquement.

— J'étais là, dit Topsy en essuyant ses yeux. Oh! Miss Éva, j'ai été une bien méchante fille... Mais n'allez-vous rien me donner, à moi?

— Oui, oui, ma pauvre Topsy... je vais vous donner une boucle aussi. Tenez! Chaque fois que vous la regarderez, pensez que je vous ai aimée et que j'ai voulu que vous fussiez bonne fille...

— Oh! Miss Éva, j'essaie... mais c'est bien difficile d'être bon... On voit bien que je n'y étais pas accoutumée!

— Jésus le sait, Topsy, il aura compassion de vous; il viendra à votre aide.»

Topsy couvrit sa tête de son tablier. Miss Ophélia

la fit silencieusement sortir de l'appartement... Topsy cacha la précieuse boucle dans sa poitrine.

Tout le monde était parti. Miss Ophélia ferma la porte. Pendant toute cette scène, la respectable demoiselle avait essuyé plus d'une larme. Elle redoutait vivement l'effet qu'elle pourrait avoir sur Éva.

Saint-Clare, assis, la main sur ses yeux, n'avait pas fait un mouvement ; il restait encore immobile.

« Papa ! » dit Éva en posant doucement sa main sur une des mains de son père.

Saint-Clare frissonna et ne trouva pas une parole.

« Cher papa ! reprit Éva.

— Eh bien, non, dit Saint-Clare en se levant. Je ne puis pas... non ! je ne puis pas porter cette douleur. Ah ! le Ciel m'a bien cruellement traité ! »

Il prononça ces mots d'une voix où l'on devinait tant d'amertume !

« Augustin, dit Ophélia, Dieu n'a-t-il pas le droit d'agir avec les siens comme il lui plaît ?

— Oui, sans doute, mais cela ne console pas, reprit-il avec une sécheresse sans larmes.

— Papa, vous me brisez le cœur », dit Éva en se levant et en se jetant dans ses bras. Et elle sanglota et pleura avec tant de violence, qu'elle les effraya tous.

Les pensées du père prirent une autre direction.

« Eh bien, eh bien, Éva, chère Éva... paix, paix ! j'avais tort... j'étais méchant... je ne le ferai plus... Mais ne t'afflige pas, ne pleure pas : vois, je suis résigné ! j'avais tort de parler ainsi. »

Éva, comme une colombe fatiguée, s'abandonna aux bras de son père ; et lui, se penchant vers elle, la calmait par ses plus douces paroles.

Mme Saint-Clare se leva ; elle entra dans son appartement, et tomba dans de violentes convulsions.

«Vous ne m'avez pas donné une boucle, à moi, dit Saint-Clare avec un sourire navrant.

— Celles-ci sont toutes pour vous et pour maman, père ; mais vous en donnerez à cette bonne cousine Ophélia autant qu'elle en voudra... Seulement, j'ai voulu en donner moi-même à ces pauvres gens, de peur qu'ils ne fussent oubliés après, et puis j'espérais que cela pourrait les faire se ressouvenir... Vous êtes chrétien, père, n'est-ce pas ? dit Éva d'une voix où perçait le doute.

— Pourquoi me demandez-vous cela ?

— Je ne sais... mais vous êtes si bon que je ne sais comment vous pouvez vous empêcher d'être chrétien !

— Qu'est-ce que c'est que d'être chrétien, Éva ?

— C'est d'aimer le Christ par-dessus toute chose...

— C'est ce que vous faites, Éva ?

— Oh ! oui.

— Vous ne l'avez jamais vu.

— C'est égal ! je crois en lui, et dans quelques jours je le verrai... » Et un éclair de joie illumina son visage.

Saint-Clare ne dit rien... il avait connu ce sentiment chrétien chez sa mère ; mais ce sentiment ne faisait vibrer aucune corde dans son âme.

Éva descendait la pente rapide. Le doute n'était plus permis, et les plus tendres espérances ne pouvaient s'aveugler davantage. Sa belle chambre n'était plus qu'une chambre de malade. Jour et nuit Miss Ophélia remplissait assidûment son office de garde attentive. Jamais les Saint-Clare n'avaient été plus à portée d'apprécier tout son mérite. C'était une main si habile, un œil si perspicace, une telle adresse, une telle expérience ! elle savait si bien choisir le moment !... Sa tête était si nette et si ferme !... elle n'oubliait rien, ne négligeait rien, ne se trompait en rien. On avait bien parfois haussé les épaules à ses manies et à ses étrangetés, si différentes de cet insouciant abandon des gens du Sud ; mais il fallut bien reconnaître que, dans les circonstances présentes, la personne indispensable, c'était elle.

Tom était souvent dans la chambre d'Éva... Éva était en proie à une irritation nerveuse... elle éprouvait un grand soulagement à être portée. C'était le bonheur de Tom de la poser sur un oreiller et de la promener dans ses bras, ou sous la galerie, ou dans les appartements... et quand la brise plus fraîche soufflait du lac, et qu'Évangéline, le matin, se trouvait un peu mieux, il se promenait avec elle sous les orangers du jardin, ou bien ils s'asseyaient, et Tom lui chantait quelques-uns de ses vieux cantiques favoris...

Quelquefois c'était Saint-Clare qui la portait ; mais il était beaucoup moins fort : il se fatiguait, et alors Évangéline lui disait :

« Père, laissez-moi prendre par Tom... Ce pauvre Tom, cela lui fait plaisir... c'est tout ce qu'il peut faire pour moi maintenant, et vous savez qu'il veut faire quelque chose.

— Et moi, Éva ? répondait-il.

— Oh ! vous, vous pouvez faire tout... et vous êtes tout pour moi... Vous me faites la lecture, vous me veillez la nuit. Tom, lui, n'a que ses bras et ses cantiques !... et puis il est plus fort que vous, cela ne le fatigue pas... »

Mais le désir de faire quelque chose ne se bornait pas à Tom. Tous les esclaves étaient dans les mêmes sentiments, et tous, chacun à sa manière, faisaient ce qu'ils pouvaient.

Le cœur de la pauvre Mammy volait toujours vers sa chère petite maîtresse... mais c'était l'occasion qui lui manquait toujours... Mme Saint-Clare avait déclaré que, dans l'état où elle était, il lui était impossible de dormir... Il eût été contraire à ses principes de laisser dormir personne... Vingt fois par nuit elle faisait lever Mammy pour lui frotter les pieds ou lui baigner la tête, pour lui trouver son mouchoir de poche, pour voir quel était ce bruit que l'on faisait dans la chambre d'Éva, pour abaisser un rideau parce qu'elle avait trop de lumière, ou pour le relever parce qu'elle n'en avait pas assez... Le jour, au contraire, si la bonne négresse voulait aller soigner sa favorite, Marie était mille fois ingénieuse à l'occuper ici et là, et même autour de sa personne... Des minutes volées, un coup d'œil furtif... voilà tout ce qu'elle pouvait obtenir...

« Mon devoir, disait Marie, c'est de me soigner maintenant le mieux que je puis, faible comme je suis, et avec toute la fatigue que me cause cette chère enfant...

— Ah ! ma chère, répondait Saint-Clare, je croyais que de ce côté la cousine Ophélia vous avait beaucoup soulagée.

— Vous parlez comme un homme, Saint-Clare... Une mère peut-elle être soulagée de ses inquiétudes, quand un enfant, son enfant, est dans un pareil état ? C'est égal ! personne ne sait ce que j'éprouve. Je n'ai pas votre heureuse indifférence, moi ! »

Saint-Clare souriait ; il ne pouvait s'en empêcher... Pardonnez-lui de pouvoir sourire encore ; mais l'adieu de cette chère âme était si paisible !... Une brise si douce et si parfumée emportait la petite barque vers les plages du ciel, qu'on ne pouvait songer que ce fût la mort qui venait ! L'enfant ne souffrait pas : elle n'éprouvait qu'une sorte de faiblesse douce et tranquille, qui augmentait de jour en jour, mais insensiblement. Et elle était si aimante, si résignée, si belle, que l'on ne pouvait résister à la douce influence de cette atmosphère de paix et d'innocence que l'on respirait autour d'elle. Saint-Clare sentait venir en lui je ne sais quel calme étrange... Ce n'était pas l'espérance... elle était impossible... ce n'était pas la résignation... c'était une sorte de paisible repos dans un présent qui lui semblait si beau, qu'il ne voulait pas songer à l'avenir ; c'était quelque chose de semblable à la mélancolie que nous ressentons au milieu de ce doux éclat des forêts aux jours d'automne, quand la rougeur maladive colore les feuilles des arbres, et que les dernières fleurs se penchent au bord des ruisseaux... Et nous jouissons plus avidement de ce charme et de cette beauté, parce que nous sentons que bientôt tout va s'évanouir et disparaître !

Tom était l'ami qui connaissait le plus et le mieux les rêves et les pressentiments d'Éva. Elle lui disait ce qu'elle n'eût pas dit à son père, de crainte de l'affliger... Elle lui faisait part de ces mystérieux avertissements qui frappent une âme au moment où se détendent pour toujours les cordes de la vie.

Tom ne voulait plus coucher dans sa chambre ; il passait la nuit sous la galerie de la porte d'Éva, pour être debout au moindre appel.

« Père Tom, lui dit un jour Miss Ophélia, quelle singulière habitude de vous coucher partout comme un chien ! Je croyais que vous étiez rangé et que vous vouliez dormir dans un lit comme un chrétien ?

— Oui, Miss Ophélia, dit Tom d'un air mystérieux ; oui, sans doute, mais à présent...

— Eh bien, quoi, à présent ?

— Plus bas, il ne faut pas que m'sieu Saint-Clare entende... Vous savez, Miss Ophélia, il faut que quelqu'un veille pour le fiancé.

— Que voulez-vous dire, Tom ?

— Vous savez ce que dit l'Écriture : "A minuit, un grand cri fut poussé... Voyez ! le fiancé arrive !" C'est ce que j'attends chaque nuit... et je ne pourrais dormir si je n'étais à portée de la voix...

— Mais qui vous fait songer à cela, père Tom ?

— Les paroles de Miss Éva. Le Seigneur envoie des messagers à son âme... Il faut que je sois ici, Miss Phélia ; car, lorsque cette enfant bénie entrera dans le royaume, les anges ouvriront si large la porte du ciel, que nous pourrons en contempler toute la gloire, Miss Phélia !

— Miss Éva dit-elle qu'elle se soit trouvée plus mal la nuit dernière ?

— Non ; mais elle m'a dit ce matin qu'elle approchait... Ce sont eux qui disent cela à l'enfant, Miss Phélia ; ce sont les anges ! C'est le son de la trompette avant le point du jour », dit Tom en citant un de ses cantiques favoris.

Tom et Miss Ophélia échangeaient ces paroles entre dix et onze heures du soir, au moment où, tous les préparatifs de la nuit étant faits, elle allait pousser le loquet de la porte extérieure ; c'est là qu'elle avait aperçu Tom, étendu sous la galerie.

Miss Ophélia n'était ni impressionnable ni nerveuse ; mais les manières solonnelles et émues du nègre la touchèrent vivement. Éva, tout l'après-midi, avait été d'une animation et d'une gaieté peu ordinaires ; elle était longtemps restée assise dans son lit, regardant ses petits bijoux et toutes ses choses précieuses, désignant celles de ses amies à qui l'on devait les offrir : elle avait eu plus d'entrain, elle avait parlé d'une voix plus naturelle... Le père avait dit, dans la soirée, qu'elle ne s'était pas encore trouvée si bien depuis sa maladie, et quand il l'embrassa, au moment de se retirer, il dit à Miss Ophélia :

« Cousine ! nous la sauverons peut-être... elle est mieux ! »

Et il sortit ce soir-là le cœur plus léger.

Mais à minuit, l'heure étrange, l'heure mystique, moment où s'éclaircit le voile qui sépare le présent fugitif de l'avenir éternel, le messager arriva.

Il se fit un bruit dans la chambre comme le bruit d'un pas calme ; c'était le pas de Miss Ophélia : elle avait résolu de veiller toute la nuit. Elle venait d'observer ce que les gardes expérimentées appellent un changement. La porte de la galerie s'ouvrit, et Tom, qui était toujours sur le qui-vive, fut bien vite debout.

« Le médecin, Tom ! ne perdez pas une minute ! »

Puis elle traversa l'appartement et frappa à la porte de Saint-Clare :

« Cousin ! venez, je vous prie ! »

Ces paroles tombèrent sur le cœur de Saint-Clare comme tombent les pelletées de terre sur un cercueil... Pourquoi en un clin d'œil fut-il debout dans la chambre d'Éva, penché sur elle ?

Que vit-il donc qui calma tout à coup son cœur ? Pourquoi pas un mot d'échangé entre eux ?

Ah ! vous pouvez le dire, vous qui avez vu cette expression sur une face chérie... Cet aspect indescriptible qui tue l'espérance, qui ne permet pas le doute, et qui vous dit que déjà votre bien-aimé n'est plus à vous !

Il n'y avait point d'empreinte terrible sur le front d'Éva ; c'était au contraire, une expression sereine et presque sublime ; c'était comme le reflet d'une transformation idéale ; c'était comme l'aube du jour immortel !

Ils se tenaient devant elle, l'épiant, et dans un silence si profond, que le tic-tac de la montre semblait un bruit importun !

Tom revint bientôt avec le docteur. Il entra, jeta un regard sur le lit, et, comme tout le monde, garda le silence.

« Quand ce changement ? dit le docteur à l'oreille de Miss Ophélia.

— Vers minuit. »

Marie, réveillée par l'arrivée du médecin, apparut tout effarée dans la chambre voisine.

« Augustin !... cousine !... Oh ! quoi ? quoi ?

— Silence ! fit Saint-Clare d'une voix rauque, la voilà qui meurt. »

Mammy entendit ces paroles ; elle courut éveiller les esclaves. Toute la maison fut bientôt sur pied ; on aperçut des lumières, on entendit le bruit des pas ; des figures inquiètes passaient et repassaient sous les longues galeries ; des yeux pleins de larmes regardaient à travers les portes. Saint-Clare n'entendait et ne voyait rien... il ne voyait plus que le visage de son enfant.

« Oh ! disait-il, si seulement elle s'éveillait et parlait encore une fois !... » Et, se penchant vers elle : « Éva !... chère !... »

Ses grands yeux bleus se rouvrirent, un sourire passa sur ses lèvres, elle essaya de soulever sa tête et de parler.

« Me reconnais-tu, Éva ?

— Cher père... »

Et par un suprême effort elle lui jeta ses bras autour du cou.

Puis ses bras se dénouèrent et retombèrent. Saint-Clare releva la tête, il vit courir le spasme mortel de l'agonie. Elle essaya de respirer, et tendit ses petites mains en avant.

« Oh ! Dieu ! que c'est terrible !... » dit l'infortuné ; et il se retourna tout égaré... et saisissant la main de Tom : « Ah !... mon ami, cela me tue ! »

Tom garda la main de son maître entre les siennes... les larmes coulaient sur son noir visage... et il invoqua cet aide qu'il appelait toujours...

« Priez pour la fin de cette épreuve... dit Saint-Clare... elle me déchire le cœur...

— Ah ! l'épreuve est terminée... tout est fini... regardez, cher maître, regardez-la ! »

L'enfant était tombée sur l'oreiller, haletante... épuisée ; ses yeux se relevaient parfois et restaient immobiles... Ah ! que disaient-ils, ces yeux qui si souvent parlèrent au cœur ?... C'en était fait de la terre et des peines de la terre... mais il y avait sur ce visage un éclat si victorieux, si mystérieux et si solennel, qu'il apaisait les sanglots du désespoir... Ils se pressaient tous autour du lit dans une sorte de recueillement calme...

«Éva !» dit Saint-Clare d'une voix douce.

Elle n'entendit pas.

«O Éva ! dites-nous ce que vous voyez !... dites, Éva, que voyez-vous ?»

Un radieux sourire passa sur son visage, et d'une voix entrecoupée elle murmura :

«Oh ! amour... joie... paix !» Puis elle poussa un soupir... et elle passa de la mort à la vraie vie.

Et maintenant, adieu, ô bien-aimée ! les portes étincelantes, les portes éternelles se sont refermées sur toi... ton doux visage, nous ne le verrons plus... oh ! malheur à ceux qui t'ont vue monter dans les cieux... malheur à eux, quand ils se réveilleront, et qu'ils ne retrouveront plus que les nuages froids et gris de la vie quotidienne... toi absente pour toujours !

CHAPITRE XXVII

La fin de tout ce qui est terrestre

Les statuettes et les peintures de la chambre d'Éva furent recouvertes de voiles blancs ; on n'entendait que des murmures, des soupirs et des pas furtifs... la lumière glissait à travers les stores abaissés, comme pour éclairer ces ténèbres solennelles.

Le petit lit était drapé de blanc, et, sous la protection de l'ange incliné, la jeune fille reposait dans ce sommeil dont on ne s'éveille plus.

Elle reposait, vêtue de cette simple robe blanche que, pendant sa vie, elle avait si souvent portée... Cette lumière rose, tamisée par le rideau de la chambre, versait comme un chaud rayon sur cette froide glace de la mort... Les longs cils retombaient sur la joue si pure, la tête était inclinée comme dans le vrai sommeil ; mais sur tous les traits du visage on voyait répandue cette expression céleste, mélange de repos et d'extase, qui montre que ce n'est pas là le sommeil d'une heure, mais ce long et sacré sommeil que Dieu donne à ceux qu'il aime.

« Pour tes pareilles, ô chère Éva ! il n'y a pas de mort, il n'y a pas d'ombres... il n'y a pas de ténèbres de la mort... Vous autres, vous vous éteignez dans la lumière... pareilles à l'étoile du matin qui s'évanouit dans les rayons roses de l'aurore... A toi Éva, la victoire sans la bataille, la couronne sans la lutte ! »

Telles étaient les pensées de Saint-Clare, pendant que, debout et les bras croisés, il regardait Éva. Oh ! ces pensées, qui pourra les redire ? Depuis l'heure où, dans la chambre mortuaire, une voix avait dit : Elle est partie ! il y avait eu devant ses yeux comme une obscurité terrible ; il était enveloppé « des nuages épais de la douleur... » Il entendait des voix autour de lui... On lui faisait des questions... il y répondait... on lui demandait à quand les funérailles... on lui demandait où il voulait la mettre... il répondait impatiemment que cela lui était indifférent...

Adolphe et Rosa avaient arrangé la chambre ; étourdis, légers, véritables enfants, ils n'en avaient pas moins un bon cœur et une extrême sensibilité... Miss Ophélia présidait aux mesures d'ordre général... mais c'étaient eux qui donnaient à tous les arrangements ce caractère poétique et charmant, qui enlevait à la chambre funèbre l'aspect sombre et terrible qui caractérise trop souvent les funérailles dans la Nouvelle-Angleterre.

Il y avait encore des fleurs sur les étagères, blanches, délicates, odorantes, aux feuilles retombant avec grâce ; sur la petite table d'Éva, recouverte aussi de blanches draperies, on avait posé son vase favori, dans lequel on avait mis un simple bouton de rose mousseuse blanche ; les plis des tentures et l'arrangement des rideaux, confiés aux soins d'Adolphe et de Rosa, offraient cette netteté et cette symétrie qui caractérisent leur race. Pendant que Saint-Clare était livré à ses pensées, la jeune Rosa entra doucement dans la chambre avec un panier de roses blanches. Elle fit un pas en arrière et s'arrêta respectueusement en apercevant Saint-Clare ; mais voyant qu'il ne prenait pas garde à elle, elle s'approcha du lit, pour déposer ses fleurs autour de la morte. Saint-Clare la vit, comme on voit dans un rêve, au moment où elle plaçait entre ses petites mains un bouquet de jasmin du Cap, disposant avec un goût parfait les autres fleurs autour de la couche.

La porte s'ouvrit, et Topsy, les yeux gonflés à force d'avoir pleuré, parut sur le seuil : elle tenait quelque chose sous son tablier. Rosa fit un geste de menace... Topsy entra pourtant.

«Sortez! dit Rosa à voix basse, mais d'un ton impérieux, sortez! vous n'avez rien à faire ici!

— Oh! laissez-moi! j'ai apporté une fleur si belle!...» Et elle montra un bouton de rose thé à peine entrouverte... «Laissez-moi mettre une seule fleur.

— Sortez! dit Rosa avec plus d'énergie encore.

— Non! qu'elle reste, dit Saint-Clare en frappant du pied; qu'elle entre!»

Rosa battit en retraite. Topsy s'avança et déposa son offrande aux pieds du corps... puis tout à coup, poussant un cri sauvage, elle se jeta sur le parquet le long du lit, et elle pleura et sanglota bruyamment.

Miss Ophélia accourut. Elle essaya de la relever et de lui imposer silence : ce fut en vain.

«Oh! Miss Éva, Miss Éva! Je voudrais être morte aussi... oui, je le voudrais!»

Il y avait dans ce cri quelque chose de si poignant et de si ému, que le sang remonta au visage pâle et marbré de Saint-Clare, et pour la première fois, depuis la mort d'Éva, il sentit des larmes dans ses yeux.

«Relevez-vous, mon enfant, disait Miss Ophélia d'une voix douce, Miss Éva est au Ciel; c'est un ange!

— Mais je ne puis la voir, dit Topsy... je ne la reverrai jamais!» Et elle sanglotait de nouveau.

Il y eut un moment de silence.

«Elle disait qu'elle m'aimait, reprit Topsy. Oui, elle m'aimait! Hélas! hélas! je n'ai plus personne maintenant... personne!

— C'est assez vrai, dit Saint-Clare. Mais voyons, ajouta-t-il en se tournant vers Miss Ophélia, tâchez de consoler cette pauvre créature!

— Je voudrais n'être jamais née, disait Topsy... Je ne voulais pas naître, moi! Pourquoi suis-je née?»

Miss Ophélia la releva avec bonté, mais avec fermeté, et la fit sortir de la chambre... et, tout en la reconduisant, elle-même pleurait.

Elle la mena dans son appartement.

«Topsy, pauvre enfant... lui disait-elle, ne vous affligez pas... je puis aussi vous aimer, moi, quoique je ne sois pas bonne comme cette chère petite enfant... J'espère pourtant que j'ai appris par elle quelque chose de l'amour du Christ... Je puis vous aimer... je vous aime... et je vous aiderai à devenir une bonne fille et une chrétienne.»

Le ton de Miss Ophélia disait plus que ses paroles; ce qui disait plus encore, c'étaient ses honnêtes et vertueuses larmes, ruisselant sur son visage. Depuis ce moment, elle acquit sur l'âme de cette enfant abandonnée une influence qu'elle ne perdit jamais.

«Oh! ma petite Éva, disait Saint-Clare, tes heures rapides ont fait tant de bien sur la terre!... Et moi, quel compte aurai-je à rendre pour mes longues années?»

Il n'y eut plus dans la chambre que des paroles murmurées à voix basse et des pas qui glissaient silencieusement... Ils venaient tous, l'un après l'autre, contempler la morte... puis la bière arriva. Ce fut le commencement des funérailles... les voitures s'arrêtèrent à la porte. Les étrangers vinrent et furent introduits. Il y eut des écharpes et des rubans blancs, et des pleureurs vêtus de crêpes noirs...

On lut la Bible et les prières furent offertes au Ciel... et Saint-Clare vivait! il marchait! il allait, pareil à un homme qui aurait versé toutes ses larmes... Mais bientôt il ne vit plus qu'une chose : la blonde tête dans le cercueil... Puis il vit le drap qu'on rejetait sur elle... et le couvercle se refermer... Il marcha au milieu des autres... On arriva au bout du jardin, auprès du siège de mousse, où elle venait souvent avec Tom causer, chanter et lire. C'est là qu'était creusée la petite fosse. Saint-Clare se tenait tout près, le regard perdu. Il vit descendre le cercueil. Il entendit les paroles solennelles : «Je suis la résurrection et la vie! Celui qui a cru en moi, fût-il mort, vivra!» Et la terre fut rejetée et la tombe remplie... Et il ne pouvait croire que ce fût là son Éva, qui était ainsi et pour toujours ravie à ses yeux.

Tous se retirèrent, et, le cœur désolé, revinrent à cette demeure qui ne devait plus la revoir.

La chambre de Marie fut hermétiquement close. Elle s'étendit sur un lit, sanglotant et gémissant avec toutes les marques d'une invincible douleur, réclamant à chaque minute les soins de tous ses serviteurs... Elle ne leur laissait pas le temps de pleurer... Pourquoi eussent-ils pleuré? cette douleur était sa douleur, et elle était bien fermement convaincue que personne au monde ne savait, ne voulait et ne pouvait la ressentir comme elle.

«Saint-Clare n'a pas versé une larme!» disaitelle. Il ne sympathisait pas avec elle... C'était vraiment étrange à quel point il avait le cœur sec et dur... Il savait pourtant combien elle souffrait!

Nous sommes tellement les esclaves de ce que nous voyons et de ce que nous entendons, que beaucoup des gens de la maison pensaient que Madame était vraiment la plus affligée... surtout quand Marie eut des spasmes, qu'elle envoya chercher le docteur

et qu'elle déclara qu'elle-même, elle allait mourir...
Il y eut force allées et venues. On apporta des
bouteilles chaudes, on fit des frictions de flanelle...
Enfin ce fut une diversion.

Tom avait au fond du cœur un sentiment ému
qui l'attirait toujours vers son maître. Partout où
il allait, silencieux et triste, Tom le suivait. Quand
il le voyait s'asseoir si pâle et si tranquille dans
la chambre d'Éva, tenant ouverte devant ses yeux la
petite Bible de l'enfant, sans voir une parole, une
lettre du texte... il y avait pour Tom, dans ces
yeux calmes, immobiles et sans larmes, plus de douleur que dans les gémissements et les lamentations
de Marie.

La famille Saint-Clare retourna bientôt à la ville.
A l'âme inquiète et tourmentée d'Augustin, il fallait un de ces changements de scène qui détournent
en même temps le cours des pensées... Ils quittèrent donc l'habitation... et le jardin... et le petit
tombeau... et revinrent à La Nouvelle-Orléans. Saint-
Clare parcourait les rues d'un air affairé... il lui
fallait le bruit, le tumulte, l'agitation... il essayait
de combler cet abîme qui s'était fait dans son cœur...
Les gens qui le voyaient dans la rue, ou qui le
rencontraient au café, ne s'apercevaient de la perte
qu'il avait faite qu'en voyant le crêpe de son chapeau. Il était là, souriant, causant, lisant les journaux, discutant la politique ou s'intéressant au commerce... Qui donc eût pu deviner que ces dehors
souriants cachaient un cœur silencieux et sombre comme
un tombeau ?

« M. Saint-Clare est un homme bien singulier, disait
d'un ton dolent Marie à Miss Ophélia... Oui, vraiment, je croyais que, s'il y avait quelque chose
au monde qu'il aimât, c'était notre chère petite
Éva... mais il me paraît l'oublier bien aisément.
Je ne puis l'amener à en parler avec moi... Ah !

je croyais qu'il eût montré plus de sentiment!

— L'eau calme est l'eau profonde, répondit sentencieusement Miss Ophélia.

— C'est un proverbe qui n'a pas d'application dans un pareil cas; quand on a du cœur, on le montre... on ne peut pas le cacher... mais c'est un bien grand malheur que d'en avoir! J'aimerais mieux être comme Saint-Clare; ma sensibilité me tue.

— Bien sûr, m'ame, dit Mammy, M. Saint-Clare devient maigre comme une ombre; on dit qu'il ne mange jamais. Je sais qu'il n'oublie pas Miss Éva... Ah! personne ne pourrait l'oublier, chère petite créature du Bon Dieu!...» Et les larmes de Mammy coulèrent.

«En tout cas, reprit Marie, il n'a pour moi aucune espèce d'égards, il n'a pas trouvé une parole de sympathie... il devrait pourtant savoir qu'un homme ne pourra jamais sentir comme une mère.

— Le cœur seul connaît sa propre amertume, dit gravement Miss Ophélia.

— C'est ce que je pense... Moi seule puis savoir ce que j'éprouve... personne que moi! Éva le savait bien aussi, mais elle est partie...» Et Marie se renversa sur son fauteuil et se mit à sangloter.

Marie était une de ces organisations malheureuses pour lesquelles l'objet possédé est sans valeur... pour lesquelles l'objet perdu devient tout à coup inappréciable! Elle trouvait des défauts à tout ce qu'elle avait... des perfections infinies à tout ce qu'elle n'avait plus.

Pendant que cette petite scène se passait dans le salon, il s'en passait une autre dans la bibliothèque.

Tom, qui ne quittait plus son maître, l'avait vu entrer dans cette pièce; il avait longtemps épié sa sortie... enfin il se décida à entrer lui-même.

Il entra doucement : Saint-Clare était couché sur un sofa, à l'autre bout de l'appartement... il était tourné le visage contre terre... la Bible d'Éva était ouverte devant lui à quelque distance.

Tom fit quelques pas et se tint immobile auprès du sofa. Il hésitait... Saint-Clare se leva tout à coup... L'honnête visage de Tom était si rempli de douleur, il avait une expression de si affectueuse sympathie..., un visage qui priait !... Il émut profondément Saint-Clare... Celui-ci posa sa main sur la main de Tom et pencha son front vers lui.

« Oh ! Tom, mon ami, le monde est vide comme une coquille d'œuf !

— Je le sais bien, maître, dit Tom, je le sais bien !... Mais, si mon maître voulait seulement regarder en haut... où est notre chère Miss Éva... et le Seigneur Jésus !

— Hélas ! Tom, je regarde en haut... mais, par malheur, quand j'y regarde, je ne vois rien... Que ne puis-je voir ! »

Tom poussa un gros soupir.

« On dirait vraiment, reprit Saint-Clare, qu'il a été donné aux enfants et aux pauvres gens comme vous, Tom, de voir ce que nous ne pouvons voir, nous... Comment cela se fait-il ?

— Tu t'es caché aux habiles et aux sages, et tu t'es révélé aux petits enfants, murmura Tom ; et tu as agi ainsi, ô Jésus ! parce que cela a paru bon à tes yeux.

— Tom, je ne crois pas, je ne puis pas croire ! j'ai maintenant l'habitude du doute. Oh ! je voudrais croire à cette Bible. Je ne le puis !

— Cher maître, priez le Bon Dieu ; dites : Seigneur, je veux croire, donnez-moi la foi !

— Qui sait rien de rien ? dit Saint-Clare, les yeux errants, rêveur et se parlant à lui-même. Tout ce bel amour, toute cette foi, ce n'est peut-être qu'une de ces phases fugitives du sentiment humain. Rien de réel sur quoi l'on puisse se reposer. Quelque chose qui s'évanouit comme un souffle. Plus d'Éva, plus de Ciel, plus de Christ, rien! rien!

— Si, si! ô maître! tout cela est, je le sais, j'en suis sûr, s'écria Tom en tombant à genoux; croyez, cher maître, croyez, croyez!

— Comment savez-vous qu'il y a un Christ? dit Saint-Clare, vous ne l'avez jamais vu.

— Je l'ai senti dans mon âme, ô maître!... et maintenant encore je le sens!... Tenez, maître... quand je fus vendu, arraché à ma vieille femme et à mes petits enfants... cela me brisa... il me sembla que tout était fini pour moi... qu'il n'y avait plus rien. Mais le Seigneur se tint à côté de moi, et il me dit : Tom! ne crains rien. Et il apporta la lumière et la joie dans l'âme d'un pauvre esclave... il y fit la paix... et je suis heureux, et j'aime tout le monde, et je sens que je veux être au Seigneur et faire sa volonté... et devenir ce qu'il veut que je sois... Et je sais bien que tout cela ne pouvait pas venir de moi, qui ne suis qu'une pauvre créature. Cela venait du Seigneur... et il fera tout aussi pour mon maître!»

Tom parlait d'une voix tremblante et pleine de larmes. Saint-Clare appuya sa tête sur son épaule et serra sa main rude et noire, sa main fidèle!

«Tom, vous m'aimez!

— Oh! oui, et je bénirais le jour où je pourrais donner ma vie pour vous voir chrétien.

— Pauvre fou! dit Saint-Clare, se relevant à demi, je ne suis pas digne de l'amour d'un bon et honnête cœur comme le vôtre!

— O maître! il y en a un plus grand que moi qui vous aime... le Seigneur Jésus!

— Comment le savez-vous, Tom?

— Je le sens, maître; "l'amour du Christ qui passe tout savoir!..."

— C'est étrange! murmura Saint-Clare en faisant

quelques pas. L'histoire d'un homme qui a vécu et qui est mort, il y a dix-huit cents ans... peut encore aujourd'hui ébranler les hommes... Mais il n'était pas un homme! Jamais homme n'eut un pouvoir aussi durable, aussi vivant! Oh! si je pouvais croire ce que ma mère m'enseignait!... Si je pouvais prier comme je priais quand j'étais enfant!...

— Si mon maître voulait... Miss Éva lisait cela si bien!... Je voudrais que mon maître fût assez bon pour le lire... Je ne lis plus guère depuis que Miss Éva est partie... »

C'était le chapitre onzième de saint Jean, la touchante histoire de la résurrection de Lazare. Saint-Clare la lut tout haut, s'arrêtant souvent pour maîtriser l'émotion que faisait naître en lui ce récit pathétique.

Tom était à genoux, les mains jointes; on voyait sur son visage paisible l'extase de la joie, de l'amour et de l'adoration...

« Tom, tout cela est réel pour vous.

— Je le vois, maître!

— Que n'ai-je vos yeux, Tom!...

— Je prie Dieu de vous les donner, maître.

— Vous savez, Tom, que je suis plus instruit que vous... Eh bien, si je vous disais que moi, je ne crois pas à la Bible!

— Ah! maître! dit Tom en élevant ses mains avec un geste suppliant.

— Cela n'ébranlerait-il pas votre foi, Tom?

— Pas du tout!

— Vous savez pourtant que je suis plus éclairé que vous.

— O maître! n'avez-vous pas lu "qu'il se cache aux savants et aux sages, et qu'il se révèle aux petits enfants?" Mais mon maître n'était pas sérieux... bien sûr!

— Non, Tom! je ne suis pas complètement incrédule...

je pense qu'il y a des raisons de croire... et pourtant je ne crois pas... Oh! c'est une bien terrible
et bien fatale habitude que j'ai là, Tom!

— Si mon maître voulait seulement prier!...

— Qui vous a dit, Tom, que je ne priais pas?

— Ah! est-ce que...?

— Oui, Tom, je prierais, s'il y avait quelqu'un là
que je pusse prier... mais ne parler à rien!... Voyons,
Tom, priez, vous, et apprenez-moi!»

Le cœur de Tom était plein; il se répandit dans
la prière, comme les eaux trop longtemps contenues.
On voyait que Tom était convaincu que quelqu'un
l'écoutait, absent ou présent! Saint-Clare se sentit
soulevé par cet océan de foi sincère et de charité, et
porté jusqu'au seuil de ce ciel que Tom se représentait
avec une si vive ardeur; il lui semblait être maintenant près d'Éva!

«Merci, mon ami! dit Saint-Clare, quand Tom se
releva; j'aime à vous entendre, Tom; mais allez! il
faut maintenant que je sois seul; quelque autre jour,
je vous parlerai davantage.»

Tom se retira silencieusement.

CHAPITRE XXVIII

Réunion

L'UNE après l'autrè, les semaines s'écoulaient dans la maison de Saint-Clare, et les flots de la vie reprenaient leur cours, se refermant sur le frêle esquif disparu... Oh! les réalités de chaque jour, dures, froides, impitoyables, impérieuses... comme elles foulent aux pieds les sentiments de nos cœurs! Il faut manger, il faut boire, il faut dormir... il faut même s'éveiller! Il faut acheter, il faut vendre, il faut interroger, il faut répondre!... En un mot, il faut poursuivre des ombres, quand on a perdu les réalités... L'habitude machinale et glacée de la vie survit à la vie même!

Les espérances de Saint-Clare, ses intérêts, sans qu'il en eût conscience, s'étaient enlacés autour de cette enfant... C'était pour Éva qu'il soignait, qu'il embellissait sa propriété. Son temps, c'était à elle qu'il le donnait... Tout chez lui était à Éva, pour Éva! Il ne faisait rien qui ne fût pour elle... Elle absente... il perdait à la fois et l'action et la pensée!

Oui, il y a une autre vie... une vie qui donne, quand on y croit, une portée et une signification nouvelles aux chiffres du temps, qui leur donne tout à coup une valeur mystérieuse et inconnue. Saint-Clare le savait. Bien souvent, dans ses heures désolées, il entendait une faible voix d'enfant qui l'appelait aux cieux... il voyait une petite main qui lui indiquait la route de la vie... Mais la sombre léthargie de la douleur s'était abattue sur lui... il ne pouvait pas se relever... c'était une nature capable d'arriver à la conception nette des idées religieuses par ses instincts et la force de ses perceptions, bien plutôt qu'un chrétien pratique. Le don d'apprécier et le mérite de sentir les beautés et les rapports de l'ordre moral ont été souvent l'attribut et le privilège de gens dont toute la vie active s'est passée à les méconnaître. Moore, Byron, Gœthe, ont trouvé, pour peindre le sentiment religieux, des paroles bien plus éloquentes que ceux-là mêmes dont la vie était une religion... Ah! pour de telles âmes, ce mépris de la religion est une bien plus terrible trahison... un péché plus mortel cent fois !

Saint-Clare n'avait jamais prétendu se gouverner d'après des principes religieux. Sa belle nature lui donnait une sorte de vue instinctive des exigences et de l'étendue du christianisme, et il reculait à l'avance devant les tyrannies de conscience auxquelles il se serait soumis, s'il avait jamais été chrétien. Telle est, en effet, l'inconséquence de la nature humaine, dans ces questions surtout où l'idéal est en jeu, qu'elle aime mieux ne pas entreprendre que de faire à demi.

Et pourtant Saint-Clare était devenu un autre homme... il lisait sérieusement, honnêtement, la Bible de sa petite Éva. Il avait des idées plus saines et plus pratiques sur toutes ses relations avec les esclaves... Il en était arrivé à être mécontent du passé et du présent... Aussitôt après son retour à Orléans, il commença, pour arriver à l'émancipation de Tom, les démarches légales qu'il devait compléter dès que les indispensables formalités seraient accomplies. De jour en jour il s'attachait davantage à l'esclave... C'est que, dans ce monde vide pour lui, rien ne semblait lui rappeler davantage la chère image d'Éva ; il voulait l'avoir constamment auprès de lui... Dédaigneux et inabordable pour tous les autres, il pensait tout haut devant Tom ! On ne s'en fût pas étonné, si l'on eût vu avec quelle affection et quel dévouement Tom suivait constamment son jeune maître.

« Eh bien, Tom, lui dit-il, je suis en train de faire de vous un homme libre... Faites votre paquet, et préparez-vous à retourner dans le Kentucky. »

Un éclair de joie brilla sur le visage de Tom... il éleva sa main vers le ciel et s'écria : « Dieu soit béni ! » avec une sorte d'enthousiasme. Saint-Clare fut déconcerté... il ne lui plaisait pas que Tom fût si disposé à le quitter !

« Vous n'étiez pas trop malheureux ici... je ne vois pas pourquoi vous êtes si heureux de partir, dit-il d'un ton sec.

— Oh ! non, maître... ce n'est pas cela ! c'est d'être un homme libre, qui fait ma joie !

— Voyons, Tom, ne pensez-vous pas que vous êtes plus heureux comme cela que si vous étiez libre ?...

— Non certainement ! m'sieu Saint-Clare, dit Tom avec une soudaine énergie, non certainement !

— Avec votre travail vous ne seriez jamais parvenu à être vêtu et nourri comme vous l'êtes chez moi...

— Je le sais bien, monsieur. Monsieur a été bien trop bon... Mais, monsieur, j'aimerais mieux une pauvre maison, de pauvres vêtements... tout pauvre ! voyez-vous... et à moi, que d'avoir bien meilleur... et à un autre. Oui, monsieur ! Est-ce que ce n'est pas naturel, m'sieu ?

— Je le pense, Tom... Aussi vous vous en irez, vous me quitterez, dans un mois, à peu près, ajouta-t-il d'un ton assez mécontent... quoique peut-être vous ne le dussiez pas, fit-il d'un ton plus gai. On ne sait pas ! »

Et il se leva et parcourut le salon.

«Je ne partirai pas, dit Tom, tant que mon maître sera dans la peine. Je resterai avec lui tant qu'il aura besoin de moi, tant que je pourrai lui être utile !

— Tant que je serai dans la peine, Tom ! dit Saint-Clare en regardant lentement par la fenêtre. Et quand ma peine sera-t-elle finie, comme cela ?

— Quand M. Saint-Clare sera chrétien !

— Et vous avez vraiment l'intention de rester avec moi jusqu'à ce moment-là ? dit Saint-Clare avec un demi-sourire. Et, quittant la fenêtre, il posa sa main sur l'épaule de Tom... Ah ! Tom ! brave et digne garçon, je ne veux pas vous garder si longtemps; allez retrouver votre femme et vos enfants... et dites-leur que je les aime bien...

— Eh bien, moi, je crois que ce jour-là viendra bientôt... dit Tom avec émotion et les yeux pleins de larmes : le Seigneur a besoin de mon maître !

— Besoin de moi ! O Tom !... je voudrais bien savoir pour quoi faire... voyons ! contez-moi ça !...

— Hélas ! un pauvre esclave comme moi peut bien travailler pour le Seigneur !... et M. Saint-Clare, qui a la fortune, la science, des amis, combien ne peut-il pas faire davantage !

— Tom, vous croyez que Dieu a bien besoin qu'on travaille pour lui ? dit Saint-Clare en souriant.

— Quand nous travaillons pour ses créatures, nous travaillons pour Dieu, dit Tom.

— Bonne théologie, Tom ! bien meilleure, je le jure, que celle du docteur B***.»

Ici la conversation fut interrompue par l'arrivée de quelques visites.

Marie Saint-Clare ressentait la perte d'Éva autant qu'il lui était possible de ressentir quelque chose, et, comme elle était femme à rendre malheureux de son malheur tous ceux qui l'approchaient, les esclaves attachés à son service n'avaient que trop de raisons de regretter la jeune maîtresse dont les douces façons et l'aimable intercession les avaient si souvent protégés contre la tyrannie et les égoïstes exigences de sa mère. Mammy surtout, la pauvre Mammy, dont l'âme, sevrée de toutes les tendresses de la famille, s'était consolée par l'affection de cet être charmant, Mammy n'était plus qu'un cœur brisé... Nuit et jour elle pleurait... et l'excès même de son chagrin la rendait moins habile et moins prompte... ce qui attirait une tempête d'invectives sur sa tête, désormais sans défense...

Miss Ophélia ressentait aussi cette perte ; mais dans ce cœur honnête et bon la douleur portait les fruits de l'autre vie, la vie qui ne finira pas. Elle était plus facile et plus douce... aussi zélée pour chaque devoir, elle avait quelque chose de plus calme et de plus modeste... on voyait qu'elle rentrait plus souvent en son cœur, et ce n'était pas en vain ; elle s'occupait plus activement de l'éducation de Topsy. Elle lui apprenait des passages de la Bible. Elle ne frissonnait plus à son approche, elle n'avait plus à cacher une répugnance qu'elle n'éprouvait pas ! Elle la voyait à travers ce milieu si doucement évoqué devant ses yeux par Éva ; et ce qu'elle voyait en elle, c'était une créature immortelle, que Dieu lui avait envoyée pour qu'elle la conduisît à la gloire et à la vertu... Topsy n'était pas devenue une sainte tout d'un coup ; mais cependant la vie et la mort d'Éva avaient produit en elle un notable changement.

La dure indifférence était partie... il y avait maintenant en elle de la sensibilité, et l'espérance, le désir, l'effort du bien, effort irrégulier, suspendu, interrompu... mais renouvelé.

Un jour, Miss Ophélia fit appeler Topsy... Elle sortit en toute hâte, cachant quelque chose dans sa poitrine.

« Que faites-vous là, petite coquine ? Vous venez de voler quelque chose, je gage ? » dit l'impérieuse petite Rosa, qu'on avait envoyée chercher l'enfant ; et, au même instant, elle la saisit brusquement par le bras.

« Laissez-moi, Miss Rosa, dit Topsy en se débarrassant d'elle, cela ne vous regarde pas !...

— Encore un de vos tours... Je vous connais ! je vous ai vue cacher quelque chose... »

Rosa la prit par le bras et voulut la fouiller.

Topsy, furieuse, frappait des mains et des pieds et combattait violemment pour ce qu'elle regardait comme son droit.

Les clameurs et le bruit de la bataille attirèrent Miss Ophélia et Saint-Clare.

« Elle a volé ! disait Rosa.

— Non ! non ! vociférait Topsy avec des sanglots pleins de colère.

— N'importe ! donnez-moi cela, dit Miss Ophélia d'une voix ferme. »

Topsy eut un moment d'hésitation ; mais, sur une nouvelle injonction, elle tira de son sein un petit paquet enveloppé dans un de ses bas.

Miss Ophélia développa.

C'était un petit livre donné à Topsy par Éva : il contenait un verset de l'Écriture pour chaque jour de l'année ; il y avait aussi dans une feuille de papier la boucle blonde d'Éva, donnée le jour de ses mémorables adieux.

Cette vue causa une profonde émotion à Saint-Clare. Le livre était entouré d'un crêpe noir.

« Pourquoi avez-vous mis cela autour du livre ? dit-il en retirant le crêpe.

— Parce que... parce que... parce que c'était à Miss Éva !... Oh ! ne le retirez pas, s'il vous plaît ! » Et s'asseyant sur le plancher et mettant son tablier sur sa tête, elle commença à sangloter violemment.

C'était quelque chose de comique et de pathétique tout à la fois. Ce vieux bas, ce livre, ce crêpe noir, cette soyeuse boucle blonde, et le fougueux désespoir de Topsy.

Saint-Clare sourit, mais dans ce sourire il y avait des larmes.

« Voyons, voyons ! ne pleurez pas ! On va tout vous rendre... » Et remettant tout ensemble, il jeta le petit paquet sur ses genoux, puis il emmena Miss Ophélia dans le salon.

« Je crois que vous finirez par en faire quelque chose, dit-il en faisant un geste avec son pouce par-dessus l'épaule. Toute âme susceptible de chagrin est capable de bien ; il ne faut pas l'abandonner...

— Elle a fait de grands progrès, dit Miss Ophélia, et j'ai beaucoup d'espoir... Mais, Augustin, et elle posa sa main sur le bras de Saint-Clare, il faut que je vous demande une chose... A qui est-elle ? A vous ou à moi ?

— Eh mais, je vous l'ai donnée !

— Pas légalement... Je veux qu'elle soit à moi légalement...

— Oh ! oh ! cousine... et que pensera la société abolitionniste ?... Vous ! avoir une esclave ! On ordonnera un jour de jeûne pour cette rechute...

— Quelle folie ! Je veux qu'elle soit à moi... pour avoir le droit de l'emmener dans les États libres, afin de l'affranchir, pour que tout ce que j'ai tenté de faire ne soit pas inutile...

— Ah ! cousine ! vous avez là des projets bien subversifs... Je ne puis les encourager...

— Ne plaisantons pas... causons raison ! Tous mes efforts pour la rendre chrétienne sont bien inutiles, si je ne la sauve des chances fatales de l'esclavage... Si vous voulez qu'elle soit à moi, faites un bout de donation... un écrit en forme...

— Bien ! bien ! dit Saint-Clare, je le ferai... Et il s'assit et déplia un journal.

— Il faut le faire maintenant, dit Ophélia...

— Quelle hâte !

— Maintenant est le seul moment dont on soit maître de faire ce que l'on veut. Tenez !... voici tout ce qu'il faut... encre, plume, papier... Écrivez !...»

Saint-Clare, comme la plupart des hommes de cette nature d'esprit, ne voulait pas être poussé à bout... Il était excédé de cette rigoureuse et ponctuelle exigence de Miss Ophélia...

« Mais, mon Dieu ! qu'est-ce donc ? lui dit-il ; ne vous suffit-il pas de ma parole ?... Vous vous acharnez après les gens... on dirait que vous avez pris des leçons chez les juifs !

— Eh ! je veux être sûre, dit Miss Ophélia... Vous pouvez mourir... être ruiné... et, malgré tout ce que je pourrais faire, Topsy serait vendue aux enchères...

— Allons ! vous pensez à tout... puisque je suis dans la main d'une Yankee, ce que j'ai de mieux à faire, c'est de m'exécuter. »

Saint-Clare écrivit l'acte rapidement ; il connaissait les affaires... rien ne fut plus aisé... il signa son nom en majuscules largement étalées, et termina le tout par un parafe flamboyant...

« Voilà, Miss Vermont ! tout y est... » Et il lui tendit le papier.

« Brave garçon ! dit elle en souriant ; mais ne faut-il point un témoin ?

— En effet !... mais voici... Marie ! dit-il en ouvrant la porte de la chambre de sa femme, notre cousine voudrait un autographe de vous... Mettez votre nom au bas de ceci.

— Qu'est-ce ? dit Marie en parcourant l'écrit... Oh ! ridicule ! Je croyais ma cousine trop pieuse pour se permettre ces choses-là... Mais... et elle signa négligemment... si elle a un caprice pour cet objet, nous le lui cédons de grand cœur.

— Elle est maintenant à vous corps et âme, dit Saint-Clare en tendant le papier à sa cousine.

— Elle n'est pas plus à moi qu'auparavant, dit Miss Ophélia ; Dieu seul peut me donner des droits sur elle, mais je puis maintenant la protéger.

— Elle est à vous d'après la fiction légale », dit Saint-Clare ; et il retourna dans le salon et prit son journal.

Mais Ophélia, qui ne recherchait pas précisément la société de Marie, l'y suivit bientôt, après toutefois qu'elle eut serré son papier.

Elle s'assit et se mit à tricoter... puis tout à coup :

« Augustin, avez-vous songé à vos esclaves... en cas de mort ?

— Non ! »

Et il continua sa lecture.

« Alors votre indulgence à leur égard pourra bien se trouver un jour une grande cruauté... »

C'est une réflexion que Saint-Clare s'était bien souvent faite à lui-même ; il répondit négligemment :

« Je compte m'en occuper un de ces jours...

— Quand ?

— Plus tard...

— Et si vous mouriez auparavant ?...

— Eh bien, cousine, qu'est-ce à dire ?... »

Il quitta son journal et la regarda fixement.

« Me trouvez-vous des symptômes de fièvre jaune ou de choléra ?... pourquoi me poussez-vous, avec tant de persévérance, à faire des arrangements en cas de mort ?

— En pleine vie, nous sommes dans la mort ! »

Saint-Clare se leva, rejeta le journal et marcha avec assez d'insouciance jusqu'à la porte qui s'ouvrait sur la véranda. Il voulait mettre fin à cette conversation qui lui était désagréable ; mais tout seul et machinalement il répétait ce mot, la mort !... Il s'appuya sur le balcon et regarda le jet d'eau étincelant, qui s'élançait et retombait dans le bassin. Puis, comme à travers un brouillard épais et gris, il aperçut vaguement les fleurs, les arbres, les vases de la cour, et il répéta encore ce mot mystérieux, ce mot qu'on trouve dans toutes les bouches, ce mot terrible :

LA MORT!

« Il est vraiment étrange, se disait-il, qu'il y ait un tel mot et une telle chose, et que nous l'oubliions toujours !... On vit, on est ardent, on est jeune, on est beau, plein d'espérances, de désirs, de besoins, et le lendemain on est parti... parti sans retour, pour toujours parti !... »

C'était une de ces belles soirées du Sud, tiède et pleine de rayons d'or... Il alla jusqu'au bout du balcon... il vit Tom, penché sur sa Bible, se montrant chaque mot du doigt et se le murmurant à lui-même avec toutes les marques d'une profonde attention.

« Voulez-vous que je vous lise, Tom ? dit Saint-Clare en s'asseyant auprès de lui.

— Si m'sieu voulait, dit Tom avec reconnaissance... m'sieu lit si bien ! »

Saint-Clare prit le livre, regarda l'endroit, et se mit à lire un des passages annotés par les grosses marques de Tom.

Voici le passage :

« Quand le Fils de l'homme viendra dans sa gloire, et les saints anges avec lui, il s'assiéra sur le trône de sa gloire, et devant lui seront rassemblées toutes les nations... Et il séparera les hommes les uns d'avec les autres, comme le berger sépare les brebis d'avec les boucs. »

Saint-Clare lut d'une voix animée jusqu'à ce qu'il arrivât au dernier verset...

« Alors le Roi dira à ceux qui seront à sa gauche : "Éloignez-vous de moi, maudits, et allez au feu
éternel.

« Car j'ai eu faim, et vous ne m'avez pas donné
à manger... J'ai eu soif, et vous ne m'avez pas donné
à boire.

« J'étais étranger, et vous ne m'avez pas reçu chez
vous...

« J'étais nu, et vous ne m'avez pas revêtu.

« J'ai été malade et en prison, et vous ne m'avez pas
visité. »

« Et alors ils lui répondront :

« Seigneur, quand donc avons-nous vu que vous
aviez faim, que vous aviez soif, que vous étiez sans
asile, que vous étiez nu, que vous étiez malade, que
vous étiez en prison... et ne vous avons-nous pas
assisté ? »

« Et il leur répondra :

« Chaque fois que vous avez refusé d'assister le
dernier d'entre mes frères... c'est moi-même que vous
avez refusé. »

Saint-Clare parut frappé de ce dernier passage, car
il le lut deux fois, et la seconde fois lentement,
comme s'il en eût médité les paroles.

« Tom, dit-il, ces gens qui sont si rigoureusement
traités ont fait tout juste ce que je fais... Ils ont
vécu dans l'aisance, confortablement, sans s'inquiéter
combien de leurs frères avaient faim, avaient soif,
étaient malades ou en prison !... »

Tom ne répondit pas.

Saint-Clare se leva et marcha tout pensif le long
de la véranda, paraissant oublier tout ce qui n'était
pas sa pensée... et il était si absorbé, que Tom fut
obligé de lui rappeler que l'on avait sonné deux fois
pour le thé.

Pendant le thé, Saint-Clare demeura distrait et tout pensif. Le thé fini, Marie, Miss

Ophélia et lui passèrent au salon sans mot dire.

Marie s'étendit sur un sofa, à l'abri d'une moustiquaire de soie ; elle fut bientôt profondément endormie.

Miss Ophélia tricotait.

Saint-Clare s'assit devant le piano ; il joua un air doux et mélancolique. On l'eût dit plongé dans une profonde rêverie... Il se parlait à lui-même avec la musique. Au bout d'un instant, il ouvrit un des tiroirs, il en tira un vieux livre dont les années avaient jauni les feuilles... Il les tournait l'une après l'autre.

« Tenez, dit-il à Miss Ophélia, voici un des livres de ma mère, voici de son écriture, venez voir ! elle avait tiré cela du *Requiem* de Mozart, et l'avait arrangé pour elle. »

Miss Ophélia se leva et vint voir.

« Elle chantait cela souvent, dit Saint-Clare ; je crois l'entendre encore. »

Il frappa quelques accords majestueux, et il commença de chanter cette vieille hymne latine :

Dies iræ, etc.

Tom, qui écoutait du dehors, fut attiré par la musique jusqu'à la porte du salon, contre laquelle il se tint dans une profonde attention. Il ne comprenait pas sans doute les paroles ; mais la musique, mais la manière de chanter le touchaient vivement, surtout quand Saint-Clare chanta les grandes strophes pathétiques. Et pourtant, que la sympathie de son cœur eût été plus ardente, s'il eût compris le sens de ces belles paroles :

Recordare, Jesu pie,
Quod sum causa tuæ viæ :
Ne me perdas illa die !

Quærens me, sedisti lassus;
Redemisti, crucem, passus :
Tantus labor non sit cassus!

Saint-Clare jetait sur ces mots une expression pathétique et passionnée. Le voile des années s'était déchiré, il lui semblait entendre la voix de sa mère guidant la sienne. La voix et l'instrument vivaient et versaient à flots cette harmonie sympathique et profonde dont le divin Mozart trouva pour la première fois le secret, quand il voulut chanter le *Requiem* de sa messe de mort.

Saint-Clare s'arrêta, il appuya un instant sa tête dans sa main puis il se leva et marcha dans le salon.

«Quelle magnifique conception, dit-il, que celle du jugement dernier! Le redressement des torts de tous les âges, la solution de tous les problèmes moraux par une infaillible sagesse! Oui! c'est une magnifique image!

— Une terrible image! répliqua Miss Ophélia.

— Oui, terrible pour moi, dit Saint-Clare en s'arrêtant tout pensif. Cet après-midi, je lisais à Tom un chapitre de saint Matthieu, qui décrit ce jugement. Cela m'a frappé. On s'imaginerait que pour être exclu du Ciel il faut avoir commis de terribles crimes. Eh bien, non! ils sont condamnés pour n'avoir pas fait le bien, comme si cela seul renfermait tous les torts!

— Sans doute, dit Miss Ophélia, ne pas faire du bien, c'est faire mal!

— Eh bien, dit Saint-Clare se parlant à lui-même et avec une extrême agitation, que dire de celui que son cœur, son éducation, ses relations sociales appelaient à quelque noble rôle..., et qui est resté incertain, rêveur, indifférent, neutre, en face des luttes, des agonies, du désespoir de l'humanité..., quand il eût pu agir?

— Que celui-là se repente et qu'il commence maintenant, dit Miss Ophélia.

— Toujours pratique! toujours au nœud de la difficulté! reprit Augustin, dont le visage s'éclaira d'un sourire... Ainsi, cousine, vous ne me laissez jamais le temps des réflexions générales. Vous me heurtez toujours contre les actualités présentes. Vous avez dans l'esprit un éternel *maintenant*.

— *Maintenant* est à moi... C'est le seul moment dont je sois sûre, quoi que je veuille faire, reprit Miss Ophélia.

— Chère petite Éva! pauvre enfant, dit Saint-Clare; son âme douce et simple voulait me voir faire le bien!»

Depuis la mort d'Éva, c'était la première fois que Saint-Clare parlait autant d'elle... On voyait tous les sentiments qu'il était obligé de refouler dans son cœur.

«Mes idées sur le christianisme sont telles, reprit-il bientôt, que je ne pense pas qu'un homme puisse être chrétien sans se jeter de tout son poids contre ce monstrueux système d'injustice, qui est pourtant le fondement de notre société... Oui, s'il le faut, un chrétien doit sacrifier sa vie dans le combat de cette cause! Moi, du moins, je ne pourrais pas être chrétien autrement... Mais j'ai rencontré des chrétiens éclairés dont ce n'était pas l'avis. Eh bien, je confesse que l'apathie des gens religieux sur ce sujet, leur indifférence pour les maux de leurs frères m'ont rempli d'horreur, et ont été plus que tout le reste, la cause de mon scepticisme.

— Puisque vous saviez, pourquoi n'avoir pas fait?

— Ah! pourquoi? parce que je n'avais que cette sorte de bienveillance qui consiste à s'étendre sur un sofa et à maudire l'Église et le clergé qui ne se font pas chaque jour martyrs et confesseurs... Il est si facile, hélas! de voir que les autres devraient être martyrs...

— Eh bien, allez-vous du moins agir différemment...
maintenant ?

— Dieu seul connaît l'avenir. Je suis plus brave
qu'autrefois parce que j'ai tout perdu, et que celui
qui n'a rien à perdre court aisément tous les risques.

— Et qu'allez-vous faire ?

— Mon devoir, je l'espère, autant que je le pourrai, envers ces malheureux... Je vais commencer par
mes pauvres esclaves pour qui je n'ai encore rien
fait... et peut-être quelque jour me sera-t-il possible
de faire quelque chose pour cette classe tout entière !
quelque chose pour sauver mon pays de cette honte
qui le couvre devant toutes les nations civilisées !...

— Croyez-vous qu'une nation consente jamais à
émanciper ses esclaves[1] ?

— Je ne sais... Voici le temps des grandes actions...
Çà et là l'héroïsme et le dévouement se lèvent sur
cette terre... Les nobles de la Hongrie affranchis-
sent des milliers de serfs. Comme argent, c'est une
perte immense. Peut-être parmi nous se trouvera-t-il
des cœurs généreux, qui n'évalueront pas l'homme
en dollars et en centimes.

— J'ai peine à le croire, fit Miss Ophélia.

— Supposez que nous nous levions demain, et que
nous affranchissions ces milliers d'esclaves, qui les
instruira ? qui leur apprendra à bien user de leur
liberté ? Ils ne pourront jamais faire grand-chose parmi
nous. Nous sommes nous-mêmes trop paresseux et
trop peu pratiques pour leur donner cette indus-
trie et cette énergie sans lesquelles on ne pourra
pas en faire des hommes ! Ils iront dans le Nord,
où le travail est à la mode, où tout le monde
travaille. Mais dites-moi, dans le Nord, la philan-
thropie chrétienne est-elle assez grande pour suffire
à la tâche de cette tutelle et de cette éducation ?
Vous envoyez des dollars par milliers aux missions
étrangères ; mais souffrirez-vous qu'on envoie ces païens

dans vos villes et dans vos villages?... donnerez-
vous votre temps, vos pensées, votre argent pour
les enrôler sous la bannière du Christ? voilà ce
que je voudrais savoir! Si nous émancipons, élèverez-
vous? Combien de familles, dans vos villes, prendront un ménage nègre pour l'instruire et le convertir? Combien de marchands prendraient Adolphe, si
j'en voulais faire un commis? combien de fabricants,
si je lui apprenais le commerce? Si je voulais mettre Jane et Rosa à l'école, combien d'écoles voudraient les recevoir dans vos États du Nord? Combien de familles les accueilleraient?... et pourtant elles
sont aussi blanches que bien des femmes du Midi
ou du Nord. Vous voyez, cousine, que je suis juste.
Notre position est mauvaise. Nous sommes les oppresseurs officiels des nègres; mais les préjugés anti-
chrétiens du Nord ne les oppriment pas moins cruellement...

— C'est vrai, cousin, je le sais; c'était vrai même
avec moi... jusqu'à ce que je sois parvenue à vaincre mes répugnances... Mais elles sont vaincues...
et je crois qu'il y a dans le Nord une foule de
braves gens qui n'ont besoin que d'apprendre leur
devoir... Il faut sans doute plus de dévouement pour
recevoir ces païens parmi nous, que pour leur
envoyer des missionnaires chez eux... Je crois pourtant que nous le ferons.

Vous, oui! je sais que vous ferez tout ce que
vous regarderez comme votre devoir.

— Mon Dieu! je ne suis déjà pas si bonne, dit
Miss Ophélia. Les autres feront comme moi, s'ils
voient comme moi. J'ai l'intention de ramener Topsy
chez nous. On s'étonnera bien un peu tout d'abord
mais ils arriveront à partager mes vues. Je sais
d'ailleurs qu'il y a, dans le Nord, bon nombre de
gens qui font ce que vous disiez tout à
l'heure.

— Oui... une minorité ! et, si nos émancipations sont trop nombreuses, nous entendrons bientôt de vos nouvelles. »

Miss Ophélia ne répondit rien. Il y eut quelques instants de silence ; le visage de Saint-Clare portait des traces d'accablement, il avait une expression sombre et rêveuse.

« Je ne sais, dit-il, ce qui me fait ce soir si souvent penser à ma mère. Je me sens dans l'âme je ne sais quels attendrissements, comme si ma mère était près de moi. Je pense à tout ce qu'elle avait l'habitude de me dire... Quelle étrange chose que parfois le passé revienne à nous si vivant ! »

Saint-Clare marcha encore quelques instants dans le salon.

« Je crois, dit-il, que je vais sortir un peu. Qu'est-ce qu'on dit ce soir ?... Il faut que je voie cela. »

Il prit son chapeau et quitta le salon.

Tom le suivit jusqu'à la porte de la cour et lui demanda s'il devait l'accompagner.

« Non, mon garçon, je serai ici dans une heure... »

Tom s'assit sous la véranda.

C'était une splendide soirée : Tom regardait le jet d'eau, dont l'écume s'argentait sous les rayons d'un magnifique clair de lune... il écoutait le murmure des eaux... il pensait à sa famille et à sa maison... Il se disait que bientôt il serait libre..., que bientôt il pourrait les revoir... il se disait qu'à force de travail il rachèterait sa femme et ses enfants... Il éprouvait une sorte de joie à sentir les muscles de ses bras puissants, en songeant que bientôt ses bras seraient à lui, et qu'ils conquerraient la liberté de sa famille... Il pensa à son jeune maître, et adressa pour lui au Ciel sa prière accoutumée... Puis il pensa encore à cette belle Évangéline, maintenant parmi les anges... et bientôt il s'imagina que ce visage brillant et ces cheveux d'or sortaient de l'écume étincelante de la fontaine et paraissaient devant lui... Il s'endormit et il rêva qu'il la voyait venir à lui, légère et bondissante comme autrefois... une guirlande de jasmin dans ses cheveux, les joues animées et l'œil rayonnant de joie. Puis, pendant qu'il la regardait, elle s'éleva lentement du sol, ses joues devinrent plus pâles, ses yeux profonds avaient des rayons divins, un nimbe d'or entourait sa tête... Et la vision s'évanouit.

Tom fut réveillé par un violent coup de marteau et un bruit de pas et de voix à la porte.

Il courut ouvrir... Des hommes entrèrent... Ils portaient sur une civière un corps enveloppé dans un manteau : la lumière de la lampe tombait en plein sur le visage. Tom poussa un cri perçant... le cri de l'effroi et du désespoir... Ce cri retentit dans toute la maison... Les hommes s'avancèrent, avec leur fardeau, jusqu'à la porte du salon, où Miss Ophélia tricotait.

Saint-Clare était entré dans un café, pour lire un journal du soir. Une querelle s'était élevée entre deux hommes, un peu excités par la boisson. Saint-Clare et quelques autres personnes avaient voulu les séparer. Saint-Clare, en s'efforçant de désarmer un des deux hommes, avait reçu un coup de couteau dans le côté.

La maison se remplit bientôt de gémissements, de pleurs, de cris et de lamentations ; des esclaves désespérés s'arrachaient les cheveux, se jetaient par terre, ou couraient, éperdus, dans toutes les directions ; Marie avait des crises nerveuses ; Tom et Miss Ophélia gardaient seuls quelque présence d'esprit. Miss Ophélia fit disposer un des sofas du salon ; on étendit dessus le blessé tout sanglant. Saint-Clare s'était évanoui de douleur et de faiblesse, à bout de sang.

Miss Ophélia lui fit respirer des sels. Il revint à lui, ouvrit les yeux, les promena tout autour de l'appartement, et les arrêta enfin sur le portrait de sa mère.

Le médecin arriva et fit son examen. On vit bientôt, à son air, qu'il n'y avait pas d'espoir. Il n'en mit pas moins de soin à panser la blessure, assisté de Miss Ophélia et de Tom. Les esclaves, désolés, se pressaient autour des portes, pleurant et sanglotant.

« Il faut les écarter, dit le médecin. Tout dépend maintenant du repos où on le laissera. »

Saint-Clare ouvrit les yeux et regarda fixement les malheureux êtres que Miss Ophélia et le docteur s'efforçaient de faire sortir du salon. « Pauvres gens ! » dit-il, et l'on vit sur son visage l'ombre d'un remords. Adolphe refusa de sortir. La terreur l'avait complètement égaré ; il se coucha sur le parquet, et rien ne put le faire se relever. Les autres cédèrent aux instantes recommandations de Miss Ophélia et se retirèrent, pensant que le salut de leur maître dépendait de leur obéissance et de leur calme.

Saint-Clare pouvait à peine parler... il avait les yeux fermés ; mais on ne devinait que trop l'amertume de ses pensées. Au bout d'un instant, il posa sa main sur la main de Tom, agenouillé auprès de lui.

« Tom ! pauvre Tom !

— Eh bien, maître ?

— Je meurs, dit Saint-Clare en lui prenant la main..., priez !

— Voulez-vous un prêtre ? » dit le médecin.

Saint-Clare fit signe que non, et dit à Tom avec plus d'énergie encore : « Priez ! »

Et Tom pria de tout son cœur et de toutes

ses forces pour cette âme qui passait... pour cette âme qui semblait se révéler tout entière, si triste et si désolée, dans le regard de ces grands yeux bleus mélancoliques... Ah! c'était bien la prière offerte avec des cris et des larmes!

Quand Tom eut fini, Saint-Clare lui prit la main et le regarda sans rien dire. Puis il referma les yeux, tout en retenant la main... Aux portes de l'éternité, la main blanche et la main noire se serrent d'une égale étreinte... Cependant, doucement et d'une voix entrecoupée, Saint-Clare murmurait :

Recordare, Jesu pie,

....

Ne me perdas... illa die !

....

Quærens me... sedisti lassus...

Les paroles qu'il avait chantées dans la soirée lui revenaient à l'esprit...; paroles de supplication, adressées à la miséricorde infinie. Il entrouvrait encore les lèvres, et les fragments de l'hymne en tombaient...

« L'esprit s'égare, dit le médecin.

— Au contraire, il se retrouve enfin, dit Saint-Clare avec énergie; enfin, enfin!... »

Cet effort l'épuisa.

La pâleur de la mort s'étendit sur ses traits, et avec elle, comme si elle fût tombée des ailes d'un ange compatissant, une expression de paix et de calme. On eût dit un enfant qui s'endort.

Il resta quelques instants immobile.

Tous voyaient que la main du Tout-Puissant était

sur lui. Avant que l'âme prît son essor, il ouvrit encore les yeux. Il y eut comme une lueur de joie, de cette joie qu'on éprouve à reconnaître ceux qu'on aime... Il murmura : «Ma mère !» Tout était fini.

CHAPITRE XXIX

Les abandonnés

ON parle souvent du malheur des nègres qui perdent un bon maître. On a raison. Je ne connais pas, sur la terre de Dieu, de créatures plus infortunées et plus vraiment à plaindre...

L'enfant qui a perdu son père a du moins pour lui la protection de ses amis et de la loi. Il est quelque chose... il peut quelque chose... il a une position, il a des droits reconnus. L'esclave... rien ! la loi ne lui reconnaît pas de droits : c'est un paquet... une marchandise... Si jamais on a reconnu en lui quelques-uns des désirs et des besoins d'une créature humaine... et immortelle... il le doit à la volonté souveraine et irresponsable de son maître. Ce maître une fois disparu... il n'y a plus rien !

Il est petit, le nombre de ceux qui savent user humainement et généreusement d'un pouvoir irresponsable et souverain ! Chacun sait cela : l'esclave le sait mieux que personne... Il y a dix chances de rencontrer le maître tyrannique et cruel... une chance de trouver le maître clément et bon. La perte d'un bon maître doit être suivie de longs gémissements.

Quand Saint-Clare eut rendu le dernier soupir, la terreur et la consternation s'emparèrent de toute la maison... Il avait été abattu en un moment, dans la force et dans la fleur de ses années. Toute l'habitation retentissait de sanglots et de cris désespérés. Marie, dont les nerfs étaient affaiblis par la constante mollesse de sa vie, était bien incapable de supporter un pareil choc... Pendant l'agonie de son mari, elle sortait d'un évanouissement pour retomber dans un autre... Et celui auquel elle avait été unie par le lien mystérieux du mariage la quitta pour toujours, sans qu'ils eussent même échangé une parole d'adieu !

Miss Ophélia, avec la force et l'empire sur elle-même qui la caractérisaient, n'avait point quitté son cousin un seul instant. Elle était tout œil, tout oreilles, tout attention... faisait tout ce qu'il fallait faire, et, du fond de son cœur, s'unissait à ces prières tendres et passionnées, que le pauvre esclave répandait devant Dieu pour l'âme de son maître mourant.

En l'arrangeant pour le dernier sommeil, ils trouvèrent sur sa poitrine un petit médaillon très simple, et s'ouvrant par un ressort. Il renfermait le portrait d'une belle et noble femme, et de l'autre côté, encadré sous le verre, une boucle de cheveux noirs... Ils remirent ce médaillon sur cette poitrine sans battement... Poussière contre poussière !... Pauvres et tristes reliques des rêves printaniers... qui jadis firent battre avec tant d'ardeur ce cœur maintenant éteint !

L'âme de Tom était remplie des pensées de l'éternité, et, pendant qu'il rendait les derniers devoirs à cette poussière inanimée, il était loin de croire que ce coup l'avait plongé dans un esclavage désormais sans espérance... Il était rassuré sur le compte de Saint-Clare : au moment où il avait répandu sa prière dans le sein de son Père... il avait senti dans son propre cœur une paix et une espérance qui semblaient être la réponse du Ciel... Dans les profondeurs de cette nature affectueuse, il y avait parfois comme une effusion de l'amour divin... L'antique oracle n'a-t-il pas dit : "Celui qui demeure dans l'amour demeure en Dieu, et Dieu en lui!"

Tom croyait, il espérait, il avait la paix.

Les funérailles furent célébrées avec tout leur attirail de crêpes et de tentures noires... leurs prières... leurs visages solennels... Puis les vagues froides de la vie quotidienne coulèrent de nouveau dans leur lit fangeux... puis revint la triste et monotone question : Que faire ?

C'est à quoi songeait Marie, vêtue de longs habits de deuil, entourée d'esclaves inquiets, assise dans son moelleux fauteuil, et regardant des échantillons de crêpe et d'alépine.

C'est à quoi songeait aussi Miss Ophélia, dont les pensées se tournaient déjà vers sa maison du Nord.

C'est à quoi songeaient également, pleins de terreur, ces esclaves qui connaissaient le caractère tyrannique et impitoyable de la maîtresse aux mains de laquelle ils étaient tombés... ils savaient tous que l'indulgence ne venait pas de la maîtresse, mais du maître, et que, lui absent, il n'y avait plus d'obstacles protecteurs entre eux et les exigences d'une femme aigrie par la douleur.

Environ quinze jours après les funérailles, Miss Ophélia travaillait dans son appartement... elle entendit un petit coup frappé doucement à sa porte : c'était Rosa, la jolie petite quarteronne, dont nous avons si souvent parlé ; ses cheveux étaient en désordre et ses yeux tout gros de larmes.

«O Miss Phélia ! dit-elle en tombant sur ses genoux et saisissant le bas de sa robe, ô Miss Phélia... allez ! allez ! priez pour moi, priez madame ! intercédez... Hélas ! hélas ! elle veut m'envoyer dehors pour être fouettée... Tenez!» Et elle tendit un papier à Miss Ophélia.

C'était un ordre écrit de la main blanche et délicate de Marie, et adressé au maître d'une maison de correction, de faire donner quinze coups de fouet au porteur.

«Qu'avez-vous fait? demanda Miss Ophélia.

— Vous savez, Miss Phélia... j'ai un si mauvais caractère... c'est bien mal à moi... J'essayais une robe à Miss Marie... elle m'a donné un soufflet... J'ai parlé avant de réfléchir... je n'ai pas été polie... elle a dit qu'elle saurait bien me réduire et m'apprendre une fois pour toutes à ne pas tant lever la tête... et elle a écrit cela et m'a dit d'aller le porter... J'aimerais autant qu'on me tuât tout de suite!»

Miss Ophélia, le billet à la main, réfléchit un instant.

«Voyez-vous, Miss Phélia, ce n'est pas encore tant le fouet... si c'était vous ou Miss Marie qui dussiez me le donner... mais un homme, et un tel homme... O Miss Phélia! la honte!»

Miss Ophélia savait parfaitement qu'il était d'usage d'envoyer ainsi les femmes et les jeunes filles dans des maisons de correction pour être fouettées par les hommes les plus vils... assez vils pour exercer leur métier!... Elle connaissait la honte et les dangers de tels châtiments... Oui, elle savait tout cela... mais elle ne l'avait pas vu! Aussi, quand Rosa parut devant ses yeux... corps frêle et élégant, à demi brisé par les convulsions du désespoir, le sang de la femme bondit dans ses veines... Ce sang généreux et libre de la Nouvelle-Angleterre monta à ses joues... et redescendit à son cœur pour en précipiter les palpitations indignées... Mais, toujours prudente et maîtresse d'elle-même, elle se contint... elle froissa le papier dans ses mains, et d'une voix calme :

«Asseyez-vous là, mon enfant, dit-elle, je vais aller

voir votre maîtresse... C'est une honte, une monstruosité... un outrage à la nature!» se dit-elle en
traversant le salon.

Elle trouva Marie dans son grand fauteuil. Mammy
la peignait et Jane lui frictionnait les pieds.

«Comment vous trouvez-vous aujourd'hui?» dit
Miss Ophélia.

Un profond soupir, des yeux qui se fermèrent,
telle fut la première réponse de Marie. Elle ajouta
bientôt :

«Oh! je ne sais pas, cousine... aussi bien, je pense,
qu'il me soit jamais possible d'aller...» Et elle essuya
ses yeux avec un mouchoir de batiste, encadré dans
une bordure noire d'un pouce de large.

«Je venais, dit Miss Ophélia avec cette petite toux
qui sert de préface aux entretiens difficiles, je venais
vous parler de cette pauvre Rosa.»

Les yeux de Marie s'ouvrirent tout grands, le sang
monta à ses joues pâles, et d'une voix aiguë :

«Eh bien, qu'est-ce?

Elle se repent de sa faute!

Ah! vraiment! Elle s'en repentira bien davantage encore. J'ai souffert assez longtemps l'impudence
de cette créature... Je veux l'abattre, je veux la mettre
dans la poussière.

— Mais ne pouvez-vous la punir d'une autre manière,
d'une manière moins honteuse?

— Au contraire! de la honte pour elle... c'est
ce que je veux!... Elle a trop fait cas toute sa
vie de sa délicatesse, de sa bonne mine et de ses
airs de dame... Elle en est venue à oublier qui elle
est... Je vais lui donner une leçon qui domptera son
orgueil, j'en réponds!

— Mais, cousine, remarquez que, si vous détruisez
cette délicatesse et cette honte pudique dans une jeune
fille, vous la dépravez...

— Délicatesse! fit Marie avec un rire méprisant;

un beau mot pour une telle espèce! Je veux lui apprendre, avec tous ses airs, qu'elle n'est pas plus que la dernière créature en haillons qui traîne par les rues... Elle ne prendra plus ces airs-là avec moi.

— Vous répondrez à Dieu de cette cruauté, dit Miss Ophélia.

— Je voudrais bien savoir quelle cruauté il y a à cela... Je n'ai donné l'ordre que de quinze coups seulement, et j'ai dit de ne pas frapper très fort... Où donc est la cruauté?

— Vous ne voyez pas là de cruauté!... Eh bien, soyez-en sûre, il n'y a pas une jeune fille qui ne préférât la mort.

— Peut-être bien, avec vos sentiments... mais toutes ces créatures sont accoutumées à cela, il n'y a pas d'autre moyen d'en avoir raison... laissez-leur prendre une fois ces façons... et vous ne pouvez plus vous en aider... C'est ce qui m'est arrivé avec mes esclaves... Maintenant, je commence à les réduire, et je vais leur faire savoir qu'ils iront tous au fouet, s'ils ne se corrigent pas.» Marie promena autour d'elle un regard décidé.

Jane baissa la tête et trembla, comme si elle eût compris que ceci lui était particulièrement adressé... Miss Ophélia s'assit un instant, comme si elle eût avalé quelque mélange susceptible de faire explosion... Elle paraissait prête à éclater... mais se rappelant l'inutilité de toute discussion avec une telle nature, elle resta bouche close, se recueillit et sortit de la chambre.

Il fallut, quoi qu'il lui en coûtât, aller dire à la pauvre Rosa qu'elle n'avait pu rien faire pour elle. Un instant après, un des esclaves entra et dit qu'il avait ordre de sa maîtresse de la conduire à la maison de correction. Elle fut entraînée malgré ses larmes et ses résistances...

Quelques jours après cette scène, Tom, rêveur, se tenait sur le balcon ; il fut rejoint par Adolphe, abattu et désolé depuis la mort de son maître... Adolphe savait bien qu'il avait toujours déplu à Marie ; pendant que son maître vivait, il n'y prenait pas garde ; maintenant, il vivait «dans la crainte et le tremblement,» ne sachant pas trop ce qu'il adviendrait de lui.

Marie avait eu plusieurs conférences avec ses hommes d'affaires. Après avoir pris l'avis de son beau-frère, elle se résolut à vendre l'habitation ainsi que tous les esclaves, ne se réservant que ceux qui lui appartenaient en propre : quant à ceux-ci, elle les ramènerait avec elle chez son père.

«Savez-vous, Tom, fit Adolphe, que nous allons être tous vendus ?

— Qui vous a appris cela ?

— Je m'étais caché derrière les rideaux, quand madame a parlé avec l'homme de loi... Dans quelques jours, nous allons tous passer aux enchères, Tom !

— Que la volonté de Dieu soit faite ! dit Tom en se croisant les bras et en poussant un profond soupir...

— Nous ne retrouverons jamais un pareil maître, dit Adolphe d'un ton craintif... Mais j'aime encore mieux être vendu que de rester avec madame.»

Tom se détourna : son cœur était plein... L'espérance et la liberté, la pensée lointaine de sa femme et de ses enfants, s'étaient tout à coup levées devant son âme patiente, comme devant les yeux du matelot qui sombre en touchant le port se dressent la flèche de l'église et les toits aimés du village natal, aperçus derrière la vague sombre comme pour envoyer et recevoir un dernier adieu. Tom serra plus étroitement ses bras contre sa poitrine... Il refoula ses larmes amères et il essaya de prier... Le pauvre esclave éprouvait maintenant un désir de liberté tellement irrésistible que plus il répétait : «Seigneur, que ta volonté soit faite!» plus il était désespéré.

Il alla trouver Miss Ophélia, qui, depuis la mort d'Éva, lui avait témoigné une bonté pleine d'égards...

«Miss Phélia, lui dit-il, M. Saint-Clare m'avait promis ma liberté... Il avait même commencé les démarches... et maintenant, si Miss Phélia voulait être assez bonne pour en parler à madame... peut-être madame voudrait achever... pour se conformer au désir de M. Saint-Clare.

— Je parlerai pour vous, Tom, et de mon mieux... mais, si cela dépend de Mme Saint-Clare, je n'espère pas beaucoup; mais, enfin, j'essaierai.»

Ceci se passait quelques jours après l'aventure de Rosa, et pendant que Miss Ophélia faisait ses préparatifs de départ pour retourner dans le Nord.

En y réfléchissant sérieusement, elle se dit qu'elle avait, sans nul doute, mis trop de chaleur dans sa première discussion avec Marie, et elle résolut, pour cette fois, de modérer son zèle et d'être aussi conciliante que possible. Elle se recueillit, prit son tricot, et alla dans la chambre de Marie, bien résolue à se montrer très aimable et à négocier l'affaire de Tom avec toute l'habileté de sa diplomatie.

Elle trouva Marie étendue tout de son long sur un sofa, le coude dans les oreillers. Jane, qui était allée faire des emplettes, déployait devant elle des étoffes d'un noir un peu plus clair.

«Voilà qui fera l'affaire... dit Marie en choisissant ; seulement, je ne sais pas si c'est bien deuil.

— Comment donc, madame! dit Jane avec volubilité, Mme la générale Daubernon portait la même chose, l'été dernier, après la mort du général... et cela lui allait à ravir !

— Qu'en pensez-vous, Miss Ophélia ?

— C'est affaire de mode, j'imagine, et vous êtes meilleur juge que moi.

— Le fait est, dit Marie, que je n'ai pas une robe que je puisse mettre... Je pars la semaine prochaine, il faut bien que je me décide.

— Ah! vous partez si tôt?

— Oui, le frère de Saint-Clare a écrit; il pense, comme l'homme d'affaires, qu'il faut vendre maintenant le mobilier et les esclaves... quant à la maison, on attendra une occasion favorable.

— Il y a une chose, dit Miss Ophélia, dont je voulais vous parler... Augustin avait promis la liberté à Tom... il avait même commencé les premières formalités... j'espère que vous voudrez bien les faire terminer...

— C'est certainement ce que je ne ferai pas, dit aigrement Mme Saint-Clare. Tom est un des meilleurs et des plus chers de nos esclaves... Non! non! et puis, qu'a-t-il besoin de sa liberté?... il est bien plus heureux comme il est!...

— Il la désire vivement, et son maître la lui a promise...

— Eh mon Dieu! oui, il la désire, ils la désirent tous... une race de mécontents qui veut toujours ce qu'elle n'a pas... Moi, je suis, en principe, contre l'émancipation, dans tous les cas. Gardez un nègre, il ira bien, et se conduira bien; renvoyez-le, il sera paresseux, ne travaillera pas, s'enivrera... il deviendra très mauvais sujet : j'ai eu cent exemples de cela sous les yeux... Il n'y a pas de raison pour les affranchir!...

— Mais Tom! il est si rangé, si pieux... si capable...

— Je n'ai pas besoin qu'on me le dise... J'en ai vu cent comme lui; il ira bien tant qu'on le gardera... mais c'est tout.

— Eh!... quand vous le vendrez... s'il tombe entre les mains d'un mauvais maître?

— Folies que tout cela! Il n'y a pas un mauvais maître sur cent. Les maîtres sont bien meilleurs qu'on ne le dit... Je suis née... j'ai été élevée dans le Sud... je n'ai jamais vu un maître qui ne traitât très convenablement ses esclaves... Je ne crains rien de ce côté-là.

— Soit! reprit avec fermeté Miss Ophélia; mais je sais qu'un des derniers désirs de votre mari, c'était de rendre la liberté à Tom; c'était une des promesses qu'il avait faites au lit de mort de notre chère petite Éva,... et je ne croyais pas que vous voulussiez la violer... »

Marie, à cet appel, cacha son visage dans son mouchoir, sanglota et aspira très fortement les sels de son flacon.

« Tout le monde est contre moi, fit-elle; on n'a d'égards pour rien... Je n'aurais pas cru que vous m'eussiez rappelé ainsi le souvenir de mes infortunes... c'est un manque d'égards... Des égards! on n'en a pas pour moi. Ah! j'ai bien du malheur! Je n'avais qu'une fille unique... je l'ai perdue! J'avais le mari qui me convenait... et tout le monde ne pouvait me convenir, à moi! Mon mari m'est enlevé aussi et vous avez assez peu de tendresse pour me rappeler ces souvenirs... quand vous voyez si bien qu'ils m'accablent... Ah! vous avez de bonnes intentions... mais vous êtes bien imprudente... bien imprudente! »

Et Marie sanglota à perdre haleine et appela Mammy pour ouvrir la fenêtre, lui donner son flacon de camphre, baigner sa tête, ouvrir sa robe... Ce fut un moment de confusion dont Miss Ophélia profita pour regagner son appartement.

Miss Ophélia vit bien que tout était inutile; Mme Saint-Clare trouvait des ressources inépuisables d'arguments dans ses attaques de nerfs : c'était sa réponse dès qu'on lui rappelait les vœux de sa fille et de son mari. Miss Ophélia prit le meilleur parti qui lui restât : elle écrivit à Mme Shelby, exposant les malheurs de Tom et réclamant une prompte assistance.

Le lendemain, Tom, Adolphe, et une demi-douzaine d'autres, furent conduits au magasin des esclaves, pour y attendre le bon plaisir du marchand, qui devait en faire un lot.

CHAPITRE XXX

Un magasin d'esclaves

Un magasin d'esclaves ! Peut-être ce mot seul évoque-t-il, devant quelques-uns de mes lecteurs, des visions horribles ; ils se figurent quelque horrible Tartare, bien noir et bien affreux.

. . . . *Informe, ingens, cui lumen ademptum !*

Eh non, innocent lecteur ! les hommes d'aujourd'hui ont trouvé le moyen de pécher habilement, doucement, de façon à ne pas blesser les yeux et la sensibilité de la bonne compagnie. La marchandise humaine est avantageuse sur la place ; on a donc soin qu'elle soit bien nourrie, bien vêtue, bien soignée, bien traitée, pour qu'elle arrive au marché forte, grasse et brillante ! Un magasin d'esclaves, à La Nouvelle-Orléans, ressemble, extérieurement du moins, à toutes les autres maisons ; il est tenu fort proprement ; mais chaque jour, sous une espèce d'auvent, dans la rue, vous voyez étalées des rangées d'hommes et de femmes, comme échantillon de ce que l'on vend à l'intérieur.

On vous invite courtoisement à entrer et à examiner. On vous annonce que vous trouverez là une grande quantité de maris, de femmes, de frères, de sœurs, de pères, de mères, de jeunes enfants, à vendre ensemble ou séparément, à la volonté de l'acquéreur ; et cette âme immortelle, rachetée par le sang et les angoisses du Fils de Dieu... au milieu des tremblements de terre, des rochers déchirés, des tombeaux ouverts... cette âme est vendue, louée, engagée, échangée pour de l'épicerie ou toute autre denrée, selon que l'aura voulu le caprice du marchand ou la nécessité présente du commerce.

Un jour ou deux après la conversation que nous avons rapportée entre Marie et Miss Ophélia, Tom, Adolphe, et une demi-douzaine d'autres esclaves ayant appartenu à Saint-Clare, étaient confiés aux aimables soins de M. Skeggs, qui tenait un dépôt, rue de***, pour passer aux enchères le lendemain.

Tom avait, comme plusieurs autres, une malle pleine d'effets à lui.

Les esclaves furent mis, pour la nuit, dans une longue pièce où se trouvaient rassemblés beaucoup d'autres hommes de tout âge, de toute taille et de toute couleur, et d'où partaient les éclats de rire d'une gaieté hébétée.

« Ah ! ah ! très bien ! continuez, garçons, continuez ! fit M. Skeggs. Mes gens sont toujours si gais !... Ah ! Ciel ! Sambo, qui fait tout ce bruit ? »

Sambo était un grand nègre, qui se livrait à toutes sortes de plates bouffonneries qui rejouissaient fort ses compagnons.

Tom, on se l'imagine aisément, n'était pas d'humeur à partager cette gaieté ; il plaça sa malle aussi loin que possible du groupe turbulent, s'assit dessus et appuya son visage contre le mur.

Ceux qui trafiquent de la marchandise humaine s'efforcent, avec une persévérance systématique, d'entretenir parmi les esclaves une gaieté bruyante ; c'est le moyen de noyer chez eux la réflexion et de les rendre insensibles à leurs maux. Le but du commerçant, depuis le premier moment où il a pris le nègre dans les marchés du Nord pour le vendre dans les marchés du Sud, c'est de le rendre insensible, indifférent, brutal. Le trafiquant complète sa cargaison dans la Virginie et dans le Kentucky; il la conduit ensuite dans quelque endroit convenable et sain, souvent aux eaux, dans le but de l'engraisser. On les fait manger à discrétion, et, comme quelques-uns peuvent prendre de la mélancolie, le marchand a soin de se procurer un violon, et on les fait danser... Et celui qui ne veut pas s'amuser, celui dont les pensées se reportent trop vivement sur sa femme, sur ses enfants, sur sa maison... et qui ne peut pas être gai... on le regarde comme un sournois dangereux, et l'on fait retomber sur lui toutes les vexations que peut inventer le mauvais vouloir d'un maître cruel et sans contrôle. L'insouciance, la pétulance, la gaieté... surtout quand il y a des témoins, voilà ce que l'on veut des esclaves... On espère ainsi trouver un bon acheteur, et l'on ne craint pas d'éprouver des pertes sérieuses.

«Qu'est-ce que ce nègre fait donc là?» dit Sambo, marchant à Tom, quand M. Skeggs eut quitté la chambre.

Sambo était noir comme l'ébène, grand, gai, parlait avec volubilité, et faisait force tours et grimaces.

«Que faites-vous là? dit-il en s'adressant à Tom et lui donnant un coup de poing dans le côté, en manière de plaisanterie... Vous méditez?... hein!

— Je serai vendu demain aux enchères! dit Tom tranquillement.

— Vendu aux enchères!... Ah! ah! garçons,... en voilà une plaisanterie!... Je voudrais bien être de la partie... Eh bien, vous autres, n'est-il pas risible, celui-là?... Eh mais, votre compagnon, celui-ci, doit-il être vendu aussi demain? dit Sambo en posant familièrement sa main sur l'épaule d'Adolphe.

— Laissez-moi, je vous prie, dit Adolphe fièrement, et en se reculant avec un extrême dégoût.

— Ah! ah! garçons, voilà un vrai modèle de nègre blanc... blanc comme lait et qui sent! fit-il, en s'avançant encore et en flairant. Oh! Dieu, comme il ferait bien l'affaire chez un débitant de tabac!... Il parfumerait la marchandise... oui... il embaumerait la boutique, parole!

— Je vous dis de me laisser, entendez-vous! s'écria Adolphe furieux.

— Ah! comme vous êtes délicats, vous autres, nègres blancs! On ne peut pas vous toucher, voyez-vous ça!»

Et Sambo parodia grotesquement les façons d'Adolphe.

«En voilà, fit-il, des airs et des grâces! On voit bien que nous avons été dans une bonne maison.

— Oui! oui! j'avais un maître qui vous aurait bien achetés... tout ce que vous êtes là!

— Voyez-vous ça! Quel gentleman ça devait être!

— J'appartenais à la famille Saint-Clare, dit Adolphe d'un ton fier.

— En vérité!... eh bien, il doit être fort heureux de se débarrasser de toi, ton maître... Il va sans doute te vendre avec un lot de porcelaines fêlées», dit Sambo ajoutant à ses paroles une grimace narquoise...

Adolphe, exaspéré de cette insulte, s'élança sur son adversaire, jurant et frappant à droite et à gauche... La troupe riait et applaudissait. Le bruit fit venir le maître.

«Qu'est-ce donc, garçons? la paix, la paix!» dit-il en brandissant un long fouet.

Les esclaves s'enfuirent dans toutes les directions, à l'exception de Sambo qui, comptant sur ses privilèges de bouffon reconnu, resta ferme, enfonçant sa tête dans ses épaules chaque fois que son maître le menaçait.

«C'est pas nous, maître, c'est pas nous!... Nous sommes bien tranquilles! c'est les nouveaux. Ils nous tracassent... ils sont toujours après nous.»

Le maître se tourna du côté de Tom et d'Adolphe, distribua, sans plus ample information, quelques coups de pied et quelques gourmades, et, après avoir ordonné à tout le monde d'être sage et de s'aller coucher, lui-même se retira.

Pendant que cette scène se passait dans le dortoir des hommes, voyons ce que l'on faisait dans l'appartement des femmes.

Les femmes étaient étendues sur le plancher en diverses attitudes. Rien ne saurait offrir un spectacle plus étrange que toutes ces femmes endormies... Il y en avait de toutes les nuances, depuis le marbre blanc jusqu'à l'ébène sombre et lustré. Il y en avait de tous les âges, depuis l'enfance jusqu'à la vieillesse. Voici une belle et brillante enfant de dix ans. Sa mère a été vendue hier même, et maintenant elle pleure, la pauvre petite, parce qu'il n'y a plus personne pour veiller sur son sommeil. Voici une vieille négresse hors d'âge; ses bras amaigris, ses doigts calleux révèlent les durs travaux. On la donnera demain, par-dessus le marché, pour ce qu'on en pourra tirer. En voilà partout! quarante, cinquante! la tête enveloppée de linges, de couvertures, de ce qu'elles trouvent.

Dans un coin, séparées du reste de la foule, et plus dignes d'intérêt, on peut remarquer deux femmes.

L'une d'elles est une mulâtresse au costume décent, à l'œil doux, à la physionomie attrayante; elle peut avoir de quarante à cinquante ans; elle est coiffée d'un turban de Madras rouge, très beau d'étoffe; elle est proprement vêtue. On voit qu'elle sort d'une maison où l'on avait soin d'elle... Tout près d'elle, blottie contre elle, comme un oiseau dans son nid, est une jeune fille de quinze ans, sa fille. C'est une quarteronne, on peut le voir à sa carnation plus blanche... Elle a du reste les traits de sa mère : c'est le même œil, doux et noir, avec de plus longs cils; ses cheveux bouclés ont les teintes brunes les plus riches... Elle aussi est mise avec une grande propreté ; ses petites mains, délicates et blanches, ne semblent pas connaître les œuvres serviles. Ces deux femmes seront vendues demain, avec les esclaves de Saint-Clare. Le gentleman à qui elles appartiennent, et qui recevra le prix de leur vente, est un membre de l'Église chrétienne de New York. Oui, il touchera l'argent... et il ira s'asseoir au banquet de son Dieu, qui est leur Dieu !... et il n'y pensera plus.

Ces deux femmes, que nous appellerons Suzanne et Emmeline, avaient été longtemps attachées à la personne d'une aimable et pieuse dame de La Nouvelle-Orléans. On leur avait appris à lire et à écrire, on les avait instruites des vérités de la religion, et, pendant longtemps, elles avaient eu le sort le plus heureux que puisse espérer une femme de leur condition. Mais le fils unique de leur protectrice avait seul la direction de la fortune maternelle, et, soit incapacité, soit négligence, il éprouva des embarras et fit faillite. Au nombre de ses plus forts créanciers était la maison B. et Cie de New York. B. et Cie firent écrire à leur homme d'affaires de La Nouvelle-Orléans ; celui-ci pratiqua une saisie. Les deux femmes et une troupe d'esclaves planteurs étaient ce qu'il y avait de mieux dans l'actif du failli ; l'homme d'affaires en informa ses commettants de New York. B., nous l'avons dit, était chrétien ; il habitait un État libre. Cette nouvelle le mit assez mal à son aise... Il n'aimait pas ce commerce d'âmes humaines... il ne voulait pas le faire ! Mais il avait trente mille dollars d'engagés. C'était bien de l'argent pour un principe ! Il réfléchit largement, consulta ceux dont il connaissait l'avis... Puis il écrivit à son homme d'affaires d'agir comme il l'entendrait et pour le mieux de ses intérêts.

La lettre arriva à La Nouvelle-Orléans. Le lendemain, Emmeline et Suzanne furent envoyées au dépôt pour attendre les prochaines enchères. Nous pouvons les apercevoir sous le pâle rayon de la lune qui glisse à travers la fenêtre. Écoutons leur conversation... toutes deux pleurent ; mais chacune d'elles pleure tout bas, pour que l'autre ne puisse pas l'entendre.

« Mère, appuyez votre tête sur mes genoux, et tâchez de dormir un peu, disait la fille, qui s'efforçait de paraître calme.

— Je n'ai pas le cœur au sommeil, Lina ! Je ne puis... C'est la dernière nuit que nous passons ensemble...

— Ne parlez pas ainsi, mère... Peut-être serons-nous vendues ensemble !... Qui sait ?

— C'est ce que je dirais, Emmeline, s'il s'agissait de tout autre que de nous... Mais j'ai si peur de te perdre que je ne puis voir autre chose que le danger...

— Mais l'homme a dit que nous avions bon air et que nous serions facilement vendues... »

Suzanne se souvint des regards de cet homme aussi bien que de ses paroles... Elle se rappelait, avec une inexprimable angoisse, comment il avait examiné les mains d'Emmeline, soulevé les boucles luisantes de ses cheveux et déclaré que c'était là un article de premier choix... Suzanne avait été élevée comme une chrétienne lisant chaque jour sa Bible, et, comme toute mère chrétienne à sa place, elle ressentait une profonde horreur à la pensée que sa fille serait livrée à une vie de honte...

Mais elle n'avait ni espérance ni protection...

« Mère, soyez sûre que nous serons bien placées... vous, comme cuisinière, moi, comme femme de chambre... ou bien pour la couture... dans quelque bonne famille... Oh ! oui, vous verrez !... Il faut être aussi bien... aussi aimables que nous pourrons... et dire tout ce que nous savons faire ! vous verrez que cela ira bien !

452

— Demain, Lina, je défriserai vos cheveux, je les brosserai au rebours...

Ah! pourquoi, mère? je ne serai plus aussi bien!

— Peut-être... mais vous serez mieux vendue!

— Je ne sais pas pourquoi, dit la petite fille.

— Je connais mieux cela que vous, Lina; les familles respectables seront bien plus disposées à vous acheter en vous voyant simple et décente, que si vous essayiez de paraître belle.

— Eh bien, mère, comme vous voudrez.

— Emmeline, si nous ne devons plus nous revoir, si je suis vendue d'un côté et vous de l'autre, souvenez-vous comment vous avez été élevée; rappelez-vous tout ce que madame vous a dit; emportez partout votre Bible et votre livre de cantiques; si vous êtes fidèle à Dieu, Dieu aussi vous sera fidèle. »

Ainsi parlait cette pauvre femme, amèrement découragée; car elle savait que demain le premier venu, vil, brutal, impie, sans cœur, deviendrait, s'il avait de l'argent pour la payer, le possesseur de sa fille, corps et âme! Et sera-t-il alors, sera-t-il possible à l'enfant de rester fidèle à Dieu? Elle pense à tout cela en serrant sa fille dans ses bras, et elle regrette de la voir si belle et si charmante; elle regrette qu'elle ait été si purement, si pieusement élevée; elle regrette qu'elle soit au dessus de sa classe. Mais elle n'a maintenant d'autre ressource que de prier. Ah! bien des prières semblables ont monté jusqu'à Dieu, qui partaient de ces prisons d'esclaves si élégantes et si coquettes, et un jour on verra bien que ces prières-là, Dieu ne les a point oubliées; car il est écrit : «Quant à celui qui aura offensé un de ces petits, il vaudrait mieux pour lui qu'avec une pierre de moulin attachée à son cou il eût été englouti dans les abîmes de la mer! »

Le rayon de la lune, paisible, doux et calme, projetait l'ombre des barreaux sur les corps endormis. La mère et la fille chantaient une sorte de complainte mélancolique, qui sert d'hymne funèbre aux esclaves.

Où donc est Mary qui pleurait ?
Où donc est Mary qui pleurait ?
Au séjour de la gloire !
Mary est morte ; elle est aux cieux !
Mary est morte ; elle est aux cieux !
Au séjour de la gloire !

Ces paroles, chantées par des voix dont le timbre a je ne sais quelle douceur émue et pénétrante, notées sur un air qu'on eût pris pour le soupir du désespoir de la terre qui aspire aux célestes espérances, ces paroles flottaient dans la sombre prison, se balançaient sur un rythme pathétique, et la complainte se déroulait, vers après vers !

Où donc est Paul, où donc Silas ?
Où donc est Paul, où donc Silas ?
Ils sont montés au séjour de la gloire !
Ils sont morts, ils sont dans les cieux !
Ils sont morts, ils sont dans les cieux !
Ils sont montés au séjour de la gloire !

Chantez, chantez, pauvres âmes ! la nuit est courte... et le matin vous séparera pour toujours !

Mais le voici déjà, le matin ! tout le monde est sur pied. Le digne M. Skeggs est affairé, il est vif... Il faut qu'il arrange un beau lot pour les enchères... Il faut qu'il surveille la toilette, il faut que chacun prenne son beau visage et fasse bonne contenance... On les fait mettre en cercle pour la dernière revue, avant qu'ils aillent au marché.

M. Skeggs, le bambou à la main, le cigare aux lèvres, se promène entre eux; il donne la dernière touche !

«Eh bien, qu'est-ce? fit-il en s'arrêtant devant Suzanne et Emmeline; vos papillotes !... où sont-elles ? »

La jeune fille regarda timidement sa mère : celle-ci, avec la ruse particulière aux femmes de sa classe :

«C'est moi, fit-elle, qui lui ai dit, la nuit dernière, de se lisser les cheveux, et de ne pas les avoir en boucles, flottant de tous côtés; c'est plus décent !

— Allons donc! fit l'homme d'un ton qui n'admettait pas de réplique; et se tournant vers la jeune fille : Vite! qu'on se dépêche... frisez-vous ! allez et revenez à l'instant... vous, allez lui aider ! dit-il à la mère, en faisant siffler sa badine... Ces boucles-là, ajoutait-il, font une différence de cent dollars sur le prix de vente ! »

. . . .

Sous un dôme splendide, sur un pavé de marbre, se promènent des hommes de toutes les nations; de tous les côtés de l'enceinte circulaire on a placé des tribunes pour les crieurs et les commissaires-priseurs. Deux de ces tribunes, aux extrémités opposées de l'enceinte, sont occupées par de beaux et brillants parleurs qui, avec une éloquence mélangée de français et d'anglais, s'efforcent de faire monter les enchères des connaisseurs; un troisième, encore inoccupé, était au milieu d'un groupe qui attendait l'ouverture de la vente. Nous reconnaissons là les esclaves de Saint-Clare, Tom, Adolphe, et les autres; à côté d'eux, voici Suzanne et Emmeline, le front baissé, tristes, dévorées d'inquiétudes... et attendant leur tour... Différents spectateurs, qui vont acheter, ou ne pas acheter... comme il leur plaira... se pressent autour du groupe... ils touchent... ils regardent... ils discutent... comme des jockeys feraient autour d'un cheval!

«Holà! Alfred, qui vous amène ici? dit un élégant en frappant sur l'épaule d'un jeune homme mis avec une extrême recherche, et qui examinait Adolphe à travers un lorgnon.

— Ma foi! j'ai besoin d'un valet... J'ai appris qu'on allait vendre les gens de Saint-Clare; j'ai pensé que cela pourrait faire mon affaire...

— Qu'on m'y prenne, à acheter les gens de Saint-Clare... ils sont gâtés à fond, impudents comme des démons.

— Oh! soyez tranquille!... si je les achète, ils seront bientôt corrigés, ils verront bien qu'ils ont affaire à un autre maître que M. Saint-Clare... Ma parole! je vais acheter celui-ci. Sa tournure me plaît.

— Lui! c'est un fou! il prendra tout ce que vous avez pour s'habiller... vous verrez!

— Soit! mais monsieur verra qu'il ne peut pas être extravagant avec moi; qu'on l'envoie à la maison de correction quelquefois, et il sera bientôt corrigé... je vous en donnerai des nouvelles... Je le redresserai du haut au bas!... tenez, je l'achète... c'est dit!»

Cependant, Tom était là, tout pensif, regardant tous ces visages qui se pressaient autour de lui, et se demandant lequel il voudrait appeler son maître. Ah! lecteurs, si jamais vous vous trouviez dans la nécessité de choisir, entre deux cents hommes, celui qui devrait être votre souverain absolu, peut-être penseriez-vous, comme Tom, que le choix est toujours difficile et fort peu rassurant... Tom vit bien des gens, grands, petits, gras, maigres, ronds, efflanqués, carrés, de toute sorte et de toute espèce... il vit surtout des hommes communs et grossiers, de ces hommes qui ramassent leurs semblables comme on ramasse des copeaux pour les mettre dans un panier ou les jeter au feu... sans y prendre garde! il ne vit pas un second Saint-Clare.

Quelques instants avant la vente, un homme court, large et trapu, dont la chemise déchiquetée bâillait sur sa poitrine, portant des pantalons sales et usés, se fraya un passage à travers la foule, en jouant des coudes, comme un homme qui va vite en besogne. Il approcha du groupe et se livra à un minutieux examen.

Tom ne l'eut pas plutôt aperçu, qu'il éprouva pour lui une invincible horreur. Ce sentiment augmentait à mesure que l'homme s'approchait de lui... Quoiqu'il fût petit, on devinait en lui une force d'athlète. Il avait la tête ronde comme une boule, de grands yeux gris-vert, ombragés de sourcils jaunâtres et touffus, des cheveux roides et rouges. Tout cela, comme on voit, n'était guère attrayant... Il avait les joues gonflées d'une chique de tabac, dont il rejetait le jus avec autant d'énergie que de décision. Ses mains étaient d'une grosseur démesurée, calleuses, poilues, brûlées du soleil, et garnies d'ongles fort mal tenus.

Cet homme examina notre lot d'esclaves avec beaucoup de sans-façon. Il prit Tom par le menton, lui fit ouvrir la bouche pour regarder ses dents, étendre les bras pour montrer ses muscles... Il tourna autour de lui, et le fit sauter en hauteur et en largeur, pour connaître la force de ses jambes.

«Où avez-vous été élevé? demanda-t-il d'un ton bref.

Dans le Kentucky, répondit Tom, qui regardait autour de lui comme pour implorer du secours.

— Que faisiez-vous?

— Je soignais la ferme.

— En voilà une histoire!» Et il passa outre.

Il s'arrêta devant Adolphe, lança sur ses bottes bien cirées une gorgée de tabac, grommela je ne sais quel terme injurieux..., et passa!

Il s'arrêta encore devant Suzanne et Emmeline, il avança sa lourde et sale main, et attira la jeune fille à lui... Il passait cette main sur le cou, sur la poitrine... il tâtait les bras... il regardait les dents... Enfin, il la repoussa contre sa mère, dont le visage avait reflété toutes les émotions que lui faisaient éprouver les façons de ce hideux étranger.

La jeune fille effrayée se mit à pleurer.

«Allons, chipie! dit le commissaire... on ne pleurniche pas ici! la vente va commencer!»

La vente commença en effet.

Adolphe fut adjugé, pour une somme assez ronde, au jeune homme qui avait manifesté tout d'abord l'intention de l'acheter. Les autres esclaves de Saint-Clare passèrent à différents acquéreurs.

«A vous, garçon! dit le vendeur à Tom. Allons! entendez-vous?...»

Tom monta sur le tréteau, jetant autour de lui des regards inquiets. On entendait un bruit confus, sourd, où l'on ne pouvait plus rien distinguer. Le glapissement du crieur, qui hurlait ses qualités en anglais et en français, se mêlait au tumulte des enchères des deux nations. Enfin, le marteau retentit; on entendit sonner nette et claire la dernière syllabe du mot dollar! C'en était fait, Tom était adjugé, il avait un maître.

On le vit descendre de dessus le tréteau. Le petit homme à tête ronde le saisit brutalement par une épaule, le poussa dans un coin, en lui disant d'une voix rude :

«Restez là, vous!»

Tom n'avait plus conscience de rien... Les enchères continuaient, sonores, éclatantes, françaises, anglaises, ou mélangées des deux langues. Le marteau retombe encore... Cette fois, c'est Suzanne qui est vendue... Elle descend de l'estrade, s'arrête, se retourne, regarde... Sa fille lui tend les bras... Elle, la mort sur le visage, elle regarde celui qui vient de l'acheter : c'est un homme entre deux âges... il est bien... il paraît bon.

«Oh! monsieur! si vous vouliez acheter ma fille!

— Je le voudrais, mais j'ai peur de ne pas pouvoir», répondit-il en jetant sur Emmeline un regard tout rempli d'un douloureux intérêt...

La jeune fille monta à son tour sur le tréteau, timide et tremblante.

Le sang reflue à ses joues pâles... le feu de la fièvre est dans ses yeux. La mère gémit en voyant qu'elle est plus belle que jamais. Le vendeur voit ses avantages... il les exploite... Les enchères montent rapidement.

«Je ferai tout ce qui me sera possible», dit l'honnête gentleman en poussant avec les autres.

Bientôt, il ne peut plus suivre... il se tait. Le commissaire s'échauffe... Il y a moins de concurrents. La lutte est entre un vieil habitant de La Nouvelle-Orléans, très aristocrate de sa nature, et le petit homme à la tête de boule. L'aristocrate continue le feu, en jetant à son adversaire un coup d'œil de mépris. Mais le petit homme a sur lui le double avantage de l'obstination et de l'argent. La lutte ne dure qu'un instant. Le marteau retombe... A lui la jeune fille, corps et âme, si Dieu ne vient en aide à l'innocence.

Le nouveau maître s'appelle M. Legree, il possède une plantation sur les bords de la rivière Rouge. On pousse Emmeline dans le lot de Tom, avec les deux autres hommes, et elle s'en va, et en s'en allant elle pleure.

Le bon gentleman est désolé..., mais on voit ces choses-là tous les jours... Oui! à ces ventes on voit des mères et des filles qui pleurent en répétant le mot toujours... On ne peut pas empêcher cela... et... et... il s'en va de son côté avec sa nouvelle acquisition.

Deux jours après l'homme de loi de la maison chrétienne B. et Cie de New York envoyait l'argent à ses commettants. Ah! sur le revers de la traite qui paie ce marché, écrivons ces mots du grand PAYEUR GÉNÉRAL, à qui un jour tous viendront rendre leurs comptes: «Il fera une enquête sur le sang, et il n'oubliera pas les pleurs des humbles!»

CHAPITRE XXXI

La traversée

> Tes yeux sont trop purs pour contempler le
> mal, et tu ne peux pas regarder l'iniquité :
> prends donc garde à ceux qui agissent cruelle-
> ment, et retiens ta langue pendant que les
> méchants dévorent celui qui est plus juste
> que toi.

Au fond d'un bateau, qui remontait la rivière Rouge,
Tom était assis, les chaînes aux mains, les chaînes aux
pieds... et sur le cœur un froid plus pesant que ses chaînes !
Pour lui, toutes les clartés étaient éteintes dans les cieux,
et la lune et les étoiles ; et, devant ses yeux, pareils aux
arbres de la rive, tous ses rêves s'étaient enfuis à jamais...
et la ferme du Kentucky, et sa femme et ses enfants, et
ses bons maîtres, et la maison Saint-Clare, avec ses splendeurs et son opulence, et la blonde tête d'Éva, et son
regard angélique, et Saint-Clare, fier, superbe, triomphant, beau, insouciant parfois, mais toujours bon, et
ces heures paresseuses, et ce loisir indulgent..., tout cela
était parti, parti pour toujours ; et à la place, que restait-il ?

C'est là une des plus grandes misères de l'esclavage.
Un nègre, au caractère sympathique et liant, rencontre
une famille distinguée, il y acquiert les sentiments et les
goûts qui forment en quelque sorte l'atmosphère du luxe ;
puis il tombe entre des mains grossières et brutales,
comme le meuble qui décorait jadis un salon superbe,
avili et souillé, tombe au comptoir d'une taverne... ou
plus bas encore ! Il y a une différence pourtant : la chaise

ou la table avilie ne peut pas sentir, et l'homme le peut. La fiction légale a beau dire qu'il sera réputé, pris et adjugé comme un meuble, on n'a cependant pas pu chasser son âme ni étouffer ce monde de souvenirs, d'espérances, d'amour, de crainte et de désirs qu'elle porte en elle...

Quand M. Simon Legree, le nouveau maître de Tom, eut acheté çà et là, à La Nouvelle-Orléans, huit esclaves, il les conduisit, les menottes aux mains, et enchaînés deux à deux, à bord du steamer *Le Pirate*, qui stationnait dans le port, tout prêt à remonter la rivière Rouge.

Legree les embarqua, le navire partit.

Alors, maître Legree, avec l'air que nous lui connaissons, voulut les passer en revue. Il s'arrêta en face de Tom. On avait fait prendre à Tom son meilleur vêtement pour la vente publique. Il avait une belle chemise empesée et des bottes cirées. Legree lui adressa la parole en ces termes :

« Levez-vous ! »

Tom se leva.

« Otez cela ! »

Et comme le père Tom, embarrassé par les menottes, n'allait pas assez vite à son gré, il lui aida, en arrachant brutalement le col, qu'il mit dans sa poche.

Il se dirigea ensuite vers la malle de Tom, qu'il avait d'abord eu soin de visiter ; il en tira une paire de vieux pantalons et une veste délabrée, que Tom ne mettait que quand il descendait aux écuries...

Le maître débarrassa l'esclave de ses fers, et lui montrant une sorte de niche entre les colis :

« Allez là, et mettez cela ! »

Tom obéit et revint au bout d'un instant.

« Tirez vos bottes ! »

Tom les tira.

« Tenez ! fit Legree en lui jetant une grosse paire de mauvais souliers... mettez cela ! »

Tom, malgré la rapidité de ce changement d'habit,

avait pourtant fait passer sa chère Bible d'une poche à l'autre ; bien lui en prit, car M. Legree, après lui avoir remis les menottes, commença l'inspection du contenu des poches. Il en retira un mouchoir de soie qu'il prit pour lui, différentes bagatelles, trésor recueilli par Tom parce qu'il avait fait la joie d'Éva, devinrent l'objet des dédains du marchand, qui les jeta à l'eau par-dessus son épaule.

Tom, dans sa précipitation, avait oublié son livre de cantiques méthodistes ; Legree tomba dessus et le feuilleta.

« Ah ! ah ! nous sommes pieux, je crois !... Comment vous appelle-t-on ? Vous êtes de l'Église, hein ?

— Oui, maître, répondit Tom avec fermeté.

— Eh bien, vous n'en serez bientôt plus... Je n'entends pas avoir chez moi de ces nègres qui chantent, qui prient et qui braillent... souvenez-vous-en et prenez-y garde ! Et, en disant cela, il frappa violemment du pied, et darda sur Tom le regard farouche de ses yeux gris... Je suis maintenant votre Église ! Vous entendez ? faites comme je dis ! »

Le nègre se tut, mais il y avait en lui comme une voix qui répondait : « Non ! » et, comme répétés par un invisible écho, ces mots d'une vieille prophétie, que si souvent Évangéline lui avait lue, revenaient sans cesse à ses oreilles : « Ne crains rien, car je t'ai racheté, je t'ai appelé de mon nom, tu es à moi ! »

Mais Simon Legree n'entendit pas cette voix-là. Cette voix-là, il ne l'entendait jamais ! Il regarda un instant la physionomie attristée de Tom et s'éloigna. Il prit la malle de Tom, qui contenait une provision abondante de vêtements propres, et alla sur l'avant du bateau, où il fut bientôt entouré des ouvriers et employés du bord. Alors, riant beaucoup des nègres qui veulent faire les messieurs, il vendit tout ce qu'il y avait dans la malle, et la malle elle-même ; et ils pensaient tous que c'était là un très bon tour, et ils se divertissaient à voir de quel œil Tom suivait ses effets, que l'on dispersait à droite et à gauche. La mise aux enchères de la malle fut regardée comme la meilleure farce du monde, et donna lieu à une foule de mots spirituels.

Quand ce fut une affaire terminée, Simon revint à sa marchandise.

« Maintenant, Tom, vous voyez que je vous ai délivré de tout bagage inutile. Prenez soin de ces habits-là, vous n'êtes pas près d'en avoir d'autres. J'aime que les nègres fassent attention à leurs effets. Chez moi l'habillement dure une année. »

Simon se dirigea ensuite vers Emmeline, enchaînée avec une autre femme.

« Eh bien, ma chère, dit-il en lui caressant le menton, de la gaieté donc ! de la gaieté ! »

Emmeline lui jeta un regard tout plein d'effroi, d'aversion, d'horreur. Ce regard ne lui échappa point : il fronça durement le sourcil.

« Allons donc, la fille !... il faut faire bon visage quand je vous parle, entendez-vous ? Et vous, la vieille peau jaune, dit-il en poussant la mulâtresse à laquelle Emmeline était enchaînée, n'ayez donc pas cette mine-là ! il faut être plus gaie que cela, je vous dis ! Allons ! vous tous, fit-il en se reculant d'un pas ou deux en arrière, regardez-moi ! regardez-moi dans l'œil !... bien droit... là ! »

Et il frappait du pied à chaque mot.

Comme s'il les eût fascinés, tous les yeux se fixèrent sur son œil gris étincelant.

« Maintenant, dit-il en grossissant son énorme poing pesant, qui ressemblait assez au marteau d'un forgeron, vous voyez ce poing !... pesez-le !... »

Et il l'abattit sur la main de Tom.

« Voyez-moi ces os-là ! Je vous préviens que ce poing-là vaut un marteau de fer pour abattre les nègres. Je n'ai jamais rencontré un nègre que je n'aie pu abattre d'un seul coup. »

Et il brandit son poing si près du visage de Tom, que celui-ci se rejeta en arrière en fermant les yeux.

«Moi, reprit-il, je n'ai aucun de ces maudits surveillants... je suis mon propre surveillant... et je vous
préviens que je vois tout... Il faut emboîter le pas... droit
et prompt... du moment que je parle. Avec moi, il n'y a
que ce moyen-là! Vous ne trouverez jamais chez moi
la moindre douceur... je suis sans pitié.»

Les pauvres femmes n'osaient plus respirer; toute la
troupe des esclaves s'assit par terre, saisie d'effroi et les
traits bouleversés. Le maître tourna sur ses talons... et
alla boire un petit verre!

«Voilà comment je m'y prends avec mes nègres, dit-il
à un homme d'une tournure distinguée, qui s'était tenu
à côté de lui pendant tout ce discours. C'est mon système...
mes commencements sont énergiques... il faut qu'ils
sachent ce qui les attend...

— En vérité! dit l'étranger, qui le regardait avec la
curiosité d'un naturaliste examinant quelque phénomène
étrange.

— Oui, en vérité, reprit Simon. Je ne suis pas, moi,
un de vos gentilshommes planteurs aux doigts blancs
comme le lis, qui se laissent duper et voler par les damnés
gérants. Voyez mes articulations! hein? Voyez mon
poing! Voyez-vous ça? Là-dessus la chair est devenue
dure comme pierre, elle a durci sur les nègres... tâtez!»

L'étranger mit son doigt à la place indiquée et dit
simplement :

«C'est assez dur!...» Puis il ajouta : «L'exercice vous
a sans doute fait le cœur aussi dur...

— Mon Dieu! oui... je puis m'en vanter, fit Simon
en riant aux éclats... Je ne connais personne plus dur que
moi... non, personne! personne ne me fait aller ni avec
des cris, ni avec du savon doux, c'est un fait.

— Vous avez là un très joli assortiment!

— C'est vrai! dit Simon. Il y a ce Tom, là-bas, il paraît
que c'est un sujet rare, je l'ai payé un peu cher, pour en
faire un cocher ou un directeur de travaux. Son défaut,
c'est de ne pas vouloir être traité comme il faut que les

nègres soient traités... mais ça lui passera... La femme jaune... dame ! elle est un peu malade, je l'ai prise pour ce qu'elle vaut... elle peut durer un an ou deux, je ne m'attache pas à épargner les nègres... Non, ma foi ! Je les use et j'en achète d'autres, c'est moins de soin et moins de dépense.

— En général, combien de temps durent-ils ? demanda l'étranger.

— Mon Dieu ! je ne sais pas trop... ça dépend de leur constitution ! Les individus robustes durent six ou sept ans, les faibles sont ruinés en deux ou trois. Dans les premiers temps, je me donnais toutes les peines du monde pour les conserver. Quand ils étaient malades, je les soignais, je leur donnais des vêtements, des couvertures, enfin tout ! Maintenant, malades ou bien-portants, c'est toujours le même régime... Ça ne servait à rien... Je me donnais bien du mal et je perdais de l'argent. Maintenant, quand un nègre meurt, j'en achète un autre... je trouve que c'est meilleur marché... et, en tout cas, bien plus commode ! »

L'étranger s'éloigna et alla s'asseoir à côté d'un autre voyageur qui avait écouté toute cette conversation avec une indignation mal contenue.

« Veuillez, dit-il, ne pas prendre cet individu pour un spécimen des planteurs du Sud.

— Non, certes ! s'écria le jeune homme.

— C'est un vilain et misérable drôle !

— Et, cependant, vos lois lui permettent de posséder un certain nombre d'êtres humains soumis à sa volonté souveraine, sans même l'ombre d'une protection ! et, si misérable qu'il soit, vous n'oseriez dire qu'il n'y a pas de ses pareils par milliers.

— Mais parmi les planteurs il y a beaucoup d'hommes intelligents et vraiment humains.

— Je le veux bien, dit le jeune homme. Mais, dans mon opinion à moi, ce sont ceux-là, ce sont ceux-là mêmes, avec leur intelligence et leur humanité, qui sont responsables des outrages et des violences que subissent chaque jour ces malheureux. Sans votre influence et votre sanction, tout le système ne tiendrait pas debout une heure de plus... S'il n'y avait que des planteurs comme celui-là, fit-il en désignant du doigt Simon, qui leur tournait le dos, l'esclavage serait coulé à fond comme une meule de moulin... Votre honorabilité et votre humanité sauvent et protègent sa brutalité !

— Vous avez certes une haute opinion de ma bonne nature, dit le planteur en souriant ; mais ne parlez pas si haut : il y a peut-être sur le bateau des gens qui ne seraient pas aussi tolérants que moi. Attendez que nous soyons arrivés à ma plantation, et alors vous pourrez à votre aise nous maltraiter. »

Le jeune homme rougit et sourit, et les deux voyageurs commencèrent une partie de trictrac.

Cependant, une autre conversation s'engageait entre Emmeline et la mulâtresse avec laquelle elle était enchaînée. Elles échangeaient les particularités de leur histoire : quoi de plus naturel dans leur position ?

« A qui apparteniez-vous ? disait Emmeline.

— Mon maître s'appelait M. Ellis. Il demeurait *Levee-Street*, vous devez avoir vu la maison.

— Était-il bon pour vous ?

— Assez, jusqu'au moment où il tomba malade ; mais il a été malade plus de six mois, et il était devenu bien difficile. Il ne voulait pas qu'on dormît... ni jour ni nuit. Personne ne lui convenait : il devenait plus difficile de jour en jour. Il me garda je ne sais combien de nuits... Je tombais d'épuisement... Un matin, il me trouva endormie : il entra dans une si grande colère, qu'il résolut de me vendre au plus dur maître qu'il pourrait trouver ; et pourtant il m'avait promis qu'à sa mort j'aurais ma liberté.

— Aviez-vous des amis ?

— J'avais mon mari, qui est forgeron. Mon maître le louait dehors... J'ai été emmenée si vite que je n'ai pas

eu même le temps de le voir. J'ai aussi quatre enfants...
Oh ! mon Dieu !... »

Ici la femme couvrit son visage de ses mains.

Quand on entend ces tristes récits, on tâche toujours
de trouver quelque parole de consolation. Emmeline
chercha, mais ne trouva pas... et que dire, en effet ? Toutes
deux, unies par un commun accord qui naissait de leur
frayeur, ne voulaient même pas faire allusion à leur
nouveau maître.

Pour les plus sombres heures, il y a les consolations
religieuses, je le sais. La mulâtresse appartenait à l'Église
méthodiste. Sa piété n'était pas éclairée sans doute, mais
elle était sincère. Emmeline avait reçu une éducation plus
soignée, elle avait appris à lire et à écrire. Elle connaissait la Bible ; elle avait reçu les soins d'une pieuse et
bonne maîtresse. Et cependant, même pour la plus robuste
foi chrétienne, n'est-ce point une bien rude épreuve que
de se voir, du moins en apparence, abandonnée de Dieu
et entre les mains d'une violence que rien n'émeut ? et
combien cette foi doit être encore plus ébranlée dans
de jeunes âmes faibles et ignorantes !

Le bateau s'avançait, portant son fret de douleurs !
il remontait le courant fangeux et agité, à travers les
sinuosités abruptes et capricieuses de la rivière Rouge.
Les yeux attristés rencontraient partout devant eux ses
bords escarpés, rouges comme ses ondes, qui les éblouis-
saient de leur éternelle et terrible uniformité.

Enfin le steamer s'arrêta devant une petite ville, et
Legree descendit avec sa troupe.

CHAPITRE XXXII

Lieux sombres

> La terre est couverte de ténèbres et pleine de
> cruauté.

Tom et ses compagnons se rangèrent derrière une lourde
voiture, et s'avancèrent péniblement par une route
malaisée.

Dans le wagon se trouvait Simon Legree. Les deux
femmes, encore enchaînées, avaient été jetées au fond
avec les bagages. On se dirigeait vers la plantation de
Legree, située à quelque distance.

C'était une route déserte et sauvage, qui se glissait,
avec mille détours, à travers un bois de sapins : le vent
gémissait dans leurs rameaux ; de chaque côté d'une
chaussée garnie de troncs d'arbres, les cyprès, s'élançant
d'un sol humide et visqueux, laissaient retomber leurs
funèbres guirlandes de mousses noirâtres. Çà et là quelques serpents aux formes hideuses se glissaient à travers
les souches renversées et les branches éparses, qui pour-
rissaient dans l'eau.

C'était une affreuse route vraiment ; triste même pour
l'homme qui, monté sur un bon cheval et le gousset garni,
la suivait pour aller à ses affaires. Combien plus terrible
et plus triste pour ces infortunés que chacun de leurs pas
pénibles éloigne, éloigne pour toujours de tout ce que
l'homme regrette, de tout ce que l'homme désire !

Telle eût été la pensée de tous ceux qui eussent pu voir

l'expression d'abattement désolé, la profonde et morne tristesse des malheureux esclaves, en apercevant cette route fatale qui se déroulait devant eux.

Seul, Legree semblait enchanté; de temps en temps il tirait de sa poche un flacon d'eau-de-vie.

«Allons! dit-il en se retournant et en jetant les yeux sur les mornes visages qu'il pouvait voir derrière lui. Allons! garçons, une chanson maintenant!»

Les esclaves s'entre-regardèrent...

«Allons donc!» répéta Simon en faisant claquer son fouet.

Tom commença une hymne méthodiste:

Jérusalem, ô fortuné séjour!
Jérusalem, ô fortuné séjour!
Dis, mes tourments finiront-ils un jour?
Dois-je bientôt...

«Silence! maudit noir! hurla Legree... Croyez-vous que je veuille entendre vos damnées chansons méthodistes?... Allons! quelque chose de gai... vite!»

Un autre esclave entonna une de ces stupides chansons qui sont assez répandues parmi les nègres:

Hier, moussu, sur un chemin,
A la brune,
M'a vu prendre un lapin,
Au clair de la lune.
Il a ri,
Oh! oh! hi! hi!
Il a ri,
Oh! oh! hi! hi!

Le chanteur avait arrangé la chanson à sa guise, il consulta la rime bien plus que la raison. Toute la compagnie reprenait en chœur le refrain:

Il a ri,
Oh ! oh ! hi ! hi !
Oh ! oh ! hi ! hi !
Il a ri.

Tout ceci était chanté à pleins poumons. Ils voulaient être gais ! mais ni les soupirs du désespoir, ni les paroles les plus passionnées de la prière n'auraient pu exprimer une plus profonde douleur que ces notes sauvages reprises à l'unisson. Pauvre cœur torturé, menacé, enchaîné, et qui s'élance dans la musique, comme dans un sanctuaire, pour faire monter son invocation à Dieu... oui ! dans ces chants, il y avait une invocation que Simon ne pouvait entendre. Il n'entendait, lui, qu'une chanson retentissante qui lui plaisait, parce qu'elle mettait, disait-il, ses nègres en belle humeur.

« Eh bien, ma petite amie, fit-il en se retournant vers Emmeline, et lui posant la main sur l'épaule, nous voici bientôt chez nous ! »

Les emportements et les violences de Legree terrifiaient Emmeline... Mais quand elle sentit le contact de sa main qui voulait caresser :

« J'aimerais mieux qu'il me battît », pensa-t-elle.

Elle frissonna, et son cœur cessa de battre en apercevant l'expression de ses regards ; elle se pressa contre la mulâtresse, comme elle eût fait contre sa mère.

« Vous ne portez donc jamais de boucles d'oreilles ? dit-il en touchant de ses gros doigts une charmante petite oreille.

— Non, monsieur, fit Emmeline, baissant les yeux et toute tremblante...

— Eh bien, je vous en donnerai une paire, quand nous serons arrivés... si vous êtes bonne fille... Voyons ! n'ayez donc pas peur, je ne veux pas vous faire faire de gros ouvrages : vous aurez du bon temps avec moi ; vous vivrez comme une dame... mais il faut être bonne fille. »

Legree avait assez bu pour sentir le besoin d'être aimable.

On arrivait en vue de la plantation.

Elle avait appartenu d'abord à un gentleman riche et plein de goût, qui l'avait régulièrement embellie... Il était mort insolvable. Legree s'était rendu acquéreur, et il se servait de cette propriété, comme il se servait de tout, pour gagner de l'argent. La plantation avait donc cet air dévasté et désolé que prend si vite la terre qui passe des mains soigneuses aux mains négligentes.

Devant la maison, ce qui jadis avait été une pelouse au gazon ras, toute pleine d'arbres d'agrément, n'était plus maintenant qu'une pièce d'herbe touffue, *émaillée* de paille, de tessons de bouteilles et de toutes sortes d'immondices. Çà et là l'herbe était enlevée et la terre écorchée au vif. Les jasmins éplorés, les beaux chèvre-feuilles retombaient des colonnes à demi renversées sous l'effort des chevaux qu'on y attachait maintenant sans plus de cérémonie. Le vaste jardin était envahi par les mauvaises herbes, au milieu desquelles, çà et là, quelque plante exotique élevait sa tête solitaire et négligée... Les serres n'avaient plus de vitres à leurs châssis; sur leurs tablettes moisies on voyait encore quelques pots à fleurs desséchées, oubliées... des tiges flétries, des feuilles mortes, prouvaient que jadis cela avait été une plante !

La voiture roula sur une allée, sablée autrefois, envahie maintenant par toutes sortes d'herbes, entre deux superbes rangées d'arbres de la Chine, dont les formes gracieuses et le feuillage toujours vert semblaient être la seule chose que l'insouciance du maître n'avait pu abattre ou dompter : tels ces nobles esprits, si profondément enracinés dans le bien, qu'ils s'épanouissent et se développent plus puissants et plus beaux au milieu des épreuves et du malheur.

La maison avait été grande et belle. Elle était bâtie dans un style que l'on rencontre assez souvent dans cette partie de l'Amérique. Elle était, de toutes parts, entourée d'une véranda de deux étages, sur laquelle s'ouvraient toutes les portes de la maison. La partie inférieure s'appuyait sur des assises de briques.

Cette maison n'en avait pas moins un air de profonde désolation. Les fenêtres étaient bouchées avec des planches ; quelques-unes n'avaient plus qu'un volet, d'autres remplaçaient les vitres par des chiffons d'étoffes... Tout cela était plein d'affreuses révélations.

Le sol était jonché de pailles, de morceaux de bois, de débris de caisses et de barils. Trois ou quatre chiens à l'air féroce, réveillés par le bruit des roues, accouraient tout prêts à déchirer... il fallut tout l'effort des esclaves du logis pour les empêcher de mettre en pièces Tom et ses compagnons.

« Vous voyez ce qui vous attend, dit Legree en caressant les chiens avec une satisfaction qui faisait mal à voir, et se retournant vers les esclaves... Vous voyez ce qui vous attend, si vous voulez vous enfuir... Ces chiens ont été dressés à la chasse des nègres ; ils vous avaleraient aussi aisément que leur souper... Prenez donc garde à vous ! Eh bien, Sambo, dit-il à un individu en haillons, dont le chapeau n'avait plus de bords, et qui s'empressait autour de lui. Comment les choses ont-elles été ?

— Très bien, maître.

— Quimbo ! fit-il à un autre nègre, qui s'efforçait d'attirer son attention, vous vous êtes rappelé ce que je vous avais dit.

— Je crois bien ! »

Ces deux Noirs étaient les principaux personnages de l'habitation ; ils avaient été *entraînés* systématiquement par Legree... Il avait voulu les rendre aussi cruels et aussi sauvages que ses bouledogues. A force de soins et d'exercices, il y était parvenu. C'était la férocité même.

On a remarqué que les surveillants noirs sont beaucoup plus cruels que les blancs. On tire de ce fait une conclusion fâcheuse contre la race nègre. Cela ne prouve qu'une chose, à savoir que la race nègre est plus avilie et plus dégradée que la race blanche, et voici ce qui n'est pas plus vrai de cette race que de toute autre : l'esclave est un tyran, dès qu'il peut !

Legree, comme beaucoup de potentats dont parle l'histoire, gouvernait ses États par l'antagonisme des puissances. Sambo et Quimbo se détestaient cordialement, et, dans la plantation, on les détestait également tous les deux... Ainsi, celui-ci par celui-là, et tous les autres par eux deux, et ces deux-là par tous les autres ! c'était une surveillance générale et complète, établie au profit de Legree. Rien ne lui échappait.

Personne ne peut vivre sans relations amicales. Legree permettait à ses deux satellites une certaine familiarité avec lui, familiarité qui pouvait être dangereuse pour eux ; car, sur la moindre provocation, au moindre signe du maître, l'un des deux était toujours prêt à égorger l'autre. A les voir tous deux auprès de Legree, ils ne prouvaient que trop combien l'homme brutal est au-dessous de la bête. Leurs traits noirs, lourds et durs, leurs grands yeux qui s'épiaient, pleins d'envie, leurs voix rauques et bestiales, leurs vêtements en lambeaux et flottant au vent... tout cela était en harmonie parfaite avec l'aspect général de la scène sur laquelle ils se trouvaient.

« Tenez, vous, Sambo, fit Legree, conduisez ces garçons au quartier. Voilà une femme que j'ai achetée pour vous, ajouta-t-il, en séparant la mulâtresse d'Emmeline et en la poussant vers lui. Je vous avais promis de vous en rapporter une, vous savez. »

La femme bondit et se rejeta vivement en arrière.

« Oh ! maître, j'ai laissé mon pauvre mari à La Nouvelle-Orléans.

— Eh bien, quoi ? ne vous en faut-il pas un autre, maintenant ? Taisez-vous et filez ! »

Legree prit son fouet.

« Vous, ma belle, vous allez entrer là avec moi », fit-il à Emmeline.

A ce moment, une face noire et sauvage apparut à une des fenêtres. Comme Legree ouvrait la porte, on entendit une voix de femme, impérieuse et violente... Tom, qui suivait Emmeline des yeux avec un véritable intérêt, entendit cette voix... Legree, irrité, répondit : « Taisez-vous ! avec vous tous, je ferai ce qui me plaira. »

Tom ne put en entendre davantage ; il dut suivre Sambo et se rendre aux quartiers.

Les quartiers formaient une sorte de rue bordée de huttes grossières, à une certaine distance de l'habitation. C'était d'un aspect sombre, triste et dégoûtant. Tom se sentait défaillir. Il se réjouissait déjà à la pensée d'une petite case, bien simple sans doute, mais qu'il aurait pu rendre tranquille et calme, où il aurait eu une planchette enfin pour mettre sa Bible, une petite retraite où venir penser, après les rudes heures du travail ; il entra dans plusieurs huttes. Ce n'étaient que des abris... Pour tout meuble, un monceau de paille, pleine d'ordures, jetée sur l'aire ; l'aire, c'était la terre nue, battue par mille pieds !

« Laquelle de ces cases sera à moi ? dit-il à Sambo d'un ton soumis.

— Je ne sais pas... peut-être celle-ci... je crois qu'il y a encore la place pour un. Il y a des tas de nègres dans toutes, je ne sais comment faire pour y en fourrer d'autres. »

. . . .

Il était déjà tard quand le troupeau des travailleurs regagna ses misérables huttes, hommes et femmes, vêtus de haillons souillés et misérables ! fort peu disposés sans doute à voir d'un bon œil les nouveaux arrivants. Les bruits qui partaient du hameau n'avaient rien de bien attrayant ; des voix gutturales et rauques se disputaient autour des moulins à main, où il fallait moudre le mauvais grain destiné au gâteau du soir, triste et maigre souper ! Ils étaient dans les champs, depuis l'aube matinale, courbés vers la rude tâche sous le fouet vigilant

du gardien. C'était le moment le plus terrible de la saison...
l'ouvrage pressait... et on voulait tirer de chacun tout
ce que chacun pouvait donner... Mon Dieu ! dira quelque
oisif, il n'est déjà pas si pénible d'éplucher du coton !
En vérité ! mais il n'est pas non plus si pénible de recevoir
une goutte d'eau sur la tête... Eh bien, l'inquisition elle-
même n'a pu trouver de supplice plus atroce qu'un peu
d'eau, tombant goutte à goutte, incessamment, avec une
succession monotone, à la même place !... Un travail
assez doux par lui-même devient insupportable par la
continuité des heures, par la monotonie de l'occupation...
et par cette affreuse pensée que ce travail, on est obligé
de le faire.

Pendant que la troupe défilait, Tom cherchait des yeux
s'il n'apercevait pas quelque visage sociable. Les hommes
étaient sombres, misérables, abrutis ; les femmes faibles,
tristes, découragées... Il y en avait qui n'étaient même
pas des femmes ! Les forts tyrannisaient les faibles.
C'était l'égoïsme brutal et grossier, dont on ne peut plus
rien attendre de bon. Traités comme des bêtes, ces malheureux étaient descendus aussi bas que la nature
humaine puisse tomber ! Le grincement de la roue se
prolongea fort avant dans la nuit. Il y avait peu de moulins, et, comme les grands chassaient les petits, le tour
de ceux-ci ne vint que bien tard.

«Or çà ! dit Sambo allant vers la mulâtresse et
jetant devant elle un sac de maïs, quel diable de nom avez-
vous ?

— Lucy.

— Eh bien, Lucy, vous voilà maintenant ma femme ;
faut moudre ce grain-là et me faire mon souper : vous
entendez ?

— Je ne suis pas votre femme et ne veux pas l'être,
dit Lucy avec le soudain et brûlant courage du désespoir.
Allez-vous-en !

— Des coups de pied, alors ! fit Sambo avec un geste
de menace.

— Tuez-moi, si vous voulez... le plus tôt sera le mieux... Je voudrais être morte.

— Eh bien, Sambo, voilà comme vous tourmentez les gens !... je le dirai à votre maître, fit Quimbo, occupé autour d'un moulin, d'où il avait chassé deux ou trois malheureuses femmes qui attendaient leur tour.

— Et moi, vieux nègre, répliqua Sambo, je vais lui dire que vous ne voulez pas laisser approcher les femmes du moulin. Vous devez garder votre rang. »

Tom mourait de fatigue et de faim, et tombait d'épuisement.

« Tenez ! vous, dit Quimbo en lui jetant un mauvais sac de maïs ; prenez ça, nègre, et tâchez d'en avoir soin, car on ne vous en donnera pas d'autre cette semaine. »

Tom attendit longtemps avant d'avoir sa place au moulin. Touché de la faiblesse de deux pauvres femmes qui essayaient en vain de faire tourner la roue, il se mit à moudre pour elles... il raviva le feu, où tant de gâteaux avaient déjà cuit, et il prépara son maigre souper. Tom avait fait bien peu pour ces femmes ; mais une œuvre de charité... si peu que ce fût... était chose nouvelle pour elles... et cette charité fit résonner dans leur cœur une corde sensible ; une expression de tendresse rayonna sur leur visage : la femme renaissait... Elles-mêmes, elles voulurent préparer son gâteau et le faire cuire. Tom s'assit alors auprès du foyer et tira sa Bible... il avait besoin de consolations.

« Qu'est-ce que cela ?

— Une Bible !

— Dieu ! je n'en avais pas revu depuis le Kentucky.

— Avez-vous été élevée dans le Kentucky ? fit Tom avec intérêt.

— Oui ! et bien élevée encore... Je ne me serais jamais attendue à en venir là, répondit-elle en soupirant.

— Qu'est-ce donc que ce livre ? demanda l'autre femme.

— La Bible, donc !

— La Bible ! qu'est-ce que ça, la Bible ?

— Oh ! Ciel, reprit la première interlocutrice, vous n'en avez jamais entendu parler ?... Moi, dans le Kentucky, j'avais l'habitude de l'entendre lire à Madame. Mais ici on n'entend rien que des jurements et des coups de fouet.

— Lisez-m'en un peu pour voir », dit la femme en remarquant l'attention de Tom.

Tom lut :

« Venez à moi, vous tous qui souffrez et qui êtes surchargés, et je vous soulagerai. »

« Voilà de bonnes paroles, dit la femme ; qui est-ce donc qui les a dites ?

— Le Seigneur, répondit Tom.

— Je voudrais bien savoir où le trouver, dit la femme, j'irais à lui. Hélas ! ajouta-t-elle, je n'ai jamais été soulagée, moi ! et ma chair est bien malade. Tout mon corps tremble. Sambo est toujours après moi, parce que je n'épluche pas assez vite. Il est minuit avant que je puisse souper, et je n'ai pas fermé les yeux que déjà j'entends les sons du cor... c'est le matin : il faut repartir ! Ah ! si je savais où est le Seigneur, comme j'irais lui dire cela !

— Il est ici, il est partout, reprit Tom.

— Ah ! vous voulez me faire croire cela... je sais bien que non, qu'il n'est pas ici, le Seigneur ! Faut pas me dire ça à moi. Adieu ! je vais me coucher... si je puis dormir un peu ! »

Les femmes se retirèrent dans leurs cases, et Tom resta seul assis au foyer, dont les lueurs mourantes jetaient de rouges reflets sur son visage.

La lune, au beau front d'argent, se levait dans les nuages pourpres du ciel, et, calme, silencieuse, comme le regard de Dieu abaissé sur la misère et l'esclavage, elle contemplait le pauvre nègre, abandonné, seul, et qui, les bras croisés, ne voyait plus au monde que sa Bible.

Dieu est-il ici ?

Ah ! je le demande, pour des cœurs ignorants, est-il

possible de garder une foi inébranlable, en face d'une injustice évidente, palpable et impunie?

Un rude combat se livrait dans le cœur de Tom. Le sentiment terrible de ses griefs... la perspective de tout un avenir de misère... le naufrage de toutes ses espérances passées... tout cela se levait et passait tristement devant ses yeux, comme devant le marin, que la vague engloutit, les cadavres de sa femme, de ses enfants, de ses amis.

Ah! dites-le-moi, pour Tom était-il facile de s'attacher, avec une inébranlable étreinte, à cette grande croyance du monde chrétien?

Dieu est ici, et il récompensera ceux qui l'auront toujours aimé!

Tom se leva, en proie au désespoir, et il entra dans la case qui lui avait été désignée.

Le sol était couvert de dormeurs épuisés. L'air corrompu le repoussa. Mais la rosée de la nuit tombait, pénétrante et glacée; ses membres étaient rompus. Il s'enveloppa dans une couverture en lambeaux : c'était tout son coucher. Il s'étendit sur la paille et dormit.

Il eut des songes. Une douce voix revint à ses oreilles. Il était assis sur un siège de mousse, dans un jardin, au bord du lac Pontchartrain. Éva, baissant ses grands yeux sérieux, lui lisait la Bible. Il entendait ce qu'elle disait :

«Si tu passes à travers les eaux, je serai avec toi, et les eaux ne t'engloutiront pas; si tu passes à travers le feu, les flammes ne s'attacheront point à toi, et tu ne seras pas brûlé : car je suis le Seigneur ton Dieu, le seul Dieu d'Israël, ton Sauveur!»

Et peu à peu les mots semblaient se fondre en une musique divine. L'enfant relevait ses grands yeux et les fixait doucement sur lui; et de ces doux yeux vers son cœur il s'échappait comme de chauds et bienfaisants effluves de rayons. Et puis, comme emportée par la musique, elle s'éleva sur des ailes brillantes d'où tombaient des étincelles d'or, pareilles à des étoiles, et elle disparut.

Tom s'éveilla. Était-ce un rêve? Dites que c'est un rêve!

mais osez donc prétendre que cette douce et jeune âme, dont toute la vie se passa à soulager et à consoler, Dieu ne permettra pas qu'après la mort elle remplisse toujours cette sainte mission !

Sous le mal, lourd fardeau, nous sommes affaissés...
Voyons, du moins, en nos rêves étranges
Sur l'aile des archanges
Errer autour de nous l'âme des trépassés.

nous avons présentes à cette jeune et infortunée.
Honorons le don et adorons, s'ajoute, et à sangloter. Elle
ne parvenait plus au moins, à avoir elle... et qui se répand
sa voile à sa......

CHAPITRE XXXIII

Cassy

J'ai vu les larmes des opprimés, et ils
n'avaient point de soutien, et du côté des
oppresseurs était la puissance.

Il ne fallut pas beaucoup de temps à Tom pour savoir
ce qu'il avait à craindre ou à espérer de son genre de vie ;
dans tout ce qu'il entreprenait, c'était un homme habile
et capable. Par principe et par habitude, il était laborieux
et fidèle. Tranquille et rangé, il comptait, à force de
diligence, éloigner de lui, du moins en partie, les maux
ordinaires de sa position. Il voyait assez de vexations
et d'injustices pour être triste et malheureux, mais il
avait pris la résolution de tout supporter avec une religieuse patience, s'en remettant à celui dont les jugements
sont conformes à la justice. Il se disait aussi que peut-
être une chance de salut s'offrirait à lui.

Legree prit note des bonnes qualités de Tom ; il le ran-
gea tout de suite parmi les esclaves de premier choix, et
pourtant il ressentait une sorte d'aversion contre lui :
l'antipathie naturelle des méchants contre les bons ; il
s'irrita de voir que sa violence et sa brutalité ne tombaient
jamais sur le faible et le malheureux sans que Tom le
remarquât. L'opinion des autres nous pénètre sans paroles, subtile comme l'atmosphère, et l'opinion d'un esclave
peut gêner son maître. Legree, de son côté, était jaloux
de cette tendresse d'âme et de cette commisération pour
le malheur, si inconnue aux esclaves, et que ceux-ci

devinaient dans Tom. En achetant Tom, il avait songé que plus tard il en pourrait faire une sorte de surveillant, auquel, pendant ses absences, il confierait ses affaires. Mais, selon lui, pour ce poste, la première, la seconde et la troisième condition, c'était la dureté. Tom n'était pas dur : Legree se mit dans la tête de l'endurcir. Au bout de quelques semaines, il voulut commencer son éducation.

Un matin, comme on allait partir pour les champs, l'attention de Tom fut attirée par une nouvelle venue, dont la tournure et les façons le frappèrent.

C'était une grande femme élancée : ses mains et ses pieds étaient d'une beauté remarquable ; ses vêtements propres et décents. On pouvait lui donner de trente-cinq à quarante ans. Son visage était un de ceux qu'on n'oubliait pas dès qu'on l'avait vu, un de ces visages qui nous font deviner à première vue des histoires romanesques, pleines de terreurs et de larmes. Son front était haut, ses sourcils d'une irréprochable pureté, son nez droit et bien fait, sa bouche finement ciselée ; les contours gracieux de sa tête et de son cou attestaient à quel point elle avait dû être belle. Mais on voyait aussi sur son visage ces rides profondes qui révèlent l'amertume d'un chagrin qu'on porte avec orgueil. Elle paraissait souffrante et maladive. Ses joues étaient maigres, ses traits aigus ; tout en elle était comme épuisé. Ce qu'il fallait surtout remarquer, c'étaient ses yeux, si grands, si noirs, ombragés de longs cils plus noirs encore ! On voyait au fond de ces yeux le désespoir sauvage, inconsolable. Chaque ligne de son visage, chaque pli de sa lèvre flexible, chaque mouvement de son corps trahissait un de ces orgueils indomptables qui défient le monde... Mais dans ses yeux, l'angoisse, comme une nuit, versait toutes ses ombres, et cette expression d'un immuable désespoir formait un étrange contraste avec le dédain superbe qu'on devinait dans tout le reste de sa personne.

D'où venait-elle ? Qui était-elle ? Tom l'ignorait. C'était la première fois qu'il la voyait. Elle marchait à côté de lui, fière et superbe, aux lueurs blanchissantes de l'aube. Les autres esclaves la connaissaient. Tous les yeux, toutes les têtes se tournèrent vers elle... Il y eut comme un murmure de triomphe parmi ces misérables créatures affamées et à demi nues.

« Ah ! la voilà enfin... bravo !

— Eh ! eh ! missis, vous verrez quel plaisir cela fait !

— Nous la verrons à l'œuvre.

— Oh ! elle va attraper quelque bon coup ; comme nous tous.

— Nous allons avoir le plaisir de la voir rouer de coups, je le gagerais ! »

La femme, sans prendre garde à ces sarcasmes, continua sa route avec la même expression de dédain irrité, comme si elle n'eût rien entendu. Tom avait toujours vécu dans la bonne compagnie ; il comprit instinctivement que c'était à cette classe de la société que l'esclave devait appartenir... Comment et pourquoi elle était tombée si bas, voilà ce qu'il ne pouvait pas dire. La femme ne lui adressa ni un regard ni une parole, bien qu'elle fît à côté de lui toute la route du village aux champs.

Tom se mit activement à l'œuvre ; mais, comme la femme ne s'était pas fort éloignée, il put la regarder de temps en temps à la dérobée. Il vit que son habileté et sa dextérité naturelles lui rendaient la tâche plus aisée qu'à beaucoup d'autres. Elle faisait vite et bien, mais dédaigneusement, et comme si elle eût également méprisé et son travail et sa condition présente.

Tom, ce jour-là, travailla à côté de la mulâtresse achetée avec lui. On voyait qu'elle souffrait beaucoup : elle tremblait et semblait à chaque instant prête à défaillir. Tom l'entendit prier. Il s'approcha d'elle sans dire une parole, et tirant de son propre sac quelques poignées de coton, il les fit passer dans le sac de la pauvre femme.

« Non ! non ! ne faites pas cela, disait la femme... cela vous attirera quelque désagrément. »

Au même moment Sambo arrivait.

Il détestait cette femme. Il brandit son fouet, et d'une voix rauque :

« Eh bien, Lucy, je vous y prends... vous fraudez ! » Et il lui donna un coup de pied ; il avait de grosses chaussures de cuir de vache. Quant au pauvre Tom, il lui sangla le visage d'un coup de fouet.

Tom reprit sa tâche sans rien dire ; mais la femme, épuisée, émue, s'évanouit.

« Je vais bien la faire revenir, dit brutalement Sambo..., j'ai quelque chose qui vaut mieux pour cela que le camphre... » Et prenant une épingle sur la manche de sa veste, il l'enfonça jusqu'à la tête dans la chair de cette malheureuse... Elle poussa un gémissement et se leva à moitié... « Debout ! sotte bête, et travaillez !... entendez-vous ?... ou je recommence ! »

La femme parut un instant aiguillonnée par une énergie nouvelle... elle avait une force surnaturelle... elle travaillait avec l'ardeur du désespoir...

« Tâchez de ne pas vous interrompre, fit Sambo, ou je vous traite de telle sorte que vous aimerez mieux mourir !

— Je le sais bien ! » murmura-t-elle.

Tom l'entendit... et il l'entendit aussi ajouter :

« O Seigneur ! combien de temps encore ? Vous ne voulez donc pas nous secourir ? »

Tom brava encore une fois le danger, et mit tout son coton dans le sac de la femme.

« Non, non ! il ne faut pas, disait celle-ci ; vous ne savez pas ce qu'ils vont vous faire.

— Je suis plus capable que vous de le supporter. »

Tom retourna à sa place. Ceci fut l'affaire d'un instant.

Tout à coup l'étrangère, que son travail avait rapprochée de Tom, et qui avait entendu les derniers mots, leva sur lui ses grands yeux noirs, et, pendant une seconde, les tint fixés sur Tom ; et elle-même passa à Tom quelques poignées de son coton.

« Vous ne savez pas où vous êtes, lui dit-elle, ou vous ne feriez pas cela. Quand vous aurez été un mois ici, vous ne songerez plus à soulager personne ; ce sera assez pour vous que de prendre soin de votre peau.

— Dieu m'en garde, madame, dit Tom, employant instinctivement, vis-à-vis de sa compagne d'esclavage, cette formule polie, empruntée aux habitudes du monde auprès duquel il avait vécu.

— Dieu ne visite jamais ces parages », répondit la femme, d'une voix remplie d'amertume.

Elle s'éloigna rapidement, et le même sourire dédaigneux revint plisser ses lèvres.

Le surveillant l'avait aperçue ; il courut à elle en brandissant son fouet :

«Eh bien, eh bien, dit-il à la femme d'un air de triomphe, vous aussi, vous fraudez !... Allons !... vous voilà en mon pouvoir maintenant... Prenez garde, ou vous verrez beau jeu ! »

Un regard, un éclair, jaillit des yeux noirs de l'étrangère ; la lèvre frémissante, les narines dilatées, elle se retourna, s'approcha de Sambo, darda sur lui des regards tout brûlants de colère et de mépris.

«Chien, dit-elle, touche-moi, si tu l'oses !... J'ai encore assez de pouvoir pour te faire déchirer par les dogues, couper en morceaux et brûler vif ; je n'ai qu'un mot à dire !

— Eh bien, alors, pourquoi diable êtes-vous ici ? reprit Sambo atterré, en faisant timidement quelques pas en arrière ; je ne veux pas vous faire de mal, Miss Cassy !

— Décampez, alors... »

La femme se remit à l'ouvrage ; elle travaillait avec une rapidité prodigieuse. Tom était ébloui ; l'ouvrage se faisait comme par enchantement. Avant la fin du jour, elle avait rempli son panier jusqu'au bord. C'était tassé et empilé. Plusieurs fois cependant, elle était venue au secours de Tom. Longtemps après le coucher du soleil, les esclaves, fatigués, le panier sur la tête, et marchant à la file, se rendirent aux bâtiments où le coton était pesé et emmagasiné.

Legree se livrait à une conversation fort animée avec ses deux surveillants.

« Tom va mettre le trouble ici. Je l'ai pris mettant du coton dans le panier de Lucy. Un de ces jours il persuadera aux nègres qu'ils sont maltraités, si le maître ne le surveille pas. »

Ainsi parlait Sambo.

« Au diable le maudit Noir ! fit Legree. Il aura sa leçon, n'est-ce pas garçons ? »

Les deux nègres firent une épouvantable grimace.

« Ah ! ah ! il n'y a que m'sieu Legree pour cela, fit Quimbo. Le diable lui-même ne pourrait lui en remontrer

— Eh bien, garçon, le meilleur moyen de lui ôter ses mauvaises idées, c'est de le forcer à donner le fouet lui-même. Amenez-le-moi.

— Ah ! maître aura bien du mal à lui faire faire cela.

— On le lui fera bien faire cependant, dit Legree en roulant sa chique d'une joue à l'autre.

— Ah ! voici maintenant Lucy, la plus scélérate, la plus misérable coquine, poursuivit Sambo.

— Prenez garde, Sambo, je commence à savoir le motif de votre rancune contre Lucy.

Eh bien, alors, maître sait qu'elle n'a pas voulu lui obéir, et me prendre quand il le lui a dit.

— Le fouet la fera obéir, dit Legree en crachant ; mais l'ouvrage est si pressé que ce n'est pas la peine de l'assommer maintenant !... Elle est si maigre ; mais ces femmes maigres, ça se fait à moitié tuer pour agir à sa guise...

— Lucy est vraiment une mauvaise coquine, reprit Sambo, une paresseuse qui ne veut rien faire... C'est Tom qui a travaillé pour elle.

— En vérité !... Eh bien, il va donc aussi avoir le plaisir de la fouetter. Ce sera une bonne leçon pour lui, et puis il la ménagera plus que vous ne feriez, vous autres, maudits démons ! »

Les misérables firent entendre un rire vraiment diabolique. Legree avait bien choisi sa qualification.

« Le poids peut bien y être, dit Sambo ; Tom et Miss Cassy ont rempli son panier.

— C'est moi qui pèse ! » dit Legree avec emphase.

Les deux surveillants firent entendre leur rire diabolique.

« Ainsi, reprit le maître, Miss Cassy a fait sa journée ?

— Elle épluche comme le diable et toutes ses légions.

— Elle les a tous dans le corps ! » fit Legree ; et, après un juron grossier, il passa dans la salle du pesage.

. . . .

Lentement, un à un, accablés de fatigue, les travailleurs arrivaient, et, avec une hésitation craintive, présentaient leurs paniers.

Legree tenait une ardoise sur laquelle était collée une liste de noms ; après chaque nom il ajoutait le poids.

Le panier de Tom avait le poids ; Tom jeta un regard inquiet sur la pauvre femme qu'il avait assistée.

Faible et chancelante, Lucy s'approcha et présenta son panier. Le poids y était ; Legree le vit bien, mais feignant la colère :

« Eh bien, dit-il, paresseuse bête ! pas encore le poids !... Mettez-vous là, on s'occupera de vous tout à l'heure. »

La femme poussa un long gémissement et se laissa tomber sur un banc.

Cassy s'avança et présenta son panier d'un air hautain et dédaigneux. Legree lui regarda dans les yeux ; ce regard était moqueur et pourtant inquiet.

Elle fixa sur lui ses grands yeux noirs ; ses lèvres se remuèrent lentement, et elle lui adressa quelques mots en français...

Que lui dit-elle ? personne ne le sut ; mais, pendant qu'elle parlait, le visage de Legree prit une expression infernale : il leva la main comme pour la frapper, elle vit le geste, montra le plus insolent dédain, se détourna et s'éloigna lentement.

« Maintenant, Tom, venez ici », fit Legree.

Tom s'approcha.

« Vous savez, Tom, que je ne vous ai pas acheté pour faire un travail grossier : je vous l'ai dit. Je vais vous donner de l'avancement, vous conduirez les travaux ; ce soir vous commencerez à vous faire la main. Prenez cette femme et donnez-lui le fouet ; vous savez ce que c'est ; vous en avez assez vu !

— Pardon, maître. J'espère que mon maître ne va pas me mettre à cette besogne-là. Je n'ai jamais fait cela... jamais... jamais... Je ne le ferai pas... C'est impossible... tout à fait !

— Vous apprendrez bien des choses que vous ne savez pas, avant d'en avoir fini avec moi », dit Legree, en prenant un nerf de bœuf dont il frappa violemment Tom en plein visage.

Ce fut une grêle de coups.

« Eh bien, fit-il quand il fut las de frapper, me direz-vous encore que vous ne pouvez pas ?

— Oui, maître, dit Tom en essuyant avec sa main le sang qui ruisselait sur son visage. Oui, je travaillerai jour et nuit, tant qu'il y aura en moi un souffle de vie ; mais cela, je ne crois pas que ce soit juste, et jamais je ne le ferai, non... jamais ! »

Tom avait une voix d'une extrême douceur, ses manières étaient respectueuses. Legree s'était imaginé qu'on en viendrait facilement à bout. Quand l'esclave prononça ces dernières paroles, un frémissement courut dans la foule étonnée ; la pauvre femme joignit les mains en disant : « Seigneur !... » et involontairement tous ces malheureux se regardaient les uns les autres, et retenaient leur souffle, comme à l'approche d'une tempête.

Legree parut tout d'abord stupéfait, confondu ; enfin il éclata.

« Comment ! misérable bête noire ! vous ne trouvez pas juste de faire ce que je dis ! Est-ce qu'un misérable troupeau d'animaux comme vous sait ce qui est juste ou non ?... Je mettrai bien un terme à tout cela !... Que croyez-vous donc être ?... Vous vous prenez, sans doute, pour un gentleman, monsieur Tom... Ah ! vous dites à votre maître ce qui est juste et ce qui ne l'est pas... Vous prétendez donc qu'on ne doit pas fouetter cette femme !

— Oui, maître. La pauvre créature est faible et malade... il serait cruel de la fouetter... et c'est ce que je ne ferai jamais... Si vous voulez me tuer, tuez-moi ; mais, quant à ce qui est de lever la main sur personne ici... non !... on me tuera plutôt ! »

Tom parlait toujours de sa bonne voix ; mais il était facile de voir à quel point sa résolution était inébranlable. Legree tremblait de colère ; ses yeux verts étincelaient ; les poils de ses favoris se tordaient... Mais, comme certains animaux féroces qui jouent avec leur victime avant de la dévorer, il contint d'abord sa violence et railla Tom avec amertume.

« Enfin, disait-il, voilà un chien dévot qui tombe parmi nous autres pécheurs... Un saint... un gentleman ! qui va vouloir nous convertir... Ah ! ce doit être un homme fièrement puissant... Ici, misérable ! Ah ! vous voulez vous faire passer pour un homme pieux... Vous ne connaissez donc pas la Bible, qui dit : "Serviteurs, obéissez à vos maîtres !" Ne suis-je pas votre maître ? N'ai-je pas payé douze cents dollars pour tout ce qu'il y a dans ta maudite carcasse noire ?... N'es-tu pas mien à présent, corps et âme ?... »

Et de sa botte pesante, il donna à Tom un grand coup de pied.

« Réponds-moi ! »

Tom était brisé par la souffrance physique : l'oppression tyrannique le courbait jusqu'à terre, et pourtant cette question fit passer dans son âme comme un rayon de joie. Il se redressa de toute sa hauteur, il regarda le Ciel avec un noble enthousiasme, et, pendant que sur son visage coulaient et le sang et les larmes :

« Non ! non ! mon âme n'est pas à vous, maître... vous ne l'avez pas achetée... vous ne pourriez pas la payer...

Elle a été achetée et payée par quelqu'un qui est bien capable de la garder... Qu'importe ? qu'importe ? vous ne pouvez me faire de mal.

— Ah ! je ne puis ! dit Legree avec une infernale ironie... Nous allons voir... Sambo, Quimbo, ici !... Donnez à ce chien une telle volée de coups qu'il ne s'en relève d'ici un mois. »

Les deux gigantesques Noirs s'emparèrent de Tom. On voyait sur leur visage le triomphe de la férocité. C'était la personnification de la puissance des ténèbres. La pauvre mulâtresse jeta un cri de douleur ; tous les esclaves se levèrent d'un même élan ; Quimbo et Sambo emmenèrent Tom qui ne résistait pas.

CHAPITRE XXXIV

Histoire de la quarteronne

La nuit était fort avancée déjà. Tom, sanglant et gémissant, est étendu dans une pièce abandonnée, qui avait fait partie du magasin, au milieu des instruments brisés, du coton gâté, enfin de tout le rebut de la maison.

L'obscurité est profonde ; dans l'atmosphère épaisse bourdonnent par essaims des myriades de moustiques ; une soif brûlante, le plus cruel des supplices, comble la dernière mesure des angoisses de Tom.

« O Seigneur Dieu ! murmurait-il, bon Dieu ! abaissez vos regards sur moi, donnez-moi la victoire, la victoire sur tous ! »

Il entendit un bruit de pas derrière lui... une lumière brilla devant ses yeux...

« Qui est là ?... Oh ! pour l'amour de Dieu, à boire ! un peu d'eau... s'il vous plaît ! »

Cassy, c'était elle, posa sa lanterne par terre, versa de l'eau d'une bouteille, souleva la tête de Tom et lui donna à boire. Dans sa fièvre embrasée il épuisa plus d'une coupe.

Quand il eut fini de boire : « Merci ! madame, dit-il.

— Ne m'appelez pas madame ; je ne suis comme vous qu'une misérable esclave... plus misérable encore que vous ne pourrez l'être jamais... » Et sa voix devint amère... « Mais voyons, dit-elle en allant vers la porte et tirant à elle une petite paillasse sur laquelle elle avait étendu des draps imbibés d'eau fraîche, voyons, mon pauvre homme, tâchez de vous mettre là-dessus... »

Couvert de blessures et moulu de coups, Tom eut bien de la peine à exécuter le mouvement. La fraîcheur de l'eau calma ses blessures.

La femme avait souvent donné des soins aux pauvres victimes de l'esclavage. Elle était habile dans l'art de guérir. Elle pansa les blessures de Tom, qui bientôt se trouva soulagé.

Elle posa la tête du malade sur un ballot de coton en guise d'oreiller.

« Maintenant, dit-elle, c'est tout ce que je puis faire pour vous. »

Tom la remercia. Elle s'assit par terre, ramena vers elle ses genoux, qu'elle entoura de ses bras. Elle regarda fixement devant elle. Son chapeau se détacha, et, comme un noir torrent, ses cheveux ruisselèrent en vagues épaisses autour de son visage mélancolique.

« C'est bien inutile, mon pauvre garçon, c'est bien inutile, ce que vous avez voulu faire ! Vous êtes un brave homme ! vous aviez le droit de votre côté, mais tout est inutile... Lutter ne vous servira de rien ! il faut céder ! vous êtes entre les mains du diable : il est le plus fort ! »

Céder ! ah ! la faiblesse humaine et l'agonie n'avaient-elles pas déjà murmuré cette parole à ses oreilles ? Tom se redressa. Cette femme, dont on devinait les secrètes amertumes, cette femme à la voix mélancolique, à l'œil sauvage, cette femme lui semblait la tentation en personne, la tentation contre laquelle il avait lutté !

« O Seigneur ! Seigneur ! céder ! comment pourrais-je céder ?

— Il est inutile d'appeler le Seigneur, il n'entend jamais, reprit la femme d'une voix énergique. Je crois qu'il n'y a pas de Dieu ; mais s'il y en a un, il a pris parti contre nous !... Oui, tout est contre nous, le ciel et la terre... Tout nous pousse vers l'enfer ; pourquoi n'y point aller ? »

Tom frissonna, et ferma les yeux en entendant ces tristes paroles de l'athéisme.

« Vous voyez bien ! reprit la femme, vous ne connaissez rien à cela. Moi, si ! voilà cinq ans que je suis ici, corps et âme sous le talon de cet homme, et je le hais comme le diable. Vous êtes sur une plantation solitaire... à dix milles de toute autre... dans les savanes. Pas un Blanc qui puisse témoigner que vous avez été brûlé vif, déchiré par morceaux, écorché, jeté aux chiens et fouetté jusqu'à la mort... Ici pas de loi, ou divine ou humaine, qui puisse nous faire le moindre bien, à vous ni à personne. Je ferais claquer les dents et dresser les cheveux, si je disais ce que j'ai vu et su... Mais il est inutile de lutter... Est-ce que je voulais vivre avec lui ? N'étais-je pas une femme délicatement élevée ? Et lui ! Dieu du ciel !... quel était-il, et quel est-il ?... Et cependant j'ai vécu avec lui cinq ans, maudissant chaque instant de ma vie, et le jour et la nuit... Et maintenant il en a une autre... une jeune... qui n'a que quinze ans !... Et elle a été pieusement élevée, dit-elle. Sa bonne maîtresse lui avait appris à lire la Bible, et elle a apporté sa Bible ici... Au diable, elle et sa Bible ! »

Et la femme fit entendre un rire sauvage et douloureux, qui retentit avec je ne sais quel éclat étrange et surnaturel à travers les ruines.

Tom joignit les mains ; autour de lui tout devenait horreur et obscurité.

« O Jésus, Seigneur Jésus ! disait-il, avez-vous tout à fait abandonné vos pauvres créatures ? Seigneur ! secourez-moi, je péris ! »

La terrible femme continua :

« Et que sont donc ces misérables chiens, vos compagnons, pour que vous vouliez souffrir à cause d'eux ? Pas un qui, à la première occasion, ne se tourne contre vous ! Ils sont aussi bas et aussi cruels que possible les uns envers les autres. Souffrir, comme vous faites, pour ne pas leur faire du mal... c'est bien inutile, allez !

— Pauvres créatures, dit Tom, qui est-ce qui les a

rendues cruelles?... Si je cède, moi aussi, petit à petit, comme eux-mêmes, je vais devenir cruel... Non ! non ! madame ! j'ai tout perdu... femme, enfants, maison, un bon maître qui m'eût affranchi s'il eût vécu huit jours de plus. J'ai perdu, perdu sans espérance tout ce que j'avais dans ce monde... Il ne faut pas que je perde encore le Ciel... Non, après tout, je ne veux pas devenir méchant !

— Il est impossible, reprit la femme, que Dieu mette ce péché-là sur notre compte... nous sommes forcés de le commettre ! il sera sur le compte de ceux qui nous y obligent !

— Oui, sans doute, reprit Tom ; mais cela ne nous empêchera pas de devenir méchants... et, si je deviens cruel comme Sambo... qu'importe comment je serai devenu tel ? c'est d'être tel que j'ai peur. »

La femme jeta sur Tom un regard effaré... on eût dit qu'elle venait d'être frappée d'une idée toute nouvelle... elle poussa un long gémissement et elle s'écria :

« Miséricorde ! vous venez de dire la vérité... hélas ! hélas ! »

Et elle se laissa tomber sur le plancher, comme brisée par la souffrance et se tordant sous l'angoisse d'une mortelle douleur... Il y eut un instant de silence et l'on n'entendit que leurs soupirs... Mais Tom, d'une voix éteinte :

« Madame, s'il vous plaît ! »

La femme se leva d'un bond : elle avait repris son air de farouche mélancolie.

« Madame, si vous vouliez bien, je les ai vus jeter ma veste dans un coin ; et ma Bible est dans ma poche. Si madame voulait bien me la donner ! »

Cassy lui donna la Bible.

Tom l'ouvrit du premier coup à un passage couvert de marques et tout usé. C'était le récit des derniers moments de celui dont les souffrances nous ont sauvés.

« Si madame était assez bonne pour lire ! Oh ! cela vaut encore mieux qu'un verre d'eau. »

Cassy, d'un air sec et orgueilleux, prit le livre et jeta les yeux sur le passage indiqué ; puis elle lut tout haut, d'une voix douce, et avec une beauté d'intonation vraiment étrange, toute cette histoire pleine d'angoisses et de gloire. Sa voix s'altérait par intervalles. Souvent elle lui manquait tout à fait ; et alors elle s'arrêtait, conservant un maintien glacial, jusqu'à ce qu'elle fût redevenue maîtresse d'elle-même. Quand elle en vint à ces touchantes paroles : « Mon père, pardonnez-leur, car ils ne savent pas ce qu'ils font », elle rejeta le livre, et, ensevelissant son visage sous le voile épais de ses cheveux, elle éclata en sanglots violents et convulsifs.

Tom aussi pleurait, et de temps en temps il laissait échapper quelque tendre exclamation.

« Si nous pouvions seulement l'imiter ! Mais cela lui était tout naturel, à lui, et ce nous est bien difficile, à nous. O Seigneur ! aidez-nous. O doux Jésus ! secourez-nous.

— Madame, reprit Tom au bout d'un instant, je vois que vous m'êtes supérieure en tout. Et pourtant il y a une chose que madame pourrait apprendre de ce pauvre Tom. Vous disiez que Dieu se met contre nous, parce qu'il nous laisse ainsi maltraiter et assommer. Mais voyez ce qui arriva à son propre Fils, le roi de gloire !... Ne fut-il pas toujours pauvre ? Et nous-mêmes, si bas que nous soyons, pouvons-nous dire qu'aucun de nous soit aussi bas que lui ? Le Seigneur ne nous a pas oubliés, j'en suis sûr. Si nous souffrons avec lui, nous régnerons avec lui, l'Écriture le dit. Mais si nous le renions, lui-même nous reniera. N'ont-ils pas souffert, Dieu et les siens ? Le Livre nous apprend qu'ils furent chassés à coups de pierres, livrés à la faim, errants à demi nus par le monde, abandonnés, affligés, torturés. Non, la souffrance ne doit pas nous faire croire que Dieu est contre nous. C'est le contraire... pourvu que nous-mêmes nous nous attachions à Dieu et que nous ne nous livrions pas au péché !

— Mais pourquoi nous réduit-il en de telles extrémités qu'il nous soit impossible de ne pas pécher ?

— Ce n'est jamais impossible !

— Vous verrez bien, reprit Cassy. Vous, par exemple, que ferez-vous ?... Ils reviendront sur vous demain... Je les connais ! je les ai vus à l'œuvre... Je ne puis supporter la pensée de ce qu'ils vous feront souffrir... ils vous feront céder à la fin !

— Seigneur Jésus ! vous prendrez soin de mon âme... Oh ! ne me laissez pas succomber !

— Hélas ! dit Cassy, j'ai vu toutes ces larmes... j'ai entendu toutes ces prières... et à la fin il a fallu ployer et céder ! Voici Emmeline ! comme vous elle essaie de résister... A quoi bon ? Il faudra se soumettre... ou mourir en détail...

— Eh bien, alors je mourrai... j'y consens !... qu'ils prolongent mon supplice, ils ne m'empêcheront pas de mourir un jour, après tout !... Mourir ! que peuvent-ils de plus ?... Je les attends... je suis prêt... Dieu m'assistera... je le sais. »

La femme ne répondit rien... elle s'assit par terre, ses yeux noirs fixés sur le plancher...

« Peut-être il a raison, murmurait-elle tout bas... Mais pour ceux qui ont une fois cédé... tout est fini... il n'y a plus d'espérance... non, plus, plus ! Nous vivons de la vie d'un songe, objet de dégoût pour les autres... pour nous-mêmes !... et nous tardons à mourir... nous n'osons pas nous donner la mort ! Plus d'espoir, plus d'espoir, plus d'espoir !... Cette jeune fille, tout juste mon âge... Vous me voyez, dit-elle à Tom, en parlant avec volubilité... regardez-moi, comme me voilà ! Eh bien, j'ai été élevée dans le luxe... Mes premiers souvenirs me rappellent à moi-même, jeune enfant, jouant dans des salons splendides... J'étais vêtue comme une poupée... les amis, les visiteurs louaient mes belles grâces... il y avait un salon dont les fenêtres s'ouvraient sur un jardin... je jouais à cache-cache sous les orangers, avec mes frères et mes sœurs... Je fus mise au couvent... J'appris la musique, le français, la broderie... que n'appris-je pas ? J'avais qua-

torze ans quand on me fit sortir pour assister aux funérailles de mon père... Il était mort subitement. Quand on
vint à liquider, on trouva qu'il y avait à peine de quoi
payer les dettes... Les créanciers firent un inventaire de
la propriété ; je m'y trouvai comprise. Ma mère était
esclave ! Mon père avait toujours voulu m'affranchir...
mais il ne l'avait pas fait... J'avais toujours ignoré mon
état... jamais je n'y avais songé... Est-ce qu'on pense
jamais qu'un homme fort et plein de santé va mourir ?...
Mon père fut emporté en quatre heures... ce fut un des
premiers cas de choléra de La Nouvelle-Orléans. Le lendemain, la femme de mon père retourna avec ses enfants
à la plantation de son propre père... Il me sembla qu'on
me traitait d'étrange sorte... mais je n'y prenais pas
garde... Il y avait un jeune avocat chargé d'arranger les
affaires. Il venait chaque jour et parcourait toute la
maison et me parlait fort poliment. Un jour il amena avec
lui un jeune homme... je n'avais jamais vu un homme plus
beau... Oh ! je n'oublierai pas cette soirée-là. Je me pro-
menai avec lui dans le jardin... J'étais seule et bien triste...
Il était si plein de bonté et de tendresse pour moi !... Il
me dit qu'il m'avait vue avant que je n'allasse au couvent,
qu'il m'aimait beaucoup, et qu'il voulait être mon protec-
teur et mon ami. En un mot, bien qu'il ne m'eût pas dit
qu'il avait payé dix mille dollars pour que je fusse à lui,
j'étais sienne, vraiment, car je l'aimais !... Je l'aimais,
dit-elle en s'arrêtant... Oh ! comme je l'aimais, cet homme !
comme je l'aime, comme je l'aimerai... tant qu'il me
restera un souffle ! Il était si beau, si élevé, si noble ! Il
me donna une maison superbe, des domestiques, des
chevaux, des voitures, des meubles, des toilettes... tout ce
que l'argent peut acheter, il me le donna. Je n'y prenais
pas garde... je n'aimais que lui, je l'aimais plus que Dieu,
plus que mon âme... et, quand même je l'aurais voulu,
je n'aurais pu résister à un seul de ses désirs. Je ne désirais
qu'une chose, moi... je désirais qu'il m'épousât ! je pensais
que, s'il m'aimait autant qu'il le disait, si j'étais réellement

pour lui ce qu'il paraissait croire, il s'empresserait de m'épouser et de m'affranchir... Il me démontra que c'était impossible... il me dit que, si nous étions fidèles l'un à l'autre, ce serait un vrai mariage devant Dieu... Ah! si cela était vrai... n'étais-je vraiment pas sa femme?... N'étais-je pas fidèle?... Pendant sept ans, j'épiai chacun de ses regards, chacun de ses mouvements, je ne respirai que pour lui plaire! il eut la fièvre jaune... vingt jours et vingt nuits je le veillai... moi seule... je le soignai... je fis tout! il m'appela son bon ange, et il dit que je lui avais sauvé la vie. Nous eûmes deux beaux enfants : le premier était un garçon; nous l'appelâmes Henri. C'était l'image de son père... il avait ses beaux yeux, son front, et ses cheveux retombant en boucles autour de son visage... il avait aussi l'esprit et le talent de son père. Il disait, au contraire, que la petite Élisa me ressemblait... il répétait sans cesse que j'étais la plus belle femme de la Louisiane... il était si fier de moi et de nos enfants! Souvent il me disait de les parer, puis il nous promenait tous en voiture découverte, pour entendre de que l'on disait de nous... et il me répétait tout ce que l'on avait dit de plus charmant sur les enfants et sur moi. Oh! c'étaient là d'heureux jours! je me trouvais heureuse, autant qu'on puisse l'être. Vinrent ensuite les temps mauvais. Un de ses cousins, son ami intime, vint à La Nouvelle-Orléans. Il en faisait le plus grand cas... mais moi... du premier instant que je l'aperçus... je le redoutai... je sentais qu'il allait attirer le malheur sur nous... Souvent, il emmenait Henri dehors... et il ne rentrait qu'à deux ou trois heures dans la nuit... Je n'avais rien à dire; Henri était si ombrageux!... mais j'avais bien peur... Il l'emmenait dans des maisons de jeu, et il était ainsi fait, qu'une fois entré là il n'en pouvait plus sortir... Son ami le présenta à une autre femme... je vis bientôt que son cœur n'était plus à moi; il ne me le dit jamais, mais je le vis bien... Oh! jour après jour je le voyais s'éloigner... Mon cœur se brisait... Le misérable lui offrit de m'acheter avec les enfants, pour payer les dettes de jeu qui l'empêchaient de se marier comme il l'entendait ; et il nous vendit !... Il me dit qu'il avait affaire à la campagne, et qu'il y resterait deux ou trois semaines ; il me parla avec plus de tendresse que d'habitude, me dit qu'il reviendrait ; mais il ne me trompa point... Je sentais que le temps était venu... il me semblait que j'étais changée en statue. Je ne pouvais ni dire une parole, ni verser une larme. Il m'embrassa ; il embrassa les enfants à plusieurs reprises, et il sortit. Je le vis monter à cheval... Tant que je pus, je le suivis des yeux. Quand je ne le vis plus, je tombai et je m'évanouis.

« Alors il vint, l'autre, le misérable ! il vint prendre possession... Il me dit qu'il m'avait achetée, moi et les enfants... il me montra les papiers... Je le maudis devant Dieu, et je lui dis que je mourrais plutôt que de vivre avec lui !... "A votre aise, dit-il ; mais, si vous n'êtes pas raisonnable, je vendrai les deux enfants, et vous ne les reverrez jamais..."

« Il me dit qu'il m'avait désirée du jour où il m'avait vue... qu'il avait attiré Henri, et qu'il l'avait endetté pour le faire consentir à me vendre... qu'il l'avait rendu amoureux d'une autre femme, et que je devais être bien certaine, après tout cela, qu'il se souciait peu de mes larmes.

« Il fallut céder. J'avais les mains liées... Mes enfants n'étaient-ils pas en son pouvoir ?... A la moindre résistance il parlait de les vendre... Il me rendait ainsi l'esclave de ses moindres désirs. Oh ! quelle vie c'était là ! vivre le cœur brisé chaque jour... continuer d'aimer, quand l'amour était le malheur, et être enchaînée corps et âme à celui que je haïssais ! J'aimais à faire la lecture, à jouer, à chanter pour Henri, à valser avec lui... Mais pour celui-ci, tout ce que je faisais était un supplice ; et cependant je n'osais rien lui refuser. Il était impérieux et dur avec les enfants. Élisa était une petite créature timide ; mais Henri était audacieux et emporté comme son père : il n'avait jamais plié sous personne.

« Cet homme le prenait toujours en faute. Il se disputait sans cesse avec lui. Mes jours se passaient dans la crainte et le tremblement. Je m'efforçais de rendre l'enfant plus respectueux ; je tâchais de les éloigner l'un de l'autre... Tout fut inutile... il vendit les deux enfants ! Un jour, il m'emmena faire une partie de cheval... Quand je revins, on ne les trouva plus. Il me dit qu'on les avait vendus... il me montra l'argent... le prix du sang !... Il me sembla que tout m'abandonnait à la fois. Je tempêtai, je maudis... oui ! je maudis Dieu et les hommes... Il eut peur de moi, mais il ne céda pas... Il me dit que les enfants étaient vendus, mais qu'il dépendait de moi de les revoir ; que, si je me conduisais mal, ce seraient eux qui en souffriraient... Ah ! l'on peut tout faire de la femme à qui l'on prend ses enfants... je me soumis, je me calmai... lui me fit espérer qu'il les rachèterait un jour. Les choses marchèrent ainsi une semaine ou deux. Un jour, en me promenant, je passai devant la calebasse : il y avait foule à la porte... j'entendis une voix d'enfant. Tout à coup Henri, mon Henri ! échappa à deux ou trois hommes qui le tenaient ; il s'enfuit en poussant des cris, et vint s'attacher à ma robe... Ils s'élancèrent après lui, et l'un d'eux — oh ! jamais je n'oublierai son visage dit à Henri qu'il allait le reprendre, l'emmener dans la calebasse, et lui donner une leçon dont il se souviendrait toujours   Je suppliais, j'invoquais... ils riaient ! Le pauvre enfant poussait des cris... il me regardait... il s'attachait à moi... enfin ils déchirèrent mes vêtements et me l'arrachèrent... lui criait toujours : « Mère ! mère ! mère ! » Un homme, parmi les spectateurs, semblait éprouver quelque pitié... je lui offris tout ce que j'avais d'argent pour intervenir... il hocha la tête et me répondit que le maître de mon fils prétendait que, depuis qu'il l'avait, l'enfant était insolent et désobéissant, et qu'il allait le réduire pour toujours... Je m'enfuis en courant... il me semblait entendre les lamentations de mon enfant... je rentrai à la maison... je me précipitai dans le salon, hors d'haleine... j'y trouvai Butler, mon maître ; je lui dis tout... je le suppliai d'intervenir... il ne fit qu'en rire... il me dit que l'enfant avait ce qu'il méritait... qu'il avait besoin d'être maté, et que le plus tôt serait le mieux... Il me demanda ce que je comptais donc en faire.

« A ce moment, il me sembla que quelque chose se détraquait dans ma tête... je devins furieuse, égarée... Je me rappelle que j'aperçus un grand couteau à lame recourbée... il me semble que je le pris et que je m'élançai sur cet homme... puis tout devint sombre... et de long-temps je ne sus rien...

« Quand je revins à moi, j'étais dans une chambre propre, mais qui n'était pas ma chambre. Une vieille négresse veillait auprès de moi... Un médecin venait me voir ; j'étais entourée de soins. Je sus bientôt que Butler m'avait abandonnée et laissée là pour être vendue ; je compris alors pourquoi j'étais si bien soignée...

« Je ne désirais pas revenir à la vie, j'espérais n'y pas revenir ; mais, quoi que j'en eusse, la fièvre me quitta, la santé reparut, je fus bientôt rétablie... Chaque jour on me parait ; des hommes élégants venaient chez moi ; ils y restaient, ils y fumaient. Ils me regardaient, ils me faisaient des questions et me marchandaient ; mais j'étais tellement triste et silencieuse qu'aucun d'eux ne voulait de moi. Les gens de la maison me menaçaient alors du fouet, si je ne voulais pas être gaie et me montrer aimable...

« Il vint enfin un gentleman du nom de Stuart. Il parut avoir quelque sympathie pour moi... il vit bien que j'avais un poids terrible sur le cœur... Il vint souvent me voir aux heures où j'étais seule ; je lui contai mes malheurs. Il m'acheta et me promit de tout faire pour me rendre mes enfants. Il alla lui-même à l'hôtel où se trouvait mon petit Henri. On lui dit qu'il avait été vendu à un planteur de la rivière de la Perle. Je n'en ai jamais entendu parler depuis. Il retrouva ma fille ; elle était gardée par une vieille femme. Il en offrit des sommes considérables : on ne voulut pas la vendre. Butler découvrit que c'était pour moi qu'on la voulait, il ne consentit point à la laisser partir ; il me fit dire que je ne l'aurais jamais. Le capitaine Stuart était bon pour moi : il possédait une magnifique plantation, il m'y emmena. Dans le courant de l'année, j'eus un fils... pauvre chère petite créature !... comme je l'aimais ! c'était le portrait de mon pauvre Henri ! Je m'étais mis dans la tête, oh ! invinciblement !... que je n'élèverais plus jamais d'enfant... Je pris le pauvre petit dans mes bras, il pouvait avoir quinze jours, je le couvris de baisers et de larmes, puis je lui fis prendre du laudanum, et je le serrai sur mon cœur pendant qu'il s'endormait dans la mort... Que de regrets et que de pleurs !... On crut à une erreur de ma part... Tenez, Tom ! c'est une des choses que je m'applaudis le plus d'avoir faites. Ah ! celui-là du moins est affranchi de toute peine ! Pauvre enfant ! que pouvais-je lui donner de meilleur que la mort ? Bientôt vint le choléra. Le capitaine Stuart mourut... Ah ! tous ceux-là mouraient qui auraient dû vivre !... Et moi... moi... je fus à deux doigts de la mort... et je ne mourus pas ! Je fus encore vendue... Je passai de main en main... jusqu'à ce qu'enfin je devinsse flétrie et ridée, malade... Ce misérable Legree m'acheta... m'amena ici... et m'y voilà ! »

La femme s'arrêta tout à coup. Elle avait fait ce récit avec une éloquence entraînante et passionnée, tantôt s'adressant à Tom et tantôt paraissant se parler à elle-même, comme dans un monologue. Et il y avait dans ses paroles une telle puissance et une si grande énergie, qu'en l'écoutant Tom oubliait jusqu'à ses douleurs... Il se soulevait sur ses coudes et la suivait des yeux, tandis qu'elle arpentait la chambre à grands pas, secouant autour d'elle, à chaque mouvement, sa longue chevelure noire qui l'inondait.

« Vous me disiez, reprit-elle après un instant de silence, qu'il y a un Dieu, et que ce Dieu regarde et voit toutes choses. Cela se peut bien ! Au couvent où j'étais, les sœurs me parlaient d'un jour de jugement où tout sera découvert... Oh ! y aura-t-il des vengeances, alors ! Elles pensent que ce n'est rien, ce que nous souffrons, rien, ce que souffrent nos enfants... Oh ! non !... ce n'est rien... et pourtant... quand je parcourais les rues, il me semblait, par instants, que j'avais assez de haine au cœur pour anéantir toute une ville. Oui, je désirais que les maisons s'écroulassent sur ma tête, ou que les rues s'entrouvrissent sous mes pas... Oui ! et au jour de ce jugement je me lèverai devant Dieu, et je porterai témoignage contre ceux qui m'ont perdue, moi et mes enfants... perdue corps et âme !...

« Quand j'étais jeune fille, j'étais religieuse ; j'aimais Dieu, je le priais... Maintenant je suis une âme perdue... poursuivie par les démons, qui me tourmentent nuit et jour... Ils me tiennent sans relâche... ils me poussent en avant... toujours... toujours... et un moment viendra où je... oui !... »

Elle ferma la main comme par une étreinte convulsive... et une lueur fatale passa dans ses yeux.

« Oui, reprit-elle, bientôt je l'enverrai... où il doit aller... bientôt... une de ces nuits... quand ils devraient pour cela me brûler vive... »

Un long et sauvage éclat de rire retentit à travers la chambre déserte et s'éteignit dans un sanglot convulsif... et elle se roula sur le plancher, en proie à un accès de frénésie violente.

Ce ne fut qu'un instant : elle se releva lentement et parut se recueillir.

« Puis-je faire quelque chose pour vous, mon pauvre homme ? dit-elle en s'approchant de Tom, toujours gisant. Voulez-vous encore de l'eau ? »

Et il y avait dans ses manières, comme dans sa voix, une douceur pleine de grâce et de tendresse sympathique, qui faisait le plus étonnant contraste avec sa sauvagerie et sa rudesse habituelles...

Tom but encore, et la regarda avec intérêt et attendrissement.

« O madame ! comme je voudrais que vous pussiez

aller à celui qui donne les sources d'eaux vives !

— Aller à lui ! où est-il ? quel est-il ? demanda Cassy.

— C'est celui dont tout à l'heure vous me lisiez l'histoire... le Seigneur !

— Quand j'étais jeune fille, je voyais son image sur l'autel. »

Et les yeux de Cassy devinrent immobiles... et elle eut une expression de rêverie attristée...

« Mais il n'est pas ici, s'écria-t-elle ; il n'y a ici que le péché et le long désespoir ! Oh ! »

Cassy mit la main sur sa poitrine et respira... comme si elle eût voulu soulever un poids qui l'accablait...

Tom voulut parler, mais elle lui imposa silence par un geste impérieux.

« Ne parlez plus, mon pauvre homme... tâchez de dormir, si vous pouvez... »

Elle mit de l'eau tout près de lui, fit tous les petits arrangements nécessaires à la nuit d'un malade... et elle sortit.

CHAPITRE XXXV

Les gages de tendresse

> Et souvent ce sont de bien petites choses
> qui font retomber sur le cœur ce poids qu'il
> voulait rejeter pour toujours ; c'est un son, une
> fleur... le vent, l'Océan... qui rouvrent la bles-
> sure, en donnant un choc à cette chaîne élec-
> trique qui nous enserre dans ses noirs anneaux.

BYRON, *Childe Harold*, chant IV.

Le salon de Simon Legree était une longue et large pièce, garnie d'une ample et vaste cheminée ; il avait été jadis tendu d'un riche et splendide papier. Ce papier, moisi, déchiré, décoloré, pendait des murs par lambeaux. On y respirait cette odeur nauséabonde et malsaine qui vient de l'abandon, de l'humidité, de la ruine, et que l'on trouve souvent dans les vieilles maisons depuis longtemps fer-mées. Ce papier était souillé de taches de bière et de vin. En plusieurs endroits il portait des inscriptions à la craie. Il y avait dans la cheminée un brasier de charbon. Le temps n'était pas précisément froid ; mais, dans cette vaste salle, les soirées étaient toujours d'une humidité péné-trante, et puis il fallait bien à Legree du feu pour allumer son cigare et faire chauffer l'eau de son punch. La lueur rougeâtre du charbon embrasé permettait à l'œil de décou-vrir le spectacle très peu gracieux des selles, des brosses, des harnais, des fouets, des pardessus et de tout l'attirail de la toilette répandu et semé dans un désordre confus.

Les énormes chiens dont nous avons déjà parlé avaient choisi là un gîte à leur convenance.

Legree se préparait un grog et versait dans sa tasse l'eau d'une bouilloire ébréchée et fêlée, en murmurant :

« Ce gueux de Sambo !... faire naître cette dispute entre moi et mes nouveaux esclaves !... Voilà maintenant Tom incapable de travailler pendant une semaine... quand l'ouvrage presse !

— Cela vous est bien dû ! » dit une voix derrière sa chaise.

C'était la voix de Cassy, qui avait entendu ce monologue.

« Ah ! vous voilà, diablesse ? Vous revenez, hein !

— Oui, répondit-elle froidement ; mais je veux agir à ma guise.

— Vous vous trompez, vieille gueuse ; je tiendrai parole ! Conduisez-vous comme je veux, ou retournez au quartier, et travaillez comme le reste.

— J'aimerais mieux mille fois vivre au quartier, dans la plus misérable hutte, que de rester sous votre pouvoir.

— Mais vous êtes sous mon pouvoir, fit-il avec une horrible grimace ; c'est une consolation ! Allons ! venez vous asseoir sur mon genou, ma belle, et causons raison ! »

Et il la prit par le poignet.

« Simon Legree, prenez garde à vous ! » s'écria-t-elle.

Et il y eut dans son œil un regard aigu, un éclair sauvage, quelque chose d'effrayant vraiment.

« Ah ! vous avez peur de moi, Simon ! fit-elle d'un ton résolu, et vous n'avez pas tort, ajouta-t-elle ; prenez garde ! j'ai le diable au corps. »

Ces deux mots, prononcés à l'oreille de Simon, s'échappèrent avec un sifflement.

« Oui, oui, je le crois ; éloignez-vous ! fit Legree en la repoussant et en la regardant d'un air inquiet... Après tout, Cassy, pourquoi ne voulez-vous pas que nous soyons bons amis, comme d'habitude ?

— Comme d'habitude ! » murmura-t-elle d'une voix amère... Mais elle s'arrêta. Un monde de sentiments, qui s'entrechoquaient dans son cœur, ne lui permettait pas de trouver des paroles.

Cassy avait toujours eu sur Legree cette sorte d'influence qu'une femme énergique et passionnée aura toujours... même sur le plus vil des hommes ; mais dans ces derniers temps elle était devenue de plus en plus irritable et frémissante, sous le joug d'une servitude détestée. Son irritabilité s'emportait parfois jusqu'à la folie, et cette folie même faisait d'elle un objet d'effroi pour Legree, qui partageait l'horreur superstitieuse que les hommes grossiers et sans éducation ressentent toujours pour les insensés. Quand Legree ramena Emmeline à l'habitation, tous les sentiments de dignité féminine, endormis dans le cœur fatigué de Cassy, se réveillèrent et se ranimèrent tout à coup ; elle prit parti pour la jeune fille. Il s'ensuivit une violente querelle entre elle et Legree ; Legree jura que, si elle ne restait pas calme, elle irait travailler aux champs. Cassy, dédaigneuse et superbe, déclara qu'elle voulait aller aux champs... et elle y travailla un jour en effet, pour montrer à quel point elle dédaignait la menace.

Tout ce jour-là, Legree se sentit mal à l'aise. Cassy avait sur lui un empire dont il ne s'affranchissait pas. Quand elle présenta son panier aux balances, il espérait quelques mots de soumission : il lui parla d'un ton à demi moqueur, à demi conciliant. Elle répondit avec une amertume méprisante.

« Je désire, Cassy, que vous vous conduisiez décemment.

— C'est vous qui parlez de se conduire décemment ! et que venez-vous donc de faire ? Vous n'êtes pas capable de vous contenir... vous venez de ruiner un de vos meilleurs ouvriers... quand l'ouvrage est le plus pressé... Toujours votre damnée colère !

— J'ai été absurde, j'en conviens, de laisser naître cette querelle ; mais, puisque l'esclave a ainsi manifesté sa volonté, il devait être réduit !

— Je déclare que vous ne le réduirez pas !

— Lui ! moi ? fit Legree en se levant tout bouillant de colère. Je voudrais bien voir cela ! Ce serait le premier nègre qui m'aurait résisté... Je briserai tous les os de son corps... mais il cédera ! »

En ce moment, la porte s'ouvrit. Sambo entra. Il s'avança en faisant des saluts et en présentant quelque chose enveloppé dans un papier.

« Qu'est-ce encore, chien ?

— Un sortilège, maître.

— Un quoi ?

— Quelque chose que les nègres se procurent auprès des sorcières. Ça les empêche de sentir les coups quand ils sont fouettés... Tom avait cela attaché autour du cou, avec un ruban noir. »

Legree était superstitieux, comme la plupart des hommes cruels et impies. Il prit le papier et l'ouvrit avec quelque peine.

Il en sortit un dollar d'argent, et une longue et brillante boucle de cheveux blonds. Ces cheveux, comme une chose vivante, s'enroulèrent d'eux-mêmes aux doigts de Legree.

« Damnation ! s'écria-t-il tout en fureur, frappant le sol du pied, et arrachant les cheveux de ses doigts, comme s'ils l'eussent brûlé... d'où cela vient-il ? Enlevez... emportez... Au feu ! au feu !... Et il jeta la boucle dans le foyer... Pourquoi m'avez-vous apporté cela ? »

Sambo restait là, bouche béante, immobile d'étonnement... Cassy, qui était sur le point de quitter l'appartement, demeura et regarda Legree, ne sachant trop que penser.

« Ne m'apportez plus jamais de ces choses du diable ! » s'écria-t-il, en montrant le poing à Sambo, qui fit une prompte retraite ; il jeta ensuite le dollar par la fenêtre.

Sambo fut enchanté de s'en aller : quand il fut parti, Legree parut quelque peu honteux de cet accès de peur ; il s'assit avec une grâce de bouledogue en colère, et commença de humer son punch sans mot dire.

Cassy sortit sans qu'il y prît garde, et, comme nous l'avons déjà raconté, alla porter ses soins au chevet du pauvre Tom.

Qu'avait donc eu Legree ? et qu'y avait-il dans cette simple boucle de cheveux blonds, pour faire ainsi pâlir un homme familiarisé avec toutes les formes de la cruauté ?

Pour répondre à cette question, il nous faut ramener le lecteur en arrière.

Si dur, si réprouvé, si impie que soit maintenant cet homme, il y a eu un temps où il était bercé sur le sein d'une mère... On murmurait à son chevet des prières et des cantiques ; son front brûlant fut humecté des saintes eaux du baptême... Pendant sa première enfance, au son de la cloche du dimanche, une femme aux cheveux blonds le conduisait dans le temple pour adorer et pour prier. Là-bas, bien loin dans la Nouvelle-Angleterre, cette mère avait élevé son fils unique avec un amour que rien ne put lasser, avec des soins que rien n'avait interrompus ; mais, fils d'un père au cœur dur, sur lequel cette tendre femme avait en vain répandu tous les trésors de son amour, il avait suivi ses traces maudites... Tapageur, déréglé, tyrannique, il méprisa les conseils de sa mère, et ne supporta point ses reproches. Bien jeune encore, il s'éloigna d'elle pour chercher fortune sur mer. Il n'était revenu qu'une fois au logis ; sa mère, avec les aspirations d'un cœur qui veut aimer quelque chose, et qui n'a rien à aimer, s'attacha à lui, et s'efforça, par ses exhortations et ses supplications, de l'arracher à cette vie de péché, mort de son âme !

Pour Legree ce furent là les jours de grâce !

Les bons anges l'appelaient à eux... Il fut presque touché... la miséricorde le prit par la main.

Mais son cœur résista... il y eut comme une lutte... le péché fut vainqueur, et il tourna toutes les forces de cette nature violente contre les convictions de sa conscience. Il but, il jura, il devint plus brutal que jamais.

Une nuit, dans la suprême agonie du désespoir, sa mère

s'agenouilla à ses pieds ; mais il la repoussa loin de lui, il la rejeta évanouie sur le sol, et, avec des malédictions impies, il s'élança vers son navire.

La dernière fois que Legree entendit parler de sa mère, ce fut dans l'orgie d'une nuit de débauche.. Il était au milieu de ses compagnons abrutis ; on lui remit une lettre dans la main... Il l'ouvrit... et il en tomba une longue boucle de cheveux, qui s'enroulèrent, eux aussi, autour de ses doigts.

La lettre disait que sa mère était morte, et qu'en mourant elle lui avait pardonné et l'avait béni.

Le mal a sa fatale et sombre nécromancie, qui, des choses les plus charmantes et les plus simples, crée des fantômes pleins d'horreur et d'effroi. Cette pauvre mère si aimante, ses dernières prières, son amour qui pardonnait, ne furent pour ce cœur de démon... ce cœur de péché... qu'une sentence de damnation. Elle faisait voir dans une terrible perspective le jugement suprême et l'indignation de Dieu ! Legree brûla la lettre, il brûla les cheveux ; mais quand il les vit se tordre et pétiller sur la flamme, il frissonna à la pensée des feux éternels... Alors il voulut boire, s'étourdir, et chasser à jamais ce souvenir importun... Mais souvent, dans la nuit profonde, quand le silence solennel condamne l'esprit des méchants à s'entretenir avec lui-même, il voyait sa mère se dresser toute pâle au chevet de son lit, et autour de ses doigts il sentait s'enrouler ses cheveux... et la sueur froide coulait sur son visage... et il bondissait hors de son lit... plein d'horreur !

O vous, qui vous étonnez de lire dans le même Évangile : «Dieu est amour », et plus loin : «Dieu est un feu qui dévore », ne voyez-vous pas comment, pour une âme abîmée dans le mal, l'amour parfait devient la plus terrible des tortures, la sentence fatale et le sceau même du désespoir ?...

«Malédiction ! se dit Legree en vidant son verre, où a-t-il eu cela ? si ce n'était pas tout comme... Oh ! je croyais que j'avais oublié... Oublier ! est-ce qu'on oublie ? Dam-

nation !... je suis seul... Il faut que j'appelle Emmeline...
elle me hait... la guenon ! N'importe ! je vais bien la faire
venir... »

Legree s'avança dans un large vestibule qui conduisait
à l'escalier. Il y avait eu jadis un magnifique escalier
tournant : le passage était maintenant encombré de caisses
et d'une immonde litière. Il n'y avait pas de tapis sur les
marches... Cet escalier semblait tourner dans les ténèbres
et monter on ne savait où. Le pâle rayon de la lune se
glissait à travers le vitrage qui surmontait la porte. L'air
était humide et froid comme dans une cave.

Legree s'arrêta au pied de l'escalier.

Il entendit une voix qui chantait ; il lui sembla, c'était
l'effet de l'irritation de ses nerfs, il lui sembla, dans cette
vieille et sombre maison, qu'il entendait la voix d'un
fantôme...

« Holà ! qu'est-ce ? » s'écria-t-il.

La voix émue, pathétique, chantait une hymne assez
répandue parmi les esclaves :

> Combien de pleurs, de pleurs, de pleurs,
> Quand le Christ viendra nous juger !

« Maudite fille ! je vais l'étrangler ! » Et d'une voix
furieuse il appela : « Lina ! Lina ! »

Et seul l'écho moqueur répondit : Lina ! Lina !

Et la douce voix chantait toujours :

> Parents, enfants se quitteront,
> Parents, enfants se quitteront,
> Et jamais ne se reverront !

Et le refrain net et sonore vibra dans les vastes salles
désertes.

> Combien de pleurs, de pleurs, de pleurs,
> Quand le Christ viendra nous juger !

Legree s'arrêta encore. Il eût eu honte de le dire... mais de grosses gouttes de sueur perlaient sur son front, et la crainte faisait battre son cœur à coups pressés... Il crut voir quelque chose de blanc qui se levait et glissait devant lui dans la chambre, et il frissonna en se disant que peut-être l'ombre de sa mère allait paraître devant ses yeux.

« Allons ! je sais bien une chose, dit-il en rentrant dans le salon, où il s'assit ; maintenant, il faut laisser ce garçon tranquille... Qu'avais-je besoin de ce maudit papier ? Je crois que je suis ensorcelé... en vérité ! J'ai eu le frisson et la sueur depuis ce moment-là... Où a-t-il eu cette boucle de cheveux ?... Ce ne peut pas être celle... oh ! non... je l'ai brûlée... je suis sûr que je l'ai brûlée... Ce serait trop drôle si les cheveux pouvaient quitter d'eux-mêmes la tête des morts. »

Oui, Legree, cette tresse avait un charme ! chacun de ses cheveux murmurait une syllabe de terreur et de remords à ton oreille... Reconnais donc l'effort d'une main puissante, qui veut empêcher tes mains cruelles de tourmenter ces malheureux !

« Eh bien, fit Legree en frappant du pied et en sifflant ses chiens, réveillez-vous, quelques-uns, et faites-moi compagnie ! »

Mais les chiens n'ouvrirent qu'un œil endormi, et le refermèrent bientôt...

« Allons ! je vais faire venir Sambo et Quimbo, pour qu'ils chantent, et qu'ils me dansent quelques-unes de leurs danses de l'enfer... cela va chasser ces horribles idées. »

Il mit son chapeau, se rendit sous la véranda, et sonna d'une trompe dont il se servait pour appeler ses noirs acolytes.

Legree, quand il était en belle humeur, admettait assez volontiers ces deux drôles dans son salon, et, quand il les avait échauffés par le whisky, il les faisait danser, chanter ou se battre, suivant le caprice du moment.

Il pouvait être entre une ou deux heures du matin : Cassy, qui revenait de soigner le pauvre Tom, entendit ces cris, ces hurlements, ces trépignements, mêlés à l'aboiement des chiens, en un mot, tous les indices d'un sabbat d'enfer.

Elle s'approcha et regarda.

Legree et les deux surveillants, dans un état d'ivresse furieuse, chantaient, hurlaient, renversaient les chaises et se faisaient les uns aux autres les plus affreuses grimaces.

Cassy appuya sa petite main fine sur le rebord de la fenêtre... On pouvait lire dans ses yeux de l'angoisse, de la colère et du mépris, et elle se dit :

« Serait-ce vraiment un péché que de délivrer le monde de ces misérables ? »

Elle se détourna précipitamment et, passant par une porte de derrière, elle s'élança dans l'escalier et frappa bientôt à la porte d'Emmeline.

CHAPITRE XXXVI

Emmeline et Cassy

CASSY entra dans la chambre et trouva Emmeline, pâle de terreur, assise à l'extrémité la plus éloignée de la porte. Quand elle entra, la jeune fille se leva par un mouvement nerveux... mais, en reconnaissant Cassy, elle s'élança vers elle, et lui prenant le bras :

« Oh ! Cassy, est-ce vous ? Je suis si heureuse que vous veniez... j'avais si peur que ce ne fût !... Vous ne savez pas quel terrible tapage ils ont fait toute la nuit...

— Je dois le savoir, fit Cassy d'un ton sec ; je l'ai entendu assez souvent...

— Oh ! Cassy, dites-moi, ne pourrions-nous pas nous échapper ? N'importe où... dans les savanes... parmi les serpents... où vous voudrez ! Ne pourrions-nous point aller quelque part... loin d'ici ?

— Nulle part que dans le tombeau...

— N'avez-vous jamais essayé ?

— J'ai assez vu essayer, et je sais le résultat.

— Je voudrais vivre dans les savanes, arracher l'écorce des arbres avec mes dents. Je n'ai pas peur des serpents ; j'aimerais mieux en avoir un... que lui... auprès de moi !

— Bien des gens ici ont pensé comme vous ; mais vous ne pourriez pas rester dans les savanes ; vous y seriez traquée par les chiens, ramenée ici... et alors... alors...

— Que ferait-il ? »

Et la jeune fille tout émue retenait son souffle et regardait Cassy.

« Ah ! plutôt demandez : Que ne ferait-il pas ? Il a appris son métier parmi les pirates des Indes occidentales. Vous ne dormiriez plus, si je vous racontais tout ce que j'ai vu et ce qu'il raconte, lui, en manière de plaisanterie... J'ai entendu ici des cris qui me sont restés dans la tête pendant des semaines. Tenez ! là-bas, du côté du quartier, il y a un endroit où vous pourrez voir un arbre noirci et dépouillé ; le terrain tout autour est couvert de cendres. Demandez ce qu'on a fait là, et vous verrez si on ose vous répondre !

— Oh ! Ciel ! que voulez-vous dire ?

— Je ne veux rien vous dire... je hais d'y penser... Dieu seul peut savoir ce que nous verrons demain... si ce pauvre diable persévère.

— Horreur ! s'écria Emmeline ; et elle devint pâle comme la mort... Oh ! Cassy, que ferai-je ? dites-le-moi !

— Ce que j'ai fait. Faites de votre mieux, faites ce que vous devez faire, en maudissant et en haïssant.

— Il voulait me faire boire de cette détestable eau-de-vie... Je ne peux la souffrir.

— Vous ferez mieux de boire. Je la détestais bien aussi, et maintenant je ne puis m'en passer. Il faut bien avoir quelque chose pour soi... notre position est moins affreuse quand nous avons bu !

— Ma mère me disait toujours qu'il ne fallait même pas goûter à ces choses-là.

— Ah ! votre mère... Et Cassy prononça ce mot de mère avec une expression de sombre tristesse... Qu'est-ce que les mères ont à dire ? Vous êtes achetées et payées, vos âmes appartiennent à vos maîtres... ainsi va le monde ! Buvez de l'eau-de-vie ! buvez tant que vous pourrez, les choses n'en iront que mieux !

— Oh ! Cassy, ayez pitié de moi !

— Pitié de vous... Oh ! n'ai-je pas pitié de vous ? n'ai-je pas eu une fille ? Dieu sait où elle est et à qui elle est à présent ! Elle a marché sans doute sur les traces de sa mère, comme ses enfants marcheront sur les siennes ; il n'y aura pas de fin à cela : la malédiction sur nous est éternelle !

— Oh ! je voudrais n'être jamais née ! dit Emmeline en tordant ses mains.

— Ah ! voilà un de mes anciens souhaits, dit Cassy... Je me tuerais... si j'osais... » Et elle regarda dans les ténèbres. Son œil avait la fixité immobile du désespoir ; c'était du reste l'expression habituelle de sa physionomie au repos.

« Il est mal de se tuer, dit Emmeline.

— Je ne sais pas pourquoi ! ce ne serait pas plus mal que de mener la vie que nous menons ici, jour après jour... Mais au couvent les sœurs me disaient des choses qui me faisaient peur de la mort... Si ce n'était que la fin de nous... oh ! dans ce cas... »

Emmeline se détourna et cacha sa tête dans ses mains.

Tandis que cette conversation avait lieu dans la chambre d'Emmeline, Legree, dompté par l'ivresse, était tombé de sommeil dans le salon.

L'ivresse, chez Legree, n'était pas une habitude : sa constitution robuste pouvait braver les excès qui auraient ruiné une organisation plus délicate ; mais sa prudence, défiante et rusée, ne lui permettait pas de s'abandonner souvent à ses instincts au point de perdre la raison.

Cette nuit-là, dans ses fiévreux efforts pour chasser le remords et le chagrin qui le dévoraient, il s'était livré complètement ; quand il eut renvoyé ses deux compagnons, il s'étendit sur un siège du salon et s'endormit...

Oh ! comment les méchants osent-ils pénétrer dans ce monde inconnu du sommeil, terre que ses horizons incertains séparent à peine du royaume mystérieux de la suprême justice ?

Legree rêvait.

Au milieu de ce lourd sommeil tourmenté, une femme

voilée se dressa bientôt à ses côtés, et posa sur lui une main douce, mais froide. Il crut la reconnaître, quoiqu'elle fût voilée... et il frémit... il crut encore sentir la longue boucle de cheveux autour de ses doigts... puis elle passait autour de son cou, elle s'y nouait, et elle le serrait, le serrait, jusqu'à ce qu'il ne lui fût plus possible de respirer... Et il crut entendre des voix qui murmuraient... et ce qu'elles murmuraient le glaçaient d'horreur... Il lui semblait encore qu'il marchait au bord d'un abîme, se retenant et luttant dans les angoisses de la peur... Puis des mains noires s'emparaient de lui, le suspendaient au-dessus de l'abîme et le précipitaient. Alors survenait Cassy, qui riait et le poussait encore... Et la figure solennelle et voilée se leva, elle tira son voile : c'était sa mère !... Elle se détourna de lui, et il tomba, tomba, tomba, tomba, au milieu d'un bruit confus de sanglots, de soupirs, de cris et de rires de démons...

Legree s'éveilla.

Calmes et roses, les lueurs de l'aurore glissèrent dans le salon. L'étoile du matin, l'étoile solennelle entrouvrit son œil béni, et, du haut de son ciel brillant, regarda l'homme du péché. Oh ! quelle solennité, quelle beauté, quelle fraîcheur entoure la naissance de chaque jour, comme pour dire à l'homme insensé : « Regarde ! c'est une chance de plus qui t'est donnée... Combats pour la gloire immortelle ! » Ah ! il n'y a plus ni langage ni discours possible, là où cette voix n'est plus entendue... L'homme audacieux et pervers ne l'entendit pas... Il se réveilla avec un juron et une malédiction... Qu'étaient-ce donc pour lui, cette pourpre et cet or, miracles renaissants, merveille de chaque matin ? Qu'était-ce donc pour lui, la sainte pureté de cette étoile, que le Fils de Dieu a choisie pour emblème ?... Véritable brute, il voyait sans voir... Il fit quelques pas, se versa un verre d'eau-de-vie et en avala la moitié.

« J'ai eu une affreuse nuit ! dit-il à Cassy, qui entrait par la porte en face de lui.

— Oh! oh! vous en aurez bien d'autres pareilles, dit-elle sèchement.

— Que voulez-vous dire, coquine?

— Vous verrez un de ces jours... Maintenant, Simon, faut que je vous donne un bon avis.

— Au diable!

— Mon avis, dit-elle en rangeant dans la pièce, est que vous laissiez Tom tranquille...

— Qu'est-ce que ça vous fait?

— Dame! ça ne me regarde pas... Si vous payez un homme douze cents dollars, et que vous le mettiez hors d'état au milieu de la saison, dans un moment de dépit, ça ne me regarde pas! J'ai fait ce que j'ai pu pour lui!

— Voyons! pourquoi vous mêlez-vous de mes affaires?

— Au fait, c'est vrai; pourquoi? Je vous ai sauvé quelques milliers de dollars en prenant soin de vos esclaves... Voilà comme on me remercie! Si votre récolte est inférieure à celle des autres, vous perdrez votre pari, voilà tout... Tom Kiris l'emportera sur vous et vous paierez comme une femme... voilà tout!... Il me semble que je vous y vois!»

Legree, comme beaucoup d'autres planteurs, n'avait qu'une ambition... c'était d'obtenir la plus abondante récolte de la saison... Il avait en ce moment plusieurs paris engagés à la ville voisine. Cassy, avec le tact d'une main féminine, avait touché la seule corde qui pût vibrer.

«Eh bien, soit... On va en rester là... mais il va me demander pardon et promettre de se mieux conduire...

— Il ne le fera pas!

— Ah! il ne le fera pas?

— Non!

— Et pourquoi cela, madame? demanda Legree avec un sourire méprisant.

— Parce qu'il a raison, qu'il le sait, et qu'il ne voudra pas dire qu'il a tort.

— Eh! qu'il pense ce qu'il voudra, le chien! mais je veux qu'il dise comme il me plaît... ou...

— Ou vous perdrez votre récolte pour l'avoir éloigné des champs au moment où le travail est le plus pressé !

— Mais il cédera, vous dis-je... Est-ce que je ne sais pas ce que c'est qu'un nègre ?... ce matin il va ramper comme un chien !

— Non, Simon ! vous ne connaissez pas les gens de cette espèce-là... vous pouvez le tuer en détail... vous ne lui arracherez pas le premier mot d'un aveu.

— C'est ce que nous verrons... Où est-il ? fit Legree en sortant.

— Dans la grande salle du magasin. »

Legree, bien qu'il parlât résolument à Cassy, n'en éprouvait pas moins une certaine émotion intérieure ; il était fort irrésolu en sortant du salon. Les rêves de la nuit et les conseils de prudence que lui donnait Cassy ébranlaient fortement son âme. Il voulut que personne n'assistât à son entrevue avec Tom. Il voulait, s'il ne parvenait pas à le réduire par des menaces, différer du moins sa vengeance et choisir son temps.

La lueur solennelle de l'aube, les angéliques rayons de l'étoile du matin avaient pénétré dans l'humble asile de l'esclave, et, avec ses doux rayons, dans leur calme majestueux, descendaient sur lui ces paroles : « Je suis le rejeton de David, la brillante étoile du matin. » Les avertissements et les conseils de Cassy n'avaient pas abattu son âme ; au contraire, elle s'était relevée comme à un appel qui lui venait d'en haut... Il se disait que peut-être c'était son dernier jour qui se levait maintenant dans le ciel ; et son cœur battait d'une émotion suprême... pleine de désirs... Il pensait que peut-être ce tout mystérieux, qu'il avait si souvent rêvé, ce grand trône éclatant de blancheur, entouré de ses arcs-en-ciel lumineux, cette multitude vêtue de robes blanches, dont la voix est douce comme le murmure des eaux, les couronnes, les palmes, les harpes d'or, tout allait enfin apparaître à ses yeux avant la fin du jour. Aussi, sans frissonner, sans trembler, il entendit le pas et la voix de son bourreau.

« Eh bien, garçon, dit Legree, en le touchant dédaigneusement du pied, comment vous trouvez-vous ?... Ne vous avais-je pas bien dit que je vous apprendrais une chose ou deux ?... Comment trouvez-vous cela... hein ? La leçon vous convient-elle ? Êtes-vous aussi crâne qu'hier soir ? Êtes-vous disposé à régaler le pauvre pécheur d'un bout de sermon... hein ? »

Tom ne répondit rien.

« Allons ! levez-vous, animal », dit Simon en lui donnant un second coup de pied.

Se lever, c'était là une opération assez difficile pour un homme moulu et brisé. Tom s'efforça vainement de se lever... Legree fit entendre un rire brutal.

« Tiens ! vous n'êtes pas vif, ce matin, Tom ; vous avez pris froid hier soir, peut-être ? »

Tom cependant s'était levé, et il s'était mis en face de son maître, le front calme et serein.

« Eh ! que diable ! vous voilà debout ! Allons ! je vois bien que vous n'en avez pas eu assez... Voyons, Tom, à genoux maintenant, et demandez-moi pardon pour vos réponses d'hier soir. »

Tom ne fit pas un mouvement.

« Par terre, chien ! fit Legree en lui donnant un coup de fouet.

— Monsieur Legree, dit Tom, je ne puis pas faire cela ! J'ai fait ce que j'ai cru juste ; j'agirai toujours ainsi à l'avenir. Je ne ferai jamais rien de mal... advienne que pourra !

— Ah ! vous ne savez pas ce qui adviendra, maître Tom !... Vous croyez que c'est quelque chose, ce que l'on vous a fait. Ce n'est rien ! rien du tout... Aimeriez-vous à être attaché à un arbre et à voir allumer un petit feu autour de vous ? Ne serait-ce pas agréable, Tom... hein ?

— Maître, je sais que vous pouvez faire de terribles choses ; mais... »

Il se redressa et joignit les mains.

« Mais, quand vous aurez tué le corps, vous ne pourrez plus rien ; et, après cela, il y aura l'ÉTERNITÉ ! »

ÉTERNITÉ ! ce seul mot remplit de force et de lumière l'âme du pauvre esclave... et le pêcheur se sentit au cœur comme une morsure de scorpion... Legree grinça des dents, mais sa rage même le fit taire ; et Tom, comme un homme délivré de toute contrainte, parla d'une voix claire et joyeuse.

« Monsieur Legree, vous m'avez acheté, je vous serai un bon et fidèle esclave ; je vous donnerai tout le travail de mes mains, tout mon temps, toute ma force... Mais mon âme ! je ne veux pas la donner à un homme mortel... je la garde pour Dieu : ses commandements, à lui, je les mets avant tout, avant la vie, avant la mort... Vous pouvez en être sûr, monsieur Legree, je n'ai pas le moins du monde peur de la mort... je l'attends... dès qu'on voudra ! Vous pouvez me fouetter... me faire mourir de faim... me brûler... ce sera m'envoyer plus tôt où je dois aller !

— Vous céderez auparavant, dit Legree furieux.

— Vous ne réussirez pas, dit Tom, j'aurai du secours.

— Qui diable viendra vous secourir ?

— Le Seigneur tout-puissant.

— Damnation ! »

Et d'un seul coup de poing Legree renversa Tom.

Une petite main douce, mais glacée, se posa sur son épaule... il se retourna... c'était la main de Cassy... Ce seul contact, doux et froid, lui rappela ses rêves de la nuit, et toutes les sentences effrayantes murmurées dans les songes traversèrent son cerveau ébranlé, ramenant avec eux leur lugubre cortège d'horreurs.

« Encore des bêtises ! dit Cassy en français, laissez-le ! Laissez-moi faire ; je vais le remettre en état de retourner aux champs. Qu'est-ce que je vous disais ? »

On prétend que l'alligator et le rhinocéros, bien qu'enfermés dans une cuirasse à l'épreuve de la balle, ont cependant un point vulnérable : le point vulnérable de ces scélérats réprouvés de Dieu et des hommes, c'est ordinairement la crainte superstitieuse.

Legree se détourna de Tom, bien résolu d'attendre.

« Soit ! à votre guise, fit-il à Cassy d'un ton bourru. Et vous, prenez garde, dit-il à Tom ; je vous laisse en repos maintenant, parce que la besogne presse et que j'ai besoin de tout mon monde : mais je n'oublie jamais... j'inscris cela à votre compte, et je me paierai sur votre vieille peau noire ! Souvenez-vous-en ! »

Et Legree sortit.

« Allez ! vous aurez aussi votre compte à régler, vous ! » Et Cassy lui jeta un regard noir... Puis revenant à Tom :

« Eh bien, comment êtes-vous, mon pauvre garçon ?

— Dieu m'a envoyé un de ses anges, et il a fermé la bouche du lion, répondit Tom.

— Pour un temps, dit Cassy, mais il vous en veut ; sa colère va vous suivre, jour par jour, s'élançant comme un chien à votre gorge, buvant votre sang, épuisant votre vie goutte à goutte... Je connais l'homme. »

CHAPITRE XXXVII

Liberté

> Peu importe avec quelle solennité on l'ait
> dévoué sur l'autel de l'esclavage, du moment
> où il touche le sol sacré de l'Angleterre, l'autel
> et le Dieu tombent dans la poussière, et l'es-
> clave est racheté, régénéré, sauvé par l'invin-
> cible génie de la liberté.
>
> CURRAN

LAISSONS, pour quelque temps du moins, le pauvre Tom
aux mains de ses persécuteurs, et voyons ce que deviennent Georges et sa femme, que nous avons abandonnés
au milieu de leur fuite.

Quand nous avons quitté Tom Loker, il soupirait et
s'agitait sur la couche immaculée d'un quaker, entouré
des soins maternels de la vieille Dorcas, qui le trouvait
aussi patient et aussi traitable qu'un buffle malade.

Imaginez-vous une grande femme, aimable, digne et
réservée. Un bonnet de mousseline cache à moitié ses
cheveux blancs et bouclés, partagés sur un front large
et lumineux ; ses yeux sont gris, pleins de pensées. Un
mouchoir de crêpe lisse, blanc comme la neige, se croise
chastement sur sa poitrine. Sa robe de soie, brune et
brillante, fait entendre son frôlement pacifique chaque
fois qu'elle traverse la chambre.

Telle est la mère Dorcas.

« Au diable ! s'écria Tom Loker en donnant un grand
coup de poing sur ses couvertures.

— Thomas, je dois te prier de ne pas employer de telles expressions, dit Dorcas en rangeant tranquillement les couvertures.

— Eh bien, vieille, je ne vais plus recommencer... si je puis m'en empêcher; mais il fait si chaud que c'est bien capable de me faire jurer ! »

Dorcas enlève un couvre-pieds, redresse la couverture et la dispose d'une telle façon que Tom a l'air d'une chrysalide. Et tout en se livrant à ces petits soins :

« Je voudrais bien, ami, que tu cessasses un peu de jurer et de maugréer comme tu fais... veille donc un peu sur ta conduite...

— Ah ! ah ! ma conduite, c'est bien la dernière chose dont je m'occupe... tonnerre ! »

Et Tom Loker fit un soubresaut, bouleversant les couvertures et mettant le lit dans un désordre effroyable.

« Cet homme et cette femme sont ici ? demanda-t-il tout à coup, après un moment de silence.

— Oui, répondit Dorcas.

— Ils feraient mieux de passer le lac, et le plus tôt possible.

— C'est sans doute ce qu'ils vont faire, dit à part la tante Dorcas, en continuant à tricoter paisiblement...

— Eh bien, dit Loker, nous avons dans le Sandusky des correspondants qui surveillent les bateaux pour nous... Qu'est-ce que ça me fait de le dire à présent ? J'espère bien qu'ils se sauveront... ne fût-ce que pour faire pester Marks, le s... lâche !

— Eh bien, Thomas !

— Eh bien, la vieille, quand les bouteilles sont trop bouchées, elles éclatent... Mais, à propos de la femme, dites-lui de changer de toilette... son signalement est donné dans le Sandusky.

— Nous y veillerons », reprit Dorcas avec son flegme habituel.

Tom Loker, que nous ne devons plus revoir, resta trois semaines malade chez les quakers. Il eut une fièvre rhumatismale qui s'ajouta à toutes ses autres incommodités. Il quitta le lit un peu plus triste, mais un peu plus sage. Au lieu de se livrer à la chasse des esclaves, il s'établit dans une contrée de défrichements, et il appliqua ses talents avec plus de bonheur à la chasse des ours, des loups et des autres habitants des forêts. Il s'acquit par ses exploits une certaine renommée. Il parla toujours des quakers avec respect : «De braves gens, disait-il, de braves gens ; ils ont voulu me convertir ; ils n'ont pas réussi tout à fait. Mais dites-vous bien, étranger, qu'ils s'entendent à soigner un malade... Oh ! très bien, et personne ne fait mieux qu'eux la pâtisserie et un tas de petits bric-à-brac !»

Nos fugitifs savaient qu'on allait les épier dans le Sandusky ; ils se divisèrent. Jim et sa vieille mère se détachèrent en avant-garde. Une ou deux nuits après, Georges, Élisa et l'enfant furent conduits à leur tour dans le Sandusky, et trouvèrent asile sous un toit hospitalier, avant de s'embarquer sur le lac.

La nuit achevait son cours ; l'étoile du matin qui devait éclairer leur liberté se levait toute radieuse devant eux. Liberté ! mot magique, qui es-tu ? N'es-tu qu'un mot, une fleur de rhétorique ? Pourquoi donc, hommes et femmes de l'Amérique, à ce seul mot le sang de vos cœurs coule-t-il plus vite ?

Ah ! pour ce mot, vos pères ont versé leur sang, et, plus courageuses encore, vos mères envoyaient à la mort les meilleurs et les plus nobles d'entre leurs fils !

Y a-t-il dans ce mot quelque chose qui le rende plus glorieux et plus cher à une nation qu'à un homme ? La liberté serait-elle donc autre chose pour un peuple que pour les hommes qui le composent ? Qu'est-ce que la liberté pour Georges que voici, les bras croisés sur sa large poitrine, la teinte du sang africain sur ses joues, et tous les feux de l'Afrique dans ses yeux noirs ?... Oui, qu'est-ce que la liberté pour Georges Harris ? Pour vos pères, la liberté, c'était le droit qu'a toute nation d'être une nation ; pour lui c'est le droit qu'a tout homme d'être un homme, et non une brute ! Le droit d'appeler la femme de son cœur sa femme, de la protéger contre toute violence illégale, le droit de protéger et d'élever ses enfants, le droit d'avoir à lui sa maison, sa religion, ses principes, sans dépendre de la volonté d'un autre.

Telles étaient les pensées qui s'agitaient et qui fermentaient dans la poitrine de Georges, et il appuyait sa tête rêveuse dans sa main, tout en regardant sa femme, qui s'efforçait d'accommoder des habits d'homme à sa taille élégante et fine. On avait cru que sous ce déguisement il lui serait plus facile d'échapper.

« A leur tour, maintenant, dit-elle, debout devant son miroir et déroulant ses cheveux noirs, longs, soyeux, abondants... C'est dommage, ajouta-t-elle en en prenant quelques-uns ; c'est dommage, n'est-ce pas, de les voir tous tomber ? »

Georges eut un sourire amer, mais il ne répondit pas.

Élisa se retourna vers la glace, les ciseaux brillèrent, et, une à une, tombèrent les longues boucles opulentes.

« L'affaire est faite, dit-elle en prenant une brosse ; encore quelques coups... Eh bien, ne suis-je pas un gentil petit garçon ? dit-elle, souriante et rougissante, en se tournant vers son mari.

— Vous serez toujours charmante, de toute façon, dit Georges.

— Qui vous rend donc si triste ? dit Élisa en fléchissant un genou et en mettant sa main sur les mains de son mari. On dit que nous ne sommes plus qu'à vingt-quatre heures du Canada. Un jour et une nuit sur le lac... et alors ! et alors !

— Eh bien, c'est cela ! dit Georges en l'attirant vers lui, c'est cela même ! Voilà que mon sort se décide. Être si près de la liberté, la voir presque, puis tout perdre ! Oh ! je n'y survivrais pas.

— Ne craignez rien, disait la femme, toute pleine d'espérances. Le bon Dieu n'aurait pas permis que nous vinssions si loin, s'il n'avait pas voulu nous sauver. Je sens qu'il est avec nous, Georges !

— Élisa, vous êtes une femme bénie, dit-il en la serrant contre lui par une étreinte convulsive... Mais, dites-moi, est-ce que vraiment cette grande miséricorde nous sera faite ? Est-ce que ces années, ces longues années de misère finiront ? Serons-nous libres ?

— J'en suis sûre, Georges, dit Élisa en levant les yeux au ciel, tandis que des larmes d'espérance et d'enthousiasme brillaient au bord de ses longs cils noirs. Oui, je sens en moi qu'aujourd'hui même Dieu va nous tirer de l'esclavage.

— Je veux vous croire, Élisa, dit Georges en se levant d'un bond, oui, je veux vous croire... Partons... Oui, dit-il en la tenant à distance, à la longueur du bras, oui, vous êtes un charmant petit garçon ; cette masse de petites boucles courtes vous va vraiment à ravir. Voyons ! votre casquette... bien... un peu plus sur le côté. Vous ne m'avez jamais paru si charmante. Mais voici l'heure de la voiture... Je me demande si Mme Smyth s'est occupée du costume d'Henri. »

La porte s'ouvrit ; une respectable dame, entre deux âges, entra conduisant Henri déguisé en petite fille.

« Quelle délicieuse fille ! dit Élisa en tournant autour de lui. Nous l'appellerons Henriette. Est-ce que ce nom-là ne fait pas très bien ? »

L'enfant était muet et intimidé. Il regardait sa mère sous son nouveau costume. De temps en temps il poussait un gros soupir ; il la regardait à travers ses longues boucles.

« Henri reconnaît-il maman ? » dit-elle en lui tendant les bras.

L'enfant s'attacha timidement aux vêtements de la femme qui l'avait amené.

« Voyons, Élisa, pourquoi vouloir le caresser, quand vous savez qu'il ne doit point rester à côté de nous ?

— Mon Dieu, c'est une folie, dit Élisa, et pourtant je

ne puis supporter l'idée de le voir près d'une autre ; mais venons ! Où est mon manteau ? Ah ! dites-moi, Georges, comment les hommes portent-ils leurs manteaux ?

— Comme cela, dit Georges en jetant le manteau sur ses épaules.

— Comme cela, dit Élisa en imitant le mouvement... et je dois frapper du pied, faire de grands pas et avoir l'air tapageur...

— Non... c'est inutile, ce dernier point ; on rencontre encore de temps en temps un jeune homme modeste, et je crois que ce rôle-là vous sera plus facile à jouer...

— Et ces gants ! miséricorde !... mes mains s'y perdent.

— Je vous conseille pourtant de les garder. Ces petites pattes fines suffiraient pour nous trahir tous... Madame Smyth, vous nous êtes confiée... vous êtes notre cousine, vous savez !

— J'ai entendu dire, fit Mme Smyth, qu'il y a là-bas des hommes qui ont signalé à tous les capitaines un homme, une femme et un petit garçon.

— En vérité ! dit Georges ; eh bien, je leur en donnerai des nouvelles... si je les rencontre. »

Une voiture s'arrêta à la porte, et l'aimable famille qui avait reçu les fugitifs se groupa autour d'eux, pour leur adresser les doux souhaits du départ.

Les déguisements avaient été pris d'après le conseil de Loker. Mme Smyth, respectable femme du Canada, y retournait à cette époque ; elle avait consenti à passer pour la tante du petit Henri ; elle seule en avait pris soin, pendant ces deux derniers jours ; un extra de gâteaux, de galettes et de sucre candi avait cimenté une alliance intime entre elle et ce jeune monsieur.

La voiture s'arrêta sur le quai. Les deux jeunes hommes franchirent la planche. Élisa donnait galamment le bras à Mme Smyth. Georges surveillait les bagages.

Pendant que Georges était dans la cabine du capitaine, réglant le passage de sa compagnie, il entendit la conversation de deux hommes qui se tenaient tout près de lui.

« J'ai fait attention à tous ceux qui sont montés à bord, disait l'un, je suis sûr qu'ils n'y sont pas. »

Celui qui parlait ainsi était le comptable du bord ; celui auquel il s'adressait était notre ami Marks, qui, avec sa persévérance habituelle, était venu jusque dans le Sandusky pour chercher sa proie.

« C'est à peine, disait-il, si on peut distinguer la femme d'avec une blanche ; l'homme est légèrement bistré, il a une marque de feu sur la main. »

La main que Georges avançait pour prendre ses billets et recevoir sa monnaie trembla bien un peu ; mais il se retourna lentement et jeta un regard calme et indifférent sur l'homme qui venait de parler, puis il alla retrouver Élisa, qui l'attendait à l'autre bout du bateau.

Mme Smyth et le petit Henri s'étaient retirés dans le cabinet des dames, où la beauté brune de l'enfant lui attira les caresses et les compliments des voyageuses.

La cloche sonna le départ. Georges eut la satisfaction de voir Marks quitter le bateau et regagner la terre. Il poussa un soupir de soulagement quand les premiers tours de roue eurent mis entre eux une distance désormais infranchissable.

C'était une magnifique journée. Les vagues azurées du lac Érié bondissaient, lumineuses, étincelantes, sous les rayons d'or. Une fraîche brise soufflait du rivage, et le noble vaisseau traçait fièrement son sillon à travers les flots.

Oh ! quel monde mystérieux le cœur de l'homme renferme dans ses profondeurs !... Qui donc, en voyant Georges se promener tranquillement avec son timide compagnon sur le pont du vaisseau, qui donc eût deviné les pensées brûlantes qui dévoraient son sein ? Ce bonheur dont il approchait lui semblait trop doux et trop beau pour devenir jamais réalité. Il éprouvait comme une inquiétude jalouse ; il craignait à chaque instant de se voir arracher sa dernière espérance.

Mais le vaisseau marchait toujours, les heures s'écoulaient, et enfin, visible et rapproché, s'éleva le rivage anglais... rivage qu'enchante une syllabe magique, et dont le seul contact fait évanouir toute la conjuration de l'esclavage, en quelque langue qu'on ait prononcé ses paroles fatales, quel que soit le pouvoir qui ait voulu la protéger...

On approchait de la petite ville d'Amherstberg, dans le Canada. Georges prit le bras de sa femme... sa respiration devint courte et embarrassée... un brouillard passa devant ses yeux ; il pressa silencieusement la petite main qui tremblait sur son bras ; la cloche sonna, le bateau s'arrêta... Georges ne savait plus trop ce qu'il faisait... il rassembla ses bagages, il réunit son monde, on le débarqua ; ils attendirent que tout le monde fût parti, et alors le mari et la femme, tenant dans leurs bras leur enfant étonné, s'agenouillèrent sur le rivage et élevèrent leur cœur jusqu'à Dieu.

> De la mort à la vie ainsi l'homme s'élance ;
> Ainsi, pour revêtir la tunique des cieux,
> Il rejette au tombeau le linceul odieux,
> Vêtement de la mort et voile du silence !
> Il échappe au péché, d'un bond victorieux,
> Et les liens brisés de son âme asservie
> Tombent ; et le pardon avec la liberté
> Descendent sur le seuil de sa nouvelle vie,
> Qui s'appelle immortalité !

Mme Smyth les conduisit bientôt dans la demeure hospitalière d'un bon missionnaire que la charité chrétienne avait placé là, comme un pasteur, pour recueillir les ouailles égarées et perdues, qui viennent sans cesse chercher un asile sur ces bords.

Qui pourra jamais dire les ravissements de ce premier jour de liberté ?

Oh ! il y a un sixième sens, le sens de la liberté, plus noble et plus élevé cent fois que les autres sens ! Se mouvoir, parler, respirer, aller, venir, sans contrôle et sans danger ! Qui pourra jamais dire ce repos béni, qui descend sur l'oreiller d'un homme libre, à qui les lois assurent la jouissance des droits que Dieu lui a donnés ? Qu'il était charmant et beau pour sa mère, ce visage endormi d'un enfant que le souvenir de mille dangers rendait plus cher !... Oh ! pour eux, dans l'exubérance de leur félicité, le sommeil ne leur était pas possible : et cependant ils n'avaient pas un pouce de terre à eux, pas un toit qui leur appartînt ; ils avaient dépensé jusqu'à leur dernier dollar... Ils avaient ce qu'a l'oiseau dans les airs, la fleur dans les champs... et ils ne pouvaient pas dormir à force de bonheur !

Ah ! vous qui prenez à l'homme la liberté, quelles paroles trouverez-vous pour répondre à Dieu ?

CHAPITRE XXXVIII

La victoire

COMBIEN parmi nous, dans ce chemin pénible de la vie, n'ont pas trop souvent éprouvé qu'il est bien plus aisé de mourir que de vivre ?

Le martyr, en face de la mort pleine d'horreurs, de tourments et d'angoisses, trouve dans les terreurs mêmes de son destin un aiguillon et un soutien ; il y a comme une excitation vive, une fièvre, une ardeur qui nous fait bravement traverser cette crise de souffrance — le sentiment de l'éternelle gloire.

Mais vivre, mais porter jour après jour le poids, l'amertume, la honte de la servitude... sentir chacun de ses nerfs torturé, toutes les fibres de la sensibilité l'une après l'autre émoussées... souffrir ce long martyre du cœur... voir s'écouler lentement, goutte à goutte, le sang, le meilleur sang de la vie... ah ! voilà la pierre de touche qui fait voir ce qu'il y a vraiment dans un homme ou dans une femme.

Quand Tom se trouva face à face avec son persécuteur, quand il entendit ses menaces, quand il crut que son heure était venue, son cœur battit brave et joyeux dans sa poitrine, il sentit qu'il pouvait supporter les tortures et le feu... tout, en un mot... en reportant ses yeux sur la vision bénie de Jésus et du Ciel. Mais quand le bourreau fut parti, quand l'excitation présente se fut calmée, alors revint le sentiment de la douleur, alors il s'aperçut que ses membres étaient brisés et moulus, alors il comprit à quel point il était abandonné, dégradé, avili, et sans espoir.

Ce fut une pénible et longue journée.

Longtemps avant qu'il fût guéri de sa blessure, Legree exigea qu'il reprît le travail des champs. Ce furent des tyrannies, des vexations, des injustices de toutes sortes... tout ce que pouvait inventer l'esprit d'un homme aussi vil que méchant. Celui de nous qui a fait vraiment l'épreuve du malheur, même avec tous les allégements que notre position nous accorde, sait à quel point nous devenons irritables et nerveux. Tom ne s'étonna plus de la sombre tristesse de ses compagnons... il voyait s'enfuir cette sereine et douce résignation de sa vie, chassée enfin par l'invasion de ce même désespoir dont il était le témoin ; il s'était flatté de pouvoir lire la Bible à ses moments de loisirs... il vit bientôt que chez Legree il n'y avait point de loisir... Quand la saison pressait, Legree faisait, sans remords, travailler fête et dimanche. Et pourquoi donc ne l'eût-il pas fait ? c'était le moyen d'avoir plus de coton et de gagner son pari... cela lui faisait bien perdre quelques esclaves de plus... mais cela lui permettait aussi d'en avoir d'autres... et de meilleurs... D'abord Tom avait lu chaque soir, au retour de la tâche quotidienne, aux lueurs vacillantes du foyer, un ou deux versets de la Bible. Mais après le cruel traitement qu'il avait reçu, quand il revenait des champs, s'il essayait de lire, sa tête bourdonnait, ses yeux se troublaient, et, tout épuisé, il s'étendait sur le sol avec ses compagnons.

La paix religieuse, la confiance en Dieu qui l'avait soutenu jusque-là, faisaient place maintenant à de sombres accès de doute et de désespoir. Il avait sans cesse devant les yeux le ténébreux problème de sa destinée... les âmes brisées et terrassées, le mal triomphant, et Dieu silencieux !... Il y avait des semaines, des mois, où son âme douloureuse était remplie de ténèbres et d'amertume. Il pensait à la lettre que Miss Ophélia avait écrite à ses amis du Kentucky, et il priait Dieu ardemment d'envoyer quelqu'un pour le délivrer... Chaque jour il avait le vague espoir de voir arriver quelqu'un pour le racheter... Personne ne venait, et dans son cœur, sa pensée retombait plus désolée encore et plus navrante !... Il était donc bien inutile de servir Dieu... puisque Dieu oubliait ainsi ! Quelquefois il voyait Cassy ; quelquefois, quand il était appelé à l'habitation, il entrevoyait Emmeline, languissante et abattue... Il ne s'occupait plus guère d'elle... il n'avait, hélas ! le temps de s'occuper de personne !

Un soir, auprès de quelques maigres tisons qui faisaient cuire son souper, il était assis dans un état de prostration et d'accablement complet. Il jeta quelques broussailles sur le feu pour obtenir quelques lueurs, et il tira sa Bible de sa poche ; il trouva tous ces passages remarqués qui souvent avaient fait battre son cœur, ces paroles des patriarches et des prophètes, des poètes et des sages, les voix qui sortent de cette «grande nuée de témoins», comme parle l'Écriture, qui nous entoure sur le chemin de la vie... Les mots sacrés avaient-ils perdu leur pouvoir, l'œil obscurci et presque éteint n'en pouvait-il retrouver le sens ? Rien ne répondait-il plus à cette inspiration jadis toute-puissante ?

Tom soupira profondément... et il remit le livre dans sa poche.

Un gros éclat de rire retentit tout près de lui.

Tom releva les yeux ; il aperçut Legree.

«Eh bien, vieux, vous trouvez à la fin que la religion ne sert pas à grand chose... Je savais bien que je fourrerais cela dans votre tête de laine ! »

Ce sarcasme fut plus cruel pour Tom que la faim, que le froid, que la nudité !

Il ne répondit rien.

«Vous êtes une bête ! reprit Legree : quand je vous achetai, j'avais de bonnes intentions pour vous. Vous auriez été ici beaucoup mieux que Sambo et Quimbo, vous auriez eu du bon temps : au lieu d'être fouetté tous les jours ou tous les deux jours, c'est vous qui auriez fouetté les autres ; vous vous seriez promené partout, et de temps en temps, pour vous réchauffer, on vous aurait donné un verre de punch ou de whisky... Allons ! est-ce que cela n'eût pas été bien plus raisonnable ? Voyons, jetez-moi au feu ce paquet de bêtises, et entrez dans mon Église.

— Dieu m'en garde ! s'écria Tom avec ferveur.

— Vous voyez bien que Dieu ne vous protège pas... s'il vous protégeait, il n'aurait pas permis que je vous achetasse ! votre religion, c'est un tas de mensonges !... je le sais bien, allez ! vous feriez mieux de vous attacher à moi... je suis quelqu'un et je puis quelque chose !

— Non, maître, dit Tom, non ! que le Seigneur m'assiste ou qu'il m'abandonne, je m'attacherai à lui, je croirai en lui jusqu'à la fin.

— Vous n'en êtes que plus stupide, fit Legree en crachant dédaigneusement sur lui et en le repoussant du pied ; n'importe, je vous abattrai, je vous réduirai... vous verrez ! »

Et Legree s'éloigna.

Quand un poids pesant nous oppresse et qu'il nous nous a refoulés aussi bas que possible, il y a en nous comme un effort soudain et désespéré, et nous voulons soulever ce poids... Souvent l'angoisse la plus douloureuse précède le reflux de la joie et du courage.

Il en fut ainsi pour Tom.

Le sarcasme athée et cruel de son maître acheva d'abattre son âme ; il se cramponnait encore d'une main fidèle au roc de la foi, mais par une étreinte désespérée et bientôt vaincue... il restait assis auprès du feu, dans une immobilité de statue. Tout à coup, il lui sembla qu'autour de lui les objets disparaissaient, et une vision passa devant ses yeux. Il voyait une tête couronnée d'épines, souffletée et sanglante. Il contemplait, avec autant d'étonnement que de respect, la majestueuse patience de ce visage ; le regard mélancolique et profond de ces yeux qui lui remuait le cœur ; il sentait couler en lui des torrents d'émotion, il étendit les bras et tomba à genoux... Mais tout à coup la vision changea : les épines aiguës devinrent des rayons de gloire, et ce même visage, éclatant d'ineffables splendeurs, se pencha, plein de tendresse et de compassion, vers lui, et une voix dit :

«Celui qui aura vaincu viendra s'asseoir avec moi sur mon trône, comme moi qui ai vaincu je me suis assis avec mon Père sur son trône!»

Combien de temps dura cette extase, Tom lui-même ne le sut jamais. Quand il revint à lui, le feu s'était éteint, la rosée abondante et pénétrante avait mouillé ses vêtements; mais la crise terrible était passée, et, dans la joie qui remplissait son âme, il ne sentait ni la faim, ni le froid, ni l'outrage, ni la misère! Oui, dans le plus profond de son cœur, à ce même instant, il renonça pour jamais à toutes les espérances de la vie présente, et il offrit sa propre volonté en sacrifice d'immolation au Dieu infini! puis il porta ses regards vers ces étoiles, silencieuses, éternelles images de ces troupes d'anges qui ne cessent jamais d'abaisser leurs regards sur l'homme, et dans la solitude de la nuit il entendit retentir les paroles triomphantes d'une hymne qu'il avait souvent chantée dans des jours plus heureux, mais jamais avec un tel sentiment :

> La terre se fondra comme se fond la neige,
>   Et le soleil s'éteindra dans les cieux;
>   Mais le Seigneur, mon Dieu, qui me protège,
> D'un éternel éclat brille devant mes yeux.
>   Je meurs! Au séjour des étoiles
> Les anges dans leurs bras m'ont déjà transporté,
>   Et ma main soulève les voiles
> Qui cachent les secrets de l'immortalité.
> Passez, passez toujours, fugitives années!
> Les siècles par milliers sur nous s'en vont glissant;
> De rayons éternels nos têtes couronnées
> Auront, à tout moment du cycle renaissant;
>   Autant de jours qu'en commençant!

Ceux de nos lecteurs qui ont étudié les mœurs religieuses des esclaves ont dû entendre plusieurs fois des récits pareils à ceux que nous venons de faire. Nous en avons nous-même, et de leurs lèvres, recueilli de fort touchants. Les psychologues nous parlent d'un certain état dans lequel les sentiments et les idées acquièrent une telle influence et une telle intensité, qu'ils s'emparent des sens extérieurs et les contraignent à leur obéir et à rendre palpable et visible le rêve intérieur. Qui pourra jamais dire jusqu'où l'esprit souverain et dominateur peut amener notre pauvre machine humaine ? Qui connaît tous les moyens qu'on emploie pour consoler les affligés ? Si le pauvre esclave abandonné croit que Jésus lui est apparu et lui a parlé, qui donc osera le contredire ? N'a-t-il pas annoncé que sa mission était de soulager ceux qui souffrent et de délivrer ceux qu'on opprime ?

Les lueurs blanchâtres de l'aube rappelèrent les travailleurs aux champs. Parmi ces malheureux chancelants, accablés, il y en avait un qui marchait d'un pas triomphant ; car plus ferme que le sol même sur lequel il marchait était sa foi dans le souverain, dans l'éternel amour ! Ah ! Legree, tu peux maintenant essayer tes forces ! le chagrin, l'humiliation, l'angoisse, le besoin, la perte de toute chose ne feront que le précipiter dans la voie qui le conduira au sanctuaire éternel, où il sera pontife et roi dans le sein de Dieu !

Depuis cet instant, une impénétrable atmosphère de calme et de paix entoura l'humble cœur de l'opprimé. Le Sauveur, toujours présent, faisait sa demeure dans son âme ! C'en est fait de ces regrets terrestres, de ces regrets qui saignent ! c'en est fait de ces fluctuations, et l'espérance, la crainte et le désir, la volonté humaine, résistante, luttante, sanglante, était abîmée dans la volonté de Dieu. Il sentait si bien que c'était la fin du voyage, l'éternel bonheur lui semblait si proche, si vivant, que la vie était maintenant désarmée ; elle ne pouvait plus rien contre lui !

C'était un changement qui n'échappait à personne. La joie et la gaieté lui revenaient. C'était une tranquillité qu'aucune insulte, aucune injure ne pouvaient plus troubler.

«Qu'a donc ce diable de Tom? demandait Legree à Sambo. Il y a quelques jours, il était sot et abattu; et le voilà maintenant gai comme un pinson!

— Dame! maître... il songe peut-être à s'en aller.

— Je voudrais bien qu'il essayât, dit Legree avec une grimace sauvage... Hein? s'il essayait, Sambo!

— Hi! hi! ça ferait bien! dit l'horrible gnome, avec un rire obséquieux. Dieu! que ce serait drôle de le voir patauger dans la boue, courant, passant à travers les branches... et les chiens sur lui!... Ah! Dieu! que je rirais donc! comme quand nous avons repris Molly... Je croyais que les chiens l'auraient dévorée avant que je pusse les retirer... Elle en porte encore les marques maintenant.

— Et je réponds qu'elle les portera jusqu'à la mort, dit Legree. Mais attention, Sambo! Si le nègre veut partir, saute dessus...

— Maître, rapportez-vous-en à moi, dit Sambo; je reprendrai le lapin... Ah! ah! ah!»

Ce dialogue avait lieu entre nos personnages au moment où Legree montait à cheval pour se rendre à la ville voisine.

La nuit, en s'en revenant, il jugea à propos de faire un détour et d'inspecter le quartier.

La nuit était splendide. La lune brillait au ciel; les grandes ombres des beaux arbres de Chine dessinaient sur le gazon leurs maigres silhouettes amincies. Il y avait dans l'air cette sorte de tranquillité transparente qu'on ne trouble pas sans crime. Comme Legree approchait des quartiers, il entendit une voix qui chantait... C'était rare d'entendre chanter dans un tel lieu; il s'arrêta pour écouter. C'était une voix de ténor; elle chantait:

Quand je vois le titre authentique
De notre gloire écrite aux cieux,
Je chasse la peur chimérique
Et sèche les pleurs de mes yeux.

Oui, que le monde se déchaîne,
Que l'enfer s'ouvre mugissant ;
De Satan je brave la haine,
Je ris d'un monde menaçant !

Que le malheur, sombre déluge,
Que des tempêtes de douleur
S'abattent sur moi ! Mon refuge,
Ma paix, mon tout, c'est toi, Seigneur !

« Oh ! oh ! se dit Legree, est-ce qu'il croit cela ? le croit-il ? Comme je hais ces maudites hymnes méthodistes !... Ici, nègre, ici ! fit-il en s'élançant sur Tom et en levant son fouet... Comment osez-vous bien être encore debout quand vous devriez être au lit ?... Fermez votre vieille mâchoire noire et rentrez chez vous... vite !

— Oui, maître », dit Tom, empressé et joyeux ; et il se prépara à rentrer chez lui.

Le bonheur évident de Tom excita au plus haut point l'irritation de Legree. Il s'avança et laboura de coups les épaules et la tête de l'esclave.

« Allons, chien ! es-tu aussi content maintenant ? »

Les coups ne tombaient que sur l'homme extérieur, ils ne tombaient plus sur le cœur, comme auparavant. Tom resta calme et soumis, et cependant Legree sentit que son pouvoir lui échappait... sa victime n'était plus sensible. Tom rentra dans sa case. Legree fit faire une volte à son cheval ; un éclair passa dans cette âme sombre et méfiante, et y fit briller les lueurs fulgurantes de la conscience. Il comprit que c'était Dieu qui se dressait entre lui et sa victime, et il blasphéma Dieu ! Cet homme soumis et silencieux, que ni les railleries, ni les menaces, ni les cruautés ne pouvaient plus émouvoir, réveilla en lui une voix pareille à celle que le divin Maître faisait parler dans l'âme des possédés. Cette voix disait : «Qu'avons-nous à démêler avec toi, Jésus de Nazareth ? es-tu venu pour nous tourmenter avant le temps ?»

L'âme de Tom débordait de pitié et de sympathie pour tous les pauvres malheureux qui l'entouraient ; il lui semblait que les chagrins de sa vie étaient désormais passés, et, de ce trésor de paix et de joie dont le Ciel lui avait fait don, il voulait épancher les richesses sur ceux qui souffraient à ses côtés. Il est vrai qu'il en avait rarement l'occasion ; mais en allant aux champs, en revenant aux quartiers, pendant les heures du travail, il trouvait encore le moyen de réconforter et de soulager les faibles et les découragés. Ces pauvres créatures, épuisées, abruties, ne pouvaient pas comprendre une pareille conduite ; et pourtant, quand ils virent pendant de longues semaines et de longs mois la persévérance de cette bonté, ils sentirent se remuer et vibrer les cordes les plus intimes de leur cœur ! Graduellement, insensiblement, cet homme étrange, silencieux, patient, toujours prêt à porter le fardeau de chacun sans réclamer pour lui l'assistance de personne ; qui se tenait à part de tout, se montrait le dernier partout, prenait moins que personne et partageait encore avec les autres ; qui, dans les nuits glacées, abandonnait sa misérable couverture à quelque pauvre femme tremblante de fièvre ; qui dans les champs remplissait le panier des plus faibles, au risque, terrible risque ! de ne pas avoir son poids lui-même ; qui, sans cesse poursuivi par ce cruel et implacable tyran, leur tyran à tous, ne se permettait jamais, cependant, une parole de blâme, une injure, une malédiction : cet homme acquit sur eux un étrange pouvoir ! Quand la presse du travail se fut ralentie, quand on permit aux esclaves de jouir enfin de leurs dimanches, ils se rassemblèrent autour de Tom pour l'entendre parler de Jésus ! Ils eussent été bien heureux de se réunir libre-

ment pour parler de Dieu, pour prier et pour chanter!
Legree ne le voulait pas. Plus d'une fois, avec des jurements et des violences, il dispersa leurs petites réunions.
La bonne nouvelle de l'Évangile ne pouvait plus s'annon-
cer que tout bas, du cœur à l'oreille. Plus d'entretien en
commun!

Et cependant, qui pourrait dire avec quel bonheur
simple et touchant quelques-uns de ces pauvres esclaves,
pour qui la vie, hélas! n'était qu'un voyage sans joie
vers un inconnu sans espérance, entendaient parler d'un
Rédempteur plein de compassion et d'amour, et d'une
patrie céleste? Tous les missionnaires vous diront qu'il
n'y a point une race d'hommes sur la terre qui ait accueilli
l'Évangile avec une docilité plus empressée que la race
africaine. Le principe de la foi sans contrôle et de la
confiance sans bornes est en quelque sorte un des éléments
naturels de cette race. Maintes fois la semence d'une
vérité, portée par le vent du hasard dans les cœurs les
plus ignorants, a germé en fruits dont la saveur et
l'abondance feraient honte aux cultures les plus habiles.

La pauvre mulâtresse, dont la simple foi avait été
brisée et engloutie sous cette avalanche de cruautés et
d'injures, sentait maintenant son âme se relever sous
l'influence de la sainte Écriture et des hymnes que, sur
le chemin du travail, Tom, l'humble missionnaire, murmurait à son oreille. Cassy elle-même, cette âme troublée,
cette intelligence égarée, retrouvait un peu de calme et
de douceur auprès de cette candeur aimante!

Réduite à un désespoir qui touchait à la folie, irritée
par toutes les tortures qui avaient déchiré sa vie, Cassy
avait formé dans son âme le projet de venger, dans une
heure terrible, toutes les cruautés dont elle avait été le
témoin ou la victime.

Une nuit, tout le monde dormait dans la case de Tom :
Tom fut tout à coup réveillé. Il aperçut le visage de
Cassy qui se montrait par le trou qui servait de fenêtre.
Elle fit un geste silencieux pour l'engager à sortir.

Tom sortit.

Il pouvait être une ou deux heures du matin. Il faisait un magnifique clair de lune. Autour d'eux, tout était silencieux et calme. Un rayon de lumière tomba sur le visage de Cassy. Tom vit passer comme une flamme ardente dans ses yeux noirs et sauvages : ce n'était plus son morne désespoir.

« Venez ici, père Tom, dit-elle en lui mettant sa petite main sur le bras et en l'attirant à elle avec une telle force, qu'on eût dit que cette petite main était d'acier ; venez ici ; j'ai des nouvelles à vous donner !

— Qu'est-ce donc, Miss Cassy ? demanda Tom tout ému.

— Tom, voudriez-vous être libre ?

— Je le serai, madame, quand il plaira à Dieu !

— Vous pouvez l'être cette nuit !... et il y eut encore un éclair sur le visage de Cassy... Venez ! »

Tom hésita.

« Venez ! reprit-elle à voix basse, et en fixant sur lui ses grands yeux, venez ! il dort profondément... J'en ai mis assez dans son eau-de-vie pour qu'il dorme long-temps... si j'en avais eu davantage, je n'aurais pas eu besoin de vous... mais venez... la porte de derrière est ouverte ; il y a une hache auprès, c'est moi qui l'y ai mise. La porte de sa chambre est ouverte, je vais vous montrer le chemin. J'aurais tout fait moi-même, mais je n'ai plus de force ! Allons, venez donc !

— Non, madame, pas pour dix mille mondes ! dit Tom avec fermeté et en reculant, malgré tous les efforts de Cassy pour le faire avancer.

— Mais pensez donc à tous ces pauvres malheureux ! nous allons les mettre tous en liberté. Nous irons quelque part dans les savanes. Nous trouverons une île, nous y vivrons indépendants. Ces choses-là se font, dit-on, quelquefois... Toute vie sera meilleure que celle-ci.

— Non ! dit Tom, non ! le bien ne peut jamais venir du mal ; j'aimerais mieux me couper la main !

— Eh bien, je ferai tout moi-même, dit Cassy en s'éloignant.

— O Miss Cassy ! et Tom se jeta à genoux devant elle ; au nom de ce cher Sauveur qui est mort pour nous, ne vendez pas ainsi votre précieuse âme au démon !... il ne sortira de tout cela que du mal ! Le Seigneur ne nous appelle point à la vengeance. Il faut souffrir et attendre l'heure de Dieu !

— Attendre ! dit Cassy ; attendre ! mais n'ai-je pas tant attendu déjà que mon cœur en est malade et ma raison obscurcie ? Que ne m'a-t-il pas fait souffrir... à moi... et à toutes ces misérables créatures ?... et vous-même, n'épuise-t-il pas goutte à goutte le sang de votre vie ?... Oui... je suis appelée... oui ! on m'appelle à la vengeance !... son tour est venu ! je veux avoir le sang de son cœur !

— Non ! non ! dit Tom en s'emparant de ses mains qui se tordaient avec des mouvements convulsifs. Non ! pauvre âme perdue ! il ne faut pas, il ne faut pas ! Le doux Seigneur n'a jamais versé d'autre sang que le sien, et il l'a versé pour nous quand nous étions ses ennemis... Seigneur ! aidez-nous à suivre vos traces et à aimer nos ennemis !

— Amen ! dit Cassy avec un superbe regard. Aimer de tels ennemis ! cela n'est pas dans la chair et le sang !

— Non, madame, ce n'est pas dans la nature... mais c'est dans la grâce... et cela s'appelle la victoire !... Quand nous pouvons aimer et prier, partout et malgré tout, la bataille est finie, et la victoire est venue ! gloire à Dieu !... » Et l'œil humide, la voix tremblante, Tom regarda les cieux.

Oui, race africaine, appelée la dernière entre les nations, appelée à la couronne d'épines, à l'humiliation, à la sueur sanglante et aux agonies de la croix, race africaine, voilà ta victoire ! voilà ton règne avec le Christ, quand le royaume du Christ descendra sur la terre !

Cette tendresse sympathique de Tom, cette douce voix, ces larmes émues, qui tombaient comme une rosée sur l'âme inquiète de cette pauvre femme, calmèrent le feu dévorant de ses regards ; elle baissa les yeux... et Tom sentit se détendre les muscles de sa main.

«Est-ce que je ne vous ai pas dit, reprit-elle, que les méchants esprits me suivaient ? O père Tom ! je ne puis pas prier... je voudrais bien pouvoir ! Je n'ai pas prié depuis que mes enfants ont été vendus. Ce que vous dites doit être juste... oui, cela doit être !... Mais, quand je veux prier, je ne puis que haïr et maudire ! non ! je ne puis prier !...

— Pauvre âme ! dit Tom tout ému, le démon veut vous avoir, et il vous passe à son crible comme du grain ! Moi, je prie le Seigneur pour vous... O Miss Cassy ! tournez-vous vers le doux Jésus, il est venu pour relever les cœurs brisés et pour consoler ceux qui pleurent.»

Cassy ne répondait rien, mais de grosses larmes tombaient de ses yeux baissés...

Tom la contempla un moment en silence ; puis, d'une voix qui hésitait :

«Si vous pouviez vous en aller d'ici, si la chose était possible, je vous conseillerais de partir avec Emmeline, c'est-à-dire si vous le pouviez sans vous rendre coupable du sang versé... Oh ! pas autrement !

— Tenterez-vous la chance avec nous, père Tom ?

— Non. Il y a un temps où je l'aurais fait... mais Dieu m'a confié une tâche à remplir auprès de ces malheureux... Je resterai avec eux ; avec eux je porterai ma croix jusqu'à la fin ! Il n'en est pas de même pour vous... vous êtes trop tentée... vous ne pourriez peut-être pas résister... il vaut mieux que vous vous en alliez... si vous pouvez.

— Je ne connais d'autre fuite que le tombeau ! Il n'est point de bête sur la terre ou sous les eaux qui n'ait où se reposer ; le serpent et l'alligator trouvent un gîte pour dormir en paix... Pour nous seuls il n'y a rien !... Là-bas, au fond des savanes les plus épaisses, les chiens nous chasseront et nous trouveront... Chacun et tout est contre nous... jusqu'aux bêtes... Où irai-je ?»

Tom n'osait répondre ; mais enfin :

« Allez, dit-il, à celui qui a sauvé Daniel de la gueule des lions, à celui qui a sauvé les trois Hébreux du feu de la fournaise, à celui qui a marché sur les flots et ordonné aux vents d'être calmes. Il vit toujours, et j'ai la ferme confiance qu'il peut vous délivrer ! Essayez ! et je prierai pour vous de toute ma force ! »

Quelle est donc cette étrange loi des âmes qui fait qu'une pensée longtemps dédaignée, sur laquelle on marche, pierre inutile et méprisée, tout à coup jaillit en étincelles et rayonne de feux ? c'est un diamant à présent !

Cassy, pendant de longues heures, avait médité toutes les probabilités d'une évasion possible, elle avait formé mille plans qu'elle avait bientôt rejetés comme impraticables... et maintenant il se présentait à elle une idée si simple, si complètement réalisable, et qu'elle se sentait toute remplie d'espérances...

« Père Tom, j'essaierai !

— Amen ! dit Tom ; que Dieu vous aide ! »

CHAPITRE XXXIX

Le stratagème

> La route du méchant est ténébreuse : il ne
> sait point où est la pierre d'achoppement.
>
> PROVERBES, IV, 19.

LE grenier de Simon Legree était, comme tous les greniers du monde, un lieu désolé, immense, plein de poussière, tendu de toiles d'araignée et jonché de débris de toute espèce. L'opulente famille qui avait occupé cette maison aux jours de sa splendeur y avait apporté des meubles magnifiques. On en avait repris une partie ; le reste avait été laissé là, oublié, négligé, moisissant dans la chambre ou entassé dans de grenier. Deux immenses caisses d'emballage se tenaient debout, appuyées au mur du grenier. Il n'y avait qu'une petite fenêtre ; à travers sa vitre terne et souillée glissait un jour douteux et rare qui tombait sur des chaises aux grands dossiers, sur des tables poudreuses qui avaient eu jadis de plus brillantes destinées. Ce grenier faisait rêver sorcières et revenants. Il avait aussi ses légendes qui augmentaient encore la terreur superstitieuse des nègres.

Il y avait de cela quelques années, une négresse qui avait encouru la disgrâce de Legree y avait été renfermée plusieurs semaines. Que se passa-t-il là ? Nous ne le dirons pas !... Mais un beau jour, on en retira le corps de cette malheureuse pour le porter en terre... Et depuis, le bruit courut que l'on entendait des jurements, des malédictions et des coups retentissants, mêlés à des voix plaintives et aux gémissements du désespoir ! Ces légendes parvinrent aux oreilles de Legree ; il entra dans une violente colère, et fit serment que le premier qui s'aviserait jamais d'en reparler aurait l'occasion d'aller voir lui-même ce qu'il en fallait croire... Legree ne menaçait de rien moins que d'enchaîner le coupable dans le grenier toute une semaine ; cette menace n'ébranla pas la croyance des nègres, mais elle suffit pour leur imposer silence.

Peu à peu l'escalier qui conduisait au grenier, et même le vestibule qui conduisait à l'escalier, furent bientôt abandonnés de tout le monde. La peur empêchait de parler ; on oublia.

Il vint à l'esprit de Cassy de tirer parti de cette crainte superstitieuse, et de la faire servir à sa délivrance et au salut de sa compagne.

Cassy couchait sous le grenier même.

Un jour, sans consulter Legree, elle prit sur elle de faire très ostensiblement enlever ses meubles, qu'on alla porter dans une chambre très éloignée. Les esclaves qu'on avait chargés de cette tâche causaient et s'agitaient avec grand bruit et grand fracas au moment où Legree rentra d'une promenade à cheval.

« Eh bien, Cassy ! qu'est-ce donc ? De quel côté souffle le vent aujourd'hui ?

— Je prends une autre chambre, dit Cassy d'un air revêche... voilà tout !

— Et pourquoi, je vous prie ?

— Cela me plaît !

— Eh que diable ! pourquoi ? vous dis-je.

— Dame ! je voudrais bien dormir un peu de temps en temps...

— Dormir !... et qui vous en empêche ?

— Je le dirai bien, si vous voulez l'entendre.

— Parlez donc, gueuse.

— Oh ! je sais bien que cela ne vous ferait pas d'effet à vous... Ce ne sont que des sanglots, des coups, des gens qui roulent sur le plancher du grenier, la moitié de la nuit... de minuit jusqu'au matin.

— Des gens dans le grenier! dit Legree fort mal à l'aise, mais s'efforçant de rire; et quelles gens donc, Cassy?»

Cassy releva ses yeux noirs et perçants, et regardant Legree avec une expression qui fit courir le frisson dans ses os :

«En vérité, Simon ! vous demandez quelles gens, vous ! C'est vous qui devriez me le dire... vous ne le savez pas, peut-être ! »

Legree se mit à jurer et lui donna un coup de fouet... Elle fit un bond de côté, franchit le seuil de l'appartement, et se retournant :

«Dormez donc une nuit dans cette chambre, dit-elle, et vous verrez ! je vous conseille d'essayer. » Elle ferma la porte et tira le verrou.

Legree tempêta, jura, menaça de jeter la porte à terre... ce qu'il ne fit toutefois pas; il se ravisa et arpenta la chambre d'un pas inquiet. Cassy vit bien que la flèche avait touché le but, et depuis ce moment, avec la plus habile persévérance, elle ne cessa d'accroître les vaines terreurs de son maître.

Elle planta dans les crevasses du toit des goulots de bouteilles, et le plus léger vent qui passait au travers se changeait en soupirs plaintifs et en gémissements douloureux, et, si le vent devenait plus fort, c'étaient des sanglots et des cris de désespoir.

Quelquefois les esclaves entendaient tous ces bruits étranges, et le souvenir de la vieille légende leur revenait à l'esprit. Une sorte de terreur mystérieuse planait sur toute la maison. On n'osait pas s'en entretenir devant Legree; mais cette atmosphère d'invincible horreur l'enveloppait et pesait sur lui.

Il n'y a au monde que l'athée pour être superstitieux.

Le chrétien se repose plein de calme dans sa foi en un père sage et souverain régulateur, dont la présence remplit d'ordre et de lumière le vide de l'inconnu... Mais pour l'homme qui a détrôné Dieu, le monde des esprits est, suivant l'expression du poète hébreu « un monde de ténèbres et l'ombre de la mort ! » Pour lui, la vie et la mort sont peuplées de spectres et de fantômes terriblement inconnus, mystérieusement vagues !

L'élément moral, endormi dans l'âme de Legree, avait été réveillé à chacune de ses rencontres avec Tom, mais réveillé pour rencontrer les terribles résistances de l'esprit du mal ; et cependant il y avait en lui un frémissement, une émotion qui se faisait sentir jusque dans les abîmes du monde intérieur, chaque fois qu'il entendait une syllabe de ces prières et de ces hymnes... et tout cela se convertissait en mystérieuses terreurs.

Rien de plus étrange que l'influence de Cassy sur cet homme.

Il était son maître, son tyran, son bourreau... elle était dans ses mains, sans appui, sans protection... tout entière ! il le savait ! Mais l'homme le plus grossier ne peut vivre sans cesse à côté d'une femme de quelque supériorité sans en ressentir l'influence. Quand il l'acheta, c'était, comme elle-même l'avait dit à Tom, une femme délicate... Lui, sans remords, sous le talon de sa botte, il la brisa ! Mais le temps, le désespoir, des influences fâcheuses émoussèrent chez elle les grâces féminines ; le feu des violentes passions s'alluma... elle le maîtrisa, jusqu'à un certain point... et Legree la tyrannisait et la redoutait tout à la fois...

Cette influence était devenue plus réelle et plus importune depuis qu'une demi-folie avait donné à ses paroles une teinte d'étrangeté fantastique.

Une nuit ou deux après cette petite scène, Legree était assis dans le vieux salon, auprès d'un feu de bois vacillant, qui jetait tout autour ses lueurs incertaines. C'était une de ces nuits, pleines de tempêtes et de vent, qui soulèvent dans les vieilles maisons en ruine des escadrons de bruits indescriptibles ! Les fenêtres craquaient, les volets battaient, les vents mugissaient, hurlaient et se précipitaient en tourbillonnant dans la cheminée, rejetant dans la chambre des cendres et de la fumée, comme si une légion de démons fût descendue avec eux. Legree s'était d'abord occupé de faire des comptes, puis il avait lu les journaux : Cassy était assise dans un coin, regardant le feu tristement.

Legree rejeta le journal et prit un vieux livre qui se trouvait sur la table : Cassy l'avait lu pendant une partie de la soirée. Legree se mit à le feuilleter. C'était un de ces recueils d'affreuses histoires, meurtres sanglants, légendes fantastiques, visions surnaturelles; édition grossière, illustrations enluminées, mais qui vous empoignent et vous fascinent dès que vous les avez seulement ouverts.

Legree poussa bien quelques exclamations dédaigneuses et pleines de dégoût, mais il tournait toujours la page. Après avoir lu un instant, il rejeta le livre avec une imprécation.

« Vous ne croyez pas aux esprits, Cassy, n'est-ce pas ? et il prit les pincettes et tisonna. Je vous croyais trop de sens pour vous laisser effrayer par des bruits.

— Qu'est-ce que cela vous fait, ce que je crois ? répondit Cassy d'un ton maussade.

— Quand j'étais à la mer, reprit Legree, on voulait me faire peur avec des histoires terribles... Ça ne me faisait rien du tout... Je suis trop dur pour me laisser entamer... entendez-vous bien ? »

L'esclave, toujours assise dans son coin, le regardait fixement : ses yeux avaient cet éclat étrange qui le troublait toujours...

« Ce bruit, c'étaient des rats et du vent... Les rats font un bruit du diable; je les ai souvent entendus dans la cale du vaisseau... Quant au vent, qu'est-ce que ça me fait, le vent ? »

Cassy n'ignorait pas l'effet de son regard : elle ne lui répondit pas; mais elle continua de le fasciner en projetant sur lui le rayon de ses yeux étranges et presque surnaturels.

«Voyons, femme, parlez, dit Legree, est-ce que vous ne croyez pas cela?

— Les rats peuvent-ils descendre les escaliers, traverser un vestibule et ouvrir une porte, quand vous l'avez fermée au verrou, et que vous avez mis une chaise contre? Les rats peuvent-ils marcher marcher, marcher jusqu'à votre lit... et mettre la main sur vous... comme ceci?»

Et Cassy posa sa main glacée sur la main de Legree, et le regarda avec des yeux étincelants.

Legree fit un bond en arrière avec l'effroi d'un homme que tourmente le cauchemar.

«Femme! que voulez-vous dire? personne ne vous a fait cela?

— Oh! non... certainement non... Est-ce que j'ai dit?... non, non! reprit Cassy avec un sourire de froid dédain.

— Comment! on a fait... Vous avez vu?... réellement! Allons, Cassy, parlez donc! dites-moi!

— Allez coucher là-haut, si vous voulez le savoir!

— Venait-il du grenier?

— Il!... Quoi, il?

— Mais... ce que vous dites!

— Moi! je ne vous ai rien dit», reprit Cassy d'un ton brusque, Legree, de plus en plus troublé, mesura le salon de long en large.

«Il faut que je voie cela, dit-il, cette nuit même... Je prendrai mes pistolets...

— Eh bien, à la bonne heure! voilà ce que je vous conseille. Couchez dans cette chambre, et tenez-vous prêt à faire feu.»

Legree frappa du pied et commença à jurer.

«Ne jurez pas, dit Cassy; on ne sait pas qui est-ce qui peut vous entendre! Et... qu'est-ce?...

— Eh bien, qu'est-ce donc?» fit Legree.

Une vieille horloge d'Allemagne, placée dans un coin du salon, se mit à sonner lentement ses douze coups.

Legree ne prononçait plus une parole, ne faisait plus un mouvement; il était comme pétrifié... Cassy, le regardant avec ses yeux perçants et moqueurs, comptait les heures qui sonnaient.

« Douze ! C'est maintenant que nous allons voir... »

Elle se retourna, ouvrit la porte du vestibule et se tint debout dans l'attitude d'une personne qui écoute...

« Silence !... fit-elle en levant son doigt.

— Ce n'est que le vent, dit Legree... Entendez-vous comme il souffle avec rage ?

— Simon ! ici ! dit Cassy à voix basse... Et elle le prit par la main et l'attira jusqu'au fond de l'escalier... Savez-vous ce que c'est que cela ? »

Un cri sauvage, qui partait du grenier, roula d'échos en échos dans l'escalier. Les genoux de Legree s'entre-choquèrent... son visage blémit de terreur.

« Eh bien, vos pistolets ? dit Cassy avec une ironie qui glaçait le sang dans les veines de Simon... Voilà le moment d'examiner comme vous disiez... Allons donc ! ils y sont.

— Je ne veux pas y aller, dit Legree avec une imprécation.

— Eh ! pourquoi donc ? il n'y a pas de revenants, vous savez bien !... Allons ! Et Cassy monta l'escalier en riant et en se retournant vers lui. Allons, venez !

— Je crois que vous êtes le diable ? Revenez, coquine ! revenez, Cassy, je ne veux pas que vous y alliez ! »

Cassy, riant de son rire sauvage, volait d'étage en étage. Simon l'entendit ouvrir la porte du grenier. Au même instant la rafale s'engouffra dans l'escalier avec un bruit horrible... Elle éteignit le flambeau que Simon tenait à la main... Simon crut avoir tous ces bruits dans l'oreille !

Il s'enfuit dans le salon; Cassy vint bientôt l'y rejoindre. Elle était calme, pâle et froide; on eût dit le génie de sa vengeance. Ses yeux avaient toujours le même éclair terrible.

« Eh bien, j'espère que vous êtes content !

— Que le diable vous emporte !

— Eh bien, quoi ? je suis montée, et j'ai fermé les portes : voilà tout ! Que croyez-vous donc qu'il y ait dans le grenier, Simon ?

— Cela ne vous regarde pas !

— En vérité ? eh bien, je suis enchantée de ne plus coucher dessous... »

Cassy avait eu soin de tenir ouverte la fenêtre du grenier. Au moment où elle ouvrit la porte, le vent éteignit la chandelle de Legree : rien de plus simple !

Ceci peut donner une idée des tours de toute façon que Cassy jouait à Legree. Il eût mieux aimé mettre sa main dans la gueule d'un lion que de faire une visite domiciliaire dans son grenier. La nuit, quand tout le monde dormait, Cassy transportait force provisions dans le grenier. Elle y fit passer une partie de sa garde-robe et de celle d'Emmeline. Tout était prêt : elle n'attendait plus qu'une occasion.

Au moyen de quelques cajoleries faites à Legree, et profitant d'un accès de bonne humeur, elle obtint de lui qu'il l'emmenât un jour à la ville voisine, située précisément sur le bord de la rivière Rouge. Douée d'une de ces mémoires prodigieuses qui daguerréotypent les lieux, elle nota toutes les particularités de la route et calcula le temps que l'on mettrait à la parcourir.

Le temps de l'exécution est arrivé : nos lecteurs seront peut-être curieux de jeter un coup d'œil dans les coulisses, et de voir les préparatifs du coup d'État.

Le soir approche, Legree est absent : il est allé voir une de ses fermes. Depuis plusieurs jours Cassy s'est montrée envers lui d'une prévenance et d'une égalité d'humeur auxquelles il n'est pas accoutumé. Ils sont dans les meilleurs termes, du moins en apparence ! Cassy est dans la chambre d'Emmeline : Emmeline est avec elle : elles préparent deux petits paquets.

— Ce sera suffisant, dit Cassy; votre chapeau, et partons, il est temps.

— On peut encore nous voir!

— Eh! sans doute, répondit froidement Cassy; mais ne savez-vous pas que, de quelque façon qu'on s'y prenne, on aura toujours la chasse? Nous nous y prenons de la bonne façon. Nous sortirons par la porte de derrière et nous gagnerons le bas des quartiers... Sambo ou Quimbo nous verront, c'est sûr! ils nous donneront la chasse. Nous nous jetterons alors dans la savane; ils ne pourront pas nous suivre avant d'avoir donné l'alarme et mis les chiens sur nos traces... C'est du temps de gagné...

«Tandis qu'ici ils crient et se bousculent, comme ils font toujours, vous et moi nous atteignons l'extrémité de la crique qui longe la maison; nous marchons dans l'eau jusqu'à la porte. Ceci mettra les chiens en défaut; dans l'eau ils perdront le flair. Ils quitteront tous la maison pour se mettre à nos trousses. Nous autres, alors, nous rentrons par la porte de derrière et nous grimpons au grenier, où j'ai préparé un bon lit dans une des grandes caisses. Il faudra rester quelque temps dans le grenier; car, voyez-vous, pour nous retrouver, il remuera ciel et terre! il mettra sur pied les plus malins surveillants des autres plantations; on fouillera jusqu'au plus petit coin de terre dans la savane... il se vante que personne ne peut lui échapper. Ainsi, vous voyez, il faudra le laisser chasser à cœur joie.

— Quel beau plan! Cassy, il n'y avait que vous pour trouver cela!»

Il n'y avait dans l'œil de Cassy ni joie ni enthousiasme; mais il y avait la fermeté du désespoir.

«Venez», dit-elle en prenant Emmeline par la main.

Les deux fugitives sortirent sans bruit de la maison, et, grâce aux ombres du soir déjà plus épaisses, elles purent pénétrer dans les quartiers.

Le croissant de la lune, posé comme un signet d'argent, à l'occident du ciel, retardait un peu l'approche de la nuit sombre. Au moment où elles touchaient à la lisière de la savane qui entourait la plantation comme un vaste cercle, elles entendirent, comme Cassy l'avait prédit, une voix qui les appelait : ce n'était pas la voix de Sambo, cependant ; c'était celle de Legree, qui les poursuivait avec toutes les marques de la plus violente colère.

A cette voix, la pauvre Emmeline se sentit faiblir... elle saisit le bras de Cassy :

« O Cassy ! je vais m'évanouir...

— Si vous vous évanouissez, je vous tue ! »

Et Cassy tira un petit stylet dont elle fit étinceler la pointe brillante devant les yeux de la jeune fille.

Ce procédé eut un plein succès. Emmeline ne s'évanouit pas, elle réussit à se glisser avec Cassy dans le labyrinthe de la savane, si sombre et si profonde que Legree ne pouvait entreprendre de les y poursuivre seul.

« Allons ! bien ! dit-il en ricanant, elles se sont fourrées dans le piège... les coquines ! elles sont sûres de leur affaire ; elles vont suer ! »

« Holà ! ici Sambo, Quimbo, ici... tous ! fit Legree en se présentant au quartier où tout le monde, hommes et femmes, venait de rentrer. Il y a deux marrons dans la savane. Cinq dollars à tout nègre qui les prendra. Lâchez le chien, lâchez Tigre et Furie, lâchez-les tous ! »

La nouvelle de l'évasion produisit en un instant la sensation la plus vive. Les esclaves accoururent de toutes parts pour offrir leurs services : ceux-ci dans l'espoir de la récompense, ceux-là par un effet de cette obséquiosité rampante qui est une déplorable conséquence de l'esclavage. On courait, on allumait les torches de résine ; on découplait les chiens, dont les sauvages et rauques aboiements ajoutaient encore au désordre de toute la scène.

« Maître, faut-il tirer dessus, si nous ne pouvons pas les prendre ? »

Ainsi parlait Sambo, à qui son maître venait de remettre une carabine.

« Tirez sur Cassy, si vous voulez... il est temps qu'elle aille au diable à qui elle appartient... mais pas sur la jeune !... Allons, garçons, en avant, et du vif !... Pour celui qui les prend, cinq dollars, et, quoi qu'il arrive, un verre d'eau-de-vie pour chacun. »

On vit alors, à la lueur résineuse des torches, au milieu des jurements, des cris sauvages, des aboiements retentissants, toute la troupe, hommes et bêtes, se précipiter vers la savane... Le reste des esclaves suivait à quelque distance... La maison était déserte quand Emmeline et Cassy rentrèrent. Les clameurs de ceux qui les poursuivaient remplissaient les airs. Cependant Emmeline et Cassy, des fenêtres du salon, suivaient de l'œil le mouvement des flambeaux qui se dispersaient sur les lisières lointaines.

« Voyez, dit Emmeline... la chasse commence ! Voyez comme ces flambeaux courent et dansent ! Les chiens ! entendez-vous les chiens ? Si nous étions là-bas, notre chance ne vaudrait pas un picaillon ! Oh ! par pitié, cachons-nous vite !

— Il n'y a pas de quoi se presser, répondit froidement Cassy... Les voilà tous en chasse ; c'est l'amusement de la soirée... Montons l'escalier tout doucement ; cependant, ajouta-t-elle en prenant résolument une clef dans la poche d'un habit que Legree avait jeté là dans sa précipitation, cependant je vais prendre quelque chose pour payer notre passage. »

Elle ouvrit un coffre et en tira une liasse de billets qu'elle compta rapidement.

« Oh ! non, dit Emmeline, ne faisons pas cela !

— Ah ! vraiment, dit Cassy, et pourquoi donc ? Vaut-il mieux mourir de faim dans les savanes que d'avoir ceci pour payer notre passage aux États libres ? L'argent fait tout, jeune fille ! »

Et Cassy mit les billets dans son sein.

« Mon Dieu ! mais c'est voler ! soupira Emmeline.

— Voler ! dit Cassy avec un rire de mépris... Que

peuvent-ils donc nous reprocher, eux qui nous volent nos corps et nos âmes ? Chacun de ces billets aussi est volé à de pauvres créatures, mourant de faim et de misère, qui vont au diable, finalement, pour le plus grand intérêt de Simon Legree !... Ah ! je voudrais bien l'entendre parler de vol ! lui ! Mais venez, montons ; j'ai une provision de chandelles et des livres pour passer le temps. Vous pouvez être certaine qu'ils ne viendront pas nous chercher là. S'ils y viennent, je remplis le rôle de fantôme pour les divertir. »

Quand Emmeline arriva au grenier, elle aperçut une immense caisse, qui avait jadis servi à l'emballage des gros meubles : cette caisse était placée sur le côté, de telle sorte que l'ouverture faisait face à la charpente du toit. Cassy alluma une petite lampe, et les deux femmes se glissant, et presque rampant, parvinrent à s'établir dans la boîte. La boîte était garnie d'une paire de petits matelas et de quelques coussins ; il y avait dans une autre boîte des vêtements et des provisions de toute sorte pour le voyage. Cassy avait réduit tout cela à un volume incroyablement petit.

Cassy suspendit la lampe à un crochet qu'elle avait fixé à une des parois de la caisse.

« Voici notre logement, dit-elle ; comment le trouvez-vous ?

— Croyez-vous qu'ils ne fouilleront pas le grenier ?

— Je voudrais bien que Simon Legree essayât ! il décamperait bien vite ! Quant aux esclaves, il n'en est pas un qui n'aimât mieux être fusillé que de mettre le nez ici. »

Emmeline, un peu rassurée, s'accouda sur son coussin.

« Dites-moi, Cassy, quelle était votre intention, tantôt, quand vous m'avez menacée de me tuer ? »

Emmeline faisait cette question avec la plus extrême candeur.

« Je voulais vous empêcher de vous évanouir, et j'ai réussi, vous voyez bien. Et maintenant, Emmeline, il faut vous habituer à ne pas vous évanouir : quoi qu'il arrive, cela ne sert à rien. Si je ne vous avais pas empêchée tantôt, ce misérable vous aurait maintenant en son pouvoir... »

Emmeline frissonna.

Les deux femmes se turent. Cassy lisait un livre français. Emmeline, accablée de fatigue, s'assoupit un instant... Elle fut réveillée par des bruyantes clameurs, des piétinements de chevaux et des aboiements de chiens furieux.

Elle poussa un petit cri.

« C'est la chasse qui revient, dit froidement Cassy. Ne craignez rien ! Regardez par cette lucarne !... Ne les voyez-vous pas tous là-bas ?... Il faut que Simon y renonce pour cette nuit. Son cheval est-il couvert de boue à force d'avoir galopé dans la savane ! Les chevaux aussi ont l'oreille basse... Ah ! mon bon monsieur, il vous faudra recommencer la chasse plus d'une fois... Ce n'est pas là qu'est le gibier !

— Oh ! taisez-vous, dit Emmeline, s'ils vous entendaient !

— S'ils entendent quelque chose, ils se garderont bien de venir. Il n'y a pas de danger... Nous pouvons faire tout le bruit que nous voudrons... ça n'en ira que mieux. »

Enfin le silence de minuit descendit sur la maison ; Legree, maudissant sa mauvaise chance et méditant pour le lendemain de terribles vengeances, alla prosaïquement se mettre au lit.

CHAPITRE XL

Le martyr

Non le ciel n'oublie pas le juste : la vie peut
lui refuser ses vulgaires faveurs ; méprisé des
hommes, brisé, le cœur saignant, il peut mourir ; mais Dieu a marqué tous ses jours de
douleur, il a accepté toutes ses larmes amères,
et, dans le ciel, de longues années de bonheur
le paieront de tout ce que ses enfants souffrent
ici-bas.

BRYANT.

LE plus long voyage a son terme, la nuit la plus
sombre aboutit à une aurore... La fuite incessante,
inexorable des heures, pousse le jour du méchant vers
l'éternelle nuit, et la nuit du bon vers le jour éternel. Nous
avons marché bien longtemps avec notre humble ami
dans la vallée de l'esclavage. Nous avons traversé les
champs en fleur de l'indulgence et de la bonté. Nous
avons assisté aux séparations qui brisent le cœur, quand
l'homme est arraché à tout ce qui lui est cher. Nous avons
abordé avec lui dans cette île pleine de soleil, où des
mains généreuses cachaient les chaînes sous les guirlandes
de fleurs. Enfin, toujours près de lui, nous avons vu les
derniers rayons de l'espérance terrestre s'éteindre dans les
ombres. Nous avons vu comment, dans l'horreur des plus
profondes ténèbres, le firmament de l'inconnu s'était
tout à coup illuminé des splendeurs prophétiques des
nouvelles étoiles.

Et maintenant voici l'étoile du matin qui se lève sur la

montagne! nous sentons des brises et des zéphyrs qui ne viennent pas de ce monde... Voici que bientôt vont s'ouvrir les portes du jour éternel.

La fuite d'Emmeline et de Cassy irrita au dernier point le caractère déjà si terrible de Legree. Ainsi qu'on devait bien s'y attendre, sa colère retomba sur la tête de Tom, innocent et sans défense. Quand Legree annonça cette fuite aux esclaves, il y eut chez Tom un éclair des yeux, un geste des mains qui se tendirent vers le ciel. Legree vit tout. Il remarqua que Tom ne se joignait point à la meute des persécuteurs. Il songea bien à l'y contraindre, mais il connaissait l'inflexibilité des principes de Tom; il était trop pressé pour entrer maintenant en lutte avec lui.

Tom resta donc aux quartiers avec quelques esclaves, à qui il avait enseigné à prier; ils firent des vœux pour les fugitifs.

Quand Legree revint, furieux et désappointé, la colère depuis longtemps amassée contre son esclave prit une expression de rage folle. Cet homme ne l'avait-il pas bravé avec ses résolutions inébranlables? bravé depuis le premier moment où il l'avait acheté? Et ne sentait-on pas en lui un esprit, silencieux peut-être, mais qui n'en dévorait pas moins, comme les flammes de l'enfer?

« Je le hais! dit Legree en s'asseyant sur le bord de son lit... Je le hais et il m'appartient! Ne puis-je pas en faire ce qu'il me plaira? Je voudrais bien voir qui m'empêcherait! »

Et Legree serra le poing comme s'il eût dans les mains quelque chose qu'il voulait briser.

Tom, dira-t-on, était pourtant un bon et fidèle esclave! Legree l'en haïssait davantage. Et pourtant cette considération l'arrêtait.

Le lendemain, il ne voulut rien dire encore... il résolut d'assembler les planteurs voisins, avec des chiens et des fusils, d'entourer la savane et de faire une chasse en règle. S'il réussissait, c'était bien; sinon, il ferait comparaître Tom devant lui, et alors... — à cette pensée ses dents claquaient, et son sang bouillait ! — alors il le briserait, ou bien... Il lui vint une pensée infernale... et il accueillit cette pensée !

Ah ! l'on prétend que l'intérêt du maître est pour l'esclave une sauvegarde suffisante ; mais, dans les emportements furieux où la volonté s'égare, l'homme donnerait son âme à l'enfer pour arriver à ses fins... et l'on veut qu'il épargne le corps d'un autre ! folie !

« Bien, dit Cassy, faisant une reconnaissance par la lucarne, voilà que la chasse va recommencer aujourd'hui. »

Quelques cavaliers caracolaient devant la maison, et des couples de chiens étrangers voulaient échapper aux esclaves ; ils aboyaient et se mordaient.

Deux de ces hommes étaient les surveillants des plantations voisines ; les autres étaient des connaissances de taverne, rencontrées par Legree à la ville voisine ; ils se joignaient à la chasse en amateurs. On imaginerait difficilement un plus affreux assemblage. Legree versait l'eau-de-vie à flots, il la faisait circuler parmi les esclaves venus des autres plantations. On veut faire de cette corvée une partie de plaisir pour les nègres.

Cassy approcha son oreille de la lucarne ; le vent frais du matin, qui soufflait vers elle, lui apportait la conversation presque tout entière. Une ironie amère se répandit sur son visage sévère et sombre ; quand elle les entendit se partager le terrain, discuter le mérite de leurs chiens, dire quand il faudrait faire feu et décider quel traitement on ferait à chacune des fugitives une fois reprises, elle se rejeta en arrière, les mains jointes et les yeux au ciel.

« Oh ! grand Dieu tout-puissant ! nous sommes tous pécheurs ; mais qu'avons-nous fait, nous, pour être traitées ainsi ? »

Et, sur son visage comme dans sa voix, il y avait une émotion terrible.

«Si ce n'était pas pour vous, mon enfant, dit-elle à Emmeline, j'irais à eux, et je remercierais celui qui voudrait me donner un coup de fusil... Que ferai-je de la liberté, moi! me redonnera-t-elle mes enfants? me refera-t-elle ce que j'étais?

La jeune esclave, dans son enfantine simplicité, était tout effrayée de l'humeur sombre de Cassy... elle la regarda d'un air inquiet et ne répondit rien; mais elle prit sa main avec un geste caressant et doux.

«Pauvre Cassy! n'ayez pas de ces pensées... Si Dieu vous rend la liberté, il vous rendra aussi votre fille, peut-être... Moi, du moins, je serai toujours pour vous comme une fille. Hélas! je sais bien que je ne reverrai jamais ma pauvre vieille mère... Je vous aimerai, Cassy, que vous m'aimiez ou non!»

Cette âme douce et charmante l'emporta enfin. Cassy vint s'asseoir auprès d'elle, lui passa un bras autour du cou et caressa ses beaux cheveux bruns; et de son côté Emmeline admirait la beauté de ses yeux, adoucis par les larmes.

«O Lina! dit Cassy, j'ai eu faim pour mes enfants, pour eux j'ai eu soif, et à force de les pleurer mes yeux se sont éteints! Ici, oh! ici, ajouta-t-elle en se frappant la poitrine, plus rien... plus rien que le désespoir! Oh! si Dieu me rendait mes enfants, je pourrais prier alors!

— Il faut avoir confiance en lui, dit Emmeline, il est notre père.

— Sa fureur s'appesantit sur nous, et il s'est détourné dans sa colère.

— Non, Cassy, il aura pitié de nous. Espérons en lui! moi, j'ai toujours espéré!»

. . . .

La chasse fut longue, vive, animée, mais sans résultat. Cassy jeta un regard ironique de triomphe sur Legree qui descendait de cheval, fatigué et découragé.

« Maintenant, Quimbo, dit-il en s'étendant tout de son long dans le salon, allez, et amenez-moi ce Tom ici, vite... Le vieux drôle est au fait de tout ceci... je ferai sortir le secret de sa vieille peau noire, ou je saurai pourquoi ! »

Sambo et Quimbo, qui se détestaient l'un l'autre, n'étaient d'accord que dans leur haine contre Tom... Legree leur avait dit tout d'abord qu'il avait acheté Tom pour en faire un surveillant général pendant son absence. Ce fut l'origine de leur mauvais vouloir. Il s'accrut encore chez ces natures basses et viles, dès qu'ils surent l'esclave dans la disgrâce du maître. On comprendra l'empressement que Quimbo dut mettre à exécuter les ordres de Simon.

Tom, en recevant le message, eut comme un pressentiment dans l'âme : il connaissait le plan des fugitives ; il savait où elles se trouvaient maintenant. Il connaissait le terrible caractère de l'homme avec lequel il avait à lutter ; il connaissait son pouvoir despotique ; mais il savait aussi que Dieu lui donnerait la force de braver la mort plutôt que de trahir la faiblesse et le malheur.

Il déposa son panier à terre, et levant les yeux au Ciel : « Seigneur, dit-il, je remets mon âme entre tes mains ! Dieu de vérité, c'est toi qui m'as racheté ! »

Et il se livra sans résistance aux mains brutales de Quimbo.

« Ah ! ah ! dit le géant en l'entraînant, on va faire le compte, maintenant ! Maître est bien en arrière... plus reculer maintenant !... faut régler ! pas d'erreur ! ah ! ah ! aider les nègres au maître à s'en aller ! Nous allons voir... nous allons voir ! »

Pas une seule de ces paroles sauvages n'atteignit l'oreille de Tom ; une voix qui parlait plus haut lui disait : « Ne crains pas ceux qui peuvent tuer le corps et qui après cela ne peuvent plus rien ! » Et à ces mots les os et les nerfs de ce pauvre esclave vibraient en lui comme s'ils eussent été touchés par le doigt de Dieu ! Et dans une seule âme il avait la force de dix mille ! Il marchait, et, les arbres, les buissons, les huttes de l'esclavage, et toute cette nature, témoin de sa dégradation, passaient confusément devant ses yeux, comme le paysage s'enfuit devant le char emporté par une course rapide. Son cœur battait... il entrevoyait la patrie céleste... il sentait que son heure était proche !

Legree marcha vers lui, et, le saisissant brusquement par le col de sa veste, les dents serrées, dans le paroxysme de la colère :

« Eh bien, Tom, lui dit-il, savez-vous que j'ai résolu de vous tuer ?

— C'est très possible, maître, répondit Tom avec le plus grand calme.

— Oui... j'ai... résolu... de... vous... tuer... reprit Legree en appuyant sur chaque mot, si vous ne me dites pas ce que vous savez... Ces femmes ?... »

Tom se tut.

« Entendez-vous ? fit Legree en trépignant, et avec un rugissement de lion en fureur ; parlez !

— Je n'ai rien à vous dire, maître, reprit Tom d'une voix lente, ferme et résolue.

— Osez-vous bien me parler ainsi, vieux chrétien noir ? Ainsi vous ne savez pas ? »

Tom resta silencieux.

« Parlez ! s'écria Legree, éclatant comme un tonnerre, et le frappant avec violence. Savez-vous quelque chose ?

— Je sais, mais je ne peux pas dire... Je puis mourir ! »

Legree respira avec effort ; il contint sa rage, prit Tom par le bras, et s'approchant, visage contre visage, il lui dit d'une voix terrible :

« Écoutez bien ! vous croyez que, parce qu'une fois déjà je vous ai laissé là, je ne sais pas ce que je dis... Mais cette fois mon parti est pris. J'ai calculé la dépense ! Vous m'avez toujours résisté... Eh bien, je vais vous dompter ou vous tuer ! L'un ou l'autre ! Je compterai les gouttes de sang qu'il y a dans vos veines... et je les prendrai une à une jusqu'à ce que vous cédiez ! »

Tom releva les yeux sur son maître et répondit :

« Maître, si vous étiez dans la peine, malade, mourant, et que je puisse vous sauver... Oh ! je donnerais tout le sang de mon cœur. Oui ! si tout ce qu'il y a de sang dans ce pauvre corps pouvait sauver votre âme précieuse, je le donnerais aussi volontiers que le Seigneur a lui-même donné pour moi son propre sang !... O maître, ne vous chargez pas de ce grand péché ! vous vous ferez plus de mal qu'à moi ! Quoi que vous puissiez faire, mes souffrances seront bientôt passées ; mais, si vous ne vous repentez pas, les vôtres n'auront jamais de fin ! »

Les paroles de Tom, au milieu des violences de Legree, étaient comme une bouffée de musique céleste entre deux rafales de tempête ! Cette expansion de tendresse fut suivie d'un moment de silence. Legree s'arrêta, immobile, hagard. Le calme devint si profond qu'on entendait le tic-tac de la vieille horloge, dont l'aiguille silencieuse et vigilante mesurait les derniers instants de miséricorde et d'épreuve accordés à ce cœur endurci !

Ce ne fut qu'un moment.

Il y eut de l'hésitation, de l'irrésolution, de l'incertitude ; mais l'esprit du mal revint sept fois plus fort, et Legree écumant de rage, terrassa sa victime.

. . . .

Les scènes de cruauté révoltent notre cœur et blessent notre oreille. On a la force de faire ce que l'on n'a pas la force d'entendre. Cela vient des nerfs ! Ce qu'un de nos semblables, un de nos frères en Jésus-Christ peut souffrir, cela même ne peut pas se dire tout bas ; tout cela vous trouble l'âme ! Et cependant, Amérique, ô mon pays ! ces choses, on les fait tous les jours à l'ombre de tes lois ! O Christ ! ton Église les voit... et elle se tait !

Mais il y eut autrefois quelqu'un dont les souffrances firent de l'instrument des tortures, de la dégradation et de la honte, un symbole d'honneur, de gloire et d'immortalité. Là où se trouve l'esprit de celui-ci, ni le sang, ni la dégradation, ni l'insulte ne sauront empêcher la dernière lutte du chrétien de devenir son triomphe.

Ah! durant cette longue nuit, fût-il seul, celui dont l'âme aimante et généreuse supporta -tant d'horribles traitements?

Non! à côté de lui il y avait quelqu'un que lui seul voyait... et qu'il voyait en Jésus-Christ!

Le tentateur aussi se tenait à côté de lui, aveuglé par le despotisme furieux et voulant souiller l'agonie par la trahison! Mais ce brave cœur fidèle se tint ferme sur le roc éternel. Comme le divin Maître, il savait que, s'il pouvait sauver les autres, il ne pouvait pas se sauver lui-même... et aucune torture ne put lui arracher d'autres paroles que des paroles de prière et de foi!

«Il va passer, maître, dit Sambo, touché malgré lui de la patience de sa victime.

— Encore! toujours! encore! jusqu'à ce qu'il cède, hurla Legree. J'aurai les dernières gouttes de son sang, ou il avouera!»

Tom ouvrit les yeux et regarda son maître.

«Pauvre malheureux! dit-il, vous n'en pouvez faire davantage et il s'évanouit.

— Je crois, sur mon âme, qu'il est fini, dit Legree en s'approchant pour le regarder. Oui! mort! Allons! voilà enfin sa bouche fermée... c'est toujours cela de gagné.»

Oui, Legree, cette bouche se tait! mais qui fera taire aussi cette voix qui parle dans ton âme? Ton âme! Il n'y a plus pour elle ni repentir, ni prière, ni espérance... elle ressent déjà les ardeurs du feu qui ne s'éteindra plus!

Tom n'était pas tout à fait mort. Ses pieuses prières, ses étranges paroles firent une profonde impression sur les deux misérables dont on avait fait les instruments de son supplice. Quand Legree fut parti, ils le relevèrent et s'efforcèrent de le rappeler à la vie... Quelle faveur pour lui!

« Certainement, nous avons fait là une bien mauvaise chose, dit Sambo ; mais j'espère que c'est sur le compte du maître, et pas sur le nôtre ! »

Ils lavèrent ses blessures et lui firent un lit avec le coton jeté au rebut. L'un d'eux courut au logis, et demanda, comme pour lui, un verre d'eau-de-vie qu'il rapporta. Il en versa quelques gouttes dans la bouche de Tom.

« Tom ! nous avons été bien méchants pour vous ! dit Quimbo.

— Je vous pardonne de tout mon cœur, répondit Tom d'une voix mourante.

— O Tom ! dites-nous donc un peu ce que c'est que Jésus ? Jésus qui est resté près de vous toute la nuit, quel est-il ? »

Ces mots ranimèrent l'esprit défaillant. Il dit, en quelques phrases brèves, mais énergiques, quel était ce Jésus ! il dit sa vie et sa mort, et sa présence partout, et sa puissance qui sauve !

Et ils pleurèrent... ces deux hommes farouches !

« Pourquoi donc n'en avons-nous point entendu parler plus tôt ? dit Sambo ; mais je crois ! je ne puis m'empêcher de croire !... Seigneur Jésus, ayez pitié de nous !

— Pauvres créatures ! disait Tom, que je voudrais donc souffrir encore pour vous conduire au Christ ! O Seigneur ! donne-moi ces deux âmes encore ! »

Dieu entendit cette prière.

CHAPITRE XLI

Le jeune maître

Deux jours plus tard, un jeune homme, conduisant une légère voiture, traversait l'avenue bordée des arbres de Chine. Il jeta vivement les rênes sur le cou des chevaux et demanda où était le maître du logis.

Ce jeune homme était Georges Shelby.

Il est nécessaire, pour savoir comment il se trouvait là, de remonter un peu le cours de notre histoire.

La lettre de Miss Ophélia à Mme Shelby se trouva oubliée un mois ou deux dans un bureau de poste. Pendant ce temps, Tom fut vendu et amené, comme nous l'avons vu, sur les bords de la rivière Rouge.

Cette nouvelle affligea vivement Mme Shelby ; pour le moment, il n'y avait rien à faire. Elle veillait au chevet de son mari, dangereusement malade et souvent en proie au délire de la fièvre. Georges Shelby était devenu un grand jeune homme, il aidait sa mère et surveillait l'administration générale des affaires de la famille. Miss Ophélia avait eu soin d'indiquer l'adresse de l'homme d'affaires de Saint-Clare. On lui écrivit pour avoir des renseignements ; la position de la famille ne permettait pas de faire davantage. La mort de M. Shelby vint apporter d'autres préoccupations.

M. Shelby prouva sa confiance dans l'habileté de sa femme en lui laissant l'administration générale de sa fortune : c'était lui mettre de nouvelles affaires sur les bras.

Mme Shelby, avec son énergie habituelle, entreprit de démêler l'écheveau embrouillé. Elle et Georges s'occupèrent tout d'abord d'examiner et de vérifier les comptes, de vendre et de payer. Mme Shelby voulait liquider et purger, quoi qu'il advînt. C'est à cette époque que Mme Shelby reçut une réponse de l'homme d'affaires : il ne savait rien. Tom avait été vendu aux enchères, il avait touché le prix pour M. Saint-Clare : il ne fallait pas lui en demander davantage.

Ni Georges ni Mme Shelby ne pouvaient se contenter d'une telle réponse. Au bout de six mois les affaires de Mme Shelby appelèrent Georges au bas de l'Ohio ; il résolut de visiter La Nouvelle-Orléans et de prendre des renseignements sur le pauvre Tom.

Après de longues et infructueuses recherches, Georges rencontra un homme de La Nouvelle-Orléans qui lui donna tous les détails désirables. Il partit, argent en poche, pour la rivière Rouge, bien décidé à racheter son vieil ami.

On l'introduisit. Legree était au salon.

Legree reçut le jeune étranger avec une politesse assez brusque.

« J'ai appris, dit Georges, que vous avez acheté à La Nouvelle-Orléans un esclave du nom de Tom. Il partait de chez mon père, et je viens voir s'il ne serait pas possible de le racheter. »

Le front de Legree se rembrunit et sa colère éclata de nouveau.

« Oui, dit-il, en effet, j'ai acheté un individu de ce nom... C'est un marché du diable que j'ai fait là ! Un chien impudent ! un mauvais drôle toujours en révolte ! Il poussait les nègres à fuir... Il a fait partir d'ici deux filles qui valaient mille dollars pièce. Il en est convenu, et, quand je lui ai ordonné de me dire où elles étaient, il a fièrement répondu qu'il le savait bien, mais qu'il ne voulait pas le dire... et il s'est obstiné, quoique je l'aie fait fouetter d'importance et à plusieurs reprises. Je crois

qu'il est en train d'essayer de mourir, mais je ne sais s'il
y réussira...

« — Où est-il ? s'écria Georges ; où est-il ? je veux le
voir ! »

Et les joues du jeune homme s'empourprèrent, et ses
yeux lancèrent des flammes. Cependant il ne dit rien
encore.

« Il est dans ce magasin », dit un petit bonhomme qui
tenait le cheval de Georges.

Legree jura après l'enfant et lui envoya un coup de
pied. Georges sans ajouter une parole, s'élança vers le
magasin...

Tom était resté couché deux jours depuis cette fatale
nuit. Il ne souffrait plus... tous les nerfs qui font sentir
la souffrance étaient brisés ou émoussés... il était dans
une sorte de stupeur tranquille. Une organisation robuste
et vaillante ne relâche pas tout d'un coup l'âme qu'elle
emprisonnait ; de temps en temps, pendant la nuit, les
esclaves prenaient, sur les heures de leur repos, au moins
quelques instants pour lui rendre ces pieux devoirs et
ces consolations de l'affection, dont il avait été si prodigue
envers eux... Pauvres gens ! qui avaient bien peu à donner
— le verre d'eau de l'Évangile ! — mais qui donnaient
avec le cœur.

Sur ce visage, insensible déjà, leurs larmes étaient
tombées... larmes d'un repentir tardif dans ces âmes
païennes, que son amour, sa tendresse et sa résignation
avaient enfin touchées... On murmurait sur lui des
prières douloureuses, adressées à ce Sauveur enfin trouvé,
dont ils ne connaissaient guère que le nom, mais que
jamais n'invoquera en vain le cœur ignorant qui a la foi !

Cassy, qui s'était glissée hors de sa retraite et qui rôdait
partout, l'oreille aux aguets, apprit le sacrifice que Tom
avait fait pour Emmeline et pour elle. La nuit précédente,
bravant le danger d'être découverte, elle était venue.
Elle avait été touchée des dernières paroles qui s'étaient
exhalées de cette bouche aimante, et la glace du désespoir,

cet hiver de l'âme, s'était peu à peu fondue, et cette créature sombre et hautaine avait pleuré et prié.

Quand Georges entra dans le vieux magasin, il sentit que la tête lui tournait... Il faillit se trouver mal.

« Est-il possible ? est-il possible, père Tom ? Mon pauvre vieil ami ! »

Et il s'agenouilla par terre à côté de Tom.

Il y eut dans cette voix quelque chose qui pénétra jusqu'à l'âme du mourant... Il remua doucement la tête et dit :

« Dieu fait mon lit de mort plus doux que le duvet ! »

Georges se pencha vers le pauvre esclave, et il laissa tomber de belles larmes, qui faisaient honneur à son cœur viril.

« Père Tom ! mon cher ami, réveillez-vous ! parlez encore un peu... regardez-moi ! c'est M. Georges, votre petit M. Georges... ne me connaissez-vous pas ?

— Monsieur Georges ! » fit Tom, ouvrant les yeux et parlant d'une voix presque éteinte... Et il parut comme hors de lui.

Puis lentement et peu à peu les idées revenaient dans son esprit... l'œil errant devenait fixe et brillait ! tout le visage s'éclaira, ses mains calleuses se joignirent et, le long de ses joues, les larmes coulèrent.

« Dieu soit béni ! c'est tout... oui c'est tout ce que je souhaitais ! ils ne m'ont pas oublié... cela me réchauffe l'âme ! cela fait du bien à mon pauvre cœur ! je vais maintenant mourir content ! Bénis Dieu, ô mon âme !

— Non ! vous n'allez pas mourir... il ne faut pas que vous mouriez... ne pensez pas à cela ! je viens pour vous racheter et vous emmener chez nous ! s'écria Georges avec une impétuosité entraînante.

— Ah ! monsieur Georges, vous êtes venu trop tard ! Le Seigneur m'a acheté, et il veut aussi m'emmener chez lui, et je veux y aller... le Ciel vaut mieux que le Kentucky !

— Ne mourez pas, Tom ; votre mort me tuerait !

Tenez, seulement de penser à ce que vous avez souffert, cela me brise le cœur ! Et vous voir couché dans cet affreux trou ! pauvre, pauvre cher Tom !

— Oh ! non, pas pauvre ! dit Tom avec solennité ; j'ai été pauvre, mais ce temps-là est passé ! Je suis maintenant sur le seuil de la gloire... Oh ! monsieur Georges, le Ciel est venu ! J'ai remporté la victoire, le Seigneur Jésus me l'a donnée... Gloire à son nom ! »

Georges était frappé de respect et d'étonnement en voyant avec quelle puissance et quelle force ces phrases brisées et suspendues étaient prononcées par Tom... Il admirait et se taisait...

Tom prit la main de son jeune maître, et la serrant dans la sienne :

« Il ne faut pas dire à Chloé dans quel état vous m'avez trouvé... Pauvre chère âme ! ce serait pour elle un coup trop affreux... dites-lui seulement que vous m'avez vu allant à la gloire, et que je ne pouvais rester pour personne. Dites-lui que Dieu a été à mes côtés, partout et toujours, et que pour moi il a rendu tout facile et léger ! Et mes pauvres enfants, et le tout petit... la petite fille... Oh ! mon pauvre vieux cœur a été bien brisé en pensant à eux ! dites-leur à tous de me suivre... de me suivre ! Assurez de mes bons sentiments mon maître et ma bonne maîtresse, enfin tout le monde là-bas ! Vous ne savez pas, monsieur Georges, il me semble que j'aime tout, toutes les créatures, partout... Aimer, il n'y a que cela au monde ! O monsieur Georges ! quelle chose que d'être chrétien ! »

En ce moment Legree vint rôder à la porte du vieux magasin ; il regarda d'un air maussade et avec une indifférence affectée, puis il s'éloigna.

« Le vieux scélérat ! dit Georges avec indignation, cela me fait du bien de penser qu'un jour le diable lui rendra tout cela !

— Oh ! non... il ne faut pas, reprit Tom en serrant la main du jeune homme... C'est une pauvre malheureuse créature, et c'est effrayant de penser à cela ! S'il pouvait seulement se repentir, le Seigneur lui pardonnerait... mais j'ai bien peur qu'il ne se repente pas...

— Et moi, je l'espère bien, fit Georges ; je ne voudrais pas le voir dans le Ciel !

— Ah ! monsieur Georges, vous me faites de la peine ! n'ayez pas de ces idées-là !... il ne m'a pas fait de mal, lui !... il m'a ouvert les portes du royaume, voilà tout ! »

A ce moment, la force fiévreuse que la joie de revoir son jeune maître avait rendue au mourant s'évanouit pour ne plus revenir... une soudaine faiblesse s'empara de lui... ses yeux se fermèrent, et l'on vit passer sur sa joue ce mystérieux et sublime changement qui annonce l'approche des autres mondes...

La respiration s'embarrassa, elle devint courte et pénible ; la vaste poitrine se soulevait et s'abaissait péniblement, mais le visage gardait toujours une expression sérieuse et triomphante.

« Qui donc, qui donc nous séparera de l'amour du Christ ? » murmurait-il d'une voix qui luttait contre les dernières faiblesses... et il s'endormit avec un sourire.

Georges s'assit, immobile et respectueux... Pour lui cette place était sainte... Il ferma ces yeux éteints pour toujours... et, quand il se releva, il n'avait plus dans l'âme que cette pensée, exprimée par son vieil ami :

« Être chrétien... quelle chose ! »

Il se retourna. Legree était debout derrière lui, la mine renfrognée...

L'influence de cette scène de mort avait calmé la fougue impétueuse du jeune homme. La présence de Legree lui était cependant toujours pénible. Il voulait s'éloigner de lui, en échangeant aussi peu de paroles qu'il serait possible.

Il fixa sur le planteur son œil noir et perçant, et montrant le cadavre :

« Vous avez eu de lui tout ce que vous avez pu en

tirer. Combien pour le corps ? Je veux l'emporter et lui donner une honnête sépulture...

— Je ne vends pas les nègres morts, dit Legree d'un ton rogue : libre à vous de l'enterrer où vous voudrez et quand vous voudrez.

— Enfants, dit Georges, d'un ton d'autorité, à deux ou trois nègres qui se trouvaient là et qui regardaient le corps, aidez-moi à le soulever et à le mettre dans ma voiture : ensuite vous me donnerez une bêche ! »

Un des esclaves courut chercher une bêche. Les deux autres avec Georges portèrent le corps dans la voiture.

Georges n'adressa à Legree ni une parole ni un regard. Legree le laissa commander sans mot dire ; il sifflait avec une sorte d'indifférence qui n'était qu'apparente... il suivit la voiture jusqu'à la porte.

Georges étendit son manteau dans la voiture, et dessus il coucha le mort, reculant le siège pour lui faire place. Puis il se retourna, regarda Legree fixement, et lui dit avec un calme forcé :

« Je ne vous ai pas encore dit ce que je pense de cette atroce affaire : ce n'est ni le lieu ni le moment. Mais, monsieur, ce sang innocent sera vengé. Je proclamerai ce meurtre... J'irai trouver le magistrat et je vous dénoncerai !

— Allez ! dit Legree en faisant claquer ses doigts d'un air de mépris. Allez ! je voudrais bien voir comment vous vous y prendrez ! et les témoins ? et la preuve ? allez ! »

Georges ne sentit que trop la force de ce défi ! Il n'y avait pas un Blanc dans l'habitation, et dans les cours du Sud le témoignage du sang mêlé n'est rien !... Il crut un moment qu'il allait déchirer la voûte des cieux, en poussant le cri de vengeance de son cœur indigné... Le Ciel resta sourd !

« Après tout, fit Legree, voilà bien du tapage pour un nègre mort ! »

Ce mot-là fut une étincelle sur un baril de poudre. La

prudence n'était pas une des vertus cardinales de ce jeune enfant du Kentucky. Georges se retourna sur lui, et d'un coup terrible, frappé en plein visage, il le renversa. Et alors, le foulant aux pieds, brûlant de colère, le défi dans l'œil, il ressemblait assez à son glorieux homonyme, triomphant du dragon.

Décidément, il y a des gens qui gagnent à être battus ; couchez-les dans la poussière, ils vont être remplis de respect pour vous... Legree était de ces gens-là. Il se releva, secoua ses vêtements poudreux et suivit de l'œil la voiture qui s'éloigna lentement... On voyait qu'il respectait Georges ; il n'ouvrit pas la bouche avant que tout eût disparu.

Au-delà des limites de la plantation, Georges avait remarqué un petit monticule, sec, sablonneux et ombragé de quelques arbres.

C'est là qu'il creusa le tombeau.

Quand tout fut prêt :

« Maître, dirent les nègres, faut-il reprendre le manteau ?

— Non, non, ensevelissez-le avec ! Pauvre Tom, c'est tout ce que je puis te donner maintenant ; mais cela, du moins, tu l'auras ! »

Tom fut descendu dans la fosse ; les esclaves la remplirent en silence ; ils dressèrent la modeste tombe, et la recouvrirent de gazons verts.

« Maintenant, mes enfants, allez-vous-en, dit Georges en leur glissant quelques pièces dans la main. »

Eux, cependant, ne s'en allèrent pas.

« Si le jeune maître voulait nous acheter, dit l'un...

— Nous vous servirions si fidèlement ! reprenait l'autre.

— La vie est dure ici... Achetez-nous, s'il vous plaît !

— Je ne puis, dit Georges tout ému, je ne puis » ; et il s'efforçait de les éloigner.

Les pauvres esclaves parurent abattus, et ils se retirèrent en silence.

Georges s'agenouilla sur la tombe de son humble ami.

« Dieu éternel, dit-il, Dieu éternel ! sois témoin qu'à partir de cette heure je m'engage à faire tout ce que je puis faire pour affranchir mon pays de cette malédiction de l'esclavage ! »

Aucun monument n'indique la place où repose notre ami...

A quoi bon ? Son Dieu sait où il est couché, et il le relèvera, — immortel ! — pour apparaître avec lui dans sa gloire.

Ne le plaignez point : ni cette vie ni cette mort ne demandent votre pitié. Ce n'est pas dans les splendeurs de la puissance que Dieu place ses héros ; c'est dans le dévouement, c'est dans le sacrifice, c'est dans l'amour qui souffre... Bénis soient les hommes appelés à partager le sort de Jésus, et à porter avec patience sa croix sur leurs épaules ! C'est d'eux qu'il a été écrit :

« Bienheureux ceux qui pleurent ! car ils seront consolés. »

CHAPITRE XLII

Une histoire de revenants véritable

On comprendra que les histoires de revenants et de fantômes durent se propager activement parmi les esclaves de Legree.

On se disait à l'oreille que, pendant la nuit, on entendait des bruits de pas qui descendaient l'escalier du grenier et parcouraient toute la maison. C'est en vain que l'on avait fermé au verrou la porte des étages supérieurs. Le fantôme avait une double clef dans sa poche, ou bien, en vertu du privilège qu'ont eu de tout temps les fantômes, il passait à travers le trou de la serrure, et continuait sa promenade, comme devant, avec une liberté vraiment alarmante.

Quelle forme extérieure l'esprit revêtait-il? les avis étaient partagés. Les nègres, et quelquefois les Blancs, ont l'habitude de fermer les yeux et de se couvrir la tête de leurs habits ou de leurs couvertures dès qu'il se présente le moindre revenant. Mais jamais les yeux de l'âme n'ont une perspicacité plus éveillée que quand les yeux du corps sont fermés. On faisait donc, dans toutes les cases, les portraits en pied du fantôme, tous jurés et certifiés véritables; et, comme il arrive souvent aux portraits, aucun ne ressemblait aux autres. Je me trompe : il y avait chez tous le signe particulier des fantômes, le long suaire blanc pour vêtement. Les pauvres gens n'étaient pas versés dans l'histoire ancienne, et ils ignoraient que ce costume a maintenant pour lui l'autorité de Shakespeare, qui a dit :

Les morts en blancs linceuls parcourent les cités !

La coïncidence des opinions de Shakespeare et des nègres est un fait remarquable de *pneumatologie* que nous signalons à l'attention des psychologues[1].

Quoi qu'il en soit, nous avons, nous, des raisons particulières de croire qu'une grande figure, vêtue d'un drap blanc, se promenait, à l'heure des fantômes, autour des appartements de Legree ; elle ouvrait les portes, circulait dans la maison ; elle apparaissait et disparaissait, puis, traversant encore une fois l'escalier silencieux, elle remontait jusqu'au grenier... et cependant, le lendemain matin, on retrouvait les portes fermées et verrouillées aussi solidement que jamais.

Le murmure de ces conversations arrivait jusqu'à Legree. Plus on voulait le lui cacher et plus il en fut impressionné. Il but plus d'eau-de-vie que jamais, eut la tête toujours échauffée, et jura un peu plus fort qu'auparavant... pendant le jour. La nuit, il rêvait, et ses visions prenaient un caractère de moins en moins agréable. La nuit qui suivit l'enterrement de Tom, il se rendit à la ville voisine pour faire une orgie. Elle fut complète. Il revint tard, fatigué, ferma sa porte, retira la clef et se mit au lit.

On a beau dire, quelque peine qu'il se donne pour la soumettre, l'âme d'un méchant homme est pour lui une hôtesse inquiète et terrible ! Qui peut comprendre ses doutes et ses terreurs ? Qui pourra sonder ses formidables *peut-être* ? ces frissons et ces tremblements, qu'il ne peut pas plus réprimer qu'il ne peut anéantir l'éternité qui l'attend ? Oh ! le fou qui ferme sa porte pour empêcher les fantômes d'entrer, et qui renferme dans sa poitrine un fantôme qu'il n'ose pas affronter seul, et dont la voix étouffée, et comme accablée par la montagne que le monde jette dessus, retentit pourtant, comme la trompette du jugement dernier !

Ceci n'empêchera pas Legree de fermer sa porte à clef et de mettre une chaise contre la porte. Il plaça une veilleuse à la tête de son lit et ses pistolets à côté. Il examina les espagnolettes et la ferrure des fenêtres, puis il jura qu'il ne craignait ni les anges ni les démons.

Il s'endormit.

Il dormit, car il était fatigué ; il dormit profondément. Mais il passa bientôt comme une ombre sur son sommeil, une terreur, la crainte vague de quelque chose d'affreux ; il crut reconnaître le linceul de sa mère ; mais c'était Cassy qui le portait ; elle le tenait, elle le montrait à Legree... Il entendit un bruit confus de cris et de gémissements, et au milieu de tout cela il sentait qu'il dormait, et il faisait mille efforts pour se réveiller. Il se réveilla à moitié... Il était bien sûr que quelque chose venait dans sa chambre. Il s'apercevait que la porte était ouverte... mais il ne pouvait remuer ni les pieds, ni les mains... Enfin il se retourna d'une pièce... La porte était ouverte ; il vit une main qui éteignait la lampe.

La lune était voilée de nuages et de brouillards, et il vit pourtant, il vit quelque chose de blanc qui glissait... Il entendit le petit frôlement des vêtements du fantôme... Le fantôme se tint immobile auprès de son lit... Une forte main toucha sa main trois fois, et une voix qui parlait tout bas, mais avec un accent terrible, répété par trois fois : « Viens ! viens ! viens !... » Il suait de peur ; mais sans qu'il sût quand ni comment, la chose avait disparu. Legree sauta du lit, il courut à la porte ; elle était fermée et verrouillée... Legree perdit connaissance.

A partir de ce moment, Legree fut plus intrépide buveur que jamais : il ne buvait plus, comme auparavant, avec prudence et réserve ; il buvait avec fureur... encore... encore... toujours !

Le bruit se répandit bientôt dans le pays que Legree était malade, puis qu'il se mourait. Il était puni de ses excès par cette affreuse maladie qui semble projeter sur la vie présente comme l'ombre des châtiments de l'autre vie. Personne ne pouvait supporter les horreurs de son agonie : il criait, il sanglotait, il jurait... et le seul récit des visions qui passaient devant ses yeux glaçait le sang dans les veines. A son lit de mort, immobile, sombre, inexorable, une grande figure de femme se tenait debout et disait :

« Viens... viens... viens !... »

Par une singulière coïncidence, la nuit même de sa dernière vision, on trouva toutes les portes de la maison grandes ouvertes. Quelques-uns des nègres assurèrent avoir vu deux formes blanches qui se glissaient à travers les arbres de l'avenue et qui gagnaient la grande route.

Le soleil se levait : Cassy et Emmeline s'arrêtèrent sur un tertre d'arbres, tout près de la ville.

Cassy était vêtue de noir, à la façon des créoles espagnoles. Un petit chapeau et un voile aux épaisses broderies cachaient complètement son visage ; elle avait distribué les rôles en arrêtant son plan d'évasion : elle ferait la dame et Emmeline la suivante.

Élevée dans sa plus tendre enfance avec les gens du bel air, Cassy en avait le langage, les allures et les façons : les débris de sa garde-robe, jadis splendide, et ce qui lui restait de joyaux et de bijoux, lui permettaient d'avoir le costume de son rôle.

Elle s'arrêta dans une maison du faubourg où elle avait remarqué des malles à vendre : elle en acheta une fort belle ; elle se fit suivre par un homme qui la portait, accompagné d'un serviteur chargé du gros bagage, et d'une femme de chambre qui tenait à la main son sac de nuit et des paquets poudreux ; elle fit une entrée triomphale dans la petite taverne.

La première personne qu'elle y rencontra, ce fut Georges Shelby, qui attendait l'arrivée du bateau.

Cassy, du haut de son observatoire dans le grenier, avait aperçu le jeune homme... elle l'avait vu emporter le corps de Tom, elle avait observé, avec une joie secrète, toutes les circonstances de son entrevue avec Legree. Elle avait assez entendu parler de lui aux nègres, elle savait qui il était et par lui-même, et par rapport à Tom. Elle se sentit tout à coup pleine de confiance, quand elle vit qu'il attendait le bateau comme elle.

L'air, les façons, le langage de Cassy et son argent qui sonnait éloignaient tout soupçon chez les gens de l'hôtel... Est-ce qu'on soupçonne jamais ceux qui paient bien?... c'est le point capital!... Cassy ne l'avait point oublié en garnissant son porte-monnaie.

Le bateau arriva vers le soir.

Georges Shelby offrit la main à Cassy, et la conduisit à bord avec la politesse et la courtoisie naturelle à un habitant du Kentucky. Il lui fit donner une bonne cabine.

Cassy prétexta une indisposition et garda le lit pendant tout le temps qu'on resta sur la rivière Rouge. Elle reçut les soins assidus et dévoués de sa jeune suivante.

On arriva sur le Mississippi. Georges, apprenant que l'étrangère, aussi bien que lui, continuait sa route, lui proposa de prendre une chambre sur le même bateau qu'elle. Avec son bon cœur ordinaire, il était plein de compassion pour cette santé languissante; et il entoura Cassy de ses prévenances et de ses bons offices.

Nos trois voyageurs sont donc maintenant à bord du bateau steamer *Le Cincinnati*, et ils remontent le fleuve, entraînés par la puissante vapeur.

La santé de Cassy s'était remise. Elle venait souvent s'asseoir sur le pont, elle paraissait à table, et on parlait d'elle, parmi les voyageurs, comme d'une femme qui avait dû être parfaitement belle.

Depuis le premier instant que Georges avait aperçu son visage, il avait été frappé d'une de ces ressemblances indéfinissables et vagues, dont chacun a été préoccupé au moins une fois en sa vie... il ne pouvait s'empêcher de la regarder, de l'examiner sans cesse. Qu'elle fût à table, ou assise à la porte de sa cabine, elle rencontrait toujours les yeux du jeune homme fixés sur elle ; il est vrai qu'il les détournait poliment, quand elle lui faisait voir que cet examen la gênait.

Cassy se trouva bientôt mal à son aise. Elle crut que Georges soupçonnait quelque chose. Enfin elle résolut de s'en remettre à sa générosité : elle lui confia son histoire.

Georges était tout plein de sympathie pour une personne qui avait échappé à Legree. Il ne pouvait parler de cette plantation, il ne pouvait y penser de sang-froid ; et, avec cette courageuse insouciance des résultats, qui caractérise son âge et sa position, il lui donna l'assurance qu'il ferait tout pour la sauver.

La cabine qui touchait celle de Cassy était occupée par une Française, Mme de Thou, accompagnée d'une charmante petite fille qui pouvait avoir vu mûrir douze étés.

Cette dame, ayant appris dans la conversation que Georges était du Kentucky, se sentit toute disposée à faire sa connaissance ; elle avait un puissant auxiliaire dans sa petite fille, qui était bien le plus charmant joujou dont pût s'amuser l'ennui d'une traversée de quinze jours.

Georges venait souvent s'asseoir à la porte de la cabine, et Cassy pouvait entendre toute leur conversation.

Mme de Thou faisait les plus minutieuses questions sur le Kentucky, où elle avait, disait-elle, passé sa première enfance.

Georges fut surpris d'apprendre qu'elle avait vécu dans son propre voisinage ; il n'était pas moins étonné qu'elle connût si parfaitement les personnes et les choses de son pays.

« Connaissez-vous, lui dit un jour Mme de Thou, un homme de votre voisinage du nom de Harris ?

— Il y a un drôle de ce nom pas loin de la maison, répondit Georges ; nous n'avons jamais eu de grands rapports avec lui.

— C'est, je crois, un riche possesseur d'esclaves ?»

Mme de Thou fit cette question avec un intérêt plus vif qu'elle n'eût voulu le laisser voir.

« Oui, répondit Georges étonné.

— Alors vous pouvez, vous devez savoir s'il a eu un mulâtre du nom de Georges ?

— Certainement... Georges Harris. Je le connais parfaitement... Il a épousé une esclave de ma mère... Il s'est sauvé au Canada.

— Sauvé ! dit Mme de Thou, sauvé !... Merci, mon Dieu ! »

Il y eut une question dans le regard de Georges ; mais cette question, il ne la fit pas.

Mme de Thou appuya sa tête dans sa main et fondit en larmes.

« C'est mon frère ! s'écria-t-elle.

— Quoi ! dit Georges d'un ton de profonde surprise.

— Oui, dit Mme de Thou en relevant fièrement la tête et en essuyant ses yeux ; oui, monsieur Shelby, Georges Harris est mon frère.

— Je suis stupéfait, dit Georges ; et il recula un peu sa chaise pour contempler attentivement Mme de Thou.

— Je fus vendue tout enfant et envoyée dans le Sud. Je fus achetée par un homme bon et généreux. Il m'emmena dans les Indes occidentales, m'affranchit et m'épousa... Il vient de mourir.. Moi, j'allais dans le Kentucky, pour tâcher de retrouver mon frère et pour le racheter.

— Je l'ai entendu parler d'une sœur... Émilie.

— C'est moi !... mais, je vous prie... mon frère... quelle sorte ?...

— Oh ! un charmant jeune homme, malgré la malédiction de l'esclavage !... un homme du premier mérite... de l'intelligence... des principes... tout !... Je le connais bien, parce qu'il a pris femme chez nous...

— Et sa femme ?

— Un trésor... belle, intelligente, aimable, très pieuse ; c'est ma mère qui l'a élevée... comme sa fille... elle sait lire, écrire, broder, elle coud comme une petite fée et chante délicieusement.

— Est-elle née dans votre maison ?

— Non ! mon père l'acheta dans un de ses voyages à La Nouvelle-Orléans et en fit présent à ma mère... Elle avait huit ou neuf ans. Mon père ne voulut jamais dire ce qu'elle lui avait coûté... mais l'autre jour, en parcourant ses vieux papiers, nous avons retrouvé le billet de vente... C'est un prix fabuleux... mais elle était si belle ! »

Georges tournait le dos à Cassy : il ne pouvait voir avec quel air d'attention profonde elle écoutait tous ces détails...

A ce moment du récit, elle lui toucha le bras, et pâle d'émotion :

« Le nom ! savez-vous le nom du vendeur, lui demanda-t-elle ?

— Simmons, si je ne me trompe ; c'est du moins, autant que je puis le croire, le nom qui se trouve sur le billet.

— O Dieu ! »

Et Cassy tomba sans connaissance sur le plancher.

Georges et Mme de Thou s'élancèrent au secours de Cassy... ils montrèrent l'agitation convenable en pareille circonstance ; mais ni l'un ni l'autre ne se doutait de la cause de cet évanouissement. Georges, dans l'ardeur de son zèle, renversa une cruche et brisa deux vases... Dès qu'elles entendirent parler d'un évanouissement, les femmes accoururent ; elles se pressèrent autour de Cassy, et interceptèrent ainsi l'air qui l'eût fait revenir... En somme, tout se passa comme on devait s'y attendre.

Pauvre Cassy ! Quand elle fut revenue à elle, elle se tourna du côté du mur, et pleura et sanglota comme un enfant. O mères qui me lisez ! vous pouvez peut-être dire quelles étaient alors ses pensées. Peut-être aussi ne le pouvez-vous pas ! Mais, en ce moment, elle sentit que Dieu avait pitié d'elle et qu'elle reverrait sa fille...

Et en effet, quelques mois après...

Mais n'anticipons point sur les événements.

CHAPITRE XLIII

Résultats

Le reste de l'histoire sera bientôt dit.

Georges Shelby, comme tout jeune homme l'eût été à sa place fut vivement intéressé par ce qu'il y avait de romanesque dans ce nouvel incident... Il était d'ailleurs humain et bon. Il fit parvenir à Cassy le billet de vente d'Élisa ; la date, le nom, tout coïncidait. Il ne restait plus dans son esprit le moindre doute sur l'identité de l'enfant. Il n'y avait plus qu'une chose à faire : se mettre sur la trace des fugitifs.

Cassy et Mme de Thou, ainsi réunies par la communauté de leur destinée, passèrent immédiatement au Canada et visitèrent les stations où sont accueillis les nombreux fugitifs qui passent la frontière.

Elles trouvèrent à Amherstberg le missionnaire qui avait reçu Élisa et Georges à leur arrivée. Elles purent, grâce à ses indications, suivre les traces de la famille jusqu'à Montréal.

Depuis cinq ans, Georges et Élisa sont libres. Georges, constamment occupé chez un mécanicien, gagne largement de quoi subvenir aux besoins de sa famille, qui s'est accrue d'une fille.

Henri est un charmant petit garçon qu'on a mis dans une école ; il travaille et fait des progrès.

Le digne missionnaire d'Amherstberg s'intéressa si vivement au succès des recherches de Mme de Thou et de Cassy, qu'il céda à leurs sollicitations et les accompagna à Montréal ; Mme de Thou paya la dépense.

Ici changement de scène : nous sommes dans une charmante petite maison du faubourg de Montréal. C'est le soir. Le feu pétille dans l'âtre. La table est mise pour le thé. La nappe étincelle dans sa blancheur de neige. Dans un coin de la chambre on voit une autre table, couverte d'un tapis vert et garnie d'un petit pupitre... Voici des plumes et du papier ; au-dessus, des rayons de livres.

Ce petit coin, c'est le cabinet de Georges.

Ce zèle du progrès, qui lui fit dérober le secret de la lecture et de l'écriture au milieu des fatigues et des découragements de son enfance, ce zèle le pousse encore à travailler toujours et à toujours apprendre.

«Allons ! Georges, dit Élisa, vous avez été dehors toute la journée. A bas les livres ! Causez avec moi pendant que je prépare le thé... Eh bien. »

Et la petite Élise, secondant les efforts de sa maman, accourut vers son père, essaya de lui arracher le livre et de grimper sur ses genoux.

«Petite sorcière ! » dit Georges.

Et il céda... C'est ce qu'un homme peut faire de mieux en pareil cas.

«Voilà qui est bien », dit Élisa en coupant une tartine.

Élisa n'a plus l'air tout à fait aussi jeune. Elle a pris un peu d'embonpoint. Sa coiffure est plus sévère... Mais elle paraît aussi contente, aussi heureuse qu'une femme puisse l'être.

«Henri, mon enfant, comment avez-vous fait cette addition aujourd'hui ? dit Georges, en posant la main sur la tête de son fils.

— Je l'ai faite moi-même, père, tout entière ; personne ne m'a aidé. »

Henri n'a plus ses longues boucles, mais il a toujours ses grands yeux, ses longs cils et ce noble front, plein de fierté, où se voit le jeune orgueil du triomphe pendant qu'il répond à son père.

« Allons ! c'est bien, dit Georges. Travaillez toujours, mon fils. Vous êtes plus heureux que votre pauvre père ne l'était à votre âge. »

A ce moment, on frappe à la porte. Un joyeux : « Tiens ! c'est vous ! » attire l'attention du mari. Le bon pasteur d'Amherstberg est cordialement accueilli. Il y a deux femmes avec lui ; Élisa les prie de s'asseoir.

S'il faut dire vrai, le bon prêtre avait arrangé un petit programme, et décidé dans sa tête comment les choses devraient se passer.

Chemin faisant, il avait bien exhorté les deux femmes à se conformer à ses instructions.

Quelle fut donc sa consternation quand, après avoir fait asseoir les deux femmes et tiré son mouchoir pour s'essuyer la bouche et préparer son éloquence, il vit Mme de Thou déranger toutes ses combinaisons en jetant ses bras au cou de Georges avec ce cri qui disait tout : « Georges, ne me reconnais-tu pas ?... ta sœur... Émilie ? »

Cassy, au contraire, s'était assise avec calme ; elle voulait, elle, se conformer au programme ; mais la petite Élise se montrant à elle tout à coup, la taille, le visage, la tournure, chaque trait, chaque boucle de cheveux, comme Élisa, le jour où elle la vit pour la dernière fois, et la petite créature la regardant si fixement... elle ne put s'empêcher de la saisir dans ses bras et de la serrer contre son cœur en s'écriant : « Chère petite, je suis ta mère ! »

Ah ! vraiment, il était bien difficile de suivre le programme du bon pasteur. Il réussit, cependant, à calmer tout le monde et à prononcer le petit discours qu'il avait préparé. Il le débita avec une telle onction, que tous fondirent en larmes. Il y avait de quoi satisfaire l'orateur le plus exigeant des temps anciens et des temps modernes.

Tout le monde s'agenouilla, et le missionnaire pria... Il est des sentiments si agités et si tumultueux qu'ils ne peuvent trouver de repos qu'en s'épanchant dans le sein de l'éternel amour!... Ils se relevèrent, et toute cette famille retrouvée s'embrassa avec une souveraine confiance dans celui qui, les retirant de tant de périls et de dangers, les avait conduits par des voies si inconnues, et enfin réunis pour toujours.

Les notes des missionnaires parmi les fugitifs du Canada contiennent souvent des récits véritables plus étranges que les fictions.

Et pourrait-il en être autrement, sous l'empire d'un système qui éparpille et disperse les familles, comme les tourbillons du vent d'automne dispersent et éparpillent les feuilles?

Ce rivage du refuge, comme l'éternel rivage, rassemble parfois, dans une joyeuse union, des cœurs qui bien longtemps se sont crus perdus et se sont pleurés. Il n'y a pas d'expression pour rendre ces émotions profondes qui accueillent l'arrivée de chaque nouveau venu qui peut apporter des nouvelles d'une mère, d'une sœur, d'un enfant, dérobés aux regards qui les aiment par l'ombre de l'esclavage!

Oui! il y a là des traits d'héroïsme plus grands que la poésie ne sait les inventer. Souvent, défiant la torture et bravant la mort, les fugitifs reprennent la voie douloureuse, et à travers les terreurs et les périls de cette terre fatale, vont chercher une sœur, une mère, une femme!

Un jeune homme dont un missionnaire nous a raconté l'histoire, après avoir été repris deux fois, après avoir subi les plus affreuses tortures, était parvenu à s'échapper encore. Dans une lettre que nous avons entendu lire il annonce à ses amis qu'il recommence pour la troisième fois sa terrible expédition et qu'il espère enfin délivrer sa sœur. Lecteurs, mes amis, dites-moi si cet homme est un criminel ou un héros; n'en feriez-vous pas autant pour votre sœur... et pouvez-vous le blâmer?

Mais revenons à nos amis. Nous les avons laissés

essuyant leurs yeux : ils se remirent enfin de cette joie trop grande et trop soudaine.

En ce moment, ils sont tous assis autour de la table de famille, fort ravis d'être ensemble et parfaitement d'accord. Seulement Cassy, qui tient la petite Élise sur ses genoux, la serre parfois d'une façon dont l'enfant s'étonne... elle ne veut pas non plus se laisser fourrer dans la bouche autant de gâteau qu'il plairait à l'enfant... elle dit qu'elle a quelque chose qui vaut bien mieux que le gâteau, et qu'elle n'en veut pas ; ce qui étonne beaucoup l'enfant.

Deux ou trois jours ont suffi pour changer Cassy à tel point que nos lecteurs mêmes la reconnaîtraient à peine. La douce confiance a remplacé le désespoir qu'on voyait dans ses yeux hagards... Elle se jetait tout entière dans le sein de la famille... elle portait ses petits-enfants dans son cœur, comme quelque chose dont elle avait longtemps manqué. Son amour semblait tout naturellement se répandre sur la petite Élise plus encore que sur sa propre fille : la petite Élise était l'image de sa fille telle qu'elle l'avait perdue ! Cette chère petite était comme un lien de fleurs entre sa mère et sa grand-mère ; elle portait la familiarité et l'affection de l'une à l'autre. La piété d'Élisa, solide, égale, réglée par la lecture constante de l'Écriture sainte, était le guide nécessaire à l'âme ébranlée et fatiguée de sa mère. Cassy cédait, et cédait de tout son cœur, à toutes les bonnes influences : elle devenait une dévote et tendre chrétienne.

Au bout de deux ou trois jours, Mme de Thou entretint Georges de ses affaires. La mort de son mari lui avait laissé une fortune considérable. Elle offrit généreusement de partager avec sa famille. Quand elle demanda à Georges de quelle manière elle pourrait le mieux en user pour lui :

« Émilie, répondit-il, donnez-moi de l'éducation : ce fut toujours mon plus vif désir ; le reste me regarde. »

Après mûre délibération, tout le monde se décida à venir passer quelques années en France.

On emmena Emmeline.

Elle charma le premier lieutenant de vaisseau, et l'épousa en entrant au port.

Georges employa quatre années à suivre les cours des écoles françaises. Il fit les plus rapides progrès.

Les troubles politiques de ce pays forcèrent la famille à regagner l'Amérique.

Les sentiments et les idées de Georges, après cette nouvelle éducation, ne sauraient être mieux exprimés que dans cette lettre, qu'il adressait à un de ses amis :

« Je ne laisse pas que d'être assez embarrassé de mon avenir... Je conviens que je pourrais me mêler aux Blancs, comme vous le dites fort bien. Ma teinte est si légère !... celle de ma femme et de mes enfants est à peine reconnaissable... Oui, je le pourrais... mais, pour vous dire le vrai, je n'en ai pas trop d'envie.

« Mes sympathies ne sont plus pour la race de mon père ; elles appartiennent toutes à la race de ma mère... Pour mon père, je n'étais qu'un beau chien ou un beau cheval... pas beaucoup plus ! Mais pour ma mère, pauvre cœur brisé, j'étais un enfant ! Depuis cette vente fatale, qui nous sépara pour jamais, je ne l'ai pas revue. Mais je sais qu'elle m'aime toujours chèrement ; c'est mon cœur qui me le dit. Quand je pense à tout ce qu'elle a souffert, quand je pense aux douleurs de mon premier âge, aux luttes et aux angoisses de mon héroïque femme, de ma sœur, vendue sur le marché de La Nouvelle-Orléans... j'espère que je n'ai pas de sentiments indignes d'un chrétien... mais j'espère aussi qu'on me pardonnera de dire que je n'ai pas un extrême désir de passer pour un Américain, ou de me mêler aux Américains. C'est à la race africaine que je m'identifie... la race opprimée... la race esclave... Si je désirais quelque chose, je me souhaiterais plutôt deux degrés de plus dans les teintes brunes qu'un degré de plus dans les teintes blanches...

« Le désir, le vœu de mon âme, c'est de fonder une nationalité africaine. Je veux un peuple qui ait une exis-

tence séparée, indépendante, propre à lui. Où sera la
patrie de ce peuple ? Je regarde autour de moi ! Ce n'est
point dans Haïti ; il n'y a pas là d'éléments : les ruisseaux
ne remontent pas leur cours, la race qui a formé le
caractère des Haïtiens était abâtardie, épuisée, alanguie ;
il faudra des siècles pour qu'Haïti devienne quelque
chose.

« Où donc aller ?

« Sur la côte d'Afrique je vois une république, une
république formée d'hommes choisis, qui, par leur énergie et une instruction qu'ils se sont donnée à eux-mêmes,
se sont, pour la plupart, individuellement élevés au-dessus
de leur primitive condition d'esclaves. Cette république a
fait le stage de sa faiblesse, et elle est enfin devenue
une nation à la face du monde, une nation reconnue par
la France et par l'Angleterre...

« Voilà où je veux aller : voilà le peuple dont je veux
être.

« Je sais bien que vous serez contre moi ; mais avant
de frapper, écoutez !

« Pendant mon séjour en France, j'ai suivi de l'œil,
avec le plus profond intérêt, les péripéties de ma race
en Amérique. J'ai pris garde aux luttes des abolitionnistes et des colons. A cette distance, étant simple spec-
tateur, j'ai reçu des impressions qui n'auraient pas été les
mêmes, si j'eusse pris part à la querelle.

« Je sais que, dans la bouche de mes adversaires, cette
Libéria a fourni toute sorte d'arguments contre nous :
on en a fait des portraits de fantaisie, pour retarder
l'heure de notre émancipation. Mais, au-dessus de tous
ces inventeurs, n'y a-t-il pas Dieu ? Pour moi, voilà la
question : ses lois ne sont-elles pas au-dessus des défenses
des hommes, et ne peut-il pas fonder notre nationalité ?

« A notre époque, une nation se crée en un jour.
Aujourd'hui une nation jaillit du sol et trouve, résolus
à l'avance et sous sa main, tous les problèmes de la vie
sociale et républicaine : on n'a pas à découvrir ; il ne reste

plus que la peine d'appliquer. Réunissons donc tous ensemble nos communs efforts, et voyons ce que nous pourrons faire de cette entreprise nouvelle. Le continent tout entier de cette splendide Afrique s'étend devant nous et devant nos enfants...

« Elle aussi, notre nation, verra couler sur ses bords, comme les flots d'un océan, la civilisation et le christianisme et les puissantes républiques que nous fonderons, croissant avec la rapidité des végétations tropicales, braveront la durée des siècles.

« Direz-vous que je déserte la cause de mes frères? Non ! si je les oublie un jour, une heure de ma vie, que Dieu m'oublie à mon tour ! Mais que puis-je faire pour eux ici ? Puis-je briser leurs chaînes ? Non ; comme individu, je ne le puis... Laissez-moi donc m'éloigner ! que je fasse partie d'une nation... que j'aie ma voix dans les conseils d'un peuple, et alors je parlerai ! une nation a le droit de demander, d'exiger, de discuter, de plaider la cause de sa race... Ce droit, un individu ne l'a pas !

« Si jamais l'Europe devient une grande fédération, et j'ai trop de foi en Dieu pour ne pas l'espérer ! si elle abolit le servage, et tout ce qu'il y a d'oppressif et d'injuste dans les inégalités sociales... si, comme la France et l'Angleterre, elle reconnaît notre position... alors nous porterons notre appel devant le grand congrès des nations, et nous plaiderons la cause de notre race vaincue et enchaînée ! et alors il ne sera pas possible que cette intelligente et libre Amérique ne veuille pas effacer de son écusson cette barre sinistre qui la dégrade parmi les nations, et qui est une malédiction pour elle aussi bien que pour ses esclaves !

« Vous me direz que notre race a le droit de se mêler à la république américaine aussi bien que les Irlandais, les Allemands, les Suédois.

« Soit !

« Nous devrions être libres de nous rencontrer avec les Américains, de nous mêler à eux... et de nous élever par notre mérite personnel sans aucune considération de caste ou de couleur... Ceux qui nous refusent ce droit sont inconséquents avec le principe d'égalité humaine si hautement professé, et ce droit, c'est ici surtout qu'on devrait nous le reconnaître. Nous avons plus que les simples droits de l'homme, nous pouvons demander la réparation de l'injure faite à notre race... Mais je ne demande pas cela... ce que je demande, c'est un pays... c'est une nation dont je sois ! Je crois que, parmi la race africaine, ces principes se développeront un jour à la lumière de la civilisation chrétienne. Vos mérites ne sont pas les mêmes que ceux de la race anglo-saxonne, mais je crois qu'ils sont d'un degré plus haut dans l'ordre moral. Les destinées du monde ont été confiées à la race anglo-saxonne, à l'époque violente du défrichement et de la lutte. Elle possède tout ce qu'il fallait pour cette mission, la rudesse, l'énergie, l'inflexibilité... Comme chrétien, j'attends qu'il s'ouvre une ère nouvelle. Nous sommes sur le point de la voir paraître... les convulsions qui bouleversent aujourd'hui les peuples ne sont, je l'espère, que l'enfantement douloureux de la paix et de la fraternité universelles.

« J'en ai la confiance ; le développement de l'Afrique sera chrétien. Si nous ne sommes point la race de la domination et du commandement, nous sommes, du moins, la race de l'affection, de la magnanimité et du pardon. Après avoir été précipités dans la fournaise ardente de l'injustice, il faut que nous nous attachions plus étroitement que les autres à cette sublime doctrine du pardon et de l'amour ; là sera notre victoire. Notre mission est de la répandre sur le continent africain.

« Je me rends justice, je sens que je suis trop faible pour cette mission... J'ai dans les veines trop de ce sang brûlé et corrompu des Saxons... Mais j'ai tout près de moi un éloquent prédicateur de l'Évangile... ma femme... ma belle Élisa ! Quand je m'égare, son doux esprit me retient ; elle remet sous mes yeux la mission chrétienne

de notre race. Comme patriote chrétien, comme prédicateur de l'Évangile, je retourne vers mon pays, ma
glorieuse Afrique, la terre de mon choix ! C'est à elle,
dans mon cœur, que j'applique parfois ces splendides
paroles des prophètes : "Parce que tu es abandonnée et
détestée, et que les hommes ne voulaient plus te traverser,
je te donnerai une éternelle suprématie, qui fera la joie
de tes générations sans nombre !"

« Vous me direz que je suis un enthousiaste, que je
n'ai pas réfléchi à ce que j'entreprends... Au contraire,
j'ai pesé et calculé. Je vais à Libéria, non pas comme à
un Élysée romanesque, mais comme à un champ de
travail... et je travaillerai des deux mains... je travaillerai
dur... malgré les difficultés et les obstacles... Je travaillerai jusqu'à ce que je meure ! Voilà pourquoi je pars...
je n'aurai pas de déceptions.

« Quoi que vous pensiez de ma détermination, gardez-
moi toujours votre confiance... et pensez, quoi que je
fasse, que j'agirai toujours avec un cœur dévoué à mon
peuple !

« Georges Harris. »

. . . .

Quelques semaines après, Georges, sa sœur, sa mère, sa
femme et ses enfants s'embarquaient pour l'Afrique.
Nous nous trompons fort, ou le monde entendra encore
parler de lui !

Nous n'avons rien à dire de nos autres personnages.
Un mot pourtant sur Miss Ophélia et sur Topsy, et un
chapitre d'adieu, que nous dédierons à Georges Shelby !

Miss Ophélia emmena Topsy avec elle dans le Vermont.
Grande fut la surprise de ce respectable corps délibérant,
qu'une bouche de la Nouvelle-Angleterre appelle toujours « nos gens ». Nos gens pensèrent donc tout d'abord
que c'était une addition aussi bizarre qu'inutile à leur

maison, très complètement montée. Mais les efforts de Miss Ophélia pour remplir le devoir d'éducation qu'elle avait accepté avaient été couronnés d'un tel succès, que Topsy se concilia rapidement les bonnes grâces et les faveurs de la famille et de tout le voisinage. Parvenue à l'adolescence, elle demanda à être baptisée, et elle devint membre de l'Église chrétienne de sa ville. Elle montra tant d'intelligence, de zèle, d'activité et un si vif désir de faire le bien, qu'on l'envoya, en qualité de missionnaire, dans une des stations d'Afrique ; et cet actif et ingénieux esprit, qui avait fait d'elle un enfant si remuant et si vif, elle l'employa, d'une façon plus utile et plus noble, à instruire les enfants de son pays.

Peut-être quelques mères seront heureuses d'apprendre que les recherches de Mme de Thou la mirent enfin sur les traces du fils de Cassy. C'était un grand jeune homme énergique ; il avait réussi à s'enfuir quelques années avant sa mère. Il avait été accueilli et instruit dans le Nord par des amis dévoués au malheur. Il rejoindra bientôt sa famille en Afrique.

CHAPITRE XLIV

Le libérateur

GEORGES SHELBY n'avait écrit qu'une seule ligne à sa mère pour lui apprendre le moment de son retour. Il n'avait pas eu le cœur de raconter la scène de mort à laquelle il avait assisté ; il avait essayé plusieurs fois... ses souvenirs l'avaient comme suffoqué. Il finissait toujours par déchirer son papier, essuyait ses yeux et sortait pour retrouver un peu de calme.

Toute la maison fut en rumeur joyeuse le jour où l'on attendait l'arrivée du jeune maître.

Mme Shelby était assise dans son salon. Un bon feu chassait l'humidité des derniers soirs d'automne. Sur la table du souper brillaient la riche vaisselle et les cristaux à facettes.

Le mère Chloé présidait à tout l'arrangement.

Elle avait une robe neuve de calicot avec un beau tablier blanc et un superbe turban. Sa face noire et polie brillait de plaisir... Elle s'attardait, avec toutes sortes de ponctualités minutieuses, autour de la table, pour avoir le prétexte de causer encore un peu avec sa maîtresse.

« Oh ! là ! comme il va se trouver bien ! dit-elle. Là ! je mets son couvert à la place qu'il aime, du côté du feu. M. Georges veut toujours une place chaude. Eh bien, pourquoi Sally n'a-t-elle point sorti la meilleure théière ? La petite neuve que M. Georges a achetée pour madame à la Noël... Je vais la prendre. Madame a reçu des nouvelles de M. Georges ? ajouta-t-elle d'un ton assez inquiet...

— Oui, Chloé. Une seule ligne pour me dire qu'il compte venir aujourd'hui. Pas un mot de plus.

— Et pas un mot de mon pauvre vieil homme ? dit Chloé en retournant les tasses.

— Non, rien, Chloé ; il dit qu'il nous apprendra tout ici.

— C'est bien là M. Georges... il aime toujours à dire tout lui-même. C'est toujours comme ça avec lui. Je ne sais pas, pour ma part, comment les Blancs s'y prennent pour écrire tant... comme ils font... C'est si long et si difficile d'écrire ! »

Mme Shelby sourit.

« Je crois bien que mon pauvre vieil homme ne reconnaîtra pas les enfants... Et la petite ? Dame ! Est-elle forte maintenant ! Elle est bonne aussi, et jolie, jolie ! Elle est maintenant à la maison pour surveiller le gâteau... Je lui ai fait un gâteau juste comme il les aime... et la cuisson à point pour lui. Il est comme celui... le matin... quand il partit. Dieu ! comme j'étais, moi, ce matin-là ! »

Mme Shelby soupira. Elle avait un poids sur le cœur... Elle était tourmentée depuis qu'elle avait reçu la lettre de son fils... Elle pressentait quelque malheur derrière ce voile du silence.

« Madame a les billets ? dit Chloé d'un air inquiet.

— Oui, Chloé.

— C'est que je veux montrer les mêmes billets à mon pauvre homme, les mêmes que le *chabricant* m'a donnés... "Chloé ! me dit-il, je voudrais vous garder plus longtemps ! — Merci ! maître, lui dis-je, mais mon pauvre homme revient, et madame ne peut se passer de moi plus longtemps..." Voilà juste ce que je lui dis... Un très joli homme, ce M. Jones ! »

Chloé avait insisté pour que l'on gardât les billets avec lesquels on avait payé ses gages, afin de les montrer à son mari, comme preuve de ses talents. Mme Shelby avait consenti de bonne grâce à lui faire ce petit plaisir.

« Il ne connaît pas Polly, mon vieil homme... non ! il ne la connaît pas !... oh ! voilà cinq ans qu'ils l'ont pris !... elle n'était qu'un baby... elle ne pouvait pas se tenir debout. Vous souvenez-vous, madame, comme il avait peur qu'elle ne tombât quand elle essayait de marcher... pauvre cher homme ! »

On entendit un bruit de roues.

« Monsieur Georges ! » Et Chloé bondit vers la fenêtre.

Mme Shelby courut à la porte du vestibule ; elle serra son fils dans ses bras. Chloé, immobile, voulait de ses regards percer l'obscurité de la nuit.

« Pauvre mère Chloé ! » dit Georges tout ému.

Et il prit la main noire entre ses deux mains.

« J'aurais donné toute ma fortune pour le ramener avec moi ; mais il est parti vers un monde meilleur. »

Mme Shelby laissa échapper un cri de douleur.

Chloé ne dit rien.

On entra dans la salle à manger.

L'argent de Chloé était encore sur la table.

« Là ! dit-elle en rassemblant les billets qu'elle tendit à sa maîtresse d'une main tremblante... il n'y a plus besoin de les regarder ni d'en parler maintenant... je savais bien que cela serait ainsi... vendu et tué sur ces vieilles plantations ! »

Chloé se retourna et sortit fièrement de la chambre... Mme Shelby la suivit, prit une de ses mains, la fit asseoir sur une chaise et s'assit à côté d'elle.

« Ma pauvre bonne Chloé ! »

Chloé appuya sa tête sur l'épaule de sa maîtresse, et sanglota.

« Oh ! madame excusez-moi ! mon cœur se brise... voilà tout !

— Je comprends, Chloé, dit Mme Shelby en versant des larmes abondantes. Je ne puis vous consoler... Jésus le peut : il guérit le cœur malade, il ferme les blessures... »

Il y eut quelques instants de silence, et ils pleurèrent tous ensemble.

Enfin Georges s'assit auprès de l'affligée et avec une éloquence pleine de simplicité, il lui dépeignit cette scène de mort, glorieuse comme un triomphe, et répéta les paroles d'amour et de tendresse de son dernier message.

Un mois après, tous les esclaves de l'habitation Shelby étaient réunis dans le grand salon, pour entendre une communication de leur jeune maître.

Quelle fut leur surprise, quand ils le virent paraître avec une liasse de papiers ! c'étaient leurs billets d'affranchissement, il les lut tous successivement et les leur présenta à chacun : c'étaient les larmes, des sanglots et des acclamations !

Beaucoup cependant le supplièrent de ne pas les renvoyer ; ils se pressaient autour de lui et voulaient le forcer de reprendre ses billets.

« Nous n'avons pas besoin d'être plus libres que nous le sommes ; nous ne voulons pas quitter notre vieille maison, ni monsieur, ni madame, ni le reste...

— Mes bons amis, dit Georges, dès qu'il put obtenir un instant de silence, vous n'avez pas besoin de me quitter : la ferme veut autant de mains que par le passé ; mais, hommes et femmes, vous êtes tous libres... Je vous paierai pour votre travail des gages dont nous conviendrons. Si je meurs, ou si je me ruine, choses qui, après tout, peuvent arriver, vous aurez du moins l'avantage de ne pas être saisis et vendus. Je resterai sur la ferme, et je vous apprendrai... il faudra peut-être un peu de temps pour cela... à user de vos droits d'hommes libres. J'espère que vous serez bons et tout disposés à apprendre. Dieu me donne la confiance que moi, de mon côté, je serai fidèle à la mission que j'accepte de vous instruire. Et maintenant, mes amis, regardez le Ciel, et remerciez Dieu de ce bienfait de la liberté ! »

Un vieux nègre, patriarche blanchi sur la ferme, et maintenant aveugle, se leva, étendit ses mains tremblantes et s'écria : « Remercions le Seigneur ! » Tous s'agenouillèrent. Jamais *Te Deum* plus touchant, plus sincèrement parti du cœur ne s'élança vers le Ciel : il n'avait pas, il est vrai, pour accompagnement les grandes voix de l'orgue, le son des cloches et le grondement du canon ; mais il partait d'un cœur honnête !

Un autre se leva à son tour et entonna une hymne méthodiste, dont le refrain était :

> Pécheurs rachetés, enfin voici l'heure.
> L'heure de rentrer dans votre demeure !

« Encore un mot, dit Georges en mettant un terme à toutes ces félicitations. Vous vous rappelez, leur dit-il, notre bon père Tom ? »

Il leur fit alors un récit rapide de sa mort, et leur redit les adieux dont il s'était chargé pour tous les habitants de la ferme.

Il ajouta :

« C'est sur son tombeau, mes amis, que j'ai résolu devant Dieu que je ne posséderais jamais un esclave, tant qu'il me serait possible de l'affranchir... et que personne, à cause de moi, ne courrait le risque d'être arraché à son foyer, à sa famille, pour aller mourir, comme il est mort, sur une plantation solitaire... Amis ! chaque fois que vous vous réjouirez d'être libres, songez que votre liberté, vous la devez à cette pauvre bonne âme, et payez votre dette en tendresse à sa femme et à ses enfants... Pensez à votre liberté chaque fois que vous verrez la case de l'oncle Tom ; qu'elle vous rappelle l'exemple qu'il vous a laissé, marchez sur ses traces, et, comme lui, soyez honnêtes, fidèles et chrétiens. »

CHAPITRE XLV

Quelques remarques pour conclure

On a souvent demandé à l'auteur si cette histoire était réelle. A des questions venues de divers pays, nous devons faire une réponse générale.

Tous les épisodes qui composent ce récit sont de la plus sévère authenticité. L'auteur en a été le témoin ou il les tient de ses amis personnels. Les caractères sont des portraits d'après nature. La plupart des paroles qu'il met dans la bouche des personnes ont été prononcées par elles ; c'est une fidélité textuelle.

Élisa, par exemple, est un portrait, au moral comme au physique ; l'incorruptible fidélité, la piété de Tom ont plus d'un modèle. Quelques-unes des scènes les plus romanesques et les plus tragiques de ce livre ont un pendant dans les réalités les plus positives.

Rien de plus connu que le fait de cette mère traversant l'Ohio sur la glace. Un frère de l'auteur, receveur dans une maison de commerce de La Nouvelle-Orléans, lui a conté l'histoire de la mère Prue, et lui a fait connaître le type de Legree : ce frère, après une visite à la plantation, écrivait :

« Il m'a fait tâter son poing, qui était comme un marteau de forgeron, en me disant qu'il s'était endurci à force d'assommer les nègres. Quand je quittai l'habitation, je poussai un grand soupir comme si je sortais de l'antre d'un ogre ! »

Quant au destin si lugubre de Tom, on n'en a eu que de trop nombreux exemples ; des témoins vivants sont là pour attester le récit ! Si l'on veut bien se rappeler que dans les États du Sud c'est un principe de jurisprudence qu'une personne de couleur ne peut déposer en justice contre un Blanc, on croira facilement qu'il peut se rencontrer, dans bien des cas, un maître en qui les passions dominent l'intérêt même, et un esclave qui possède assez de vertus et de courage pour lui résister. Eh bien, aujourd'hui la modération du maître est la seule sauvegarde de l'esclave... des faits, trop odieux pour qu'ils passent chaque jour sous les yeux du public, viennent pourtant assez souvent à sa connaissance... le commentaire est plus odieux que le fait lui-même !

« Ces choses-là, dit-on, peuvent bien arriver quelquefois, mais ce n'est pas l'usage ! »

Si les lois de la Nouvelle-Angleterre permettaient à un maître de torturer quelquefois... et jusqu'à ce que mort s'ensuive, les ouvriers qu'il a chez lui, aurait-on le même calme et dirait-on encore :

« Ces choses-là peuvent bien arriver quelquefois, mais ce n'est pas l'usage ! »

C'est là une injustice inhérente au système de l'esclavage ; sans l'esclavage elle n'existerait pas !

Les incidents qui ont suivi la capture du navire *La Perle* ont donné assez de notoriété à la vente publique et scandaleuse de quelques belles jeunes filles, quarteronnes ou mulâtresses. Laissons parler l'honorable M. Horace Mann, un des avocats des défendeurs :

« Au nombre des soixante-six personnes qui tentèrent en 1848 de s'échapper du district de Colomba sur le schooner *La Perle*, il y avit plusieurs belles jeunes filles, douées de ces charmes particuliers de forme et de visage, que prisent tant les amateurs.

« Une d'elles était Élisabeth Russell.

« Elle tomba bientôt dans les griffes du marchand d'esclaves et fut destinée au marché de La Nouvelle-

Orléans. Ceux qui la virent sentirent leur cœur touché de compassion. On offrit dix-huit cents dollars pour la racheter ; pour quelques-uns, c'était offrir tout ce qu'ils avaient... mais le damné marchand fut inexorable, on l'envoya à La Nouvelle-Orléans. Dieu eut pitié d'elle, elle mourut en chemin.

« Il y avait encore deux jeunes filles nommées Edmundson. Comme on allait les envoyer au marché, leur sœur aînée vint à l'étal, pour supplier ce misérable, au nom de Dieu, d'épargner ses victimes... il se moqua de ses prières, et répondit qu'elles auraient de belles robes et de belles parures.

« Oui ! dit la jeune fille, ce sera bien dans cette vie... mais dans l'autre ! »

« Elles furent envoyées à La Nouvelle-Orléans... Il est vrai que quelque temps après elles furent rachetées à grand prix. »

Peut-on maintenant se récrier à propos de l'histoire d'Emmeline et de Cassy ?

La justice nous ordonne aussi de reconnaître que l'on rencontre parfois de nobles et généreuses âmes, comme celle de Saint-Clare.

L'anecdote suivante le prouvera.

Il y a quelques années, un jeune homme du Sud était à Cincinnati, avec un esclave favori, qui, depuis l'enfance, avait été à son service personnel. L'occasion tenta l'esclave ; il voulut assurer sa liberté, et s'enfuit chez un quaker dont la réputation était faite depuis longtemps. Le maître entra dans une violente colère... il avait toujours traité son esclave avec tant de bonté, il avait une telle confiance en lui, qu'il pensa tout d'abord qu'on l'avait corrompu pour l'encourager à fuir. Il se rendit chez le quaker, tout plein de ressentiment ; mais comme, après tout, c'était un homme d'une rare candeur, il se calma bientôt et céda aux représentations de son hôte. Il y avait un côté de la question qu'il n'avait encore jamais envisagé. Il dit au quaker que, si son esclave lui disait à la face qu'il voulait être libre, il s'engageait à l'affranchir.

On arrangea une entrevue entre le maître et l'esclave ; le jeune homme demanda à Nathan s'il avait eu jamais aucun motif de se plaindre.

« Non, maître ; vous avez toujours été bon pour moi.

— Eh bien, alors, pourquoi voulez-vous me quitter ?

— Mon maître peut mourir... et alors, qui m'achèterait ? J'aime mieux être libre ! »

Le jeune homme réfléchit un instant, puis, tout à coup :

« Nathan, dit-il, je crois qu'à votre place je penserais comme vous. Vous êtes libre. »

Il régularisa au même instant l'affranchissement, et déposa une somme entre les mains du quaker pour aider le jeune homme à ses débuts dans la vie ; il lui laissa de plus entre les mains une lettre pleine d'affection et de bonté. Cette lettre, nous l'avons lue.

L'auteur espère avoir rendu justice à la noblesse, à la générosité, à l'humanité qui caractérisent un si grand nombre d'habitants du Sud. Leur exemple nous empêche de désespérer de la race humaine... Mais nous le demanderons à tous ceux qui connaissent le monde, de tels caractères sont-ils communs, où que ce soit qu'on veuille les chercher ?

Pendant de longues années, l'auteur évita dans ses conversations et dans ses lectures de s'occuper de l'esclavage. C'était un sujet trop pénible pour qu'il osât y porter ses investigations... Il espérait d'ailleurs que les progrès de la civilisation en auraient fait prompte et bonne justice. Mais depuis l'acte législatif de 1850, depuis qu'il a appris, avec autant de surprise que d'effroi, qu'un peuple humain et chrétien imposait comme un devoir aux citoyens de faire réintégrer l'esclave fugitif ; depuis que des hommes honorables, bons, compatissants, si l'on veut, ont délibéré et discuté sur le point de vue religieux de la question, l'auteur s'est dit : « Non ! ces hommes, ces chrétiens ne savent pas ce que c'est que l'esclavage !

S'ils le savaient, ils n'auraient jamais soutenu une telle discussion ! » Depuis ce moment l'auteur n'eut plus qu'un seul désir : faire voir l'esclavage dans un drame d'une réalité vivante. Il a essayé de montrer tout : le pire et le meilleur. Il pense en avoir présenté assez heureusement les aspects favorables... Mais qui révélera, qui révélera jamais les mystères cachés sous l'ombre fatale, dans cette vallée de douleurs ? Habitants du Sud ! hommes et femmes au cœur noble et généreux, dont la vertu et la magnanimité ont grandi en même temps que grandissaient vos épreuves, c'est à vous que nous ferons appel !...

Dans le secret de vos âmes, dans vos conversations intimes, n'avez-vous pas maintes fois senti qu'il y a dans ce système maudit des maux et des douleurs dont nos tableaux ne sont que l'imparfaite esquisse ? Pourrait-il en être autrement ? L'homme est-il donc une créature à qui l'on puisse confier un pouvoir irresponsable ? Et le système de l'esclavage, en refusant à l'esclave tout droit légal de témoignage ne fait-il pas de chaque propriétaire un despote irresponsable ? Ne voit-on pas trop clairement les conséquences qui doivent résulter de cette théorie ?... Oui, hommes d'honneur, hommes justes et humains, il y a parmi vous un sentiment public, mais il y a aussi un autre sentiment public parmi de vils coquins pleins de brutalité !... Et ces vils coquins, la loi ne leur accorde-t-elle pas le droit de posséder des esclaves, aussi bien qu'aux plus purs et aux meilleurs d'entre vous ? Et qui donc osera dire que l'honneur, la justice, l'élévation et la tendresse des sentiments soient quelque part en ce monde le lot de la majorité ?

La loi américaine regarde maintenant comme un acte de piraterie la traite des esclaves.

Mais ne résulte-t-il point de l'esclavage américain une traite aussi régulière qu'on en vit jamais sur les côtes d'Afrique ?... Et qui pourra dire tous les cœurs qu'elle a brisés ?

Nous n'avons donné qu'une faible esquisse, qu'une

peinture effacée des angoisses et du désespoir qui, maintenant encore, au moment même où nous écrivons, déchirent des milliers d'âmes par la dispersion des familles, par toutes les tortures infligées à une race sensible et sans défense. Ne voit-on pas chaque jour des mères poussées au meurtre de leurs enfants ? et elles-mêmes, ne les voit-on pas chercher dans la mort un refuge contre des maux plus cruels que la mort ? Qui donc inventera des tragédies plus poignantes que les scènes qui se passent chaque jour et à chaque heure dans notre pays, à l'ombre des lois américaines, à l'ombre de la croix du Christ ?

Et maintenant, hommes et femmes de l'Amérique, dites-moi si c'est une chose qu'il faille traiter légèrement, qu'il faille défendre, ou seulement qu'il faille taire ! Fermiers du Massachusetts, du New Hampshire, du Vermont, du Connecticut, qui lisez ce livre près de la flamme joyeuse de votre feu d'hiver, armateurs du Maine, marins au cœur vaillant, est-ce là une chose que vous deviez encourager ? Braves et généreux habitants de New York, fermiers de ce riche et brillant Ohio ou des vastes prairies, répondez ! est-ce là une chose que vous deviez protéger ? Et vous, mères américaines, vous qui avez appris, auprès du berceau de vos enfants, à aimer l'humanité, à compatir à ses maux, par l'amour sacré que vous avez pour votre enfant, par la joie que vous donne ce premier-né, si beau dans son innocence... par la pitié, par la tendresse maternelle avec laquelle vous avez guidé ses croissantes années, au nom des inquiétudes qu'il vous a causées, des prières que vous avez soupirées pour le salut de son âme éternelle, je vous en conjure ! ayez pitié de ces mères qui ont autant d'affection que vous, et qui n'ont pas le droit légal de protéger, de guider, d'élever l'enfant de leurs entrailles ! Oh ! par l'heure terrible de la maladie, par le regard de ces yeux mourants que vous n'oublierez jamais, par ces derniers cris que vous avez entendus, quand déjà vous ne pouviez plus ni sauver ni soulager, par ce petit berceau vide, silencieuse et douloureuse demeure, je vous en conjure ! pitié pour ces mères condamnées à pleurer éternellement leurs enfants !... O mères américaines, dites-moi ! l'esclavage est-il une chose qu'il faille défendre, encourager, ou seulement passer sous silence ?

Direz-vous que les habitants des États libres n'ont rien à faire, ne peuvent rien faire pour ou contre lui ? Plût à Dieu que cela fût ! mais cela n'est pas ! Les États libres ont soutenu, défendu, protégé ; et devant Dieu ils sont plus coupables encore que ceux du Sud, parce qu'ils n'ont pas pour eux l'excuse de l'éducation et de l'habitude.

Si autrefois les mères des États libres eussent eu les sentiments qu'elles devaient avoir, les fils des États libres n'eussent pas été les plus terribles maîtres des esclaves, leur cruauté ne fût pas devenue proverbiale, ils n'auraient pas été les complices de l'extension de l'esclavage dans notre commune patrie, et, à l'heure qu'il est, ils ne trafiqueraient pas, comme d'une marchandise, du corps et de l'âme des hommes, qui jouent le même rôle que l'argent dans leurs transactions commerciales ! Dans les cités mêmes du Nord, on vend et on achète une multitude d'esclaves qui passent sur le marché... Prétendra-t-on, dans ce cas-là, que le Sud soit seul coupable ?

Hommes du Nord, femmes du Nord, chrétiens du Nord, vous avez autre chose à faire que de dénoncer vos frères du Sud ! Voyez le mal qui se fait parmi vous !

Quelle est l'autorité d'un individu ? C'est à quoi tout individu peut répondre : il y a une chose que chacun peut faire ; c'est un signe auquel il reconnaîtra s'il pense bien... Chaque être humain est en quelque sorte environné d'une atmosphère de sympathique influence. L'homme qui a des sentiments justes et droits sur les grands intérêts de l'humanité est chaque jour de sa vie le bienfaiteur de la race humaine ; voyez donc quelles sont vos sympathies, et, prenez-y garde, sont-elles en harmonie avec les sympathies du Christ ? Ont-elles été au contraire corrompues et perverties par les sophismes du monde ?

Chrétiens du Nord, vous avez encore une autre puissance, vous pouvez prier ! Croyez-vous à la prière ? N'est-elle pour vous qu'une tradition vague des temps apostoliques ? Vous priez pour les païens du dehors, priez pour les païens du dedans. Priez pour ces malheureux chrétiens dont toute la chance d'amélioration religieuse se borne à un accident de commerce ! pour qui toute adhésion aux principes du Christ est souvent une impossibilité, s'ils n'ont reçu d'en haut le courage et la grâce du martyre...

Vous pouvez plus encore !

Sur les rivages de nos libres États on voit aborder, pauvres, errants, sans toit et misérables, des débris de familles, hommes et femmes, échappés par un miracle de la Providence aux flots de l'esclavage ; ils savent peu de chose ! leur moralité doute et chancelle... C'est le résultat d'un système qui confond tous les principes du christianisme et de la morale... ils viennent chercher un refuge parmi vous, ils viennent chercher l'éducation, le christianisme !

O chrétiens ! que devez-vous à ces infortunés ?

Chaque chrétien d'Amérique doit s'efforcer de réparer les torts que la nation américaine a causés aux enfants de l'Afrique ! Les portes des églises et des écoles se fermeront-elles devant eux ? Les États se lèveront-ils pour les chasser loin d'eux ? L'Église du Christ écoutera-t-elle en silence le sarcasme qu'on lance contre eux ? Se détournera-t-elle sans pitié de ces mains tendues vers elle ? Encouragera-t-elle, en se taisant, la cruauté qui voudrait les chasser de nos frontières ? S'il en doit être ainsi, ce sera là un lamentable spectacle ! S'il en doit être ainsi, ce pays aura raison de trembler, quand il se rappellera que le destin est dans la main de celui qui est plein de pitié et de compassion tendre !

Mais, direz-vous, nous n'avons pas besoin d'eux ici, qu'ils aillent en Afrique !

Que Dieu ait daigné leur préparer un refuge en Afrique, c'est là, je le reconnais, un fait immense ! Mais ce n'est pas une raison pour que l'Église du Christ rejette sur une race étrangère la tâche que son caractère lui impose.

Remplir Libéria d'une race inexpérimentée, à demi barbare, qui vient d'échapper aux chaînes de l'esclavage, ce serait prolonger pour des siècles les luttes et les conflits qui suivent toujours l'inexpérience des entreprises nouvelles. Que l'Église du Nord reçoive ces infortunés, selon les intentions du Christ ; qu'ils puissent profiter des avantages d'une éducation chrétienne, jusqu'à ce qu'eux-mêmes aient cueilli les fruits de la maturité intellectuelle et morale... et alors vous les aiderez à gagner les rivages de leur Afrique, où ils mettront en pratique les leçons reçues chez vous !

Il y a dans le Nord une société trop peu nombreuse, hélas ! qui a fait cela... et ce pays a déjà pu voir des hommes, jadis esclaves, qui ont rapidement acquis l'instruction, la fortune et la réputation. Ils ont fait preuve d'un talent qui, eu égard aux circonstances, était vraiment remarquable... ils ont également, pour le rachat et la délivrance de leurs frères encore esclaves, donné des preuves éclatantes d'affection, de tendresse, de dévouement et d'héroïsme.

Nous avons vécu plusieurs années sur la limite frontière des États où règne encore l'esclavage. Nous avons eu l'occasion de faire de nombreuses observations sur des hommes qui avaient été précédemment esclaves. Nous en avons eu pour domestiques ; souvent, à défaut d'autre école, ils ont reçu nos leçons, mêlés à nos enfants, à l'école de la famille. Le témoignage des missionnaires du Canada est venu encore renforcer notre expérience. Il y a tout à espérer de l'intelligence de cette race.

Le plus vif désir de l'esclave émancipé, c'est d'acquérir de l'instruction ; ils feront tout, ils donneront tout, pour que leurs enfants soient instruits ; ils sont intelligents et apprennent vite. On nous le dit et nous l'avons vu ; on en a des preuves plus convaincantes encore dans les résultats que nous offrent les écoles fondées pour eux dans le Canada.

Nous croyons devoir mettre sous les yeux de nos lecteurs les résultats suivants, qui nous sont fournis par C.E. Stowe, alors professeur au séminaire de Lane, dans l'Ohio, aujourd'hui résidant à Cincinnati[1]. Ils montreront tout ce dont la race est capable, même quand elle n'a pour elle aucune sorte d'encouragement et d'appui.

Nous ne donnons que les initiales. Tous ces individus demeurent maintenant à Cincinnati.

B..., fabricant de meubles, depuis vingt ans dans cette ville, possède dix mille dollars, prix de son travail ; anabaptiste.

C..., nègre pur sang, volé en Afrique ; vendu à La Nouvelle-Orléans ; libre depuis quinze ans. S'est racheté pour six cents dollars ; fermier. Plusieurs fermes dans l'Indiana ; presbytérien. Possède de quinze à vingt mille dollars, prix de son travail.

K..., nègre pur sang, marchand, riche de trente mille dollars, âgé de quarante ans : libre depuis six ans. S'est racheté pour dix-huit cents dollars, lui et sa famille ; anabaptiste. A reçu de son maître un legs qu'il a augmenté.

G..., également noir, barbier et garçon d'hôtel. Vient du Kentucky : libre depuis dix-neuf ans. A payé trois mille dollars pour lui et sa famille ; en possède maintenant vingt mille. Diacre de l'église anabaptiste.

C. D..., nègre trois quarts, blanchisseur ; du Kentucky : libre depuis neuf ans ; s'est racheté pour quinze cents dollars, lui et les siens, vient de mourir à l'âge de soixante ans ; fortune, six mille dollars.

M. Stowe ajoute : « J'ai eu des relations personnelles avec tous ces individus, à l'exception de G. Je suis donc parfaitement certain des détails que je donne. »

L'auteur se rappelle encore une femme de couleur, avancée en âge, qui était blanchisseuse dans la famille de son père. La fille de cette femme, d'une activité et d'une intelligence remarquables, à force de travail, de privations, d'économie, de dévouement infatigable, mit de côté deux cents dollars pour racheter son mari. Elle les portait, au fur et à mesure de son gain, chez le maître de l'esclave : elle mourut ; il manquait encore cent dollars... le maître ne rendit rien !

Ce ne sont là que des exemples choisis entre mille, pour prouver à quel point les esclaves rachetés se montrent patients, honnêtes, énergiques et dévoués.

Et, qu'on ne l'oublie pas, pour arriver à la conquête d'une certaine fortune et d'une position sociale, ils ont eu à lutter contre tous les obstacles et contre tous les découragements ! L'homme de couleur : d'après la loi de l'Ohio, ne peut pas voter ; jusqu'à ces dernières années, il ne pouvait non plus déposer en justice dans une affaire contre un Blanc.

Ces exemples ne sont pas renfermés dans les limites de l'Ohio.

Dans tous les États de l'Union, nous voyons des hommes échappés d'hier au lien de l'esclavage, et qui, en se donnant eux-mêmes une solide éducation, se sont élevés à des positions sociales éminentes... Pennington dans le clergé, Douglas et Ward parmi les éditeurs, en sont des exemples bien connus.

Si cette race persécutée et mise par nous dans une position d'infériorité a néanmoins tant fait, combien n'eût-elle pas fait davantage, si l'Église du Christ eût agi envers elle dans l'esprit du Christ ?

Aujourd'hui l'on voit les nations trembler et chanceler ! Une influence secrète et puissante les élève et les abaisse, comme fait la terre dans ses ébranlements. L'Amérique est-elle en sûreté ? Les peuples qui portent dans leur sein de grandes injustices irréparées portent en même temps les éléments de ce tremblement de terre du monde moral.

Que veut donc cette agitation universelle du globe ? Que veulent donc ces murmures inarticulés de toutes les langues ? On les devine. Ils veulent la revendication de la liberté et de l'égalité.

O Église du Christ ! comprends donc le signe des temps ! ce pouvoir nouveau, n'est-ce pas l'esprit de celui dont le royaume est encore à venir, et dont la volonté doit être faite sur la terre comme aux cieux ?

Mais qui pourra donc habiter le jour de son apparition ? « Car ce jour brûlera comme une fournaise, et il apparaîtra, irrécusable témoin, contre ceux qui volent le salaire des pauvres, qui dépouillent l'orphelin et la veuve et qui violent les droits de l'étranger, et il mettra en pièces l'oppresseur. »

Ah ! ces terribles paroles ne sont-elles point adressées à la nation qui porte dans son sein une si grande injustice ? Chrétiens ! chaque fois que vous priez pour l'avènement du royaume du Christ, pouvez-vous oublier les menaçantes prophéties qui l'accompagnent ? Redoutable association ! le jour des vengeances dans l'année de la Rédemption !

Et cependant, un jour de grâce nous est accordé. Le Nord comme le Sud a été coupable devant Dieu, et l'Église du Christ a un terrible compte à rendre ! Ce n'est pas en se réunissant pour protéger l'injustice et la cruauté, et en mettant en commun leur capital de péchés, que les États de l'Union américaine parviendront à se sauver : ils se sauveront par le repentir, par la justice, par la pitié. La loi éternelle de la pesanteur qui précipite la meule de moulin au fond de l'Océan n'est pas plus certaine que cette loi, éternelle aussi, qui veut que l'injustice et la cruauté fassent descendre sur les nations la colère du Dieu tout-puissant !

COMMENTAIRES

par

Jean Bessière

L'originalité de l'œuvre

L'originalité de *La Case de l'oncle Tom* tient à sa thématique : l'anti-esclavagisme, et à son objet d'évocation : le monde des Noirs américains asservis. A la manière dont ce thème et cet objet sont traités : le roman se veut à la fois objectif et polémique. Aux implications de ce thème et de cet objet : dire l'anti-esclavagisme revient à dire tout un arrière-plan politique, moral, religieux ; dire le monde des Noirs et de l'esclavage revient à dire les partages géographiques et ethniques des États-Unis. En nouant ainsi diverses données de la réalité et de la culture américaines, Harriet Beecher-Stowe touche directement à l'actualité de son pays : celle de l'esclavage, celle des mouvements abolitionnistes, celle d'une loi adoptée en 1850, qui permet de condamner les esclaves qui prennent la fuite. Elle fixe et analyse une situation qui conduira à la guerre de Sécession. Elle le fait tout à la fois avec netteté — à l'horreur extrême de l'esclavage, correspond une condamnation sans ambiguïté de l'esclavage —, et avec nuances — l'esclavage engage la responsabilité de tous les Américains, du Nord et du Sud, suppose de considérer l'organisation économique et sociale. La réalité de l'esclavage n'exclut pas que *La Case de l'oncle Tom* puisse se lire suivant des données proprement religieuses et comme une continuation des premiers essais littéraires de Harriet Beecher-Stowe, particulièrement de *The Mayflower, or Sketches and Characters among the Descen-*

dants of the Pilgrims, où l'évocation de la Nouvelle-Angleterre est l'occasion d'allier la référence calviniste à des essais de réalisme littéraire. Thème et objet du roman apparaissent alors comme les moyens d'établir le réalisme romanesque américain et d'ouvrir une tradition littéraire de l'intériorité, liée à l'examen de conscience calviniste, à une recherche du réel. Roman anti-esclavagiste, *La Case de l'oncle Tom* est donc aussi le roman d'une totalité culturelle. Cela apparaît dans la démarche même de Harriet Beecher-Stowe. Une femme de la Nouvelle-Angleterre, qui est, de plus, la fille d'un pasteur et l'épouse d'un *clergyman* calvinistes traite du *Deep South* («le Sud profond»), et trouve dans l'enseignement calviniste le moyen de proposer une fable christique qui, contre le pessimisme puritain établit les droits de l'homme pour donner un espoir à l'homme et particulièrement à l'homme noir. Par une telle fable, sont remis en question les rapports du religieux et du mondain et, en conséquence, ceux de la protestation anti-esclavagiste et de son intention religieuse. L'intention religieuse devient intention contestataire et libertaire, appel à une libération historique des Noirs qui retrouveront leur pleine liberté sur leur terre africaine. Dénoncer l'asservissement et dire la liberté appelle des références explicitement révolutionnaires et les comparaisons entre les Noirs américains et les ouvriers européens. Car l'horreur de l'esclavage commande un constat plus général : l'homme peut devenir un objet pour l'homme. L'actualité du propos de Harriet Beecher-Stowe, en 1852, porte loin : le roman dit à la fois l'Amérique, l'Afrique et l'Europe et moins le racisme que l'universalité de l'asservissement. L'esclavage n'est que l'extrême de l'asservissement puisqu'il légalise l'asservissement sur une base ethnique.

Parce que le roman est à la fois un acte de protestation et une fable, parce qu'il est le premier récit américain à faire de l'esclavage son thème central et parce qu'il ne sépare pas ce thème central des données dominantes de la culture américaine, *La Case de l'oncle Tom* est devenu une manière de mythe littéraire — témoignage premier et probant sur l'esclavage, mais aussi œuvre qui a concerné toute l'Amérique et suscité des interprétations polémiques, puisque ces interprétations reviennent inévitablement aux composantes du roman. Les composantes du roman ne sont pas réductibles aux documents ou aux sources. Harriet Beecher-Stowe dispose, lorsqu'elle entreprend d'écrire *La Case de l'oncle Tom*, d'une double connaissance de l'esclavage : elle a visité, en 1833, une plantation du Kentucky et recueilli les témoignages de son frère Charles qui a vécu à La Nouvelle-Orléans ; elle a lu des mémoires ou des récits d'esclaves, J. Henson, Frederick Douglass, divers témoignages sur le Sud, *Letters on Slavery* de Paulding, *Travels in the Southwest* de Ingraham, et surtout *American Slavery as it is : Testimony of a Thousand Witnesses* (1839) de Theodore Weld, collection de documents tirés de journaux du Sud. Ces divers ouvrages ne dessinent pas un univers de l'esclavage. La décision d'écrire *La Case de l'oncle Tom* naît d'un choc moral et affectif, provoqué par ces lectures, et de la décision de rapporter le traitement de l'esclavage à une perspective religieuse : « Le grand mystère que partagent toutes les nations chrétiennes, note l'auteur dans la préface à l'édition européenne de son roman (1852), l'union de Dieu avec l'homme par l'entremise de Jésus-Christ, donne à l'existence humaine sa terrible sainteté et, aux yeux de qui croit vraiment en Jésus, celui qui foule aux pieds les droits de ses frères est non seulement inhumain mais sacrilège... et la pire forme de ce sacrilège est l'institution de l'esclavage. » Ou encore : « Dieu a choisi les faibles pour contraindre les forts. » La perspective religieuse est aussi une perspective morale : aucun homme ne peut posséder ni asservir un autre homme ; elle est enfin l'occasion de définir un pouvoir de l'homme noir : celui qui est asservi est, de fait, un homme libre puisque personne ne peut défaire son identité humaine, son identité morale. Tel est le sens du martyre de Tom auquel Harriet Beecher-Stowe prête la même efficacité qu'à la fuite d'Élisa. Montrer ainsi l'homme noir à travers le prisme de la religion peut être tenu pour un point de vue de Blanc. Mais il s'agit d'un point de vue doublement et fortement critique : l'identité de l'homme asservi reste inaliénable ; l'exemple religieux que donne l'esclave noir — le martyre de Tom — permet de dénoncer l'esclavage à partir des croyances et des justifications des Blancs, c'est-à-dire de faire du roman à la fois une affirmation des droits du Noir et une déconstruction des présupposés "blancs" qui légitiment l'esclavage. La conclusion est nette : la croyance même des Blancs réclame de condamner l'esclavage. Les Églises ne s'y trompèrent pas qui, à la parution de *La Case de l'oncle Tom*, estimèrent qu'elles étaient mises en accusation par Harriet Beecher-Stowe.

Cette perspective générique et universelle permet encore de de pas ramener le traitement de l'esclavage a une opposition entre les États du Nord et ceux du Sud, mais de montrer que la question de l'esclavage est une question nationale puisqu'elle engage les croyances fondatrices de la nation. Quiconque peut devenir esclavagiste : Simon Legree est originaire de la Nouvelle-Angleterre. Et, inversement, chacun, qu'il soit du Nord ou du Sud, doit être un critique de l'esclavagisme, puisqu'il y va de la morale chrétienne, des droits de l'homme. La force de la démonstration est double : tirer de l'affirmation religieuse la reconnaissance de l'identité de chaque être humain et la dénonciation des dispositions légales relatives à l'esclavage — l'esclavage ne peut être fondé en droit.

C'est une telle conviction religieuse et éthique qui permet de définir les personnages noirs comme de véritables individualités et de donner, en conséquence, une évocation consistante du monde des Noirs. Ce monde possède une réalité spécifique et son propre pouvoir d'affirmation — fût-ce sous l'aspect du martyre. Il passe la sécheresse de tout document sur l'esclavage, parce que le monde des esclaves est un monde en lui-même. Dans l'univers de l'esclavage, il y a donc un monde noir face au monde blanc. Ce face à face fonde dans le roman la perspective critique. Soit le face à face du maître et de l'esclave, du bourreau et de sa victime. Par leur situation même, l'esclave et la victime dénoncent le maître et le bourreau. Cette dénonciation commande les divers moments de l'action — fuite, divers déchirements, martyre — et l'analyse du monde blanc — plus ou moins maître, plus ou moins bourreau. Parce qu'il se sait tel — l'esclave et la victime renvoient au maître et au bourreau l'image de leur inhumanité —, l'homme blanc, dans *La Case de l'oncle Tom*, manifeste par ses actes (Legree) et dit de lui-même (Augustin Saint-Clare) l'horreur de l'esclavage. Parce que l'identité de l'esclave et de la victime est une identité inaliénable, le monde noir apparaît comme un monde irréductible. Certes, l'intention religieuse vaut pour elle-même, mais elle est encore le moyen de faire valoir le monde noir par lui-même. James Baldwin* estimera qu'une telle approche religieuse trahit une

---

* Un des principaux écrivains américains contemporains, né en 1924, fils d'un pasteur de Harlem, il s'impose en 1953 avec son roman *Les Élus du Seigneur*.

peur face au monde noir. C'est ignorer que la référence religieuse est ici explicitement libératrice et que, au sein de l'esclavage, la dialectique du maître et de l'esclave permet de poser l'identité absolue de l'esclave.

Ces principes et ces constats notés, *La Case de l'oncle Tom* évite toute démonstration univoque et toute description unilatérale de l'esclavage. Le roman offre un jeu de points de vue complémentaires, qui assurent autant d'explorations dans le monde des Blancs, dans le monde des Noirs. Les trois lieux de l'esclavage — Kentucky, Louisiane, plantation de Legree — présentent trois variantes de l'asservissement, trois manières d'être maître d'esclaves, trois généalogies d'esclavagistes, qui permettent à l'auteur de peser les responsabilités, de marquer les bienfaits du système patriarcal, de toujours indiquer le malheur de l'esclavage. Dans cette indication constante, apparaît la diversité que porte le monde "blanc" ; est soulignée, à travers le thème du métissage, l'identité noire du monde blanc et l'identité blanche du monde noir. La description continue du malheur de l'esclavage — la séparation, l'avilissement des femmes, la souffrance et la mort — donne à *La Case de l'oncle Tom* un fond d'obscurité, où se lit l'obsession du péché. Cette obsession fait entendre les voix de la conscience — Augustin Saint-Clare, Éva, Tom —, et impose les portraits contrastés des bons et des vilains, pour finalement suggérer que, dans son combat avec l'ombre, la lumière l'emporte toujours. Cette certitude morale donne leur relief aux personnages noirs et invite à percevoir le monde blanc sous le signe de l'ambivalence. Bienfaiteurs que les quakers qui accueillent Élisa et son fils. Exacts malfaiteurs que les marchands d'esclaves. Êtres proprement ambigus que ces Blancs qui sont venus à l'esclavage : Augustin Saint-Clare et Ophélia. L'ambiguïté est indispensable pour que soit dite une critique de l'esclavage à partir de la *Déclaration d'Indépendance*, à partir du constat de l'État de la nation, pour que soient dénoncées l'hypocrisie de l'idéalisme national et la participation de tous — planteurs, pasteurs, hommes politiques — aux bénéfices de l'asservissement. A la force irréductible de l'identité noire, peut ainsi répondre ou correspondre la parole de l'homme blanc qui annonce ce *Dies Irae*, ce jour où les esclaves se soulèveront. Imagerie saint-sulpicienne, a-t-on dit de *La Case de l'oncle Tom* et particulièrement de la mort du personnage principal. Mais le roman, précisément parce qu'il prend soin de faire de l'esclavage un moyen de lire la réalité nationale et sociale, porte des appels à la révolte et à la révolution, où s'entendent des résonances communistes, encore inséparables, ainsi que le note Harriet Beecher-Stowe dans *A Key to Uncle Tom's Cabin*, du christianisme : « Le *véritable* socialisme est issu de l'esprit du Christ, et, sans mettre à bas l'ordre de la société, il fait, par l'amour, que les biens des riches deviennent la propriété des humbles. »

Les indications idéologico-politiques, le thème des racines africaines, la notation religieuse même définissent, au-delà de l'imagerie saint-sulpicienne, une modernité de *La Case de l'oncle Tom*. Le roman se partage entre le cauchemar et l'espérance, entre l'inévitable du martyre et l'affirmation de la fraternité humaine. Le récit est une quasi-fable et Tom une quasi-allégorie. Mais cette abstraction et cette symbolisation ne traduisent pas tant une inaptitude de la fiction à retrouver les termes *réels* de l'esclavage que l'effort de cette fiction pour saisir l'ambivalence que portent le constat et la dénonciation de l'esclavage : la certitude de l'accomplissement humain et l'évidence de la destruction de l'humain sont ici contemporaines, sans que la société américaine, chrétienne et démocratique, puisse répondre à l'impasse historique que désigne cette ambivalence. Harriet Beecher-Stowe fait, en conséquence, lire une rencontre de l'Histoire dont elle dit qu'elle est aussi Histoire à venir. Histoire de libération ; Histoire d'autres ambivalences et d'autres constats de la négation des droits de l'homme.

L'étude des personnages

Dans un roman qui se donne pour objet d'affirmer la dignité et l'humanité de quiconque et particulièrement des plus humbles, en considérant les rapports d'asservissement et la cruauté que suscite l'esclavagisme, la caractérisation des personnages, le dessin de leurs rapports, leur aptitude à apparaître comme des *types* et la propriété réaliste de leurs portraits sont essentiels : sans une telle systématique, la pertinence de l'argument narratif n'apparaîtrait pas clairement, et ces personnages, qui renvoient à des réalités spirituelles, morales, sociales, historiques, globales, ne pourraient pas se donner à la fois pour des manières d'allégorie et pour les signes d'une réalité tangible. Tout personnage est donc, dans *La Case de l'oncle Tom*, strictement caractérisé suivant un triple point de vue : son individualité, son identité raciale — blanche ou noire —, son rapport à l'autre race, blanche ou noire. Cette triple perspective est encore inséparable du jeu des lieux — le Kentucky, l'Ohio, la Louisiane —, du rappel des origines — les Blancs issus de la Nouvelle-Angleterre —, de la double intrigue qui articule l'ensemble du roman — la fuite réussie de Georges Harris et d'Élisa ; la destinée fatale de l'oncle Tom —, et de la systématique des personnages, telle qu'elle s'organise dans le groupe des Blancs, dans le groupe des Noirs.

La Case de l'oncle Tom offre donc une caractérisation typique de ses personnages : indispensable pour que la réalité de l'esclavage et la leçon de l'anti-esclavagisme soient lisibles sans équivoque. Cette caractérisation ne se sépare pas de la complexité que font apparaître le voisinage et les rapports de ces divers types — il y a plusieurs sortes de Noirs, comme il y a plusieurs sortes de Blancs. Il suffit de dire qu'il y a les Noirs qui fuient et ceux qui, tel Tom, attendent d'être affranchis. Il suffit de noter qu'il y a les Blancs qui, tel Simon Legree, maltraitent, jusqu'à la mort, les Noirs, et ceux qui, tel Augustin Saint-Clare, les protègent dans l'esclavage même. En cette diversité, organisée, de fait, suivant des oppositions binaires, tout personnage reste défini par la relation à l'esclavage : serf ou maître. Toute caractérisation est un jeu à l'intérieur du rapport ainsi dessiné. Les deux échappées, l'une réelle — le passage de Georges Harris et d'Élisa dans l'Ohio puis au Canada —, l'autre symbolique — la mort de l'oncle Tom, qui est accès à la liberté spirituelle —, ne remettent pas en cause cette typologie et cette caractérisation : les deux échappées indiquent simplement mais essentiellement, puisqu'elles portent, par là, la leçon du roman, que, parmi ces personnages, Blancs et Noirs, apparaît une hiérarchie, celle de la liberté, celle de la force spirituelle qui est le commencement de tout pouvoir de la liberté. Il faut en tirer une conclusion simple et se tenir au titre du roman : le personnage principal est Tom, même si Tom est qualifié par une certaine passivité. Dans l'action comme dans le système de caractérisation des personnages, tout ne procède pas de Tom, mais seul Tom donne son sens à l'action et à l'ensemble des personnages. Tom est le personnage totalement lisible ; par l'exemple de sa vie et de sa mort, par ses discours, par sa religiosité, il fait lire tous les autres personnages — il est une manière de lumière qui éclaire en contre-jour le monde des Blancs et celui des Noirs.

Donner Tom pour personnage principal revient à définir les Noirs mêmes comme les personnages principaux   inévitables dès lors qu'il s'agit de manifester à la fois la spécificité du monde des Noirs et l'humanité caractéristique de ce monde : universelle, elle va contre l'inhumanité des Blancs. C'est encore dessiner de manière systématique le monde des Noirs. Il y a ainsi les personnages rapidement esquissés qui suggèrent la multitude des esclaves, Sam, Jake, Andy, Mandy, à la plantation Shelby, Pruc, Sambo, Quimbo, Susan et Emmeline, et permettent de noter des attitudes, des mœurs, d'établir le fond sur lequel Georges Harris et Élisa, Chloé et Tom, Topsy et Cassy prendront leur relief. Les personnages noirs de premier rang sont d'abord définis par leurs liens familiaux : Georges et Élisa sont mari et femme ainsi que Tom et Chloé. Topsy est une enfant noire vendue — donc privée de toute généalogie. Cassy — nous l'apprenons à la fin du roman — est la mère d'Élisa dont le père est un Blanc esclavagiste — Henry. Esclavage veut donc dire histoire familiale, histoire de liens rompus. Les personnages principaux, alors même qu'ils subissent ces épreuves de la séparation, symbolisent la pérennité des liens du sang. Tels sont tante Chloé et oncle Tom que, dans la servitude et dans la séparation, ils restent les figures parentales parfaites — celles qui veillent sur le monde des Noirs et même sur le monde des Blancs. Le titre du roman retient, à travers la référence à la case qui dit, par ailleurs, la déchéance matérielle, l'image générique du foyer. Tels sont Georges Harris et Élisa que, dans leur fuite, ils imposent à la fois l'image de la liberté et celle de la famille. Ce familialisme, premier élément de la caractérisation des personnages noirs, rappelle la donnée constitutive de la communauté humaine, et fait jouer ce rappel contre la réalité communautaire inhumaine de la plantation, ou met au jour les défauts de la communauté familiale blanche.

Ce familialisme est encore inséparable de la perspective morale de Harriet Beecher-Stowe. Les principaux personnages noirs sont en eux-mêmes une histoire morale. Ainsi de Topsy, enfant noire que Saint-Clare offre à Miss Ophélia comme esclave. Elle est sale. Elle vole. Harriet Beecher-Stowe la présente, de fait, comme une révoltée qui a conscience d'incarner le péché, et qui ne se comprend que par rapport à Éva, la fille de Saint-Clare. Celle-ci, en mourant, dit à Topsy : « Ma pauvre petite Topsy [...], pense que je t'aime et que je voulais que tu sois une brave fille. » Ces ultimes paroles d'amour restituent son identité à Topsy. Une telle logique de caractérisation du personnage noir est encore lisible dans tante Chloé et dans oncle Tom. Tante Chloé est probablement la première représentation, dans la littérature américaine, de la *black mammy* — personnage tout de force tranquille, de résignation sans illusion et d'amour. Son épreuve ultime est d'apprendre la mort de son mari. La caractérisation réaliste de tante Chloé, indispensable pour faire percevoir au lecteur la vie quotidienne des Noirs et leur insertion dans la famille de leurs maîtres, définit une identité que rien ne peut effacer et qui est à la fois un exemple de résistance et de dévouement. Tante Chloé est, par là, l'exacte version féminine de l'oncle Tom, bien qu'elle ne porte aucune leçon spirituelle explicite. Elle est marquée de la même ambiguïté que l'oncle Tom : personnage exemplaire dans la mesure où elle accepte sa condition — car cette acceptation est, en elle-même, une certitude de rédemption. L'oncle Tom reste le personnage le plus discuté du roman, principalement par les lecteurs noirs. Il se laisse fouetter à mort — il est celui qui refuse de lutter contre les Blancs. Il faudrait y voir la négation de l'identité noire et de son aptitude à s'affirmer et à se libérer. Une telle interprétation veut essentiellement dire que *La Case de l'oncle Tom* n'est pas un *protest novel* (roman de protestation) écrit par un écrivain noir. Elle occulte la logique qui commande la caractérisation de l'oncle Tom. Les révoltés, les "résistants" sont représentés dans le roman par Georges Harris et Élisa — il est vrai que la résistance se confond avec la fuite, mais c'est historiquement le premier acte de résistance, d'ailleurs réprimé par la loi à partir de 1850. A l'inverse, l'oncle Tom est une manière de patriarche, écouté à la fois par les Noirs et par le fils de son maître Shelby. Il se définit par une humilité constante et par une manière de non-violence. Et, plus essentiellement, il acquiert une éducation religieuse. Personnage sacrificiel, sorte de Christ noir, rédempteur, il dit, au moment de sa mort, l'amour universel et, par là, la condamnation et la fin de l'esclavage. La caractérisation du personnage sacrificiel reste inséparable d'une notation ambivalente : l'esclave est, dans son corps, la possession de son maître, mais son âme est libre. C'est retrouver la thématique religieuse inscrite dans l'image du sacrifice, mais c'est aussi marquer fortement que le sujet humain est, en lui-même, inaliénable et que toute victime reste, par là, maître de son bourreau. L'affirmation finale du pouvoir de l'amour, que porte le martyre de l'oncle Tom, est à la fois affirmation d'ordre religieux et, inévitablement dans les faits, affirmation du caractère irréductible de l'identité noire et de l'identité humaine. La mort de l'oncle Tom reprend thématiquement la mort d'Éva Saint-Clare — même notation sacrificielle, même symbolique de la mort de l'innocent, même passivité, même sublimation. Elle en est cependant différente dans la mesure où elle permet l'affirmation de l'inaliénable — seul moment d'une telle affirmation dans le roman —, et suggère une promesse *historique* de libération pour les Noirs. Dans Topsy, tante Chloé, oncle Tom se lisent une même logique de caractérisation et une hiérarchie thématique. La figure du péché est touchée par l'Amour ; la femme asservie est figure d'une rédemption silencieuse ; l'homme sacrificiel dit le péché de l'homme blanc, la rédemption et l'inaliénable de tout sujet humain.

La caractérisation des personnages noirs porte une réversion constante : le portrait des êtres considérés comme les plus bas — il ne faut pas oublier le sous-titre de *La Case de l'oncle Tom* : *Life among the Lowly* — est l'occasion d'exposer un renversement des valeurs, le moyen de noter les plus hautes valeurs, Il est remarquable que ce sous-titre « Vie parmi les malheureux » n'ait pas été repris dans la traduction française.

Les personnages blancs ne se comprennent que par rapport à une telle caractérisation et une telle hiérarchie thématique. Dans le cadre de la description de l'esclavage, ils sont inévitablement présentés comme les *acteurs* principaux — ce qui ne veut pas dire les personnages principaux —, puisqu'ils ont l'initiative et la maîtrise de l'asservissement, la liberté d'affranchir, l'autorité sur les esclaves, qui se définit tantôt par une extrême inhumanité, tantôt par une relative humanité. Face à la hiérarchie des personnages noirs, se dessine ainsi une contre-hiérarchie des personnages blancs — du plus inhumain, Simon Legree, au plus humain, Augustin Saint-Clare. Shelby figure une caractérisation médiane. Cette contre-hiérarchie, parce qu'elle fait de l'inhumanité extrême le dernier moment de la caractérisation des personnages blancs, dispose en une parfaite antithèse le personnage de Simon Legree et celui de l'oncle

Tom, en même temps qu'elle définit Augustin Saint-Clare comme un personnage intermédiaire entre Simon Legree et l'oncle Tom : Saint-Clare, esclavagiste, a cependant un souci humain et un souci religieux. Il y a donc le mauvais maître, celui qui a reçu une éducation religieuse, celui qui finalement se conduit comme un pirate et exerce un pouvoir sans contrôle, celui qui devient le péché même : il impose à Tom le *costume* de l'esclave et le tue. Que Simon Legree soit d'origine nordiste atteste — tel est le sens de l'argumentation implicite de Harriet Beecher-Stowe — que personne, en Amérique, n'est à l'abri de la perversion que suscite l'esclavagisme. Et faut-il ajouter que chaque maître, fût-il humain, est *responsable* de l'esclavage et de ses horreurs. Ainsi Shelby est-il un bon maître, qui apprécie et respecte les esclaves. Mais, aussi bon qu'il soit, il vend ses *esclaves* afin de payer ses dettes : il rompt l'unité des familles — Élisa doit fuir avec son fils, Tom est séparé de Chloé —, et initie la chaîne d'actions qui conduiront à la mort de Tom. Le maître est incapable de protéger ses esclaves des vices de l'esclavage : ces hommes ne sont que des *choses*. Augustin Saint-Clare est encore un bon maître. Beau, élégant, orgueilleux, à la fois cynique et sceptique, il se partage entre un souci religieux et une manière d'irresponsabilité, entre une noblesse et une générosité de cœur et une évidente faiblesse de caractère. Lucide, il fait l'expérience du tragique de la vie à l'occasion de la mort de sa fille. Mais il reste incapable de concevoir qu'il peut y avoir un tel achèvement tragique pour quiconque : lui-même meurt au cours d'une querelle et Tom mourra sous le fouet. Sa volonté d'affranchir Tom n'aura été qu'une velléité. L'intention morale reste, en Augustin Saint-Clare, inachevée ; elle ne trouve son accomplissement que dans le personnage d'Évangéline — accomplissement qui est une sublimation puisqu'il est inséparable de la mort de l'enfant. Dans la famille de Saint-Clare, se dessine aussi une hiérarchie des personnages : au plus bas, l'épouse, Marie Saint-Clare, autoritaire, égoïste et névropathe ; au plus haut, Évangéline. Augustin Saint-Clare et sa cousine Ophélia disent les ambiguïtés de ces maîtres qui, malgré leur intelligence et leur bonté, restent les prisonniers de la logique de l'esclavage.

Ce système de caractérisation à double face — Noirs et Blancs — dessine finalement, à travers le développement de l'intrigue, une complémentarité des personnages de l'une et

l'autre races : l'exemple moral d'Évangéline et de l'oncle Tom ;
le sens de la famille qu'illustrent tante Chloé et l'épouse de
Shelby. Ces croisements suggèrent la commune humanité qui
fait lire l'horreur et l'injustification de l'esclavage.

Le travail de l'écrivain

Harriet Beecher-Stowe a elle-même défini les conditions
de l'écriture de *La Case de l'oncle Tom* : d'une part, la composition du roman au rythme de la publication en feuilleton
dans le *National Era* ; d'autre part, une écriture qui serait
l'écriture de Dieu même. Il y a ici le rappel de l'*intention
religieuse* de la démonstration romanesque, mais aussi la
notation que l'inspiration et le travail de l'écrivain ont été
directs, immédiats. Il y a là l'indication que l'œuvre devait être,
se voulait une œuvre publique, explicite dans son propos et
incontestable par les évocations de l'esclavage qu'elle proposait.
Cette alliance de la démonstration et de l'incontestable place
le roman du côté du rapport véridique, suivant la remarque
de Harriet Beecher-Stowe : — « Les différents incidents qui
composent le récit sont, dans une très grande mesure, authen-
tiques et beaucoup d'entre eux ont été directement observés
par elle-même (l'auteur) ou par des amis personnels » —, et
du côté du projet didactique et moral : « L'emploi du roman,
remarque Harriet Beecher-Stowe, pour traiter les grandes
questions morales de notre âge est un des traits principaux de
notre époque. Autrefois, le seul but des œuvres d'imagination
était d'amuser ; aujourd'hui rien n'est plus commun que d'entendre demander : "Qu'est-ce que cela montre ?" » Du véridique
à la démonstration, il y a le jeu inévitable de l'imagination :
l'imagination est plus vraie que les faits, note l'écrivain. Le
temps de l'écriture de *La Case de l'oncle Tom* est aussi le
moment continu d'une vision. Vérité, démonstration, imagination : les faits doivent être porteurs d'un argument ; les faits
et l'argument doivent apparaître, dans la fiction, d'une *commune
évidence*. Comme un roman n'avoue pas sa propre documentation — *A Key to Uncle Tom's Cabin* tente de restituer en
1853 cette documentation —, seule une esthétique réaliste et
le choix du vraisemblable peuvent être les moyens d'un tel
exercice de la vérité dans la fiction même. C'est ainsi que l'en-

tendit Harriet Beecher-Stowe. Les trois lieux de l'esclavage, propriétés de Shelby, d'Augustin Saint-Clare, de Simon Legree, sont l'occasion d'une évocation de la vie quotidienne des Noirs et de leurs maîtres. Le réalisme est ici inséparable d'une observation, de l'intérieur, du monde de l'esclavage. Cette observation devient probante dans la mesure où elle diversifie les objets de l'évocation et où elle nuance ou contraste les portraits des personnages. L'esclavage est *un* dans son horreur et *multiple* dans ses manifestations. Unité et diversité tout à la fois des Noirs et des Blancs. Outre la peinture des personnages, les moyens romanesques d'une telle unité et d'une telle multiplicité résident dans l'organisation narrative et dans une systématique des scènes ou des vignettes présentées par Harriet Beecher-Stowe. Le roman offre deux intrigues qui se confondent avec deux voyages : la fuite de Georges et d'Élisa au Canada ; la marche de Tom vers son propre martyre, dans le *Deep South*. Le voyage de Tom, qui se compose de trois moments, séjour dans le Kentucky, séjour en Louisiane, séjour dans la plantation de Simon Legree, articule trois descriptions de l'esclavage : l'esclavage au quotidien ; l'esclavage et le système patriarcal ; l'esclavage et l'horreur. En ces trois lieux et en ces trois moments, varient le point de vue sur les Noirs, le point de vue sur les Blancs. La fuite, ce voyage qui ouvre le roman et qui le conclut heureusement, est à la fois l'antithèse du voyage de Tom et son hyperbole : elle définit la liberté des Noirs et elle montre que cette liberté est inséparable de la reconnaissance du martyre que constitue l'esclavage. Cette systématique narrative, à la fois une systématique de la découverte et de l'exposition — faire que ce qui est montré de l'esclavage prenne sens par cette démonstration —, retient des scènes tantôt pittoresques — chapitre IV, oncle Tom et Chloé ; chapitre VIII, cuisine de Dinah ; chapitre XXX, marché aux esclaves de La Nouvelle-Orléans ; chapitres XXXII-XXXIII, plantation de Legree ; et les diverses évocations des esclaves de Shelby, de Saint-Clare, sur "la Belle Rivière", sur le Mississippi, chez les quakers —, tantôt symboliques — chapitre IX, le sénateur Bird ; chapitre XI, Georges convainc M. Wilson de l'injustice de l'esclavage ; chapitres XXII à XXIV, Tom et Éva reconnaissent l'égalité des Blancs et des Noirs ; chapitre XLII, châtiment de Legree —, tantôt dramatiques — chapitre VII, fuite d'Élisa ; chapitre XVII, chasseurs d'esclaves ; chapitre XL, mort de Tom ; chapitre XLII, Cassy et Emmeline face à Legree. La double organisation narrative porte ainsi en elle-même l'évidence du réalisme et celle de la leçon attachée à ce réalisme. Toute scène est donnée pour typique ou exemplaire : rien de ce qui est ici écrit des Noirs et, par conséquent, des Blancs, ne se résout dans un pittoresque arbitraire. Les deux voyages, l'insertion de scènes typiques dans l'argument acquièrent une fonction dialectique : les descriptions ont en elles-mêmes valeur de démonstration sans que le poids du réalisme soit amoindri. Cette propriété démonstrative est confirmée par le jeu des dialogues. Le dialogue est à la fois un moyen d'animer les personnages et d'introduire, dans le récit, une argumentation explicite qui ne rompt pas le jeu de l'imaginaire et de la fiction. De tels dialogues (chap. v, xxi, xviii, xix, xx ; xxix ; i ; xii ; iii ; xxiv ; xxiii) exposent, de fait, les divers arguments abolitionnistes, et, par là même, prêtent aux personnages noirs une conscience raciale et presque un sens politique.

La Case de l'oncle Tom est une évocation du monde noir par un écrivain blanc. Cela veut dire que l'intention réaliste est elle-même biaisée. Peut-être. Il n'en reste pas moins vrai que l'alliance de la double intrigue, des scènes et des dialogues, définit des points de vue complémentaires sur le monde des Noirs, et spécifie ainsi la représentation de ce monde. Aussi l'intention réaliste et l'intention démonstrative peuvent-elles se confondre, et l'effet esthétique du roman se définir comme un effet *esthétique et moral*. C'est pourquoi le roman réaliste est indissolublement roman "sentimental" et roman mélodramatique. L'excès qu'est l'esclavage appelle les moyens littéraires qui font percevoir cet excès. C'est l'enchaînement de faits, en partie aléatoires, qui conduisent à la mort de Tom. C'est la reprise constante du thème de la vente des esclaves dans celui de la séparation des familles. C'est enfin l'humanité et même la sentimentalité prêtées aux personnages noirs. Roman *sentimental* et *mélodramatique* veut finalement dire que l'écrivain entend toucher le lecteur et que, ce faisant, il donne à la victime une propriété affective et un pouvoir d'action, qu'il présente le Noir comme celui qui peut exactement témoigner sur l'esclavage, sans que l'évocation globale du monde de l'esclavage soit altérée. L'alliance du réalisme et de la démonstration, de la vision et de la polémique est toute la vérité d'un roman qui entend dire les vérités de l'esclavage parce que l'objet même du récit — les Noirs — est doué d'une aptitude à la vision et à la démonstration. Le travail de l'écrivain a été double : élaborer une fable christique à partir du *fait*, des *faits* de l'esclavage, et faire de cette fable christique le moyen de donner un pouvoir de parole aux personnages noirs, qui est pouvoir de lucidité et d'examen de la réalité. Lucidité et examen sont, par le jeu de la fable christique, lucidité et examen de tous — Noirs et Blancs. Grâce à quoi, comme l'a noté le critique littéraire américain Van Wyck Brooks, *La Case de l'oncle Tom* est le roman d'un moment de l'histoire américaine et de toute l'Amérique.

Le livre et son public

La Case de l'oncle Tom est le premier best-seller de l'édition moderne. Un best-seller inattendu puisque l'éditeur du roman en volume, J.P. Jewett, demanda d'abord à l'auteur de partager les frais de fabrication de l'ouvrage. Dès la première année, 305 000 exemplaires sont vendus aux États-Unis, et plus de deux millions et demi hors des États-Unis, en anglais ou en traduction. La popularité du livre devait cependant décroître après la guerre de Sécession. En 1948, lorsque la Modern Library réédite le roman, celui-ci n'était plus disponible aux États-Unis. A l'inverse, la lecture du roman a été continue en Europe et particulièrement en France où il jouit encore d'une faveur particulière.

Cette éclipse américaine de l'ouvrage doit être distinguée de la continuité de son influence en Europe — *La Case de l'oncle Tom* fut ainsi une référence politique obligée en Russie jusqu'à la révolution de 1917. Éclipse et continuité de l'influence s'expliquent par la nature même de la démonstration entreprise par Harriet Beecher-Stowe : d'une part, l'évocation d'un problème américain — l'esclavage — qui engage et oppose les diverses composantes de la communauté nationale ; d'autre part, à travers la référence religieuse et la description de l'asservissement, un appel à la libération des opprimés. Après l'abolition de l'esclavage aux États-Unis, le roman perd une partie de pertinence en termes américains ; il conserve cependant une propriété plus large, inséparable de l'universalité de la référence religieuse et de la condamnation de l'asservissement. Ce partage du public et de la lecture est décelable dès 1852. En Europe, George Sand voit dans Harriet Beecher-Stowe une manière de saint et de génie : voilà l'écrivain qui est capable de sonder les âmes, de prendre dans son amour une race entière, et cela grâce à son instinct, grâce à la puissance de son âme. La réaction de Heinrich Heine est similaire : *La Case de l'oncle Tom*, par son inspiration religieuse, commande la lecture de la Bible et la perception des sentiments religieux et moraux capables de restituer l'affirmation de la dignité humaine. Charles Dickens note, dans le roman, la parfaite alliance de la générosité morale et de la réalisation littéraire. Léon Tolstoï, plus tard, tient que *La Case de l'oncle Tom* est avec *Les Misérables* de Hugo et *A Tale of two cities* de Dickens le meilleur exemple du "pur art moral". Aux États-Unis mêmes, John Greenleaf Whittier et James Russell Lowell disent l'excellence de l'ouvrage, tandis que Henry James, dans son autobiographie, *A small Boy and Others*, note que chacun, en Amérique, a vécu, dans l'univers du roman, que les petits et les simples, les riches et les sages se sont trouvés là, car le roman donnait avant tout une vision, une expression du sentiment et un état de conscience : chacun pouvait revenir à ses gestes et sentiments quotidiens. Les abolitionnistes américains, tel William Lloyd Garrison, louèrent, bien sûr, le roman et firent de Harriet Beecher-Stowe leur porte-parole. Des adaptations théâtrales, celle de Asa Hutchinson, dès 1852, celle de George L. Aiken, en 1853, confirment le succès et donnent à *La Case de l'oncle Tom* un nouveau public, au prix des simplifications de la scène et de reconstructions de l'argument dramatique qui privent l'ouvrage des perspectives équilibrées qu'il propose sur le monde des "Nordistes" et sur celui des "Sudistes". Ces adaptations théâtrales, elles-mêmes encore adaptées, fourniront la matière de représentations jusqu'à la fin du siècle et interpréteront de plus en plus *La Case de l'oncle Tom* sous le signe du folklore noir : la pertinence première de l'ouvrage est perdue. Cette perte est inséparable de la décroissance de la lecture publique du roman. Le succès du roman tient au fait que, à la fois dans sa thématique générale et dans la diversité de ses évocations, il proposait des scènes et des objets connus des Américains, et permettait à chacun de "savoir ce qu'était un esclave" (Philip Van Doren, *The Annotated Uncle Tom's Cabin*, 1964). Cette question de la véracité, de la vérité du livre est essentielle : elle motive les critiques, issues des lecteurs sudistes, à la sortie du roman ; elle est indissociable de l'évaluation esthétique et littéraire du roman ; elle commande l'interprétation donnée par les écrivains noirs mêmes. La critique sudiste tient, bien sûr, pour l'esclavage : "La proposition (d'égalité naturelle entre Noirs et Blancs) que l'on peut considérer comme représentant l'essence particulière de *La Case de l'oncle Tom*, est une erreur palpable, contraire à toute organisation sociale" (*Southern Literary Messenger* décembre 1852). Et, de plus, elle dénonce la falsification de la réalité sudiste — ainsi, la Louisiane condamnait la flagellation à mort et la vente de jeunes esclaves âgés de moins de dix ans. Mais la falsification, reconnaît cette critique, importe moins que la "puissance passionnée" et la "qualité dramatique" du roman. Ne manquèrent pas non plus les remarques qui soulignaient le danger que faisait courir un tel livre aux bonnes relations entre le Nord et le Sud et que la dénonciation des églises y était extrême. Donc un roman à thèse, donc un livre de parti pris. Il est cependant remarquable que ce roman, dont le poète Kenneth Rexroth a dit qu'il a rendu «visible au monde entier l'horreur morale de l'esclavage, mais aussi au monde entier le Noir, esclave ou libre en tant que membre essentiel de la Société américaine, et [...] rendu visible à tous, Blancs ou Noirs, le caractère pleinement humain du Noir» (K. Rexroth, "Uncle Tom's Cabin", "Classics Revisited", 1969), ait aussi suscité la condamnation des Noirs. En témoigne James Baldwin. *La Case de l'oncle Tom* ne donne que le point de vue des Blancs sur les Noirs, et identifie le Noir — la mort de Tom — à une faiblesse essentielle. Le roman témoigne, de fait, d'une peur des Noirs, et privilégie en conséquence, un ton moralisateur (James Baldwin, "Everybody's Protest Novel", *Partisan Review*, juin 1949). Dans cette lecture de James Baldwin, il faut retenir deux choses : la question de l'identité noire et des modes de son expression ; le rapport problématique de la référence religieuse et morale à la réalité du monde des Noirs. La première question marque l'évolution du *Protest Novel*, aux États-Unis et l'émergence d'une parole noire spécifique. La seconde question — rapport de la référence religieuse et morale à la réalité du monde des Noirs — renvoie aux interrogations sur la pertinence réaliste du roman et sur le projet même de Harriet Beecher-Stowe. Les réponses ont été diverses : opposées aux constats de George Sand et de Heinrich Heine, nombreuses sont celles qui tiennent *La Case de l'oncle Tom* pour un roman sentimental où l'obsession du bien tient lieu d'argument et d'inspiration. Edmund Wilson, dans *The Patriotic Gore* (1962), a rappelé l'intention évangéliste du roman et la primauté de l'image de la rédemption. Intention et image datées, sans doute, mais qui disent, dans un contexte historique donné, la généalogie de l'affirmation de la liberté et de la dignité humaine.

Phrases clefs

La Case de l'oncle Tom est un continu appel à la justice, articulé sur quelques affirmations dont il peut être établi une anthologie.

P. 81. "Je vous le dis à tous, reprit-elle en élevant sa fourchette, comme M. Georges l'a lu dans la *Révélation*, les âmes crient au pied de l'autel, elles crient au Seigneur et demandent vengeance... et un jour, le Seigneur les entendra..."

P. 108. "Oui, mes frères, je me lèverai pour vos droits, je défendrai vos droits jusqu'à mon dernier soupir."

P. 163. "Dieu existe... il existe ! Autour de lui, il y a des nuages et de l'obscurité, mais son trône est placé entre la justice et la vérité. Il y a un Dieu, Georges ; croyez-en lui, confiez-vous en lui, et, j'en suis sûr, il vous assistera. Chaque chose sera mise à sa place, sinon en cette vie, au moins en l'autre !"

P. 185. "Soit ! Mais qui fait le marchand ? Qui est le plus à blâmer ? l'homme intelligent, instruit, bien élevé, qui défend le système dont le marchand est l'inévitable résultat, ou le pauvre marchand lui-même ? C'est vous qui faites l'opinion publique complice de l'esclavage. C'est vous qui dépravez cet homme..."

P. 269. "Vous voulez nous faire écraser sous le talon de ceux que vous appelez nos maîtres... et vos lois vous protègent... Eh bien, honte à vos lois et à vous ! Mais vous ne nous tenez pas encore ! Nous ne reconnaissons pas vos lois, nous ne reconnaissons pas votre pays. Nous sommes ici sous le ciel de Dieu, aussi libres que vous-mêmes... »

P. 311. "Je dis plus : je dis que notre esclavage est la plus audacieuse violation des droits humains. Acheter un homme comme un cheval, lui regarder à la dent... oui, tout cela rend l'abus plus visible aux yeux du monde civilisé. bien qu'en réalité

la chose soit à peu près la même en Angleterre et en Amérique :
l'exploitation d'une classe par l'autre."

P. 363. "... s'il y a maintenant quelque prévision où l'on
puisse retrouver des symptômes d'une irrécusable vérité, c'est
la prévision du soulèvement des masses... c'est le triomphe des
classes inférieures qui deviendront les supérieures."

P. 427. "Mes idées sur le christianisme sont telles, reprit-il
bientôt, que je ne pense pas qu'un homme puisse être chrétien
sans se jeter de tout son poids contre ce monstrueux système
d'injustice qui est pourtant le fondement de notre société."

P. 538. "Les coups ne tombaient que sur l'homme extérieur,
ils ne tombaient plus sur le cœur, comme auparavant. Tom resta
calme et soumis, et cependant Legree sentit que son pouvoir lui
échappait... sa victime n'était plus sensible."

P. 542. "Oui, race africaine, appelée la dernière entre les
nations, appelée à la couronne d'épines, à l'humiliation, à la
sueur sanglante et aux agonies de la croix, race africaine, voilà
ta victoire ! voilà ton règne avec le Christ, quand le royaume du
Christ descendra sur la terre !"

P. 607. "Chaque chrétien d'Amérique doit s'efforcer de
réparer les torts que la nation américaine a causés aux enfants
de l'Afrique !"

Biographie

Harriet Beecher-Stowe est née en 1811 à Litchfield, Connecticut. Son père, Lyman Beecher, est pasteur de l'Église Congré-
ganiste, réputé pour ses talents de prédicateur. L'influence du
puritanisme de la Nouvelle-Angleterre sera constante dans
la vie et dans l'œuvre d'Harriet Beecher-Stowe. Celle-ci est
jusqu'en 1832 élève puis professeur au Hartford Female Seminary. En 1832, la famille s'installe à Cincinnati, dans l'Ohio, où
Lyman Beecher assure la présidence du Lane Theological
Seminary. Les années de résidence dans cette ville qui est
séparée, par l'Ohio, de l'État du Kentucky, État esclavagiste,
sont essentielles dans le développement de la vocation littéraire
et de la pensée religieuse et politique de Harriet Beecher-Stowe.
En 1836, elle se marie avec Calvin Stowe, pasteur, professeur
au Lane Theological Seminary et spécialiste d'exégèse biblique.

Elle compose des récits publiés dans des journaux. Elle mène une vie relativement austère et note, dans sa correspondance, la grisaille des jours quotidiens et la monotonie des tâches ménagères. En 1843, elle publie *The Mayflower; or Sketches and Characters among the Descendants of the Pilgrims*, ensemble de récits et de vignettes marqué par l'affirmation de l'intériorité, caractéristique du puritanisme, et par un sens incontestable de la comédie humaine et sociale. Il faut voir là une dualité tout à la fois de l'écrivain et de son œuvre : d'une part, le poids de la conscience et de l'introspection calvinistes, d'autre part, l'effort pour toucher au monde extérieur. L'épreuve du monde extérieur est inévitable à Cincinnati : épidémie de choléra qui impose le spectacle général de la mort ; proximité du Sud esclavagiste qui fait de Cincinnati une ville refuge pour les esclaves en fuite ; débats, au sein même de la communauté calviniste à laquelle appartiennent les Beecher, sur l'esclavage et la nécessité de l'abolir. En 1850, Harriet Beecher-Stowe et son mari, nommé professeur à Bowdoin College, s'installent à Brunswick, Maine. En 1851, elle compose sa première histoire anti-esclavagiste. Puis, de juin 1851 à avril 1852, elle publie *La Case de l'oncle Tom*, dans le *National Era*, hebdomadaire anti-esclavagiste de Washington. Elle devient un personnage à la fois illustre et honni. En 1853, elle donne *A Key to Uncle Tom's Cabin*, où elle présente une série de documents sur l'esclavage et justifie la véracité de son roman. Elle séjourne en Europe avec son mari (1853, 1856, 1859), connaît un profond désarroi religieux à l'occasion de la mort de son fils aîné, Henry Ellis (1857), et devient un écrivain abondant : *Dred*, roman anti-esclavagiste (1856) ; *The Minister's Wooing* (1859) et *The Pearl of Orr's Island* (1862), romans qui évoquent la Nouvelle-Angleterre ; *Agnes of Sorrento* (1862), qui a pour cadre l'Italie. Elle poursuit son œuvre jusqu'en 1881 : dominent des romans, *Oldtown Folks* (1869), *Fireside Stories* (1871), *Poganuc People* (1878), et un essai qui fit scandale, "The True Story of Lord Byron's Life", parce qu'il entendait établir qu'il y avait eu inceste entre le poète et sa sœur. Elle est restée, tout au long de sa vie, ainsi qu'en témoigne sa correspondance, profondément attachée à son éducation religieuse et, en même temps, soucieuse de donner droit de cité aux actions les plus humbles et aux actes des humbles. La continuité de son entreprise littéraire se confond avec l'intention morale qui commande sa vie : faire que la sublimation spirituelle ne soit jamais une négation de la réalité humaine et sociale.

Bibliographie

Éditions

L'édition de référence des œuvres de Harriet Beecher-Stowe est *The Writings of Harriet Beecher-Stowe*, Cambridge, Mass., 1896. Parmi les éditions de *La Case de l'oncle Tom*, on retiendra : *Uncle Tom's Cabin*, edited by Kenneth S. Lynn, The Belknap Press of Harvard University Press, 1962.

Biographies

FIELDS, Annie A., *Life and Letters of Harriet Beecher-Stowe*, Boston, 1897.

GERSON, Noel B., *Harriet Beecher-Stowe*, New York, 1976.

GILBERTSON Catherine, *Harriet Beecher-Stowe*, New York, 1937.

STOWE, Charles Edward, *Life of Harriet Beecher-Stowe*, Boston, 1889.

STOWE, Charles Edward, et Lyman Beecher-Stowe, *Harriet Beecher-Stowe : The Story of her Life*, Boston 1911.

WILSON, Forrest, *Crusader inc Crinoline : The Life of Harriet Beecher-Stowe*, Philadelphie, 1941.

Ouvrages critiques généraux

FURNAS, J.C., *Road to Harper's Ferry*, New York, 1961.

PÉROTIN, Claude, *Les Écrivains anti-esclavagistes aux États-Unis de 1808 à 1861*, Paris, P.U.F., 1979.

ROSS BROWN, H., *The Sentimental Novel in America (1789-1860)*, Duke University Press, 1940.

ROURKE, Constance M., *The Trumpets of Jubilee*, New York, 1927.

WAGENKNECHT, Edward, *Calvalcade of the American Novel*, New York, 1952.

WILSON, Edmund, *The Patriotic Gore*, New York, 1962.

Ouvrages critiques relatifs à Harriet Beecher-Stowe

ADAMS, John R., *Harriet Beecher-Stowe*, New York 1963.

ASHTON, Jean W., *Harriet Beecher-Stowe : a Reference Guide*, Boston, 1977.

BIRDOFF, Harry, *The World's Greatest Hit*, New York, 1947.

CROZIER, Alice, *The Novels of Harriet Beecher-Stowe*, New York, 1969.

FOSTER, Charles H., *The Rungless Ladder, Harriet Beecher-Stowe and the New England Puritanism*, Durham, N.C. 1954.

HILDRETH, Margaret Holbrook, *Harriet Beecher-Stowe, a bibliography*, Hamden, 1976.

JOHNSTON, Johanna, *Harriet and the Runaway Book : The Story of Harriet Beecher-Stowe and "Uncle Tom's Cabin"*, New York, 1977.

KIRKMAN, E. BRUCE, *The Building of "Uncle Tom's Cabin"*, Knoxville, 1977.

Principaux articles

AMMONS, Elizabeth, "Heroism in *Uncle Tom's Cabin*", *American Literature*, 1977, 49 : 161-179.

BRANDSTADTER, Evan, "Uncle Tom and Archy Moore : the Anti-slavery Novel as Ideological", *American Quarterly*, 1974, 26 : 160-175.

STROUT, Cushing, "*Uncle Tom's Cabin* and the Portent of a MILLENIUM". *Yale Review*, 1968, 57 : 375-385.

TOMPKINS, Jane P., "Sentimental Power : *Uncle Tom's Cabin* and the Politics of Literary History", *Glyph*, 1981, 8 : 79-102.

NOTES

P. 15

1. Quarteron : Métis ayant un quart de sang de couleur et trois quarts de sang blanc. Le thème du métissage est central dans le roman. Il a parfois été interprété comme un refus, de la part de Harriet Beecher-Stowe, de traiter pleinement de l'identité raciale des Noirs.

P. 44

1. *Baby* : très jeune enfant.

P. 49

1. *La Bible.*

P. 55

1. Comprendre : depuis le mariage.

P. 93

1. Alcool. Le traducteur rend ainsi l'expression anglaise : "and plenty of the *real stuff*..."

p. 148

1. Ces mots sont en français dans le texte original.

P. 156

1. Anniversaire de la proclamation de l'indépendance américaine ; fête nationale. Rappeler ce jour est une manière de marquer que les principes fondateurs de la démocratie américaine sont, de fait, bafoués.

P. 173

1. Traduction de *Go ahead*, formule stéréotypée qui dit l'esprit d'audace et d'entreprise par lequel l'Amérique entend se caractériser.

P. 219

1. Harriet Beecher-Stowe donne ici la définition romanesque de l'éducation calviniste qu'elle a reçue.

P. 250

1. Journal de La Nouvelle-Orléans.

P. 268

1. Autorisation de justice.

P. 287

1. Pour apprécier cette pointe, il faut rappeler que Harriet Beecher-Stowe était la fille et l'épouse de ministres protestants.

P. 305

1. Remarque importante : elle montre en quoi l'intention religieuse est aussi, dans *La Case de l'oncle Tom*, une critique de l'idéologie religieuse.

P. 311

1. On a donné pour sources à ces remarques un essai de Orestes A. Brownson, "The Laboring Classes", paru dans la *Boston Quarterly Review*, en juillet et octobre 1840.

P. 321

1. Le mot français est dans le texte original.

P. 344

1. La traduction ne peut pas ici rendre compte de l'original anglais : "If missis would come and look a dis yer lot of poetry". *Poetry* (poésie) est dit à la place de *poultry* (volaille) — le jeu de mot transcrit une déformation de la prononciation et, bien sûr, une ignorance du sens des mots.

P. 428

1. L'esclavage sera aboli aux États-Unis, le 1er janvier 1863, par une proclamation de Lincoln.

P. 577

1. La *pneumatologie* est la science des êtres spirituels. Le terme de psychologue doit être pris dans son sens étymologique : le savant, le spécialiste de l'âme.

P. 609

1. Harriet Beecher-Stowe fait ici allusion à son propre séjour à Cincinnati, au Lane Theological Seminary où enseigna son mari, Calvin Ellis Stowe.

Table

COMMENTAIRES

Composition réalisée par COMPOFAC - PARIS

IMPRIMÉ EN FRANCE PAR BRODARD ET TAUPIN
58, rue Jean Bleuzen - Vanves - Usine de La Flèche.
Librairie Générale Française - 14, rue de l'Ancienne-Comédie - Paris.

ISBN : 2 - 253 - 03791 - 5   ✠ 30/6136/3